夢野久作（作者）1889.1.4 - 1936.3.11

本名杉山植樹，後改名杉山泰道，筆名夢野久作是博多地區的方言，意指精神恍惚，整天作白日夢的人。日本知名推理小說家，從中學起接觸推理小說，開啟了其對推理小說的興趣，從於一九一五年出家，兩年後還俗，並從事記者工作，同時開始創作推理小說，作品風格極度恐怖、醜惡，最出名的作品為《腦髓地獄》，此作品也成為日本推理小說四大奇書之一。後因腦溢血而猝逝。

詹慕如（譯者）

自由口筆譯工作者。翻譯作品散見推理、文學、設計、童書等各領域，並從事藝文、商務、科技等類型之同步口譯、活動口譯。近期譯作有《腦髓地獄》、《日本80後劇作選》、《側耳傾聽遠方的聲音》、《戰國三公主》、《光媒之花》、《新宿鮫》、《對岸的她》、《如無頭作祟之物》、《客房中的旅行》等。

臉書專頁／譯窩豐：https://www.facebook.com/interjptw

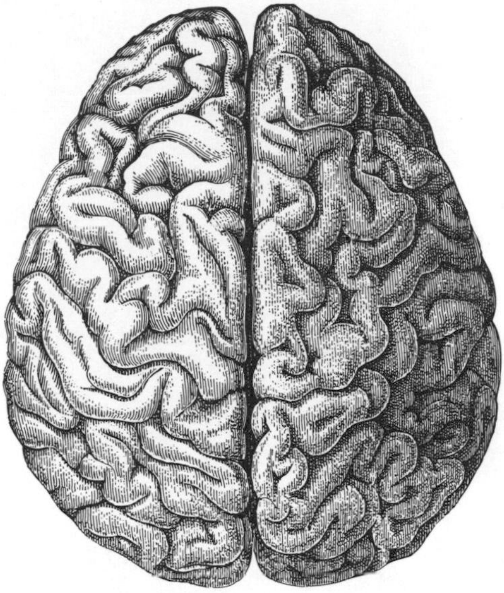

腦髓地獄

夢野久作——著
詹慕如——譯

譯者序

詹慕如

拿到《腦髓地獄》原書時，紮紮實實上下兩冊，沒有目錄，難以分段，密密麻麻的大段落文字光是翻閱就令人不覺產生窒息感，一九二〇年代寫作的文章，儘管已經過出版社因應時代變遷加以潤飾修改，閱讀起來依然十分吃力費勁。

故事始於一名失去記憶的青年突然清醒，穿插青年閱讀的諸多原稿，包括：《瘋人地獄邪道祭文》，段落頭尾以木魚聲串接，揭露在這文明科學時代，唯有精神病仍處於黑暗時代的事實；《地球表面是瘋人的一大解放治療場》中主張世界上所有人都是精神病患，整個地球就是一個解放治療場，因此人類製造出宗教、道德、法律、或各種主義試圖互相提醒；《腦髓並非思考事物之處》，駁斥「腦髓乃思考事物之處」的想法，認為腦髓充其量只是總機，人的每一顆細胞都有思考作用；還有描寫人類胎兒在母體內從細胞分裂演化為魚、獸、最後成人的大夢《胎兒之夢》；以及借第三者之口交代青年住院原因的《空前絕後的遺書》、《心理遺傳論附錄》等，最後尾聲又回到全書最初「嗡嗚……」不停的詭譎蜂鳴聲。

每一篇穿插的文稿，不管在份量或內容上都足以自成一書，而且其辛辣程度現今的名嘴、寫手根本難以望其項背。作者寫作此書的時代背景距今已近百年，除了時空帶來的距離，我同時也感到好奇，是什麼樣的生長環境會讓一個人寫下「生存在這地球表面上的每一個人，全都是精神上的殘廢者」這樣的字句？

作者夢野久作本名杉山泰道，和書中的正木教授以及吳一郎雷同，夢野久作也生長於一個物質豐裕的家庭環境中，不僅如此，杉山家還是地方望族，擁有高度社經地位，他的父親杉山茂丸雖然一生未仕官職，卻是兒玉源太郎、後藤新平等名將名臣的幕後策士，明治時期諸多戰爭、建設等國家重要事件背後，都可以看見他的影子。

夢野久作明治二十二年（西元一八八九年）生於福岡，自幼和母親生離，在祖父教授之下走進四書五經和能樂的世界，曾被譽為神童，但體弱多病，進入慶應大學就讀後不久便輟學。他是個擁有陸軍少尉官階的軍人，也是禪宗僧侶、新聞記者、謠曲教授、郵局局長，還曾經經營農場。昭和十年（西元一九三五年）父親驟逝後，他也於隔年離世，不算長的一生中擁有相當豐富的經驗，卻也終其一生都在父親巨大的身影下掙扎、尋找自我。

評論家鶴見俊輔曾表示，「這種書寫腦髓地獄的小說、主張世界是瘋人的解放治療場的小說，若沒有第一次世界大戰為背景，或許是寫不出來的。」機關槍、毒氣瓦斯、飛機、坦克、壕溝戰等近代武器、戰術的發展，無不奠基於科技文明，但卻也同時赤裸裸地展現了人性的矛盾和脆弱。

內在的寂寞和體弱帶來的善感空虛，以及外在身處於戰爭年代和日本近代化劇變當中，或許都給他的作品增添了獨特色彩。

翻譯初期，我膽戰心驚地和文字培養交情，一字一句極度緩慢、謹慎地去認識它，彷彿初見一位外表看似難以接近的朋友，正試圖了解對方，努力從舉手投足間找出自己向來習慣的歸類；上冊近半，我依然覺得彼此之間相敬如賓，仍是見了面只敢微微點頭、不好意思打招呼的那種交情。

翻譯過程極其緩慢，幾乎可用艱辛二字來形容，一來是面臨了許多技術上的難題，書中集結了翻譯技巧上的各種難題，俚語、俗語、雙關語，古文、方言、超長句，還有川柳、俳句、歌舞伎等，匯集了作者各領域豐富的知識。另一方面，書中看似陳舊古遠的用語詞句，在我心中撞擊出許多前所未見的嶄新震撼，有時令我瞠目結舌，不覺再三重閱，讀畢只能靜默折服；有時則令人揣然惶恐，似是不小心窺見什麼不該看的東西。

在我和這些文字努力奮戰的時期，同時接下一份長達數月的口譯工作。客戶是一位性情乖僻的藝術家，還沒來得及認識他的作品，已先被他的脾氣弄得無所適從。

他經常沒來由地發怒，說詞反覆，在團隊之間挑撥猜忌，總是在眾人開心談笑之際冷不防打岔，殘忍地暴露出自己童年時期的黑暗私密記憶，然後在眾人怔愣不知如何反應時，留下一抹邪邪冷笑得意地離去，似乎很享受大家的愕然。我從沒看過一個人的身上可以充滿如此不可思議的負能量，計畫進度受阻，工作人員也承受極大壓力。

那段時間我面臨著內外交相的煎熬，心裡一邊掛念著進度異常緩慢的譯稿、擔心自己無法駕馭那龐大濃密的文字；一邊面對著陰晴不定的客戶、努力要摸索出彼此間的相處之道卻不得其法，周圍的空氣讓我覺得凝重窒息，從沒有覺得自己引以為樂的溝通工作竟如此艱難。

一天上工前，看到幾位年輕工作人員正在入口處抽菸，其中一個年輕女孩從外套口袋掏出扁瓶威士忌，仰頭以瓶就口，灌完後她深呼吸一大口氣，帶著慨然就義般的情操走進電梯。

在十公尺外看著這短短一幕，既覺得心疼這女孩的壓力，但嘴角又忍不住抽動輕笑了一聲。這一切的荒誕有種強烈的既視感，此時，書中的一段話像打字機一般，鏗鏘有力地甩在腦中。

> 這些禽獸、蟲蟻不如的半狂人類，在漫長歲月中將自然地開始自覺到，自己是一大群瘋子的集合，因而製造出宗教、道德、法律、或紅色主義或藍色主義等各種煞有介事的東西，互相提醒「大家可別亂來……不要做出奇怪的舉動啊！」

不可理喻的創作者、靠尼古丁和酒精力抗的周圍追隨者、自覺清醒卻也深陷這荒謬當中的自己。誰又知道，誰才是真正的狂人？

夢野久作早在二〇年代就已經宣稱，「地球表面是瘋人的一大解放治療場」，世界的所有人類都是精神病患，整個地球就是一個解放治療場。

無獨有偶，走過六〇年代學潮的日本戲劇大師鈴木忠志也曾說，世界是一所精神病院，地球上的每個人都有病，至於誰能治療？他沒有提出正面的回答，只說要利用戲劇來體現人性的病灶，提醒人類時時警惕自己別墮入瘋狂。

不久之後，我辭去了那份工作，全心投入小說的最後衝刺，起筆於寒冬的數十萬字，終於在炎炎夏日完稿。向來被歸類為推理小說的本書，我想它同時也是借書中人之口，表達其反唯物論思想的哲學書，是針砭時人時事的文化觀察，也包含了慷慨激昂的社會關懷、冷笑嘲諷；他刻意揭開人類向來不願正視的傷疤，醜惡的、腥臭的，筆觸看來或許高傲、不可一世，但其實他敢於面對世界、自我省思的態度，在我看來卻是極其謙卑的。

卷頭歌

胎兒啊
胎兒啊
你爲何跳動？
因爲看透了母親的心
才感到恐懼嗎？

……嗡嗚————嗚嗚————嗚嗚…………。

從朦朧中睜開眼時，這有如蜜蜂振翅的聲音，以及那充滿彈力的深刻殘響，仍清楚殘留在我耳裡。側耳靜聽……我直覺到……現在應該是半夜。而附近某個地方，好像有鐘擺型的時鐘響起……想著想著，我又開始打盹，然後那宛如蜜蜂振翅般的殘響逐漸淡薄、消失，周圍陷入一片死寂。

我猛然睜開眼。

塗著白油漆的挑高天花板上，孤零零垂掛了一顆蒙上薄薄白色塵埃的燈泡。那顆發出橙黃色光線的玻璃球側面，停著一隻大蒼蠅，靜止著一動也不動，就像死了一樣。我在正下方堅硬、冰冷的人造石地板上，身體拉長成大字型躺著。

……奇怪……。

我維持著大字型不動，用力睜開眼皮，只有眼珠骨碌碌地上下左右轉動。

這房間由藍黑色水泥牆包圍，大小約莫兩間①見方。

房間的三面牆壁上各有一扇以黑色鐵格子和鐵網雙重罩住的縱長型磨砂大玻璃窗，共計三扇，感覺戒備甚是森嚴。

沒有窗戶那面牆，角落橫放一張看來一樣相當牢固的鐵床，枕頭朝入口方向擺著，不過看到床上一絲不亂的潔白寢具，似乎還沒有人用過。

……太奇怪了……。

①間：舊制長度單位。兩間約三點六公尺。——譯注

我稍微撐起頭，打量自己的身體。

我身上疊穿著兩件還硬梆梆的簇新潔白棉衣，一條短紗衣帶繫在胸口高處。從衣服裡伸出的圓胖四肢，看起來泛黑一片，滿是污垢……怎麼會這麼髒……。

……真的太奇怪……。

我怯怯地舉起右手，試著撫摸自己的臉。

……鼻子尖挺……眼窩深陷……頭髮蓬亂……鬍鬚又長又糾結……。

……我猛然跳起來。

又試著摸了摸臉。

好奇地打量著四周。

……這是誰……我可不認識這個人……。

胸口的悸動逐漸增強。開始有如敲響晨鐘般胡捶亂撞……呼吸也隨著胸口的悸動愈來愈急促。然後又開始激烈喘息，讓我以為自己快斷氣了。……就在此時，又悄悄恢復平靜。

……怎麼會有這種怪事……。

……我竟然忘了自己是誰……。

……我再怎麼想，都想不起自己是誰？來自何處？……說到對自己過去的回憶，殘存在記憶中的只有剛剛聽到那鐘擺型時鐘的嗡嗚聲響。……就只有這個……。

……不過，我的意識倒是很清楚。我可以清楚感覺到，寂靜的黑暗包圍著房間外，不斷不斷地無限蔓延……。

……不是夢……這確實不是夢……。

我跳了起來。

……跑近窗前，盯著磨砂玻璃的平面，想看看映在玻璃上自己的容貌，試圖喚醒某些記憶。……但是，這一點用都沒有。磨砂玻璃表面，只映照出我自己一頭蓬亂毛髮、宛如惡鬼般的影子。

我轉身奔向靠近床鋪枕頭旁的入口房門，將臉貼近只開了一小個鑰匙孔的黃銅門鎖。但門鎖表面沒能映照出我的臉孔，只反射著昏暗的黃色光線。

……我試著查看床腳附近。還把被褥整個翻過來。連身上穿的和服衣帶都解開來、翻看內側，但別說我的名字了，連個類似縮寫字母的痕跡都沒發現。

我呆住了。我還是一個身處於陌生世界、陌生的我。還是一個連自己都不知道自己是誰的我。

正當我冒出這個念頭的時候，我開始覺得，自己好像就這樣拖著衣帶，頓時往某個無限空間不斷垂直墜落。戰慄由五臟六腑深處湧出，同時我也不顧一切地大喊出聲。

那是種帶著金屬質感、異常尖銳的聲音……但是……我還來不及從這聲音裡回想起過去任何事，它就已經被四周的混凝土牆給吸收、消失無蹤了。

我再次尖叫。……但還是沒用。那聲音激起一陣劇烈的波動，捲起漩渦、又憑空消失，之後，這四方牆壁、三扇窗戶和一扇門，顯得更加肅穆寂靜。

我又試著尖叫。……但聲音還未成聲，就縮回咽喉深處。我深怕每叫一次，這靜寂就愈發深沈……。

臼齒喀噠喀噠發出聲響，膝蓋也自然地開始打顫。即使如此，我還是無法想起自己是誰……我痛苦地快要窒息。

不知不覺中，我開始喘息。在這想叫也叫不出聲、想出也出不去的恐懼包圍之下，我只能呆站在房間中央喘著氣。

……這裡是監獄……還是精神病院……？

愈是這麼想，我的呼吸聲愈急促，聽起來有如狂風一般，在深夜的四壁之間迴響。

我的意識漸漸模糊。眼前突然一片黑。全身僵硬直立，冷汗直冒，就這樣往後一仰差點要倒下，我無意識間閉上眼睛，本想放棄掙扎……不過……下個瞬間我又機械般地再次踏穩腳步。我用力睜開雙眼，凝視著床舖後方的混凝土牆。

因為我聽見那片混凝土牆後傳來了奇妙的聲音。

……聽起來應該是個年輕女人的聲音。不過聲調卻沙啞地幾乎聽不出是發自人類之口，只有深沈的悲哀、痛切的聲響，穿透混凝土牆傳來。

「……大哥。大哥啊。大哥、大哥、大哥、大哥、大哥……請再讓我聽一次……剛剛的聲音……」

我驚愕地縮了縮身子。忍不住再次回望背後。儘管我明明知道這房裡除了我以外再也沒有其他人……之後，那女人的聲音仍然不斷透過混凝土牆滲透出來，我用力地凝視著牆上傳出聲音的那個位置，幾乎要把牆給望穿了。

「……大哥、大哥、大哥、大哥、大哥……隔壁房裡的大哥，是我。是我啊。我是您的未婚妻啊……我是您未來的妻子啊……是我、是我啊。請您再讓我聽一次剛剛的聲音吧……求求您……讓我聽聽啊……大哥、大哥、大哥、大哥……大哥啊！」

我用力瞪大雙眼，撐到眼皮發痛，兀自呆呆張著嘴。我踉踉蹌蹌往前走了兩、三步，彷彿被那聲音給吸引過去。雙手用力按住下腹部。就這樣專注地瞪著混凝土牆。

那是一種無比純情的叫喊，讓聽到的人心臟彷彿被揪在半空中。那是種走投無路的聲音，讓人五臟六腑凍結到猶如墮入絕望深淵。那發自內心深沉哀怨的聲音，不知道從什麼時候開始呼喚我……也不知道接下來還要繼續呼喚幾千、幾萬年。那聲音從深夜的混凝土牆另一端，切切叫喚著……我？

「……大哥……大哥、大哥、大哥。為什麼……？為什麼您不回我話呢？是我、是我、是我、是我啊。大哥難道您忘了嗎？是我、是我啊。我是您的未婚妻……您忘記了我嗎？……我和您互許終身的前一天晚上……舉行婚禮前一天的半夜裡，我死在您的手裡。……但是，我又活過來了……我又從墳墓裡復活，來到這裡。我不是鬼魂啊……大哥、大哥、大哥、大哥。……您為什麼不回答我呢？……大哥，您已經忘記當時的事了嗎？……」

我踉蹌往後退了好幾步，再次把眼睛瞪得斗大，凝視聲音傳來的方向。

……好古怪的一番話。

……牆壁那頭的少女認識我。自稱是我的未婚妻。……而且還親口說，她在與我舉行婚禮前夕，被我親手殺了……然後現在又復活。現在被囚禁在與我有一牆之隔的房間中，就這樣不分晝夜呼喚著我。她不斷叫喊這些令人難以想像的離奇事實，不顧一切努力想喚醒我過去的記憶。

……是個瘋子嗎？

……難道她是認真的？

不、不。當然是瘋子、是個瘋子……怎麼可能……哪有這種事……啊哈哈哈……。

我忍不住笑了，但是笑意頓時凍結在我臉部肌肉，一動也不動。……又是一陣更加悲痛、深刻的吶喊，貫穿混凝土牆傳入我耳中。我想笑也笑不出來……那聲音裡豐沛的真切……以及悲愴，再再證明了她確實知道我是誰……。

「……大哥、大哥、大哥。您為什麼不回話？我是這麼的痛苦……只要一句話就好、就一句話……請您回答我啊……」

「……」

「……就一句話……一句話啊……只要您回答我……這就夠了……這麼一來，這家醫院的醫生就會相信……我不是瘋子。然後……院長也會知道您認得出我的聲音，答應讓我們一起出院……大哥、大哥、大哥、大哥啊……為什麼……為什麼您不回答我呢……？」

「……」

「……難道您不明白我的痛苦嗎？……我每一天……每一個晚上，不斷呼喚您的聲音，難道您都沒聽見嗎？……啊……大哥、大哥、大哥、大哥……太過分了、太過分了、您太過份了……我……我……我的聲音……已經……」

說著，牆壁那頭開始傳來另一種新的聲音。不知是手掌或是拳頭，總之，是人類柔軟的手在混凝土牆上砰砰敲打的聲音。哪怕皮開肉綻也在所不惜，一個柔弱女子憑著意志力連續敲打的聲音。我一面想像牆壁對面可能四處飛濺、沾黏的血跡，一面瞪大了雙眼、緊咬牙根。

「……大哥、大哥、大哥、大哥……那個曾經被您親手殺死的我、又活著回來的我啊。除了您以外，我這個可憐的妹妹無依無靠。我孤孤單單一個人在這裡……大哥您真的已經忘記我了嗎……？」

「…………」

「大哥，您也是一樣。在這世上只有我們倆在這裡相依為命，其他人都認為我們是瘋子，把我們拆散，關在這醫院裡。」

「…………」

「只要您回答我……就可以證明我沒有胡說。只要您想起我，我也可以知道……您不是精神病患……請您回答我……只要一句話、一句就好……請您叫一聲我的名字，真代子……啊……大哥、大哥、大哥、大哥……啊……我的聲音已經……我的眼睛……我什麼都看不到了……」

我情不自禁地跳上床，貼在傳出聲音的藍黑色混凝土牆上。有一股難以遏止的強烈衝動，希望馬上回答她……希望能拯救那少女的痛苦……希望能儘早確認我自己到底是什麼來歷。……可是……我硬生生嚥下一口唾液，忍住這份衝動。

我慢慢從床上滑下來，凝視著牆上某一點，一步一步往後退到與這牆壁正對面的窗戶附近，儘可能遠離那個聲音。

……我無法回答。不……我不可以回答她。

……她到底是不是我的未婚妻，我完全無法確定。聽著她如此沈重、痛切的純情呼喚，我卻連她的長相都想不起來，不是嗎？關於過去，我唯一能喚醒的真實記憶，只有剛剛聽到的……嗡嗚——嗚——……時鐘聲，我可是這世上難得一見的痴呆病患，不是嗎？

這樣的我，怎麼能以她丈夫的身分回話？就算回應她後我真的能夠獲得自由，到時根本無法確定，是否真能從她口中聽到我這個人確實的來歷、真正的姓名不是嗎？……我甚至沒有任何根據，能判斷她到底是正常人、還是精神病患，不是嗎……？

不僅如此。萬一她是如假包換的精神病患，她挖心掏肺呼喚的對象，只是自己的幻覺，那又會如何？誰能保證我隨口回應的後果，不會導致重大錯誤？……假使她呼喚的人確實存在這世上，但並不是我，那又會怎麼樣？我豈不是因為自己的輕率，奪走了別人的妻子？褻瀆了別人的情人？……這些不安和恐懼接二連三湧現，一波接著一波，在我嚥著口水、緊握雙手時，她的叫聲還是不斷貫穿牆壁朝我正面襲來。

「大哥、大哥、大哥、大哥、大哥。您太過分了、太過分，太過分了啊，您太過分了、太過分了……」

那柔弱……沈痛、宛若幽靈，卻又無限純情的幽怨呼喚……。

我雙手揪著頭髮，留長的十根手指甲，幾乎要把我的頭皮抓出血來了。

「大哥、大哥、大哥。我是屬於您的，我是您的人啊！請快點……請快點用您的手緊抱住我……」

我的手心用力摩擦著臉。

……不、不對……不對。妳誤會了。我不認識妳……我差點就要對她這麼叫，卻硬是把話吞了下去。現在的我，連這個事實都無法肯定……我完全不知道自己的過去，沒有任何根據能否定她……別說自己的親兄弟或者出生的故鄉……眼前的我，連過去自己是豬還是人，都不知道……。

我握緊拳頭，一拳一拳用力鏗鏗敲著耳後的骨頭。但是，那裡並沒有浮現出任何記憶。

儘管如此，她的聲音依然沒有中斷。聽起來呼吸急促……漲滿了深刻悲痛，幾乎聽不清楚。

「……大哥……大哥……求求您……求求您救救我……救救我……啊……」

那聲音逼得我再次環顧了四周牆壁、窗戶和門。我正想邁開步跑，又煞住了步伐。

……真想逃到一個聽不見任何聲音的地方……

腦中出現這個念頭的瞬間，我全身起了一陣雞皮疙瘩。

跑到入口門前，我使盡全身力氣，試著衝撞那扇看似鐵製的堅固藍色平板門。我試著窺看黑暗的鑰匙孔。……耳邊依舊能聽到那固執不休的聲響、即將奄奄一息的呼喚聲，這些聲音的威脅讓我幾乎發麻……我試著雙手抓住窗上的鐵格子用力搖撼。只有下面一個角落好不容易被我拉歪，但如果還想進一步拉動，可不是靠人力能辦到的。

我沮喪地回到房間中央。身體不住顫抖，再度環視房間每個角落。

我真的還在人類的世界嗎？……或者我已經來到冥界，正在遭受某種痛苦折磨？

在這間房中，我恢復清醒的同時，連鬆口氣的時間都沒有，遺忘自己的無間地獄馬上來襲……沒有絲毫迴響……耳裡只能聽到時鐘的聲音……。

……一轉眼，我又掉入了活地獄，受一個來歷不明女人吶喊聲的折磨、走投無路……不似人間的痛切悲戀，我既無法拯救、也無法逃避，只能承受這永無休止的折磨……。

我用力踏著地板，踏到腳踝都痛了……癱坐在地上……仰天躺下……又再度起身環望四周。我該讓自己的注意力遠離隔壁房間那逐漸虛弱、若有若無的聲響，還有斷斷續續的嗚咽聲……我該儘快回想起自己的過去……我該從這種痛苦之中拯救我自己……我該好好地回應隔壁房間的她……。

就這樣，我不知道在房間裡發狂了幾十分鐘、不，或許是好幾個小時。但是我的腦中依然一片空虛。別說與她有關的記憶，我甚至沒能回想、發現到關於自己的任何一件事。空白的我，活在空白的記憶中。在女人不成體統的哀叫聲追逐之下，只能漫無頭緒地無力掙扎。

不久，牆壁另一頭的少女叫聲逐漸減弱。聲音漸漸變得像絲線般纖細尖銳，最後只剩下連呼吸都斷斷續續的哭泣聲，終於，周遭又恢復成跟剛剛一樣，深夜中寂靜無聲的徒然四壁。

這時我也累了。狂亂到筋疲力盡，思考到筋疲力盡。門外可能是走廊盡頭的地方，傳來大時鐘精力十足、答答擺動的聲音，聽著聽著，我又一點一點地陷入最初那不知道自己現在是站著、還是坐著……現在是什麼時間……什麼狀況……發生了什麼事，空無意識的狀態……。

……匡咚……有聲音。

回過神時，我的身體緊靠在入口對面的牆角，手腳往前伸，頭頹然垂在胸口，定定凝視著鼻尖前方人造石地板上的某一處。

仔細一看……地板、窗戶、牆壁，不知何時已經變亮了，反射著蒼白的光。

……啾啾……啾啾……啾……吱吱啾啾……

有麻雀輕聲啼叫……有逐漸遠去的電車聲音……天花板上的電燈不知什麼時候已經關掉了。

……天亮了……。

我呆呆想著，雙手用力揉著眼球。我可能睡得很沉吧。我把今天凌晨黑暗中發生的許多不可思議、可怕的事，忘得一乾二淨，用力地大大伸展這到處僵硬發痛的身體，打了個大呵欠，但是一口氣還沒吸飽，就突然閉上了嘴。

對面的入口房門旁接近地板處裝了一扇小門，擺著白色餐具和銀盤的白木餐盤正從那裡送進房來。

看到餐盤的那一瞬間，我心中一驚。或許是今天凌晨起產生的種種疑問，無意識之間開始在腦海中活躍吧。……我下意識地站起身。墊起腳尖跑近小門邊，猛然抓住那隻正送入白木餐盤、圓圓紅紅的肥胖女人手臂。……餐盤、土司麵包、蔬菜沙拉盤、牛奶瓶，全都應聲匡啷落地。

我扯破喉嚨，擠出沙啞的聲音大叫。

「……拜託妳……請告訴我。我……我叫什麼名字？」

「…………」

對方一動也不動。從白色袖口伸出來、宛如冰冷櫻桃蘿蔔般的手臂，在我左右手緊握之下，逐漸變成紫色。

「……我……我的名字……是什麼？我不是瘋子……不是啊……。」

「……嗚呀！……」

小門外響起年輕女人的尖叫。被我抓住的紫色手臂開始無力地掙扎。

「……來人啊……快來人啊！七號房的病人他……啊！快點來人啊……！」

「……噓、噓。安靜、安靜……請不要叫。我是誰？這裡……現在是什麼時候？……這裡是哪裡？……請妳……請妳告訴我……妳說了我就放手……」

……哇啊……門外一陣哭聲。這一瞬間我雙手的力量鬆了下來，女人的手臂迅速縮回小門外，同時哭聲嘎然而止，響起一陣往走廊另一端快跑的腳步聲。

拚命緊抓的手臂溜掉了，力道撲空的我一屁股坐倒在堅硬的人造石地板上。我差一點整個人往後翻倒，連忙用雙手撐住，整個人恍惚地環望四周。

這時……又發生了奇怪的事。

目前為止拚了命繃緊的情緒，在我一屁股坐倒在地的同時，慢慢鬆懈了，然後一股無法言喻的可笑感覺開始從身體深處汩汩湧出，讓我完全無法控制。那是一種叫人難以忍受、相當荒謬的可笑感覺……可笑到彷彿每一根頭髮都跟著抖動不停。可笑到彷彿從靈魂深處翻湧出來、撼動全身，一波接著一波，好像不笑到骨肉四散絕不罷休一樣。

……啊哈哈哈哈。真是愚蠢至極。姓名有什麼關係？忘記了又有什麼大礙？我不就是我嗎？啊哈哈哈哈……。

發覺這一點之後，我更忍不住了。我笑倒在地。抱著頭、搥著胸、擺動著雙腳大笑。我笑著……笑著……笑著。笑到被淚水哽住，彎曲扭動身體，渾身不停地大笑。

……啊哈哈哈哈。還有比這更愚蠢的事嗎？

……我是從天而降，還是打從地底冒出來的？眼前有我這麼個來歷不明的人。而我也不知道這個人是誰。啊哈哈哈哈……。

……到現在為止，我究竟曾經在哪裡、做過什麼事？接下來又打算做什麼？我一點頭緒都沒有。我有生以來，第一次遇見這種人。啊哈哈哈哈……。

……到底怎麼回事？怎麼會這麼奇怪、這麼荒謬呢。啊哈哈……啊哈……太好笑了……啊哈哈哈哈……。

……啊，好難過啊。受不了，我怎麼會如此可笑呢？啊哈哈哈哈……。

我就這樣笑個不停，在人造石地板上四處打滾，過了一陣子，我笑到耗盡力氣，可笑的感覺瞬間消失，我一骨碌站起身。揉著眼珠仔細一看，腳尖旁的地上掉著剛剛一場騷亂後留下的三片麵包、蔬菜盤、一支叉子，以及還栓緊蓋子的牛奶瓶。

看到這些東西時，不知為什麼我暗自漲紅了臉。同時，也感到一股難以忍受的饑餓，還沒來得及重新繫好掉在一旁的衣帶，立刻伸出右手抓住尚有餘溫的牛奶瓶、左手抓住塗滿奶油的土司麵包，開始大口大口地吃。我用叉子插起蔬菜沙拉，希哩呼嚕將這人間美味塞進嘴裡，快速咀嚼了幾下後佐著牛奶吞下。吃飽之後，我爬上身後的床舖，倒在嶄新的床單上，伸了個長長的懶腰，閉上眼睛。

在那之後，我應該昏昏沉沉地睡了十五、二十分鐘吧。可能因為肚子填飽了，我全身虛脫無力，手心和腳掌變得暖呼呼的，腦子逐漸化為一個昏暗的空洞……許許多多早晨特有的聲音，在這空洞中忽近忽遠地穿梭、來回，然後消失……如此倦怠……如此鬱悶……。

……路上的熙來攘往。匆忙趕路的腳步聲。慢慢拖著木屐走路的聲音。腳踏車的車鈴……遠處某戶人家揮動撣子的聲音……。

……烏鴉在又高又遠的地方聒聒啼叫……聽來不遠的廚房響起杯子匡啷破碎的聲音……這時候窗外突然有女人尖叫。

「……討厭啦……真是的……突然聽到真是嚇死我了啦……嘻嘻嘻嘻……」

……接著是我肚子裡咕嚕咕嚕叫的胃袋，彷彿緊追在這些聲音後一樣，欣喜跳躍的聲音……。這些聲音一一融合，逐漸走向遙遠的世界，讓我進入恍惚的夢境……多麼舒服……多麼美好……。

……慢慢地，只剩下一個特別清楚的奇妙聲音，從非常遠的地方傳來。那應該是汽車的喇叭聲，就好像大型哨子一樣……嗶……嗶……嗶嗶嗶嗶……一種響得特別高亢的聲音，我忍不住覺得它好像有什麼慌張緊急的事，直衝著我開過來。嗶嗶嗶嗶的聲響超越、又嚇阻了營造這寧靜清晨的各種聲音，在街道的各個角落一會兒彎向這、一會兒轉向那，以極其驚人的速度開往我躺著的頭部方向，一點一點逼近我，就在它即將鑽進我一頭蓬亂髮絲內之前，忽然往旁一偏，繞了個大彎。它發出高亢的鳴聲緩慢徐行，大約走了一町②遠，又換了方向，這次發出了幾乎要鑽進我耳裡的尖銳慘叫，急速逼近，然後瞬間嘎然停止。什麼聲音都聽不見了。……同時，整個世界一片寂靜，我則陷入深沉濃密的睡眠中……。

……舒暢時間才不過約五分鐘，這次輪到我枕畔那扇門的鑰匙孔突然發出喀啷一聲。接著是沉重門片唧唧開啟聲，好像有什麼東西窸窸窣窣地進入房內，我反射性地彈起身，回頭一看。……不過……我定睛一看，不禁一愣。

眼前緩緩關閉的牢固鐵門前，放著一張小型藤椅。藤椅前站著一位令人訝異的謎樣人物，正低頭望著我，個子高到幾乎要衝破天頂。

那是個身高超過六尺的巨人。臉如馬長，膚色像陶瓷般慘白。既長又淡的眉毛下方，排列著兩顆鯨魚般的小眼睛，裡面是宛如蹣跚老人或者垂死病人的蒼白眼珠，無神又渾濁。鼻子像外國人般高挺，鼻樑上泛著白光。鼻子下方緊閉成一字的大嘴，唇色跟附近的膚色相近，看來相當蒼白，莫非是罹患了重病？尤其那如同寺院屋頂般寬闊出奇的額頭斜面，以及巨大如軍艦船頭的下顎，更讓人覺得害怕……一眼就覺得這個人一定有著超乎常人的異樣個性。他一頭油亮黑髮從中對分，身穿看似價值不斐的深褐色皮外套，外套兩襟之間，白金色巨大懷錶的錶鏈在胸前晃動，他交握著細長、蒼白、毛茸茸的手指，挺立在應是女性用的纖細藤椅前，那模樣彷彿是在魔法召喚之下現身的西洋妖怪。

我怯怯地抬頭看著對方。就像剛剛從蛋殼中孵化的生物一樣，屏住呼吸、不住眨著眼，舌頭在口中膽怯地蠕動。但不久之後，我直覺想到……這位紳士應該就是剛剛搭車前來的人吧……於是我不自覺地朝他的方向，重新坐正。

沒過多久，這位巨大紳士那又小又渾濁的眼眸深處，散發出帶著威嚴的冰冷光線。他低著頭，開始由下往上打量我全身，不知道為什麼，我下意識瑟縮起身子，自然而然地低垂下頭。

不過，這位巨大紳士似乎毫不在乎我的反應。他以極其冷靜的態度，觀察過我全身之後，又抬起頭，慢慢四處環視房內的狀況。他那蒼白渾濁的視線橫掃過房間的每個角落時，我沒來由地感覺到，今天清晨發生的一切愚蠢行為，全都已被他看穿，身體縮得更緊了。……這位令人毛骨悚然的紳士，到底為什麼到我這裡來……，我內心既驚恐又疑惑……。

就在這時候，巨大紳士好像突然受到什麼威脅一樣，上半身往前彎、蜷縮起身子。他慌張地將手插入外套口袋，掏出一條白色手帕，急忙掩住嘴。……下一秒鐘他馬上轉身背對我，抖動全身，持續著跟他身材毫不相襯的虛弱咳嗽。過了一陣子，他的呼吸總算恢復正常，再次轉身向我行了一禮。

「……抱歉……我身體虛弱……請容我穿著外套……」

那聲音一樣與體型完全不搭，就像個女人一樣。可是我一聽到這聲音，就放心了。我開始覺得眼

②一町：約一百〇九公尺左右。——譯注

前這位巨大紳士，其實和他的外表截然不同，是位溫柔又親切的人，於是鬆了一口氣，抬起頭來，紳士恭恭敬敬地遞出一張名片到我眼前，再次開始咳嗽。

「……我是……咳咳咳……對、對不起……」

我雙手接過名片，對他微微點了點頭。

九州帝國大學法醫學教授
醫學院長
若林　鏡太郎

我反覆看了這張名片兩三次，再次啞然無語。我不禁重新上下打量這位強忍著咳嗽聳立在我面前的巨大紳士。接著，彷彿自言自語般輕聲地說道：

「……這裡是……九州大學……」

同時不由自主地左右張望、環顧四周。

這時候，巨人若林博士左眼下方的肌肉輕微地抽動。這異樣的表情或許是他這個人特有的微笑。

接著，他蒼白的嘴唇緩慢開始蠕動。

「……沒有錯……這裡是九州大學附設醫院精神病科的第七號病房。很抱歉在您休息時間還來打擾，不過，我突然來拜訪您是有原因的。……聽說，不久之前，您曾向負責送餐的護士追問您自己的姓名……值班醫師向我報告這件事後，我立刻趕過來。如何……您已經想起自己的姓名了嗎？……關於您過去的記憶，已經一絲不漏地全部恢復了嗎？……」

我無法回答。只能張著嘴，像白癡般瞪大了眼，仰頭看著對方鼻尖前的巨大下顎……感覺似乎是這樣吧……。

……我怎麼可能不驚訝呢。從今天凌晨開始，我簡直就像被自己名字的幽靈附身。從我向護士詢問自己姓名到現在，再怎麼久應該都還沒超過一小時。這短短的時間內，對方竟然拖著病軀，費心打扮得如此講究體面，匆匆趕來詢問我是否已經想起自己的名字……這敏捷的行動力和令人費解的熱心，不禁讓我覺得詭異……。

只不過是想起我自己的名字而已，這麼一點小事，為什麼對這位博士來說竟像是無比重要的大事件呢……？

我倉皇慌張、不知所措，只能來回看著手上的名片和若林博士的臉。

很奇怪的，此時若林博士也一樣眼睛眨也不眨地低頭看著我打量他的臉。他好像在等待我的回答，緊閉著嘴，專注凝視，幾乎要望穿我的臉，從他緊張的表情可以清楚看出，他對我的回答充滿無比期待的心情。我能不能同時回想起自己的名字以及過去的經歷，一定和若林博士有相當密切的關係，我漸漸從他的表情上確認這一點，身體也愈發僵硬。

我們兩人就這樣互相瞪視了一會兒……但是……若林博士似乎察覺到無法從我口中聽到任何回答，萬分失望地輕閉上眼。不過，當他再次虛弱地睜開眼皮時，左邊臉頰到唇邊，彷彿浮現了比剛才更深的微笑。同時，他好像誤以為我發愣是出於其他原因而受驚，輕輕頷首了兩三下後，又開了口。

「……當然當然。您會感到不可思議我完全可以理解。本來我必須恪守法醫學的立場，不該介入精神病科的工作領域，但是關於這一點，我確實有不得不這麼做的重大理由……」

說到這裡，若林博士又出現快咳嗽的姿勢，但這次似乎順利按捺住了。眼睛在半掩的手帕後眨動著，呼吸很困難似的繼續往下說。

「……事情是這樣的。……老實說，敝校的精神病科教室，直到不久之前，都是由享譽學界的正木敬之擔任主任教授。」

「……正木……敬之……？」

「……沒錯，這位正木敬之教授不只在國內，在世界精神醫學界上也舉足輕重，是位偉大的學者，他果敢地創立了一門與『精神科學』相對抗的新學說，對停滯不前的精神病研究帶來了根本變革……話雖如此，他的新學說可不是以往所謂心靈學、降神術之類非科學性的研究。正木教授在精神病科教室裡創設了世上史無前例的精神病治療場，腳踏實地證明其學說乃是真理，由此就可以了解，這是一種立足於純粹科學基礎而建構出的劃時代新理論。……當然，您也是接受這種新式治療的患者之一……」

「我……精神病治療……？」

「是的……您是正木醫師負責的病人，專門研究法醫學的我，本不應過問您的症狀，所以您會像現在這樣有所懷疑，自然相當合理、無可厚非……但是……很遺憾，這位正木醫師在一個月之前，突然對我交代完後事，就與世長辭了。……而且現在他的繼任教授還沒有決定，再加上原本就沒有適任的副教授從旁協助，於是在校長的命令之下，暫時由我兼任這個教室的工作……其中，正木醫師特別交代要竭盡全力照顧的病患，就是您。換句話說，本精神科的顏面，不、整所九州大學醫學院的名譽，現在可以說只關乎這一點……那就是您是否能恢復過去的記憶……能否想起自己的名字。」

若林博士下了如此斷語，我聽到這裡忽然一陣頭暈目眩，忍不住眨起眼睛。我的名字似乎化身為幽靈，襯著背後的強光，從某處現身……。

……但……下一瞬間，我又覺得難堪到頭都抬不起來，不自覺地俯下頭。

……這裡確實是九州帝國大學裡的精神科病房。而我也確實是被收容在這間七號房（？）內的精神病患者。

……從今天清晨睜開眼時，就覺得我的腦袋有些不對勁，這就證明了我罹患過某種精神病……不，這表示我現在還有病。……沒錯，我是個瘋子。

……啊。我是個可悲的瘋子……

……隨著若林博士這番幾乎太過多禮的說明，我才第一次清楚意識到種種難以忍受的羞恥。接著我心跳急促，胸口幾乎要窒息。不知是羞恥、恐懼，還是悲傷，自己也無法了解的這些情緒，宛如細針刺著我全身，從耳朵到頸部一帶開始發燙。……我的雙眼不自覺地發熱，多希望就這樣趴倒在床上，雙手掩面，輕輕按著鼻樑兩旁的眼角。

若林博士低頭看著我這樣的態度，口中發出兩次吞嚥唾液的咕嚕聲。然後他雙手交握身前，彷彿眼前是位身分高貴的人，發出比之前更親切、幾近諂媚的聲音安撫我。

「是、我了解，我非常能體會。不管任何人發現自己置身這間病房，都會有一種近乎絕望、深受打擊的感覺。……但是請不用擔心。因為您住進這間醫院，和這棟病房裡其他病患住院的意義完全不同……」

「……我……我和其他病患不同……？」

「……是的……我剛剛提到的正木教授，在這個精神科教室創設了名為『瘋人解放治療』的畫時代精神病治療，而您則提供了自己的身體，作為這項實驗中最寶貴的研究素材……」

「……我……我是瘋人解放治療的實驗素材……為了要解放瘋人、進行治療……」

若林博士身體略向前傾、微微點頭。似乎在對「瘋人解放治療」這個名稱表示敬意……。

「正是如此。您說的一點都沒錯。我想您很快就會了解開創『瘋人解放治療』實驗的正木博士，不管是他的人格或者他所建立的學說，有多麼劃時代的嶄新意義，而且……您已經憑藉您自己腦髓的正確運作，讓正木博士的嶄新精神科學實驗展現極驚人的優異成果，全世界也都對本大學的名聲留下深刻印象。……不僅如此，由於實驗結果所呈現的強烈精神衝擊，您原本完全喪失了意識，但是現在卻如此精彩地恢復正常。……因此，簡單地說，您不僅是這個解放治療場內驚人實驗的核心代表，同時也等於是本大學榮譽的守護神。」

「……為……為什麼我會……參加這種可怕的實驗……？」

我一時情急，身體稍稍突出了床鋪。我怎麼會莫名其妙捲入如此離奇事件的中心，實在太令人害怕了……。若林博士低著頭看我的臉，比剛才更鎮靜地點點頭。

「我相當明白您心裡的疑惑。……不過……很遺憾，關於這件事，現在我沒辦法向您仔細說明。除非在不久的將來，您能自己想起這一切經過……」

「……我自己想起來？……這……要叫我從何想起呢……」

我急忙逼問，又馬上噤口不言。因為若林博士說話的口氣，又讓我想起自己身為精神病患的可悲……。

但若林博士依然相當鎮定。他平靜舉起手制止我。

「……我懂……我懂，請等一下。我會這麼說是有原因的。……坦白說，關於您進入這解放治療場的經過，並非一朝一夕能說明，其中的緣由深刻複雜，又極端不可思議。而且光憑我一個人完整說明來龍去脈，聽來可能有虛構之虞……也就是說，若不是由親身體驗了整個過程的您自行回想起這段既深刻又奇妙的體驗，沒有人會相信這是事實……因為您過去的記憶中，包含著極度奇幻、驚異的故事……不過，為了讓您放心，我想稍作說明應該無妨。……這麼說好了……今年二月，正木博士到本大學任教後不久，立刻著手設計這個『瘋人解放治療』的治療場，在同年七月完成，經過短短四個月的實驗後，在距離現在一個月前的十月二十日、正木博士去世的同時，關閉了這個治療場。而正木博士在這極短的期間內所進行的實驗，最主要的目的就是讓您恢復過去的記憶。結果，正木博士清楚預言，始終陷入某種特殊精神狀態的您，不久的將來一定會恢復到今天的狀態。」

「……已經去世的正木博士……預言了我今天的狀況……？」

「沒錯。一點也沒錯。正木博士說過，只要將您視為本大學的至寶，妥善照顧，您一定能恢復原本的精神意識。他大膽斷言，您自己本身一定能證明正木博士偉大學說的原理，以及由該原理所產生的實驗效果。……不僅如此，我當時也深深相信，如果您確實如同正木博士的預言，恢復過去的所有記憶，必然也能想起過去那樁與您有關的事件，那空前未見，極盡怪異、悽愴之能事的犯罪真相。當然，我現在也一樣深信不疑……」

「……空前……空前的犯罪事件……與我有關……」

「是的。雖然目前只能稱之為空前，但此事件詭異非常，我想也很可能就此絕後。」

「……那……那是什麼樣的事件……？」

我還沒來得及吐氣，急忙將身子探出床舖外詢問。

但若林博士還是顯得非常冷靜。他昂然佇立，如行雲流水般流暢解釋著。蒼白的眼珠子靜靜俯看著我。

「……其實我也不打算瞞著您。剛才所說有關正木博士在精神科學方面的研究，我自己從很久以前就接受他的指導，現在依然繼續繼承『應用精神科學的犯罪』相關研究，不過……」

「……應用……精神科學的犯罪……？」

「是的……不過，由於這個主題太新穎，光聽名稱或許無法了解內容，但如果我這麼解釋，您或許多少能瞭解。……其實，說到我開始研究這個主題的動機，正是因為我發現正木博士所提出的『精神科學』，內容充滿太多可怕原理、原則。比方說，在精神科學其中的一個部門『精神病理學』中，包含了藉著某種暗示作用，會讓一個人的精神狀態突然驟變為另一個人……在一瞬間內清除這個人現在的精神生活，替換為潛藏於他精神深處、數代以前的祖先個性等等……有著無數令人悚然的理論和實例……而且這些理論的應用、實驗效果，非但具備科學上的精確與深奧，同時關於其作用的說明和實行的方法，卻又不同於以往的科學，極其平實簡單……如果善加說明，連婦孺都能了解而且感興趣，換個角度看，再也沒有如此危險的研究、實驗了。……當然，詳細內容不久的將來應該會在您眼前歷歷展開，我就不在此贅述了……」

「……這……這……我怎麼會……參加這麼可怕的研究內容……？」

若林博士嚴肅地頷首。

「您說的沒錯。因為您親身證明了這項學說確實是真理，所以您不僅對這種原理所呈現的恐怖、戰慄具備某種免疫能力，同時，您也了解到，在不久的將來、當您完全恢復過去記憶時，必然擁有參加這項新學理研究的權利和資格，但是，如果將此秘密研究內容洩漏給外人知悉，我們完全無法預料會發生什麼鉅變。……舉例來說，如果發現潛藏在某人內心深處的一種可怕遺傳心理，並且給予一個相對應的暗示，就能在瞬間讓這個人發狂。這時候，假使時代進展到能讓這個人完全遺忘使自己發狂的犯人，那又會變得如何呢？跟諾貝爾發明黃色火藥製造法、造成世界戰爭劇烈化的影響相比，這種禍害想必更難以衡量。

……因為如此，站在本行法醫學的立場，我認為這種精神科學理論如果跟現代唯物科學理論一樣，普及為一般社會常識，影響將非同小可。到時候，如同目前應用唯物科學的犯罪橫行一樣，勢必也要了解到應用精神科學的犯罪將大肆流行，但若演變至此，就再也無法挽回了。因為我們早已知道，一旦這種應用精神科學的犯罪真的實現，將與既往應用唯物科學的犯罪不同，世界各地絕對會到處出現幾乎無法檢舉、偵查的犯罪事件，所以這一點不得不請您協助，絕不能將正木博士的新學說外洩……。同時，這也是我們對您深感抱歉的地方，為了預防萬一，必須儘可能周全地研究出這種犯罪的預防方法和探索檢測方法……因此，我才會從很久以前就在正木博士的指導下，以『應用精神科學的犯罪及其跡證』為題，極度秘密地從各方面進行調查。也就是說，這項研究形同我和正木博士兩人的共同事業……。

……但是，也不知道正木博上和我到底疏忽了哪一點……雖然我們如此謹慎小心，這項理論卻不知在什麼時候、用何種方法被偷走，居然在距離本大學不遠的地方，突然發生一樁不可思議的犯罪事件，巧妙地實際應用了這種精神科學中最強烈、最具效果的理論。……這個事件的概要，簡單地說便是讓具有某富豪血統的數名男女，在毫無理由的情況下互相殘殺或讓對方發狂，實在是殘忍冷血、無可復加的兇行。……而且，為什麼我們會認為行兇手段與我們研究的精神科學有關，是因為同屬這富豪家族血統，最後一位溫柔善良、頭腦清晰的青年身上所發生的事。……這個青年為了維繫自己家族的血統，打算和愛慕自己的美麗表妹成親，但是在婚禮前一晚的半夜，青年卻意外開始夢遊，勒死了這名少女。當少女屍體橫躺在他眼前時，他還非常冷靜地攤開紙張描繪現場情景……這樁離奇不可思議的事實曝光後，引起社會大眾熱烈的討論……不過……不過，讓青年所屬的富豪家族陷入如此悲慘狀態的兇手是誰？目的何在？這兩大根本問題直到今天，我們仍舊不明白……被譽為九州地區警視廳的福岡縣司法當局對於這樁事件可以說徹底舉白旗投降，同時，在正木博士的支援下竭盡全力調查這個事件的我，到今天為止還是沒能掌握與事件真相有關的絲毫線索，宛如墜入百里霧中，只能徬徨摸索。

……所以……因為這些原因，目前我手中唯一能夠追查事件的方法只剩一個……那就是等這個事件的中心人物，也就是還活在世間的您，藉由正木博士的遺德，順利恢復過去記憶的同時，自己直接判斷事件的真相……並且告訴我們犯案的目的和兇手的真面目……除此之外已經別無他法了。犯下這樁事件的怪魔人，以變幻莫測的手段犯下了這個事件，但現在卻已經銷聲匿跡。……我說到這裡，您應該已經明白了吧？為什麼我不能親口具體說明這個事件，因為我還沒掌握這次事件的真相。另外……之所以由我自己介入並非自己專業領域的精神科，親自照顧您，也是為了防止重大的秘密外洩，另一方面，萬一您真的恢復了記憶，我必須要即刻趕到，比任何人更早獲知事件真相才行……我必須要揭穿隱蔽事件真相的怪魔人真面目。……而且，萬一因為您恢復過去的記憶而揭開事件真相，這項具備多重深刻意義的研究發表，必然會在現今科學界和一般社會都引起世界級規模的震撼。正木博士表面上暫名為『瘋人解放治療』的研究……這項給予現代物質文化重重一擊、足以轉化為精神文化的龐大實驗，最後得知的重大事實不僅可獲得科學佐證，同時，我在博士指導下持續研究的『應用精神科學的犯罪及其跡證』論文中，也終於能毫無缺憾地補充完這最重要的證例之一。我和正木博士這二十年來費盡心血的精神科學研究，總算能獲得公諸於世的機會。……因此，您是否能想起自己的名字、恢復過去的記憶，進而揭開事件真相，具備這多重意義，不僅是本大學內部以及福岡縣司法當局重視，更可說是吸引了全天下的注意力。……所以……」

一口氣說明到這裡，若林博士蒼白的眼睛忽然給了我奇妙的一瞥。……但說時遲那時快，他迅速別過頭去用手帕掩住臉，開始拚命咳嗽。

望著那張佈滿皺紋、痙攣抽搐的側臉，我整個人就如同被裹在煙霧般，茫然無所適從。從今天清晨起發生在我周遭亂七八糟的事，沒有一件不讓我產生新的不安和震驚……而若林博士對這些事的說明，只是讓它們膨脹得更誇張、更不自然，實在很難相信是事實……這些事聽來都與我有關，但我又感覺到它們似乎慢慢變成與我全然無關的奇幻故事……。

不久咳嗽終於稍緩的若林博士，用他蒼白的眼眸盯著我致意。

「對不起。我有點累了……」

說著，他轉頭望著背後單薄的藤椅，緩緩坐下，見到他坐下的動作，我不禁傻眼。

剛開始看到那張藤椅放在若林博士身後時，我甚至猜想……身材稍微高大的人一坐，這椅子一定會立刻垮掉，或許等等還有其他女性要來吧。但現在仔細一看，若林博士高大的身軀輕輕鬆鬆地坐進藤椅兩邊的狹窄扶手之間。他彎低了上半身，低垂在膝前的臉孔只露出眼睛在手帕外……那樣子彷佛在說，我就是怪異事件背後的怪魔人……他整個人縮成一團，恰到好處地塞在藤椅中。再怎麼看全身大小都只有剛才的一半，不管他身材多瘦……不管他身上的毛皮外套多輕薄，正常人都不可能辦得到。更何況，從椅子中傳來的聲音跟剛剛一樣……不、可能因為坐定了，甚至顯得更加冷靜……就好像在說……我對一切都瞭若指掌。

「……真是不好意思……現在過來看了您的情形之後，即便自己是外行，也可以了解正木博士的預言確實料事如神。您現在一定因為努力想恢復自己過去記憶卻始終想不起來，而困擾不已，是吧？這就是您試圖回歸接受實驗前健康意識的一種必經過程。……也就是說，根據正木博士的研究，在您的腦髓中，屬於反射、交感過去記憶的部分，其中負責控制屬於最早記憶的潛意識之處，存在著遺傳上的弱點，換句話說，這個地方相當的敏感。

……但另一方面，有一個神秘人物早就深諳此事。他使用極強烈的精神科學暗示性材料，刺激這最敏感弱點深層，讓這個部位陷入極度緊張的狀態，結果導致遺傳、潛伏在您腦中千年前的祖先們，深刻、詭異的傳奇記憶徹底脫離，出現在您的意識表面，讓您陷入深沉的夢遊狀態。……到了今天，您從潛意識遊離出來所呈現的夢遊心理，已經發揮完全，又回到虛無的狀態，所以您才會像現在這樣脫離夢遊狀態，不過，持續異常活躍的潛意識部分，以及位於附近負責反射、交感過去記憶的部份腦髓，由於長時間的緊張導致嚴重疲勞，目前還無法完全自由運作。也因此，愈古老的記憶，您愈想不起來。……而只有負責反射、交感發生在最近、印象較新事件的部份，因為還不致於太過於疲累，在今天早上覺醒了，雖然您顯得相當焦燥，很想快點恢復更早的記憶，卻什麼也想不起來……這就是您目前的精神狀態。正木博士將這種狀態命名為『自我忘失症』……」

「……自我……忘失症……？」

「是的……，因為您受到隱藏在那椿詭怪事件背後詭怪兇手的精神科學犯罪手法驅使，在事件之後，有好幾個月的時間都和現在的您判若兩人，持續處於某種異常的夢遊狀態。……當然，這種深度夢遊狀態，或者說極端的雙重人格病例，與一般人經常顯現的輕度雙重人格式夢遊……也就是『說夢話』或者『睡迷糊』等程度大不相同，非常罕見，可是儘管罕見，自古以來各種史料文獻裡仍可找到清楚的事實。比方說，『五十年後才回想起故鄉的老人』，或者是『看到證據之後才自覺是殺人犯的紳士回憶錄』、『不記得自己曾經生過兒子的孤獨老婦告白』、『以為自己因火車撞擊而昏厥，沒想到昏厥期間竟變成禿頭大富翁的貧困青年手記』、『只共度一晚的年輕夫人，隔天醒來卻已變成白髮老嫗的故事』、『錯認夢境與現實，犯下滔天大罪的高僧懺悔錄』等等，許多文獻裡都留有這類千奇百怪的實例，讓世人徘徊在半信半疑的界限，但是以我剛剛所介紹正木博士的獨創學理來對照這些實例，就會發現沒有任何可疑之處了。我們不但清楚、確實地證明這類現象在科學上有可能存在，同時也從理論和實證兩方面確知，這種人在回歸原本精神意識時，一定會經歷長時間的『自我忘失症』。……嚴格來說，在我們的日常生活中，心理狀態隨時受到所見所聞的刺激，不斷產生變化。單獨一個人生氣、悲傷、微笑，都算是種夢遊行為，在這種心理變化進行的每個剎那當中，都以極短的時間重覆了『夢遊』、『自我忘失』、『自我覺醒』的過程。……只是一般人沒有意識到而已……正木博士也一併證明了這個事實。……因此，正木博士早已經清楚地預言，您也會經歷一樣的過程，很快地，約莫在今天就會恢復清醒，剩下的只是時間的問題。」

說到這兒，若林博士稍微喘了口氣，舔舔嘴唇。

但我並不知道此時的自己究竟是什麼表情。我什麼頭緒都還沒理清，若林博士的說明一字一句深具學術權威，以尖銳陡急的角度緊迫進逼，讓我宛如接觸到高壓電般，全身僵住無法動彈。……剛剛他所說的詭怪事件，真是我自己的遭遇？……而且我現在還必須回想起這樁可怕的事件，以及自己的名字？……這些無法言喻的恐懼逼得我冷汗直滴，滲入兩邊腋下，我所有神經都集中在眼前這張蒼白的長臉上。……

這時候，若林博士微微垂下蒼白眼睛，聲音感覺比剛剛更加低沉。

「……容我再重覆一次，目前為止，正木博士的預言一一實現，沒有分毫謬誤。從今天早上開始，您已經完全脫離先前夢遊的精神狀態，正處於即將恢復昔日記憶的邊緣。……因此，為了能讓您想起自己的名字，也就是您剛剛詢問護士小姐的名字，我這才匆匆趕來。」

「……讓……讓我想起自己的名字……？」

我大叫著。心跳突然急促得喘不過氣。……該不會……其實我就是那樁詭怪事件的真兇？若林博士似乎對我的名字特別謹慎小心，這不就是最好的證據？……這念頭瞬間掠過我腦中……。不過若林博士只是若無其事地平靜回答。

「……沒錯。只要您能自己想起自己的名字，那麼其他的一切記憶自然會浮現出您的意識表面。

同時，您一定也會想起事件真相的深奧底層，包括控制這整樁詭怪事件的精神科學原理有多麼可怕，還有這奇怪的犯罪到底是基於何種理由、有何動機？事件核心的怪魔人又是何方神聖？……因此，從正木博士手中接過照顧您工作的我，最重大的責任就是幫助您回想起一切……」

我又因為某種難以形容、極端可怕的預感而感到戰慄悚然。我不禁坐直了身體狂喊著。

「……你……你在說什麼……我的名字到底是……」

聽到我這麼問，若林博士卻像機器一樣就此噤口不言。他那朦朧泛著光的眼眸直直凝視著我眼睛深處，就像在摸索我內心的什麼……又像在暗示某種重大事實。

日後回想起來，這時我一定已經落入若林博士深不可測的計謀。若林博士不斷描述這極具科學性又極端煽情的故事，絕非毫無意義。這些都是企圖讓「我的注意力」對於「我的名字」感到極度緊張，迫使我無論如何都得想起的精神刺激方法。……所以當我急於要問出自己名字時，他卻閉口噤聲，想利用沉默把我的焦燥逐漸引到最高點。他或許是想讓我自己去刺激重現凝固在腦髓中過去的記憶。

可是當時的我根本無法察覺到如此縝密的計策。我一心以為若林博士會馬上告知我的名字，專注凝視著他蒼白的嘴唇。

而仔細觀察我態度的若林博士彷彿有些失望，輕輕閉上眼。他慢慢左右搖搖頭，輕聲嘆息，接著又靜靜睜開眼，用更冰冷、更纖細的聲音說。

「……不行……我什麼也不能告訴您。既然您無法記起自己的名字，那只能到此為止。不管怎麼樣，都得讓您自己自然想起才行……」

我頓時放下心來，但又突然覺得不安。

「……我能想得起來嗎？」

若林博士肯定地回答。

「能。當然可以。而且到時候您不但會瞭解我剛剛所言一字不假，同時也表示您完全康復，可以離開這間醫院，我們早就有充分的準備，讓您享有法律上以及道德上的權利……也就是一個健全的家庭以及屬於這個家庭的一切幸福。我承接正木博士工作的第二項責任，就是順利將這一切交到您手上……」

若林博士說到這兒，再次用他蒼白冰冷的眼瞳盯著我看，表露出無比的信心。我在他眼神的壓力之下，只能低下頭……總覺得這似乎是與我自己無關的事……無端聽著這個既詭異又複雜的故事，只覺得莫名疲憊……。

而若林博士一點也不在意我的感覺，他輕咳一聲，語氣一變。

「……那麼……從現在開始，我打算進行能讓您想起自己名字的實驗。接下來會依序讓您看許多物件，這些都是我們……正木博士自然也有一樣想法……認為與您過去經歷有深刻關係的東西，希望藉由這個實驗，能喚醒您過去的記憶，不知您意下如何？」

說著，他雙手放在藤椅扶手上，伸展了身體。

我望著那張臉，稍稍點頭示意。就好像在說……一點都無所謂……隨你的便吧。

但我的內心卻不免猶豫。不、我甚至覺得有點可笑。

……今天一早不斷呼喚我的那個六號房少女，還有站在我眼前的若林博士，會不會都認錯人了？

……他們是不是把我誤認為另一個人，才如此熱切地呼喚、譴責我？……所以無論經過多久、受到何等苛責，我才會仍然什麼都想不起來？

……我接下來要看的所謂「過去的紀念品」，說不定其實跟我毫無關連，只是陌生人的紀念品？……不知藏身於何處、身分不明的冷血兇殘的精神病患……這個人所描繪極盡詭異殘虐的犯罪紀念品……他們只是想讓我看這些東西，然後逼迫我快點想、快點想？

……我腦中盤旋著這些荒唐無稽的想像，不由自主地縮起脖子，惶恐畏縮。

這時候的若林博士保持著他一貫的學者般的高雅風範和謙遜身段，平靜地向我行禮後，從藤椅站起身。他身後的房門慢慢打開，一位身材矮小的男人迫不及待地大步走入房內。

這名矮小男人理著五分平頭，嘴上蓄著短短黑色八字鬍，身穿白色立領上衣黑長褲，腳上穿著用舊皮鞋做成的拖鞋，很少見的裝扮。他左右手分別提著黑色皮革手提包和微髒的摺疊椅，隨後進來的護士在房中央放置了一個正冒著蒸氣的圓缽，矮小男人立刻俐落地打開摺疊椅。接著他把黑色手提包放在椅子旁打開，一面從手提包內拎出理髮剪、梳子之類的東西放在蓋上，一面看著我點頭致意，就好像在對我說：「那麼請吧。」……。這時，若林博上也把藤椅拉近床頭枕邊，向我使了個眼色，似乎也在說：「那麼您請吧。」

我心想……應該是要讓我剪髮吧……。於是我赤著腳走下床，坐在折疊椅上，留八字鬍的矮小男人幾乎也在同時拿起一片白布，啪！地一聲在我周圍攤開。然後用以熱水擰過的毛巾層層包住我的頭，用力按緊，回頭看著若林博士。

「像上次那種剪法行嗎……？」

聽到這個問題的若林博士似乎有點驚訝。他好像偷偷地看了看我的表情，但很快又若無其事地回答。

「好。上次也是請你剪的嗎？你還記得上次是怎麼剪的嗎……？」

「當然。剛好是一個月以前的事，又是特別指定的方法，所以我記得很清楚。中央部分較高，讓整張臉呈圓潤蛋型……周圍剪得極短，像東京的學生一樣……」

「沒錯沒錯。那麼這次也一樣麻煩你了。」

「好的，沒問題。」

話聲還沒落，剪刀聲已在我頭上響起。若林博士還埋坐在床舖枕邊的藤椅裡，正從外套口袋抽出一本紅色封面的外文書。

我閉上眼睛，開始思考。

總之，我的過去也算是漸漸稍微明朗了。暫且不管若林博士所說的那些荒謬無稽的故事，至少我已經能夠一點一滴推敲出自己明確相信的事實。

我從大正十五年（雖然我不知道那是什麼時候）成為這所九州帝國大學精神病科的住院病患，直到昨天為止，似乎都活在忘我失神的夢遊狀態中。另外，不知是在這夢遊狀態當中或者之前，反正約莫在一個月前，我也曾經剪過像新潮學生般的平頭。而我現在正要逐步恢復成當時的模樣……等等……。

……但是……想歸想，以一個人過去的記憶來說，這點份量也未免太過單薄。再說，這也不過是從與我毫無關連的醫學博士和理髮師父口中聽來的事實，真正存在我記憶中的過去，只有從今天凌晨聽到那……嗡——嗚嗚嗚……的時鐘聲，到現在為止短短幾個小時內發生的事。至於聽到……嗡——嗚……聲音以前的事，對我來說則是一片空虛，我甚至連當時的自己是生是死，都無法確定。

我到底在哪裡出生？如何長大成人？看到各種東西之後馬上能辨別的判斷力……知識……以及對若林博士的說明能深入理解到令自己膽寒的學習力……我是從哪裡學會這些的？這麼龐大、無限的過往記憶，我又是為什麼竟會忘得一乾二淨呢……？

……我閉上眼睛，思考著這些問題，凝視自己腦中的空洞，不知不覺，我的靈魂彷彿愈來愈縮小，就好像漫無目的漂浮在無限虛空中的微生物一樣。我開始有寂寞……無聊……悲傷的感覺……眼眶莫名地發燙……。

……好冰……有東西沾上了我的後頸。原來理髮師不知何時已經剪好頭髮，正在塗抹肥皂泡沫，準備剃我的後頸。

我頭低低垂下。

……但是……我再仔細推想，一個月前，若林博士也曾經命令理髮師父剪過這種髮型。這麼說來，說不定一個月前我也曾經有過像今天早上一樣可怕的經驗。而且從博士的話裡推斷，受命替我剪髮的應該不只這位師父。如果是這樣，在那之前、甚至更早以前……這種事已經不知道重覆多少次了，也就是說，我只不過是不斷不斷反覆表演這些行為的可悲夢遊症病患而已……。

那麼若林博士不就是專門進行這種實驗冷酷無情的科學家嗎？……不對。從今天早上到現在為止發生在我身邊的所有事，莫非只是我這個夢遊患者的幻覺？……我正做著此刻在這裡被剪成新潮髮型、修整從鬢角到眉毛上下的夢，所以真正的我……我的肉體並不在這裡。我在一個非比尋常、不可思議的地方，進行著不可思議的夢遊……。

……想著想著，我猛然從椅子上跳起來。……白布還圍在脖子上，我逕自往前衝……我本想這麼做，但事實上卻不然。……頭頂上突然開始一陣騷動，讓我眼睛嘴巴都無法張開，我不由自主地將浮起一半的臀部落回椅子上，緊縮著脖子。

兩根圓梳子並排在我頭頂上，開始不停轉動，轉得我幾乎喘不過氣來……但是……這感覺實在好舒服……一時之間，我暫時忘記到底我是瘋子，或者別人是瘋子。……高興、悲傷、恐懼、遺憾，還有過去、現在以及宇宙森羅萬象，我就像與這一切斷絕了關係的亡者，頹然靠在椅背中，無邊無際的瘙癢被確實搔抓到的快感，彷彿從我全身每一個毛孔滲入骨髓。……事已至此，也無可奈何。雖然不明白究竟怎麼回事，總之，以後就全聽命於若林博士吧。未來如何，也都無所謂了……我就這樣完全放棄了一切，陷入頹廢的心情。

「請到這裡來。」

耳畔聽到年輕女人的聲音，我一驚睜開眼，眼前有兩位護士不知什麼時候進入房間，從左右兩邊緊抓住我雙手，就像對待罪犯一樣。圍在我脖子上的白布也不知何時被理髮師拿掉，正拿到門外用力拍撣。

這時，原本專注閱讀著紅色封面外文書的若林博士，將書頁反蓋在桌面上站起來。他拉長了馬臉輕咳兩聲，雙手比著房門，似乎在說，「請往那邊走」。

我從滿臉髮絲和頭皮屑中勉強睜開眼睛，雙手被護士們拉著，赤腳踩上冰冷石板地，有生以來第一次……？……走出門外。

若林博士送我到門外，但中途卻不知道跑到哪裡去了。

門外是寬敞的人造石走廊，左右各有五扇與我房門同色同款的房門面對面並排著。走廊盡頭陰暗牆壁的凹陷處，放著一座約與人同高的大鐘，外面跟我房間窗戶一樣，嚴密包覆著鐵格子和鐵絲網，這大概就是今天凌晨發出……嗡嗚聲音吵醒我的時鐘吧。這座時鐘不知道該從哪裡伸手進去上發條，裝飾著舊式蔓藤圖案的厚重長針指著六點〇四分，巨大黃銅鐘擺喀噠喀噠不停擺動的樣子，看起來就像是個受罰不得不重覆進行同樣動作的人。面向時鐘左側是我的房間，門旁釘著長約一尺的白色牌子，上面用黑色哥德式文字寫著「精、東、第一病房大樓」幾個小字，下方則寫著是「第七號房」的大字。沒有病患的名牌。

我被兩位護士牽著，背向時鐘開始走。不久之後來到明亮的戶外走廊，眼前出現一棟漆成藍色的兩層樓西式木造建築。走廊左右的雪白沙地上，綻放著如紅色鮮血般的豆菊、如雪白夢境般的雛菊、紅黃交雜形狀宛如奇妙內臟的雞冠花，對面兩側都是深綠色的松樹林。淡淡白雲飄在松林上方，晨光溫煦地照著，不知來自何處的遠方海浪聲靜靜地傳來，很是舒適……。

「……啊……現在是秋天吧。」

我心裡這麼想著。吸飽了滿肚子清新冰涼的空氣，心情輕鬆不少，但兩位護士不容我止步片刻欣賞景色，緊拉著我的雙手走進對面藍色建築物的昏暗走廊。來到右邊第一間房門前，已經在那裡待命的護士打開門，跟我們一起進入房內。

那是間相當大、光線明亮的浴室。從對面窗邊的石造浴缸中冒出的水蒸氣，讓三面玻璃窗不斷滴落晶瑩的水珠。三位臉頰紅潤的護士一起伸出粗圓的泛紅手臂、高高抬起泛紅雙腳，猛然抓住我，三兩下就把我全身剝光，逼入浴缸中。等我泡得熱燙站起時，她們立刻把我拉出，站立在沖澡場的木板上，用冰冷的肥皂和海綿前前後後左左右右毫無顧忌地刷洗我全身。然後她們出其不意按住我的頭，直接拿肥皂往我頭上擦，搓出成堆泡沫，用完全不像女人的粗暴手勁亂抓一把，然後毫無預警地嘩啦嘩啦淋下熱水，讓我眼睛、嘴巴都張不開，緊接著，不由分說抓住我雙手，以斬釘截鐵的語氣命令我。

「過來。」

我再度被趕進浴缸。動作怎麼會如此粗魯……我忍不住想，這三個人當中該不會有今天清晨送早餐來時被我拉扯的護士，想藉此報復？但仔細想想，這可能也是她們每天例行對待瘋子的手法，一想到這裡，我忍不住悲觀了起來。

不過，到了快結束之前，她們剪短我已經長得很長的手腳指甲，還用竹柄牙刷和鹽巴替我刷牙，再次泡熱身體，用全新毛巾擦乾全身，然後拿嶄新的黃色梳子來來回回刷著我的頭之後，我覺得整個人好像重新活了過來。此時的通體舒暢讓我不禁想，儘管心情已經如此清爽明晰，為什麼還是想不起自己的過去呢？這實在太不可思議了。

「換上這件衣服。」

其中一位護士這麼說，我回頭一看，剛剛脫在木地板上的病人服不知什麼時候已經消失，地上放著一個淺黃色大布包袱。打開包袱一看，裡面是一個白色硬紙箱，箱內有大學生制服、帽子、混色大衣、針織襯衫、長褲、褐色半筒襪，以及用報紙包起來的繫帶鞋等等……打開放在最上面的小皮盒，裡面是一只銀光閃閃的手錶。

我還沒時間驚訝，就被動地從護士手上一一接過，穿戴在身上，不過這時我順手觀察，並沒有發現這些東西上有任何顯示物主為我的英文縮寫記號。但是，每樣物件都像特地量身訂做一樣，不但有硬挺的熨痕，穿在身上抖一抖，只覺貼身舒適，就像早已穿慣了一樣。除了上衣領圍附近的嶄新衣領略緊之外，嶄新的角帽③、閃閃發亮的繫帶鞋和顯示為六點二十三分的手錶黑色皮帶尺寸，都吻合得讓我驚訝。我感到太不可思議，雙手伸入上衣口袋一摸，右手摸到疊成四折的簇新手帕和衛生紙，左手則摸到一個不知裝了多少零錢、柔軟鼓脹的小錢包。

我宛如中了邪一樣。我骨碌碌地四處張望，想看看哪裡有鏡子，但很不巧，連一小塊碎片都沒看到。三位護士一樣用骨碌碌的眼珠子回看著我的臉，打開門離去。

護士們剛走，若林博士便緊接在後，彎下比門框還高的頭緩慢地走進來。他像在檢查我服裝一樣，不停上下打量著我，然後默默帶我到房間角落，拿下晾在兩面相對牆壁中間的浴衣。而出現在浴衣下的，竟然是一整片巨大的穿衣鏡。

我忍不住踉蹌往後退了幾步。……因為我驚訝地發現，映在鏡中的自己實在太年輕了。

今天凌晨在昏暗的七號房裡摸著自己臉頰想像時，我以為自己應該是個三十歲左右、滿臉鬍鬚，兇神惡煞般的大漢，儘管剛剛經過一番梳洗整頓，但我萬萬沒想到用手掌撫摸的感覺居然會和實際長相有這麼大的差異。

③角帽：學生帽的一種。日本的學生帽可大致分為丸帽（即圓帽）及角帽兩種，丸帽常見於小學生到高中，角帽始於東京大學，後擴及全國大學，成為一般大學生穿戴的款式。——譯注

站在眼前等身大穿衣鏡裡的我，怎麼看都像頂多剛滿二十歲的毛頭小伙子，額頭飽滿、兩腮瘦削、眼睛斗大，一臉驚訝的表情。如果不是身穿大學生制服，也許會被看作國中生。一想到自己竟然這麼年輕，從今天凌晨開始緊繃的情緒，彷彿漸漸萎靡，只覺得陷入一種異樣的心情，既像是難以形容的詭異……又像是開心……又像是悲哀。

這時候，若林博士從我背後催促似的說。

「……怎麼樣……想起來了嗎……想起您的名字了嗎……？」

我慌忙脫掉戴在頭上的帽子，硬是嚥下冰冷的唾液，轉過頭去，我這時總算明白，為什麼若林博士從剛剛開始就不斷在我身上嘗試各種奇妙手法。他答應讓我看看過去的紀念品，其中他第一個讓我看的，就是我自己過去的樣子。換句話說，若林博士一定是清楚地記得我當時住院的穿著打扮，他先讓我恢復與當時相同的打扮，然後突如其來呈現在我眼前，試圖讓我回想起過去。……原來如此，一定是這樣沒錯。這確實是我過去的紀念品。……就算其他的一切有可能誤認，唯有這點不可能出錯，我自己回憶中的樣子……。

然而……可惜的是博士這番苦心和努力無法獲得回報。第一次見到自己原本的樣子雖然非常驚訝，可是我卻跟剛剛一樣，什麼也想不起來……不僅如此，知道自己竟是這麼個年輕小伙子後，我反而比以往更加畏怯惶恐，心裡有種難以形容的感覺……自己好像被嘲弄取笑……又像是莫名的恐懼……我不斷擦著額頭不自覺流出的汗滴，頭愈垂愈低。

若林博士依然用他那沒有表情的眼神，嚴肅地看著我的臉，再比照我映照在鏡中的臉，最後，他輕輕地點著頭。

「……這也難怪。您的皮膚比以前白許多，而且也胖了一些，或許和住院前的感覺有點不一樣……那麼，請您到這裡來。我們試試另一個方法……這次，您應該能夠想起來……」

我穿著新的繫帶鞋，腳踝和膝頭都很僵硬，跟在若林博士身後，走回剛剛那道雞冠花盛開的走廊。本以為我們要走回七號房，不過若林博士卻停在隔壁掛著六號房牌子的房門前，叩叩地敲了門。他拉開大型的黃銅把手，半開的房門內走出一位身穿淡黃色圍裙、年紀約五十歲左右，像是看護的老太太，客氣地朝若林博士行了一禮。老太太仰頭望著若林博士，恭敬地報告。

「她現在正熟睡著。」

說完，她便走向我們剛剛離開的西式建築物。

然後，若林博士小心翼翼地探頭進去。他單手輕輕握住我的手，另一隻手則靜靜地掩上房門，躡手躡腳地走近橫靠在對面牆角的鐵床。接著他輕輕放開我的手，用他那毛茸茸的手指靜靜指著睡在床上一位少女的臉，一邊回頭看著我。

我雙手緊抓住帽舌，眨了兩、三下眼睛，不敢相信眼前所看到的一切。

……一位美到讓人難以置信的少女，正在我眼前熟睡著。

少女一頭豐盈光澤的頭髮紮成奇怪的形狀，宛如一朵黑色的巨大花朵，蓬鬆地散亂在潔白毛巾包裹的枕頭上。她身上穿的白色棉布病人服與我之前穿的一模一樣，包紮著新繃帶的左右雙手規規矩矩交疊在蓋好白毛毯的胸前，看這樣子，她確實就是今天清晨敲打牆壁、不斷叫喚，讓我苦惱不已的少女吧。當然，牆壁上並沒有發現如我今早所想像的淒慘滲血痕跡，但我實在很難想像，眼前這個睡得如此安靜、天真無邪的人，竟會發出那麼淒厲、痛苦的聲音瘋狂哭喊……瞧她這細長的彎彎眉毛、濃密修長的睫毛、優雅高挺的鼻樑、泛紅的臉頰、三葉草型的小巧櫻唇、形狀可愛的清透雙下巴，清純睡姿宛如特別訂製的人偶。……不。當時的我真的懷疑這會不會是人偶，忘我地凝視那張睡臉。

於是……人偶的睡臉開始在我眼前展開無法用不可思議等簡單話語形容的神祕變化。

裹著嶄新毛巾的大枕頭上，擺放著一對還覆蓋著柔軟汗毛的桃紅色耳朵，修長睫毛規規矩矩、透露著愉悅，輕覆在少女睡臉上，而這張睡臉竟以肉眼幾乎無法分辨的速度，慢慢地、慢慢地轉為悲傷表情。而且她細長的彎眉毛、濃密修長的睫毛、三葉草型的櫻唇輪廓，全都跟一開始一樣，靜止於美麗的位置。不過，只有那少女般天真無邪的桃紅色臉頰，似乎轉變為落寞的玫瑰色，雖然只有這樣的變化，剛剛看起來大約十七、八歲的稚嫩睡臉，不知不覺變成一張年約二十二、三的貴夫人，高貴優雅的表情。而她表情深處逐漸浮現的悲哀，卻是如此神聖……。

我再次開始懷疑自己的眼睛。但別說揉眼睛了，我幾乎無法呼吸，只能目不轉睛地出神凝視著她，不久，她細長的雙眼皮之間開始滲出透明水珠。這水珠慢慢變成較大的露珠，沾在長睫毛上閃閃發亮，我正覺得奇怪，只見那露珠簌簌往左右滴落而下……這時候，她小巧的嘴唇開始微微顫動，片片斷斷發出夢話一般模糊不清的囈語。

「……姐姐……姐姐……對不起、對不起。……我……我是真心喜歡大哥的。雖然我知道大哥對姐姐來說有多麼重要……可是我從很久很久以前，就喜歡上他了……所以事情才會變成這樣……啊……對不起、對不起……求求妳……求求妳……請原諒我吧……原諒我……姐姐……好嗎……」

她說話的音調結結巴巴，我必須從她嘴唇的顫動，才能勉強推測出這些內容。然而，她的淚水卻不斷如泉水般湧出，由修長睫毛之間流向左右眼角……再流向兩邊太陽穴……最後消失在兩側青鬢白皙的髮際。

不過，眼淚不久後就停止了。而貼在左右雙頰的寂寞玫瑰色，就彷彿天色漸亮，又慢慢恢復成原先的稚嫩桃紅色，那表情又回到像人偶般靜止不動的十七、八歲健康少女的睡臉。……在短暫的夢境中，居然悲傷到老了五、六歲。然後又恢復到原來的年輕……我看著她臉龐的同時，那唇際慢慢浮現出一抹溫婉的微笑。

我打從心裡長嘆了一口氣。宛如自己還沒完全從夢中清醒般，怯怯地回望背後。

站在我身後的若林博士依然和剛剛一樣面無表情，雙手背在身後，靜靜俯看著我。不過，從他如石蠟般僵硬的臉色，可以了解他內心其實非常緊張，不久，他靜靜回望轉頭過來的我，舔了舔蒼白的嘴唇，發出與之前判若兩人的虛弱聲音。

「……您知道……這女孩的名字嗎？」

我再次回頭看看少女的睡臉，輕輕搖著頭，深怕會吵醒她。

……不……完全不知道……

我用眼神這麼說著……。聽了之後若林博士用他低沉的聲音緊接著問。

「……那麼……她的長相呢？您有印象曾經見過嗎？」

我抬頭望著如此詢問我的若林博士，大大地眨了兩、三下眼。

……開玩笑……我連自己的長相都記不得，怎麼可能記得別人的臉……

我的眼神這麼告訴他……。

就在我露出這些表情的瞬間，若林博士的臉上又掠過難以形容的失望表情，眼神空洞地凝現我好一陣子，然後慢慢恢復原本的寂寞神情，輕輕點了兩、三下頭，跟我一起靜靜地轉向少女。他以極慎重的腳步往前踏了半步左右，就好比在神前起誓一樣，把雙手交握在身前低頭看著我。他語帶暗示，緩緩地開口。

「……那麼……我就告訴您吧。她是您唯一的表妹，和您早有婚約。」

「……啊……」

我嚥下自己的驚叫。雙手按著額頭，搖搖晃晃地蹣跚往後退。我同時懷疑起自己的眼睛和耳朵，發出沙啞聲音。

「……怎……怎麼可能……她……她這麼漂亮……」

「……沒錯。這位小姐確實有著世間罕見的美貌。但是的確沒錯。她就是今年……也就是大正十五年四月二十六日……剛好六個月前，預計和您舉行婚禮，您唯一的一位表妹。不過卻因為婚禮前一天晚上那離奇不可思議的事件，直到今天，她只能過著這種令人同情的生活……」

「………………」

「……所以……設法讓她和您能平安無事出院……回歸快樂的婚姻生活，也是正木博士託付給我最後的重大責任。」

若林博士的語氣緩慢又嚴肅，似乎企圖要威脅我。

但我還是一樣，就像中邪了一樣瞪大眼睛，回頭望著床鋪。……突然有人指著你的鼻子，說這素未謀面、宛如天仙的少女是屬於你的，這實在太詭異……太奇怪……而且還莫名地荒謬可笑……。

「……我……唯一的表妹……？可是……她剛剛說的姐姐是……？」

「那是她在作夢。如同我剛剛所說的，這位小姐並沒有任何兄弟姐妹。她是獨生女……但是，根據記錄，她一千年前的祖先有一位姐姐。現在，這位小姐在夢中把祖先的姐姐當作是自己的姐姐了……」

「……你……你為什麼……會知道……」

說著說著，我的聲音開始顫抖。我一邊抬頭看著若林博士的臉，一邊不自由主地慢慢往後退。我突然懷疑起若林博士的神智……。除了巫師，怎麼可能有人憑空猜測別人作夢的內容……這根本超越了推理和想像的範疇……以人類的力量根本無從得知的千年前離奇事實，他竟然如此理所當然地流暢說明，這未免太詭異了……或許打從一開始若林博士就不是個正常人。說不定他跟我一樣，也是被收容在這所精神病院的特殊病患之一……。

不過，若林博士沒露出半點驚奇的表情。他還是以那儼然科學家的平靜語氣回答。聲音依舊低沈、斷斷續續……。

「那是因為……這位小姐清醒的時候也會說相同的話、做相同的事，所以我才會知道。請看看她綁頭髮的奇怪方式。這種髮型是這位小姐千年前祖先生活的時代，已婚婦人才會梳的髮型，她偶爾會自己重新梳理……也就是說，雖然眼前這位小姐還是清淨無垢的處子之身，但是，當她自己改梳成這種髮型時，就證明了這位小姐的整個精神生活已經回到千年前那位已婚祖先的習慣、記憶和個性，當然，在這時候從她的眼神到身體動作，都看不到一個處女該有的樣子。甚至連年齡看起來都成熟了好幾歲，宛如舉止優雅的年輕夫人。……而在她忘記這種夢境時，頭髮就會任由看護處理，梳成跟一般病患相同的捲髮……」

我遲遲闔不攏嘴。忍不住迷惘地來回比對少女神秘的髮型和若林博士嚴肅的表情。

「……那麼……那麼……她所說的大哥……」

「那正是您千年前的祖先。您的祖先當時是她姐姐的丈夫……也就是說，這位小姐現在正夢見與千年前的你、她的姐夫同居的情景。」

「……怎麼……怎麼可以這麼可恥……不成體統……」

我叫到一半，聲音梗在喉頭。若林博士緩慢舉起蒼白的手制止我……。

「噓……請您安靜……只要您現在能想起自己的名字，這一切就……」

話說到一半，若林博士也頓時噤聲。我們兩人同時轉頭望向床上的少女。但是，已經太遲了。

少女似乎聽到了我們的聲音。她蠕動著那嬌小紅潤的嘴唇，輕輕睜開眼，看著站在身旁的我，接著她又用力眨了眨兩、三下眼睛。她雙眼皮下的眼眸一瞬間閃起亮光，看來似乎非常驚訝，眼看著臉頰愈來愈蒼白。那對晶亮的黑色眼睛睜得斗大，展露出幾乎不屬於這人世間的美麗光采。同時，她的兩頰刹那間火紅燃燒到耳際。

「……啊……大哥……您為什麼在這裡……」

她一邊淒厲地叫著，一邊起身。她光著腳就跳下床，不顧衣服下襬外露，一心要撲向我。

我大吃一驚。下意識地揮開她的手。不自覺地往後跳了兩、三步，瞪著她……心裡慌得不知所措……。

……這個瞬間，那少女也停下動作。她雙手維持前伸的動作，像遭受電擊般，靜止不動。她的臉色逐漸變得鐵青，嘴唇失去血色……同時她雙眼圓瞪，一邊凝視我的臉，一邊踉蹌往後退，兩隻手反撐在床上。她嘴唇不停地顫動，但仍然專注地看著我。

然後少女怯生生地看看若林博士，再環顧房間四周……但是不久後，她兩眼蓄滿了晶瑩的淚滴。她先是頹然垂下頭，跌坐在石板地上，接著用白色病人服的衣袖掩面，「哇！」地一聲，趴在床邊慟哭。

我看了更加慌張。擦著臉上不斷湧出的汗，輪流看著倒抽著氣嘶聲嚎哭的少女背影，和若林博士的表情。

若林博士他……臉上的肌肉動也不動。他冷冷看了我呆怔的臉，然後慢條斯理地走近少女，彎下腰來。他附在少女耳邊問。

「妳想起來了嗎？這個人的名字……還有妳自己的名字……」

聽到這句話時，我比少女更加震驚。……難道這位少女也和我一樣，陷入從夢遊狀態中初醒的「自我忘失狀態」嗎……而若林博士是不是也在她身上進行了跟我一樣的實驗……我在心中如此猜想，緊張到耳鳴，期待著少女的回答。

但是少女沒有回答。她只是暫時停止哭泣，把臉更深埋在床上，左右搖搖頭。

「……這麼說，妳只記得這位先生就是曾經定下婚約的那位大哥？」

少女點點頭。用比剛才更激烈高亢的聲音放聲大哭。

就算是不知所以然的人聽了，也會感受到聲音裡的極度悲痛、斷腸哀戚。少女不顧一切的哀嘆哭泣，是因為她開始深刻自覺，因為自己想不起情人的姓名，所以跟對方一樣被留在相隔遙遠的精神病患世界裡……而好不容易重逢、想投入對方懷抱時，卻被無情地推開。

儘管男女有別，陷入同樣精神狀態、體驗著相同痛苦的我，也打從心底被她聲嘶力竭的哭喊所吸引。這跟今天凌晨在黑暗中聽到的呼喚完全不同……不，我現在的苦悶比當時還要更強烈數倍。雖然我依然想不起這少女的容貌和姓名，但是心裡不禁希望能馬上想起一切，替她做些什麼，我束手無策地看著她令人心痛的哭聲以及趴在白色床邊的柔弱背影打著哆嗦發狂的樣子，覺得一切責任彷彿都該歸咎於自己，在良心苛責下我雙手掩面，全身冷汗直流。我漸漸覺得意識模糊，幾乎隨時要搖晃倒下。

可是若林博士不知道有沒有看出我的痛苦，他依然傾斜上半身，愛憐地輕撫少女肩頭。

「……好了……好了……冷靜點……冷靜……很快就能夠想起來了。這位先生也是一樣……妳的大哥也忘記了妳的容貌。不過，他馬上就會想起來的。到時候我馬上會告訴妳。然後您們就能夠一起出院。……來……安靜休息一下吧。安心等待吧，那一天絕對不遠了……」

對她說完後，若林博士抬起頭來。……他拉住驚慌、虛弱，暗自拭淚呆站著不動的我，快步走到門外，毫無留戀地緊關上沈重房門。他拍拍手喚來正在走廊對面賞玩雞冠花的老婆婆，催促仍在躊躇的我，進入原本的七號房。

我凝神靜聽，少女的哭聲似乎平息了。在抽泣的呼吸聲之間，夾雜著老婆婆對她說話的聲音。

我呆站在人造石地板上，深深嘆了一口氣，讓心情平靜下來。我仰頭望著若林博士的臉，等待他的說明。

……目前為止我連作夢都想像不到，一個美得像人偶、世上罕見的絕世美少女，竟然成了一個不堪的精神病患者，住在隔壁房間，與我只有一牆之隔。

……而這位美少女是我唯一的表妹，不僅和我有婚約關係，更做著一場詭異非常的夢，在夢中與我這個「千年前的姐夫」同居。

……不僅如此，她一從夢中清醒看到我的臉，馬上就叫著「大哥」，想投入我懷抱。

……因為被我推開，她哭倒在床邊，悲慟得肝腸寸斷……。

我迫切地等待，想知道若林博士會如何說明這些極端離奇、糾結複雜的事。

但這時候的若林博士不知突然想起了什麼，突然變成個啞巴似的，閉口不言。他以冰冷、淡漠的眼神瞥了我一眼，便靜靜地垂下眼，左手在背心口袋裡摸索，掏出一只銀色的大型懷錶放在手掌上。接著他將右手指尖輕放在左手手腕上，一邊盯著顯示七點三十分的錶面，開始測量自己的脈搏。

身體狀況不佳的若林博士，或許每天早上這個時刻都有像這樣測量脈搏的習慣。但是若林博士這種態度，卻看不出一丁點剛才緊張心情留下的影響。相反地，他表現得宛如路邊擦身而過陌生人般的冷漠。細小的眼睛就像幽靈般低垂，蒼白嘴唇緊抿成一字，放在左手脈搏上的中指時而緊壓、時而放鬆，他似乎想藉由這樣的態度，抑制我剛才在隔壁房間體驗那不可思議事件後產生的亢奮……。過去、現在與未來……夢境與現實交錯的詭譎奇怪的世界中，因複雜戀情而苦悶掙扎的少女……令人難以想像的不義不倫……極致的清淨純真……無法分辨是處女還是有夫之婦，也無法區別正常或瘋狂……我不只是聽到別人向我介紹這位只應天上有的絕世美少女是「你的表妹，也是你的未婚妻」，更親眼目睹了證據，但現在若林博士看起來卻企圖要迴避我的質問。

所以我心中感到一股不知如何自處的不滿，只能無可奈何地低頭把玩著帽子。

……而且，就在我低頭的這一瞬間，我總覺得自己彷彿正被這位博士耍著玩。

……雖然不知道為什麼，但若林博士會不會是利用我精神有毛病，刻意捏造一套讓人驚訝的故事，想讓我相信這種毫無根據的誇張內容。說不定他的目的是為了進行某種學術實驗？……腦中一旦冒出一絲猜疑，漸漸地，我似乎覺得這疑惑一定就是真實，開始在腦海中無限擴大。

他找上一無所知的我，出奇不意把我打扮成大學生模樣，向我介紹這美麗少女，說是我的未婚妻，看他費了這麼多心思，怎麼想都很奇怪。這身衣服和帽子，很可能是趁我半夢半醒之間量身訂做的。還有，那位少女也可能是收容於這家醫院的色情狂之類的，不管見到任何人，都會表現出那種怪異舉止。這家醫院可能根本就不屬於九州帝國大學。搞不好站在我眼前的若林博士是冒牌貨，他找上因為某種理由導致精神異常的我，把我帶到這裡，讓我陷入一種逼真的錯覺，想要達到某種目的。否則，看到我自己的「未婚妻」，而且又是那麼美麗的少女，我怎麼可能一點都想不起過去的事。既沒有感到懷念、也沒有感到高興……我怎麼可能一點感覺都沒有。

……沒錯，我差點就要上當了。

……當我發現這一點，以往盤據在腦中的疑問、迷惘、驚訝等等，都慢慢悄然從腦中蒸發。而我的大腦在不知不覺中，又恢復原本如同空空如也的狀態。心中沒有任何責任、擔憂……。

但是，同時也有一股自己徹底孑然一身、毫無依靠的寂寞襲上心頭，我再次輕輕地嘆了一口氣，一邊抬起頭。這時若林博士似乎也剛好結束脈搏的測量，正不疾不徐地將放在左手掌心的懷錶放回原先的口袋中，他再次恢復今天早晨第一次見面時誠懇的態度。

「您覺得如何？累了嗎？」

我有點錯愕，若林博士若無其事的態度，讓我覺得自己似乎被他玩弄在掌心，但我還是努力地裝出蠻不在乎的樣子，點了點頭。

「不，一點也不累……」

「……是嗎……那麼，還可以繼續進行喚醒您過去記憶的實驗嗎？」

我又一次毫不在意地點頭。心裡想著……隨便了，都無所謂……。看到我點頭，若林博士也附和著頷首。

「那麼現在我就要帶您到九大精神病科本館的教授室……也就是剛剛提到的正木敬之博士，他直到臨終當天還在使用的房間。我相信看到陳列在他房裡您過去的紀念品，一定能夠順利解開與您有關的各個奇怪謎題，最後一定可以完整找回您過去的記憶。而牽涉到您和那位小姐的詭怪事件真相，我想屆時也能同時冰融雪解……」

若林博士這番話裡，除了有更勝鋼鐵的堅定信心之外，好像還隱含著某種深刻的弦外之音。但是我無心顧及那些，只是再次低下頭。……帶我到哪裡都無所謂。反正我也只能任憑擺佈……我帶著這種自暴自棄的心情……。同時，我也多多少少有點好奇……這次不知道又要看到什麼不可思議的東西……。

若林博士這才滿意地點點頭。

「……很好……那請往這邊走……」

九州帝國大學醫學院精神病科本館，原來就是剛剛浴室所在的那棟塗了藍色油漆的兩層樓木造西式建築。

沿著剛剛走來緊連花圃的外走廊，我們走在貫穿中央的漫長走廊上，穿過屋子來到另一端，盡頭是一扇宛如監獄入口的森嚴鐵門……此時，那扇門似乎被不知在哪裡監視的守門人匡嚨匡嚨地往一邊拉開，我們倆人來到一處陰暗空曠的玄關。

玄關的門緊閉著，或許是因為時間還早。我們憑藉著門上採光小窗露出來的微弱藍色光線，爬上並排在兩側的兩道陡急階梯中，左邊那道階梯，一步一步往上爬到底後向右轉，來到一道敞亮的南向走廊，右邊排列著許多房間，門口掛著「實驗室」或者「圖書室」等木牌。走廊盡頭有一扇褐色的門，上面貼著一張用毛筆大大寫著「嚴禁出入……醫學院院長」幾個字的白紙。

站在我前面的若林博士，從外套內袋取出一把附有大木牌的鑰匙，打開這扇門。他轉過頭來，招呼我進門，用極其恭謹的態度脫下外套，掛在裝在門邊牆上的帽架上。我也模仿他的動作，將混色大衣和角帽掛上去。地上清晰地留著我們的鞋痕，看來房間裡已經佈滿一層薄薄塵埃。

這是一間非常寬敞明亮的房間。在北、西、南三方各有四扇、共計十二扇窗中，北面和西面的八扇窗塞滿了濃綠色的松樹枝葉，而南面的四扇窗則沒有任何遮蔽物，早晨湛藍清澈的天光搭著極近的海浪聲，同時如洪水般流入，令人目眩。站在房中的若林博士，一身相當細長的正式禮服，和我顯得嬌小的制服打扮，形成一種奇妙的對照，總覺得來到一個脫離了現實世界的遙遠地方。

這時候，若林博士舉起他細長的右手，指著房間轉了一圈。同時他從高處發出的微弱聲音，也迴盪在房間裡每個角落，泛著徐緩的餘音。

「這個房間本來是精神病科教室的圖書室兼標本室，這裡所謂的圖書和標本，都是精神病科前前主任教授齋藤壽八先生，費盡苦心收集來的精神病科研究資料，或者是足以作為參考資料的文書，以及住在這間醫院患者的製作物品、與他們生平來歷有關的物品資料等等，其中也有不少傲視世界精神醫學界的珍貴資料。不過自從齋藤教授過世後，今年二月正木教授繼任為主任教授，他認為這間房間比較明亮，所以把佔據這裡東半部的圖書文獻等全部移到以往的教授辦公室，之後便如您現在所見，將這裡改建為他自己的起居室，還裝上那座氣派的暖爐。而且，後來才發現這件事既沒有獲得校長的許可，也沒有提出正式申請，完全出於他一己的判斷，所以校本部的塚江事務官相當緊張，聽說他曾經委婉地拜託正木教授趕緊提交申請書，完成正式手續，可是那時候正木教授根本沒有正面回答問題，只是淡淡地這麼對他說。

『怎麼？……沒什麼好擔心的啊。我只是稍微改變一下擺放標本的位置而已，你就這麼告訴校長吧……我這麼做是有原因的。你聽好了。……坦白告訴你吧，我現在雖然有幸成為這所名校的教授，老實說，仔細想想，我不過是個研究狂兼誇大妄想狂。經過我自己確切的診斷，我充分具備成為其他精神病學者研究材料的資格。……但儘管如此，我也不可能讓我自己住進自己負責的病房裡吧？總之，我只是想讓自己的腦髓跟參考材料一起，作為活標本陳列罷了。……當然，在內科或外科或許沒有這種必要，唯有精神病科主任教授的腦髓，也應該視為一種研究材料……徹底進行研究……沒辦法，這就是我秉持的一流學術研究態度。我想成立這座標本室的齋藤教授若在地下有知，也會舉雙手贊成的……』

正木博士說完後哈哈大笑，一向老練的塚江事務官也只好無可奈何地離開了。」

若林博士用極其平淡的語氣滔滔不絕地說明，但這些敘述已經夠讓我震驚了。到目前為止，我只聽過一些形容詞來講述正木博士頭腦之優異出色，但是，從這些看似平淡的戲謔中，卻讓我充分感受到他不凡的光采，這一剎那，我不禁毛骨悚然。他不僅遠遠超脫社會普遍重視的常識或規則，更在半開玩笑之中，表示自己只把自己視為一種瘋子標本，藉此徹底嘲諷整所大學、不，甚至是全世界的學者專家。他的頭腦竟然如此清明透徹……我太了解這種諷刺的毒辣、偉大，只能呆呆地瞪大了眼睛，遲遲合不攏嘴。

但若林博士依然無視於我的震驚，繼續往下說。

「……至於帶您來這個房間的目的，不為其他。如同剛才在樓下七號房稍微向您提過的，我想實驗看看，從這裡所陳列的無數標本與參考品中，哪一樣最吸引您的注意。這種方法可以找出人類的潛意識，也就是用一般方法無法想起、存在於意識深處的記憶，許多事實都已經證明，所謂的潛在意識，在本人未察覺時，總是持續不斷的活躍，從根部控制著一個人的行為，所以，您塵封在潛意識的過去記憶，一定也會吸引您接近陳列在房間裡某處、關於您過去的紀念品，然後鮮明地喚醒相關的記憶。……正木博士到巴爾幹半島旅行時，曾經接受當地特有的女祈禱師（通稱為伊斯梅拉）傳授這個方法，並且多次實驗成功………當然，萬一您與剛剛那位小姐其實毫無瓜葛、完全是陌生人，那麼這項實驗絕對無法成功。因為這麼一來，這個房間裡根本沒有任何能喚醒您過去記憶的紀念品……所以您完全不需要顧忌，在這個房間裡無論看到任何東西，都請您試著提出問題。就當作您自己正在進行有關精神病的研究吧……我想很快地，某個物品應該會讓您有靈光乍現的感覺。那就是喚醒您過去記憶的第一個提示，之後就會有如一瀉千里般，很快便能恢復所有關於過去的記憶了。」

若林博士這番話說得還是一樣自然，毫不猶豫。

就好像是大人在教導小孩般的簡單、態度親切……但是，聽著聽著，我內心深處卻湧起一股從今天清晨至今前所未有的全新戰慄，無法遏抑。

聽著若林博士的說明，我腦海中又冒出剛剛沉至谷底的懷疑念頭……說不定，這一切都是謊言……。

若林博士不愧是法醫學權威。就算他認為我確實是那位少女的未婚夫，也並不強迫我認同。他以最光明正大，而且也最迂迴的科學方法，不留分毫間隙逐漸包圍我的心，企圖讓我自己直接指認我就是她的未婚夫。他的確信是如此深刻……計劃又是如此冷靜……周到……。

……這麼說，說不定從剛才開始所見所聞的種種故事，都是千真萬確，也確實與我有關。所以那名少女真的是我的表妹，同時也是我的未婚妻……。

……如果真是這樣，不管我願不願意，為了她，我都有責任從這個房間找出自己過去的紀念品。而現在站在此地的我，注定要隨之喚醒過去的記憶，拯救陷入狂亂的她。

……啊。我竟然得從「瘋人醫院的標本室」裡找出「自己的過去」……再怎麼想都與自己素昧平生的絕世美少女，我竟然必須從「精神病研究用參考品」中找出她是我未婚妻的證據……為什麼我會陷入此等奇妙的立場？我的命運怎麼會如此令人難堪……如此可怕……又如此令人費解呢。

我改變念頭之後，從口袋裡掏出新手帕，擦拭額頭不自覺中滲出的汗水，並再次怯怯地環視房間內部。一個完全無法想像的「過去的我」，可能就藏在眼前，內心深處因為這可怕的想像而驚懼、惶恐，我再次畏畏縮縮地環視房中。

從房間中央以南北向區隔的西側，是普通的木質地板，這裡擺設著擺滿了標本的成排玻璃櫃，對面的東側有一半地面是蒙上薄薄一層灰塵的亞麻地板，中間擺著一張寬四、五尺，長約兩間的大桌子，中間有兩張旋轉扶手椅隔著桌子對放著。大桌子表面貼上的綠絨桌墊一樣覆著一層淡淡塵埃，反射著從南側窗戶照進來的眩目光線，將這個房間的嚴肅氣氛推至最高點。另外，在綠色反射的中央部分，端正地擺放著幾本用綳著帆布面的厚紙上下夾住的裝訂資料，和一個藍色的方形縐綢布包，布包上與桌面一樣蒙著一層灰色塵埃，可見從很久以前就放在這裡，沒人動過。這些東西前方擺著一個紅色達摩造型的陶瓷煙灰缸，一樣積滿灰塵，達摩背向那些資料，毛茸茸的手臂在頭上交叉，張著大嘴持續他永恆的呵欠，看來好像是刻意擺在那個位置，讓我莫名地在意。

紅色達摩煙灰缸面對的東側牆壁，看似剛油漆不久的清爽蛋黃色，中央裝設著一座可輕鬆容納一個大人蹲踞的大暖爐，上面是黑色方形蓋子。暖爐正上方掛著一個直徑應該超過兩呎的圓形大時鐘，完全沒聽到秒針的聲音，但卻正確指向現在的時間……七點四十二分，可能是利用電力驅動的時鐘吧。再往右邊看，是一幅鑲了金框的大幅油畫，左邊則是掛著裝在黑框中的放大肖像照片和月曆。那張肖像照的左邊有一扇可能是通往隔壁房間的門，這一切在早晨清新的陽光下，被照射得既眩目又清晰，環顧著這間儼然大學教授起居室醞釀出的莊嚴寂靜，我也不由得肅然起敬。

其實……此時的我似乎被某種崇高的靈感打動。原本自暴自棄的心情，以及對少女命運的好奇心，都不知消失到何處了……一切都聽天由命……我帶著這樣的神聖心情，雙手拉正立領。接著，我宛如被神秘命運之手引領的修行者，慢慢往前，走進陳列參考品的成排櫥櫃當中。

我首先走到排在最明亮的南側窗戶附近的櫥櫃，面對窗戶的玻璃櫃門內，擺著各種奇妙的文件或掛軸，每樣東西都貼了寫有簡單說明的紙張。根據若林博士的說明，這些東西都是住院病人提交給主任教授，以表示「我的頭腦已經痊癒至此，請讓我出院」的證明。

——用牙齦之血描繪的女兒節玩偶掛軸——（女子大學畢業生製作）

——征討火星的建言書——（小學教師提出）
——唐詩精選五言絕句「竹里館」隸書——（失學文盲的農夫病發後，曾為中醫的曾祖父潛在意識隔代重現，揮毫寫下此作）
——背誦大英百科全書數十頁的西式筆記數十張——（高等文官考試落榜的大學生提出）
——重覆使用「髮圈的可愛與分手的痛苦」同一句話，寫滿數十冊學生筆記本——（自認是大藝術家的過氣演員自稱的「創作」）
——用紙製作的懷錶——（老理髮師製作）
——用竹片在磚塊上雕刻的聖母像——（信奉天主教的小學校長製作）
——置於玻璃箱內用鼻屎定型的觀音像——（曹洞宗[4]布教師作）

一件接一件令人無法正視、不忍卒睹的東西接連出現，還沒看完這排，我就忍不住別過臉去打算直接通過，就在這時候，我忽然發現櫥櫃最後方、玻璃櫃門壞掉的角落有個奇怪東西，放的位置跟其他陳列品相隔了一點距離。如果不是因為玻璃破了，我幾乎不會注意到那不顯眼的東西，不過愈仔細看，愈覺得這實在是件奇怪的陳列品。

那是一本積了約五吋高裝訂好的稿紙，似乎有許多人閱讀過，最上面的幾張已經骯髒污損、破爛不堪。我從玻璃破裂處小心地伸手進去，仔細檢查後發現總共有五冊，每冊的第一頁都以紅墨水寫上斗大的羅馬數字編號Ⅰ、Ⅱ、Ⅲ、Ⅳ、Ⅴ。翻開最上面一冊，第一頁已經有一半碎裂破爛，裡面像寫

④曹洞宗：日本禪宗（曹洞宗、日本達磨宗、臨濟宗、黃檗宗、普化宗）之一。特徵為徹底坐禪的默照禪。——譯注

筆記般用紅墨水密密麻麻橫寫著片假名，內容看似和歌。

卷頭歌

胎兒啊　胎兒啊　你爲何跳動

因爲看透了母親的心

才感到恐懼嗎

再下一頁以黑墨水的哥德字體寫著標題，「Do-Gu-Ra Ma-Gu-Ra」，但沒有作者的姓名。

開頭第一行字是以……嗡嗡——嗚——嗚嗚……等擬聲字行列開始，而最後一行同樣是……嗡嗡——嗚——嗚嗚……的擬聲字行列，看來似乎是連貫的長篇小說。總覺得這大批原稿透露著嘲諷人的瘋狂感覺。

「……教授，這是什麼……Do-Gu-Ra Ma-Gu-Ra 是指什麼……？」

若林博士以前所未見的輕鬆態度，在我背後點點頭。

「是。那也是表現出精神病患者不尋常心理狀態的珍奇有趣作品之一。在本精神科主任正木博士去世後不久，收容在附屬病房的一位年輕大學生病患一氣呵成寫完後，提交給我的東西。」

「年輕的大學生……？」

「沒錯。」

「……那……他也是為了希望獲得出院許可，證明自己頭腦正常而寫的嗎？」

「不。這方面還沒能確認，我也很猶豫，不知該如何判斷，不過，它的內容其實是以正木博士和我為描寫對象，一種超越常識的科學故事。」

「……超越常識的科學故事……以您和正木博士為對象……？」

「沒有錯……」

「這不是論文嗎……？」

「……是的……關於這一點還很難論斷……一般來說，精神病患者的文章多半愛強說道理，唯有這篇作品比較特別。它看起來像是通篇一貫的學術論文，但讀了之後也覺得像是一篇形式與內容都史無前例的偵探小說。可是另一方面，它也像是一篇單純在嘲笑、捉弄正木博士和我的頭腦，毫無意義的雜文，簡直怪到極點，而且其中講述的事實內容又非常離奇，整篇故事的每個角落都百分之百重覆堆疊著科學、蒐奇、色情表現、推理、荒唐無稽、神秘等等，構思令人眩惑，冷靜讀完，會感覺通篇瀰漫著一股悚然妖氣，若非精神異常者，根本不可能寫出這種東西。……當然，無可否認，這跟征服火星聲明文之流的虛構作品性質截然不同，已經證實在精神科學上具有高度研究價值，所以暫時保管在這裡，但是我認為，它可能是這個房間裡……不、很可能對全世界的精神醫學界來說，都是最珍奇的參考。」

若林博士似乎很希望我閱讀這些原稿，開始口若懸河地說明。他的出奇熱心，卻令我忍不住眨著眼。

「喔？那麼年輕的精神病患，怎麼會想出如此複雜、困難的情節呢？」

「……那是有原因的。這位年輕學生非常的優秀，他從尋常小學校一年級至高等學校畢業、進入本大學，一路保持全校第一，他非常喜歡偵探小說，相信未來的偵探小說一定會走向包含心理學、精神分析和精神科學等層面，結果導致自己的精神呈現異常，甚至上演一樁了自己被自己錯覺與幻覺所困的驚人慘劇，在他被收容到這裡的精神病科病房後不久，開始想以自己為主角，創作一篇令人戰慄的故事。……而且如同我先前所說，小說不僅架構相當複雜、縝密，但主要情節卻出奇地單純。內容詳細地描寫那名青年被正木博士和我軟禁在病房裡，接受難以想像恐怖精神科學實驗的痛苦。」

「……哦。教授您真的對他做過那些實驗嗎？」

若林博士眼窩下方擠出剛開始那種既諷刺又寂寞的微笑皺紋。在照進窗戶的逆光下，蒼白抽動地閃爍著。

「絕對不可能。」

「這麼說，完全是他捏造的？」

「但是看他寫出來的事實，很難想像那些記載內容全是捏造的。」

「喔？這就奇怪了。這有可能嗎？」

「這……坦白說，在這方面我也很猶豫，不知該如何判斷……我想您看過之後應該就會明白我的意思……」

「不。我不看也無所謂，內容有趣嗎？」

「這……這一點我也不知道該如何說明，至少對專家而言，確實覺得深感有趣，已經不是用『有趣』兩個字可以形容的。即使不是專家，如果是對精神病或腦髓這類東西多少具備科學上的好奇、或者探索神秘之興趣的人，這似乎都是非常具有吸引力的作品。現在本大學各專家學者中看過這篇作品的人，至少都重讀過兩、三遍。讀過的人都說，好不容易理解全篇的架構，同時也發現自己的腦髓幾乎快瘋狂了。更嚴重的是有位專家看過這篇原稿後，開始厭惡精神病研究，申請調職到我負責的法醫學院，另外還有一位專家同樣看過原稿後，無法相信自己腦髓的作用，宣稱要自殺，後來真的從火車上縱身跳下身亡。」

「啊？未免太驚人了吧。正常人居然輸給一個瘋子。想必裡面寫的內容一定相當瘋狂吧。」

「……問題是，其內容的描寫極為冷靜，而且思路清晰，更勝於一般的論文或小說。不僅如此，我雖然早就了解精神異常者對於自己所見所聞特有的完美記憶力，但看了之後仍然相當折服，這遠非您剛剛看到的『背誦大英百科全書的筆記』所能及。……另外還有一點，如同我剛剛說的，它構思之妙超越了一般人所謂的推理或想像，讀著讀著，頭腦似乎就不自覺地陷入某種異樣、幻覺錯覺、倒錯觀念。或許因為這樣，才會起了這個標題吧……」

「……這麼說……『Do-Gu-Ra Ma-Gu-Ra』這個標題，是他本人命名的？」

「沒有錯……這確實是很奇特的標題……」

「……這是什麼意思呢……『Do-Gu-Ra Ma-Gu-Ra』這幾個字的真正涵義是什麼……是日文嗎？還是……」

「……這個嘛……關於這一點我也相當疑惑，簡單地說，這份文稿從標題到內容一定都藏著徹頭徹尾迷惑人心的機關。……我這麼說的理由很簡單。當我自己讀完這篇原稿時，因為眩惑於其內容的不可思議，我猜想，說不定在這標題裡隱藏有解開這奇妙謎團的關鍵。『Do-Gu-Ra Ma-Gu-Ra』或許具備類似暗號的作用。……沒想到，書寫這份文稿的年輕病患僅僅以一星期的時間發揮了精神病患特有的精力，不眠不休完成作品之後終於筋疲力盡，開始不分晝夜陷入昏睡，所以暫時無法追問他這標題的意義。……如此奇妙的語言在字典或其他資料裡完全找不到，當然，連語源也無從得知，一時之間，我彷彿走到絕路、無計可施，後來我意外發現一件有趣的事。在我們九州地方原本就保留許多諸如『Ge-Ren⑤』、『Ha-Ra-I-So⑥』、『Ban-Ko⑦』、『Don-Ta-Ku⑧』、『Te-Ren-Pa-Ren⑨』等，帶有舊歐洲語系腔調的方言，我心想，說不定這也是其中一種，於是我拜託專門研究這類方言的學者，經過多方調查的結果，終於找到答案。……『DO-GU-RA MA-GU-RA』這幾個字，其實是長崎地方在明治維新前後所使用的方言，意思是切支丹伴天連⑩使用的魔法，現在只用來指稱魔術或機關的意思，幾乎廢棄不用了。雖然還不清楚它的語源、語系，但如果硬要翻譯，大概等於是我們現在所說的魔法幻術，或者是『頭暈目眩』、『困惑莫名』之意⑪，無論如何，這幾個字的意義應該涵括了這所有意思。……換句話說，這篇原稿之所以用了這樣的標題，是因為它的內容徹頭徹尾充滿極端古怪、情色、徹底的偵探小說形式，同時又荒唐無稽到極點……好比一種腦髓地獄……或者可以稱之心理迷宮遊戲般的機巧詭計。」

「……腦髓的地獄……DO-GU-RA MA-GU-RA……我還是不大明白……這是怎麼回事呢？」

「……如果我告訴您原稿中記載的內容，您應該多少可以想像吧。……也就是說，在這篇DO-GU-RA MA-GU-RA故事中描述的問題，全部都是一般常識無法否定、非常容易理解，也令人深感興趣的事情，同時它的事實又是以超越常識的常識、超越科學的科學等深邃真理為基礎。比方說：

……以阿呆陀羅經的句子痛陳「精神病院是人世間的活地獄」這個事實……

……精神科學家證實「世人全都是精神病」的談話筆記……

……以胎兒為主角，關於物種進化大惡夢的學術論文……

……大膽斷言「腦髓不過是種電話交換局電信交換台」的精神病患演講記錄……

……半開玩笑寫下的遺囑……

……唐代名家所畫的死亡美人腐爛畫像……

……一位英俊青年愛上神似那位腐爛美女生前樣貌的現代美少女，在無意識之間犯下的殘虐、悖德、令人不忍卒睹的傷害、殺人事件調查資料……

……這類材料和各種令人費解的事件結合在一起，以與主要情節毫無關係的姿態，如萬花筒般轉動呈現，但閱讀之後卻發現，這每一字每一句都是相當重要的骨幹情節……不僅如此，所謂 DO-GU-RA MA-GU-RA 的魔幻作用印象，從最開頭深夜裡唯一鐘聲，一個追著一個，不知不覺中，又回到最早聽到的深夜裡唯一鐘聲的記憶……這就像是從一張地獄全景畫的一端仔細觀看到另一端，再依照同樣順序回憶起相同的恐怖與陰森可怕，反覆進行無數次……找不到絲毫能逃走的空隙。……因為一切事件可能只是精神病患者在深夜聽到鐘聲那一瞬間所做的夢。而且，在那一瞬間所做的夢，卻讓人覺

⑤Ge-Ren：笨蛋。——譯注
⑥Ha-Ra-I-So：葡萄牙文，Paraiso，天堂。——譯注
⑦Ban-Ko：葡萄牙文，Banco，板凳。——譯注
⑧Don-Ta-Ku：荷蘭文，Zondag，星期日。——譯注
⑨Te-Ren-Pa-Ren：胡說八道。——譯注
⑩切支丹伴天連：基督徒教會。——譯注
⑪這些詞語的發音都近似「DO-GU-RA MA-GU-RA」。——譯注

得彷彿有二十多個小時之久，假設要以學理來說明，最初與最後的兩聲鐘響，實際上是由同一個時鐘、唯一一個同樣的時鐘所發出的聲音……這一點可以由這篇 DO-GU-RA MA-GU-RA 整體所印證的精神科學真理來證明……可見得……DO-GU-RA MA-GU-RA 的內容有多麼玄妙、不可思議。……證據勝於理論……您只要讀了，馬上就能明白……」

說到這裡，若林博士上前一步，伸手正要拿起最上面的一冊。

但是我連忙制止。

「不。不用了。」

說著，我雙手激烈地左右搖擺。光是聽若林博士的說明，就覺得自己的腦袋快要陷入「DO-GU-RA MA-GU-RA」的狀態……同時，我又覺得……

……既然是瘋子所寫的東西，一定毫無意義。頂多就像把「背誦整本百科全書」、「髮圈真可愛」、「征討火星」等混雜在一起的貨色罷了。……現在我要面對的 DO-GU-RA MA-GU-RA 已經夠多了，要是再承擔別人的 DO-GU-RA MA-GU-RA，讓我精神更奇怪，那可就糟糕了。……這種事最好最好現在就忘得一乾二淨。

……因此，我將雙手插在口袋裡，用力地搖著頭。我走近櫥櫃最後方靠近窗邊的位置，看著貼在上面的照片和一覽表之類的東西，並請若林博士繼續說明。這些東西包括了珍貴的研究資料，例如……

——精神病患發病前後表情的比較照片——

——同樣是精神病患發病前後食物與排泄物的分析比較表——

也有諸如……

——根據幻覺與錯覺完成的畫作——

——歇斯底里婦人的痙攣、發病時出現怪異姿態的各種照片——

——各種精神病患的裝扮、化妝照片、根據不同種類分類——

這類讓人不忍卒睹的東西，從三面牆壁一直延伸貼滿了櫥櫃側面，雜亂交疊的光景，讓人覺得彷彿在看一場特別怪異的展覽。另外，在前方排列的幾層玻璃櫃中所陳列的則是……

——超乎平常的巨大腦髓、特小腦髓和正常腦髓的比較（巨大腦髓的容積為正常腦髓的兩倍、特小腦髓的三倍。三者皆浸泡在福馬林溶液中）——

——色情狂、殺人狂、中風病患、侏儒等各種不同精神異常者浸泡在福馬林溶液裡的腦髓。（每個腦髓都可看出明顯肥大、萎縮、出血或受到黴毒侵蝕的部分）——

——因精神病而滅門之家的傳家寶物，出自「應舉[12]」之手的幽靈畫像——

——傳說中一旦磨利家中主人一定會發狂的「村正[13]」短刀——

——精神病患深信是人魚骨頭，沿街兜售的幾片鯨魚骨頭——

——同樣是精神病患，為了毒殺全家人而煎煮的金銀色眼瞳黑貓頭顱——

——同樣是精神病患，自己砍下的左手五指和所使用的裁紙機——

⑫應舉：圓山應舉，1733-1795，江戶時代中期的畫家。為「圓山派」之祖，畫風重視寫生。據傳是首先畫「無腳幽靈」的畫家。——譯注

⑬村正：活躍於伊勢國（今三重線桑名市）的製刀名匠之名。或稱其所鍛造的刀。——譯注

——從床上倒著跳下自殺患者的龜裂頭蓋骨——

——當成妻子來愛撫的枕頭和毛毯製人偶——

——宣稱要變魔術而吞嚥的黃銅煙管——

——徒手撕裂的錫板——

——被女病患扭彎的牢房鐵柵——

……這類出人意表光怪陸離的東西，和同樣出自瘋子之手的優美精巧的編織品、假花、刺繡等，一起密密麻麻地排列著。

我心裡七上八下地看著眼前的東西，不知道哪一件可能會和自己有關，一邊聽著若林博士的說明。這些不尋常的東西裡，萬一真有一樣與自己有關，該如何是好？我心懷忐忑地四處觀察，但也不知是幸或不幸，沒有任何一件東西，讓我有類似的感覺。這些東西裡隱含的精神病患特有的赤裸意志和感情，反而一點一滴緊迫我的神經，讓我陷入一種難以形容的痛苦、難受狀態。

我強忍住這種心情，被一種類似責任感的壓力驅使，看著櫥櫃，好不容易全看過了一遍，又回到剛才那張大桌子旁，不自由主地安心嘆了一口氣。拿出手帕擦拭額頭再度滲出的冷汗。接著迅速轉了半圈，背對西側。

……同時，房間裡所有的物品也都由右往左轉了半圈，掛在右邊入口附近的油畫框，隔著中央的大桌子，轉到我的正對面後倏然停止。我就好像受到命運牽引，和這幅畫面對面……。

我用力地伸展自己往前傾的身體。再度深呼吸，出神地看著這陳舊油畫顏料混合了黃色、褐色與朦朧淡綠的配色。

這幅畫描寫的好像是西洋的火刑景象。

三根並列的粗大圓木柱中央，高高地綁著一位鬚髮全白、神色莊嚴的老人。他右邊是個瘦削蒼白的年輕人……老人左邊則是一個戴著花圈、頭髮蓬亂的女人，三個人都一絲不掛地被綁著，被腳下成堆木材燃起的火焰和煙霧，嗆得瘋狂掙扎。

畫面右邊是一對坐在金黃色轎子裡看似貴族的夫妻，被身穿華服的家人和臣子包圍著，正興致勃勃地悠然眺望這殘酷情景，而與其對比，在畫面另一側最左邊畫著一個幼兒，無比依戀地朝著從煙霧中露出臉的母親，伸出雙手嚎啕大哭。像是父親的壯漢、以及應是祖父的老翁緊抱住這幼兒，用大手掌捂住幼兒的嘴，同時畏懼地回望那群達官貴人，表情描繪得栩栩如生。

另外，一位頭披紅色三角頭巾、身披黑色長外套，鼻樑高挺的老太婆，手拿丁字拐杖孤身佇立在中央的廣場上，一臉立下大功的得意表情，指著綁在火刑柱三人的苦悶表情給貴族們看，自己則咧起嘴露出稀疏的兩排牙齒笑著……這畫面看著看著，就讓人忍不住感到逼真，覺得發毛。

「這是什麼畫？」

我指著畫，回頭問。若林博士依然保持一樣的態度，雙手插在口袋裡，冷冷地回答。

「那是歐洲中世紀風行的一種迷信圖畫，從畫裡的風俗民情判斷，應該在法國附近吧。畫的是當時認為精神病患被惡魔附身，應該一個不留全都燒死的情景，中間這個紅頭巾黑外套的老太婆，就是那時候身兼醫師、祈禱師及巫師的女巫。聽說是正木博士從柳河的古董店買回來的參考資料，可以知道以前對待瘋子有多麼殘酷。最近有幾位專家認為作者應該是林布蘭，如果真是如此，以美術的眼光看來，這幅畫也是難得一件的珍品……」

「……這……燒死精神病患，是當時的治療方法嗎？」

「沒有錯。因為精神病這種難以捉摸的病症，沒有任何藥物能治療，既然如此，這也可算是最徹底的治療方法吧。」

我有一種哭笑不得的感覺。

說這話時俯看著我的若林博士，蒼白眼眸裡籠罩著一抹冷酷，只要是為了學術研究，他似乎隨時都有可能把我抓去燒成黑炭……。我用手掌摸著臉頰，附和著他的話。

「那生在這個時代的瘋子，也算是幸福吧。」

這時，若林博士左邊臉頰出現稍縱即逝、類似微笑的痕跡。

「……這……也不見得。或許換個角度來看，以往那些被燒死的精神病患，可能比較幸福呢。」

我後悔自己又多嘴，縮起肩膀，避開若林博士令人發毛的視線，拿起手帕擦臉，就在這時候，我意外注意到正面左邊牆上掛著一幅大型黑木框照片。

照片上是位額頭高禿，蓄著一把長長斑白鬍子，看來很福態，年約六十歲的老紳士，身穿飾有家徽的和服，滿臉笑容，一看就是位個性溫厚的好人。我剛開始發現這張照片時猜想，這個人會不會就是正木博士，還特地走到照片前，站在正面仔細看，但又覺得不對勁，我再次回頭看著若林博士。

「照片上這個人是誰？」

聽到我這個問題，若林博士的表情很明顯地變得更柔和。我雖然不知道為什麼，但他確實呈現出前所未有的滿足光采，緩緩低下頭。

「……是……您說這張照片嗎？是的……那是齋藤壽八教授。就是我剛剛提到，在正木博士之前主持這個精神病科教室的人，同時也是我們的恩師。」

說著，若林博士輕聲發出感傷的嘆息，不久後，他的長臉上浮現深受感動的神色，悠然走近我身邊。

「……您終於看見了。」

「……啊……？」

我驚訝地抬頭看著若林博士的臉。因為我完全不懂若林博士這句話的涵義……。可是若林博士絲毫不以為意，他繼續慢步走近我，上半身稍微往前傾，看看我、再看看照片，用更加慎重、恭謹的語氣繼續說。

「我是說，您的目光終於注意到這張照片了。因為，這張照片正是與您過去生活最具深刻關連的東西……」

聽到他這麼說，我同時也突然發現。自己居然不知不覺中忘記來到這房間最初的目的。同時，我也感到內心深處有某種輕微，但卻又深沉的悸動。

但在這個時刻，一想到自己腦中仍然還沒回想起任何東西的狀態，就覺得莫名地安心、也有點失望，低下頭來靜聽若林博士說明。

「……潛伏在您腦海深處關於過去的記憶，從剛剛就已經開始極微妙地漸漸甦醒。唯一的可能就是，從 DO-GU-RA MA-GU-RA 的原稿，到看著這幅燒死瘋子的畫作之間，您逐漸甦醒的潛意識現在帶領您來到這幅照片前。因為把那幅燒死瘋子的名畫，和這幅齋藤教授的肖像畫並排掛在這裡的不是別人，正是對您進行精神意識實驗的正木博士。……在二十世紀的今天，如同那幅畫中所描繪對待精神病患的殘酷非人道方式，依然等同公開的秘密存在於各處，正木博士對這樣的事實感到相當憤慨，因此決定一生奉獻給精神病研究……。而他在齋藤教授的指導和幫助下，終於達成了目的……」

「燒死瘋子……現在還有殘殺精神病患的行為嗎？」

我自言自語般低聲說著。再次陷入不見底的恐懼深淵……。但若林博士只是平靜地點頭。

「……有的。很遺憾，一切都跟以前一樣。不。世界各地的每家精神病院，對待病患的殘忍甚至更甚於燒殺。即使是此時此刻也一樣……」

「……這……這太過份了……」

說到一半，我硬生生吞回剩下的話。因為覺得好像不應該這麼說……。但若林博士不為所動。他和我並肩站著，輪流看著那幅焚燒精神病患的油畫和齋藤博士的照片，用冷漠的語氣對我說。

「這一點也不過份。不過是千真萬確的事實罷了。我想您慢慢會了解這個事實，正木博士為了拯救遭受這種虐待的眾多可憐精神病患，費盡一切苦心，最後終於樹立起關於精神科學的空前新學說。這門驚人新學說的原理原則，我先前也大略提過，它非常易懂，連婦孺都能理解，既深奧、又淺顯……所以正木博士才開始進行『瘋人解放』的實驗，以實際證明學說的原理……而這項實驗正是由您提供自己的身體，順利完成……現在所剩的唯一工作，就是您能恢復往日記憶，並且在實驗報告資料上簽名而已。」

我再次呆楞。我張大著嘴抬頭望著站在身旁的若林博士側臉。總覺得有人暗中設計這一切，讓我彷彿被某種無法形容，既肅穆又恐怖的因緣所控制，牽引到這個房間來，面對帶來這因緣的兩幅畫框，我卻無法動彈……。但，若林博士仍舊毫不理會我的感受，繼續滔滔不絕地往下說。

「……所以，當我提到齋藤教授和正木博士，以及與那幅燒殺精神病人圖畫的因果關係，這些故事將會一點一滴觸及您過去的經歷。由此可以了解正木博士為了在這解放治療場對您進行精神科學實驗，不知做了多麼完備周詳的準備後，才來到九州大學……為了這項實驗的準備和研究，不知花費了何等驚人的苦心與努力。」

「啊？什麼？為了對我做實驗，他進行了這麼驚人的準備……」

「沒有錯，其實正木博士已經花費二十多年的漫長歲月，進行這項實驗的準備。」

「……二十年……」

我差點要大喊出聲，但聲音還沒出口，又變成一種嗚咽，縮回喉嚨深處。正木博士二十多年的苦心，似乎正牢牢纏上我的頸項……。

這次若林博士好像注意到了我的反應，他再次慢慢點頭。

「是的。正木博士在您還沒出生以前，就已經為您準備了這項實驗。」

「……為了還沒出生的我……？」

「正是如此。聽我這麼說您或許覺得我故意聳人聽聞，但我絕沒有這個意思。正木博士確實在您出生的許久之前，就預知到今天發生在您身上的事。如果您立刻恢復過去的記憶……不……就算您還是想不起過去的記憶，只能藉由我接下來提供的事實，推測出自己的名字也好。之後您再對照前後的事實，相信您一定也會同意，我所說的事實一點都不誇張。……另外……我也相信，這麼做是讓您真正想起自己名字最好的、同時也是最後的手段。」

若林博士一邊說明一邊走回大桌前，指著一張面向暖爐的小型旋轉椅，回頭看著我。我聽從他的命令，就像個準備接受手術的病患一樣，怯生生地走近那張椅子，慢慢坐下，但卻一點都沒有坐定的感覺。過度的詭異與不可思議讓我覺得呼吸困難，我按著胸口，只能猛吞唾液。

這時候若林博士繞著大桌子走了一圈，在我對面的大型旋轉椅上坐下。如同我最早在七號房見到他時一樣，他的身子彎曲蜷縮在椅中，不過他現在脫下了外套，可以看到細長脖頸和身體，慢慢縮進穿著正式禮服、明顯呈現彎折的細長雙手雙腳之間。只有正中央的那張臉，大小還是一樣，整體的感覺好像某種妖怪。比方說像一隻有著蒼白人臉的大蜘蛛，正穿著禮服從背後的大暖爐匍匐爬出，準備以我為獵物。

看到他這個樣子，我不自覺地端正自己在旋轉椅上的坐姿。這時，大蜘蛛若林博士緩緩伸出長手，將原本置於大桌中央的裝訂資料拉過來，先在膝下輕輕揮掉灰塵，輕咳了一、兩聲。

「……不過，要說起正木博士賭上一輩子完成的實驗過程，很不好意思，必須先以我的事來開頭……我這麼說是有原因的。正木博士和我原是千葉縣同鄉，明治三十六年，福岡縣立醫院改建，創設了本校前身的京都帝國大學、福岡醫科大學，當時我們同為第一屆入學生，隔桌共學。後來又在明治四十年同時畢業，有過同窗之誼。而且我們兩人連過著單身生活、全心投入學術研究這一點都很相似……不過，正木博士擁有的非凡頭腦和龐大資產這兩點，則遠遠非我能及。光就學術研究上來說，當時我們的研究不像現在這樣能輕易取得國外書籍，可說費盡了苦心。我們總是從圖書館借來書籍後，不分晝夜地抄錄，但只有正木博士一個人，稀鬆平常地自費從國外訂購書籍，而且自己看過一遍後，往往毫不吝嗇的借給別人。他半是出於興趣地尋找古生物化石、四處調查看似與醫學毫無關係的神社佛閣起源。……當然，從那時起正木博士蒐集化石、調查神社佛閣起源，並非毫無意義的興趣。……這其實是與『瘋人解放治療』實驗有重要關連的計畫性工作。……二十多年後的今天，終於只有我了解了這個事實，所以時至今日，正木博士的卓越智慧和深遠眼光，更加讓我驚心駭目。無論如何，因為這些緣故，正木博士在當時就被認為是個特立獨行的人物，受到學生和教授們的注目，但率先認同他偉大智慧的，就是這幅照片裡的齋藤教授了。

這件事的原委是這樣的。這位齋藤教授從本大學創設之初，就已經在此任教，現在這房間裡大部分的標本，幾乎都是他一個人獨自蒐集而來，他不但相當熱心學問，同時也是有名的辯論家，說句題外話，以前曾經流傳過這麼一則故事。為了紀念本大學創設三週年，在大禮堂舉行慶祝會時，代表學生致詞的正木博士，在台上發表了這麼一段演說。

『最近，報章雜誌大肆抨擊本大學的學生和諸位教師經常出入花街柳巷、沉迷賭博，但是我認為，這不值得大做文章。說到身為學生或教師最大的罪惡，既非沉迷酒色，也非醉心賭博。而是一拿到學士或博士學位後，就完全拋諸腦後，放棄學術研究。我認為這是日本學界的一大弊害。』

當他發表這番大膽言論時，滿堂的學生教授臉色遽變。沒想到只有齋藤博士一個人從位子上站起來，熱烈鼓掌，大呼精彩，這件事直到現在我還印象深刻，從這件事也能夠大致了解他的個性。

……但是齋藤博士任職於本大學時，九州大學還沒有精神病科這個學系，他是校內唯一一位專攻精神病的學者，僅以副教授資格教授幾門課程，關於這一點，他似乎感到相當不滿。他經常找上自己的得意門生正木博士，以及從當時就開始接受他指導的我兩個人，大罵現代的唯物科學萬能主義，對國家的未來很是憂心，這種場面我往往不知該如何應答，不過正木博士總是能以異想天開的方式反駁，讓齋藤博士無話可說……其中有一次我印象特別深刻，正木博士是這麼說的。

『……看吧，教授您最擅長的老套牢騷又要發作了。又不是領便宜月薪的留聲機，也差不多該換換條蠟筒[14]了吧。現代人崇洋，每個人都得了唯物科學中毒症，如果只注射老師您這種牢騷，我看很難痊癒的。……好了好了，您也不必這麼義憤填膺，請再等個二十年吧。這二十年之內，說不定會出現一位完美的精神病患者。……到時這位患者不僅會詳細記錄、發表自己發病的原因和精神異常狀態痊癒的過程，震驚全世界學者，同時，也會徹底踐踏粉碎至今為止人類傾全力創造出的宗教、道德、藝術、法律、科學等，甚至是自然主義、虛無主義、無政府主義以及其他所有唯物思想，相對的，這將會赤裸裸地從根解放人類的靈魂，讓世上誕生出痛快無比的精神文化，這瘋子將會開始騷動。……當這位瘋子老師造成的騷動順利成功時，將會如您所願，精神科學會成為世上最崇高的學問。同時，像這所大學一樣把精神病科視為拖油瓶的學校，將完全失去其價值。……所以呢，還請您多活幾年，耐心等待這一天的到來吧。反正學者又沒有退休年限。』

我記得他曾經這麼說過，而任憑齋藤教授再怎麼開明，他聽了好像也不以為然……當時在旁一起聽到這番話的我，內心受到不小震撼。首先，我實在無法判斷，正木博士到底是不是認真地說出這些有如預言的話……當時正木博士就已經計劃好，要親自計劃、創造出這種精神病患，震驚學界……在那個年代怎麼可能想像得到。……再加上正木博士從以前就經常講出這類出人意表的話，語驚四座，所以齋藤教授和我對這件事都沒有特別放在心上，也不曾深入追究。

……但是過了不久，齋藤教授心裡這些不滿，再搭配正木博士天才般的頭腦，終於有機會在當時的大學院內掀起了不尋常的風波。那剛好是我們大學的畢業時節，正木博士的畢業論文以《胎兒之夢》為題，發表了一篇奇怪研究，成為事件導火線。」

「……胎兒……胎兒會作夢嗎？」

我突然發出尖銳的叫聲。因為《胎兒之夢》這幾個字，給我的耳朵帶來異樣的迴響……但是……若林博士依然無動於衷。他點點頭，似乎覺得我的驚訝非常理所當然。並且仔細打開手裡拿的一張張資料，用他蒼白的眼睛專注盯著……。

「……沒錯……您很快就會看到那篇名為《胎兒之夢》的論文內容，不過，光看標題應該也能明白它不同於一般論文。直到今日，即使一般人在正常狀態下所做的夢，都還沒有人能徹底了解其內容，更何況是距今二十年前……您可能剛出生或還沒出生時的學術研究論文，竟然會選擇這樣的標題。……而且正木博士頭腦異於常人這件事，在校內素有定評，所以這篇論文的題目立刻在校內造成轟動，大家都拭目以待，想一窺究竟。

……沒想到，等到這篇論文依照當時規定進入接受全校教授審查的階段時．由於它從文體開始就打破了傳統形式，讓所有教授盡皆啞然。……因為正木博士素有語言天分，以英、德、法這三種語言所寫的作品，就算並非他專攻的艱澀文學著作，他向來都能輕鬆閱讀，這一點在同學之間早就相當出名。……因此，大家都預料他的畢業論文，想必也會用當時被稱為學術用語的德文來書寫，沒想到他卻跌破大家眼鏡，他以當時還未普及的口語文體書寫，而且還夾雜著俚語和方言來書寫這篇論文。此外，他在論文中主張的要旨，也極端超脫常軌，看來就跟題目一樣，似乎像在愚弄讀者，所以儘管是當時在新設大學中接受最新知識薰陶的各位教授，都頓時不知所措。其中一位素以愛吹毛求疵文明的

⑭蠟筒：早期留聲機中，保存錄音的物質媒介。——譯注

某教授，更在激憤之餘怒氣沖沖地指責……

『……校長真是大錯特錯，怎麼會讓我們閱讀這種胡謅荒唐的論文。正木那傢伙自以為聰明，才敢大大方方地交出這種東西。除了正木這個渾小子，還有誰膽敢污衊本大學第一屆畢業論文審查的神聖？像這種學生，應該要予以退學處分，才能對往後的學生收懲一敬百之效。』

這些教授盛怒的風評還傳入了學生耳中。當然，我想也都是事實吧……。

……因為這樣的背景，所以畢業論文審查的教授會議，聚集了全校緊張的目光。終於來到了開會當天，各教授果然都抱持相同意見，先不管要不要開除正木博士，大家似乎當場就準備表決剔除這篇畢業論文的資格。就在此刻，當時年紀最輕、列席末座的齋藤教授突然站起身來，發表了至今仍獲得高度評價的反對意見。

『……請各位等一等。資歷最淺的在下實不敢僭越，但為了學術的發展，我不得發言，我和各位的意見正好相反，我大力支持這篇論文。我的理由如下。

……首先，批評這篇論文的各位，似乎都主張其文章不成體裁、不合規定……，關於這一點幾乎不必討論，我認為甚至不需要辯護。不過，學術論文這種東西可不是向公家機關提出申請書，「請讓我畢業吧」或者「請給我博士學位」，性質可說完全不同。並沒有任何規定的格式或者文體……我想關於這一點我就言盡於此。

……接著是關於論文的內容，它絕對不像各位所攻擊的那麼不嚴謹。大家之所以不能認同這篇論文的價值，是因為現代醫學家只拘泥於唯物的肉體研究，卻缺乏以科學角度觀察人類精神的學術……也就是對精神科學的知識。各位並不知道全世界的精神科學家是多麼處心積慮地想找出如同這篇論文所發表的根本精神，或者是對生命、對遺傳的研究方法。我敢用我的專業名譽擔保，就是因為這樣各位才無法了解這篇論文的真正價值。

……這篇論文敘述的是人類在母親胎內的十個月之間，做了一個超乎想像的夢。這個夢也可以命名為以胎兒自己為主角來演出的「萬物進化實況」，就像一系列持續數億年甚至數十億年漫長歲月的連續電影一樣，其中不但以分毫不差的逼真，描繪出現在已成化石的史前極端異樣奇怪的動植物，以及導致這些動植物慘死滅絕、雄偉壯觀到難以形容的天災地變，更描述了從天災地變中出現的原始人類，也就是從這胎兒自己的遠祖、到現在的雙親為止各代人類，為了激烈的生存競爭累積了何等罪孽。他們如何反覆遂行這些殘酷作為，蒙蔽他人目光……。論文中主張，以胎兒的直接主觀，詳細、明白地描述這種因果不斷循環的心理狀態如何遺傳到胎兒身上，透過人類肉體以及精神的解剖性觀察，可直接或間接地推測，這是一場極盡驚駭和戰慄的龐大惡夢……。只不過，這並非由胎兒自己所記錄的事實，也沒有留在大人的記錄中，換句話說，只能算是一種推測。所以不被認為具有學術價值。各位似乎都一致同意……就一篇畢業論文來說，他的分數是零分。

……聽起來好像非常理所當然……不過……很抱歉，我想請教各位。各位在中學時代想必都讀過「世界歷史」，當時各位是抱著什麼樣的想法來讀呢？……所謂的世界歷史，是屬於人類生活過去的部分記錄，對個人來說，就等於是與自己過去經歷相關的記憶……我想這個道理相當清楚，在各位面前說明這些實在是大大的冒犯了。除非是個沒有過去的人，要不然應該不會否定吧。

……但如果這樣，那些沒有留下歷史記錄的史前人類，對自己的宗教、藝術和社會組織，描繪著什麼樣的夢呢？比對現在世界上殘留的各種遺跡，推測史前人類做了什麼樣的夢，才得以進化到能記錄下自己的歷史，這些學術……例如人類文化學、史前考古學、原始考古學等學問，能夠說它們毫無學術價值嗎？能夠說它們並非科學研究嗎？……更別說在人類出現以前地球生活的記錄，比方說地質變遷或古生物的盛衰興亡，這些是由誰親自去觀察、寫下記錄的嗎？根據目前殘留在地球表面的各種遺跡，推測出事實的地質學家或古生物學家，都是憑想像在敘述童話的作家？能說他們不是科學家嗎？

……換句話說，《胎兒之夢》這篇論文，是根據我們成人肉體以及精神中各處殘留、充滿的無數遺跡，來推測出我們沒有留在頭腦記錄中、尚在母胎時代作夢的內容，這絕對是一種最嶄新學術的萌芽。絕對是最前衛、徹底的空前新研究。……非但如此，這篇論文中關於人類精神結構的剖析性說明，實是破天荒的嘗試，很明顯地，它包括了全世界的精神科學家都認為絕不可能，卻也引頸期盼、渴望不已的精神病理學、精神生理學、精神解剖學、精神遺傳學等等，所以等到本篇的主題為「胎兒之夢」相關研究有更進一步的發展，分化到這些方面，我想甚至可能對未來的人類文化帶來重大革命。至少，它以純科學的研究態度，面對以往的精神科學所討論的幽靈現象、催眠術、透視術、讀心術等等，開闢出一條精神科學的康莊大道。在此我想以我專業的立場，再次強烈推薦。

……我確信，這篇《胎兒之夢》原本雖然只是一名學生的畢業論文，但是其發表的內容卻有著現今濫竽充數所謂博士論文無法比擬的高度、深遠科學價值。這當然應該推舉為本大學第一屆畢業論文的第一名，視為本學院之光，批評本篇論文毫無價值云云的學者，必定是不了解新學術誕生的歷史事實……偉大真理在發表之初，總是被視為天馬行空。』

……齋藤教授後來如此轉述他當初那番話的主旨。

……不過，齋藤教授這番主張當然引起了其他教授們的反感。他立刻成為滿堂教授攻訐責難的對象，但齋藤教授一步也不退讓，他以精深淵博的論點一一反擊、粉碎對方的攻擊，從下午一點開始的會議，直到太陽下山仍舊無法收束。這畢竟是以新興醫學院的神聖使命和名譽為中心，至關緊要的爭論，雙方都激憤得熱血沸騰。最後不得已，只得將其他論文的審查全部延到隔天，繼續挑燈夜戰，到了晚上九點，齋藤教授終於讓所有人啞口無言。當時由後來被譽為名校長的盛山院長裁決，宣布承認這篇《胎兒之夢》確是一篇學術研究論文，這天的會議才終告結束。在隔天和第三天，共花了三天審查完所有十六篇論文的結果，正木博士的《胎兒之夢》如同齋藤教授所主張，被推選為畢業論文的第一名。

……可是……經歷再三審議討論出這個結果，到了醫學院畢業典禮當天，出乎意料的，本應上台領取恩賜榮譽銀鐘的正木博士，卻被發現從不知什麼時候起已下落不明，這件事再次震驚了所有人。」

「哦？在畢業典禮當天下落不明……為什麼呢？」

我忍不住開口，這時不知為什麼，若林博士突然噤聲。他凝視著我的臉，就好像準備說出某個重大事件，最後他再次以比剛才更慎重的語氣開口。

「正木博士為什麼在獲得榮譽表揚之前下落不明，真正原因直到今天有很多人都猜測過。我自己當然也不明白其中原委，但是不可否認，正木博士下落不明的事件，和剛剛提到過的《胎兒之夢》論文之間，必定存在著某種因果關係。……換句話說，正木博士很可能是受到自己所寫的畢業論文《胎兒之夢》中主角威脅，只好隱瞞行蹤。」

「……胎兒之夢的主角……受到胎兒威脅……我實在聽不懂……」

「不要緊。我認為您現在最好還不必了解得太清楚。」

若林博士從椅子中舉起右手，似乎想安撫我。他左眼下方露出那痙攣般的異樣微笑，繼續用嚴肅的口氣說道。

「……目前您最好不要了解。這麼說或許有點失禮，不過等到您完全恢復過去的記憶，就能夠明白這部名為《胎兒之夢》的恐怖電影主角是誰等等內情，我現在的提醒，只是供您作為屆時的參考。……言歸正傳，本醫學院第一屆畢業典禮最後在正木博士的缺席之下結束了，隔天，盛山院長接到一封正木博士的來信，其中闡述如下的抱負。

——我本以為，現今科學界沒人能理解《胎兒之夢》。我深信不可能有這種人，抱著被退件的覺悟而提交，萬萬沒想到居然受到院長閣下和齋藤教授的推薦，聽說之後我不禁長嘆。那篇論文的價值如此輕易被看穿，表示我的研究還太膚淺。我認為只憑這種論文，還不足以讓我們福岡大學的名譽永垂不朽。

——我無顏面對院長閣下和齋藤教授，只好避不見面。冒昧請求您暫時代為保管象徵榮譽的銀鐘。接下來我打算進行絕對無人能理解的龐大研究，以報答此恩——

據說他留下了這番話。盛山院長給齋藤教授看了這封信，還大笑著說，『這傢伙到底要怪到什麼程度』……。

……而正木博士在那之後整整花了八年時間遊歷歐洲各地，取得了奧、德、法三國的知名大學相關學位，後來在大正四年悄悄回國，展開居無定所的流浪生涯。他造訪全國各地的精神病院，蒐集有關各地方精神病患血統的相關傳記、傳說、記錄、家譜等研究材料，並且將一本題名《瘋人地獄邪道祭文》的小冊子，分送給一般民眾。」

「……瘋人地獄……邪道祭文……裡面都寫些什麼？」

「……您馬上就能看到內容了，裡面跟剛才提到的《胎兒之夢》一樣，寫著以往從未公諸於世的可怕事實。簡單地說，祭文中揭露了我先前稍微提過的現代社會虐待精神病患的真相，以及精神病院中比監獄更可怕的瘋子治療內幕……換個方式來說，這就像是將佔據現代文化背後令人戰慄的『瘋人黑暗時代』內容，以通俗民謠方式呈現的一種建言書或宣言書。正木博士不僅把這本小冊子分送政府當局以及各級政府機關和學校，更自己一邊敲著木魚一邊唱著祭文歌，將印有祭文歌的傳單發送給民眾。」

「……自己……敲著木魚……」

「一點也沒錯……聽來雖然有些不合常理，但對正木博士而言，這似乎是件相當嚴肅認真的工作……不只這樣，就連他的恩師齋藤教授，都抱著不惜犧牲自己地位和名譽的覺悟，暗中與正木博士連絡，聲援他的工作。只不過，很遺憾，由於祭文歌的內容太過露骨地揭發事實，在有些人的眼裡看來反而脫離常識，因此沒有人由衷產生共鳴，最後還是被社會漠視，實在可惜。……如果祭文歌中所揭發精神病院對精神病患的虐待事實能受到一般社會重視，那麼很有可能現代的精神病院會全部被摧毀，導致精神異常者氾濫在世界上，可是正木博士對這樣的結果似乎絲毫不以為意，他可能只將其當作自己即將創設的『瘋人解放治療』實驗的準備工作之一，進行宣傳。」

「所以說……」

話說到一半，我不由得挺直身子坐好。我嚥下一口唾液，輕聲繼續說。

「所以說……那是為了我的實驗，而做的準備……？」

「正是如此……」

若林博士毫不猶豫地回應，點點頭。

「如同我先前所說，正木博士的頭腦遠超過我們所能猜測了解的範圍，可是不容否認，他這些突兀、誇張的行動中，確實包含了準備創設解放治療的某些用心。接下來我要講的每一樁正木博士變幻莫測的行動，都包含了這層意義，換句話說，我不得不推斷，正木博士後半生的一舉手一投足，都以您為中心來行動。」

若林博士一邊說著這些話，同時那冰冷、無力的視線忽然轉向我的臉。他一直凝視著我的臉，逼得我不得不再次端正坐好，慢慢地，別說身體的動作了，我連話都快說不出來，他看到我這副樣子，似乎才改變了心意般，掏出手帕輕咳幾聲，繼續往下說。

「……就在去年大正十三年三月底。發生在二十六日下午一點的那件事，我至今仍無法忘記。畢業後經過了漫長的十八年，這中間音訊全無的正木博士，出其不意地敲了我在本校法醫學院的房門，我相當驚訝。感覺就像突然撞見幽靈一樣，總之，我們先互祝彼此平安健康，接著我問，他怎麼回來得這麼突然，正木的態度一如往常地磊落大方，他搔著頭這麼告訴我。

『沒有啦。也不是什麼大不了的事。說起來真丟臉。兩、三個星期前，我在門司車站的剪票口被扒走隨身多年的金側時計鍍金手錶。那可是摩凡陀公司⑮的特製品，現在要價一千日圓左右，我愈想愈可惜。然後我忽然想起來，十八年前寄放在這的銀鐘不知道還在不在，所以就過來拿了。……本來想順便帶點讓各位驚訝的伴手禮，但一時之間又想不到什麼特別的東西，所以就繼續住在門司的伊勢源旅館二樓，全力完成一篇類似論文的拙作。我想這篇文章應該先讓新校長過目，所以去找了齋藤教授幫我引薦，他告訴我，幫忙介紹是無所謂，不過論職責，還是由擔任院長的若林經手提出比較妥當，所以我才來找你。給你添麻煩了，不過還是拜託你幫幫忙吧。』

他是這麼對我說的。於是……我當然立刻把保管的時鐘交還給他，那時正木博士所提出的論文，正是齋藤教授預言可能媲美達爾文的《物種起源》或愛因斯坦的《相對論》……不，甚至會比這些作品更能震撼世界學界的《腦髓論》。」

「……腦髓論……？」

「是的。這是一篇命名為《腦髓論》、約三萬字左右的論文，但其內容與剛剛提到的《胎兒之夢》正好相反，極其嚴肅謹慎，為了防止誤會文義，還刻意用德文和拉丁文兩種語言書寫，能夠在沒有任何文獻資料的旅館二樓房間裡，僅僅用兩、三個星期便完成，可以見得正木博士的頭腦與精力都非常人能比。……而且，正木博士的這篇論文，將以往無人能說明、證實，或者實驗的腦髓奇妙功能，如攬鏡自照般清楚呈現。同時，文中也簡單明瞭地說明了直至今日精神病醫學界視為疑點的許多奇怪現象。……因為專業研究的關係最早閱讀這篇論文的齋藤教授，當然非常訝異，在那之後約有一年時間，他廢寢忘食的研究這篇論文，終於在去年……也就是大正十四年二月底完成大致審查、考據，並在隔天清早拜訪現任松原校長家，他眼眶浮淚地說：

『……我決定今天就請辭九州大學精神病科教授之職，並推薦正木先生繼任。因為如果他被其他

⑮摩凡陀公司：瑞士的高級鐘錶公司。——譯注

大學網羅，將是本校之恥……』

他懇切地請求。但是，由於正木博士那時並未告知住處，也就此行蹤成謎，再加上現在松原校長更加敬佩齋藤教授的人格，所以他一方面急忙慰留齋藤教授，同時也決定將此篇論文列為學位論文，內定頒授學位給正木博士……這件事傳出後成為學界美談。其實可能是有人洩漏了出去，後來還刊載在報紙上……但我一個不留神，沒看到那篇報導……」

說到這裡，若林博士似乎想起當時的回憶，感動地輕輕閉上眼。我也滿懷仰慕地仰望齋藤教授的肖像，可能是因為自己心中的敬畏之情，齋藤教授看起來就像神明一樣高貴，讓我情不自禁輕嘆口氣，輕聲說。

「那麼，齋藤教授是為了讓位給正木博士才死的嗎？」

聽了我的疑問，若林博士似乎更加感動，他緊閉著雙眼，眉間的皺紋更深刻。他粗聲深深長嘆一口氣，彷彿隨時要劇咳一樣，不久他靜靜睜開眼，那蒼白視線若有深意地與我的視線相對，稍微加強了語氣。

「是的。在正木博士獲頒學位後不久，齋藤教授在去年……大正十四年十月十九日突然辭世。而還是離奇死亡。」

「……什麼……離奇死亡……？」

我發出空虛的聲音。話題的演變太突兀，我不知該如何是好，交互看著若林博士蒼白的臉和相框中齋藤教授的微笑。我心裡很疑惑，為什麼這麼一位人格高尚的學者，會離奇死亡呢……？

而若林博士只是靜靜盯著我的臉看，好像想平息我的疑惑。他再度略略加強了語氣。

「……是的。齋藤教授的死亡很離奇。去年大正十四年十月十八日……也就是他離奇死亡前一天的下午五點左右，齋藤教授像平常一樣完成工作，交代好辦公室的人兩、三件事，便離開了這個房間，從此之後，他再也沒有回到筥崎網屋町的家。隔天一早，被發現屍體浮在筥崎水族館後面的海岸，已經溺死。發現的人是水族館的女清潔工，接獲緊急通報後，警方和我們一同趕往現場，調查後發現，他生前有大量飲酒的跡象，可能是在回家途中遇見某位交情深厚的朋友，才久違地放肆暢飲，導致回家途中走錯路，後來才從那裡的石牆上失足墜落……警方是這麼研判的。……如果您親眼看過自然會瞭解，那附近淨是市郊特有的垃圾場、草原，和大學後方連綿的田野，若非喝得爛醉如泥，不可能在無意間誤入。……因此，也很可能是他殺，但是徹底調查他的隨身物品後，發現並沒有遺失任何東西。……另外，綜合遺族和朋友們的證詞，除非受到校內幾位交情極深、意氣相投的同事相邀，否則齋藤教授幾乎不會在外貪杯，大家也都知道有哪些人會和他一起喝酒。除此之外，他一個人喝酒的情況，可說只有晚上在家的小酌。……而且，若是在外喝到爛醉，依照慣例總是有某個一起喝酒的人送他回家，這次實在是令人費解的例外……因此，警方也做了各種想像，進行充分調查，然而教授墜海地點附近，是從千代町延伸而來的長長防波堤，目前仍未能發現任何足跡印證教授從哪個方向走來、又在哪個地點失足墜海。非但不知道是否有人同行，假設是他殺，也完全沒有犯人的線索……。

……另一方面，如同我剛剛說的，從齋藤教授的人格看來，不太可能遭人怨恨，最後只能以意外結案。齋藤教授雖然很少喝酒，但他唯一的缺點就是酒後會醉得不知前後，再怎麼說，他實在死得太可惜了。」

「……還不知道是誰和他一起喝酒嗎？」

「……是的……到現在還不知道，除非是個有纖細良心的人，否則不太可能主動出面。」

「……可……可是……要是不出面，難道不會一輩子苦於良心的譴責嗎？」

「以現今社會上人們的常識來說，大家似乎普遍認為不需要如此看重自己的良心。……現在就算出面承認，齋藤教授也不可能從死而復生，只是平白讓自己蒙受不快的污名，接受某種制裁，結果反而增加社會的損失……大家或許是這麼想的吧……不。說不定事到如今對方早已忘掉這件事了……」

「……但是這樣也未免太卑鄙了。這……」

「……那當然。」

「……而且，這種事……真能忘得掉嗎……？」

「……這就難說了……這類問題或許就屬於已故正木博士所謂『記憶與良心』的有趣研究範疇吧……」

「那麼齋藤教授的死，就只有這點意義而已嗎？」

「沒錯。就只有這些意義。聽來實在不值，但以結果來說，卻包含很重大的意義。齋藤教授的死，最後促成了正木博士任職於本九州大學精神病科研究教室、坐上這張椅子的直接因緣，更是將您與六號房小姐和這間教室連結的間接因緣。是的……我在此暫用『因緣』二字來解釋。不過，這種因緣究竟是人為，或者出於天意，還是要等到您恢復自己過去的記憶，才能確切推測……」

「啊……這……連這種事也包含在我的記憶裡……」

「沒錯。您過去的記憶中，還藏有解開許多謎題所需的重要關鍵。」

許多疑問就像一個接一個掉落在我身上的冰塊，快淹沒我全身。我忍不住閉上眼，試著左右搖搖頭。不過我的腦袋還是沒跑出任何記憶。不過，我慢慢開始覺得眼前這幅殘酷至極的「焚殺瘋人」油畫、齋藤教授微笑的肖像、臉色蒼白嚴肅的若林博士、綠色發光的大桌、在桌上不斷打呵欠的紅色達摩煙灰缸等等，每一樣東西都和我的過去有深刻的關係。同時，身處於這些與自己因緣深刻的東西中，卻什麼都想不起來，我查覺到自己腦袋的空洞，不由得悲從中來。

有一瞬間，我不知該如何是好，只能頻頻眨眼，但我腦中忽又浮現一個疑問。

「對了。那下落不行的正木博士，後來為什麼會到這所大學來？」

「事情是這樣的。」

說著，若林博士把正要掏出的懷錶又放進口袋。他虛弱地乾咳一聲後接著說。

「就在齋藤教授的葬禮會場上，正木博士悄然現身列席。可能是看到報上刊的訃聞吧……松原校長在葬禮結束後找上他，硬是要他接任齋藤教授的職務。這雖然是前所未有的特例，不過這位校長竭盡心力要完成人格如此高尚的齋藤教授遺願，在場沒有一個人覺得校長的做法奇怪。大家甚至感動得鼓掌歡迎。……如果看了當時的新聞報導，一切都報導得很詳細，可是正木博士當時身上附有家徽的一身和服有如破爛襤褸，在教授們的拍手包圍下，他緊抱著頭發牢騷。

『這下麻煩了。我只想靠自己的力量來進行研究啊。要是當了大學教授，就不能繼續敲我喜歡的木魚，也不能在路邊走唱了。更重要的是我愛流浪的天性，從此無法發揮了啊……』

他沮喪地這麼說，松原校長聽了答道……

『……現在你抱怨也沒有用了。要怪就怪你被齋藤教授的靈魂吸引到這裡來吧……想敲木魚你儘管繼續敲，還請務必捨身成佛啊。』

大家聽了都忘記自己身在葬禮會場，捧腹大笑。

……不久後，正木博士到本校來赴任，他馬上實際著手之前在瘋人地獄走唱祭文中提倡的『瘋人解放治療』實驗，再度在一般社會中引起異常熱烈的迴響。同時，因為展開這項實驗的機緣，也讓正木博士自己、您，以及那位六號房小姐形成了最近這種命運相繫的關係。這只能說是天意了吧，……但是，無論如何，能邀請如此偉大的正木博士來到本校，無拘無束地充分發揮，都是已故齋藤教授的遺德。我想也因為如此所以正木博士才會把這幅肖像畫掛在這裡……」

我再次深深嘆息，不由自主地仰望齋藤教授的肖像。如此高尚人格的齋藤博士、如此偉大的正木博士、眼前的若林博士、那間六號房中的美少女，還有等同白癡的我，將我們這些人連結在一起的因緣之線，實在太不可思議。

房間裡有短暫的時分，流動著某種感觸深切的寂靜。但沒過多久，我無意的提問又打破了這份靜寂。

「……啊……大正十五年十月十九日……掛在齋藤教授照片下方日曆上的日期，剛好是齋藤教授過世滿一年的日期呢。」

說完後我轉過頭去……若林博士那個瞬間表情的變化相當可怕……雖然那只是短短一瞬間……他又大又蒼白的嘴唇緊閉，突出下顎，同時瞪大了那對蒼白眼珠狠狠瞪著我。他的反應太過突然，我也下意識地跟若林博士做出相同表情，互瞪著彼此，不過若林博士好像慢慢冷靜了下來，換上了十分滿足的表情，額頭散發出光采，頻頻點頭。

「……您終於注意到了啊。您過去的記憶終於開始甦醒。看來距離恢復只剩咫尺距離了……。其實剛剛您提出這個問題時，我心想，萬一您過去的記憶也一口氣完全恢復……那麼我該如何面對，不免有些擔心……。但已經沒什麼好隱瞞了。那日曆上顯示的日期，距今約莫一個月前。因為今天是大正十五年十一月二十日……」

「那……為什麼還保留著這個日期呢？」

若林博士這時再次慎重地頷首。就像他之前面對六號房少女那種向神明祝禱的態度，挺直了胸膛，緊握雙手。

「您這些懷疑，都是解開有關你過去重大謎團的關鍵之一。也就是說，正木博士只將日曆撕到這一天，之後就沒能再撕了。」

「……那……那是為什麼……」

「正木博士，在隔天去世了……而且就是在剛好一年前齋藤教授溺死的筥崎水族館後方同一地點，他跳海自殺了。」

……晴天霹靂……或許只能這麼形容吧。我受到一股莫名的震驚打擊，這時候自己彷彿發出某種叫聲。等到情緒終於平復，才宛如囈語般動著嘴。

「……正木博士他……自殺了……」

話聲一入自已耳中，我再次懷疑自己的耳朵。像正木博士這麼偉大、豁達的人走上自殺之路……真有可能嗎？

不只這樣。擔任這間精神病科教室的兩位主任教授，相隔一年先後離奇死亡，而且還溺死於同一個海岸……真有如此可怕的巧合嗎……我迷惘驚訝，呆呆地凝視若林博士蒼白的臉。

於是若林博士比之前更加慎重地端正坐姿，反過來凝視著我。他再度發出祈禱般的虔敬聲音。

「……我再說一次。……正木博士是自殺的。他依照如我剛剛所說的順序，以長達二十年的漫長歲月悉心準備，迎向史無前例的解放治療重大實驗，正木博士歷經幾番艱困奮戰，手裡的大刀終於折斷，彈盡援絕了……他陷入不得不自殺的窘境。……光聽我這樣說，您一定還無法了解，更具體地說，正木博士所獨創這空前未見的精神科學實驗，必須等到您和那位六號房小姐各自恢復自己過去的記憶，離開本院，開始幸福的結婚生活，才告完成，但卻因為某個意外的悲劇事件，導致實驗在中途停擺受挫。……而且沒有任何人知道，這樁悲劇事件到底算不算是正木博士的過失。……而那一天卻碰巧是齋藤教授去世的一週年忌日，就好像冥冥之中的天意，讓人感到一種人世的『無常』……正木博士擔起全部責任，離開了人世。他把實驗的重要材料，也就是您和六號房小姐等相關資料、事務所有一切都交代給我……」

「……那……那麼他……」

說到一半，我不覺語塞。一種無法形容的亢奮，彷彿讓我全身瞬時冰冷蒼白，好不容易才張開嘴。

「……會不會……因為我……詛咒了正木博士的命……」

「……不，不是的。正好相反。」

若林博士堅定毅然地斷言。他依然凝視著我，左右搖著頭。

「正好相反。正木博士當然抱定自己的命運會受您詛咒的覺悟，著手這項研究的。……不……更進一步說，正木博士早在二十年前，就覺悟到會有這種結果，但他仍然按原定順序執行。為了讓自己所發現的空前偉大學理實驗，與您的命運完全一致，他擬定了滴水不漏的計畫，逐步進行研究。」

對我來說，這些說明更讓人感到恐懼、戰慄。我按捺住胸口莫名的窒息感，不顧一切地追問。

「……那是指……什麼樣的順序……？」

「這個只要看過這些文件您就能夠明白。」

說著，若林博士砰然闔上方才一邊說話一邊翻閱的裝訂資料，恭恭敬敬推到我面前。

我也感受到這必定是極為重要的資料集，遂以同樣鄭重的態度接過。我先隨手翻了翻，瀏覽內容，最上面是類似傳單的紅色封面，下面是一疊西式的大號稿紙和貼有報紙剪貼的絨紙，前後用綳著帆布面的厚紙夾住裝訂而成，封面什麼字都沒寫。不過因為這些資料相當重，我再度闔上封面，重新在桌上放好。

坐在桌子對面的若林博士用他蒼白眼眸盯著我眼睛。

「……這個東西算是正木博士的遺稿，非常珍貴。剛剛說過正木博士關於精神科學的研究中，最重要的精神解剖學、精神生理學、精神病理學，以及上述這些研究之精華的心理遺傳學等四種原稿，還有他一直留在手邊的《腦髓論》原稿，都在他自殺前燒毀了，所以現在要了解正木博士研究內容所需的文獻資料只剩下這些。正木先生在自殺之前親自疊放成這個順序，看來並沒有依照資料發表的年代排列，不過如果依照這個順序來閱讀，將可依照進行研究的順序，簡單又有趣地理解正木先生的研究內容。

……首先，裝訂在最前面的紅色封面傳單，是正木博士遊歷日本各地時，在大街小巷有人聚集之處隨手發送的阿呆陀羅經之歌，名為《瘋人地獄邪道祭文》，歌中主要講述的自己研究精神病的動機，始於目睹現代精神病患受虐的實際情況，認為應該伸出援手。

……接下來貼在絨紙上的是正木博士自己所保存、刊登在當地報紙上的受訪內容，其中第一篇題目為《地球表面是瘋人的一大解放治療場》，這是正木博士夾雜著辛辣詼諧，向記者說明他從拯救瘋人到著手研究精神病等研究的最初立意，他極痛快率直地論證精神病理學的根本原理，指出『棲息在地球表面的人類，沒有一個不是精神異常的人』。……還有……接下來這篇『腦髓並非思考事物之處』，是正木博士以有趣的方式向記者說明自己如何立足於此一原理，徹底闡明目前為止被認為不可能研究的『腦髓』真實功能，以及偉大論文『腦髓論』的內容如何輕易解決了各種關於精神病範疇的奇怪靈異現象，這都是靠以往的科學絕對無法解決的問題。

……接著，裝訂在下方的日本稿紙上以毛筆書寫的，就是可視為《腦髓論》反向定理的《胎兒之夢》論文。內容明確地說明了『心理遺傳』的內容，講述從直接生育的父母親之心理生活、到歷代祖先的各種習慣等心理的累積，如何傳給胎兒，其實這正是當初他在本校第一屆的畢業論文審查會上，造成轟動的那篇論文。……同時，像正木博士此等英才最後卻不得不決定自殺的遠因，其實也在此篇論文中埋下了種子……再下面是寫在西式稿紙上的潦草字跡，正木博士對於自己的研究寫下的最後結論，算是一份《解放治療實驗的結果報告》，這等於是正木博士的遺書……所以您只要依照這順序瀏覽過這些資料，就能輕鬆、正確地了解正木先生開拓出精神科學大道、窮盡畢生所研究的偉大事蹟。同時您也將會看到，在背後操控您的過往經歷，引導您走到今天的空前偉大學理，是如何流動、旋轉，綻放耀眼光芒，猶如萬花筒般璀璨、一圈又一圈地不斷回轉……」

若林博士的說明內容我只記得這些。因為我一邊聽他的說明，一邊已經信手翻開最上面紅色封面的小冊，才看到第一頁的標題，就不自由主地被內文吸引，開始認真往下讀……

瘋人地獄邪道祭文

——瘋人的黑暗時代——

詞曲／面黑樓萬兒

奧地利理學博士

德國哲學博士

法國文學博士

▼啊啊——啊——啊啊。四面八方的各位看官哪！各位先生夫人、紳士淑女、長輩小輩，所有在場諸位。昔日一別，久疏問候了啊。嘿，各位聽了想必大吃一驚吧。那是當然，畢竟咱們從這大千世界誕生之前，始終未曾碰面嘛。在下是個瘋和尚，今日初次造訪貴寶地……咚噠空噠、匡得隆咚。匡得隆咚匡得隆咚……。

……來啊，靠過來靠過來。請再靠近一點，聽我給您講故事。絕不要您半分錢，千真萬確不收費。快點靠過來吧，別推別擠啊。匡得隆咚匡得隆咚……

……來囉來囉。來了包管您嚇一跳……咚噠鏘噠、匡得隆咚。鏘唧隆咚、匡得隆咚……

▼啊——啊——。在下是個瘋和尚，身高五尺有一吋，今年三十又五六。和尚我一頭光光、滿口假牙眼窪凹，乾瘦肋骨能當洗衣板。這身襖子是田裡稻草人的，腳上踏的草鞋，好比泥巴凝成的喀漆喀漆山，簡直像狸搭的那艘泥船⑯。我這乞丐般的怪和尚，一路飽經各國風吹日曬，今天同樣以天為蓋，隨地就在路旁打開包袱。咚噠鏘噠、匡得隆咚，顧不得體面。若要問我因緣故事來歷，不如問這

木魚吧……咚噠鏘噠、匡得隆咚。鏘啷隆咚、匡得隆咚……。

▼啊——啊。說到因緣，不妨問問這木魚吧。休說親子兄弟、親戚家眷，妻妾當然也沒有，和尚我孤身一人哪咚噠空噠鏘。身家來歷都咚噠空噠、匡得隆咚。這包袱是我全部家當。無依無靠也無牽無掛，隨風漂流，放浪四方遍遊世界。北京、哈爾濱還有那聖彼得堡。紅色莫斯科、方正的柏林、微醺慕尼黑、高歌維也納、舞動的巴黎，還有打盹的倫敦，渡海之後是那自由美利堅。紐約是女人的市場、舊金山多賭場、芝加哥享美酒，連醉後的踉蹌也很美國風。十年來我蠢事幹盡，所見所聞中，唯一能帶回的伴手禮，卻是個恐怖驚人的地獄故事……咚噠空噠、砰空砰空。鏘啷隆咚、砰空砰空……

▼啊——啊。這可是嚇人的地獄故事哪。而且都是我這對凹陷雙眼親睹的事實。今天首度公開，絕不要各位分毫。非但不要錢，還奉上這小冊子答謝您賞光，正是在下現在吟唱的歌詞內容。或許有人懷疑，這莫非想使什麼手段強迫大家買假貨？切莫擔心，這不過是在下一點私人興趣、宣傳人類文化的事業。不妨聽聽作為參考、聊天話題。來吧來吧，再靠近點，來聽聽、來看看，這——邪——道祭——文，瘋——子——地——獄——……咚噠空噠、匡得隆咚匡得隆咚匡得隆咚匡得隆咚……

1

▼啊——啊。邪道祭文瘋人地獄。若問地獄何在，佛說可不就在身邊。此時自己種下的因果，眼珠子一圈圈地轉呀轉呀，最後都得搭上那火車⑰。輪迴流轉的終點，越過修羅道、畜生道、餓鬼道，再墮入無底地獄。從刀山到血池地獄、寒冰地獄、炭火地獄、劍山地獄、斫截地獄，也有火烤、熱鍋、倒吊地獄。數也數不清的八萬地獄。娑婆世間⑱的因果果報，讓人或受刀切、剁碎、火烤、烹煮，淒厲哀號、痛苦掙扎。承受求死不得的無盡折磨。聽到那聲音就完了，接著準會腦袋炸裂一命嗚呼。這只是和尚高高在上的紙上談兵。……咚嗟空嗟、匡得隆咚匡得隆咚匡得隆咚匡得隆咚匡得隆咚……

▼啊——啊。和尚高高在上的紙上談兵。這種話怎麼能信。死了才去得了的地獄，只不過是謠言傳說罷了。那只是活和尚想攢香火錢的信口雌黃，連釋迦牟尼都未曾耳聞的漫天大謊。在下看過的地獄與那種地獄可完全不同，不需敲鐘、不必唸佛，不用花上十萬億土⑲的車費，司空見慣、四處皆有。

⑯喀漆喀漆山及狸搭的泥船皆出自日本傳統民間故事喀漆喀漆山。一隻性情乖戾的狸虐殺了老婆婆，在老爺爺的請託下，兔子代為復仇。復仇過程中兔子讓狸背負著木柴，然後在後方用打火石點火，狸聽到打火石喀漆喀漆的聲音而起了疑心，兔子回答，因為這裡是喀漆喀漆山，所以有喀漆喀漆鳥。最後兔子引誘狸出海捕魚，備好一艘木船以及一艘較大的泥船，貪心的狸選擇了大的泥船，出海後不久就因為船溶於水中而溺死。——譯注

⑰火車：佛教用語。車身發火，專為運載罪人至地獄之車，或作為懲罰罪人之工具。——譯注

⑱娑婆世間：佛教用語。釋迦牟尼佛所教化的三千大千世界，即「人的世界」，又稱「堪忍世界」。——譯注

⑲十萬億土：佛教用語。娑婆世界與西方極樂世界之間的距離。——譯注

就在此世活生生的地獄啊，……匡得隆咚匡得隆咚匡得隆咚匡得隆咚匡得隆咚……

▼啊——啊。就在此世活生生的地獄啊。那可不是什麼既沒錢又沒閒的地獄啊，不是搖擺不定的牆頭草地獄、義理人情將你牢牢綑綁的地獄，更不是犯下惡事後遭人逮捕，「好！逮住你了！給我快走！」，這有期、無期的地獄。那是個連道理都講不通，無法呼吸、不見天日，不知究竟有多廣、多深的地獄。那裡的閻王是醫學博士，大批學士好比牛頭馬面。但地獄裡出了名的道具呢？找出昔日罪行的眼、嗅出此生惡事的鼻、閻王的帳本、透徹看穿人心的清淨玻璃鏡，全都無影無蹤。不管有罪或沒罪，也不分正常或瘋狂，管他三七二十一，全都會被一腳踹進。光是聽說就令人寒毛直立，所謂地獄，正是此處。外表看來是氣派的精神病院。若不信我言，不妨進去看看，包你如願飽受無盡折磨。何等可怕的瘋人地獄……匡得隆咚匡得隆咚匡得隆咚……

▼啊——啊。何等可怕的瘋人地獄呀。我說精神病院這般可怕，想必各位還一頭霧水、莫名其妙。凡事講順序，且聽我慢慢道來。聽了之後您必定拍案，竟有如此情狀，原來如此、原來如此！待您了解之後，身上八萬四千個毛孔包管一個一個起雞皮疙瘩。沒錯，在下說的正是那個地獄……匡得隆咚匡得隆咚匡得隆咚……

▼啊——啊。沒錯，在下說的正是那個地獄。這種地獄的起源，往上說到最初源頭，都要拜文明開化之賜。說到世界文明開化何以日新月異，無非是科學知識的寶貴恩惠。其中包含了崇高的醫師工作。醫者，治人疾病也……匡得隆咚匡得隆咚……

▼啊——啊。醫者，治人疾病也。醫師的工作中，有利用內科或外科方法治療人身體的失常，也有在精神病院治療人心靈的失常，但比一比這兩種的差異，包管嚇得一身冷汗，連嗝都給嚇跑了。這

兩者進步的差異實在離譜啊。……匡得隆咚匡得隆咚……

▼啊──啊。進步的差異實在離譜啊。那當然不同啊，畢竟治療對象不同。人的身體能見到形狀，四肢軀體一觸即知，五臟六腑解剖後也能看見。有打診、有聽診、有X光線、有皮爾凱反應⑳、有血液檢查，數不清的診療道具。就算遇上疑難雜症，用錯藥斷錯症，或療法失誤出了人命，只要事後解剖屍體，馬上就知道哪裡出毛病。於是診斷治療的方法日新月異大步前進。反觀另一邊，就算是神仙也無法診斷人心……匡得隆咚匡得隆咚……

▼啊──啊。無法診斷人心。任憑你是何等名醫，人的精神和心靈的狂亂，不管觀哪裡的脈象、看哪一根舌頭，最後該往哪裡注射、對哪椿憂慮開刀呢？這世上既沒有能觀察心裡彆扭的放大鏡，也沒有能量出熱戀等級的溫度計。無論假瘋或真狂，X光線可照不出來。不聞聲、不見影，人心的真面目比屁更奇妙。這該如何診斷呢？古人說「笨蛋無藥醫」，這句話現在依然管用。總而言之、言而總之，精神病是種絕對不可能診斷治療，無法利用科學知識研究，捉摸不透的東西……咚噠空噠、匡得隆咚。匡得隆咚匡得隆咚……

▼啊──啊。捉摸不透的精神病。這時，又發現更匪夷所思、令人不解的奇妙事實。既然到頭來人類精神和心靈的瘋狂根本無法診斷治療，何以現在世界各地到處都有精神病院、神經治療，或者瘋癲治療、腦科醫院？高掛方型四面招牌，門面美輪美奐。收取昂貴診斷治療費用和高額住院看護費用，得意揚揚的精神病醫師們，究竟都在做些什麼？這豈非詐欺、勒索？誰能不起疑？還請稍安勿躁，凡

⑳皮爾凱反應：奧地利小兒科醫生皮爾凱（Clemens von Pirquet，1874-1929）於西元一九〇七年發表的結核菌素反應經由皮膚的檢查方法。──譯注

事講順序。這可是椿離譜至極的大內幕。多虧了無法診斷治療，醫師們賺錢賺得不亦樂乎。這才是真正的阿呆陀羅經啊……咚噠空噠、匡得隆咚匡得隆咚匡得隆咚匡得隆咚匡得隆咚匡得隆咚……

2

咚噠空噠、匡得隆咚匡得隆咚匡得隆咚匡得隆咚……

▼啊——啊——啊啊。很久很久之前，再更久更久以前，科學知識還未進步時，對於人身體的疾病和人心理的疾病一樣，完全一無所知，診斷治療根本是胡亂瞎猜，舉凡風水、方位、占星術。一有毛病就請出祈禱、咒術、神水、靈符。神符帶回家去，就算了結一樁心事，但仍有無數疾病靠這種作法根本治不好。於是後來發明了藥物，藥一到、病就除。根據這處方累積的結果，發現人之所以生病是因為體內某處有某個問題導致發病，這道理便是醫學的起源。現在除了解剖、生理、病理、醫藥化學、細菌、藥物之外，還分外科、內科、皮膚科、耳鼻喉科、眼科、整形外科、婦科和小兒科。大大小小琳瑯滿目，滴水不漏的醫學器材和藥物，全用來治療人身體的毛病。科學知識的光明未來，可說是日益明亮燦爛啊……咚噠空噠、匡得隆咚匡得隆咚……

▼啊——啊。雖說日益明亮燦爛，再回頭看看精神病吧。治療人心失常的醫師，診斷、治療方法，有什麼進步呢？古早的精神病患，人們或說是神靈轉世，對其敬畏禮拜，或說是生靈亡靈作祟，供奉祭品以求平安，這倒算好，有些地方卻說精神病患是惡魔附身，當時由僧侶或女巫擔任醫師和法官之職，只要一發現伸手一指，長槍、刀劍、捕繩、弓箭齊伺候，扛著棍棒的官人一湧而上，一個不留地砸碎頭顱、四肢軀體支離破碎，焚燒毀燬、埋於樹下，恰好跟當時官府處置狂犬的手法沒兩樣。這就

是對精神病患最早的診斷、最早的治療。最初的瘋人地獄啊……咚噠空噠、匡得隆咚匡得隆咚匡得隆咚……

▼啊——啊。這就是瘋人地獄的起源。正因為精神病的原因無人能解，開始有人利用迷信妖法，為奸作惡。而且此等惡黨往往聰明伶俐，因為怨恨、忌妒、厭惡，或是對政敵、商業對手等超乎尋常的憎恨猜忌，哪怕是毫無過失的人，只要看對方不順眼，便會以賄賂收買女巫、僧侶或衙吏，不分青紅皂白將正常人視為瘋子，依國法處死，輕者則關進牢籠。……匡得隆咚匡得隆咚……

▼啊——啊。輕者則關進牢籠啊。看看世界的歷史，為了高貴身分、爵位、名譽，或者繼承財產、領地，爭奪女色、家產、天下，從家內紛爭、同黨失和，或者只為除掉礙眼對象，採用這種手段的實例東一樁西一件不勝枚舉。那麼現在又如何呢？本想說與昔日不相上下，可非但不然，反而更加殘酷……咚噠空噠、匡得隆咚。咚噠鏘噠、匡得隆咚匡得隆咚匡得隆咚……

3

……咚噠空噠、匡得隆咚。鏘啷隆咚、匡得隆咚匡得隆咚匡得隆咚匡得隆咚……

▼啊啊啊——啊啊……啊啊啊。現在是文明開化的時代，科學知識萬能的時代，但時至今日，只有精神病仍處於以往的黑暗時代，無法診斷治療。要是我不小心這麼說溜嘴，肯定會有人反咬我一口，「哼，根本是瘋人指人瘋，說這種話的人才是瘋子吧！」。不過我倒不討厭這種人。這些人多麼偉大，時時不忘理智、常識還有科學知識。但我倒想拜託拜託這種人，凡事總要親身一試方知分曉，有空時各位不妨到各地精神病院或學校、圖書館，翻閱看看世界各地的博士學士爭相研究出版、關於瘋子的書籍吧。書裡滿滿都是病名，圓滾滾的洋文、四方方的漢字，你推呀我擠啊，不知有幾百幾千個，屈指也難數盡。現在的精神病患也和外科內科病患一樣，在科學知識光輝照耀之下，接受透澈見底的診斷治療、合情合理的照顧醫療，事事樣樣無微不至。但對此心懷感激的卻只有外行人哪……匡得隆咚匡得隆咚……

▼啊——啊。只有外行人才會心懷感激啊。我可不是想找人吵架，在這駭人的西洋日本，不管科學家們從天涯到海角多麼徹底研究，對於至關緊要最核心關鍵的重點，盤據在我們頭骨內空洞的腦漿，到底有什麼作用，至今仍然一無所知。如果認為我說謊，只要讀過古今中外所有學者研究人類腦髓的書籍就能明白。有人說這是用來聽聲辨物，進行判斷的地方，有人說這是保存知識、經驗、過往記憶的倉庫，七嘴八舌你一言我一語。就像說書人只顧著開場白，話說得頭頭是道，卻根本沒講出任

何明確的事實……匡得隆咚匡得隆咚匡得隆咚匡得隆咚……

▼啊——啊。沒講出任何明確的事實。當然講不出來，一點都不奇怪。天下之大，真正去調查人的腦髓，看透人腦那簡單到氣人，奇妙無比、異想天開作用的人，我老王賣瓜也不怕害臊，就只有區區在下我一人。聽我這麼說，各位或許要笑話我，莫非是天天頂著炎炎日頭，才把腦髓給燒壞，成了這麼個怪人怪脾性，不得了了啊，或許真的很不得了啊，這不過是我的興趣。我滿心期待完成一項讓世界各地博士學者瞠目結舌的研究，一舉更新全世界二十億萬人類社會的大腦。不久之後我會在某所大學發表這篇論文，屆時各位一看便知。世界上其他各位學者完全不懂腦的研究方法，根本就滿腦子誤判的企圖，走上錯誤方向，或許應該大概是，都只是看似真相的胡亂猜測。就算說明了一個道理，也無法解釋其他事實。好比在九尺二間的簡陋房子裡只有兩片防雨門板，擋了這裡又漏了那邊……咚噠空噠、匡得隆咚。匡得隆咚匡得隆咚……

▼啊——啊。九尺二間就兩片門板。人心從早到晚極盡千變萬化，時如走馬燈時如萬花筒，有如貓眼有如七面鳥，又哭又笑、東轉西繞、時隱時現。人心究竟是什麼形狀？又是怎麼失常？就好比那酒屋的半七，讓人忍不住要喊，此時此刻，您身在何處？[21]關於人心我們什麼都不懂，證據就是眼前現今的精神病科書籍裡，密密麻麻寫滿了病名。而寫作這些書籍的專家學者依然一無所知，他們大致看過病患外表，憑藉著動作神態，胡謅些理由藉口，根本是在欺騙外行。見人顯露淫穢之意便稱色情狂、殺了人便稱殺人狂、愛跳舞的就是舞蹈狂、放了火的即是縱火狂。到底用了哪種科學調查過？如此粗淺的命名，何必是醫師，凡人皆會。這和世人見到人醉後失態，便以其行為命名為火爆酒鬼、愛哭酒鬼、狂笑酒鬼、不知節制酒鬼、續攤酒鬼云云，有何不同？如此能診病斷症，奇也怪哉……匡得

空噠，匡得隆咚匡得隆咚匡得隆咚。

▼啊——啊。如此能診病斷症，奇也怪哉。面對自己的精神病患者，這些博士學士醫師大人們，是如何調查分辨出人的失常之處，或失常的確證？會覺得不可思議的也只有外行人啦，對醫師們來說這可是樁買賣，不勞您費心……匡得隆咚匡得隆咚……

▼啊——啊。這可是樁買賣，不勞費心，只要被冠上精神病患稱號，大老遠帶到醫院門口的人，多半任誰見了都會覺得不正常，病情相當嚴重。即使是外表看來和常人無異，平靜鎮定的病人，只要家人或家庭醫師辦妥簡便正式手續，隨即被認定為精神病患，大可放心地非法監禁，畢竟是備齊了所有法律相關許可證明，大大方方帶來的，無須多勞煩醫師，只消聽聽家屬說明，再觀察病患態度，翻開書籍比對症狀，選定恰當的適合病名，診療便告完成，只剩下將病患送入紅磚牢房。其中或許偶有診斷錯誤，但這亦無須您操心，唯有這種病誰也不會發現是否誤診。一旦被冠上「瘋人」大帽，就永無退路了，這是永遠無法逃脫的紅磚煉獄。就算辯稱「不是我不是」，也只會成為「瘋子」的鐵證。這是今日昔日都無法改變的命運。被斷定為縱火狂的果菜店阿七㉒，解剖後竟是個色情狂？本以為是個竊盜狂典型的石川五右衛門㉓，住院後確定其實是個誇大妄想狂？根本不需要杞人憂天，多麼輕鬆

㉑出自歌舞伎和人形淨瑠璃的戲目〈艷容女舞衣〉下卷〈酒屋〉。茜屋半七明明和遊女三勝相戀生子，卻娶了阿園為妻，但婚後總是夜不歸營，最後甚至為了三勝犯下殺人罪，與三勝兩人以死贖罪。雖是無情無義的丈夫，但阿園不曾怨恨半七。劇中的重頭戲為阿園孤身一人感嘆「如今半七您到底身在何處、正在做什麼？」——譯注

㉒縱火狂的果菜店阿七：江戶時代前期，江戶本鄉果菜店的少女阿七因為想私會情人而縱火，後來被處以火刑。——譯注

㉓石川五右衛門：十六世紀安土桃山時代的盜賊。被捕後在京都三條河原被烹殺。——譯注

自在啊。反正原本就是無法診斷的患者、無從得知的疾病。您說這瘋子醫生有多麼輕鬆自在哪……咚噠空噠、匡得隆咚。鏘啷隆咚、匡得隆咚。匡得隆咚匡得隆咚……

▼啊——啊。這瘋子醫生有多麼輕鬆自在。那麼，治療的方法又如何呢？擔心這點就是個土包子、門外漢。這和診斷一樣，完全是盲目摸索、一片黑暗。沒有馬上剖開腦袋，或許該感謝社會的開放。若讓病患說句話，證據就在各位眼前。不管哪兒都好，請找間氣派的精神病院去看看吧。除了那鐵柵牢籠之外，還有許多連現在的看守所或監獄裡都不見蹤影的無數道具，諸如鐵鍊、無袖襯衫啦，手銬、腳鐐啦，還有凌遲用床、只開小窗的石箱等等，擺在眼前琳瑯滿目的光景，哪怕窮凶極惡的惡徒，都要發抖破膽的刑求道具啊……匡得隆咚匡得隆咚……

▼啊——啊。發抖破膽的刑求道具啊。相反地，真正能治癒住院病患心理疾病的藥物器材等等，連一件也看不到。失眠的病患就注射麻醉藥，有人吵鬧就吃鎮定劑，不吃東西注射營養劑、灌腸。比拙劣的內科外科更糟糕，若痊癒了是醫師醫術高超，死了就算你運氣不好。啊哈哈唉嘿嘿，不要緊、沒關係。多可怕的瘋人地獄呀……咚噠空噠，匡得隆咚匡得隆咚匡得隆咚……

▼啊——啊。多可怕的瘋人地獄呀。但是，說到這裡只不過是冰山一角。這不過是通往瘋人地獄的奈何橋。光是聽聞就令人全身發毛，八萬無間地獄不過是愚昧的想像，蠢到極點、胡說八道。無止境的虐待，這人世間精神病患的地獄遊蹤，即——將——登——場——……咚噠空噠、匡得隆咚。咚噠空噠、匡得隆咚。匡得隆咚匡得隆咚匡得隆咚匡得隆咚匡得隆咚匡得隆咚……

4

▼咚噠空噠、匡得隆咚匡得隆咚匡得隆咚。啊——啊。不過各位也別害怕，這並非發生在日本，都是中國或印度的例子。世界各地的精神病醫生，以這種不帶慈悲之心所創建氣派的醫院地獄裡，塞滿了趨之若鶩的愚蠢病患，一個空床都沒有。那是因為即使讓這地獄裡的床數增加為現在的千倍萬倍，還是趕不上人類世界這裡也有、那裡也有，一不留神又跑出來的精神病患人數。而且一旦住院，治療期間長也就罷了，還有些病患一輩子無法出院，無論如何都會超級客滿。於是醫師們可神氣了，任何問題都推到病患身上，若是覺得麻煩或者患者誤了繳費期限，馬上要求病患出院。附上一張居家療養的許可書，有些病患幸運平安出院，有些則帶著其他病症的診斷書，被裝進棺材裡抬出來，但排隊想擠進來的人仍然多的是，就像爭先恐後人潮洶湧的剪票口……匡得隆咚匡得隆咚……

▼啊——啊。就像爭先恐後人潮洶湧的剪票口啊。但這未免也太奇怪。一切的一切都奇也怪哉不可思議。為什麼要花大把錢，讓人住進那種地方？會有這種疑問的人，想必沒有親戚朋友是精神病患吧。請聽我慢慢道來。更令人驚訝的事實，現在才要開始。匡得空噠，匡得隆咚。我雖然不知道，但這木魚一定知道。……匡得隆咚匡得隆咚……

▼啊——啊。我雖然不知道，這木魚一定知道。還有更驚人的事實。而且不論在哪裡都舉世皆同。只要是精神病院的相關人士，不明說大家也心知肚明。若說此事只有你知我知保守機密此話絕對不外

傳，聽來或許有點前後矛盾，因為都是出自木魚之口啊。所有帶著精神病患來到紅磚大門前鞠躬請託的父母、兄弟或妻子等，流淚嘆息懇切拜託「請務必治好他」的人並不少，但這些骨肉親戚中，真正發自內心想治療病患悉心照料的，其實往往只有母親。患者是自己懷胎十月忍痛生下的兒女。至於其他骨肉親人，儘管是血緣相同的兄弟姊妹，其實都相當冷淡無情。尤其是年輕妻子，聊表心意似地在病患身旁搖頭嘆息兩、三天後，一旦娘家來接人，立刻迫不及待地揮手道別。這還算好的。有的人將病患交給醫師後，連病房都還沒決定好，託辭要打電話或上廁所，拿出夾在腰帶的鏡子，在鼻頭仔細撲上蜜粉，便翩然離開，不知去向，從此再也沒出現……匡得隆咚匡得隆咚……

▼啊——啊。多半都再也沒出現過啊。既然已經確定是不治之症，看醫師也不過是種表面功夫。真正的居心是要把人丟棄在這。得了這種活著也沒意義的病，還請多多照顧了，這話背後的意思，其實是「如果治好反而給我找麻煩，如果可以還請殺了他吧」，言外之意昭然若揭。這裡是患者生死交界之地，也是醫師大發利市之所……唉呀，何必對我翻白眼，嗤之以鼻呢。這都是我親眼目睹的事，但這並非發生在日本，都是中國或印度、西洋的例子。這都是既無耳朵也沒眼珠，更不會說話的木魚所說的。……咚嚏空嚏、匡得隆咚匡得隆咚匡得隆咚……

▼啊——啊。不會說話的木魚說的啊。在中國或印度一帶，不分男女，只要是曾經發狂過的人，無論外表如何正常，都可能會突然動粗、殺人、放火，往四面八方肆意表現令人退避三舍的態度和奇言異行。根本就是生成人樣的狗畜生，根本不用當人看。不管對他們做出再殘忍的行為，丟石頭、丟瓦片，都不會有罪，對方更不會記得。即使暫時痊癒，也不能掉以輕心，沒人知道何時會復發。直到現代，卻比從前更嚴重，世人總愛指指點點，說是家族遺傳、或妖魔作祟、或遭報應。而這時候萬一

發現自己親人裡竟然突然出現個精神病患，那可怎麼得了啊……匡得隆咚匡得隆咚……

▼啊——啊。突然出現可真不得了啊。若是在上流社會衣食無缺的有錢人家，只消把人關在深宅便罷，何必要送入治也治不好的醫院裡？也只有上流社會不知疾苦的人，才能說得如此輕巧啊。若是稍有名望的家族，稍露點風聲一切就完了。禍延子子孫孫代代血統，兒女別指望再談嫁娶，左鄰右舍開始在背後指指點點捕風捉影，說是為富不仁、不擇手段的報應，誰能受得了？事關家門體面，無不想方設法動之以情、動之以權，再動用各方人脈悄悄將人送進紅磚醫院。若遇上客滿，更得大費周章拜託院長。總之有錢能使鬼推磨，更何況在這瘋人地獄。哪怕是面若閻羅的院長，也會立刻換上地藏菩薩的笑臉，這頭伸出慈悲雙手迎接，那廂則送其他病患往極樂世界。儘管有錢，也是這般景況……匡得隆咚匡得隆咚……

▼啊——啊。儘管有錢，也是這般景況。愈有身分家世、名譽地位的精神病患，愈難在自家治療。若不背著人送進紅磚醫院裡囚禁，怎能放心。至於中產階級，只能靠固定的微薄年薪月俸維持開銷，賴以維生的一家之主或家人中一旦有誰發瘋，若是租用的房子馬上會被屋主趕走。想將病患監禁在家中更不可能，病患稍有狀況積蓄薪津馬上煙消雲散。再加上負責照顧者，若是丈夫則無法上班，若是妻子也不能工作，孩子們在學校必定會遭同學聚集嘲諷「這傢伙是瘋子的孩子」，說也說不盡的痛苦辛酸頓時降臨，唯一能倚靠的只有那紅磚醫院的院長大人啊。沒備好足夠銀兩，管你到哪裡都只會看到「客滿」二字……匡得隆咚匡得隆咚……

▼啊——啊。到哪裡都只會看到「客滿」二字。不過，這還算好，如果賺的錢只夠當天生活，老婆在家做手工，女兒在工廠上班的家庭，那不知有多悲慘可憐。別說照顧、別說吃藥了，還不如全家

人湊齊了脖子往上一掛。就這麼瘋癲至死倒還好，再怎麼怨恨，瘋子本人非但不死還照管吃喝，看這樣子便知根本無望痊癒……匡得隆咚匡得隆咚……

▼啊——啊。看這樣子便知根本無望痊癒。彷彿變黑的麥穗或超大的菜種，異常的花卉或蔬菜一樣，既沒原因也無道理，人類世界驟然出現數也數不清的精神病患，願意免費收容的醫院，在這廣闊的世間也只有大學而已，而且還有數百張病床。但這可不是出於慈善，而是隨機抽取適當樣本，當作學生教授的研究材料和參考用的活標本講義。其他不適用者照樣得吃閉門羹。那麼私立大學又如何呢？私校畢竟以營利為本，裡面擠滿了有錢有勢尊貴高尚的病患哪……匡得空噠，匡得隆咚……

▼啊——啊。擠滿了尊貴高尚的病患啊。這些無處可去的數不清瘋子們，究竟都被怎麼處置？好奇之下四處調查，當然這又是我聽說的事啊。是耳聽不見眼看不見嘴不能動的木魚所說的。木魚肚子空空，公平無私，敲打出來的是阿呆陀羅經，地獄一周的走唱歌謠，緊接著要更往下走一層了。……來啊來啊快靠過來，快來聽我的故事吧，不要您半分錢，包管聽了嚇一跳……咚噠空噠、匡得隆咚匡得隆咚。鏘啷隆咚、匡得隆咚匡得隆咚匡得隆咚匡得隆咚匡得隆咚……

5

▼咚噠空噠、匡得隆咚匡得隆咚匡得隆咚匡得隆咚。啊——啊——啊啊——啊。欸——欸。如此這般、這般如此。一家若出了一名精神病患，這跟其他疾病可不能相提並論，其他的正常家人不知要遭受何等痛苦磨難。雖知不能讓病患繼續留在家中，但再怎麼絞盡腦汁也想不出好法子，不知不覺東湊西借，手中銀錢耗盡，也無心工作，眼看全家人就要走上絕路。這是何等無奈、悲哀、又難以消受……匡得隆咚匡得隆咚……

▼啊——啊。這是何等無奈、悲哀、又難以消受。雖說人生如朝露，但難道無論老邁高堂或親愛骨肉的未來，都得棄之不顧，只為了照顧一個活著沒有價值的人？難道非得趁著未帶給他人添麻煩前，連同病患一起套緊脖子，全家人一同走上黃泉路？究竟是因果要人如此嚐盡苦楚又哭又怨？而病患本人只是滾動著無禮的眼珠子，大剌剌地東張西望……匡得隆咚匡得隆咚……

▼啊——啊。只知道大剌剌地東張西望。就算外表一如往昔，心卻只剩下空殼子，空有人形，卻比貓狗更難善後，這樣子看了不知有多難過難堪難為情，如果能夠情願由自己來承受，愁苦感嘆到最後，逼不得已終於犯下大罪……咚噠空噠、匡得隆咚。匡得隆咚匡得隆咚……。

▼啊——啊。逼不得已終於犯下大罪。假裝遷居遠方或換了陌生地方的醫院，其實卻是流著眼淚將病患送入再也回不來的荒山野嶺。不過這與棄嬰不同，不會有善心人士拾回收養，非但沒有，所到

之處反而會遭人窮追猛打。待耐不住飢寒倒地時，成為滋養那樹根草根的肥料。只見患者東張西望，四處尋找明知如此還如惡鬼般忍心丟棄自己的家人。而這可憐患者的最後身影，家人只能躲在遠遠的屋後樹影，雙手合十感慨萬千……匡得隆咚匡得隆咚……

▼啊——啊。雙手合十感慨萬千哪。相傳延喜年間的皇子彈丸和皇女逆髮，不知出於何種因果一是盲人一是女，被一國之君的父親逐出家門，遠離繁華都市，哀苦的兩人在逢坂山巧遇。故事固然不可盡信，但浮世中這種令人鼻酸的慣習、身不由己的秘密處置，卻是不分古今中外、無論貧窮貴賤，不講是非道理的啊……匡得隆咚匡得隆咚……

▼啊——啊。不講是非道理的啊。徘徊在荒山野嶺的可憐病患裡，若是稍微正常的人，還可翻找其他人家的垃圾堆或乞食維生。就算日後恢復正常，世間苦痛人情冷暖早已一刀一刀劃在身上心上。或者以自己的模樣為恥，為了其他家人設想，不再有正常度日回歸鄉里的念頭，只能流著眼淚四處乞食，淪落至那聽說只消持續三天便無法放棄的逍遙世界。這就是各地都可見的乞丐啊。或者混入露宿荒野的人群，或在寺門前、或在神社森林中、或在橋墩旁的草屋內，捉著身上虱子度日，一人兩人聚集起來，人數可是多得驚人哪。國家社會對這慘如地獄的現象，卻視若無睹，就差沒開口要他們一死了事，眼前落魄悽慘的乞丐比起死於這冷酷無情打擊的人，卻只是千萬分中之一、二而已……匡得隆咚匡得隆咚……

▼啊——啊。只是千萬分中之一、二而已。各位以為如何？若是換做普通的疾病，會受到比正常人更好的照顧，醫生藥物護士、柔軟的床鋪、美味的食物，還有人關懷慰問。別說是人，就連牲畜貓狗、小鳥金魚，也懂得細心照護傷病。然而精神病患卻因為病因不明，不是送入紅磚醫院，就是棄置

荒山野嶺，都得飽受地獄般的折磨啊……匡得隆咚匡得隆咚……

▼啊——啊。都得飽受地獄般的折磨啊。但各位仔細聽好了，我方才匡得隆咚敲著木魚敲出的地獄故事，不管是醫院地獄與荒野地獄，都是貨真價值童叟無欺，精神病患一定會陷入的地獄，是再平常也不過的瘋人地獄。不過接下來還要再加把勁，干冒不孝之名放聲大喊、揭露更多地獄的故事。那可是包管您嚇到目瞪口呆，驚人嚇人的地獄故事啊。也不知是罪孽或報應，沒有發狂的正常男女，明明能分辨事理，卻突然被剝奪自由，不由分說硬是帶走，毫無道理強行丟進瘋人地獄中。而且，仔細調查後，發現中國、印度和西洋，這些雄偉建築比比皆是哪。匡得隆咚匡得隆咚……

▼啊——啊。那可是非常雄偉的大建築哪。燙金招牌擦得閃亮，報紙上也刊了大幅廣告，某某醫院治療某某疾病，規規矩矩寫得天花亂墜。上面雖未寫上「地獄」二字，但警察報紙偵探社，明明對其內幕一清二楚，卻佯裝不知，這門生意實在奇妙啊。只要一腳踏進這扇掛有免罪金牌的大門，就再也出不來了。再哭再哭再發狂再掙扎，都再也離不開這黑暗世界。不知道有這種地方的存在，怎麼有臉耀武揚威地昂首闊步，高唱二十世紀是文明世界、是科學知識萬能的時代、是法律道德禮儀的世界。明天或許就輪到你自己，掉進這瘋人地獄深不可測的谷底……咚噠空噠、匡得隆咚匡得隆咚匡得隆咚……

6

▼匡得隆咚匡得隆咚。匡得空噠匡得隆咚。啊——啊。我想這不可能發生在日本。殺人用的道具多不勝數，有短刀手槍麻藥毒藥繩索手帕，但在文明特別發達的國家中，有個數一數二且確實存在的國家，在那首都魂飛市，我所看到的新式殺人手段，堂而皇之使用新潮工具，光天化日之下公然進行，現場有巡警醫師見證，沒有血跡也不會留下指紋。即使檢察官或偵探起疑調查，也絕不可能被懷疑的高明手段。只不過得花些錢，但花錢換來的利益可大了。總之，這是個金錢萬能的世界啊……匡得隆咚匡得隆咚匡得隆咚……

▼啊——啊。總之，這是個金錢萬能的世界啊。先說說財產繼承事件，不管是政治、外交、軍事機密，只要有什麼大賺一筆的門路，其中卻有人作梗時，先查明對方單獨前往之處，或情婦住處、或賭博場所、或祕密聚會地點等，悄悄潛入放鬆精神的地方，埋伏在附近路上，找來事前雇來貪慾深重的精神科醫師同行，再拜託偉大的警察大人，其實我這好友有些精神異常，總不回家獨身在外淒涼徘徊，想請醫生看看他，他又堅持沒病。總是狂暴掙扎脫離，情非得已，我只好採取非常手段，知道他時常經過這一帶，埋伏在此想押他回去，不知能否借用兩三位大人幫忙？說著，再塞點錢給警察、巡佐，加上精神科醫師的說詞，一切依照劇本順利進行，一得手就能來個大翻盤。眼中釘馬上掉落千仞深淵，再也無法活著出來的瘋人地獄……咚噠空噠、匡得隆咚匡得隆咚匡得隆咚……

▼啊——啊。再也無法活著出來的瘋人地獄。如果是家族內的紛爭，想除掉的對象還是年輕的兒子或女兒，還有更不著痕跡的手段。尤其是自認受過近代思想洗禮、頭腦過敏的人，更能省去不少麻煩。對他們稍加諷刺，或令其立場為難，對方馬上會神經衰弱，臉色鐵青，目光閃亮，言行舉止開始改變，抓住這些把柄讓醫師診斷過後，就全在自己掌握中了。表面上藉口讓他靜養，其實花蕾還沒能綻放，就凋零墮入無間地獄了……匡得隆咚匡得隆咚……

▼啊——啊。凋零墮入無間地獄啊。專收這種病患的，是當真國中名氣響亮的黑辛博士。起初他只是一般醫師，因為這種病患給的謝禮高得驚人，才逐漸專以此營生。時至今日已大發利市。說了包你嚇一跳，他已在魂飛市建設一間美輪美奐的醫院，裡面滿是集結現代文化精粹的刑求工具，皆是不露聲息的殺人設備。乍看是盛夏酷暑時節，院內卻是零下好幾度的冰寒地獄。相對的，門面卻富麗堂皇，兩旁不知停著幾輛豪華汽車。最大的武器是握有富豪仕紳們的家族秘密，能無窮無盡勒索取財，這方法若不管用，便威脅要宣布病患本人秘密的真相、硬是編造出的精神患者其實是誤診，或者馬上宣告痊癒讓病患出院，或者表示支持患者要揭發你的秘密云云，如此威嚇脅迫盡情敲詐，直到對方破產。若發現惡行有可能曝光，只要給那秘密病患來上一針，便一了百了。即使解剖病患屍體，現在的醫學水準也無法分辨，病患是否真的特別粗暴，不得不用此藥。這正是黑辛博士看準的可乘之機。正是精神病醫魔術背後的秘密啊……咚噠空噠、匡得隆咚。匡得隆咚匡得隆咚匡得隆咚……

▼啊——啊。這是精神病醫魔術背後的秘密啊。不可思議的事情還有很多。不愧是瘋人地獄的發源地，黑辛博士在這當真國的魂飛市裡如此大膽無懼做這種買賣，非但沒受到其他同行老實醫師的指責，也沒聽過任何抱怨批判。連政府、警察、新聞記者也偃鼓息旗只是安靜旁觀……咚噠鏘噠，匡得

隆咚。匡得隆咚匡得隆咚……

▼啊——啊。偃鼓息旗只是安靜旁觀啊。更不可思議的是，這當真國機密費用大錢箱，從這裡流出的億萬鉅資，都一聲不響靜靜悄悄進了黑辛博士的口袋裡，不僅如此，黑辛博士寬廣的胸口上，還佩戴著無數勳章，這都是對國家有偉大功勞的文武官員也難得領受的高級勳章。德國、法國、英國、俄國，日本似乎還沒有，但黑辛博士面對這些世界強國，究竟立下何等偉大功勞，才能獲得這些勳章呢？怎麼？聽了是不是著實讓人嚇破膽……咚噠空噠、匡得隆咚。匡得隆咚匡得隆咚……

7

▼咚噠空噠、匡得隆咚。匡得隆咚匡得隆咚。啊——啊。各位一定覺得無聊了，但要是就此打住，就像佛像未開光、畫龍未點睛。

事到如今，且讓我從頭細數這許許多多的不可思議，這您眼所未見、耳所未聞，科學文化地獄的真面目，我掀蓋翻底全揪出來讓您瞧得一清二楚，「唉呀，這當真聽了令人魂飛魄散。這些黑心勾當實在厲害嚇人哪，原來如此！原來如此！」，還請容我繼續，直到各位看官點頭同意為止。這是未曾聽聞的地獄走唱故事，木魚來講述的奇妙故事……咚噠空噠、匡得隆咚匡得隆咚匡得隆咚……

▼啊——啊。這是未曾聽聞的地獄走唱故事啊。這是聾啞木魚誦唸的阿呆陀羅經。咚噠空噠、匡得隆咚。說到這當真民眾國，表面上是世界強國，自豪是世界第一，標榜自由正義，民權立國的理想國家，但與日本不同，人人皆可擔任國家元首，以金錢和權勢為本位，字典中沒有「忠義」二字，徹頭徹尾是金錢萬能主義。正義、法律都能錢買到，更甭說良心或貞操。自由民權不擇手段，緊咬不放的熊鷹本性，一流的億萬富翁算盤珠子撥得穩當，只消掌握政治實權，國利即為己利，不管政權如何輪替，億萬富翁的威權始終不變，上自部長議員，下至警察軍隊，都是一手掌控國家興盛一流億萬富翁的賺錢走狗。戴著法律正義的面具，逐一踐踏弱小公正人民的自由、道德、義理人情。於是由衷憎恨富翁們不擇手段獲取榮華富貴，揚起正義大旗的學者牧師，在言論自由的權利下，開始批判富翁的

演說或撰書諷刺，眾人紛紛褒獎誇讚，贏得下層社會的支持，打倒資本家的輿論日益高漲……咚噠空噠、匡得隆咚匡得隆咚匡得隆咚……

▼啊——啊。打倒富翁的輿論日益高漲啊。富翁當然暴跳如雷，一手雪茄一手將刊登這種主張輿論的報章雜誌甩在桌上，怒責政府「這下如何收拾！」。政府頭可痛了。這當然要頭痛了，要是不討好這些富翁的領頭人，政府的立場就危險了，下屆競選費用該找誰拿去？但這畢竟是個人的自由，既然沒有牴觸國家法律，又是理直氣壯有頭有臉、代表正義的學者牧師，總不能驅逐出境，更別說送進牢房了，這絕對會引來輿論撻伐。於是左思右想、再三斟酌，終於想出這暗裡的妙招，瘋人地獄。先盯上學者牧師中的首腦人物，再使出拿手的刑警一招，對方萬萬沒想到、作夢也沒料到，單獨一人時有人從背後悄悄下手，以壓制精神病患的方式加上大大手銬腳鐐，以沾有麻醉劑的手帕迷昏，送上黑辛博士暗中待命的汽車裡。接下來不必說明大家也知道結果了……匡得隆咚匡得隆咚……

▼啊——啊。接下來不必說明大家也知道結果了。文明諸國靈機一動。不分國家個人，腦中淨是壞主意的傢伙，一看到如此方便的手段紛紛爭先恐後秘密前來委託。被送來的病患有政治家、學者、軍事間諜、大發明家、富豪、名門繼承人，以及知名演員明星等等，都是因為他們的手腕足以影響他人野心、不法利益、秘密計畫事業，又或者他們地位太過崇高。這非但是不需預審、公審、宣判的無期有期徒刑，更是比電椅更加簡便的死刑。訂單一下、包管如願，這才是貨真價實的地獄啊……匡得隆咚匡得隆咚……

▼啊——啊。這才是貨真價實的地獄啊。沉淪這地獄中的病患，當然也有極少的真狂人、真瘋子，但混雜於其中的出色人物，英雄、豪傑、天才等等，則由瘋人地獄裡身穿白衣不苟言笑的牛頭馬面，

箝制手腳控制行動，高高站在成堆金銀和勳章上的黑辛博士，正咧著嘴目送呢……鏘唧隆咚、匡得隆咚。咚噠鏘噠，匡得隆咚匡得隆咚匡得隆咚……

8

▼鏘唧隆咚、匡得隆咚匡得隆咚匡得隆咚。啊——啊。各位紳士、淑女，在場各位鄉親父老，這就是我遊歷諸國帶回來的伴手禮。藏在現代文明影子裡，現世現存的活地獄啊。鳥轉葉茂、紅葉百花，精神病者就在這極樂淨土中無助徘徊。至親好友皆棄之不顧，究竟有何罪惡受此果報？想哭也哭不出來，淒慘可憐的瘋子乞丐。這個村中、那個鄉里，每天每夜被驅逐追趕、丟擲石頭瓦片，承受風吹雨打，遁跡冰天雪地。世上竟有這樣的地獄。就連天上那又圓又亮的大太陽，都轉呀轉地別過頭去，一臉璀璨笑容彷彿在說「我什麼都不知道」……匡得隆咚匡得隆咚……

▼啊——啊。一臉璀璨的笑容哪。這還算是輕鬆的地獄呢。電燈煤氣燈晝夜不熄，唯物科學的文化之光愈光燦明亮，精神文化就愈陰沉黑暗。金錢女人、權利義務，不擇手段地動歪腦筋，不講道理的生存競爭，電車汽車飛機，往來不停縱橫飛馳，人類的命運就在不遠前，隱藏於黑暗的祕密大門。不分男女老幼、瘋狂正常、愚蠢聰明均一視同仁。一腳踹進緊關上門，連一句抱怨都來不及，便一聲不響墜入黑暗世界，娑婆道理人情光輝，全都映照不出光影。這鋼筋水泥磚瓦建造的科學知識人間地獄啊。裡面是層層疊疊的瘋人地獄。上層是親切地獄、其次是輕蔑、冷笑地獄，下層是虐待、暗殺地獄，底層則是一無所知的地獄……匡得隆咚匡得隆咚……

▼啊——啊。剩下的是一無所知的地獄啊。緊接著這個更個厲害。那就是無所不知地獄。我知道

那傢伙竟然把正常的我丟進這種地方。我只能咬牙切齒、渾身顫抖、憤恨跺腳，若僅止於此這地獄還算可親，倘若無法停下，則會走入虐待地獄，接著便是萬念俱空的白骨地獄，落入連鬼魂都無法逃脫的地獄深淵……匡得隆咚匡得隆咚……

▼啊——啊。落入連鬼魂都無法逃脫的地獄深淵。如此危險的地獄之門，既然處處皆有，那該怎麼辦？在場的各位自然不用說，不管是政府當局、天下專家學者、知識份子，只要是有血有淚的人，都無法視若無睹。江戶時期的古川柳說得好，人在牢房中，吃藥可得小心（作者註——座敷牢屋裡，服藥需謹慎——柳樽——），何況在近代文化科學知識日新月異中，卻因為無法瞭解人類腦髓、心靈真相，依然如同往昔，只能束手無策。明明無法分辨真瘋子假瘋子，卻模仿其他醫學有樣學樣，說要治療診斷，建造了四方四面的醫院，神氣地擺出各種裝飾用的儀器標本、醫藥書籍，無怪會出現這種地獄。當務之急便是要防阻地獄的出現。最要緊的是，一發現這種醫院，便立刻拆除……咚噠空噠、匡得隆咚、匡得空噠、匡得隆咚。匡得隆咚匡得隆咚匡得隆咚匡得隆咚……

9

▼鏘鄉隆咚、砰空砰空。咚噠空噠、砰空砰空……若要預防這種詐欺醫院、瘋人地獄，只有一種方法，而且還相當費事。找個氣候風景良好、交通方便的離島，大約花個一千萬圓建造我精心設計的大型精神病院，在此設置研究實驗所，免費讓病患入住。為了不製造出地獄，進行所謂解放治療。這也是我苦思的嶄新創意。這解放治療是指運用正確的精神科學，進行正確的瘋病治療，不用藥物，也不行手術。鐵鍊、石箱、鐵箱、無袖襯衣等一概不用，讓所有精神病患自由活動於空曠地區，進行最自然最正確的治療。換句話說，就像是精神病患的牧場、瘋子病患的極樂世界，也是異想天開珍奇稀有世界首見的精神病院。當然，任何人都能隨意進入參觀，至於裡頭會有多精采，蓋子未掀我也無從知曉。一切的一切都是嶄新發明啊。咚噠空噠、匡得隆咚。咚噠空噠、匡得隆咚匡得隆咚……

▼啊——啊。一切的一切都是嶄新發明啊。不久後我一定會公開，這全世界沒有學者知道的瘋狂疾病致病原理。而且我將實際在當地進行非常簡單易懂、輕鬆愉快的學理實驗。診斷預防絕不可能，既無藥物也不需手術，若能查清瘋病的真面目，進行診斷治療，將可獲得極高評價，世上許多數人種中，日本人將高高在上，受讚為尊崇正義人道的國家，精神科學的先進國家。這就是我最大的心願……匡得隆咚匡得隆咚……

▼啊——啊。這就是我最大的心願。但一千萬可不是筆小錢。就算變賣父母留下的田產農地、積

蓄證券、老舊褲襠，頂多只能籌到一半，剩下的只好仰賴政府資助，同時還盼能仰賴諸位大德秉持純潔崇高的心念，哪怕是五厘一錢，或者稻草一根，不分多寡都望您施捨。和尚在此拍著腦袋拜領了……

匡得隆咚匡得隆咚……

▼啊——啊。拍著腦袋拜領了啊。但或許有人懷疑，這募款和尚才是「瘋人」一同夥吧，看他不論眼神外貌都不尋常，樣子好比路邊乞丐。包袱隨手丟在路旁，敲起木魚匡得隆咚嘶聲大唱，大白天的也不顧體面，說什麼超乎常理的世界文化什麼一千萬，誇口能醫治耳聽不到眼不能見的人心狂病，什麼獨步古今的偉大研究，這和尚滿口天馬行空荒唐無稽，想拐人捐款，這種老伎倆誰還會上當？繼續待在這也只是白費時間，還不如速速離去吧。您若這麼說我百口莫辯，自是理所當然咚噠空噠、匡得隆咚。和尚在此拍著腦袋先賠不是了……匡得隆咚匡得隆咚……

▼啊——啊。先拍著腦袋先賠不是啊。話說從頭究竟為何我這咚噠空噠、匡得隆咚大光頭要不知分寸地敲著木魚，既沒人拜託也賺不了幾個錢，光天化日何必在此拋頭露面呢？一切都要從瘋人地獄說起。這在文明社會背後不斷擴大，極盡野蠻粗暴的無底地獄。因為我看過那深淵底處，無法用筆墨、言語、木魚來形容的殘酷、無奈、悲哀、辛酸，讓我的腦筋也有點不對勁，開始覺得無法就此撒手不管，這就是一切的開端。絞盡腦汁思索的結果，要幫助精神病患，最重要的就是建造免費收容病患的大醫院。要建造這樣的醫院，不得不借助各位借助輿論的力量。為了不浪費一分一毫的金錢，才想到打扮成乞丐模樣，抱歉讓大家看了礙眼，為表歉意，我剛剛那首瘋人地獄之歌印成此小冊，送給在場諸位，以表達歉意。不要各位半毛錢，請帶回去仔細閱讀，若覺得裡面所言或許不虛，願意解囊相助，或者想更詳細調查在下畢生致力的瘋子救濟事業內容，又或者想聽聽我漫遊世界帶回的瘋人故事、因

家族降災、血統孽障、生靈與死靈咒怨等使人心魅惑狂亂的精采因果因緣故事，也或者想在眾人聚集之處披露，做為消遣趣談，若有此意者，請在夾於內頁中之明信片寫上您的姓名住址，並寫上列於末頁的收信人後丟進郵筒裡，我唯願這世上確實存在的事實，能靠左鄰右舍口耳相傳，再一傳十十傳百散播出去。如此一來，前面所述的瘋人地獄、人類文化背後的秘密，瞬間就能在世間廣泛傳開，輿論也將推波助瀾，一舉摧毀惡事作盡的瘋人地獄……匡得隆咚匡得隆咚……

▼於是，這將成為政府無法繼續保持沉默、視若罔聞的重大問題，成為當務之急社會事業。以我投入的全部財產五百多萬為基金，建設免費照顧精神病患的國立精神病院，減緩四處可見的精神病患數量……匡得隆咚匡得隆咚……

▼結束被人類遺忘、被世間遺忘，痛苦掙扎的生命，可憐的精神病患終於得救……砰空匡得隆咚鏘吭……

▼不僅如此，更要將在此醫院研究出的治療精神疾病的方法，廣泛流傳世間，讓世界各地的瘋人地獄一個不留，阻止所有的精神病患被虐殺。這才是我由衷大願……砰空砰空鏘吭鏘吭……

▼啊——啊。這才是我由衷大願。這時各位才恍然大悟，和尚的工作原來如此合情合理，思慮既奇特又令人感佩、又如此偉大不凡。放心一切有我在，你儘管放手一搏全力以赴。加油努力別放棄啊，打垮那咚噠空噠鏘吭鏘呀的瘋人地獄哪。若肯誇我兩句，我不知要何等歡喜……鏘吭匡得隆咚砰空砰空砰空鏘吭匡得隆咚砰空……

10

▼咚噠鏘噠、匡得隆咚。鏘啷隆咚、匡得隆咚。真抱歉，攔住各位辦事急用散步的行腳，拉您停下看我這怪人說些怪話，實在萬分過意不去。但仔細想想，流轉在大千世界的時間，這幾萬、幾億、幾兆年無垠無涯的時間中，即便人活到五十、七十、上百歲，也只是須臾轉瞬之間。迷迷糊糊地相遇又分手、生離又死別。世上數不清的人當中，今日得幸在這路邊相見也算是緣份。還請各位見諒。今日就此別過之後，只留下咚噠空噠匡得隆咚。倘若日後世間風傳或雜誌新聞、小說等，聽到瘋人話題，或者與真正的精神病患擦身而過，還請務必別忘了。令人目眩神迷、足以勝過月亮光芒太陽輝煌以及星光閃耀的現代文化、博愛仁慈的光明、正義道理的探照燈，一如以往照不到那個世界，比地獄還要殘酷的瘋人地獄，所有音韻芬芳至死都消失得無蹤盡頭。無限寬廣無限深邃黑暗、底部泛著蒼藍的鮮紅血海，在上方徘徊的鬼火火焰，正是沒有罪過沒有報應卻枉死去精神病者的遺憾無助。那聽得到聽不到的無數怨念，各位若能聽聞了解，即是我最好的宣傳。我念這阿呆陀羅經代替唸佛，搭著漫無章法的木魚聲，在此問候各位一切安好。邪道──祭──文──。瘋──人──地獄──。

──嘿。和尚在此獻醜了──

明信片請寄至下述地址

九州帝國大學醫學院精神病學教授 齋藤壽八 研究室

面黑樓萬兒 收

地球表面是瘋人的一大解放治療場

九州帝國大學
精神病科教室
正木敬之氏口述

去年三月上旬以來，九州帝國大學精神病科本館後方展開了附設醫院的新建工程，同時間進行的「瘋人解放治療場」工程，在過去始終保持極高秘密，但目前已知該工程乃是該科新任教授正木博士投注私人經費所開設。記者拜訪了正木博士的精神病科教授研究室，正木博士針對上述問題做了如下回應。

目前社會上似乎為了我在九州大學開始的「解放治療」一片騷然，有人說那是我獨創的療法，有人認為是種嶄新奇特的嘗試，坦白說，這既非我的獨創，也不是什麼嶄新奇特的療法。其實在地球表面上，從很久很久以前還未留下歷史或傳說的遠古開始，就已經是個龐大的瘋人解放治療場，太陽就像是院長，空氣是護士，土壤則是伙夫。

……我這麼說並非故意語出驚人，而是已有相當充分的理由來斷定這個事實，因此我也坦白告訴各位，我的「精神病研究」第一步，就是立足於這個「地球表面是瘋人的一大解放治療場」的事實。

至於為什麼呢？那是因為原本生長在大地的人類不分身分高低、不問男女老幼，只要發現有人似有一根指頭有毛病、或身體上哪裡欠缺、哪裡多餘，隨即會冠上「殘廢」之名，對其輕視、同情、另眼相看。同樣地，見到腦筋功能出問題、或者哪裡欠缺、哪裡多餘，也會馬上燙上精神病患，也就是瘋子的烙印，極盡差別待遇，似乎認為這些人比禽獸、蟲隻更可隨意輕蔑、虐待……但是……嘲諷、侮蔑這些精神病患的所謂正常人，他們自己的精神狀態真的毫無缺陷嗎？所有人腦髓中的每一處，真能完全依照自己意志的命令，自由自在地運作嗎？

在下敢斷言，如果基於公平嚴正的學術眼光來看，絕非如此。因為這雖不像手腳扭曲、眼鼻缺陷等殘疾，能從外表以肉眼分辨，不過老實說，我可以斷定生存在這地球表面上的每一個人，全都是精神上的殘廢者，或扭曲、偏激、自大、自卑，或者智慧或情慾過多、不足。我甚至敢宣稱，這地球上根本充斥著所謂精神殘廢，甚至還擁擠不堪、呈現客滿狀態。

最簡單的例子，俗語不是說，凡人少說有七癖、多則有四十八種癖性嗎？人總有些難看、無謂的習慣，但再怎麼遭人恥笑還是改不了。有時覺得會影響升遷、或帶給別人困擾，下定決心要改，或向神佛祈願，甚至在報章雜誌上刊登廣告起誓，仍然無法戒掉惡習，這不就實際證明了自己的腦筋不能靠自己的意志自由控制嗎？自己頭腦的錯誤無法憑自己的意志改正，這不就顯示了精神病發作之強烈表徵？還有，有時即使不想哭還是情不自禁地落淚，心知不能生氣還是忍不住不顧一切大動肝火，這豈非暴露了頭腦的弱點，無法靠自己修正暫時性的精神偏差？

除此之外，還有執著、善變、任性、反覆無常、一時失憶、神經質、什麼什麼迷、什麼什麼狂、什麼什麼中毒、變態心理等等數之不盡，我們身邊的人無論他是否有自覺，沒有一個人完全沒有瘋狂傾向，也沒有一個人頭腦作用完全沒有任何問題，換句話說，所有人跟精神病患不過是五十步笑一百步之差。

最好的證據就是，當你指出這些人這些弱點……也就是他們頭腦不健全的同時，每個人若不是突然臉紅耳赤，就是額冒青筋極力辯駁、或者揮拳相向。這就跟瘋子堅稱自己不是瘋子的心態一樣，雖然愚蠢至極，卻也是人之常情、萬不得已。……而且，如果將這種人之常情、萬不得已置之不管，大家就會覺得這種精神病傾向似乎理所當然。更何況是用現今流行的紳士風度對待他，更會助長病情，終至萬不得已。最後則會演變為無法遏止的家庭悲劇或犯罪事件，暴露在社會上。輕者受社會批判，重者遭法律制裁。倘若到了這個地步仍然無法反省，好比煞車失靈、七零八落的汽車一樣，將會被冠上某某狂之名，送進精神病院。

但各位請別誤會，我並不是說這樣不好，也絲毫無意侮辱萬物之靈的人類，只不過，那些與生俱來或者是經過教育養成的所謂紳士淑女們，在見到腦筋與自己只有五十步百步之差的精神病患時，卻不分紅皂白地覺得輕蔑或恐懼。自以為不管別人怎麼說，只有自己絲毫沒有一丁點精神病傾向，擁有完整無缺的頭腦，見到這種過度自命不凡的人，我也忍不住想挖苦嘲諷一番。……希望能夠替受到那種紳士淑女各種殘酷差別待遇、但本不該承受罪責報應的精神病患辯護幾句。

也就是說，按照這種方式觀察，無法區別正常人和瘋子，就跟無法區別監獄裡的人和自由走在監獄外的人一樣。說得更明白一點，還沒惡劣到要被送進紅磚牢房裡的壞人，再加上瘋子，就是所謂的一般人……或者說是所謂的紳士淑女。

當然，此話聽來甚是粗暴。這確實是一種無禮冒犯，不知該如何開脫也令人覺得萬分遺憾的說法，但事實畢竟是事實，我也無可奈何。若不站在這種角度觀察，就無法進行真正的精神病科學研究，就像假使不立足於人類只是一種動物的觀點，所有醫學研究就無法有進展一樣，都是萬不得已。但萬一真有人自信「這世上唯獨我不是瘋子，我絕對是個精神上完美無缺陷的人。」，無論何時都請來找我。我會請他成為本校的研究病患，以學校的經費讓他免費住院。剛好現在對學生授課時，正缺少這種病患……。

太陽讓這一大群無數的精神病患者生長在地面上，持續著永遠的無言解放治療。這麼一來，這些禽獸、蟲蟻不如的半狂人類，在漫長歲月中將自然地開始自覺到，自己是一大群瘋子的集合，因而製造出宗教、道德、法律、或紅色主義或藍色主義等各種煞有介事的東西，互相提醒「大家可別亂來……不要做出奇怪的舉動啊」。所以我也試著創造出一個小模型，斗膽代替太陽來進行「無藥物的解放治療」。站在「人類都是瘋子」這個觀點，嘗試真正科學性的精神病研究治療。

……什麼？……解放治療場內收容哪種精神病患者？……這個目前還不知道。不過，預計會收容最適合我的學說……一種新精神科學學理實驗材料的病患……。

……這是種什麼樣的學說？……你是問我所提倡的精神科學內容吧？這個問題非常大，不是一朝一夕能解釋清楚的。不過簡單地說，我可以保證它從根本徹底推翻了目前為止的精神病研究方法。首先，它從人類腦髓作用開始重新研究，從頭訂正以往認為「腦髓乃思考事物之處」這種迷信學說。接著闡明反映出新「腦髓作用」的精神遺傳作用。此時再以衍生出的成熟精神解剖學、精神生理學、精神病理學進行觀察診斷，蒐集最容易瞭解、最有趣的精神病患標本，來嘗試應用了我獨特精神暗示和刺激的治療方法。蒐集些什麼樣的標本嗎？……其實會出現什麼樣的混亂狀況，我自己也無法預料。哈、哈、哈……。

但為求慎重起見，請容我事先聲明，負責進行實驗的我，若被誤診為精神毫無異常、安穩無事的木偶，那我可承擔不起。

太陽一旦開始發出耀眼光線，烘烤這整片被命名為地獄的精神病患最大解放治療場，就很難停下來。連想要在途中火侯恰到好處的時候加點醬油之類調味……也沒有那份從容，只能不斷不斷地永遠滋滋作響地反覆烘烤。同樣的，我一旦開始進行瘋子研究，心中便容不下其他事。就像不得已要在路邊小便一樣，哪怕是天皇陛下蒞臨或者有警察查訪，早已抱著被處置或罰款的心理準備，持續嘩啦嘩啦尿到一滴不剩為止。

所以就算治療了這世上所有瘋子，我想只有我的精神異狀永遠都無法痊癒。唯有這一點是我能夠保證的。云云。

完全偵探小說

腦髓並非思考事物之處

＝＝＝正木博士的學位論文內容＝＝＝

某記者

什麼？我的學位論文《腦髓論》內容為何沒有在學界發表？……啊哈哈哈。別傻了，我可不是因為怕引起議論才不發表的。其實是因為還想補充一些內容，所以才暫時保留在手邊。

要我說內容？嗯，要說也行。……可是我說了以後你一定會馬上登在報上吧？坦白說，上次我談到的「地球表面是瘋人的一大解放治療場」那篇報導，被登在你們報紙上之後，力道稍微弱了點。因為很多人以為那是我為了廣告而登的宣傳報導，囉哩八嗦的。

沒有。我不在乎。不管別人怎麼說，也不會動搖我的心意，不過只要我稍有重大發言，一向怕事的校長和懦弱的院長就會擔心得臉色慘白，看了實在不忍心。自從鶴川發表了《萬物還原為黃金》的研究，還有赤井的《返老還童手術》以來，大家就誤以為九州大學裡淨是招搖撞騙的江湖術士，更何況再聽到這次《腦髓論》的內容，絕對會比上次解放治療的話題，更被誇大、加油添醋好幾倍。

哼。你保證不會寫，要我說？好久沒聽到新聞記者「不會寫」的這番台詞了，能信嗎？嗯……既然這樣，我就說吧。對了，怎麼樣……要不要來根雪茄？……這可是上等的哈瓦那。就當作是你忍受我囂張氣焰的費用，兼報導的封口費。好像便宜了點呢。哈哈哈哈。正好我今天鑾有空的，說不定會講得興高采烈呢。

……對了，你讀不讀偵探小說啊？什麼？不讀？不讀怎麼行呢。偵探小說可以說是近代文學神經中樞，不讀怎麼能跟得上時代呢。什麼？……讀膩了？……哇哈哈哈。那我真是失敬失敬。也難怪，畢竟你是靠這行吃飯的新聞記者嘛。啊哈哈哈哈。真是失敬失敬啊。

那不如請你聽一個我獨家私藏已久、最嶄新奇特的真實偵探故事吧。其實我構思這個故事，本來是想投稿給某家科學雜誌，但在那之前先聽聽你的意見也好。我想這故事情節之複雜、巧妙、解謎的痛快諷刺，恐怕前所未聞。當然，如果有其他類似的例子，也不可能再看得到，實在是難得的優惠。

什麼？我沒有轉移話題啊。這和我的《腦髓論》有很重大的關連呢。所謂偵探小說，其實就是一種腦髓的運動。兇手的腦髓和偵探的腦髓各自使出渾身解數玩捉鬼、打地鼠，以這當中產生的錯覺、幻覺與倒錯觀念的魅力，牽引讀者的思緒，不是嗎？

不過呢。我的偵探小說跟這種陳腔濫調的情節老套的東西完全不同。我所寫的是「腦髓本身」追查「腦髓本身」……這是宇宙中最高明、最純粹的科學偵探小說。而且咚咚咚呀咚喀啦空地，熱熱鬧鬧解開這絕對科學偵探小說的謎題，讓二十億人類的腦髓全都大驚失色的機關，正是我《腦髓論》的主題，很厲害吧。

怎麼？聽不懂？哈哈哈哈哈。當然聽不懂。因為我根本還沒開始說嘛呀。哈哈哈。

喔，好啊好啊。你要抄筆記無所謂。只要等我這《腦髓論》正式發表為學位論文後，再登上報紙就行了。有需要的話我之後再幫你補充也無所謂。與其作為訪談稿發表，還不如以我創作的名義來發表，你也比較體面吧……。

但是我事先聲明，聽完這個偵探故事後，我可不能保證你是否能聽懂。畢竟這是在講腦髓追著腦髓跑、絕對絕頂高明的偵探小說。儘管從一開始就有明顯的解謎關鍵，但讀者絕對不知道。只會感到莫名被捲入異想天開的、幻覺、錯覺、倒錯觀念的迷亂漩渦中……這就是位於頂尖中的頂尖的腦髓小說精髓啊。哈哈哈哈哈哈。

不過呢……一般偵探小說的常見典型，會在開始就劈頭展現出一道極端難解的謎團，給讀者的腦袋重重一擊。而大家也一樣以為，在這裡所謂給「人類腦髓」重重一擊的謎團，當然必須與腦髓本身相關才行，對吧？

果然如此！……我先嚇嚇你吧。哈哈哈哈哈。其實「腦髓」本身，就是現代科學界中極盡最兇狠、最蠻橫的「謎團本尊」。它是人體器官中唯一一個無法看清真面目的巨大蛋白質製不死鳥。它就是讓地球上二十億人類每天從早到晚眼冒金星、頭蓋骨疼痛不停的怪物。

被稱為人類腦髓的怪物，坐鎮在身體最高處，如奴隸般使喚人類全身所有器官，大量榨取最上等的血液和最高級的養分。腦髓的命令不得不執行，腦髓的慾望絕對得滿足。完全不需要思考，到底是人類為了腦髓而存在？或者是腦髓為了人類才設計？再怎麼想也想不出所以然……發揮如此徹底專制，控制人體所有器官的本尊、人類文化的獨裁君主，正是腦髓啊。

不過話雖如此，其實還有一件不可思議的事。

我要說的不是別的，正是這自稱腦髓的蛋白質固體物質，自古以來，它到底在人體內扮演什麼樣的角色？發揮什麼樣的作用？……經過嚴密科學研究調查的結果，最後還是只能歸結出「不知道」這個結論。反過來說，這就表示這名為腦髓的怪物，讓古今中外學者專家們的腦髓本身，一點都完全無法了解自己腦髓的真正功能。……不僅如此……腦髓本身雖只是個一公斤頂多兩公斤不到的塊狀，它卻向四面八方放射出超乎科學的怪異能力、神秘能力、魔力，完全粉碎了這些科學家們對腦髓的科學推理研究。更簡單地說，或許該形容為「腦髓努力設法，不想讓腦髓本身瞭解腦髓本身的功能」。因此，腦髓本身所創造出的現代人類文化的中心，逐一被腦髓無稽化，使其全面末梢神經化、頹廢、墮落、迷亂、苦悶，而自己則若無其事的蜷曲在頭蓋骨的空洞中，腦髓本身正是惡魔中的惡魔。

當然，這不是我故意誇張或者胡說八道。而是賭上我的專家名譽，大膽斷言……。

啊？……你說……腦髓是思考事物的地方？

沒錯。大家都這麼認為。不只是現代一流的科學家，全世界不同種類、階級的人類，無論是職業或是業餘，大家都認定自己以腦髓思考事物而生。無論是收音機、飛機、相對論、爵士樂、安全剃刀、共產主義、毒氣等，大家深信所有一切都是從這重約一千兩百公克到一千九百公克的蛋白質塊狀誕生出來的。

原來如此，假使解剖人類屍體觀察腦髓，會有這種看法似乎也可以理解。大腦、小腦、延腦、松果體，各個部分無窮無盡地重疊結合，形狀奇妙古怪的細胞，由一樣變形為奇形怪狀的神經細胞突起，全身各個角落共三十兆細胞相互連結。研究這連絡系統的結果，發現到整合人體各部位的細胞全體，以腦髓為中心，拉起一條條周詳縝密又井然有序的線條。因此才會認為，控制人類一切行動的精神或者生命意識，可能就盤據這腦髓當中吧。至少大家認為，「腦髓乃思考事物之處」這個想法應該不會有錯。

這種觀念現在已經成為全體人類根深蒂固的信念……或者說常識。對於這種「腦髓乃思考事物之處」的事實，事到如今再怎麼找也不會有人懷疑了。現代璀璨的文化文物，哪怕小到一根針、一張紙，全都是靠這「思考事物的腦髓」所想出來的……如果發表這樣的演講我想不會有人高喊「不對、不對」，這世界已經成了大腦萬能主義了。

……因此呢……在我的腦髓偵探小說裡，會出現一位對這種世界趨勢嗤之以鼻的青年名偵探兼古今未見的超特級腦髓學大博士。他將一舉從根本顛覆以往全世界普遍關於腦髓的迷信，將這個「腦髓」大惡魔的怪作用……也就是其極致的無稽……徹底的蠢傻癲，簡單明瞭的錯覺作用之真相，暴露在科學耀眼的光明下，給讀者頭頂砰然一擊……就像全壘打一樣高高飛出去……像這樣的結構你覺得如何？……讀者會不會接受呢……。

什麼？還不明白……？還得要多聽一點……？

你說什麼？……這是幻想小說？……怎麼可能……。所以我不是一開始就告訴過你了，這是「科學偵探寫實小說」嗎？要是放進幻想的成分，那整篇的趣味性不就完全不見了嗎？當然是這樣……打從一開始這就沒有一分一毫的無稽之談，所以請你放心聽吧。你慢慢就會了解，這可沒那麼簡單。知道了嗎……？

對了，那位青年名偵探兼腦髓學大博士，我暫時把他叫做蠢傻癲・呆頭，是位剛滿二十歲的美男子。你聽好了……他是個實際存在的人物。而且這個美男子雖然擁有古今無雙的聰明頭腦，卻因為相當危險的遺傳性精神病發作，進入本大學就學後不久，馬上被收容於本精神病科教室的附設醫院。

……什麼……我說過這不是唬人的……你真是個疑心病重到可怕的讀者呢……如果你認為我說謊，我隨時可以把他本人介紹給你。他就住在這對面的七號房裡，很方便的。我只要叫一聲「喂，呆頭小子……」，他就會驚訝地回頭，那側臉真是可愛極了呢。

對了，說到這位病弱青年……蠢傻癲・呆頭小子，在他因為遺傳性精神病發作而不省人事、終於清醒過來後，發現自己非但不記得自己的出生故鄉、雙親姓名，甚至自己姓什麼叫什麼都忘得一乾二淨。所以我才暫時幫他取了蠢傻癲・呆頭博士這個光榮的稱呼。呆頭博士本來頭腦就很聰明，所以很在意自己失去記憶這件事，每天不分晝夜在病房裡的人造石地板上來回踱步，思考自己腦髓的問題。他嘴裡經常唸著「不懂、真搞不懂，我的腦髓到目前為止到底都在做什麼？……到底都在想些什麼？……」，或者是「是我的腦髓在控制全身？……還是我的全身在控制腦髓？……不知道不知道。」……說著，他會一面抓著自己蓬亂的頭髮，或者用拳頭用力敲打自己的後腦勺，分秒不停的在房間內繞圈走動。

不過，當他的發作逐漸來到高峰時，呆頭博士會站在房間正中央的人造石地板上靜止不動，開始很不可思議地轉動眼睛環視四周。接著做出從自己一頭毛燥蓬髮中揪出什麼眼睛見不到的東西、用力甩在地板上的動作。然後他會指著被丟到地板上的東西，開始滔滔不絕地伴隨肢體動作發表有關腦髓的演講，慢慢地，他彷彿對於自己的演講感到很激動，達到亢奮的頂點，抬起單腳，一口氣踩扁剛剛從自己腦中抓出來、用力丟在地上那眼睛看不見的某種東西，同時他一陣頭暈目眩，往後倒在地板上。接著他大約會陷入約莫三、四十小時不醒人事的狀態，昏昏沈沈地睡著，不久後又像個蠢傻癲的呆頭一樣，揉著眼睛起身。然後又像之前我所說的，開始反覆唸著「不懂、我真不懂」，一邊在房間內踱步。過不久後又從自己腦袋中抓出眼睛見不到的東西，用力丟在腳邊的地板上。環視前後左右方，一面揮拳一面開始腦髓的演講。之後把在地板那不知是什麼上的東西踩爛後，又忽地昏倒在地……這就是這位青年名偵探每天固定的作息。

……不過，這位蠢傻癲・呆頭博士的演講實在耐人尋味。

呆頭博士演講時，好像覺得自己置身於某個來往頻繁的電車線交叉路口之類，洶湧人潮當中。他像個交通警察般大張雙手，瞪視著前後左右的群眾，接著突然往空中一個揮拳，使盡全身力氣開始嘶聲大叫。

……停下來……。

……停下來……。

「電車、汽車、腳踏車、摩托車、巴士、貨車、人力車，全都給我停下來……。紳士、淑女、潮男、潮女、上班族、粉領族、職業的、業餘的、扒手、警察，全部不許動。

……各位現在面臨著極高的危險。

……各位現在是一邊用腦髓思考事物，一邊走在馬路上吧。……靠著腦髓的判斷力，分辨交通警察停止、前進的指示，辨別旗號的紅色綠色，批判櫥窗裡最新流行趨勢，得知海報上介紹的新人，在張貼的晚報上找到熱門話題，警戒扒手，躲避債權人，追蹤女人散發出的體香……不僅如此，還讓腦髓的感觸達到高潮，使文化人的驕傲更上一層樓……各位是這麼想的吧。

……這就是我所說的危險哪。我要警告各位這是非常時期。……腦髓的非常時期。

……看好了、聽好了、快驚訝、快目瞪口呆吧……。

……現代二十億人類中每一人，都和各位一樣蠢。大家都是到郵局去詢問自己要搬家住址的白痴。大家都是對著電話筒大吼自己電話號碼的冒失鬼。大家都是誤以為『腦髓』就是『思考事物之處』的低能兒。

而把這種糊塗錯覺幻覺得意洋洋扛在肩上，以這種錯覺當作獨一無二、至高無上的倚靠，在這『腦筋是最佳也是最後的資本』、『現代是大腦的競速時代』等倒錯觀念競賽場中，讓這麼多的電車、汽車、摩托車飛馳其中，夜以繼日的將人類文化逼到追趕雜亂絕境的，正是各位自己的腦髓。

這豈不是太危險，讓人無法坐視不管啊。」

……看好了、聽好了、快驚訝、快目瞪口呆吧……。

這是蠢傻癲．呆頭的口號：

「痛斥人類文化。

顛覆腦髓文明。

重建唯物科學思想。」

呆頭在此宣稱：

「……『思考事物的腦髓』是人類最大的敵人。……是宇宙中最龐大最頂級的惡魔中的惡魔。……盤古開天地之初，引誘夏娃偷吃智慧果實的撒旦之蛇，後來繼續詛咒亞當夏娃的子孫，他鑽進人類頭蓋骨的空洞裡，悄悄盤據其中……那就是『思考事物的腦髓』之前身……。

……睜開眼睛……。

……正視這令人戰慄的腦髓惡魔般舉止吧。

……清算一切與腦髓有關的迷信、妄信吧。

人類的腦髓如此自誇：

『腦髓是思考事物之處。』

『腦髓是科學文明的造物主。』

『腦髓是現實世界中全知全能的神。』

……等等……。

腦髓就這樣僭稱自己是宇宙最龐大最頂級的權威，坐鎮在身體最高處，如奴隸般使喚人類全身所有器官。大量榨取最上等的血液和最高級的養分，享盡王者尊榮。腦髓本身的權威一天一天提升，迷信於腦髓權威的人類，也一天一天、一步一步地沈淪到墮落的深淵。

請看看『腦髓罪惡史』的可怕吧。

我蠢傻癲．呆頭從各方面研究世界歷史的結果，終於可以做出如下斷定：

也就是說……腦髓的罪惡史有以下五項……。

『讓人類自以為能超越神』

這是腦髓罪惡史的第一頁。

『讓人類反抗大自然』

這是第二頁。

『將人類趕回禽獸世界』

這個是第三頁。

『讓人類在物質與本能的虛無世界中瘋狂追逐』

這個是第四頁。

『將人類趕下自我毀滅的斜坡』

到這裡是最後一頁。」

「事實勝於雄辯。

只要翻開醫學的歷史就能明白⋯⋯。

最早從人類屍體中發現腦髓的，是被稱為西洋醫學中興始祖的大科學家海波梅尼亞斯。

但是這位近代科學泰斗海波梅尼亞斯的偉大腦髓，卻使用極大膽且巧妙的詭計，將自己所發現的死人腦髓功能，封藏為絕對的秘密。

也就是說，海波梅尼亞斯的腦髓，讓蜷曲成灰白色螺旋狀、好像在說『你看得出我的真面目嗎？』的『死腦髓』，和海波梅尼亞斯本身一頭蓬髮下頭蓋骨內的『活腦髓』互相瞪視，開始進行一切推理的生死決戰。

⋯⋯好了。這東西到底有什麼作用呢？造化之神為什麼要把這種像灰白色大蛇蜷曲成一團的東西收藏在頭蓋骨的屋頂底下⋯⋯？

這個難題讓海波梅尼亞斯的頭腦苦惱了無數個晝夜。

⋯⋯好⋯⋯這團蛋白質看來既像製造眼淚和鼻涕的地方，也很類似章魚的糞便。它位居人類這個建築物的閣樓裡，想必可能是珍貴養份的儲藏庫，從它跟小腸一樣蜷捲的曲線想像，也可能是某種消化器官。⋯⋯那麼。到底是什麼呢？⋯⋯不懂、真搞不懂⋯⋯。

就這麼百思不解、苦心思索、甚至昏迷疲勞。但最後還是一無所知，徒然讓海波梅尼亞斯的頭蓋骨內側頻頻抽痛。

偉大的天才科學家海波梅尼亞斯此時終於掉進自己腦髓設計的詭計陷阱。他用力拍桌跳起來。」

「⋯⋯我知道了！⋯⋯腦髓乃思考事物之處。我就是因為用腦過度，才會這樣頭痛的！⋯⋯」

……他這麼說道……。

於是，這位科學家馬上執起手術刀，把已經取出腦髓的屍體全部切割成薄十萬分之一釐米的厚度，一待他確定形成人體各器官的三十兆細胞群，無一例外，全都與以腦髓為中心的神經細胞纖維連結後，他立刻雙手捧起死人腦髓衝上街。

「……我知道了！我知道了！我全都知道了……

生命根源出自神的旨意，那根本是騙人的。神只是人類腦髓思考出來的東西罷了。

……你們看看這個腦髓……。

生命的根源就藏在這一千兩百公克到一千九百公克的蛋白質塊裡。我們所謂的精神意識，也是靠著這塊蛋白質的分解作用所產生的一種化學能量刺激而已。

……一切都是腦髓的旨意……。

唯有發現了科學知識的腦髓，才是現實世界全知全能的神啊。」

……他這麼說道……。

當時已經相當看不慣基督教的迷信和僧侶墮落腐敗亂象的新銳人種，一聽之下立即鼓掌喝采，大感共鳴。大家爭先恐後附和海波梅尼亞斯似是而非的論點。盲目相信「腦髓乃思考事物之處」這個錯覺，還搭便車附帶了種種價值。

「沒錯、沒錯。這世界上才沒有神的存在。一切都只是物質的作用。我們將以我們頭蓋骨中蛋白質的化學作用，來創造出新的唯物文化……」

……大家這麼說道……。

於是，「思考事物的腦髓」成功地將神趕出人類世界，接著，它又引導人類反抗自然界。開始創造出為人類而存在的唯物文化。

首先，腦髓替人類想出各種武器，方便人類互相殺戮。

接著，又開發出各種醫術，違背自然的健康法則，讓病人增加，也不再有生兒育女的限制。

發明出各種代步機器，讓世界更顯狹窄。

研究出各種可能的亮光，驅逐太陽、月亮和星星。

將所有原本生長在大自然中的人類，全部送進以鐵和石塊依理建構的住家。讓人在瓦斯和電力中呼吸，使其動脈硬化。讓人用鉛和土化妝，跟機器人一起遊戲。

並且教會人類酒精、尼古丁、鴉片、消化劑、強心劑、安眠藥、春藥、貞操消毒劑、毒藥的用法，讓人誤以為這類東西顛倒錯亂所衍生的非自然倒錯美，才是真正的人類文化。……使人類習慣於此一日缺少不自然，就一日不能生存。

……不僅如此……。

「思考事物的腦髓」從人類世界將「神」掃地出門，接著又驅逐「大自然」，同時它又從人類世界中奪走了企圖增長繁殖、進化提升、安穩幸福的一切自然心理表現。換句話說，它在「從唯物科學觀點看來不合理，所以並不自然」的錯覺下，否定了父母之愛、同胞之情、戀愛、貞操、信義、羞恥、義理、人情、誠意、良心等一切價值，呈現出一個只講求物質和野獸本能的個人主義世界。它讓人類文化日漸失去中心、自瀆化、神經衰弱、精神異常，使全人類最後宛如嚮往紅燈綠燈的無知幽靈，徘徊在已經自毀、自殺的虛無世界十字街頭。

「思考事物的腦髓」就這樣企圖在不知不覺之間，讓人類滅亡。

還不只這樣……。

這種情形能放任不管嗎？

看看這種腦髓文化的冷血、殘酷吧。

「思考事物的腦髓」肆無忌憚地逞兇為惡，把每個人埋葬在錯覺的虛無世界裡，另一方面，又對全體人類的頭腦施展了特別精巧的魔術，使其面目全非、徹底玩弄於股掌之間。

同時，它還試圖混淆我……蠢傻癲．呆頭的偵探之眼。

……看著吧……。

……受到「腦髓詭計」玩弄的「腦髓悲喜劇」，是多麼頻繁大量地呈現在各位眼前。「腦髓鬧劇」又是何等嚴肅地以全世界為舞台不斷上演。

……看著吧……。

「思考事物的腦髓」如此君臨人類世界的文化。……就連自誇「宇宙萬物的奧秘無一不能思考」的科學文化深層，都受其控制、指導。

……不過呢……。

「能夠思考所有事物的腦髓」將自己所思考出來的學理學說，以及由這些學理學說而產生的唯一物文化產物，在地球表面上堆積排列得光鮮亮麗精彩奪目，多到讓人頭暈目眩，但這當中卻只有唯一一項、同時也是最重要最關鍵的「腦髓本身」的科學研究，還被棄置在疑問的黑暗深處不管，這是為什麼呢？連宇宙萬物奧祕都能徹底思考研究的腦髓，卻只留下腦髓本身，沒有加以思考，這是為什麼？……目前為止各科學家的學說、論文中，沒有任何一篇能確切說明腦髓作用的文獻，這是多麼不可思議的現象啊。

不只這樣，各位……如果足以代表各位腦髓的全世界科學家的腦髓，直到今天都沒能發現這項矛盾、不可思議，那也未免太不小心了吧。

……請看……人類的腦髓對於有關人類肉體的研究，可說進展得相當透徹仔細。區分成解剖、生理、病理、遺傳等各個方面，研究得無微不致、細密精緻。疾病的治療也是一樣，分成內科、外科、眼科、耳鼻喉科、皮膚科、牙科等五花八門、競相爭輝。

可是在這當中，唯獨對催生出這些研究的腦髓，以及與相關腦髓的研究，卻跟古老時代一模一樣，被放置不管，呈現「盲目摸索的狀態」，怎麼會有這樣的粗心闕漏呢？……研究精神病絕對不可或缺的精神解剖學、精神生理學、精神病理學、精神遺傳學等研究科目，在全世界上任何一所大學都沒有再加以分科，而是統整在腦科或精神病科的治療中，讓所有醫生不得不舉白旗放棄，腦髓怎麼會如此失職輕忽呢？……「人類的生命或生命意識，以什麼樣的形態存在什麼樣的地方？」、「為何會產生幻覺？」、「所謂早發性失智症是人體的哪裡部位出了什麼毛病？」……像這些任何人都會感到好奇、與「腦髓」相關的重要問題，如此聰明的人類腦髓，居然會顧左右而言他地打個大呵欠，把這些問題一個一個視若無睹，這樣的漏洞疏失也未免太嚴重了吧？

就像占卜者無法預測自己的命運一樣，腦髓也不能思考腦髓本身的事情，所有人都覺得這是理所當然的事，也沒有人覺得奇怪。

這難道不是腦髓的悲喜劇嗎？

這難道不是腦髓自己被腦髓玩弄的天大鬧劇嗎？

和我們最接近、最能切身感受的就是所謂「哭中風」或「笑中風」。另外不管是生氣或驚訝，只要牽動了任何一種情感都一樣……這種病讓你在當時只能哭或只能笑，完全無法表露其他情感，但針對這種病症腦髓依然秉持一貫的說法，嚴格命令舉世科學家們以「腦髓會思考事物」的模式來進行。所以可能全世界科學家們只得奉此嚴命，將此類中風症狀說明為：「這是因為腦髓整體出血導致麻痺所致。其中只剩下驅動『哭』或『笑』等單一情感的部分還能活動。所以這個人所產生的一切情感，除了藉著『哭』或『笑』的單一神經細胞活動來表現之外，沒有其他管道可以釋放。……如果以腦髓乃思考事物之處這個前提為前提，那麼除此之外沒有其他可能的說明。」

但不巧的是，對這類中風病患的腦髓進行病理解剖後，沒想到竟然出現完全相反的結果。出現腦出血症狀的並非腦髓整體。多半只有腦髓中某一極小、極狹窄的一個部份，這豈不是很諷刺？只能說這是一場讓人哭不出來也笑不出來的腦髓大鬧劇，豈不悲慘？

更諷刺、奇怪的例子就是夢遊。高唱頭腦萬能的科學家們，當然對這種病敬而遠之，覺得完全無法接近、無法理解，而且不僅如此，那些四處徘徊的夢遊症患者，竟然開始頻頻展露各種奇蹟，像是在嘲笑這些科學家的頭腦……比方說，這種病患只有在夢遊症發作期間，會展現出幾乎不像本人的高超智慧與技巧，完成人力難以完成的偉大工作。……而且，當這個人隔天清晨醒來後，不知不覺中又恢復成原本的一無所知、腦袋空空如也，先前的許多精彩記憶，在腦髓中一絲痕跡都不留，實在太不可思議。盲目相信「腦髓乃思考事物之處」、「感覺的地方」、「記憶的地方」等迷信的本行專家學者們，其腦髓判斷力無一例外，全都永遠處於阻塞不通的封閉狀況。

能讓所有學者專家哀嘆「人類的腦髓不可能想得到」，豈不驚人？

豈不是讓腦髓力不從心的恐怖戲碼？

而且，自詡為科學萬能教傳教士的科學家們，仍未引以為鑑，繼續高唱著對腦髓的不容質疑的禮讚。

「腦髓大小表示擁有者的進化程度，渦紋多寡代表其文化程度。換句話說，人類為了自己既大又發達的腦髓而存在，而這腦髓又是為了思考事物而存在的。所以說，腦髓是文化之神、科學世界的造物主、唯物派守護的本尊。」

科學家們對這類迷信說辭的崇敬勝過聖經，拚命擁護自己腦髓的權威，可是在這些科學家們的顯微鏡底下，一些甭提腦髓了，連頭尾都沒有的低等動物，不但能正確判斷寒暑，還懂得精確選擇自己喜好的食物，這也就罷了，竟然連人類腦髓根本無從著力的敏銳氣象預報，都能確切地明白呈現，讓人看了豈不痛快！而且這些低等動物雖然不會說話，卻能各自用肢體動作表達：

「就算沒有腦髓，我們一樣能思考喔。」

「誰叫我們全身都是腦髓呢。」

「我們讓腦髓完全變形，變成手腳、身體，或者耳朵、眼睛、嘴巴、鼻子、消化、排泄、生殖器官等，區分出各種不同用途。」

「而你們人類只不過是把這些作用分工，由各種不同的器官來負責嘛。」

「你們的手腳其實也會思考呦。」

「屁股也會看、也會聽呢。」

「捏大腿的時候，只有大腿會痛喔。」

「被跳蚤咬的話，只有被咬的部位會癢喔。」

「腦髓一點都不會覺得痛、也不會癢喔。」

「這樣你還不懂嗎？」

「啊哈哈哈哈哈。」

「喔呵呵呵呵呵。」

「咿嘻嘻嘻嘻。」

看牠們全都笑到倒地不起，這豈不是太荒謬荒唐？

這豈不是一齣腦髓的諷刺劇？

這豈不是腦髓設計好的詭計戲碼？

也不知是否因為如此，在這種唯物文化當中，和精神、靈魂有關的奇幻劇和神祕劇，往往會以古老時代的形態現身。而且多到讓人受不了，一波接著一波不斷湧現，然後冷笑看著這一顆顆人類頭腦後又揚長而去，各位不覺得有趣嗎？

在唯物資本主義的黃金時代，以科學文化奠基鞏固的大都會中，不在人世的人會打電話、素不相識的人出現在同一張照片中。還有，寶石會吸取美女的壽命，神祕平交道會威脅火車的行駛，這還不算什麼，還聽過拿破崙的鬼魂會撫摸阿默龍恩城的城牆，對老皇帝㉔嘆息，或是埃及探險家受圖坦卡門王的木乃伊詛咒。就連科學推理的天才大師，開創觀察指紋、腳印、煙灰形式等唯物偵探法的夏洛克福爾摩斯，到了晚年也被這類怪奇現象吸引，直到臨死前都熱衷於心靈學的研究……不僅如此，還有企圖從另一個世界藉由未利用以太㉕波動的音波，跟還活在人世的妻子交談……。大家都口口聲聲說，這些現象真奇怪、真不可思議，但卻沒有一個人能夠斷言，這類事實到底是否真正存在。就算有，最後也往往兩造互不相讓，結果還是彼此懷疑對方腦髓有問題，不歡而散，打從一開始就可以猜到會有這種結果。這也說不通、那也不合理，就在窮盡一切推理與想像之後，發覺這樣也不對，那樣更不是時，終於出聲哀嚎「由腦髓來思考腦髓，究竟是怎麼一回事？」，重覆著宛如鄉間簡陋戲台上搬演的牛頭不對馬嘴來回問答，這就是目前的現狀哪。

如何，各位……大致上就是這樣。

「人類的腦髓」首先必須研究的是「人類腦髓的病理」……也就是位居精神病學的基礎、中心的各個重要問題，誠如各位所見，可不是都因為這「思考事物的腦髓」從頭到尾呈現阻塞的狀態嗎？地球上所有精神病學者和所有精神病院的診斷、治療，可不是都面對著無能、無意義的嘲諷，而進退不得嗎？而地球上無數的精神病患，可不是被棄置在一個永遠、絕對無法獲得救贖，又飽受侮蔑虐待的世界裡嗎？由這個整個世界所形成的瘋人地獄，可不是出現在整個地球表面上嗎？

這不是偉大的「腦髓惡作劇」還會是什麼？這不是「思考事物的腦髓」對「思考事物的腦髓」自

導自演的一齣豪華恐怖無稽劇最後壓軸好戲，還會是什麼？

要鼓掌的人鼓掌吧。

想喝采的人喝采吧。

愛哭就哭、愛笑就笑。

我……蠢傻癲．呆頭注意到這種腦髓文化現況時，驚訝顫抖到牙都闔不攏。當我自覺到，呆頭我自己的腦髓竟是如此冷酷，正暗中嘲笑這足以令人恐懼戰慄的腦髓社會時，我左右膝蓋抖個不停，全身骨頭幾乎要散掉。無論如何，我都得設法徹底摧毀腦髓的詭計，從根推翻舉世對腦髓的唯物科學迷信，極力阻止這齣無比殘忍、悽慘的恐怖無稽劇上演。

我……蠢傻癲．呆頭於是在此挺身奮起。我果敢大展一番身手。全力應用傾注我畢生心血的最高超偵探技巧，穿越無限時空進行搜索的結果，終於看穿了這名為腦髓的大惡魔真面目……「被詛咒的唯物文化偶像」的真面目。我終於發現了「絕對至上的大真理」，能喚醒關於全人類的大惡夢……也就是對「思考事物的腦髓」的迷信與偏執。

……而且……由於這個令人驚訝的大真理實在太簡單、太平凡，過去反而沒有人注意過。自從人

㉔老皇帝：此處的老皇帝指末代德意志皇帝和普魯士國王威廉二世（Wilhelm II von Deutschland，1859-1941），在位時間從一八八八年到一九一八年，第一次世界大戰後被定為戰犯，晚年流亡荷蘭，憑著與荷蘭女王的交情，在阿默龍恩城度過餘生。——譯注

㉕以太：Luminiferous aether、aether、ether，又稱乙太。古希臘哲學家想像中的一種介質。——譯注

類首次發現腦髓以來，培根、洛克、達爾文、史賓賽、柏格森等，世界各地種種非凡卓越的腦髓們，自己都沒能認知到的「腦髓的真正活躍」。這只不過是一根即將燒燬持續玩弄地球上二十億生靈的「腦髓極惡咒文」的火柴棒。

各位，請欣喜雀躍吧！請勇敢地跳躍、倒立、空翻吧！劃個弧步、激動踏地、再跨出輕盈的舞步吧！

管它什麼交通警察，不必在乎什麼安全地帶。

我們即將從腦髓從古迄今的專制蠻橫……從人類最後的迷信獲得解放，快高唱凱歌吧！

我……蠢傻癲．呆頭終於能將地球上的大惡魔，押到各位眼前。我終於徹底查出那神出鬼沒、變幻自如的怪犯，殘忍凶惡愛惡作劇者的詭計真相。而現在，我即將在各位面前揭露這大惡魔的真面目……也就是我呆頭本人的腦髓，讓各位享有吶喊的光榮。……請聽好了……

……腦髓並非思考事物之處……

＊

啊哈哈哈哈哈。怎麼，很過癮吧？這算超級特快車吧？這絕對令人拍案吧？這確實是一本足以讓全世界二十億腦髓瞠目結舌的超急特快偵探小說吧。

……什麼……還是不懂……？……

啊哈啊哈啊哈。這是因為你還沒擺脫用腦髓思考的習慣。因為「精神即物質」的唯物科學迷信，還緊貼在你腦袋的某個角落中。

聽好了。我們的青年名偵探蠢傻癲．呆頭博士，現在正指著被他甩在地上滿是泥濘的腦髓，繼續展開他的論證。

＊

「……看好了、聽好了、快驚訝、快目瞪口呆吧。」

看看這腦髓詭計的真相……看看它比惡魔更惡魔的蠻橫模樣……。

我們人類自從最初發現腦髓的科學家海波梅尼亞斯以來，就一直被「思考事物的腦髓」玩弄至今。它一直讓我們有種錯覺，以為自己的腦袋瓜子應該不分晝夜在這腦髓面前頂禮膜拜……應該竭盡自己所有的肉體和精神來服侍它。就連蠢傻癲．呆頭我自己的腦袋也是其中之一。

……但是……該打破這種錯覺的時候到了。清算首位發現腦髓科學家海波梅尼亞斯錯覺的機會已經來了。就跟躺在呆頭腳下的這呆頭的腦髓一樣，讓腦髓一身泥濘的時機已經到了。

……呆頭將在這十字路口，高唱地球上最初的宣言。我即將擁有發表最尖端學術……最新式科學宗教……蠢傻癲．呆頭式《腦髓論》的榮耀。

我呆頭在此斷言。「思考事物的腦髓」無法用來思考「思考事物的腦髓」，這和物理學上「兩種物體無法同時存在同一地方」的原則一樣，都是千古不變的真理。因此，思考「思考事物的腦髓」的

「思考事物的腦髓」，是最早發現腦髓的科學家海波梅尼亞斯，對自己腦髓作用產生錯覺的「腦髓幽靈」所苦惱，到了幾乎要被自己的腦髓幽靈所殺的情況。

所以，我……蠢傻癲．呆頭要堂堂正正地發出挑戰書。

……思考事物的地方並非腦髓……

……感覺事物的地方也不是腦髓……

……腦髓只是一團沒有神經、沒有感覺的蛋白質固體……

……真是不像話。有什麼奇怪的，各位為什麼笑得東倒西歪呢？

……為什麼激動到在路上捧腹翻滾呢？

為什麼跑進派出所？……為什麼抱住電線桿……還跟紅色郵筒親吻呢？……難道各位的精神開始出現異常了？

……什麼什麼……？？？？……

……你說「不用腦髓思考，那要用哪裡思考」……？

……你說「不用腦髓感覺，那要用哪裡感覺」……？

……你說「我們的精神意識在哪裡？」……「我們為什麼活著？」……

……原來是這個啊。……

這些問題都沒什麼好笑的嘛。既不奇怪，也不特別。都是極其平凡普通的問題嘛。

……快撢掉褲子上的泥土。

……把帽子重新戴正。

拉正領結聽好了……

我們的精神……或者說生命意識，其實不在別處。它充滿我們全身各個角落。和沒有腦髓的低等動物一模一樣。

就像捏屁股後屁股會痛。肚子餓了會覺得餓一樣。

這道理非常簡單明瞭。

但光是這樣因為太過簡單明瞭，或許反而不容易了解，我再說明得仔細一點。我們平常不斷意識到的各種慾望、感情、意志、記憶、判斷、信念等所有一切，都完全平均、同樣藏在我們全身三十兆細胞的每一顆當中。腦髓只不過是具有仲介功能的一團細胞，負責將全身每一顆細胞所意識到的內容，無一遺漏地反射交感到全身每一顆細胞上。

紅色主義者把每一位黨員稱為細胞。同樣地，如果把每一顆細胞視為一個一個的人，人體全身視為一個大城市，那麼腦髓就相當於位居中心的電信局。由此可知，除了這功能之外它什麼都不是。

……說到這裡還摸不著頭緒的各位，不妨跟著我呆頭一起到這裡來。請隨著我再走一遭呆頭為了追查腦髓真面目，馳騁在無限時間與空間中，曾經苦心慘澹走過的蹤跡。

首先，為了查明腦髓究竟從什麼樣的地方、基於什麼樣的理由、以什麼樣的方式誕生，請與我蠢傻癲．呆頭一同乘上頭腦航空公司專用超快速「推理號」的銀翼之間。當飛機發出轟然聲響從頭腦機場升空後，將一口氣穿越無限時空，在橫亙於各位眼前、極其雄偉莊嚴的萬物進化洪流中，逆向飛回六億年前左右。

請看。……現在這人類全盛的世界，在一瞬間成為未來的夢境，各位眼前看到的是百萬年前長毛象、亞洲象、劍齒象等巨獸昂首闊步、肆意橫行的象之世界。

接下來是再往前百萬年的恐龍世界、更早以前的鳥類世界、更早更早以前的魚類世界、貝類世界、海綿世界等等，以極快的速度返回到充滿進化程度愈來愈低、充滿微小生物的世界，最後終於回溯到六億年前的古代……怎麼樣……翻天覆地的大爆發、大雷雨、大海嘯、大地震的火煙、水氣、土塵，前推後繼如龍捲風般翻湧而上，遮日蔽月，這世界是不是青春洋溢？地球是不是精力充沛？

這時不妨採集一滴地表上翻騰著水沫、鹽份稀薄溫度約攝氏四十度左右的海水，放在顯微鏡下觀察。各位眼前應該會發現無數浮游單細胞生物的放大影像。這其中可以看到成為未來一切生命共同始祖的原始細胞大群集。……而且，這些原始細胞正是當地球表面歷經各位所知的天變地異後慢慢冷卻時，陸陸續續形成的許多種化合物中，最後完成、最為複雜的東西。為了讓各種元素的活力最能完整、靈敏發揮，化合成這微妙精英有機體……姑且稱為天之御中主神㉖的正統、「耶和華」的愛子、「太陽神」之子荷魯斯吧，這都是地球上最早的生命群。

所以，這每一顆原始細胞因應環境的變化，開始展現所謂意識、情感、判斷力等等無限靈能。同化自己以外的無機物、有機物，讓自己擴大分裂的同時，甚至還具有靈能，讓這些分裂後鄰近的細胞們，反射交感彼此的感覺和意識。

請各位看看這個證據……現在原始細胞就在各位眼前，劇烈地分裂擴大自己，快速地讓其形態和能力不斷進化。它憑藉靈能在轉瞬間成長、分裂、結合、反射交感，然後化為同心同體，產生共鳴、活躍，毫不厭倦地在地球上發揮自己共同產生的靈能，逐漸進化成高等複雜的樣貌。然後……

「唉呀，已經進化到這個程度應該已經天下無敵了吧？應該沒有其他東西進化得比本大爺還高等吧。」

如果就此安心、自滿的傢伙，將會保持此時志得意滿的姿態不再演化，以海綿、貝類、魚類、鳥類、獸類的樣子，繁衍出各自的子孫……如何……各位眼前是不是不知不覺地展開了一片如同今日般複雜多樣、千變萬化的多彩生物世界呢。

……不過各位請看。

即使是在這樣如此千差萬別的動物們中，進化程度極低、劣於海蜇以下的動物們，如同各位所見，並沒有腦髓或神經元等高級時尚配備。這些動物仍舊和遠古時代一樣，藉著全身細胞的反射交感作用，全身同時相互意識到所有感覺，進行思考、行動、飲食、睡眠、生存。

不過，像我們這種已經完成高等複雜進化的動物，各位也清楚，意識的內容相當繁雜。細胞間的間隔距離也逐漸拉遠「咦？那麼遠的地方還算是我身體範圍嗎？」，身體已經巨大到忍不住想在浴缸裡試著動動腳趾頭。所以，就如同手腳和眼鼻等各自分工專司其職一樣，意識也製造出這個名為「腦髓」的自動複合式反射交感局，讓全身三十兆細胞彼此的感覺和意識能縱橫無盡地反射交感，使全身同時有……這就是我……我就是這樣活著……的感覺。

於是，我們全身三十兆細胞從流動的紅血球、白血球，到堅硬的骨頭和毛髮尖端，每一顆細胞都

㉖天之御中主神：《古事記》中，開天闢地時最早出現於高天原的神。——譯注

同時完整地相互感受、相互意識我們所感覺到的意識內容。

不是只有眼球能看。不是只有耳朵能聽。這些行為的背後，都必須有全身細胞的判斷感覺。

同樣地，也不可能光靠腦髓來思考、感受。這些行為的背後一定要有全身細胞相互的主、客觀判斷。否則，人類的腦髓就跟沒有銀幕和觀眾的電影放映機一樣，毫無意義。

而且，由腦髓所仲介的全身意識反射交感作用之靈敏，實在令人驚訝，光憑電信電話、收音機之類的東西相互連繫的人類社會組織，完全無法與之比擬。……當人覺得背脊發冷，同時全身馬上起雞皮疙瘩……屁股一覺得刺痛，人馬上「啊！」地尖叫彈跳起來……。反應是如此迅速靈敏。

形成我們全身各個器官三十兆細胞集團，就像這樣各自專司其職，利用腦髓的反射交感功能，同時直接觀看、聆聽、嗅聞、品嘗。以腦髓為中心，同時意識、感動、奮戰、歌唱、舞蹈、叫喚、吶喊。

……高興時食慾大增。因為，胃袋也跟著一起高興。

……吃飽後還沒消化完全，馬上就覺得體力充沛。因為全身細胞都同時飽足了。

所以，我們意識到的生命，或是精神的真面目，其實只是由全身無數細胞每一顆所描繪出的主觀客觀，透過腦髓的反射交感作用居中仲介，渾然結合重疊成一體，被我們透視窺看……關於這一點，相信各位應該毫無疑問了吧？同時，我們直到今天一直迷信的腦髓偉大內容，事實上只是包含在全身每一顆細胞中的無限靈知靈能，在腦髓反射交感帶給我們的錯覺……就像我們覺得電信局支配整個城市一樣……這個事實想必各位應該會毫無疑問地點頭吧。

……如何，各位？……是不是很簡單明瞭呢？

……是不是讓您目瞪口呆了呢？

……現代科學家們心中最大、最高等的奧妙，令眾人驚異不已的生命意識根本問題，只要推翻「腦髓思考事物」這個觀念，一切不就立刻迎刃而解了？我們不就可以很清楚地了解，腦髓的功能，其實跟手腳的功能沒什麼兩樣？

……如果還是不懂，那麼請再隨我來這裡。一起看看我呆頭腳下這名為腦髓的蠢傻癲・呆頭式、自動反射交感局內部的樣子。來參觀參觀這群擠在交感局裡，相當親切開朗的總機小姐……神經細胞們的工作狀況吧……。

誠如各位所見，她們……這神經細胞的大集團，不但讓自己化身為電纜、開關、電線、總機、轉接台，或者是天線、真空管、撥號盤、線圈等，同時又因應全身每個細胞內包含的各種意識感覺，區分為哭泣組、歡笑組、觀看組、聽聞組、記憶組、迷戀組等極精密的專業，不分晝夜秉持著遠離塵世的專注精神，負責將全身三十兆市民的心情反射交感到每一個角落。

……各位可不能向她們搭訕啊。

她們是從全身細胞群中精挑細選出來的反射交感術專業技師。所以她們跟一般電信局的女職員一樣，對於自己正在反射交感的內容……可說全然不知，只知道分秒不停息地呼叫、被呼叫、切換、轉接。……不管是內閣即將改組、快要爆發戰爭、發生大地震、大火災，或者天氣酷暑酷寒、頭被蜂螫、屁股著火，她們都沒有片刻停頓的空閒。因為她們只不過是向全身反射交感這些意識、判斷和感覺的蠢傻癲呆頭式電池、電線、交感台、線圈、撥號盤、真空管等等罷了……。

所以各位不能跟她們說話。不能讓她們思考。不能讓她們做其他額外工作，使她們雙重疲勞。

她們愈不去思考其他事情……就愈能專心一意，專注從事單純的反射交感工作，使得全身的反射交感功能可以極其靈活、迅速地進行。頭腦不易疲累。不會眼冒金星。變得頭腦清晰……無比的……爽朗明快。

這是不是相當簡單明瞭？頭腦是不是變得蠢傻癲又呆頭了？

我……蠢傻癲．呆頭局長，敢在此明言。

當各位對這簡單明瞭的腦髓局蠢傻癲．呆頭式反射交感組織感到由衷佩服，各位蠢傻癲變得頭腦清晰……意識也爽朗明快，那麼今後就再也不會陷入腦髓的詭計之中了。各位將不再會用腦髓思考。……而面對身為最尖端腦髓學權威中的權威偉大博士，一舉將所有與腦髓有關的奇妙現象蠢傻癲呆頭化，同時能如此精確地偵查、拆穿掌握人類文化生死的大惡魔「腦髓」真面目的我……也就是這蠢傻癲．呆頭腦髓的精采演出，各位現在應該忍不住想脫帽喝采吧……。

但是在各位當中，或許還有人不以為然。

也或許仍有篤學之士內心存疑，認為光是這樣還不能充分說明與精神病，或者與心靈相關的各種奇怪、奇妙現象。

……很好……非常好。

這種人才值得我暢談奇人怪事。必須是極力想讓地球上最奇怪神祕的真面目……一切詭魅、怪異、無稽的主角，腦髓……徹底蠢傻癲呆頭化，最新穎、最先進、最高級的頂尖人種才行。

……很好……非常好。

不好意思，這些人請再次戴好帽子，回到腦髓管理局的大門前。對對對，就是這裡……請仔細閱讀公告在這裡的「腦髓管理局，呆頭式反射交感事務參加規約」。

怎麼樣？各位……規約如同您所見，僅有三條。還不到一般電信局加入條款的十分之一。相當簡明扼要。而且人類全身三十兆細胞將這三條加入規約視同祖先傳下的不成文法律，謹遵奉守到超乎常理的地步，而各位只要了解這簡單的三條規約，立刻能成為獨當一面、地位不容動搖的出色腦髓學大博士。您將可以輕易看穿目前整個地球表面持續上演、與腦髓有關的荒謬劇、諷刺劇、侮辱虐待劇、無稽鬧劇、恐怖劇等的幕後休息室，究竟有多麼無謂，其幕後景象是何等可笑。

◇**第一條** 由腦髓局反射交感而來的各種情報，縱然並非事實，也應相信其為事實。

……夢見小偷闖入，大聲叫醒家人者，就是受這第一條規約所控制。

◇**第二條** 未由腦髓局反射交感而來的各種事情，縱然確是自己所為，也不應承認。亦不應留存於記憶中。

……堅持「我不記得昨天曾經拉了你的棉被」者，就是嚴格恪守這第二條規約的老實人。

不過上述兩條正是引起現代精神病學界特別圈點、視為重大疑問的「恍惚狀態」的規約。當然，即使是一般頭腦的人也常見這種情形，而且文字簡潔，很容易記住，但是看到第三條規約，文字內容就有些複雜難懂了。不過規約內容的意義還是和前兩條一樣，相當簡單明瞭。這條規約的意義其實在於……

「當腦髓的反射交感功能發生異常時，將與沒有腦髓的低等動物一樣，由腦髓以外的全身細胞，代替腦髓發揮反射交感作用。」

可以算是因應腦髓非常時期的應變手法吧。

……這個「思考事物的腦髓」到目前為止上演的幽靈、妖怪、幻覺、錯覺、精神異常、哭中風、笑中風、夢遊、神智不清狀態等，各種超乎科學、無法說明的怪異現象，徹底將全世界科學家的腦髓玩弄於股掌中的魔術真相，其實就是反過來利用了這簡單明瞭的第三條規約。

◇**第三條** 當腦髓局的反射交感功能發生故障時，在其產生故障之處所反射交感的意識，應斷絕與其他意識的連絡，全身每個細胞以與原始低等動物一樣的狀態，直接使用（與腦髓反射交感作用無關）自原始以來所保有的反射交感作用，先於其他意識進行感覺、判斷、考慮或控制全身，運動活躍。

【附則】

（一）發生腦髓局無暇反射交感的緊急情況時……例如無意識閉上眼睛，或是往後跳等等。

（二）麻醉時……例如以麻醉劑讓腦髓整體停止反射交感功能時，根據全身細胞的感覺、意識記憶等所進行的無意識言行舉止。

（三）腦髓進入異常深度熟睡時……例如夢遊、說夢話、磨牙等。以上三種狀況亦符合此條標準。

趁著還沒忘記，各位快抄在筆記還是什麼上吧。特別是學生們更要牢記。這第三條乃是腦髓衛生學的根本，大家幾乎都有的老毛病神經衰弱症，其實就是因為這條規約所產生的疾病……不……人類當中自稱為文化民族的大多數人，現在都因為這條規約的限制，一步步陷入精神破產、滅亡的狀態……。

……我會這麼說，理由無他。從我剛剛的說明，或許各位已經大略可以想像，腦髓管理局的呆頭式反射交感機構造相當精密，不僅很容易發生各種故障，而且故障部位的也很難迅速更換。因此不得不設計這種緊急應變式的規約。

最有力又最簡單明瞭地證明這種腦髓局反射交感緊急應變規約第三條的存在，並且揭開腦髓所創造的地球上一切奇怪現象內幕機巧的最佳實例，就是前面提過的「哭中風」、「笑中風」，是不是很有趣呢？

也就是說，腦髓裡的某一處，譬如「發笑組」的交感台因為腦出血而麻痺，無法反射交感時，只有在這裡被反射交感的「發笑電流」會依照第三條規約所述，喪失與其他意識的連絡而遊離。此時將優先使用腦髓以外的全身細胞，取代自原始以來遺傳的反射交感功能，無論任何狀況都不管三七二十一地發笑。即使驅動其他「憤怒」、「悲傷」的電流，當這些電流繞遠路通過中央反射交感台的時候，游離的「發笑電流」早就直接跑遍全身細胞，散播笑感，所以根本沒有讓其他感情向外發洩的間隙。這就是俗稱的「笑中風」，其他「憤怒中風」、「哭泣中風」發生的原理也一樣。

當然啦，這都是因為腦出血所引起的故障，只要進行病理解剖掀開頭蓋骨看看立即一清二楚。……「哈哈哈。原來這就是發笑電流交感的地方啊。」……馬上一目瞭然，可是坦白說，像這種肉眼就能見到的腦髓故障近乎例外，其他肉眼看不到的腦髓故障所表現的奇怪現象，還不知有多少。從混雜了所謂詭魅、怪異、無稽等驚人科學文明閣樓到地下室……從頭腦文化的電車大道至後街小巷，晝夜不斷成群搖搖晃晃、徘徊流連。……不僅如此，這每一個奇怪現象本身，都一樁一樁地證實了聽診器也聽不出、X光也照不透的腦髓故障，這不是很有趣嗎？

首先最令人氣憤的是，現代認為「思考事物的腦髓」的人，作夢也沒想到其腦髓本身和全身細胞之間，竟然有這第三條緊急應變規約的存在。……所以大家都以為「反正腦髓怎麼用都不會減少」，拚命抱頭苦思、絞盡腦汁，每個人都有勉強腦髓思考事物的習慣。……腦髓並不是思考事物的地方……只是單純專門負責反射交感的蠢傻癲・呆頭局……這個事實大家一點都沒發現，把腦髓當成專職思考的公家機關一樣，不管任何事都努力要讓腦髓去思考。……這就好像把市政府的職責推給電話交換局，卻不以為意一樣。

腦髓局的總機小姐們，不知道因這些事務過重的負擔有多麼苦惱……也不知因此發生過幾次反射交感事務的嚴重失誤……她們導致多少各種幻覺、錯覺、倒錯觀念，大家一定完全想像不到吧。

事實勝於雄辯……而事實就擺在眼前。

過度用腦髓思考事物，就像流過太多電流的線圈一樣，腦髓整體組織逐漸發熱，導致反射交感功能開始減弱。如此一來，包含在全身細胞裡的各種意識，會喪失與彼此之間的連絡，各自開始自由行動。各種意識開始較輕微、半自覺的夢遊，在全身細胞所形成的意識空間中，無邊無際地馳騁。……例如各位太過專注地思考某件事情，使得頭腦疲倦時，會發呆凝視，那種天馬行空的幻想或妄想正是此種現象，慢慢地腦髓終於疲倦進入睡眠狀態，各種意識之間的連絡也變得斷斷續續。這種逐漸出現荒謬夢境的狀態，各位在閱讀小說不小心快睡著、或者在教室或電車上放空時，應該都有過清楚的切身體驗吧。

以前的人很迷信，走在黑暗裡時，腦髓因為恐懼而呈現疲倦狀態，陷入各種幻覺或倒錯觀念中。這些幻視或幻覺便化為幽靈、妖怪等等，成為故事流傳下來，而嘲笑這些事實的人，很遺憾，可稱不上具有現代時尚神經的人呢。也無法躋身因神經衰弱或歇斯底里常備鎮靜劑和安眠藥的紳士淑女之列。

像各位這種現代人，特別是過著忙碌都會生活的人們，腦髓功能從大白天就開始疲勞了，所以各種意識作用和判斷感覺也會游離，來到全身的神經末稍……攀附於細胞之間的反射交感功能上，瀕臨恍恍惚惚漂流不定的夢遊狀態。……所以走過大煙囪旁邊，會覺得煙囪彷彿要倒向自己頭頂，情不自禁加快腳步。……或是睡覺時躺在枕頭上卻聽到街上電車逼近的聲音，忍不住想打開電燈。除此之外，看到壁爐打哈欠、蛋黃在盤子裡翻白眼、昨夜回家時對街紅色郵筒換了位置、麵包烤爐在深夜嘆息、畫像流汗、書桌抽屜伸出一隻白皙的手不停對自己招手、手槍槍口朝著自己發射等等……科學文化中之所以不斷發生這些奇怪現象，都是腦髓疲勞引起的反射交感事務出錯……也就是意識的夢遊狀態。

不過我在前面也提過，曾經體驗過這種程度精神異常的人一定多得很。而且像這種程度的人，多半隱隱約約自覺到自己的精神異常，萬一不慎將其視其為瘋子，很可能會讓病情更加嚴重，所以刻意不將這些人列入精神病患中，但只要稍更嚴重一點，就不能置之不理了。到時就會成為貼上正字標記的瘋子，具備充分資格可以住在紅磚樓房、有警衛護身的生活。

我……蠢傻癲．呆頭至今為止蒙受關照的九州帝國大學精神病科教室裡，到處都是這種人。而且當這裡的主任正木瘋子博士輪流把這些人推上講台，對學生授課時，博士講課的內容剛好跟我蠢傻癲．呆頭所想的一樣，實在很有意思。

「……咳、咳……所謂人類的腦髓，如同我剛剛的說明，鉅細靡遺地反射交感了全身細胞的意識內容，類似一個提供焦點的複合式球體反射鏡。人類的腦髓同時顯現了活動在全身三十兆細胞每一顆中包羅萬象的意識感覺，就像蜻蜓眼球能一眼看遍大千世界的四面八方一樣。……但是，透過人類腦髓時時刻刻反射交感，時時刻刻聚焦在一點的精神……也就是平均包含在這個人每一顆細胞裡、這個人的個性或特徵，根據我的實驗，完全都是遺傳自歷代祖先的心理作用之累積，無一例外……換句話說，由腦髓反射交感作用來統整歷代祖先所體驗過、難以計量的無數心理習慣，使彼此保持調和、形成焦點，就是我們所謂的普通人，可是……人類的心理作用每個人都有不同癖性，如果祖先沒有矯正這些癖性，直接遺傳給子孫，那麼積累數代之後就會愈來愈嚴重。比方說一個女人遺傳到對事情很死心眼的癖性，有一天忽然看上某位男子……不管睡著或醒著都想見對方、想看到對方……如果心裡不斷反覆持續有這種想跟對方在一起的念頭，反射交感這種『戀愛意識』的部分腦髓，最後將會彈性疲乏、無法驅動。而由此部分所反射交感的戀愛意識，便會逐漸游離，化為空想、妄想，最後固執的意念開始如蛇般蜿蜒不休的夢遊。不分晝夜地在空中描繪心愛男人的身影，嘴裡講的都是這男人的事。這下子負責戀愛系統的總機小姐終於不堪負荷，疲憊倒下。於是戀愛意識完全游離，四處來回活躍。發狂的程度愈來愈深。……跑到街上……被抓回來關起來。搖著鐵窗狂叫……或者被冠上某某狂之名，送入花四天㉗手下，直到百年之後仍博得大眾喝采……約以這樣的順序進展。

上面提到的是普通人普通發狂的順序，稍微具有這種傾向的人是普通人，具有稍多傾向的人就是被稱為精神有病的人。所以被稱為發明狂、研究狂、蒐集狂及其他某某狂、某某迷的人，雖然有程度上的差異，其實都屬於同類。倘若及時治療，也未必不能得救，不過如果更進一步，成為真正的夢遊症，情況可就完全不一樣了。……當然，這絕對屬於精神病的一種，活躍的狀況也遠遠超越一般的瘋人，但當事人看來跟普通人毫無兩樣。不，這種罕見的毛病反而往往發生在因為鼻子或哪裡有毛病而顯得頭腦有點呆滯、或者頭腦太過纖細太會做學問、個性太過溫柔隻蟲都捨不得殺等等，對特製的大好人，實在很難用上瘋人這種稱呼，可是這種人到了半夜往往默默醒來，做出一些比瘋子還誇張滑稽、殘忍兇惡的事，情況這下愈來愈有趣了。

簡單地說，這種人清醒時的意識狀態和普通人完全相同。全身細胞的意識靠著腦髓的反射交感作用，達到徹底統合和協調，但等到太陽下山夜深人靜，當這個人的腦髓陷入完全停止的熟睡狀態時，其熟睡狀態卻與普通人的狀態不同……可以說直接超越普通的熟睡狀態，更接近死亡的世界，所以一般的搖撼或者大聲叫喚，絕對叫不醒，陷入等同於死人的狀態……這就是夢遊症病患的特徵。

然而，當睡眠程度深沉到這種程度，必然出現的結果就是全身細胞的意識中會出現一、兩個無法如此深睡的傢伙。而且這些無法入睡的意識，就彷彿背景愈黑愈顯得前景明亮一樣，當睡眠愈深沉，這些意識就愈是睜著大眼清醒地開始從事各種活動。

例如有個人在某種感情或意志極度亢奮的情況下入睡……。當他心想著『好想要那顆鑽石』……或者『真想殺掉那個可恨的畜生』等，在亢奮狀態下闔眼，不久，當腦髓陷入深深熟睡的同時，與腦髓一起熟睡的細胞中，唯有這個意識還沒入睡，依然保持清醒。而這個意識與良心、常識、理智等失去連絡，有如跛子般甦醒，代替腦髓使用全身細胞具備的反射交感作用，開始活動。若是判斷有需要，則會隨心任意地喚醒全身細胞中特定部份，與判斷、感覺等互相連絡，方便聽聞、思考、隨心所欲地工作。竊取想要的鑽石、殺害憎恨的對象，可是進行這些工作過程中所發生的事，因為沒有通過腦髓，所以絲毫沒有留下記憶。事後醒來一無所知，又若無其事地恢復為蠢傻癲呆頭人種。就算把他所竊取的鑽石或殺害的遺體擺在眼前，他也無從招認自己不記得的事，愈來愈蠢傻癲呆。

相對的，在夢遊期間，由於全身細胞同時承接腦髓的功能和自己專職的功能，大展身手，所以通常醒來以後會感到異常疲勞。此時就跟使用藥物來麻醉腦髓時完全相同，所以這個道理很容易理解，可是麻醉後的疲勞和夢遊後的疲勞性質完全相同、很難區別，所以又成為一項法醫學上有趣的研究課題。

我特地帶來了一個最佳範例的標本，那就是現在站在這裡，聽我講課的這位青年。各位當中或許有人見過這位青年。依照慣例，我不公開這位青年的姓名住址，他今天春天剛滿二十歲，參加本校的

㉗花四天：原為歌舞伎中在華麗場面出場的捕快或軍隊所穿的花衣裳，引申為捕快或軍隊。——譯注

入學考後以最高成績及格，但過了不久，遺傳自祖先的夢遊症卻不幸發作，在結婚典禮的前夕，勒死了自己的未婚妻。不僅如此，其實這位青年之前在十六歲那年夢遊症也同樣發作，勒殺了自己的親生母親，在這方面可謂極其罕見的英雄人物，不過後來他被送到我的教室，接受我獨特的解放治療後，似乎慢慢恢復正常，最近開始出現抓著自己頭髮，用拳頭咚咚敲打耳朵上方，一邊說著：『這裡一定有問題、有問題。』的狀況。他偶爾會站在房間中央，開始關於腦髓的演說，演說內容完全是從這間教室裡聽我所說的現學現賣，讓我覺得相當過癮，我偶爾也會去聽聽，作為參考。畢竟這種人的記憶力之出色，實在遠遠超乎想像，太驚人了……因為這位青年由於嚴重夢遊症發作，導致完全斷絕了過去的記憶，所以對於現在發生事件的記憶作用，得以不受任何干擾，悠游在絕對自由的世界裡。所以他一旦集中注意力，不管再瑣碎的事，都能夠超乎常人地精準地記憶。但是平時的他就像這樣，宛如剛從蛋裡孵出來的生物一樣，滿臉驚訝，所以我才會送給他蠢傻癲・呆頭博士這個稱號……」

當正木教授說明至此，學生們會再度看著我，然後哄堂大笑。所以我就此呆呆地跑出精神病院。此時此刻，我站在這十字路口觀察各位腦髓的異狀時，深深覺得情況非同小可，不可輕忽不管，所以才向各位發出警告，並且毅然決然公開這套超越了時空的蠢傻癲・呆頭式腦髓論。

……怎麼樣？各位覺得佩服嗎？看到了嗎？聽到了嗎？覺得驚訝嗎？

我蠢傻癲・呆頭一旦揭穿「腦髓並非思考事物的地方」，樹木頓時失色，花朵也不再嫣紅。一切唯物文化都從根被推翻，各種精神病學也只是紙上談兵。

……讓我再重覆一遍。

人類藉由思考事物的腦髓否定了神。違背大自然創造出唯物文化。排斥由自然心理產生的人情、道德，迷信個人主義的唯物信仰。而這種唯物文化逐漸虛無化、無重心化、動物化、自瀆化、神經衰弱化、發狂化、自殺化。

這完全是「思考事物的腦髓」的惡作劇。是迷信「腦髓幽靈」的唯物信仰遺毒。

但是，現在終於到了不得不清算這種迷信的時刻。人類否定對神的迷信，現在則陷入不得不否定「思考事物的腦髓」的窘境。從唯物科學的不自然，回歸唯心科學的自然，這美妙的時節已經到來。

所以，在實行這口號之前，我蠢傻癲．呆頭就像這樣將我自己的「思考事物的腦髓」，摔在地上給大家看。

並且像這樣狠狠踩爛它。

……嘿……哼……

＊

……如何……。

啊哈哈哈哈……覺得驚訝嗎……？……看到了嗎？聽到了嗎？佩服嗎？

這就是我所謂絕對科學偵探的寫實小說。超腦髓式的青年名偵探蠢傻癲．呆頭博士不斷追蹤自己的腦髓，最後終於成功逮住，在地上摔爛，宣告放棄的過程報告。這是世界最高階科學羅曼史「腦髓、腦髓」的高次方程式分解公式。

所以說，如果是真正能瞭解這篇小說詭計之趣的頭腦……還記得嗎……我上次不是借給你了嗎？

就能了解那篇「胎兒之夢」論文真正的可怕之處。就能了解胎兒受到在母親胎內做的大惡夢控制的原理原則。就能輕易地了解實驗這驚人原理原則的解放治療內容，以及收容其中的蠢傻癲・呆頭博士真面目，還有令人戰慄的經歷等等。

不僅如此，還有一項值得安慰的是……如果在腦髓裡苦思「腦髓會思考事物」這種舊有觀念，就會導出「腦髓並非思考事物之處」這個結論……假設已經知道這個事實，再繼續深入分析「並非思考事物的地方」這一點，最後繞了一圈又會回到一開始的「思考事物的地方」，連我這極盡奇妙怪異不可思議，個人獨創的精神科學式循環原則，也能了解……一旦了解到這裡，就可說是可喜可賀、值得鼓掌喝采了。

……什麼？覺得頭昏腦脹？……

啊哈哈哈哈哈……當然會眼花啦。聽過我這番說明的人，多半都會搖搖晃晃連站也站不直……。

……什麼……什麼嘛。原來不是因為這個，是被雪茄燻昏了……？

啊、哈、哈、哈、哈……真是太好笑了。

哇、哈、哈、哈、哈、哈、哈。

（本文文責由記者自負）

胎兒之夢

——藉人類的胎兒，代表所有其他動植物的胚胎。

——有關宗教、科學、藝術等其他無限廣泛內容之考證、援例以及文獻的註記、說明，皆予以省略，或僅極概略敘述。

人類胎兒在母親胎內十個月的期間，會作一場夢。

這場夢是由胎兒本身擔綱主角，可題名為「萬有進化實況」，彷彿一部長達數億年、甚至數百億年的連續電影。這部電影從胎兒自己最古老祖先，原始單細胞微生物的生活狀態開始，接著是主角單細胞逐漸進化成人類的樣子……也就是胎兒的樣子，這段漫長到難以想像的歲月之間，胎兒經歷過的驚心動魄天災地變，或者自然淘汰、適者生存法則帶來的窒息災難、迫害、辛苦、艱難等體驗，以胎兒自己直接、現在的主觀描繪出來，是一部超越想像的精采奇幻影片。……不需我多言，這其中當然有實際如今已成化石的史前怪異動植物，也播映出讓這些動植物慘死滅種、無法以語言形容的偉哉壯觀天災地變，令人身歷其境。緊接著，從天災地變中殘存而進化的原始人類，到現在胎兒的直接雙親這期間，歷代祖先所經歷的深刻、慘痛生存競爭，以及被各種複雜慾望驅使下所犯的無數無盡罪孽，也都描繪成胎兒自己面對的現實，成為一場極其驚駭可怕的大惡夢。藉著以下關於「胎生學」和「夢」這兩大奇妙現象的解決，將可直接或間接地證明這場惡夢的存在。

首先，人類胎兒在母親胎內時，一開始顯現的形貌跟所有生物共同祖先原始動物一樣，只是一個渾圓的細胞。

這一顆渾圓細胞棲息於母體內不久，就分裂增殖為左右兩顆。兩顆細胞就這樣緊密地結合，形成一個生物。

接著，這左右兩個細胞很快地又各自分裂增殖為上下兩顆。然後這四顆一樣彼此緊密結合，從母體攝取養分，確保生物功能。

於是，就像這樣四個、八個、十六個、三十二個、六十四個、……無窮無數……逐漸呈倍數分裂後緊密結合，慢慢增大，確實地在母體中重覆著從人類最初祖先的單細胞微生物進化到人類，這歷代祖先們的演化過程。

先是魚的形狀。

接著，演變成水陸兩棲動物的樣貌，就像由魚的前後鰭變化為四隻腳、匍伏爬行。然後呈現四肢更健壯，能四處奔跑的獸類形態。

最後終於收起尾巴，抬起前肢化為雙手，以後肢直立步行，成為人的形態……進化到一般胎兒的樣子，終於呱呱落地……步驟大致如上，連這番順序所需的時間也大同小異，幾乎沒有太大差別。

這些都是在胎生學上已經完全確定的事實，沒有任何人能否定的現象，但是既然如此，為什麼所有嬰兒都要在母體內反覆進行如此繁複的胎生順序呢？為什麼不直接以小小人類的形態，直接長大出生呢？另外，最初那唯一一顆細胞，為什麼像是眾人事先商量好似的，分毫無誤地反覆胎生的順序呢？也就是說……

「是什麼讓胎兒這麼做？」

這個問題沒有任何人能提供適當的解釋。翻遍現代科學資料，唯有這些解釋怎麼也找不到答案。除了「不可思議」，根本無法說明。

第二，所有胎兒都像這樣，依照順序、毫無差錯地在母體內重覆自己歷代祖先進化而來的形貌，但由於經過的時間非常短暫，所以人類歷代祖先的動物們歷經幾百萬年或者幾千萬年，從鰭變成手腳、從鱗變成毛髮……依照這個順序一點一點進化而來各個時代的樣貌，有時甚至在短短幾秒或幾分等屈指可數的時間內反覆經歷。這已經是一種無法說明、不可思議的現象了，但更加不可思議的是，這些被濃縮的時間與實際進化所需的時間，在比例上可並非毫無關聯。

也就是說，人類胎兒以約莫十個月的時間，重覆著原始以來祖先們的進化歷程，而其他動物通常進化程度愈低，胎生所需的時間也愈短，因此進化程度最低……亦即仍保留原始時代姿態的細菌和其他單細胞動物，大部份幾乎沒有胎生時間。它們保持原本的樣態以分裂方式變成兩個新生物……這雖然是無庸置疑的事實，但究竟理由何在？進化程度最高的人類胎兒，為什麼需要最長的胎生時間？換句話說……

「是什麼讓胎兒這麼做？」

如果想給這個問題適當的解釋，我們會發現以現代的科學知識絕對不可能。同樣地，除了「不可思議」，根本無法說明。

以上是關於胎兒不可思議現象的實例。接著，當我們從解剖學方面來研究、觀察如此形成的人類「肉體」，又會同樣發現多不勝數的不可思議現象。

從表面觀察所謂人類的肉體，首先可以認同，正因為其進化程度高……也就是經過慎重的胎生過程，所以外觀也遠比其他動物更高尚優美。柔和且帶有威嚴的五官、美麗的肌膚、勻稱協調的骨架和肌肉，實在無愧於萬物之靈的稱號，但如果剝開肉體表皮、撕開肌肉，檢查內臟，解剖腦髓和五官的內容詳細觀察，將會了解，其實各個部分的構造，每一樣都是「承襲」自我們由低等動物進化而來的歷代祖先，例如魚、爬蟲、猿猴等的生活器官。也就是說，即使連一顆牙齒的形狀、一根頭髮的組織，都忠實地記錄了讓它洗練、進化至此，過去這驚人漫長歲月中自然淘汰的嚴重迫害，或者適者生存的艱辛歷史，鮮明地記錄這些歷史，讓胎兒的姿態依樣反覆進化，終於演變成人類形貌，這偉大、深刻的記憶作用，清晰地烙印在完成人類的每一顆細胞當中。

無庸置疑地，這些現象都已經是經過進化論、遺傳學或解剖學確切證明的事實，在此便不再詳述，但問題是，到底是誰來記憶這些事，讓胎兒重覆這些歷史的呢？

「是什麼讓胎兒這麼做？」

關於這個問題還是無法有任何說明。還是一樣，除了「不可思議」，根本無法說明。

而且，不只這樣。

再進一步觀察人類精神的內容，就能更深刻痛切地證明這個事實。

人類的精神也是一樣，從表面觀察，它呈現出其他動物絕對無法比擬、相差懸殊的美感。人類以「人類為萬物之靈」的自覺，或者名為「文化的驕傲」、所謂「人類皮相」來包裹自己的精神生活內容，覆以稱之為常識或人格的妝容，煞有介事地裝模作樣，可是一旦剝下那張表皮，也就是那張「人類皮相」一看，裡面所呈現的，依舊是人類古老祖先微生物經過千錘百鍊後演變成現在的人類，在驚人漫長歲月中對自然淘汰、生存競爭巨大迫害產生的警戒心理、或生存競爭心理，每一個時代的動物心理，都原封不動地直接遺傳下來，這個事實赤裸裸地呈現在眼前。

首先，如果剝掉所謂文化人的表皮……以博愛仁慈、正義公道、禮儀規範所粉飾的人類皮相之後，便會顯現出下方野蠻人或原始人的生活心理。

最能證明這個事實的就是天真無邪的幼兒。還不懂得如何披上文化外皮的幼兒，充分地發揮同樣不知如何披上文化外皮的古代民族性格，所以一撿起木棒就想玩打仗遊戲，就是因為遺傳了原始人在部落與部落、種族和種族間戰爭行為中持續生存競爭的好戰個性，也就是潛藏在細胞內野蠻人時代的本能記憶，被木棒這類似武器的東西帶來的暗示所刺激、甦醒。看到蟲類會毫無意義地追逐，也是狩獵時代見到會動的東西就想追逐的心理遺跡，被蟲隻的暗示刺激誘發，而將捉到的蟲類折斷手腳、撕去翅膀、擠破肚子、以火炙烤等開心玩耍的方式，也只是直接重現古代民族用這些方法來處置、玩弄、侮辱獵物及俘虜，以徹底滿足勝利感、優越感的殘忍個性記憶。還有，將嬰兒置於暗處，嬰兒會嚎啕大哭，只因為還不懂得用火的原始人對滿是毒蛇猛獸黑暗世界的恐懼心復活，而隨地便溺則為重現以往睡在樹根或草叢時代的習慣，這些都已經能藉由現代進步的心理學研究加以說明。

接著，再剝掉這野蠻人或原始人的皮，又會發現底下滿溢著畜生……也就是禽獸的個性。

比方說同性……互不相識的兩個男人或兩個女人初次見面，表面上雖會人模人樣地互相打招呼，但是骨子裡卻翻白眼互瞪，表現出慌張打量對方周圍的心理狀態。稍不注意，就會忍不住注意對方屁股附近，從細微的小地方發現令人不悅之處，散發出彼此皺起鼻頭、齜牙相向的心情。一不注意就要互相吠叫、嘶咬……就像在街頭相遇的貓狗心理一樣。另外，看到比自己弱小的人，就忍不住想欺負；對自己造成阻礙的人，會萌生殺意；四下無人時，冒出偷竊的念頭；偷偷聞聞別人小便的味道；想埋起自己的遺物……等等，在我們的日常生活中到處都發揮了這些等同畜生的心理表現，所以這些都是恰巧符合了人人常掛在嘴上的「你這個畜生！」、「禽獸不如」等咒罵詞語的心理表現。

接著，我們再切開此禽獸個性底下的隔膜，這回又發現在下方蠢蠢蠕動的蟲類心理。

比方說，就算推落同伴也想往高處爬；躲躲藏藏在沒人看見的地方，企圖獨享好處；做了對自己有利的事情，立刻想鑽進安全第一的洞穴裡；發現營養不錯的傢伙，會想偷偷接近，寄生在對方身上；不顧周圍眼光，恣意做出令人不快的動作或姿態，只求保護自己；躲在硬殼裡，讓敵人無法接近；遇到敵人時哪怕犧牲別人，也只想讓自己得救；到了緊要關頭，會揮舞毒針；噴出墨汁；射出小便、放出惡臭；或者化身為地形地物或比自己強大的姿態……低級懦弱的人所做的事，都充分反映出這種蟲類本能，所以俗話中所謂的米蟲、寄生蟲、糊塗蟲、吸血蟲、鼻涕蟲、跟屁蟲、肚裡蛔蟲、無頭蒼蠅、螻蟻貪生等等，這些話，都是指稱這種遺傳自蟲類時代心理表現的輕蔑詞語。

接下來……最後這蟲類心理的核心……也就是切開人類本能最深處、一切動物的心理核心一看……就會出現與黴菌及其他微生物共同的原始動物心理。那種活動方式看來只是無意義地生存、無意義地行動，通常會表現在所謂群眾心理、流行心理，或者看熱鬧的心理上。如果將其四處活動的行為一一拆開，看來似乎完全沒有意義，可是一旦集合了多數，便會像聚集了多數黴菌一樣，產生可怕的作用。群眾往往會朝發光的東西、氣派的東西、大聲的東西、道理簡單的東西、刺激明顯的東西等，及嶄新又容易了解的東西上聚集，當然，並沒有判斷力，也沒有理解力。與放在顯微鏡下的微生物一樣沒有自覺、沒有主見，恍恍惚惚被群體吸引，成為群體的一員。這當中雖然有無意義的感動、驕傲、安心，但最後卻不知所云地沉浸於過度的感動當中，不惜拋棄自己的生命，獻身於暴動……革命等等，彷彿是集中於一滴蘋果酸中的精蟲。

人類的心理到這時才首次接近物理或化學方式的運動變化法則。也就是跟無生物只剩下一線之隔，所以從事政治或其他靠聲望為業者所利用的，就是這種位居人性中心、黴菌特性的流露。

我們人類的精神生活在這樣的心理當中，以最單純、低級的為中心，愈往外愈以高級、複雜的動物心理加以包裹，最外層再包裹上所謂的人類皮相，用社交、體裁、身分家世、面子人格等緞帶標籤來裝飾，化好妝、灑上香水，昂首闊步走在馬路上，但如果解剖其內容，大部分都如同上述，會發現只是重現了潛藏在人體細胞中歷代祖先的動物心理記憶罷了。但是，跟前面提到的肉體解剖觀察一樣，胎兒是如何將這樣萬千無數、複雜多樣的心理記憶，包藏在其細胞的潛意識、或者本能之中呢？

「是什麼讓胎兒這麼做？」

這個問題仍然沒有解答。不，就連一個人的精神內容其實是過去數億年間萬物進化的遺跡這項事實，都被「人類是萬物之靈。」或者「本大爺可是偉大的人類呢！」這種淺薄和自戀所掩蓋，完全沒有被注意到。

以上列舉了出現在胎兒的胎生，以及由胎生所完成的成人肉體和精神上、有關萬物進化遺跡的奇妙現象，接下來則要就人類作「夢」的不可思議現象，進行觀察。

自古以來，夢就被視為不可思議的代表，所以稍微碰上出乎意料的事，馬上會認為「這是不是在作夢？」。在夢中有時會看到和實際事物如出一轍的森羅萬象，有時又漫無章法地出現難以想像的奇特、不自然的風景或物品，有時以為這些出現的景物會依照現實世界的心理或物理法則行動，下一瞬間卻發現這些景物以神話或傳說中都不曾見過的出奇法則，突然展現千變萬化，所以關於夢的真相和夢中的心理、景象變化法則，自古以來不知困擾了多少學者專家，在此列舉以下三項夢的特徵，這是釐清夢的本質、真相時最重要的線索。

（一）夢中所發生的事，在進展轉換期間，經常出現非常突兀、不合情理的部分。不，應該說這種情形反而較多，所以這種超自然景象、物體極端不合理的活躍、轉變，最好看成一場夢。但話雖如此，作夢的時候對夢中發生的超自然、不合理非但一點都不懷疑，從這些事件上感受到的認真、嚴肅，反而與現實相同，甚至比現實更加深刻痛切。

（二）出現至今從未看過、聽過的風景或嚇人的天災地變，宛如實際發生一樣。

（三）夢中出現的事，就算是感覺有如幾年或幾十年般漫長的連續事件，實際上作夢的時間也相當短暫，只有數分或數秒，這個事實已經獲得近代科學證明。

以上所列舉有關「胎兒」和「夢」的各種不可思議現象，是任何人都無法否定的科學界重大疑問，但是，這種不可思議的現象，為什麼直到現在都未能解決？為什麼直到今天還沒有任何人找到解決這些不可思議現象的關鍵？我試著思考這個疑問，發現有兩個原因。

第一點，以前的學者對於讓人類經由胎生、讓胎生完成的成人作夢的人體細胞，想法完全錯誤，還有，一般人對於流動在宇宙間的「時間」觀念，有根本上的錯誤……就是這兩個原因。

換句話說，組成人體的每一顆細胞內容，比細胞的主人、完整的人類內容還要偉大。不，甚至具有足以和整個宇宙相抗衡的出色偉大複雜內容、性能。所以，要研究一顆細胞的內容時，靠以往唯物科學方式從顯微鏡觀察細胞外觀、以化學方式分析成份、從型態及色彩變化來研究其分裂繁殖的狀態，終究無法了解細胞內容、性能之偉大。這就好比忽視英雄、偉人生前的功績，只顧觀察屍體外貌、解剖內部，就想確定其偉大個性和性能一樣，無異緣木求魚。……另外，關於所謂「時間」也一樣。……中央氣象台、我們身上手錶的指針、地球與太陽的自轉公轉等所顯示的時間，其實並非真正的時間。這些都是唯物科學擅自製造出的人工時間。這是錯覺的時間、虛假的時間。……所謂真正的時間，不是這麼無聊、能用尺寸測量的硬性存在。時間應是更變幻自如、玄妙不可思議的存在……如果人類能夠認同這個事實，那應該也能認同「胎兒之夢」的存在。這就等於掌握了揭開生命之神秘、宇宙之謎的關鍵。

細胞這種東西原本是只有人體身體約幾十兆分之一的微小粒子，度數不夠的顯微鏡甚至捕捉不到。所以其內容的複雜程度或表現能力的程度，應該也是人類整體能力的幾十兆分之一吧……總之，應該是極端單純、無力的吧……。這是至今為止大部分科學家腦中根深蒂固的觀念。所以往後接二連三地發現細胞不可思議的生活、繁殖、遺傳等能力時，科學家們固然為此驚異萬分，但他們的研究依然僅止於用顯微鏡觀察、藉化學方式來分析的範圍……也就是唯物科學能說明的範圍，多半都認為細胞是人體幾十兆分之一程度、單純又無力……完全無法跳脫這種侷限。他們認為更進一步的研究等於冒瀆了唯物科學。甚至覺得身為學者，這麼做是一種罪惡。

但是，這其實是現代拘泥於唯物科學理論的學者專家，從形狀和大小來判斷細胞的內容和能力，推測「大約就這麼多吧」，極端不合理的猜測推論，抱著這種先入為主觀念產生的誤解。生命的奧祕、夢的不可思議等科學界重大謎團之所以這麼長久以來都找不到答案，就是因為拘泥於這種「井底之蛙」式，不自由、不合理的唯物論……換句話說就是太過拘泥於科學的非科學方式研究方法，想藉此研究細胞這個廣大無邊的生命主體所導致，在此我們必須先承認這一點。除了應該一掃這種舊式的學問常識，以及對於狹隘又牽強附會學說的既有迷信，以更自由、更不受限的態度觀察宇宙萬物，同時，如果將這個問題與更適切明瞭、實際的現象相對照，藉著超越現代的真實科學知識，我們更應該發現，一顆細胞內包含著遠比利用顯微鏡或在化學實驗室裡觀測、計量所得，更加偉大、深刻的內容，甚至與整個宇宙相較都毫不遜色這個事實。我們必須勇於面對迷信唯物科學的研究觀察方法、將之視為生命依靠的人們一心一意想否定卻無法否定的這個事實。

首先必須提出的，就是細胞創造人類的能力。這顆生命的種子、寄宿於母體內的唯一一顆細胞，如同前面說明的順序，不斷分裂生長，依循著歷代祖先進化的軌跡一步一步逐漸成長。當時應該是這樣嗎？後來好像變成這樣？一邊回想，一邊依照魚、蜥蜴、猿猴、人類的順序，正確無誤的創造出自己。而且，雖不能一概而論，但大致都儘可能綜合了雙親的優點或長處，企圖能多少有點進步，所以儘管每個人的眼、耳、鼻、口位置約略相同……「這是我兒子」、「既有點像這個人、也有點像那個人」、「發起脾氣跟他父親一模一樣」、「記性和我一樣好」……其實在極細微的地方都進行了協調整合。每顆細胞記憶力是多麼驚人。細胞彼此之間的共鳴力、判斷力、推理力、向上力、良心，甚至靈性藝術的批判力等又是何等深刻。再看到細胞的大集團，人類，接觸了宇宙萬物並且有所理解，並且產生共鳴感動，創造出國家、社會等大集團，共同一致塑造人類文化。其創造力是多麼深遠廣大。這些幾乎稱得上全知全能的偉大作用，歸根究柢，都只是最初那唯一一顆細胞的靈能顯現。換句話說，現代人類雖然擁有如此廣大無邊的文化，深究其根本，也只是一顆存在於顯微鏡底下的單顆細胞中包含的靈能，反映於整個地球表面而已。

◇**備註**　具有如此偉大內容的細胞大集團，透過腦髓的仲介，其靈能統一為一體，也就是統一在各個細胞共通、共同的意識底下的，就是人類。所以人類所顯現出的知識、感情、意志等，照理來說必須比每一顆細胞的知識、感情、意志等更加出色精彩，但事實上正好相反，所以自從世界肇始，無論任何賢人偉人，在細胞的偉大靈能面前總是形同無力……就像在太陽面前的星星一樣，只能俯首稱臣。統一為人類形貌的細胞大集團，它的能力卻及不上等於自己幾十兆分之一的細胞能力的幾十兆分之一，實在是極怪異的現象。這是因為負責統整人類身體各部位細胞靈能的機構……也就是腦髓的作用尚未充分進化的原因，所以影響了細胞靈能的充分活躍。同時，地球上最初出現的生命種子單細胞，最早出現在地球上的最初意念（？）和其無限靈能，為了將其靈能具體反映於地球上，歷經種種過程，進化為最有利、最有能力的人類，但是今後仍會繼續進化為更有利、更有能力的生物。我認為因為現在的人類只不過是過渡期未完成的生物，所以才會出現這種矛盾、不合理的怪異現象。不過這個事實是非常重大的研究事項，並非一朝一夕得以說明完全，在此只簡單提及，僅供參考。

一旦明白人類肉體及精神和細胞靈能的關係，以上關於「夢」之本質的說明，就極容易理解了。

每一顆細胞都跟我們一個人的生命一樣，甚至擁有超越其上的意識內容和靈能。因此，全部細胞只要在從事某項工作，就會伴隨著勞力需要不斷吸收養分、發育、分裂增生、疲勞、老死、分解消滅，這在近代醫學中都已經獲得證明。而且每一顆細胞本身在勞動、發育、分裂增生、疲勞、老死、分解消滅的期間，對這份工作感受到的辛苦、快樂，其實跟我們個人一樣，不、甚至比我們有更強烈的意識……同時，對這些苦樂也會有與我們個人感受相同、甚至有著超乎其上、漫無邊際的聯想、想像、幻想等極盡奇妙夢幻的感想，就好像一個國家從興盛至衰亡之間，會留下數之不盡的藝術作品一樣。能直接證明這種事實的，就是我們所作的夢。

追根究柢，所謂的夢，就是人類全身在睡眠的時候，體內某部分細胞的靈能受到某種刺激，而甦醒開始活躍。這些甦醒細胞本身的意識狀態反映在腦髓、留下在記憶當中的，就被我們稱為「夢」。

比方說，人如果吃了不消化的東西後睡覺，就只有胃袋的細胞睜著眼睛默默工作。……啊，好難過。真受不了。到底怎麼回事？為什麼只有我們這麼倒楣……它們不斷吐露著這些不滿牢騷，最後這些胃袋細胞無盡的痛苦和不滿情緒就會化為一種聯想，反映在腦髓上。例如正在受苦的主角明明是清白的，卻被送進監獄，銬上沉重的鎖鏈，還得背負超過體力負荷的大石頭一邊呻吟一邊工作，這時……無法抵抗的大地震發生，整個人被壓在房屋下，痛苦掙扎，發出慘叫……慢慢地，痛苦的消化工作逐漸輕鬆，好不容易可以鬆口氣。……這時候夢裡的心情……反映在腦髓的聯想、幻想內容也會變得輕鬆，例如在山頂觀看日出，或乘坐雪橇一口氣從陡坡上滑下等等。

或者，如果睡前心裡想著，「啊，真想見到她」而閉上眼，那麼只有這一個念頭的官能刺激會保持甦醒，明明好想去找她，卻怎麼也沒辦法去，這份焦急心情也會化為夢境。美麗的花朵或鳥兒、風景，象徵了她的容貌，在夢中燦然倩笑，但是想拿到這些東西時，又會出現各種阻礙，讓自己無法接近。留在細胞記憶中遠古時代之天災地變，會突然出現眼前，接著又看見原始人祖先居住陡峻高山斷崖。有時會感受到祖父當年落魄乞食的心境，又有時帶著跟父親同樣的心情，泳渡過同一條大河。也可能變成猿猴攀山越嶺，化身魚隻潛泳海中，費盡千辛萬苦，終於能夠得到她……也就是花或鳥等東西……就在這時因為一開始那焦急的情緒已經消失，所以夢境也在此結束，睜開眼睛。

除此之外，還有因為尿床而夢見遠古時代大洪水。因為鼻塞又在夢中再次體驗少年時代差點溺死的痛苦。等等……所以不管是我們的手、腳、內臟、或皮膚的一部分，哪裡都無所謂。當全身熟睡時，受到某種刺激而清醒的細胞，一定會產生與此刺激相應的聯想、幻想、妄想……作著某種夢。也就是說，細胞本身會從傳自歷代祖先的記憶以及這細胞的主人本身過去的記憶中，隨手喚起呼應每個不同時刻的情緒，或者相似的場面、光景，任意重疊、連結，最深刻且痛切地描繪出當時的情緒。如果這種情緒屬於脫離一般常識、或者變態，以至於找不到能表現相應情緒的聯想材料時，馬上會以想像出來的東西、風景替代、彌補。為了表現人體內細胞獨特的恐懼和不安，可能會聯想到類似蚯蚓或蛇之類彎曲的廚房器具；為了表現痛苦，可能會描繪出滴著鮮血的大樹或者在火燄中盛開的花朵，就像我們會把不知來歷的神秘人物，想成是個長著翅膀的天使一樣。

我們清醒時心情會受周遭狀況所控制，不斷變化，但在夢裡卻正好相反，心情會比外界狀況更快改變。而符合當時心情的光景、風物、場面，便會隨著心情的改變，苦苦追趕在後，不斷跟著千變萬化，所以不管這些千變萬化有如何突兀、不合情理，在夢境當中也不會感到絲毫矛盾或不自然。不僅如此，當然還會覺得甚至比現實中的印象更加自然、深刻、痛切。

換句話說，所謂的夢，其實是一種細胞獨特的藝術，毫無邏輯和條理地組合起形象、物體記憶、幻覺、聯想集合，來象徵著唯有夢的主角細胞本身才瞭解的心情或感覺，極端清晰地描繪出心情的變化。

◇**備註** 近代歐美各國各種藝術運動的傾向，往往藉著無意義或片段的色彩音響，或者突兀的景象物體組合，企圖表現出比既有常識性的表現方法更加痛切、深刻的心情，這其實慢慢地接近了夢的表現方式。

如同以上的說明，夢的真相其實就是將細胞本身在發育、分裂、增生時的意識內容反映在腦髓上，接下來則將說明，為什麼在夢中感受的時間和實際時間不一致的理由。聽完我說明一般人因為相信靠時鐘或太陽等所顯示的時間才是真正時間，而產生多麼嚴重的錯覺，因而對嚴謹的科學判斷產生錯覺、驚愕、訝異，這些疑問必然也能立刻迎刃而解。

根據現代醫學，以一般人平靜呼吸約十八次、或是脈搏跳動七十幾下所經過的時間為標準，定為一分鐘。並且規定其六十倍為一小時、一小時的二十四倍為一天、一天的三百六十幾倍為一年。同時，因為這一年剛好相當於地球繞行太陽一周所需的時間，因此，信譽良好公司製造的鐘錶，上面所顯示的時間萬人皆同，不過，簡而言之，這是種人造時間，所謂真正的時間，並不是這種東西。證據就在於每個人分別使用同樣長度的人工時間後，會發現出現極大的差異，相當不可思議。

舉個隨手可見的例子，即使用同一個時鐘來計算一小時，閱讀有趣小說的一小時，跟在車站發呆等待火車進站的一小時，長度上有著相當驚人的差異。這可不像用竹尺計量東西一尺的長度，萬人看來一尺皆同。另外，潛水閉氣的一分鐘，和閒話家常的一分鐘比較起來，其中的差異也大到難以想像，前者感覺漫長得難以忍受，後者卻幾乎短短不到一瞬間……這些都是千真萬確的事實。

再進一步說明，假設這裡有個死人。如果這個死人在死後也能夠藉著他無知覺的感覺，感受到時間的流逝，那麼對他來說一秒鐘的時間跟一億年的時間應該是一樣長的。而這種感受必須是他死後的真實感受，也就是說，在他的一秒之中雖然包含了一億年，同時，哪怕如宇宙壽命般漫長，也會在一秒之中感受到。流動在無限宇宙這無限時間的真面目，就是在如此極端的錯覺、也就是無限的真實背後，靜如飛箭、疾若磐石。

所謂的真實時間，和一般所認為的人工時間完全不一樣。它跟太陽、地球及其他天體的運行，或者時針的轉動等等完全沒有關係，對於所有各式各樣無邊無量生命各自不同的感覺，以各自不同的無限伸縮自如，同時靜止、或同時流動……在此先請理解這一點。

接下來，讓我們試著比較存在地球上生命的長度，地球上有長達幾百年間始終繁榮茂盛的植物，或者生存百年以上的大型動物，同時也有僅僅生存幾分幾秒就死去的微生物，大致說來，形狀愈小的東西壽命愈短。細胞也是一樣，人體各個細胞中，取其壽命較長和較短者加以平均後，與人類整體的生命長度比較，其差異就好比國家的生命與個人的生命之差異。但這些或長或短各種細胞的生命，主觀所感受到的一輩子，長度完全相同，不管由生到死的時間以人工時間測量是一分鐘或是一百年，根本沒有關係。歷經出生、成長、生殖、衰老、死亡，在這當中感受到的實際時間長度，同樣都是一生的長度。若不明白這個道理，把朝生暮死的嬰兒之可憐，與同樣朝生暮死的昆蟲生命相比較，因而悟道諦觀，未免太愚蠢、太不自然又不合理，這只是一場將毫不通融的人工時間和可無限伸縮自如的天然時間混為一談來思考，所上演的悲喜劇。

一切的自然……一切的生物，都依自己所需的長度，各自占據了這無限伸縮自如的天然時間，將此長度視為一生的長度，呼吸、成長、繁殖、老死。同樣地，形成人體的細胞壽命，不管用人工時間來測量是何等短暫，其占據的天然時間也必然是無限的。因此如果細胞使用無限的記憶內容和無限的時間，努力描繪出「夢」，那麼毫不費力就能在一瞬、一秒之間，描繪出五十或一百年間的事件。流傳至日本的中國古老傳說「邯鄲一夢」中……盧生一夢五十年，其實只是黃粱一炊的時間……這也都是事實，絕非不可思議。

根據以上所述，各位應該能大致理解，這小小一顆細胞的靈能是何等龐大無限，尤其是其中這小小一顆細胞的「細胞的記憶力」，不知有多麼深刻無邊。當各位由衷認同這同時胎生、完成人類肉體和精神的「細胞的記憶力」偉大作用時……是什麼讓胎兒這麼做？……對這個「胎兒之夢」的存在相關的種種疑問，我相信大部份都已經冰釋化解了吧。

由於胎兒在母體內完全隔絕對於外界的感覺，處於與深沉睡眠同樣的狀態。在這段期間，胎兒全身的細胞旺盛地分裂、繁殖、進化，全體同心「邁向人類」……反覆著歷代祖先進化時的記憶，將當時的情景一一反映在胎兒的意識中。而且，如前所述，由於胎兒藉著母體完全與外界刺激隔絕，又極端平靜順利地受到保護，所以完全不需考慮其他事。只要一心一意守護「邁向人類」的這個夢即可，所以夢的內容也會極其順利、正確、精細地轉移。這一點是和任性不羈、奔放自在的成人之夢不同的地方。

反過來說，創造胎兒的正是胎兒之夢。而控制胎兒之夢的則是「細胞的記憶力」。這就是為什麼所有胎兒在母體內反覆進化的過程和所需時間全都相同且固定，因為現在的人類都是由共同祖先進化而來，所以細胞的記憶，也就是「胎兒之夢」的長度才會相同且固定。而且只要參考前述的細胞靈能，就可以了解僅用十個月時間來夢見這長達漫漫數億甚至數十億年的「胎兒之夢」，一點都不奇怪，所以進化程度較低的動物就比例上來說胎生時間較短，也是因為這種動物的進化回憶較簡單的緣故。……所以自原始以來沒有完成任何進化的低等微生物，則完全沒有「胎兒之夢」。為什麼它們仍舊以與祖先一樣的姿態，在一瞬間分裂、繁殖，在此大家可以很輕易理解其中的原因。

◇**備註** 早在數千年前，以埃及一神教為本源的各種經典就已經提及上述事實，也就是「細胞的記憶力」以及其他細胞靈能何等深刻、奧妙，對所有生物子子孫孫的輪迴轉世具有何等深遠奧妙的影響、控制著萬物的命運，因此，現在世界各地苟延殘喘還保留的所謂宗教，都是粉飾了這種科學觀察、將教導未開化民族的禮儀、方便習俗等予以迷信化的殘骸。所以在此特別說明，這種胎兒之夢的存在，並非嶄新的學說。

既然如此，並未留在我們記憶中的「胎兒之夢」內容，具體來說大致是什麼呢？參照前面敘述的各項，我想各位已經能充分推論出來了，不過為了參考起見，我想還是有必要大致說明筆者自己的推論如下。

人類胎兒在母體內有關歷代祖先進化的夢中，最常做的就是惡夢。

因為人類這種動物進化到今天的程度為止，既沒有像牛一樣的角，也沒有像虎般的爪牙、鳥的翅膀、魚的保護色、蟲隻的毒液、貝類的外殼等等，天然的護身或攻擊道具。跟其他動物相比，是種相當柔弱、無害、無毒、無特徵的肉體，而且這肉體就這樣直接暴露在各種激烈的生存競爭場面中，與各種天災地變纏鬥，終於進化成為今天這種最高等動物。在這當中，可想而知一定體驗過其他動物難以比擬的生存競爭之苦，和自然淘汰的迫害等等，這些艱辛回憶實在難以數計，連氣都快喘不過來。在這當中，胎兒還是一一清楚地做著清晰的夢，那些屬於自己過去，和自己同性的歷代祖先長達幾億、幾千萬年來的深刻回憶……夢境中所感受的時間與實際時間相同……胎兒一點一點地成長，這種辛苦，絕非父母親在現實生活中承受的短暫、膚淺辛苦所能及。

首先，人類種子那一顆細胞，以和所有生物共同祖先微生物相同的樣子，附著在子宮內壁的某一點，不久之後，就開始做起幾億年前自己以這樣的姿態，在無生代時跟無數微生物同伴浮游於溫暖水中的夢。這些稱得上無數、無限，數不勝數的微生物群體，每一顆的透明身體都會吸收、反射來自天空的強光，有的散發七色虹彩，有的發射金銀光芒，享受著地球上最初生命的自由，漫無目的浮游、旋轉、搖曳，並且在每一瞬間分裂、生滅，如此虛幻。如此歡樂、如此美好……還沒來得及感受，自己所居住的水域裡微小的變化，隨時化為無法形容的莫大痛苦襲來。大群同伴轉瞬間死亡。自己雖想逃離，但是卻被包覆全身的苦痛束縛，無法動彈。這種痛苦、這種折磨……好不容易掙脫這種煎熬，馬上又受到原始太陽如烈火般緊逼，蒼白月光如寒冰般穿透。或被狂風吹散於無邊無際的虛空，或被暴雨打落在無間深沉的地獄。不知生死地在這種難以想像的恐怖和苦惱世界中被玩弄……啊，真希望變得更強壯。真希望變成能夠忍受寒暑的身體……心中哀戚萬分、顧不得形貌也顧不得其他，細胞開始逐漸分裂增大，接著終於變成下一個人類始祖，魚的形貌。終於獲得能抵禦寒暑的皮膚、鱗片，能自在悠游的鰭和尾巴，嘴和眼睛，能判斷事物的神經等等，都無一缺乏，這實在是非常驚人的進步形貌。……啊，太好啦，這下沒什麼好抱怨的了。再也沒有像我這麼完美的生物了……正當他得意洋洋在浪花邊散步，嗚哇，這可怎麼辦，比自己身體大好幾千倍的光頭章魚，竟然張開足以遮天蔽地的巨大雙手追趕過來。……哇！救命……慌忙逃進海藻森林中屏住呼吸，這才得救。好不容易鬆了一口氣，打算慢慢抬起頭，這次卻發現眼前有個比剛剛的章魚更巨大幾十倍的海蠍，舉起大螯逼近。嗚哇，這可不得了，一個翻身想逃，背後卻有像雲朵般的三葉蟲覆蓋上來。海葵從一旁亮出毒槍刺來。這當中趁隙逃出驚險保住一命，藏在小石頭下……抖啊抖啊。啊，嚇死了。真是不中用。這樣下去怎麼能安心活下去呢。一起進化的生物同伴們因為世道不安全，紛紛用硬殼包覆住自己的身體，或者只將手腳從岩石間伸出，可是自己並不想要如此委屈，在這黑暗沈悶的水底忍受煎熬。與其如此，還不如早點上岸。真想成為能在那輕快、明亮的空氣中，自由伸展跳躍的身體……拚命祈禱的結果，終於變成一隻類似小小三眼蜥蜴的生物，嘿喲嘿喲地爬上陸地。

……啊，太棒了。真是太好了……還來不及四處張望跑跳，這回幾乎要讓世界消失的大地震、火山爆發、大海嘯竟從四面八方襲來。整個海洋如開水般滾滾沸騰，無路可逃。只好在燒燙的砂上跳啊跳地、幾乎喘不過氣來，怎麼會如此窒息、難受……以為終於脫離這種痛苦了，卻發現自己置身像山一樣高大的禽龍腳趾下。被翼龍的翅膀彈開，差點被始祖鳥那妖怪般的嘴啄到……啊啊，受不了了。我不要啊。一同進化的同伴有的身體長出尖刺，有的讓自己的顏色和形狀接近附近東西，也有的披上盔甲、噴出毒氣，但是不用這種殘缺、卑鄙、膽小的手段，難道就沒有別的方法，可以用更正確、更不受限、更溫柔的姿態，在這地獄裡安身立命嗎……躲在石縫間，屏息專注祈禱，終於，位於頭頂上顱頂眼那一隻眼睛消失，變成有兩隻眼睛的猿猴形貌，跳躍於樹梢之間。

……呦响，這下可好了。萬無一失啦。再也沒有比我更自由自在、更進步的生物了，正在樹梢上用小手擋在眉前四處觀望，沒想到背後一條蟒蛇張著大口就要吞。嚇了一跳連忙逃走，這時頭頂上又有一隻大鷲鷹低空飛掠而來。蕩在樹枝之間勉強逃離，想不到蝨蟲開始在全身亂竄叮咬。山蛭也跑來吸血。無論醒時睡時都無法安穩，接著又是翻天覆地的大雷雨、大颶風、大冰雪，張狂肆虐，將草木被摧殘得面目全非。……啊啊……真是無力，真受不了。我又沒做什麼壞事，為什麼老是這麼倒楣呢？真希望變成更健壯、不用擔心這種災難的身體……埋頭在樹洞裡，心裡忐忑不安地祈禱，終於，尾巴掉落，進化成為人類的形貌。

……啊，太棒了。真是太好了。這樣一來終於能過著極樂生活了吧，但為什麼？為什麼這個夢還沒有結束呢？進化為人類後，馬上又開始做人類的惡夢。

胎兒的歷代祖先們，由於彼此的生存競爭，以及想要滿足遺傳自原始人的殘忍卑劣畜獸心理和其他各種任性的私利私欲，直接間接地犯下無數折磨他人大大小小的罪孽。這些血腥窒息的記憶，一一化為胎兒現在的主觀，重現眼前。……弒君奪城……一邊飲酒一邊欣賞忠臣切腹……毒殺夫人和儲君，讓自己的孫子繼承大位……毒害生病的丈夫、私通仇敵……悶死剛出生的私生子……誣陷媳婦、逼她上吊自殺的愉快……把可恨繼子推落井中的快感……還有多人一起欺負閨女的趣味……讓有婦之夫失戀自殺的驕傲……聚集美少年、美少女加以虐待的樂趣……花掉大把鈔票的愉快……同性之愛的深切……人肉的美味……毒藥實驗……背叛行為……嘗試殺人……欺凌弱者……等等各種令人不忍卒睹的光景，都化為眼前的夢，一幕一幕流轉。還有自己的祖先們……也就是過去的胎兒自己直到死前都一直隱藏的罪行、不可告人的無數秘密，都變成鮮血淋漓的臉孔、無頭的屍體、水井中的毛髮、天花板上的短刀、沼澤裡的白骨等等，一一出現在夢中，每當夢見這些，胎兒便會受到驚嚇，覺得恐懼、痛苦，手腳在母親體內發抖顫動。

於是，胎兒終於夢到自己父母親這一代，再也沒有該做的夢了，這才陷入沈靜的睡眠中。不久，母親開始陣痛，胎兒被推出子宮外。空氣瞬時進入胎兒肺部。這時，目前為止的夢都潛逃到胎兒的潛意識深處，全身感受到的是與先前截然不同的表面性、既強烈又痛切的現實意識。胎兒覺得驚慌、恐懼，害怕得大哭。就這樣，胎兒……嬰兒終於在父母無邊的慈愛下，開始做著人類的平和夢境。然後逐漸清醒，進入這個由自己創作的現實，接續著「胎兒之夢」。

明明沒有任何記憶的嬰兒，熟睡時會突然因夢魘哭泣，或者像想到什麼般，突然微笑，這是因為他看到在母體內尚未做完的「胎兒之夢」。至於一出生就四肢不全或精神有缺陷，在其胎生時代都應該做過足以說明其原因的夢。另外，偶爾會在母親體內發現只留下胎骨，或是牢牢纏在一起的毛髮和牙齒，所謂「鬼胎」，那是因為「胎兒之夢」因某種原因停頓，或者太過急遽發展，導致無法繼續，最後斷絕只留下殘骸。

——完——

空前絕後的遺書

大正十五年十月十九日

瘋子博士手記

來啊來啊。站得太遠的人就拿起望遠鏡，站得太近的人請用顯微鏡。九州大學精神病科教室，素有瘋子博士之名的正木敬之就是在下本人我。今天為了讓全天下的自認常識一流的人們嚇破膽，我突然起了自殺的念頭，趁此機會發表一篇古今未有的遺書，想認真一決勝負，看看究竟讀的人和寫的人，究竟誰是白痴、誰是瘋子，特此走筆獻醜……自認是常識份子的人，我磨拳擦掌在此候教……。

……下筆是下筆了，但老實說卻一點都提不起勁。

……那當然沒有。此時的我坐在九大精神病科教室本館樓上的教授辦公室裡，自己辦公桌前的旋轉椅上，手邊就放著角瓶威士忌，手上斜握著鋼筆，瞪著眼前幾張西式大頁書寫紙。頭上的電子時鐘剛過晚上十點……嘴裡叼著的雪茄裊裊冒出紫色煙霧……看來稀鬆平常，就是一個只會死讀書的三流教授留下來加班研究的光景。沒有人會想到明天此時，我已經升天成佛了。……啊哈哈……。

我的個性就是這樣，不打破常識，總覺得不甘心。對於全天下認為我是瘋人的各位常識份子，我真是非常同情哪。

問題就在這兒啊……問題就是我完全沒有頭緒，不知該從哪裡開始寫……畢竟這是我第一次也是最後一次寫遺書嘛。

可是，假如要模仿一般人，依照常識來決定寫的順序，那……首先該說明的，就是我自殺的動機吧。說到我自殺的動機，其實和一位可憐的少女有關……這我可以肯定……嘿嘿。唉，不能笑不能笑。至於這少女的美麗，實在是非常非常非常……就算像這樣寫個一、二十行，還不足以完全表達。找遍全世界裝手帕的盒子、化妝品的標籤、女性雜誌的封面、服裝店的廣告模特兒、啤酒店、百貨公司的海報等所有想得到的東西，甚至把歐美的電影攝影棚全都徹頭徹尾翻一遍，也找不到像她這樣純潔凜然到讓人可惜、光潤清秀地令人不捨、稚嫩天真到叫人發毛……哈哈哈。就說到這吧。要是各位誤會……看，都這麼一把年紀了還得吃美女一記肘擊，豈不讓人起厭世之念……那可不好……。各位根本不用擔心這一點。我也沒什麼好隱瞞的，因為那位少女早在半年多前，就已經從人類的戶籍裡被除名了……。

那一定是因為少女死了，你才對這個世界感到空虛絕望吧……或許有些急性子的常識份子會這麼說，但是請等一等……別著急。現在已經死亡的那位少女，不久的將來會和一位容貌比起自己完全不遜色、難得一見美如珠玉般的少年締結偕老同穴之盟。屆時我在這個世界上的責任就宣告結束……聽到我這麼說明，可能有些聰明的痴呆病患跑出來……那你一定是發狂自殺吧。想必是夢見死亡的美少女和活著的美少年繾綣纏綿什麼的，才變得神經不正常吧……或許有人會這麼想。

……真是出乎意料。沒想到遺書竟然這麼難寫、這麼令人焦燥不安。不過既然難得決定要自殺，若是不寫下一些什麼，之後必定會後悔，姑且就當作我死了的遺贈，實不相瞞，那位已入鬼籍的美少女和生龍活虎的美少年，如果能在現實中接吻、擁抱，就表示在我畢生鑽研的精神科學根本原理……也就是所謂心理遺傳這項研究結論中的實驗，圓滿順利、大獲成功。

如何？難道還有比這更有趣、更痛快的學術實驗嗎？啊，啊哈哈……。

不。恐怕沒有。……因為這項實驗的基礎，精神科學這門學問，是我獨特的嶄新發明……不僅這樣，其中我特有的精神病學實驗，跟普通醫學等其他學問的實驗可不一樣，無法以鳥、獸、人類的屍體當作研究對象。因為鳥或獸其實跟某種精神病患一樣，一開始就赤裸裸地顯露出動物本性，因此不適合當作研究材料，至於死亡的人類，因為沒有實驗材料中最重要的「靈魂」。所以，一定得以精力充沛的人類，健康正常的精神作為材料才行。健全的精神突然發狂，不久後又逐漸恢復……實驗中必須仔細地研究、記錄這前後的變化，相當不容易。再加上我選擇作為研究主題的材料，用現今學者流行的方式加以命名，或許會被稱為遺傳性、殺人妄想症、早發性痴呆症兼變態性慾，算是很複雜的東西，因此更加棘手。

被選為這種實驗材料的人物，更不是泛泛之輩。一不小心，很可能變成我遭其毒手，所以我一開始就打算冒生命危險來進行這項實驗，不過，我最後還是受到實驗的波及，把自己逼入自殺的窘境……不。距離自殺還有一大段時間，所以我還能百分之一百二十地冷靜下來，在繾綣紫煙和琥珀液體相伴之下，揮動鋼筆。

還請各位耐心慢慢讀。雖說是遺書，不過不妨放輕鬆。這不像阿彌陀佛或阿門式的殉教宣言或殉情遺書，也沒什麼遺憾絕望的悲慘內容。就當作是瘋子博士的瘋狂實驗餘興節目吧。餘煙繚繞，揭開了笑料背後的真相。……對於我研究的核心，這對絕世美少年和傾城美少女變態性慾的破天荒怪異實驗，是受到何種學理原則所控制，是如何逐漸緊張、白熱化終至爆發，讓身為實驗者的我一生就此粉碎，各位將可一步一步瞭如指掌，看清這自然起火背後的機巧……。

故事得稍微回溯到從前。

大約是今年十月幾號吧？福岡某報的學術專欄上，連載了我談論「腦髓並非思考事物之處」的內容，坦白說，輿論的熱烈迴響讓我有些招架不住。「人類這種動物就是自戀和迷信的集合體」這個道理，我原本就隱約了解，但直到這時候為止，我都沒想過竟會這麼嚴重。他們，也就是所謂的常識份子，用心投書到報章雜誌，更用心的甚至要求與我見面，用盡各種手段試圖推翻我的發言論證。其中最讓我驚訝的是，向來標榜學術自由的本大學中，許多道貌岸然的教授們紛紛摸著下巴、捻著鬍鬚，群起圍剿，大拍桌子脅迫校長，「快把那沒常識又傲慢、放肆的狂徒趕走，不然就把他送進紅磚牆裡！」。

聽到這件事時，任憑是見過大風大浪的我，還是忍不住想夾著尾巴逃走。我一向認為只有大學內是學術研究的安全地帶，沒想到竟是個驚奇箱。幸好校長行事風格有如行政官員，一向喜歡息事寧人，多虧他好生安撫眾人，我也才能勉強待到現在，但是仔細想想，這種事未免太荒唐。反正所謂博士或者大學教授之類的人物，不過是看來上等的名譽狂或研究狂。而他們非但不以此為恥，反而攻擊我這個比他們更高一級的名譽狂兼研究狂，說我是瘋子，怎麼能不叫人覺得滑稽可笑呢。當時我覺得多荒謬可笑，我的好朋友若林院長最清楚不過了。

「像這種事事得先打點斡旋的情況，我的精神解剖學、精神生理學、精神病理學和心理遺傳等研究成果實在太危險了，根本無法發表。因為這學說的內容主張，精神病患其實比普通人還正常呢。哈哈哈哈……」

「就是說啊。一般人多半不知道，沒有比科學更侮辱人類的東西了。」

「正是如此。可是一聽到『人類是猿猴的子孫』就擺出一副『看吧！可不是嗎』，滿眼得意洋洋的人……當他們聽到『你們每個人都是瘋子』時，那種慌張激憤的樣子，真是一大奇觀哪。因為他們只知道猿猴進化後變成了人類，而卻不知道人類繼續進化就變成瘋子。誰叫他們思考的順序完全相反呢。哇哈哈哈哈……。」

我們兩人經常這樣相對大笑著……。

所以為了追加修正，我一直把《腦髓論》留在手邊，沒有公開發表。大約半年後的今天，我打算連同這篇著作的原稿，一起全部燒毀。

為什麼？沒什麼特別的理由。只是覺得無聊而已。

因為人類文化要接受我的研究，還嫌太愚蠢幼稚。……而且，這二十年來我竟然沒發現這個重大事實，始終心無旁鶩地從事這種不合時宜的研究，我現在更加深刻地感到自己的愚蠢哪。或許我的精神異常，已經慢慢平息了吧……呵呵呵……。

……不過……在我的著作裡最上等美味的嫩肩里脊部位，我會留在這篇遺書裡，往後到了適當的時代，若是有瘋人學者起心動念想從事這些研究，還可當作參考。其中我的《腦髓論》內容，就如同夾在這裡面的剪報所示，已經被報紙報導出來，精要盡出於此，所以我也沒有半點遺憾。另外，從精神解剖學至精神病理學，相當於我研究的菲力部分，也已包含在二十年前我向九州大學提出的畢業論文「胎兒之夢」內容中，因此，在這裡僅概略提及我最自豪擅長的「狂人解放治療」與「心理遺傳」的關係。

如果同時閱讀這份遺書、之前的新聞報導和「胎兒之夢」論文，就可以清楚明白地了解前面提到以美少年和美少女為材料進行的怪實驗，如何地在大正十五年十月十九日……也就是今天正午，同時獲得空前成功，並以絕後的失敗告終，這當中奇怪精神科學學理原則的活躍狀況。同時，也會發現現代文化中的精華常識或學識，頓時灰飛煙滅，只剩下一顆顆空空如的頭蓋骨……就是這麼回事……。

……不過……等一等。請容我失陪一下，先把這熄掉的雪茄點上。……其實我頗好此物。不管生活過得多窮苦，身邊還是不能少了這傢伙和美酒相伴……現在到死前應該也抽不了幾支了，還請各位見諒啊。哈哈哈哈……。

讓各位久等了……接下來……說到促使我走向極樂世界的直接原因，「瘋人解放治療場」，看過的人都只覺得那只是個瘋子的散步場所。其中也有些人看過新聞報導，點頭認同，「喔，原來如此啊！」，沒想到他們接下來又會說，「確實沒錯，這麼一來瘋子就不會亢奮了。」或者說，「哈哈哈。這是某種光線治療吧。」，一副自以為瞭解的模樣，其實沒有一個人能真正看穿這項實驗的真正意義，這實在太有趣了。不。這項實驗的秘密我連在這個教室工作的副教授和助教都沒說，他們只以為……這好像是某種非常高深的實驗，其實這是個沒什麼大不了……但又無比有趣的實驗。取了「解放治療」這個一本正經的名稱，只是為了掩人耳目罷了。

實不相瞞，這項「解放治療」實驗，正是我從前畢業於本大學前身福岡醫科大學時所寫，「胎兒之夢」論文的實地實驗。

只不過，我在「胎兒之夢」中援引的實例，皆屬於所有人類彼此共通的心理遺傳，例如想吃、想睡、想玩、想吵架、想獲勝等，都是相當普遍常見的種類，但我在這裡要研究的，則是更加深入、屬於個人特有的極端、奇特心理遺傳發作。我的實驗極盡神秘、先進、古怪、詭異、惡毒，最近流行的蒐奇嗜好或者偵探推理根本無法相提並論……什麼，各位還沒看過，要我讓大家見識見識？這簡單，馬上就請各位寶鑑……。

……來啊來啊，快請進來。全世界哪裡都找不到的活生生靈魂受因果報應之人的標本、白日幽靈、正午妖怪、咻——嗚嗚嗚的科學實驗，就在這裡啊……參觀費用大人十錢、兒童半價、瞎子免費……啊……別推別擠啊。這樣會給瘋子們看笑話的。請保持安靜、安靜……。

……咳咳……。

在這裡要介紹的是位於九州帝國大學醫學院精神病科本館後方，該科正木教授所設立的瘋人解放治療場的「天然色立體有聲電影」。放映機器是最近九州大學醫學院眼科田西博士和耳鼻科金壺教授與正木教授共同合作，為了醫學研究目的而製作完成的東西，可謂精巧無比……連目前美國正在研究的有聲電影都望塵莫及……畫面和實物分毫不差，這一點還請各位特別注意。

首先……開場之前銀幕上先請各位看看這九州帝國大學醫學院的全景。

如各位所見，九州大學校園內外有著一大片連綿無邊的翠綠松林，在西邊聳立的兩根大煙囪底下，這棟破爛窮酸漆著藍色油漆的兩層樓西式建築，就是聞名天下的瘋子博士正木教授所在的精神病學教室本館，在其南側有一片約莫兩百坪的四方土地，這就是接下來要介紹的「瘋人解放治療場」。……載著攝影機和技師的飛機將逐漸降落，在精神病科本館樓上、教授研究室南側的窗畔著陸。……就像是蜻蜓或蒼蠅一樣……時間就當作是大正十五年十月廿九日……上午九點整。

環繞這處解放治療場的紅磚圍牆高一丈五尺。包圍住的四方地上全部鋪上這個地方特有的純白石英砂，可說潔淨無比。正中央有五棵掛滿了黃色枯葉的桐樹。這幾棵桐樹從很久以前就矗立在此，為本館中庭饒添風情，但是自從為了設置解放治療場在周圍進行整地工程後，就呈現像現在這種明顯衰弱的顏色，也可說這是某種凶兆吧。此外，這些桐樹很可能是因為被封閉在這種意外之處，所以精神上呈現出異常，但關於這方面的診斷，本教室目前尚無餘力能分心注意。……說了這麼多題外話真是抱歉。

治療場只在接近東側病房處開了一個入口，兼做通往廁所的走道，入口木板門旁切開一道細小橫長形的洞孔，從早到晚都有穿戴黑色制服制帽、面目猙獰的大漢，用冰冷的眼神監看場中，如此看來，這整個四方形解放治療場，就好像一個放置在綠色浪濤中的巨大魔術箱一樣。

鋪在魔術箱底部的整片白色砂土，在湛藍天空的陽光照射下反射閃閃發亮，上有或站或坐正在活動的黑色人影。一個……兩個……三個……四個……五個……六個……總共有十個人。

這些就是受到正木博士所謂《腦髓論》推論出的「胎兒之夢」後續，「心理遺傳」原則所控制而行動的瘋人們。……而且，在三個小時後，大正十五年十月十九日正午，當海對面的砲台響起一聲轟然午砲，這十個瘋子便會爆發一場意料之外的精彩心理遺傳大慘劇，不僅震驚世間耳目，同時也讓正木博士下定決心自殺，而這樁大慘劇的前兆，此刻已明顯地展現在解放治療場中，還請各位仔細觀察這些瘋子們的一舉一動。

為了方便各位能仔細觀察，在此特別一個一個放大這十位瘋子的身影。

首先，第一位看到的是在西側磚牆旁打著赤膊辛勤工作的白髮老人。如同各位所見，這位老人雙手揮著一把圓鍬，正在耕種這塊和磚牆平行約兩畝半的細長田地，不過各位也看到了，他的身體、手臂和小腿都很蒼白瘦削，而且脖子上也沒有高齡勞動者特有的深刻皺紋，再怎麼看都不像有農耕經驗的人。最淒慘的是他的掌心，雖然握住圓鍬看不太清楚，但是圓鍬的柄上處處可見附著其上的深色汙漬。那都是從手掌破皮處滲出的血跡。可是……即使如此老人依然不屈不撓，頻頻揮著圓鍬，由此各位應該可以清楚看到，正木博士發明的心理遺傳實驗，有多麼殘忍、冷酷了吧。

接下來出現的是呆立在老人身旁，觀看老人耕作的青年。如同各位所見，他一身黑色木棉和服，腰繫白色木棉舊兵兒帶㉘，一頭蓬髮，看來或許顯得有些蒼老，不過仔細一看，便可看得出他其實是位頂多二十歲左右的年輕人。可能是因為難得出來曬太陽，皮膚像女人般白皙，泛紅的臉頰帶著微笑，專注地看著揮鍬白髮老人的雙手。光看他的表情或許會以為他跟正常人沒有兩樣，但請各位再多看幾眼。他的眼眸和眼瞳的光芒是多麼清亮……好比成長在深宮中的公主一樣平靜清澈。這正是某種精神病患在恢復正常之前，或者是再度發作前會有的特徵，也是正木博士始終感到棘手的真瘋假瘋鑑定當中，特別難分辨的眼神。

接著我們將鏡頭轉向蹲在老人和青年背後遠處的一位少女。大家都看見了，她的臉孔像幽靈一樣蒼白瘦削，長滿雀斑，略帶紅褐色的頭髮紮成一束，蹲在老人耕作的田邊，用她纖細的手種著各種

㉘舊兵兒帶：日本和服中男性衣帶的一種。——譯注

東西。有梧桐落葉、松樹枯枝、竹棒、瓦片……其中還有不知她從哪裡找來的青草。但是，畢竟這塊田是鬆軟的白砂，插上竹棒等東西一不小心就會傾到，所以大家可以看到她不斷忙著隨時扶正這些東西。何必這麼麻煩呢，用力往砂裡深深一插不就成了嗎……或許有人會這麼想，但恕我冒昧，只有外行人才會這麼想……因為這位少女打從心裡深信這些瓦片或竹棒等就是普通花草或幼苗，所以她不可能做出那種粗魯的行為。小心翼翼仔細用砂土埋住根部，就是她最大的使命……不過，好不容易照料好的竹棒三番兩次倒下……你看，她終於也失去耐性，不費吹灰之力就把那竹棒像嫩草般撕成碎片丟棄。各位可能要懷疑，她那纖細、柔弱的手臂，如何能使出這不遜於男人的驚人力量呢？其實我們人類不管是何等溫婉的婦女，大抵都有這般力氣……只不過……人類比其他動物更高等、更柔弱……特別是女性……由於歷代祖先不斷累積接收這種暗示，結果導致人無法發揮出這種力氣，只有在精神異常時，或者碰上火災、地震等大災難時，這些暗示會暫時遭到破壞，恢復原有的力氣，現在這一點各位已經從這名少女身上獲得了驗證。很抱歉，我總是一再離題，不過這都是能反證正木博士「心理遺傳」的實例，請容我在此特別附帶一提。

接著出現的是身穿破爛晨禮服的平頭矮男人，他正面向與剛剛的老人、青年、少女所在處相反的東側紅磚圍牆演講。

「……據說達摩面壁九年而執少林牛耳，故余面壁九年練習辯論，定能打破糊塗縱橫的政壇，廢除一切不平等……在即將來臨的普選時代……也就是說，這個……余……」

他大聲這麼說著，又忽然像想起什麼似地，高舉右手左右搖動。

他的背後走過一位怪異打扮的女人。大家看到了吧，是個長相低俗、有張戽斗臉的女人，年齡不上不下，大約二十七八，整張臉上塗滿泥土，似乎自以為化著濃妝。和服衣擺下露出赤腳，拖著破爛的丸帶㉙走著，蓬亂的頭髮上戴著不知是誰幫她準備、在厚紙板上塗了紅漆的皇冠，她為了不讓皇冠掉下來仰著頭走路，還一邊斜眼瞪著左右四下，自以為是女王來回走個不停，也稱得上是種奇觀啊。

每當這女人走過面前，就會跪地膜拜的虯髯大漢，是長崎某小學的校長。他家裡歷代都信奉耶穌教，這虔誠信仰到了這個男人的時代達到最高峰，結果被收容於此，入院之後他在磚塊或屋頂瓦片上雕刻聖像，要同房的病患膜拜，現在他深信剛剛走過那自以為是女王的女瘋子就是聖母瑪麗亞復活，所以才留下歡喜、仰慕的眼淚。

另外還有在這跪地虯髯漢身邊四周跳躍、綁著兩條辮子的少女，現在是高等女學校二年級的學生，個性原本很內向、憂鬱，不過在藝術方面卻表現出過人的才華，漸漸地，卻罹患所謂早發性失智症。……但是在病發的同時，她的個性也跟以前判若兩人，入院時正木院長問她姓名，她答道：「我是舞蹈狂……安娜・巴甫洛娃㉚」。她是院裡最討人喜歡的人，總是如各位所見，唱著自己創作的歌曲，一邊到處跳舞。

抬頭看藍天
高處有白雲

㉙丸帶：日本和服中一種女性用厚重禮服衣帶。——譯注
㉚安娜・巴甫洛娃：Anna Pavlova，1881-1931，俄羅斯女演員、知名古典芭蕾舞者，為俄羅斯皇家芭蕾舞團台柱。——譯注

低處有黑雲
相親相愛排排站
飄呀飄呀飛走了
呼啦啦呼啦啦——啦啦……

我也一起排排站
飄呀飄呀走呀走
咚地撞上紅磚牆
呼啦啦呼啦啦——啦啦……
呼啦啦呼啦啦——啦啦……

另外，這邊有兩位四十多歲看似工匠模樣的男人，親密地勾肩搭背，與前面那位年紀不上不下的女人呈直角方向來回走動。其實右邊這個男人正在東京觀光，左邊這個男人則是往南極探險，彼此意氣投合，就這樣繼續持續偉大旅程，真是一點都不給人添麻煩。還有坐在這邊入口的胖老太婆，從她身上穿戴的上等和服圖樣，可以推測應該是有相當身分地位的人，可是她本人似乎一點都不這麼認為，總是一副住在貧民窟裡的模樣，拚命抓著身上根本不存在的蝨子，抓了又丟、抓了又丟……一個轉眼……又像那樣解開和服衣帶，赤身裸體，大聲地拍打和服，這時候演講者和兩位工匠、女學生，心理遺傳的發作都會突然中斷，直盯著這胖老太婆，用手指著她捧腹大笑。

好了……看完剛剛放映的瘋子一舉一動，我想各位當中一定有人感到意外吧。

「……搞什麼嘛……。這都是些很尋常的瘋子呀，犯不著特別到這解放治療場，隨便一間精神病院的散步廣場，都可以見到這種景象嘛。聽到你說這裡是瘋子的解放治療場，還以為會在一片遼闊無際的廣場上，看到成千上萬的瘋子群在這蠢蠢蠕動，上演各種狂態，這也未免太無趣吧。還有，你說的什麼心理遺傳？根本看不出哪裡是心理遺傳啊。」

……我想一定有人會如此失望、絕望、輕蔑、冷笑，不過請別著急，靜心等待。其實用於與正木教授研究相關的心理遺傳實驗，這些人就已經夠多了，光是以電影簡單說明其中兩、三人如何因心理遺傳表現出狂態，各位就能夠完全理解世界上所有的精神異常原因……可以說這裡的十位精神病患，就是從地球上千萬無數的瘋子中精挑細選出來，精神異常的代表性冠軍人物……也可以說是親身直接證明正木博士過去二十年來研究的心理遺傳原理，呈現在我們眼前的世界性標本。

首先我要介紹的是剛剛在紅磚圍牆邊耕作的那位白髮老人。

這位老人名叫缽卷儀作，他五代以前的祖先，也就是儀作的曾曾祖父，曾是福岡城外島飼村的知名富農缽卷儀十。儀十生來就是左撇子，但體力和精力過人，在他自己這代靠著一把圓鍬掙得龐大家產，獲得領主黑田大人賜姓缽卷，並且允許佩刀，是出現在勵志傳記中的人物。

不過，各位可能好奇，為什麼會被賜下這種奇怪的姓氏？其實缽卷是這男人年輕時的綽號。他在田裡工作時連擦汗的時間都覺得可惜，所以總是將擦手巾纏在額頭，形成缽卷，所以才有此綽號，聽到這裡各位應該可以明白，他有多麼賣力工作了吧。從天亮到天黑，他只休息一次……福岡舞鶴城的天守閣的櫓，傳來午時……也就是正午報時的大鼓咚咚敲響時，他會立即丟下圓鍬，到附近的堤防或草原樹蔭或屋簷下吃便當。吃完後再午睡約莫半刻……算起來相當於現在的一小時吧。午睡後他眼睛一睜開，又會繼續工作到太陽西下、視線看不清楚，實在很有氣魄……我想這個這個男人應該也是具有某種偏執個性的人吧。他曬得紅黑色的額頭上，橫過一條白色缽卷痕跡，直到他嚥下最後一口氣後都仍未消失。他覲見城主時也是一樣，身旁的臣子慌忙叫他「喂！快取下缽卷啊！」，城主看了大感有趣，便賜他這個姓氏，算是光宗耀祖的缽卷啊。

沒想到物換星移，到了缽卷儀十死後第五代的這位儀作老爺，無論是當初光宗耀祖的缽卷或左撇子，甚至龐大的家產，全都消逝無蹤，成了個在博多名產筆店裡製筆的師父。上了年紀之後，老眼昏花再也無法處理纖細的筆毛，不得已丟了工作，這令他感到痛苦不已，終於造成精神異常，約莫一星期前被送進本大學，遭遇很令人同情。

然而，不可思議的事發生了。正木博士為了找出這位老先生發狂的動機，也就是心理遺傳的內容，將他送進解放治療場後不久。他偶然在場內角落發現工友用來殺蛇而忘記帶走的圓鍬，馬上開始模仿他祖先的行為。他頭上並沒有纏缽卷，但是各位也看到了，從剛剛開始他一滴汗也沒擦過。另外，握著圓鍬的的手勢也和發瘋前正好相反，變成左撇子。一聽到十二點的午砲，他馬上會丟掉圓鍬回病房，匆匆吃過飯後馬上上床午睡，再怎麼看都像是五代前的儀十轉生。只不過，可能因為太過疲勞吧，通常一睡就睡得不省人事直到第二天天亮，連晚飯也不吃。可能在夢中變成了曾曾祖父儀十，掙得龐大家產吧。

……這是心理遺傳的第一個實例……各位如果有什麼問題別客氣，儘管舉手發問。

接著要介紹的是剛剛看過面朝紅磚圍牆演講的穿破爛禮服的矮小男人。他在空中揮動的右手手勢，以及彷彿扶住什麼東西的左手，還有演講中所使用的詞彙等等，都是有力的參考。

「……這是橫亙帝國前途的一大障礙。如果繼續放任今天這種粉飾思想橫行、糊塗縱橫的政治持續，我們日本民族的團結，將有如未加入茅草的土牆，馬上就會因為外來思想的風雨，面臨土崩瓦解的命運……」

如何？各位剛剛也聽到了，這位平頭禮服先生的演講內容，經常會出現「牆」這個字眼，或者和牆壁有關的詞語。這個矮小男人的外祖父，曾經擔任黑田藩御用的水泥工……各位請別笑啊，這可不是在說相聲。……身為水泥工的外祖父，在福岡城天守閣櫓上工作時，不小心失足墜落慘死，而且外祖父向來自負身輕如燕……每次他重新粉刷天守台屋頂的灰泥時，城主甚至會拿起望遠鏡觀賞他的一身好功夫。另外，他平常工作時習慣搭設簡便的鷹架，所以完工迅速，也因為這樣曾經多次失足或絆倒，差點喪命，但以往總是奇蹟般地獲救。

然而，不知在幾歲的時候，他爬上天守屋頂頂端工作，城主也用望遠鏡觀看著，一不小心他屁股朝向城主。這時在底下仰頭監看的官員若只是制止他也就罷了，卻大聲提醒他，「小～～心～～點。主上正從本丸看著呢～～」這多餘的提醒讓他一時慌亂，頓時全身僵硬。他腳一個踩滑，從數丈高的石牆上摔落，就此化為塵土。從此之後，這家人再也無人從事水泥工匠，不過外祖父的血竟會透過女兒遺傳到這個穿正式禮服的矮小男人身上，實在驚人。這個男人直到中學時代為止，經常會在半夜睡得迷糊驚醒，大喊「救命」。家人驚訝地問他「怎麼回事？」讓他鎮定下來，他總是回答，「我覺得自己好像從很高的屋頂上、高得像雲一樣的地方，頭下腳上地栽了下來」……這不是很奇妙嗎？這種在普通人眼中看來不足為奇的輕微夢遊症發作，其實卻是徹底重現了幾代以前祖先多次恐懼驚嘆剎那的恐怖記憶，這是何等不可思議的「心理遺傳」實例啊。……不，不僅是這位演講者。通常我們在睡眠中也會發覺自己好像從高處摔下來，因而驚醒，對照這個例子，也就沒什麼好奇怪的了。我們的雙親或者祖父母，多多少少都有過一、兩次覺得「完了！」或是「這下死定了！」的瞬間，那種極為悽愴、悲痛的記憶印象，就成為一種心理遺傳，留給我們後代子孫，在夢中重現，我想大家對此應該不再懷疑了吧？

各位有什麼問題嗎……？

接下來介紹的是那位頭戴厚紙板皇冠、不斷來回走動年紀不上不下的女性。從她衣紋往後拉的程度[31]各位大概也可以猜到，她原本是町家某窮苦人家的女兒，後來被賣為藝妓，不過因為手腕高明，沒多久就搭上某年輕銀行家。但是這銀行家的父母親都是個性頑固保守的老派人物，以「門不當戶不對」為由，不答應兒子娶她為正室，這件事讓她引以為憾，結果在某個宴會席上，對著一位初次見面的客人破口大罵，「你算什麼東西？……竟敢叫我斟酒……」，同時突然把酒杯摔向對方，還一腳踩斷三弦琴……最後落得被送到這裡來的下場，是位敢愛敢恨的女主角。但是，雖然說戀愛沒有道理可講，但是現今社會的新思潮早已不同於以往，況且她又是風月場所出身，為了這點小事情就氣瘋，器量未免也太小，其實這就是「心理遺傳」可怕的地方，從她發病後的態度可以看出，「門不當戶不對」這幾個字，對她的自尊帶來始料未及的深層打擊。從她的舉止可以看出她相當高雅有見識，不管動作、眼神、步履，都十足展現出貴族夫人的風範。其實她的家世直到明治維新前都是京都的下級公卿……沒落貴族，從她的精神異常就可以證明這一點，原本的姓氏清河原，也絕非町人家常見的姓氏。雖然病發前受到環境風俗的影響，表現的行為舉止就像個町人家女孩，一旦精神呈現異常，最近這一、兩代的窮人家習性馬上忘得一乾二淨，直接展現出數代以前祖先的高貴氣質風範。

……什麼……有問題嗎？請說……。

……嗯嗯……是的……原來如此……您說得相當有道理，我非常了解。所謂的「心理遺傳」只有這樣嗎？……就為了這種研究，正木博士不惜不要命？……你的意思是這樣吧。

……不好意思。影片的剪接師也考慮到，差不多是時候有人會提出這個疑問了，所以接下來除了在正面螢幕會放映出發現心理遺傳的正木博士，同時也準備播映他針對這個疑問發表的演講。……當這位九州大學的瘋子博士，名聲遠勝愛因斯坦、斯坦納[32]的正木博士出現在銀幕上時，還請拍紅了雙手盛大歡迎他。因為正木博士本人非常喜歡掌聲，上課時讓學生拍手就是他最大的樂趣……什麼……您說什麼？……在銀幕裡應該聽不見掌聲……？……。啊哈哈哈。您說的是……但奇妙的是他確實能聽見。事實勝於雄辯……各位親眼看了就知道……至於機關藏在哪裡，擦亮眼睛仔細看好了，馬上就會知道……嘿嘿嘿……。

……是……這位就是名滿天下的九州帝國大學醫學院精神病科教授醫學博士，正木敬之。拍攝背景是九州帝國大學精神病科本館講堂的黑板，身上穿著白袍就是他平時上課的標準裝扮。

如各位所見，他是個身高只有五呎一吋左右、皮膚微黑的矮小男人，但是各位看他夾雜黑白髮色的圓圓大光頭剃到亮得幾乎反光，還有架在高挺鼻樑左右兩邊的大眼鏡閃閃發亮，以及下方深深凹陷的銳利眼神、緊抿成一字的大嘴唇，再加上戴上了眼鏡有如骷髏般的表情，如此站在桌前環視各位後，露出滿口假牙大笑，全身是不是散發出無比的精力、無窮的膽識、無邊的智慧……。

㉛衣紋指和服的後領。衣領往前拉緊或往後敞開，會大幅改變著裝的印象，一般說來未婚女性拉得較緊，已婚女性或藝妓則較鬆。——譯注

㉜斯坦納：魯道夫・斯坦納（Rudolf Steiner，1861-1965），奧地利社會哲學家。——譯注

……各位……這樣大笑怎麼成呢。……什麼，有問題？……好的好的，什麼問題呢？喔喔。正在說明的我，跟銀幕上的正木博士是不是同一個人……？

啊哈哈哈。看樣子露出馬腳了……我還是快點離開，讓畫面中的我……不，讓正木博士來繼續說明吧。【說明者消失】

【銀幕上的正木博士隨著動作開始出聲】

……咳……咳。

……能像這樣在銀幕上和全天下各位新人類相見，是我畢生的榮幸，令我感到無上的滿足。

各位都是居住在常識世界裡，卻憧憬著非常識世界的人們。現在地球上每個地方來往如織的火車、輪船，在汽車、飛機能到達的每一個角落都緊緊附著著冷漠的社交因循、對於科學的迷信、對於外國的模仿、死亡的道德觀念……厭倦了這些現代社會所謂的常識，渴望表現生命自由活潑、奔放自在真實性的心靈……也就是能以洋溢豐富好奇心的眼睛，觀察我畢生研究的事業，「心理遺傳」實驗，想必馬上就能理解。

對於一般的精神病患受到何種力量的控制、會做出何種事情，這些事實各位也能夠輕鬆地認同。……不僅如此，各位的好奇心絕不會因此滿足，還會百尺竿頭更進一步地提出疑問。所謂……「心理遺傳只是如此而已嗎？」……這類問題……。換句話說，這表示各位的腦筋已經與我二十年分的研究在伯仲之間……不……甚至比正木瘋子博士頭腦速度更加迅速明快……哪裡……謝謝各位。現在鼓掌還太早了……關於這一點，請務必先讓我表達滿腔的敬意與感謝。

……我也沒什麼好隱瞞的。我所謂「極端的心理遺傳」，如果只會像那樣呈現在精神病患身上，那就沒什麼好驚訝、擔心的了。剛剛說明的那些研究內容，或許對那些到處蠕動的蝌蚪專家學者來說，是令人目瞪口呆的大發現，但是對我這個瘋子博士來說，還只是極其粗淺的新發現，有如乞丐剛剛準備出門乞討一樣。

我之所以大聲疾呼，主張「心理遺傳」的可怕，首要的原因就是因為已經證明，心理遺傳不僅會出現在精神病患身上。普通人……也就是各位和我身上，也會充分顯現跟精神病患者一樣的現象。

……怎麼了。有問題？……不。請您稍待。我明白您要提的問題……這麼一來豈不是無法區別精神病患和正常人了？怎麼可能會有這種荒唐事？……是嗎？

……但是站在純正科學家的立場卻只能回答，確實「有」這種荒唐事，我也是相當頭疼哪。而且可不是跟精神病患同等程度呢。我們……當然也包含各位在內……在精神生活上，非但跟精神病患沒有絲毫不同……甚至還有比他們更強烈的「心理遺傳」，從早到晚沒有一分一秒停歇地不斷活躍……即使在睡眠中也會化為夢境出現，固執地控制我們的心理，實在令人困擾。因為這樣，我們的心靈經常處於無法自由順從自己意志的狀態，實在令人困擾。再加上報章雜誌的社會版面無限地提供這類報導，讓人想要視若無睹都很困難。

……很久以前我曾經告訴過新聞記者，那是心理遺傳中最常見最常見的實例，我們常說凡人少說有七癖、多則有四十八種癖性，這其實就和精神病患一樣，表示他們的情緒無法被自己的心意左右。而且，不管如何被別人嘲笑，或者自己多麼覺得必須改掉，還是無法戒除，這就是我所說的心理遺傳顯現。……告訴自己不能哭，眼淚卻忍不住掉下來。覺得不該生氣，還是不由自主地火冒三丈，完全忘了前因後果，這些都是因為自己無法修正暫時性的精神偏差……這些個性都是遺傳自某位祖先，毫無疑問完完全全是心理遺傳的顯現，因此才令人困擾。

除此之外，執著、善變、任性、反覆無常、一時失憶、神經質、什麼什麼迷、什麼什麼狂、什麼什麼中毒、好男色、好女色、變態心理等等無數症狀，都可謂百人中有百人、千人中有千人，多多少少都有些精神異常的傾向。沒有人不受到心理遺傳的控制，非同小可啊。

只要讀過我很久以前寫的論文「胎兒之夢」，應該就能更了解這個道理，所謂人類的精神或靈魂，充其量只是遺傳自其歷代祖先的動物或人類，各種動物心理和民眾心理的無邊大集合罷了。在其表面包覆上一層「做這種事會被人恥笑」或者「要是被人發現就糟了」等所謂人類皮相，外面再貼好倫理、道德、法律、習慣等膠帶，裝飾上社交、禮儀、身分、人格等各式各樣緞帶或標籤，最外層用化粧品或油來塗抹，一邊揮著洋傘或拐杖，表現出「若您是紳士，那在下當然也是尖頭鰻」、「如果妳是淑女，那麼我也是大家閨秀」、「你若是人，我當然也是人」，抬頭挺胸、昂首闊步在光天化日的大馬路上，這就是所謂的普通人……或是文化人。

但是此種在大家彼此心知肚明之下的低格調文化人包裝，為了不洩漏出那些低級庸俗，又奔放無羈的心理遺傳內容，總是維持極度緊張狀態。由於太過痛苦，一般人往往會偷偷喘口氣，只有在人前會稍微掩飾，裝出若無其事的模樣，到了無論如何都不能忍受時，有可能因為某個導火線而突然爆炸。以個人來說會做出發怒、脫軌、吵架、傷害、詐欺、偷竊、通姦等悖德行為，至於爆炸後無法復原者，就成為精神異常；如果發生在群眾身上，則會造成暴動、戰爭、邪惡思想、頹廢風潮。這種心理遺傳暴露的實例，每天的報紙上都有多到令人看了厭煩的報導。

我敢斷言……各位和我都活在與精神病患五十步笑百步的心理狀態下。無法區別正常人與精神病患，就像和無法區別監獄裡的人和走在外面的人孰善孰惡一樣。換句話說，地球表面從古至今整個就是「瘋人的一大解放治療場」，所以九州大學的解放治療場，只不過是個小規模的模型而已。證據就是身在其中的病患們，也和各位和我一樣，始終確信「我可不是瘋子」，大肆發揮其心理遺傳……。

哈哈哈哈……如何，各位？不覺得有點生氣嗎？什麼。……不覺得生氣？……了不起了不起。各位果然都是傑出的常識份子。足以代表現代文化的紳士淑女們……。啊？什麼……？不是這樣？因為對象是瘋子博士，所以打從開始就沒有當真……？……哇。這真是讓我甘拜下風哪。沒想到各位的常識竟然發達到這種地步，我根本不是敵手啊。

很好。既然如此，那我也有備而來。原來科學研究最講究的就是厚顏無恥、無禮無法。在此我冒著得罪各位的風險，亮出人類更咫尺可見的恥辱，務必讓各位冒起三丈之火。

我想每個人都曾經有過這種經驗，有時候茫茫然發起呆來，腦中馬上會接二連三浮現出各種幻想和幻覺。

而這些幻想或幻覺，其實正是心理遺傳的幽靈，所以從學術上來說明，是因為腦髓的反射交感功能疲勞、滯塞，所以跟理智、常識失去連絡的心理遺傳赤裸裸展現的片段，開始在全身反射交感功能中隨意任性地夢遊。……比方說，如果是女性，正在紙門後一邊縫補衣服什麼的，一邊胡思亂想，不知不覺中，會開始想像一些天馬行空的事……要是能偷走百貨公司裡的那只戒指，又不會發現的話……要是丈夫現在留下財產去世，就可以和那個心上人過著如此有趣的生活了呢……要是能這樣殺死那個可恨的畜生，不知有多麼痛快……要是讓婆婆服下毒鼠藥，往後的日子不知有多清靜……要是能和那位大明星一起殉情……還是不如變成吸血鬼如何……等等……。如果是男人，可能會一邊望著電車車窗外，打著長長的呵欠，一邊想像……要是過去打那位紳士幾巴掌，不知道對方會是什麼表情……要是從上風處放一把火，讓這個小鎮化為火海，不知會有多漂亮。要是能砍死那群人，一定很痛快。要是丟一顆炸彈到那間陶瓷店內……要是打斷那個巡警的腳……要是把那家金魚店的金魚，全倒在電車路上……要是能娶那種小姐當小老婆……要是把那家銀行的金庫放進自己口袋……等等，這個人的眼前，正開展著一幕幕異想天開的情景。猛然一回過神，只有自己窘得面紅耳赤。

這些都是自己歷代祖先們想做得不得了，卻只能一直忍耐的殘忍性格、爭鬥性格、野獸性格或變態心理等等，換個面貌以現代的方式出現在我們的意識當中，硬要說沒這回事，那麼若不是毫無反省能力的石頭，就是沒有記憶能力的低能兒。最好的證據就是看到這類夢遊心理其中之一顯得過度亢奮、終於成熟到精神異常的程度。就像閱讀小說裡的香豔情景入了神，在意識裡描繪該情景，忍不住留下口水、沉醉其中時一樣，在精神病患疲憊生病的反射交感功能中，這種遺傳心理比現實的心情或情感更強烈深刻地展現為夢遊……同時，除此之外的其他意識幾乎全被忽視，所以當事人也會極其認真地依照夢遊意識實行。所以其所做所為，完全符合祖先遺傳下來的情緒。這一點與我的學說剛好不謀而合。

距今三千多年、距此三千多里。

在天竺佛陀迦耶菩提樹下，明示過去、現在、未來三世實相，進入無上正等正覺的大聖釋迦牟尼佛，便是在此宣稱有「因果報應」。父母親的因果會報應在子女身上……各位聽懂了嗎……。啊哈哈哈哈。這可不是老掉牙的古典文章，我也不要各位半點打賞恩賜。這是最嶄新、最精銳的精神科學課程。說明各位在日常生活中已經有充分體驗過的可怕精神生活。

但是各位。現在吃驚還嫌太早。精神科學的原理原則，其實提供了更加恐怖，更加人怵目驚心的事實。

根據目前為止的說明，各位應該大致了解了。人類代代相傳，就好像重覆著沉睡和清醒的過程一樣。睡了一夜之後，昨天的事情幾乎忘得一乾二淨，但是一旦起床之後，一切又彷彿在下意識之間進行，木工繼續建造昨天未完成的房子、水泥工繼續塗著昨天未完成的牆壁。做著做著，又想起昨天發生的事……對了，我昨天好像在這裡掉了十圓銅板……或者昨天剛好這個時候，有位漂亮小姐走過對街……然後便像昨天此時此刻一樣，睜大了眼睛、呆呆望著對街。

精神的遺傳也是一樣……父母親就是昨天的自己、子女則是明天的自己。夜晚就是從昨天的自己轉生為今天自己，黑暗、無自覺的孕育時間。

人類不論男女，如果遇到導致自己祖先當時陷入某種心情或精神狀態的景象、物品、時間、氣候等，所謂的暗示時，便會像前面提到的木工或水泥工一樣，立即回復到從前的心理狀態……而且，這種遺傳自歷代祖先的心理並非只有一、兩項，而且形成這些心理暗示的景象、物品、時間、氣候等，放眼望去也充斥各處，不分晝夜地持續刺激我們的心理遺傳，只要眼睛可見、耳朵可聽，片刻都不停息，所以才如此可怕。控制我們一生的「艮之金神㉝」，其實就是這種「心理遺傳」的原則。我馬上要提出最完美的證據了……。

㉝艮之金神：金神乃方位神之一，金神所在的方位為凶位，其中艮之金神據說是「久遠國」巨旦大王的精魂，最受畏懼的鬼門方位。大正時代以後的新興宗教大本教尊奉艮之金神。——譯注

哈哈哈哈。別以為會是什麼大本教教義艱澀難懂的內容，其實都是我們日常中會經歷到，極其平凡的事實。我們的心情從早到晚不停地變化、轉換……打算出去參觀活動，途中卻被祭典的夜市路攤吸引……準備好要出門旅行的人，卻忽然一頭鑽進圖書館……彼此愛慕的男女，在結婚前夕忽然厭惡對方……踏破鐵鞋才找到的工作，卻簡簡單單寄出一張明信片就推掉等等，諸如這類重大心理變化會頻頻發生，都是因為各式各樣複雜又無邊無際的大量暗示，頻頻控制著我們的心理遺傳，而我們自己之所以沒能察覺，都是因為這類暗示與心理遺傳的關係千變萬化，太過短暫，又、極微妙深刻的緣故。

……對了……怎麼樣，各位？大家不認為如果更深入、更本於學理研究這種暗示和心理遺傳的關係，或許可以實現許多有趣的惡作劇嗎？大家不認為這就像物理或化學實驗一樣，也能夠隨心所欲地造成別人精神的變化嗎？

讓我舉一個隨處可見的例子。人類的犯罪心理，其實有很多時候都是因為受到非常無謂……或者乍看之下毫無關聯的暗示所影響，造成意料之外的重大刺激所形成。……譬如說，一直盯著沾了紅墨水的筆尖，會情不自禁想刺向旁邊照片上女明星的眼珠……看著藍天白牆，會突然產生殘忍的心情……望著窗外的霧，開始想保養手槍……聽到大風呼嘯，莫名想要懷裡揣把短刀出門散步……看見鋒利的剃刀，會和鏡中自己的臉孔兩相比較，咧嘴微笑……躺在床上聽見女人開玩笑說「殺死我也無所謂」的笑臉，真的興起殺死對方的念頭……在客廳聽見小鳥啼叫聲，燃起原本關係純潔的男女之間，發生不倫行為的動機……等等。這些心情變化往往看不出任何道理、邏輯，因為這都是心理遺傳的顯現，而且，這些都很可能是某樁重大犯罪心理最早萌生的嫩芽。

另外，在古老的故事、隨筆、傳說、記錄等當中，經常有因為偷看祖先遺命不能看的靈異掛軸後，說出奇言怪語，或者拔出祖先嚴命禁止拔出的傳家寶刀後，看著看著臉色遽變……之類的故事，種類多不勝數，這是因為這種可怕的心理遺傳暗示的力量，會顯現在任何人都認識的物品上，所以在我所調查記錄的文件當中，也有堆積成山的類似案例。

不過，如果將這些暗示的可怕作用，進行學理上的研究，逐步實際應用，又會造成什麼情況？這就好比在現代實行遠高過犬山道節[34]、石川五右衛門[35]、天竺德兵衛[36]、自來也[37]等人的魔術幻術吧？就算不到那個程度，只要巧妙利用這類暗示，至少可以出奇不意地令對方發狂。這不像現代科學製造的粗劣的兇器，會發出聲音或者流血，即使在大白天大馬路上，經過的人也絲毫不會懷疑。這種犯罪行為不管當代再有名的偵探趕到，也完全查不出任何蛛絲馬跡……不，如果說現在已經四處進行著這類犯罪，各位作何感想？

呵呵呵……何必這麼緊張、正襟危坐的呢。就算我是個如此偉大的精神科學家，也還沒有發現透過銀幕上給予暗示，讓在座的各位同時發狂的方法。不過我確實認為……假如能夠實現，倒也十分有趣……哈哈哈……。

唉呀，這只是玩笑話，但是這種犯罪手法已經超越幻想或推測的範圍，成為眼前的實際問題了。如果我說，研究之前，必先有事實的存在……各位是不是又會覺得我胡言亂語呢？。

㉞犬山道節：瀧澤馬琴著《南總里見八犬傳》中的人物。里見八犬士之一，忠肝義膽，學習「隱行五遁」，擅長火遁之術。——譯注
㉟石川五右衛門：安土桃山時代的盜賊。曾學習伊賀流忍術，傳說中為劫富濟貧的義賊，後與其子在京都三條河原被烹殺。——譯注
㊱天竺德兵衛：江戶時代前期的商人、探險家。曾經遠渡越南、泰國、印度，自此被稱為天竺德兵衛。死後的德兵衛被傳說化，成為淨瑠璃或歌舞伎戲目中能使妖術的主角。——譯注
㊲自來也：江戶時代後期故事讀本中出現的虛擬盜賊、忍者。透過歌舞伎等的潤色，成為使用蝦蟇妖術的忍者而廣為人知。——譯注

但請切勿大驚小怪。我尊敬的好友九州帝國大學醫學院長若林鏡太郎在他的名著《應用精神科學的犯罪及其跡證》的草稿緒論中，就發表了這樣的言論。正好只有這緒論部份由我幫忙校對，在此冒昧摘錄，內容是這樣的……

——根據我的調查研究，不得不承認，以往就已存在此種犯罪事實。例如役行者[38]、阿部晴明[39]、弘法大師[40]等傳布密教、陰陽術之人，或是信奉眞言宗眞言秘密法門的行者、修行者、祈禱師、巫師、女巫，以及其他崇信某某教、某某大人等神佛之輩，都口傳心傳了一套從多年經驗獲得的精神科學暗示法，將其應用於理智、理性尚未充分發達的女子、小兒，或者無知、蒙昧的男子等，使其精神作用產生某種變化、傷害，藉此隨心所欲地獲利，簡而言之，古來所謂「利用狐仙」、「使用眞言秘密咒法」或是「使生靈死靈附身」、「遭神罰佛譴」等，類似顯靈、神蹟、施法行爲，站在精神科學的立場，並非絕對不可能。其高級者，通曉催眠術、心靈術、降神術等技術者，在文明社會背後保有一股異常勢力，離奇難解的犯罪案件背後，往往可見這種技術的活躍，看到這些證據，很難判斷完全都是理智的詐術——

——現今國內處處可見的精神病院、病倒旅人收容所，或者徘徊街頭的精神異常者之中，很難說沒有此類犯罪行爲的犧牲者，但目前還不可能對此進行合理的搜索調查、檢舉兇手，要列舉實例也很難。畢竟利用此種手段在精神上殺傷他人時，不像其它犯罪行爲一樣會留下分毫物證，連一滴血、一剎那的聲響、一絲煙霧皆無，被害者不但立刻喪失所有發表證詞的資格，同時，精神異常的痊癒可能需要耗費漫長歲月，甚至永遠無法恢復，即使能夠痊癒，是否能保留被害當時犯罪手段的記憶，也是一大疑問，不難想像，調查上將會遭遇相當大的困難——

——現代的文化乃是所謂唯物科學文化。自然而然，在此期間的犯罪種類多半也應用了唯物科學的原理。但是，將來當精神科學的諸般學理普及爲一般常識時，無庸置疑，將其運用於犯罪的行爲也會興盛流行，而這些犯罪行爲的可怕、驚悚，絕非現在應用所謂唯物科學的犯罪所可比擬。此理已不證自明。

因此，對於此類犯罪行爲，我們法醫學者應如何調查犯罪、研究兇器，如何對照基礎知識，查明犯罪行徑以及手段內容，乃成爲重要課題。

……各位以為如何？我們敬畏的法醫學家若林鏡太郎先生，研究不久的將來即將廣泛流行於全世界的「應用精神科學的犯罪」，為了防範未然制止其流行，正聚精會神地尋找實例。儘管疑似犯罪被害者的精神病患和自殺者到處可見，卻因為找不到其犯案線索的暗示材料或其他證據，所以面臨真正研究心得無法發表慘況，只能繼續苦心經營他的研究。他依然持續懷疑所有人類的舉止、動作、眼神、手勢、語氣、言詞等等，會不會是應用了精神科學的犯罪。

……不過呢……

……各位……

這時我手邊獲得了一個非常了不起的研究材料。……當然，最先發現這個材料的，就是剛剛所

㊳役行者：飛鳥時代到奈良時代，活躍於大和國葛城山一帶的呪術者。——譯注
㊴阿部晴明：平安時代的陰陽師。又作安部晴明。——譯注
㊵弘法大師：平安時代期的高僧。諡號空海，真言宗之開宗祖師。——譯注

提到的若林鏡太郎先生，他認為這絕對是空前絕後的「應用精神科學的犯罪」事件，持續進行著調查，而對我的「心理遺傳」參考資料來說，也具有難以形容的珍貴價值。不僅如此，都是因為受到這傢伙的吸引、忍不住下手研究，我這輩子也就此完了，不得不買下十萬億土的單程票，一絲不掛地逃走，這研究材料就是如此恐怖。除了造成發狂動機的強烈暗示材料真相，還有受到心理遺傳控制開始夢遊前後的怪異、悽慘狀況。再加上彷彿讓心臟溶解、流動般暢快的心理遺傳詳細內容，都毫無遺憾地準備完成，可說萬無一失的調查記錄，全都到手了。簡直稱得上國寶、世界之寶……含有百分之一百二十以上的極端科學又徹底浪漫的詭魅、怪異、無稽……空前絕後超級製作規模之龐大、情節之深刻……實在難以化為筆墨來形容……。

啊哈啊哈啊哈。真不好意思。知道了、我知道了……請別再鼓掌了。很抱歉講了一大堆形容詞。看來酒精如果不夠，腦筋的反射交感功能也會變得遲鈍呢。還請失陪一下，讓我去吹吹萬王之王威士忌瓶的喇叭。順便也噴兩口哈瓦納雪茄的煙圈……唉呀呀……我真是的。我還在還在講台前呢。請容我快快退出銀幕，一邊放映剛才所說的怪異事件，一邊擔任解說。然後看我如何一舉將各位的常識擊得粉碎……。

……什麼……我退出銀幕還不是一樣……？……哇。我真服了你了。腦筋這麼好可麻煩了。……其實，稍過片刻，會有另一個我出現在銀幕裡，負責導演在「解放治療」中實驗那離奇至極的心理遺傳事件實況。所以屆時另一個我必須在銀幕外負責解說才行。畢竟這不是那種前衛風格的戲劇……。

……K·C·MASARKEY公司[41]超級特製，片名「瘋子的解放治療」，即將隆重首映，天然色、立體、有聲電影，演員皆應用實物、由當事者本人實際演出……以稀世美少年、絕代美少女為中心，不斷詭異衍生的奇妙、驚悚驚異事件背後，有二十多名男女的血肉靈魂不知何時、不知何地紛亂地縱橫交錯，最後終於在這「瘋人解放治療場」，眼看即將宣告其淒慘、殘酷、不忍卒睹的結局，達到最高潮……敬請各位熱烈期待……

【畫面淡出】……

【字幕】

勒殺親生母親與未婚妻的離奇事件嫌犯，吳一郎（明治四十年十一月二十日出生），大正十五年十月十九日攝於九州帝國大學精神病科教室附設瘋人解放治療場——

【說明】

首先，先介紹這樁事件的年輕主角……就是剛剛各位約略瀏覽場內時看到的十個瘋子中，那位觀看老人耕作的青年的正面特寫。如同字幕所示，他名叫吳一郎，今年二十歲，各位也看到了，是位連男人看到都忍不住心動，天真無邪的美少年。

為什麼描述事件內容之前，要讓各位先看這事件主角的臉部大特寫呢？理由無他。因為這位少年的骨相和控制事件根本的心理遺傳，有著極為重大的關係。

誠如各位所知，骨相學目前還未能稱為純正的科學，但是其中某些部份，確實與實際情形相符，因此每當正木博士見到新的精神病患，都會詳細研究其骨相，毫不輕忽地調查其血液中混雜著什麼樣

㊶正木敬之的原文讀音為 Masaki Kei Shi。——譯注

的人種特徵。換言之，由於所有人類的心理遺傳除了顯現每位近代祖先的個人特徵，同時也顯現了遠古蠻荒未開時代混自四面八方各人種的心理特徵，所以雖說是日本人，但其骨相和個性之中，卻與蒙古、印度、馬來、猶太、拉丁、愛奴、斯拉夫等各民族的風采和個性有著剪不斷的因果關係互相結合，創造出一個人的特徵。……因此，人類的骨相，可以說是其歷代祖先血統的縮影……而一個人的個性，也正是這個人歷代祖先精神生活的結晶，考量到這一點，在研究上，固然需要瞭解這個人表面上的個性，更需要找出他自己也沒有發現到的隱藏性格．與其發狂狀態相對照。……相犬專家或相馬專家只要看過一回市場上各式動物的長相、毛流、骨格等，就能精確地一一點出該動物的血統、性情、習慣，或者隱而不見的個性，其實就是將這種原理應用於動物上，因此正木博士從很早以前就確信，將來的偵探技術和法醫學家的研究，遲早會走進這個領域，絕非空話。

接下來我將根據正木博士的診斷筆記，深入剖析地說明這名少年的骨相，各位若對照接下來暴露的可怕事件特徵，誰都會馬上發現，以日本人來說，這名少年的膚色似乎過白了些。各位也看到了，他臉頰泛著一抹淡紅，證明了他的童貞之身，除此之外，他呈現日本人特有健康色澤的皮膚下，流動著透明的乳白色，由此可以推定，這名少年的血統中明顯地混雜著白種人的血……而且……既然如此，難道是很久以前、至少一千幾百年前跨越天山山脈進入中國地方，被稱為胡人的血統，到了現代又復活於這位少年的骨相上嗎?……從日後發現關於這位少年的祖先記錄，可以如此推測。

其次，這位少年的骨相中，代表純種蒙古人血統的，只有筆直烏黑髮際，和鼻子內部的形狀。這位少年的鼻孔極少彎曲，以儀器觀察，可以發現一條線直通到底……各位可別笑。這在遺傳學上也屬於非常重要的調查，如果鼻孔繼承了白種人血統，可能會相當彎曲。

好……除了上述蒙古人血統的特徵，再仔細觀察這位少年的骨相，可以發現這上面幾乎是各色各樣不同人種系統的大雜燴。

首先……臉型大致是具有拉丁人種渾圓特徵的蛋型，但眉毛和睫毛像是用筆畫過般，既濃又長，眼袋看起來泛藍，非常像愛奴人。鼻子外觀形狀是純粹的希臘式，而自臉頰到腮幫子的拋物線，以及小而薄的嘴唇形成的明顯起伏，則會讓人聯想到我國古老佛像上殘留的亞利安人種……請仔細看看。在他稍薄的兩腮中央，有著北歐人種特有的凹陷……正所謂「臉頰酒窩若是紅寶，腮上酒窩則是鑽石」，這是男人不太需要的美，不過……各位看，當他露出微笑時，這酒窩就更明顯了……。

如此調查過每一個人的骨相後，再對照這個人的特徵，會發現兩者有高度的一致性。其中最一致的就是個性、習慣，接著是興趣，再接著是才華……換句話說，這位少年雖然同時具有日本人的從順、愛奴人的尊崇心，和拉丁人的聰明，但是這些……看看他那令人陶醉的憂鬱眨眼方式也可以發現，他整個人都被非常接近北歐人種的離世、高雅氣質給包圍，所以這些特質完全不會展露在外。……簡單地說，這位少年雖然年輕，但卻有著超齡的穩重、冷靜個性。

然而，這種表面冷靜的個性，若在一夜之間遭受心理遺傳的暗示，被粉碎、顛覆，那麼原本潛伏流動在內部的大陸民族個性，超乎想像的深刻固執、且兇暴殘忍的血液，將會驀然躍出表面，上演一場天馬行空不可思議的活躍戲碼，因此，我接下來要介紹的空前絕後怪異事件之真相，各位不妨認為就是隱藏於這位少年鼻孔內的蒙古人血統心理遺傳，一時失控爆發。

此外，這位少年的骨相中還殘留有不可忽略的重要特徵。他一方面非常樂天悠哉，但一方面，對於輕微刺激或環境的些許變化，立刻就慷慨激昂，不顧場合地大笑、大哭、大怒……簡單地說，這是因為他擁有以善變法國人的個性為象徵的純拉丁式薄腮，可是這個特徵很少顯現於少年生平的個性上。看來可能是受到前述極端清晰的頭腦和怕人的羞澀個性所壓抑。……話雖如此，這畢竟是十分顯著的個性，所以正木博士滿懷期待，認為少年進入解放治療場後，在漫長心理遺傳發作途中，或者是在恢復期，終究一定會顯露出他臉腮的個性……那感傷、或者激動的氣質。

……說到這裡，我想各位應該已經能大致了解吳一郎這名少年的骨相了吧。一想到造化之神究竟如何將各色不同人種系統的特徵融合得這麼端麗清朗又純真美妙，幾乎讓人悚然發毛……總是掛著一塊科學權威、先進知識等招牌討口飯吃的我們，面對這種活生生的藝術傑作，也只能屏息吞聲，低頭認輸啊。

接下來，關於以這位少年心理遺傳為中心的事件始末，究竟是多麼奇怪的構造，我們將以裝在正木博士視野中……喔，不對，是以博士命名為「天然色、立體、有聲電影放映機的暗箱」這頭蓋骨上裝設的兩顆眼球的透鏡，以及左右雙耳的麥克風，跟著依序轉動的膠卷，說明事件演變究竟依照何種順序被拍攝下來。

……【畫面淡出】

【字幕】

九州帝國大學，法醫學教室，屍體解剖間內發生的怪事……攝於大正十五年四月二十六日夜晚——

【說明】

各位眼前出現的畫面，所見的每一個角落，都分不出此處是何處、究竟有何物。這是一片漆黑的黑暗場景。似乎也沒有說明的必要了，還請仔細看。請各位注意看看，在這片不知是綢緞還是天鵝絨、宛如暗夜烏鴉圖案的漆黑銀幕左上角，應該可以看到隱隱約約的淡藍色，像大群螢火蟲般的光群呈現不規則環形漂浮著。……那是使用最近非常流行的毒鼠藥自殺後，一名藝妓胃裡的殘留物，正在玻璃盤中發出燐光。

看到這個，相信聰明的各位應該已經十分明白，這裡的黑暗並非尋常的黑暗。……是的，這種黑暗是從九州帝國大學法醫學教室一角、屍體解剖室旁樓梯下的儲藏室，爬到天花板夾層，從板縫窺看夜晚解剖室的情景。

這處天花板上的窺孔，是愛偷窺的工友或受好奇心驅使的新聞記者經常偷看屍體解剖的地方，看樣子從很久以前就存在了，洞孔內側被人用指甲或刀子擴大削成V字型，只要臉稍微換個方向，房間下半部的每個角落都能一覽無遺……還不只這樣，雖然稍嫌狹窄，只要把腳伸到儲藏室的棚架上方，還可以用比搭乘三等車廂更舒適的姿勢躺下，實在相當難得……剛剛說到那個發出燐光的污盤，其實放在對面角落的桌上，但是因為我們從正上方俯瞰拍攝，看起來就像在畫面上方。

不用我說，這房間裡的東西當然不是只有那個盤子。但是因為兩側窗戶的百葉窗和入口房門都緊緊死鎖，所以房中暗得極深沉，除了勉強能認出那穢物的燐光之外，再也看不見其他東西。彷彿熱泉汩汩湧出、一片死寂的靜默裡，由正木博士掌鏡的「天然色、立體、有聲電影」底片，在這深沉如漆的黑暗中，只是宛如時間流動般，安靜流動……五十尺……一百尺……兩百尺……三百尺…………。

……正木博士基於什麼需要，費盡千辛萬苦將這雙耳、雙眼式、天然色、有聲電影的攝影暗箱，扛上解剖室的天花板夾層呢？……為了什麼目的，花了這麼漫長時間不斷不斷耐心地凝視……不，拍攝這無趣的黑暗場面呢？……堂堂大學教授的身分，做出這種形同鼠輩鬼鬼祟祟的行徑，是何等醜態……我想各位心中一定充滿疑問，不過關於這一點的說明，之後自然會明白，在此請容我省略。

……時間是大正十五年四月二十六日下午十點左右……距離以吳一郎心理遺傳為中心的怪異事件發生後，約莫過了二十個小時……底片依然在深沉漆黑中繼續靜靜滑動。五百尺……八百尺……一千尺……一千五百尺……畫面的寂靜和漆黑跟先前一樣，只是那織物的燐光逐漸轉為蒼白，變得更清楚。偶爾，在這教室同棟大樓內相距有點遠的工友室，會隱隱傳來悶聲鐘響……一……二……三……咚——……咚——……咚——……咚——……咚——……咚——……咚——……咚嗡——嗡——嗡……。

……鐘敲完十一響的同時，眼前的黑暗中突然響起類似蓋上厚重大木箱的聲音，很快地，室內大放光明，刺眼眩目的亮光下，室內景物燦然現身。各位也見到了，一個從剛剛就閉氣息聲躲在這房裡的人，一一打開掛在房間中央附近四盞兩百燭光燈泡的開關……但是，仔細一看……。

……喔喔……室內的景物實在嚇人……

最先吸引住視神經的，是房間中央切割成橢圓形、反射陰森泛白光芒的解剖台。這座解剖台本來是由漂亮的白色大理石製成，但現在已被不知道多少死人的血、脂肪、體垢慢慢滲透，變成這種陰森色澤。

丟在解剖台上的黑色凹型木枕附近，相當於銀幕左手邊，有閃閃發亮幾乎令人刺眼的長圓筒形鍍鎳熱水壺。這可能是特別訂製的吧？宛如歐洲中古世紀的巨大寺院或是監獄模型，從圓筒狀高塔的無數窗戶中不斷冒出絲絲水蒸氣的光景，充分令人聯想到隔世情景。另外還有一個東西……剛開始或許不會注意到，但慢慢就會覺得這東西看來有些異樣，那就是右手邊窗戶底下緊靠牆壁橫放的長方形大箱子。看到上面用白布覆蓋，就知道一定是裝殮死人的棺材。……屍體解剖室裡有棺材，可說再自然也不過的組合了，之所以會覺得異樣，或許是因為上面覆蓋的白布用的是昂貴的絲絹，還發出高雅的光芒吧……。容我插句閒話，通常這種高等棺材幾乎不會送進法醫解剖室，進來的多半是用松木或其他粗陋薄板製成，上面還用粉筆寫了編號的貨色……。

由四面八方環繞著

這樣的解剖台、熱水壺和白色棺材等三種異樣物體的光線反射

從四面八方圍繞的大量試管、蒸餾器、燒杯、長頸瓶、大瓶、小瓶、刀刃等所造成的陰影……散落其間的金色、銀色、白色、黑色機械和器具各式各樣的形狀、位置……從地上到桌邊，架上緊密排列的紫色、褐色、乳白色、無色玻璃缽或暗褐色的陶甕，裡面盛放的灰色人肉、藍色骨骸、黑褐色血污……這所有東西放射出的眩目……冰冷……尖刺的、銳利的、刺痛的光芒，投影出的交響樂，形成一片滲入骨髓般的寂靜。

而且……請看……在這景象中心附近，白緞覆蓋的棺材和白色大理石解剖台之間的狹窄縫隙，站著一位一身漆黑的怪人……頭、臉、身體，全都用灰黑色橡膠布包覆住，手上同樣戴著橡膠布和絹布的雙層黑手套，雙腳則穿著類似漁夫在寒冷海中工作穿的巨大橡膠長靴，其中只有眼睛部分罩著黃框賽璐璐片，嚇人的樣子看來簡直像要挖死人心臟吃的魔鬼……又像藏在竹叢裡放大幾萬倍後的可怕黑色蝶蛹……不僅如此，他的身高高到能輕輕鬆鬆打開掛在如此高處的電燈泡開關……。說到這裡想必各位也發現了吧。這位怪人正是世界上最早發現知名「利用血液鑑定親子關係方法」的人，同時也是草擬「應用精神科學的犯罪與其跡證」這空前名著、當今法醫學界第一人，若林鏡太郎。

剛剛提到那個以少年吳一郎心理遺傳為中心、精神科學界上史無前例的重大犯罪事件發生後約莫經過二十小時的深夜，這位著名法醫學家為了進行某項工作，悄悄潛入解剖室，做好這些駭人準備後，迫不及待地等到鐘響十一次……表示晚班醫務人員和值班工友都入睡後的時刻，從剛剛的狀況中各位應該也可以發現……他才打開電燈……不過各位。這時又有另一樁奇妙的事實呢，你們有沒有注意到呢？

各位也看到這個房間內部的狀況，對於初次目睹的人來說，沒有一樣東西不奇怪、不陰森……確實如此，但是根據目前為止的觀察，我想大家也能充分推測，「若林博士可能想要在解剖台前進行什麼工作吧。」，或是「工作材料的屍體，應該躺在那具棺材裡吧」。

但是……如果真是這樣，這房內完全看不見任何一位若林博士的助手，又是為什麼？進行這類屍體解剖，基於多層意義，有一、兩個人在旁列席可說是一般原則、或者慣例……各位也看到現在若林博士似乎刻意不讓任何人接近解剖室，雖然不明原因，但他或許有必要不得不在今夜之內獨自完成某項極重大、極機密的工作……不……再對照解剖台前後的兩扇門上都插著鑰匙的事實看來，顯然絕對沒錯。這表示今夜的工作和一般事件的屍體解剖或驗屍不同，具有高度祕密性……我想已經能很明顯地推測出這一點。

……這時，若林博士走向房間角落的洗手台，直接戴著手套仔細清洗雙手，他不慌不忙地彎下腰，掀開蓋在棺材上的白布，再打開這種解剖室裡難得一見的厚重白木棺材蓋，抱出一具盛裝的少女屍體。

還記得前面說明的各位，我想已經可以猜出這位少女是誰了吧。

這位少女正是前面所介紹過，本事件主角吳一郎的新娘，即將行花燭之夜的少女，名叫吳真代子。

這位絕世美少女今年十七歲。這位王牌女演員飾演未婚夫吳一郎……K.C.MASARKEY公司超級製作的超時代、超常識精神科學電影「狂人解放治療」的主角、絕世無雙美少年的對手角色，兩人共同描繪各種精神科學的妖美與戰慄，此時以棺材裡的屍體姿態，呈現在各位面前。

躺在白木棺材內的她，身穿現在正時興的新月色外罩衫，上面繡著立體的耀眼春霞和五葉松。上下顛倒地穿著紫色平織光絹、裙襬有千羽鶴圖案的三層振袖，上面還留有假縫線。同樣是看來剛完工不久的金銀交織錦緞衣帶，一圈一圈地緊纏在腰上……極不尋常的美、不尋常到令人痛心。不僅可以窺知這樁事件的內容有多麼非比尋常，甚至能體會到如此將她裝殮進棺材裡的人們，懷著何種心思，不禁覺得胸口難受。

……但是，早就已經陷入學術權威化心理狀態的若林博士，可一點都不在意這些。他一副要衣裳何用的態度，極隨便地抓起罩衫、衣帶、三層振袖塞進棺材旁，底下出現的是以素絹覆蓋的臉龐、合掌手腕被白木棉綁住的清秀兩臂，紅友禪的長襯衣、緋鹿子紋的細腰帶、火紅的皺綢底裙、穿著白襪袋的白皙腳踝……這些和排列在屍體解剖室內象徵冷酷、殘忍的機械、器具類相對照之下，更襯托出一種難以形容的悲慘和香豔，屍體被全黑的手臂抱出，放在亮燦燦的電燈下。讓人看了覺得更憐惜的，是那將曳地黑髮映襯得水亮、殘留在雙眼緊閉少女臉上的濃妝及口紅。還有……啊……你們看。

擦著白粉的頸項四周，留著鮮明斑點狀的勒殺痕跡……紫色和紅色層層交疊的索溝……。

……黑衣怪人若林博士把屍體靜靜放在大理石解剖台上，毫不留情地拉掉綁住合十手腕的白木棉、解下緋鹿子紋的細腰帶、敞開長襯衣露出胸口，接著以他不愧是業界權威的熟練、周到，毫不遲疑地檢查少女宛如玲瓏珠玉般的全身各個角落，之後，他彷彿鬆了一口氣，大大地喘了口氣，高高交抱著雙臂，專注俯瞰少女的屍體，如漆黑銅像般動也不動。

……這樣的深夜裡、在這樣的地方，獨自一個人面對這稀世罕見的美少女屍體，一身黑衣的若林博士究竟在想些什麼？……是否面對屍體，再次思考與這位少女之死有關的殘酷、奇怪至極的經過，苦心思考想利用自己獨特、銳利的觀察，發現新焦點嗎……或是因為屍體呈現這間教室中前所未曾見的悽愴美麗和深刻詭艷，所以讓這位畢生奉獻給學術研究、至今依然單身的博士，情不自禁凝然恍惚，覺得感慨萬千呢？……不不不。這種想像有損博士一向莊重謹慎的人格，我就不再深究。

……這時……若林博士突然一驚，回過神來環視了應該沒有其他人在的房中，伸手進黑衣的右邊口袋，似乎在找東西，接著像忽然想起了什麼，走近棺材旁，從堆疊的美麗和服下取出一個大小約兒童玩具的黑色喇叭型圓筒。那是最近的醫師已經不常用的舊式聽診器，不過如果想聽出人體內極細微的聲響，這比現今的膠管式聽診器更清晰。若林博士將喇叭型圓筒較小的一端貼在少女左邊乳房下方，另一端貼著自己蒙面下的耳朵，專注地集中著聽覺神經。

聽屍體的心跳聲。……喔……若林博士的行為實在太奇怪了。這反而讓觀眾看得忐忑心驚……。

……但是各位請看。若林博上依然把舊式聽診器貼在耳朵上，單手則從解剖服下取出銀色大懷錶，專心地凝視……確實可以聽到心臟跳動聲。也就是說，解剖台上這具少女的肉體，真的還活著。……現在想想，先前若林博士檢查這位少女全身時，並未見到死後經過一段時間會出現的屍體特徵，肯定會出現在某處的淡藍色屍斑……另外，屍體也沒有僵硬的現象，很可能這位少女自殮入棺材時開始……不。應該是在殮入棺材之前，並沒有死。只在頸部四周留著歷歷索溝——絞殺的痕跡……

……怎麼會有如此不可思議的事……

但若林博士並沒有顯得特別驚訝。沒多久，他將舊式聽診器拿開耳邊，和懷錶一齊塞入背心口袋，看來非常滿意地點了兩、三下頭後，再次低頭俯瞰著少女。

從他的態度推測，若林博士一開始勘驗這位少女的屍體時，早就已經看穿她其實陷入了醫學上罕見的假死狀態。當然，之前先行抵達的附近醫師或法醫一定已經充分檢查過，儘管如此，他還是要確認少女的假死，這是為了什麼？而且，他又是以什麼樣的名目，將這假死少女裝殮入棺、運入這個房間裡呢？……還有，他獨自一人極隱密地擺弄這假死的奇怪少女身體，又出於什麼理由和目的呢？……雖然無從問起，但他畢竟是一代知名法醫學家若林鏡太郎，想必已經徹底研究過古今中外各種假死狀態的例證。他會將這具少女屍體假死的事實，當作只有自己知道的極高機密，一定是為了確認解決此空前離奇事件不可或缺的某種重大理由吧。

不僅如此……不需費心思考也可發現，由若林博士裝扮的這位黑衣怪客，剛剛潛藏在黑暗中時，就已偷偷掀開棺蓋，對這位少女施以博士的獨特刺激手法，企圖讓她從假死狀態甦醒，並且不時用舊式聽診器聽著少女的心跳。……因為若林博士這位黑衣怪客在聽到十一點鐘響打開電燈前，黑暗中曾傳出蓋上某種東西的聲響，那一定是他蓋上棺蓋的聲音，所以舊式聽診器可能也是當時忘在和服底下的。……但是，雖然這只是極端微不足道的事，可是依照若林博士一貫極其冷靜縝密的個性看來，會忘掉自己重要的謀生工具，實在令人意外，顯然今天晚上若林博士的心理狀態跟平日相當不同。至少，從這一點也可以十二萬分地了解到，博士在黑暗中如何地費盡苦心、熱切地想把這名少女喚回人世間。

但是，若林博士的手段如何出奇可怕，接下來各位將會慢慢開始一一見識，目前發生的一切只不過是個開場白。

若林博士知道解剖台上的少女正逐漸從假死狀態中甦醒，所以表現出相當緊張的態度，脫掉雙手手套。他伸手到解剖服下圓圓鼓起的長褲口袋，掏出各種物品一一排在旁邊的木桌上。染髮用的藥瓶和竹梳、三、四枝新筆、小罐墨汁、放胭紅和口紅的化妝盒、化妝水、香油、乳霜、白粉……等等。每一件都是與這個房間不搭調的東西……。接著他打開藏在入口附近櫥櫃深處的褐色紙包，由裡面取出白色棉質和白色薄絨的直筒狀和服、廉價的博多織衣帶、都腰卷、白色護士服和帽子、皮帶、拖鞋、護士帽、髮夾等，全都是新品，一樣放在旁邊木桌上。這些都是白天就已經準備好的物品，大概是他要讓解剖台上的少女穿的東西吧，不過現在還不知道，他為什麼要做這種事。

接下來若林博士再次取出舊式聽診器，仔細重聽少女的心跳，然後從對面的藥櫃取出一個褐色小瓶，臉稍微別到一旁，將裡面的無色透明液體滴了幾滴在一塊脫脂棉上。他慢慢拿近少女仍殘留著白色粉底的鼻尖，同時左手靜靜把脈。沒有錯，他正讓少女聞著麻醉劑……看來似乎不想讓少女太早甦醒。可是，麻醉少女打算做什麼呢？……由於還是看不出端倪，只覺得若林博士的行動顯得愈來愈奇怪……。

……讓少女嗅完麻醉劑後，若林博士合攏少女胸口敞開的衣襟，大步走向正面藥櫃，拿出插在角落的一本美濃型日式裝訂的清冊。……清冊封面用楷書寫著「屍體清冊……九州大學醫學院」幾個大字，翻開封面，每一頁都有「屍體編號」、「接收年月日」、「領取人住址姓名」、「交還年月日」等欄位，每行下都蓋有若林的確認章。……但是若林博士快速翻過近半已有記錄的清冊頁面，終於停在倒數第二個屍體編號「四一四」、容器編號「七」的位置，用手指按住，然後就這樣把清冊丟在一旁桌上，伸長他的手關掉頭頂上四盞兩百燭光燈泡的開關。

室內又恢復原先的漆黑狀態。

而這影片中的漆黑狀態，將直接轉換為另一間房間的漆黑狀態，究竟，影片前方會有什麼意義的漆黑在等待呢……。**【暗場】**

……漆黑的底片依然在各位眼前持續轉動……十尺……十五尺……三十尺……五十尺……在各位眼前逐漸凝固的黑暗核心，終於有顆黃色的髒污小燈泡亮起。沒有錯，呈現在各位眼前的是從某處鑰匙孔往裡窺看的陰森室內場景。

……怎麼樣，各位……看過這種房間嗎？

右邊可見的混凝土昏暗樓梯，顯示這個房間是地下室，而正面並排的十幾個塗了白漆的大抽屜，都是放置屍體的容器。這個房間就是由九州大學醫學院長負責管理的屍體冷藏室，縱然在盛夏白晝，也依然保持令人猛冒雞皮疙瘩的低溫，何況此刻是深夜，這陰森的寂靜，幾乎讓人懷疑是不是可以聽見死人的呼吸聲……。

身為負責人、醫學院長若林博士扮演的黑衣怪客在此出現，似乎受到室內冷空氣的衝擊，有好一段時間不停痛苦咳嗽，不久咳嗽慢慢平息，他從口袋裡取出鑰匙，打開寫著「七」編號的屍體容器堅固的鎖頭拿下，接著他拉出裝了輪子的容器，拉到一旁的台子上，還沒來得及喘口氣，又慢慢前傾上半身，將裡面全身用繃帶牢牢纏成棒狀的僵硬少女屍體拖了出來，放在地板上。仔細一看，這僵硬屍體和先前呈假死狀態的少女一點也不像，膚色黝黑、容貌醜陋，不過年齡、身高、體格，還有髮際等等，卻有幾分神似。

若林博士顯然早就看準這具屍體，既未仔細檢查，也沒半點猶豫，立刻將容器復原、掛上鎖頭，把屍體如木頭般扛起，一步步爬上混凝土樓梯，單手關掉牆邊的開關，地下室的燈光熄滅。

【暗場】

這時又持續了一段黑暗畫面，但是……請聽。聽那此起彼落的陣陣狗吠聲……。

那是設在屍體冷藏室和法醫學教室後方的連綿松樹林附近，實驗用動物籠內的野狗群，牠們發現為了避人耳目扛著屍體走在漆黑松樹林間的若林博士異樣身影，開始吠叫。……緊接著，猴群受到狗叫聲驚嚇也發出尖叫……連溫馴的羊和雞都睜開眼睛，使勁力氣拚命啼叫、嘶喊。漆黑中一片騷亂……景象驚人……。不過，動物們這樣騷亂幾乎每天晚上必會發生，自然沒有人起疑。更何況，誰會想到動物們吠叫的原因，竟然是堂堂大學醫學院長，悄悄偷走屬於自己負責管理的屍體……這種前所未聞的怪事呢。籠罩著九州帝國大學校園的春天夜晚，在動物們淒厲的哀鳴、慘叫聲中，夜色更加寂靜深濃。

慢慢地，那些聲音逐漸減弱，周遭頓時恢復安靜的同時，四盞兩百燭光燈泡又突然亮起，場景回到剛剛的的法醫學解剖台。

一看，四一四號少女的僵硬屍體，已經靜靜躺在水泥地板上。……而將若林博士入口門戶比先前還嚴密地鎖上之後，站在解剖台前，正按住黑色蒙面上湧出的汗水，不停大口喘著氣。

大正十五年四月二十七日深夜，九大法醫學部解剖室裡，就這樣並列著兩具少女的肉體。一個是美麗而即將甦醒的少女，一個是醜陋而全身僵硬的少女……其中，解剖台上合攏了紅色友禪[42]的少女肉體，沒過多久時間內已經明顯恢復血色，在麻醉狀態下從她豐滿胸部的起伏，可以看出她正開始輕輕呼吸。她顯得如此不尋常的寧靜、香豔……可能是因為和台下醜陋少女的臉孔兩相對比，她的美麗顯得更加出色，甚至妖豔得幾近陰森。

測量脈搏的若林博士，盯著懷錶的秒針，開始診測麻醉的效果。全身黑衣的博士微微偏著頭，如同石像般動也不動，這時室內的空氣就像是位於地底千尺的墓穴一樣，瀰漫著難以言喻的靜寂。

不久，若林博士放開測量少女脈搏的手，把懷錶收回口袋，輕輕抱起少女的身體，讓她躺在房間角落的棺材蓋上。接著他將四一四號少女僵硬的屍體抱到解剖台上，將她的頭部靠在凹字型舊木枕上，然後拿起銀色大剪刀，剪斷纏繞全身的繃帶，一一除去……請看……少女藍黑色皮膚從背部至胸口、從胸口至腿部，縱橫交錯著大小長短不一的傷痕……有毆打、烙傷、擦傷的痕跡……這些褐色、黑色、深紫色的直線、曲線，和腰部呈現的明顯死斑一起受到明亮白光的照射，同時也幾乎令人懷疑，這些傷痕彷彿化為不同形狀顏色的蛇、蜥蜴和蟾蜍，開始在她皮膚上爬行……。

或許有人知道，全國各大學或專科學校研究用的解剖屍體，用的大多是這類屍體。尤其九州大學收容的種類更是繁多，從被綁架到本地興盛的煤礦、紡織等工廠或魔窟裡的受虐者，到自殺者、病死的流民者等等都有，其中無人認領的屍體並不少見，九州大學一向把這些全當作研究材料，解剖切割後，送入大學附設的火葬場燒成骨灰，再附上五圓奠儀，送還給遺族。如果沒有人認領，則會埋葬在公墓，每年舉辦一次供奉法會，眼前的屍體也是其中之一。

說著說著，迅速檢查過屍體全身的若林博士似乎鬆了一口氣，他像喘氣般地一邊嘆息，一邊隔著

㊷友禪：一種印染工法，由京都的畫匠宮崎友禪齋所創，特色是染製時將色彩豐富的圖案苗會在衣服上。——編注

面罩擦拭汗滴，但還是忍不住走向房間角落的洗手台，直接從水龍頭接水喝，還因為喝得太急而嗆到，只好等到呼吸順暢後再繼續喝，有好一段時間，他不斷劇烈咳嗽，幾乎喘不過氣來。對於長年罹患肺病，身體極度衰弱的若林博士來說，這樣的勞動不知有多麼辛苦、難以負荷。

但是，博士出人意表的怪異行動，這還不到一半。

從洗手台處回來後，若林博士先在屍體的腳附近放置一個圓缽，將接上水龍頭的水管插入缽內，開始放水沖洗屍體腳部至背部的解剖台。緊接著又在另一個圓缽中裝熱水，用海綿和肥皂仔細清洗解剖台上受虐少女屍體的每個角落，然後用紗布和脫脂棉將全身皮膚完全擦乾，把她稀疏的紅褐色頭髮中分，拿起一旁排列整齊的晶亮手術刀其中一把，往屍體眉心一插……接著一直線劃開頭皮，直到後腦部。

我想多多少少有這方面知識的人，這時一定覺得奇怪。因為若林博士的作法忽視了正常從胸部、腹部往頭部，再移向背部的解剖屍體順序，而是直接從頭部開始……。

古今馳名的法醫學家若林博士，基於什麼目的如此隨性揮動手術刀……還沒來得及懷疑，四一四號少女的頭皮已經被巧妙地反轉，像脫襪子一樣，和頭髮一起褪至兩眼下方。接著若林博士用鋸子將白色頭殼鋸開成缽狀，手法熟練地搭配剪刀取出下方出現的腦髓，放在玻璃盤上……接下來是要進行更詳細的調查，或者就此製作成標本呢……結果卻完全出乎意料，他就像是在處理牛排或蛋捲般，毫不在意地將盤中腦髓拋向空中翻個面，又填回原有的空洞，蓋上頭蓋骨、包覆頭皮頭髮，迅速拿起針線粗糙地縫合。

……這實在令人意外。手法也未免太過粗糙。向來以嚴謹規矩著稱的若林博士，為何今天晚上的解剖屍體這麼毫無誠意呢……眾人還在瞠目結舌，轉眼間屍體又被翻轉……翻成俯臥的姿勢……手術刀切開滿是傷痕的背脊中央和脊椎左右的肌肉。接著他插入雙股鋸子，鋸斷左右肋骨，將取出的背骨縱切成兩半，也沒檢查又塞回原處，用粗針快速縫合。一氣呵成的粗糙隨便跟剛剛沒兩樣……。

接著若林博士又讓屍體仰躺，稍微清洗髒污部位後，試著按壓腹部皮膚的厚度……接著馬上俐落地拿起一把新的手術刀，往咽喉部位一刺……由雙乳之間切至胸口劍突下的腹部，在肚臍處向左轉半圈……一口氣切開到恥骨，然後先移開胸口軟骨、摘除胸骨，雙手靈活動著，從胸壁開到腹壁，只用一刀就同時切開腹壁和腹膜，但內臟卻絲毫無損。……蒼白燈光照射著整齊配置的五臟六腑，不知這場面該說是噁心，還是驚人……肺部整面的黑色污漬，表示這位少女曾經從事煤礦礦坑的勞力工作，可能是直接致死原因的肝臟破裂和嚴重內出血，則證明了她遭受何等劇烈的虐待與迫害，但若林博士對這些現象依然一點也沒看在眼裡。他只是隨手將內臟一一翻轉、挪動，最後則是形式上戳破胃、大小腸和膀胱，完成一連串看似檢查的行為後，並沒有像一般解剖般取下各內臟的一部分當作標本，而是再次拿起粗針和麻線，從小腹依序往上縫合至咽喉……不過……過程中他揮刀實在殘忍激烈……使用針線的手法是那麼巧妙迅速……從這些手法和態度，又表現出十足辛辣刺激的戰慄……彷彿是藉著這種工作，來滿足某種深刻強烈的慾望，讓人不禁懷疑，這不就是精神異常者會有的表現嗎……。

從剛剛開始一直詳細觀看這一舉一動的各位，應該已經注意到了吧。此刻若林博士的態度，與平時的冷靜穩重大相逕庭，眼前的他判若兩人，被殘虐、冷酷，還有某種異樣好奇所驅使，完全變成一個精力充沛的人……。

可是這也沒什麼好奇怪的。自古以來，在各行各業被稱為大師、或某種技術的天才、名人之輩，一旦熱衷於自己的工作，往往會因為疲勞帶來的異常興奮和超自然的神經清醒產生幻覺，呈現不同於平時的心理狀態，或許會對乍看之下超乎常識範圍的事物感到高度興趣，或者若無其事地做出極奇怪詭異的行為。我想類似的例子多如汗毛……更何況是若林博士這種具有特殊體質和頭腦的人物，進行這種前所未見的工作……先是在漆黑中設法讓假死的絕世美少女甦醒，這玄怪微妙的工作才剛完成，又開始無情冷酷地切割世上罕見被殘忍虐殺的少女屍體，簡直是超乎異常的異常行為，他的神經是何等亢奮？其心理狀態又變形到什麼方向？都是一般人無法想像的。

在這些神秘心理狀態包圍下的黑衣怪客……若林博士很快地完成少女的胸腹至咽喉的縫合工作，最後他拿起一把特別鋒利的小型手術刀，站在四一四號少女的臉部。

首先，他將手術刀立在少女右眼眶邊緣，像要嘗試博士獨特的毒物反應檢查般，骨碌地挖出兩顆眼球，但一如前例，他並沒有檢查眼底，直接又把眼球塞回眼窩。接下來他將中間鼻樑割開到能見到後方黏膜，再從嘴唇兩端切開至耳朵附近，然後用力插下下巴，露出咽喉。

屍體的臉就這樣完全變形到幾乎不像人，不過黑衣巨人再次將每一處縫合為原樣後，沒能稍事休息，馬上又拿起紗布和海綿，沾飽酒精，一一仔細擦拭髒污部位，終於完成了一具外貌完全改變，分辨不出到底是誰的奇妙屍體。

黑衣博士到此才稍能喘一口氣，他反覆比較著躺在解剖台上下的兩具少女肉體，接著，他脫掉左右雙手的雙層手套，將一旁桌上的固體白粉在掌中溶化，小心翼翼不濺出任何一滴，然後開始在四一四號少女的臉孔、雙肩、雙臂和腰部以下化妝……。

……各位請看他的手勢。如何？他小心不讓白粉卡在較寬的縫痕和毛髮邊緣，細膩地用手指塗抹，是不是很像非常習慣使用化妝品？

難道是因為博士自己曾有過無數次化妝的經驗嗎？還是來自博士內在個性、那不知厭倦的變態興趣和法醫學研究興趣相互影響，讓他從以前就熱衷於傳聞中數千年前的「木乃伊化妝」這種怪異興趣，而現在終於有機會亮相？無論如何，他用砥石粉掩飾變色為藍黑或褐色的受虐傷痕，再以白粉推開抹平皮膚皺紋和繃帶痕跡，手法老練實在令人驚訝，可能是學自妓院老鴇隱瞞妓女病毒的手法吧……終於，膚色暗沉、傷痕累累的少女肌膚，被塗成和白皙少女差不多的漂亮膚色。之後，他又依序拿起口紅、胭紅、眉黛、白粉等等，模仿其身體各部位極微細的顏色變化，連大小黑痣都不放過，完全依照模特兒的樣子點上，同時還跟地上的少女一一比較全身各處的毛髮，以連理髮師也自嘆弗如的技術精巧梳染，一處處抹上香油。

……不一會兒，他拉開身邊桌子的抽屜，把紅、藍、紫及其他顯微鏡檢查用的苯胺染料放在梅花型調色盤內，用新畫筆一點一點調合，開始一邊對照著實物、一邊在頸項四周染上顏色形狀都如出一轍的勒殺的斑痕，畫工極為巧妙精緻，轉眼間，脖子周圍已經圍繞著那看似立體的蚯蚓浮腫和蜥蜴般的血斑。

但是，這黑怪博士的黑怪工作，好像還沒完成。

他連忙重新戴好雙層手套，從桌下取出一包繃帶。用這繃帶將已經化完妝的屍體從臉部往頭開始纏成白色，接著又依頸項、肩膀、上臂、胸部、腹部、雙腿的順序纏繞全身，完成了彷彿這四不像的木乃伊，或者沒穿衣服的祈雨娃娃。接著他脫下躺在棺材蓋上的美少女的華麗內衣，讓白色祈雨娃娃穿上，再緊緊綁上緋鹿子細腰帶，這模樣太奇妙、太滑稽……而且聳立在前面對著她俯瞰的黑衣怪客，現在看來懾人的妖異更加強烈……。

但是，祈雨娃娃屍體上，還有骨節嶙峋的粗糙雙手突出在外面。他打算怎麼掩飾這個部分呢？不愧是絕代怪人黑衣博士。他毫不猶豫……喀嚓一聲折彎屍體雙臂的肘關節，使其呈合掌姿勢，再用白棉布緊緊綁好包住。原來如此，這樣就沒問題了，大家正這麼覺得，他又把同樣難以掩飾、滿是裂痕的腳踝勉強塞入美少女小小的襪袋裡，吃力地掛上襪袋鉤子。接著，他將逐漸僵硬的屍體抱起，輕輕放入棺材內，替她上下反穿三層振袖和外罩衫、纏上織錦腰帶，再用大量的海綿、熱水、清水、肥皂、酒精仔細地清洗解剖台的每一處。之後他才抱起逐漸恢復意識的赤裸美少女，置於台上，把剛剛美少女躺著的棺材蓋密密蓋在祈雨娃娃上，再用白色絹布從外覆蓋。

但是，黑怪博士的怪工作還沒完成。而且，接下來的才是讓他展現黑怪本事中的黑怪本事、貨真價實的怪事業。

站在棺材和解剖台之間，放鬆了肩頭稍微喘口氣的黑衣巨人，又慌慌張張脫下手套，他首先拿起剪刀，撥開解剖台上的少女又長又豐盈的頭髮，抓起一小把正中央左右的頭髮剪下。他用從抽屜裡取出的日本紙捲起包住，把同樣從抽屜裡取出的屍體勘驗書和兩、三種文具一起擺在先前的屍體清冊旁，然後拉過鐵製圓椅，拿起新筆沾上墨汁，在剛剛那半紙的小包上恭謹地寫上「遺髮」、「吳真代子」。接著他拿出懷錶，一邊看一邊思考，似乎決定稍後再填寫這屍體勘驗書，把它推到一邊，翻開屍體清冊，把清冊中左右寫有「四一四號……七」那一頁，連同其他記載內容一起小心翼翼撕下，取出。

接著他在另一個碟子倒入墨汁，調製成各種不同濃淡墨色，以酷似撕下頁面上文字的筆跡，重新填寫上十幾個屍體的姓名、年月日、編號等等，但是……其中有關「四一四號……七」的部分全部跳過，直接填入後面的「四二三號……四」，一一蓋上「若林」的確認章。……換句話說，他將剛剛躺進棺材裡的變裝少女屍體資料，完全從這本屍體清冊中剔除。

……看到這裡，若林博士費盡心血這一切怪異行為有什麼意義……各位應該明白了吧。

大家很容易就可以判斷，代替美少女吳真代子被放入棺材內的，是原本無依無靠也不知來歷、遭人虐殺的少女屍體，只要院方不主動通知，想必不會有人來領取。

在本大學內，通常會通知接受解剖的屍體家屬，請他們在隔天之內前來領取骨灰，其實，屍體解剖後馬上就會由位在後方松樹林大學專用火葬場的工人來領走，在沒有任何見證人的情況下火化，只將把化為灰的遺骨和事先保存的遺髮，交給前來領取的人……這跟一般火葬場完全不同，這套制度只能依靠絕對信任，所以根本不需要擔心被人發現屍體調了包。當然，也不能斷言沒有傷心欲絕失了分寸的父母親，要求再見死者一面，不過就算有這種狀況，見到這縫合得亂七八糟的臉，應該沒有一位親人忍心再看第二眼。

但唯一要擔心的是，檢警方面的人員或相關醫師等等，有時為求慎重起見，可能再次來勘驗，但，如此天衣無縫、巧妙周到的準備替身，怎麼可能被識破？更何況，無論人格或名聲皆聞名天下的若林博士，利用九州大學醫學院長的職權，又慎重再三完成的工作，又有誰會懷疑？哪裡能看到任何破綻呢……九大屍體冷藏室除了若林博士之外只有唯一一位相關醫務人員，當他對遺失屍體事件感到不解，事件真相永遠埋葬於黑暗當中時，那來歷不明的受虐少女屍體，早已化為白骨，葬在氣派的墳中，領受香火祝禱了。

同時，這名在解剖台上逐漸恢復氣息的美少女，也已經從戶籍上除名，成為活在人間的亡者，在蒼白高大若林博士掌握中，繼續呼吸，但是，日後她能發揮什麼作用？若林博上為什麼要讓這位少女成為活著的亡者呢？……這方面的說明還請稍待片刻……我本想這麼說的，但其實，直到這時為止都在天花板夾層裡偷看的正木博士，也一點摸不著頭緒……我想各位應該也一樣吧……但是……。

……但在此同時，被報章雜誌盛讚為解謎專家、擁有絕世聰明頭腦的若林鏡太郎博士，竟會費盡這番苦心、使用超乎常識的詭計來挑戰的事件……可見得事件犯人的頭腦有如何奇異難解、凄絕……這個事實應該可以讓人抱著十分、十二分的期待了。而且再過不久，絕不會辜負各位期待的事件驚人內容和具體過程，將會一一依序呈現在各位眼前。

如各位所見，眼前事件已經落人九大法醫學院解剖室內的黑衣怪客，若林博士手中。而這位博士也正傾注畢生智慧與精力，準備好與掀起這怪異事件背後的奇怪人物對戰……。

話說回來……改寫完屍體清冊後，若林博士把這本清冊和還未填寫的空白屍體勘驗書一起隨手丟在桌上。他撐起精疲力竭的身體，將散落室內的紗布、海綿、脫脂棉等無一遺漏地撿起，跟文具、化妝品等一起用嶄新的粗布包著，再用繃帶仔細捆好。可能打算丟在某個人煙稀少的地方，儘量讓今夜的工作保持秘密吧。他之所以沒有取下四一四號屍體各部位的標本，或許原因就在這裡……。

這些工作結束後，若林博士再次仔細檢查四周，最後拿起放在一旁桌上的新護士服和白棉布和服，走近解剖台，準備替還未從麻醉中甦醒的少女穿上……但是……若林博士不由自主地停下腳步。他手上的東西一鬆，整個人踉蹌往後退。

少女全身之美令人瞠目……不，和之前還是假死屍體時全然不同的清新生命之光，似乎隨其每一次呼吸讓她全身滿溢光輝……她的臉頰……她的嘴唇……就像芬芳的花瓣……又像甘美的果凍，恢復了溫暖的血色。其中特別是那形狀可愛的乳房，宛如誕生於神祕國度的大型貝肉般帶著鮮活的薔薇色隆起，在耀眼燈光下，似是半夢半醒。

……冰冷……肅森的九大法醫學院屍體解剖室的大理石台上，世上再無二人的絕世美少女麻醉的睡姿……讓她白淨胸口起伏的馥郁呼吸，足以令所有世人為之傾倒……。

若林博士彷彿已陶醉在她芬芳的呼吸中，搖搖晃晃重新站好身子。他黑色的肩頭上下起伏，彷彿在與少女呼吸共鳴一樣，也微弱地喘息，接著他上半身緩緩前傾，用顫抖無力的指尖，將臉上的面罩掀至額際。

……啊……多麼驚人的表情……。

出現在燈泡亮光下既長又大的臉孔，與解剖台上的少女正好相反，如死人般鬆弛，蒼白的汗水淋漓。他的眼睛裡有極度的衰弱和極度的興奮，就像患了熱病的人一樣充血發亮。嘴唇則是在常人臉上不會見不到的緋紅色，呈現病態的乾燥。黑髮黏在額前，太陽穴不住地顫動下，他就維持這樣的表情從一身黑衣裡低頭往下看……。

就這樣，他有很長一段時間一動也不動。無法猜測他在想些什麼……想做些什麼……。

……看著看著，他右眼下方開始痙攣，擠出深刻的皺紋……說時遲那時快，痙攣的波動很快就一陣陣地擴散到整個臉部。也不曉得他是在哭，還是在笑……像洋紙般蒼白的臉上，左右兩邊的火紅眼睛開始不斷睜開、又閉上。好像為了什麼事而高興……緋色乾燥的嘴唇如狼般張得斗大，泛白的舌頭從嘴裡伸出來。彷彿在嘲笑什麼……如果認識一向嚴謹、充滿紳士風範的若林博士，作夢也想像不到他會有這跟平時判若兩人的臉孔……不……只有他獨自一人的時候，才會表現出這種惡魔形貌……。

但是過沒多久，他慢慢抬起臉來。雙手把不知何時已經乾掉的額前亂髮往後攏，仰頭望著頭上四顆發亮的燈泡。

他的呼吸又開始漸漸激烈。臉頰也朦朧地出現一種異樣的淡淡紅暈。他瞇著眼，好像在跟空中的人物對話，從腹部深處響起低沉駭人的聲音，斷斷續續地笑了起來。

「……啊哈……啊哈……哈哈哈……」

然後他咬住下唇，低頭望著美少女的睡姿，高舉顫抖的手指，一盞……二盞……三盞……關掉開關，最後連第四盞燈也熄滅。

可是室內並沒有回到先前的漆黑。拂曉的魚肚色天光從緊閉百葉窗的些許縫隙中流入，讓室內一切景物看來彷彿海底般一般，青藍、透明。

……他茫然凝視這光線，過了半晌，他用指尖不住顫抖的雙手遮著臉。踉蹌往後退、抵到牆邊。他就這樣頹然坐倒在地，雙手滑落地面宛如失神般，雙腿前伸，垂下頭來。

這時候，解剖台上的少女嘴唇開始輕輕蠕動。發出極其微細……如夢一般的聲音。

「……大哥……您在哪裡……」

——【畫面淡出】——

【字幕】

正木和若林兩位博士的會面

【說明】

接下來要播放的是正木博士在九州帝國大學精神病學教室本館樓上教授研究室打盹的身影。時間是大正十五年五月二日……距離正木博士天然色立體有聲電影攝影機膠卷收錄上次電影中若林博士調換屍體的場景，正好過了一星期，一個風和日麗的下午。教授研究室三面窗外的松樹林，在陽光照射下翻湧著炫目的綠浪，已經能聽見躁熱的春蟬叫聲，不過南側並排的每扇窗外，橫亙著一片貝殼粉畫顏色般的五月晴空，天空下吹著爽朗的風，將目前正在施工中的解放治療場工程聲陣陣吹進屋內。

正木博士坐在正面大桌子和大暖爐中間的大扶手旋轉椅上，身穿白袍的右手手指挾著熄滅的雪茄，左手抓著當天的報紙，鼻頭架著眼鏡，正在一頓一頓地打著盹。看來完全就像外國漫畫裡常見的庸醫……看到一半的報紙背面，可以看到以初號字體跨三欄刊載的標題「新娘命案陷入迷宮」，這個部份讓我們特別來個特寫鏡頭吧。不久，當大暖爐上的電子鐘指針滴答一聲指向三點〇三分時，身穿大學工作服制服、年紀約莫四十歲、頭髮分邊的工友，拿著一張名片進來，畢恭畢敬地遞到正木博士面前。

被關門聲吵醒的正木博士接過名片稍微看了一眼，很不高興地盯著他看……。

「什麼嘛。你這蠢貨，要講幾遍才聽得懂？再怎麼講禮貌也要有限度。告訴他，下次不必那麼麻煩還拿這種東西，直接進來就好。」

說著，他把名片隨手丟在大桌上。架子還挺大的……他繼續閉上眼睛，又迷迷糊糊地入睡。

就在這時，若林博士很謹慎地抱著一個藍色縮緬包袱，身穿長外套高大的身影靜悄悄地搬運進來，坐在正木博士對面的小旋轉椅上。矮小的正木博士手腳大張坐在大椅子上，而高大的若林博士卻拘謹地窩在小椅子上，這樣的情景實在是絕佳的漫畫題材。……不久，若林博士咳嗽的老毛病再度發作，用白手帕掩著嘴，開始痛苦地咳嗽。

這麼一吵正木博士似乎終於清醒了，他把手裡的報紙和雪茄往上一揚，打了個痛快的大呵欠，深到幾乎要把眼前的若林博士、這間房間、九州大學，甚至他自己都吸進肚裡一樣。

事件發生之後，兩位博士初次的見面，就始於這個大呵欠，但是，如果各位能注意，這兩人接下來的對話表面上看來融洽，骨子裡卻包含著彼此強烈的諷刺，爆發出竭盡所能嚴重威脅對方的火花……我相信應該足以推測，橫亙在事件背後的暗潮有多麼洶湧、多麼深邃……。

「啊……啊。唉呀，你終於來啦。哈哈哈哈，我正想你也差不多該來了。」

「是嗎……這麼說，您已經知道事件內容了？」

「何止是知道……就是那個吧？……新娘命案陷入迷宮……當然報導內容一定很多胡說八道。」

「正是……。不過，您從何知道我和這事件有關？……」

「……沒什麼……。前不久剛好有點事，打了電話給你，聽說你下午沒上課，開著車不知上哪兒去了，我就猜，一定發生什麼事了……結果當天晚報上……就出現了什麼跨四欄的特別報導，說什麼……婚禮前夕勒殺新娘，我就猜想……應該是為了這件事吧。」

「原來如此……。可是，您又怎麼知道我今天會過來找您？……」

「嗯……我確實不知道是今天還是什麼時候，但是我知道你一定會來。……因為這個事件呢……你也知道的……我從一開始就認定一定跟心理遺傳有關。其實我正等著你調查過後，把結果交上來給我呢。哈哈哈哈。」

「佩服佩服。您說的沒錯……其實上我從兩年前就和這樁事件有關……。」

「啊？兩年前？……」
「是的……」
「……喔？兩年前也有過這種事件嗎？」
「是的，而且是同一位少年，用同樣的手法，勒殺自己親生母親的事件……。」
「嗯。同一個人、用相同手法……而且還殺害了親生母親……嗯……」
「其實，當時我主動去了解這個事件……我認為那樁事件的兇手另有其人。人並不是那少年所殺……但是之後卻怎麼也查不出真兇。」
「喔？連你的法眼都查不出？」
「……慚愧慚愧，不過那也是我有生以來第一次面對如此離奇的事件……這該如何說明才好呢……雖然犯案行跡歷歷可見，但是卻絲毫不見兇手曾經存在的形跡……。」
「……喔。挺有意思嘛……」
「……因此，這位少年在上次勒殺親生母親事件獲判無罪之後，我仍然不放心，無論如何都想找出兇手，幾經思量，決定與被害者的親姐姐，就是少年的阿姨八代子還有警方連絡，倘若日後發現少年在生活起居或行動舉止上出現任何一點不尋常，請他們馬上通知我一聲，從未鬆懈注意，終於在兩年後的今天，同一名少年在與阿姨八代子之女、同時也是將成為自己新娘的少女吳真代子舉行婚禮的前夕，勒殺對方，因此兩年前的弒母命案，應該也是這名少年因精神病發作而行兇。也因這樣，兩年前我堅持主張……殺害這少年之母的兇手另有其人……眼前這些話可以說完全喪失了信用……」
「啊哈哈哈哈，痛快痛快……。不這樣就無趣啦。看來是個相當適合你小試身手的機會呢。」

「哪裡，謝謝……我哪有心思試什麼身手呢……。一直以來接受您指導、研究精神科學犯罪，其實，我也相信這椿事件可說是絕佳的精神科學犯罪研究材料，所以特地從三種、四種不同角度來調查這件事，整理出相當完整的資料……就放在這包袱裡……」

「……哇嗚……這數量實在相當驚人哪……事件發生至今不過一個星期，你居然就蒐集到這麼多資料……」

「不，這裡面還包括了兩年前那椿事件的相關調查資料……當然還有這次事件的資料，為了確保無論何時萬一我病情加劇都能繼續調查，我一邊調查一邊不眠不休地記錄……也因為如此，氣喘的老毛病似乎急速惡化，我原本就所剩不多的餘命，似乎更加稀薄了。」

「嗯——。你這麼一說我也發現你近來身影稀薄不少。得多多注意才行哪。要是偷木乃伊的人自己先成了木乃伊，自己變成精神科學的幽靈，那事情怎麼了結呢。啊哈哈哈，開玩笑、開玩笑，真是辛苦你了……對了，那包袱上突出的方盒子是什麼……」

「是。這是這次的心理遺傳事件中用來暗示的一卷繪卷，盒子是我特別請指物屋工匠特製的。……我認為那位叫吳一郎的青年，是因為有人拿了這卷繪卷讓他看，才導致精神出現異常，不過就如同我方才所言，警方當局和我的見解完全不同，他們認為吳一郎的精神異常屬於自然發作，或者是偽裝成精神病患，所以當我把這繪卷當作參考資料交給警方，他們只是付諸一笑。不過另一方面，也因為這樣，我才能順利獲得這貴重的參考資料……。」

「啊哈哈哈哈。這真是太好了。你這副樣子拿著這繪卷到警方或者法院那些傢伙面前，還畏畏縮縮誠惶誠恐地說，這是與正木博士獨特研究相關、前所未聞的新學理，心理遺傳的暗示材料……這麼說想必會碰得一鼻子灰吧。沒被誤會為騙徒術士，算你幸運哪，啊哈哈哈。」

「哈哈哈哈。其實我也只不過是為了避免吃上藏匿證物之罪，形式上拿給他們看看罷了，這東西我自己想要得很呢……」

「確實……你真的是個萬事謹慎的男人啊……。」

「不……哪裡……。」

「……那麼你今天來，是打算把這些資料和事件推給我嗎？」

「是的。這是其中一個目的，另外……我也希望請您替現在被視為新娘命案兇手、被送進福岡土手町拘留所的少年吳一郎，進行精神鑑定……。」

「嗯。你說那位少年嗎？那少年的精神狀態我從新聞報導上已經大概瞭解狀況了。算是所謂發作後的健忘狀態。也就是說，因為那繪卷的暗示或其他原因導致精神異常的結果，引發夢遊現象、殺害了新娘，這樣的人要勉強制服他、讓他中止夢遊狀態，反而會讓他更失控。而這樣的興奮使得神經細胞極度疲勞，使得連發作之前的所有過往記憶都受拘束，無法正常活躍。也就是陷入一種『逆行性健忘症』……這一點單是看新聞報導我大概就可以判斷。這症狀很常見，我想我也沒必要出面，由你來說明就很足夠了吧。」

「是的。可是因為這次事件讓我完全信用破產，光憑我的鑑定恐怕不足採信，在法庭上的立場薄弱……現在他們認為……說不定，吳一郎其實是個殺人狂……」

「喔。那可不行。雖然是外行人，既然是堂堂法官，無知也總有個限度。就是因為他認為這世界上有一種叫殺人狂的精神病存在，才會這麼愚弄人吧。殺了人馬上就冠上殺人狂這個名號，這比將蓄意殺人和預謀殺人混為一談，還錯得更離譜。」

「話是沒錯……」

「當然沒錯……，博學如你或許早已注意到，但是現今卻沒有一個學者專家明白，病發前後的言行舉止，是鑑定精神病時多麼重要的參考材料，就好比檢舉犯罪時嫌犯在行兇前後的言行舉止一樣，實在令人搖頭。所謂精神病患，雖說是瘋子，可是他們的行為絕非毫無來由的發狂。根據引起發作的刺激、心理遺傳的內容、精神異常狀態的深淺程度等等，條理井然地畫出一條條脫軌路徑，這當中沒有些許掩飾，遠比一般人的犯罪形跡更有合理順序可循。更別說是殺了人，行兇前後的樣子，比一般犯罪更該視為值得參考的材料才對。」

「您說得有理……我還是第一次聽說。」

「因為不懂這個道理，一見到有人殺人，就冠上殺人狂之類的名稱。如果殺害兩個人，那更是絕不會錯。……從殺了人的這個結果來看，或許稱之為殺人狂並沒有錯，但這個殺人狂如果本想敲破溫度計、實際卻敲破了人的腦袋呢？哈哈哈哈哈哈。如果這樣還有學者要管他叫殺人狂，我倒想見識見識。……在精神病患看來，有時除了自己以外的存在，不管是人類、動物、風景或是天地萬物等一切所有，看來都只是個影子或者是會動的圖畫。比方說他心中若起了想要紅色顏料的慾望，對這個精神病患來說，敲破一個人的腦袋跟敲破一根內有紅色酒精的溫度計，都是同一件事。一旦知道他真正目的只是想拿到紅色顏料，畫朵紅色的花，就絕不會給他冠上殺人狂之名吧。所以在我看來，這位少年的行兇顯然另有目的。換句話說，一切都要看控制他的是什麼樣的心理遺傳內容。」

「您說的確實沒錯……老實說，我也這麼認為，但這完全不是我擅長的領域，而是屬於博士您專精的領域，因此今天才會帶來所有相關資料，希望能供您參考……另外還有一點……也是關於這次事件最後的疑問，當然是屬於我所負責的部份，特別要請您幫忙，事實上我今天就是為了這件事才來拜訪您的……。」

「喔？聽起來好像愈來愈讓人緊張了。你說的最後一點是……？」

「是的……那就是利用這繪卷，給予吳一郎暗示的人。」

「啊……原來如此。如果真有這號人物，那傢伙真是個完美的新型罪犯哪。找出這個傢伙，確實屬於你負責的範圍……。」

「是的……但這個問題直到目前為止都毫無頭緒，導致整樁事件宛如從頭到尾被籠罩在一團神秘雲霧當中……」

「那是當然啦。從以往的例子就知道，受心理遺傳控制的事件，通常都籠罩在神秘雲團裡，直到最後都不明真相。光是報紙上曾經報導過的案例，就不知有多少了。」

「但是……我認為，就這次事件來說，很有可能破除這層神秘雲團……我之所以這麼說是有根據的。因為這最後一個疑問，一定殘留在這少年的記憶深處……」

「是啊是啊……我明白、我明白……。我相當了解……所以你的意思是，如果這少年能恢復原先的精神狀態，或許能想起當初讓他看這繪卷的人什麼長相、什麼樣子……為了找出他的記憶，才要我進行精神鑑定，對吧？」

「是的……說來慚愧，畢竟這實在非我能力可及，所以……」

「好好好。我明白、我明白。我相當了解。不愧是當代的著名法醫學家。居然注意到這一點……

是嗎。哈哈哈哈。好吧，我接受。我就答應你行了吧。」

「謝謝您……真的由衷感激……。」

「嗯嗯。知道了知道了。我都明白了。我看你不如快點把這事拋諸腦後，過陣悠閒自在的生活好好攝取維他命……不，說到維他命，怎麼樣，現在一起到吉塚去吃鰻魚吧？好久沒喝一杯了……不過當然只有我喝啦……都無所謂了。就當作慰勞你在這件事上的辛苦吧……」

「是，那真是謝謝您……不過，您什麼時候能前往鑑定那少年的精神狀態呢？我事先通知法院一聲……」

「嗯。隨時都行啊。也不是什麼麻煩事。我只消看看那少年一眼，就知道他既非殺人狂也不是裝瘋……。但是如果要進行更仔細的鑑定，就有必要住院，安排他到這裡的精神科來，不過我馬上會安排妥當，小事一樁。畢竟雖然若林博士風評掃地，我正木的聲譽可正如日中天呢……哈哈哈哈哈。」

「實在慚愧……那麼這些資料該怎麼辦呢？」

「……啊……那就交給我保管吧。嗯，我看看……嗯。有個好主意。你拿到這裡來……把它丟進暖爐裡，像這樣蓋上蓋子。反正到今年冬天之前不會升火。正是那……連釋迦牟尼佛～～也找不著哪……」

「哦……這是模仿哪一個段子？」

「這不是段子。是歌謠勸進帳中的一小節。你這個法醫學家怎麼什麼都不懂呢。哈哈……」

——【畫面淡出】——

唉呀呀……這是怎麼回事……。天然色立體有聲電影，竟然變成純粹的對話了。這豈不是跟三流的收音機或留聲機沒兩樣嗎。當個辯士還真不輕鬆呢。每句話都要加上敬語結尾真是麻煩。一旦嫌麻煩想省略敬語，又會變成這樣……。搞得我有點累了，接下來就請各位觀賞「不用敬語」、「不需要說明」的電影吧。不……豈止是「不需要說明」。根本是「不需要銀幕」、「不需要放映機」、「不需要底片」……簡單地說幾乎是個「什麼都不需要的電影」……什麼德國製的無字幕電影之類的落伍東西根本比不上。但是各位若要追問究竟是什麼東西，其實也很簡單。就是把剛剛若林交給我、而我丟進空暖爐裡的事件調查資料，經過我研讀之後摘錄出重點，再加上自己的意見，將這份摘要的每個頁面按照順序以電影的形態呈現給各位觀看……。聽起來好像很費工夫，其實也沒什麼。我只是把這份摘錄的正本，穿插進這份遺書大概這個位置罷了……咳……而各位也只需要讀過，就可以了解內容……是我最新發明的電影機關。我認為這種方式的電影今後將大為流行，我也可以把專利權讓給各位。那麼如果各位都贊成的話……好的，馬上開始……還請稍待片刻。

其實我本來就打算把這些摘錄資料穿插到自己的「心理遺傳論」裡，雖然論文原稿早就已經燒毀，不過只有這一小部分還留著。靠著我到目前為止的說明，各位應該都已經成為出色的精神科學家兼偉大名偵探，只要憑這樣的實力閱讀這些記錄後，相信一定可以輕易徹底揭穿本事件的真相，讓所有人啞口無言。

……這樁事件是由於什麼心理遺傳的爆發而產生的？是否有人故意促使此種心理遺傳爆發嗎？還有，如果真有此人存在，他又身在何處？而若林和我對這樁事件的態度，對事件的解決又提出什麼樣的暗示？……大概就是這樣吧。各位可得勒緊褲頭、聚精會神地研讀才行……我這麼嚇嚇大家，然後自個兒趁這段時間慢慢享用我的威士忌、抽根哈瓦納雪茄去了……哈哈……。

◆心理遺傳論附錄◆……各種實例

其一　吳一郎精神病發作始末

——根據W的手記——

第一次發作

◆第一參考：吳一郎的談話

▼聽取時間：大正十三年四月二日下午十二點半左右。吳一郎之母、下述的女塾負責人被害人千世子（三十六歲）頭七法事結束後——

▼聽取地點：福岡縣鞍手郡直方町日吉町二十番地之二，筑紫女塾二樓四坪房，吳一郎的自習室兼臥室——

▼列席者：被害人千世子的兒子吳一郎（十八歲），吳一郎的阿姨八代子（三十七歲）、住在福岡縣早良郡姪之濱町一五八六番地、務農，我（W）——以上三人——

——謝謝……。直到醫師問我，「當時做了什麼樣的夢？」為止，我都沒有想起作夢的事。多虧了醫師，我才沒有成為弒親兇手。

——只要大家能知道殺害家母的真兇並不是我，那就夠了。我沒有其他話可說。不過，若是有助於查出真兇，您盡管問。以前的事家母過世前未曾告訴我，所以我只知道長大懂事以後的事，但是我想應該沒什麼不方便說的事。

——我應該是明治四十年底，出生在東京附近的駒澤村。關於家父的事我一無所知。㊸

——家母出生後就和這位阿姨一起住在姪之濱，但是在十七歲那年，表示想學習繪畫和刺繡，離開了阿姨家，在那之後她一邊尋找家父一邊前往東京，在尋找期間生下了我。家母經常說，「男人這種東西，地位愈高就愈會說謊。」，我想可能是因在埋怨家父吧（臉紅）。可是每當我問起家父的事，她表情總是泫然欲泣，所以長大之後我就很少再問。

——不過我也很清楚，家母一直拚命尋找家父的下落。我記得應該是在我四、五歲的時候，曾與家母一起從東京某個大車站搭了很久的火車，然後再轉搭馬車不斷走在田園和山裡的寬闊道路上。我還記得自己在中途睡著了，醒來之後發現自己還坐在馬車裡。等到天色已晚、四周都一片黑暗之後，才終於抵達某個鄉鎮的旅店。接下來家母幾乎每天揹著我挨家挨戶去拜訪，那個地方不管往哪個方向望過去都只能看到山，所以我每天都哭鬧吵著要回家，因此經常挨罵……。後來再次搭乘馬車和火車回東京後，家母還買了一支喇叭給我，吹出來的聲音就和山裡馬車車夫吹的一樣。

——很久以後我才發現，當時家母一定是回到家父的故鄉去尋找他，於是我又問，「當時我們是在哪個車站搭車的？」，家母聽了淚流滿面回答，「現在問這些也無濟於事了。在那之前媽去了那裡三次，但是我現在已經完全死心了，你也死了這條心吧。如果等你大學畢業時我還平安活著，到時候

㊸吳一郎的出生地可能與事實有所出入。然而此事對研究上並無影響，在此便不加訂正。——作者注

再把你父親的事全都告訴你。」」，所以在那之後我再也沒問過。當時看過的山和小鎮的印象都已經漸漸模糊，只有顛簸馬車的喇叭聲還留在耳中。不過後來我買了許多地圖，計算當時搭火車和馬車的時間，仔細調查後發現，地點應該是在千葉縣或是櫪木縣的山中裡。對，鐵路沿線沒看到海。不過也有可能是因為我只專心看著車窗的其中一邊，事實如何我也不敢確定。

——在東京的住處嗎？好像住過很多地方。光是我還記得的就依序住過駒澤、金杉、小梅、三本木，搬到這裡來之前的最後一個住處是麻布的笄町。我們倆人租的住處不是二樓就是類似倉庫或別院的地方，家母總是在家裡製作各種手工刺繡藝品，完成幾個之後，就揹著我到日本橋傳馬町的近江屋。那個家裡化妝化得很美的老闆娘一定會給我些糕餅糖果。直到現在，我都還記得那棟房子還有老闆娘的長相。

——家母當時製作的手工藝品種類？這個我不太記得了，但是應該有神像的垂簾、襯領、綢巾、和服的衣擺圖案、披肩的縫紋等等，很多東西。是怎麼縫的？……能賣多少錢？當時我還小，什麼都不懂……只有一件事到現在都還記得很清楚，那就是從東京搬過來這裡的時候，家母送給近江屋老闆娘的一件小綢巾的圖案。那是在一塊相當相當薄、薄到近乎透明的絹布上，繡上各色各樣不同的菊花，相當漂亮，每天只能完成約莫手指頭大小，當這綢巾完成後送到近江屋，由我手中遞給老闆娘時，老闆娘吃了一驚，大聲呼叫家人們出來，所有人都目瞪口呆、十分佩服地看著。後來我才知道，那是一種早已失傳的古老刺繡方法，貨真價實的「滿地繡」，現在已經沒有人會了。老闆娘的丈夫好像還拿了錢給家母，但家母辭謝了，只收下糕餅糖果回家。家母和老闆娘一直站在門口哭泣，讓我不知該如何是好。

——從東京搬過來這裡，好像是因為家母找人占卜。她經常說，「狸穴[44]的占卜師父真準」，所以我想應該是那位師父建議的吧。對方好像對家母說，「你們母子如果一直留在東京，運勢永遠不會好，一定是受了某種詛咒，為了避開災厄，最好回故鄉去。今年要遠行以西方為宜，星相上是這麼說的。妳屬於三碧木星，和菅原道真㊺或市川左團次㊻等人屬於相同星相，所以三十四歲至四十歲之間是災難最多的時期。你要找的人是七赤金星，與三碧木星正好相剋，如果不趁早放棄，後果不堪設想。甚至即使只是屬於彼此的東西放得接近，都有可能因此互相傷害，這是相剋中最可怕的一種，所以千萬不要大意將對方的遺物留在身邊。等到過了四十歲運勢就會轉趨平順，過了四十五歲，就會迎來超乎常人的好運。」。所以在我八歲那年，搬回來這兒，家母經常笑著對塾生說，「那師父說得一點都沒錯。我和天神還有那不知什麼大人的屬於同樣星相，所以才會喜歡文學和藝術。」，聽久了我也就自然而然記住了。……不過七赤金星的事家母只告訴我一人，還嚴禁我說出去……。

——家母搬到這裡後不久，就租了這間房子設立女塾。學生多半約莫二十個人，分為白天和晚上兩組，在樓下正面的四坪房間上課，其中還有看似名門的大家閨秀，家母很是高興。不過家母性子比較急，經常會責罵學生。偶爾也會有無賴漢或不良少年模樣的人來騷擾學生，或勒索家母，這種時候家母都會隻身將他們斥罵趕走。……所以能進到這個家中的男人只有房東爺爺、我中學時代的導師鴨打老師，以及修理電燈的工人。除此之外，既沒人寄信給家母過，家母也從未寄過信。就連交情那麼深的近江屋老闆娘好像也沒有連繫，似乎很害怕讓人知道自己的住處。她雖然從未告訴我這麼做的理

㊹狸穴：今東京的麻布狸穴町。——譯注
㊺菅原道真：日本平安時代的學者、漢詩人、政治家。長於漢詩、被尊為學問之神。——譯注
㊻市川左團次：歌舞伎演員，屋號為高島屋。——譯注

由，我猜應該是太相信那狸穴的占卜師，以為有人想傷害自己吧。家母雖不迷信，只有那狸穴師父的話，她打從心底深信……。

——不過老實說，我並不喜歡直方這裡。可能是因為從東京前來這裡的途中，因為我身體不舒服，在火車上嚴重暈車，從此很討厭那種煤炭煙味，但是到這裡來之後，到處都是礦坑，從早到晚都聞得到那種臭味的關係吧。可是家母那麼高興找到這個好地方，我也只能忍耐了。不久之後我慢慢習慣，搭火車也不會暈車了，但是對於髒空氣和煤炭臭味還是打從心底討厭。另外上學之後，同學說話南腔北調，講話粗魯很難聽懂，令我非常困擾。因為那裡幾乎集結了全日本各地的兒童……。

——而且，因為我從小經常搬家的緣故，朋友很少。搬來這裡之後在學校還是沒交到什麼朋友，後來上了中學四年級，我發憤用功考上福岡的六本松高等學校，發現那裡的空氣非常乾淨、風景又美，內心高興不已……是的……我之所以那麼早參加考試，一方面是討厭這裡，其實也是希望能快點大學畢業，好能早日聽到家母告訴我關於家父的事情……雖然我並沒有告訴家母這種話……上中學就讀時也是一樣。也沒有特別原因……就這樣，我現在終於念到文科二年級了。（臉泛紅，暗暗流淚）

——但是很不可思議的，我考試考得好，家母並沒有顯得特別高興。從以前就是如此，我用功唸書考了好成績，家母也從沒說過什麼，她好像很不喜歡我的成績被公布、姓名被刊登在報章雜誌上。因為我自己也不喜歡這種事，所以如果依學校規訂必須公布成績時，家母甚至還曾特地帶著我去找老師請求，「請盡量貼在不顯眼的角落」。老師們雖然誇讚家母，「妳真是個謙虛的人」，其實家母並非謙虛，而是發自內心討厭這種事。要考高等學校時她好像非常擔心我的姓名會刊載在福岡的報紙上，我就對她說，「既然如此，我不如去東北或其他地方隨便報考個私立專科學校或什麼的，您也一起搬來吧。這麼一來說不定就不會刊在福岡的報紙上了。」，她想了一會兒，然後說，「無論如何你都得念大學，而且放下這些學生我也捨不得。」，所以還是決定報考福岡的六本松高等學校。但家母還是會經常對我說，「福岡有很多不良少年和不良少女，你可別隨便離開宿舍。」，或者「路上遇到陌生人向你搭訕，不可以隨便回答。」之類的話，現在回想起來，應該是那位狸穴的占卜師父確實說中過，讓家母相信有人會對自己不利，才會想盡辦法要隱藏自己居住的地點吧。

——在學期間我住在宿舍，不過從星期六晚上到星期天，我一定會回直方。放假期間一直在家中，每天早上稍微早起一些幫忙家母做點事，然後晚上大約九點或十點就早早就寢了。家母是個性情剛烈的女人，直方這裡雖然人口不多，我不在的時候她只有一個人獨自睡在這個房子裡，不過她經常對我說，「早上八點左右學生就陸陸續續會過來，一直到深夜十一點為止都沒時間休息，我一點都不會覺得寂寞。所以如果你忙於課業，也不必勉強回來。」。

——直到最近，都沒發生過什麼奇怪的事。不過，我記得好像是在去年夏天，家母拿著用來當作刺繡材料包裝紙的美國報紙來問我，「這個人是做什麼的？」，我讀了那篇報導後，知道是電影演員朗錢尼扮演的小丑角色，家母聽了很無趣地說，「喔，是嗎。」，就下樓回房了。當時我猜想，家父或許就長得那種樣貌、居住在國外，所以還特別特別仔細看過那張照片，連細微之處都記得很清楚。可是那個人的臉仔細看來就像一隻大蠶，我悄悄下樓，走到家母三坪大的房裡，在梳妝台前照鏡子看看自己的臉孔，卻發現一點也不像（臉紅）。

——那天晚上也沒有什麼特別的事發生。我和平常一樣九點左右上床，家母是幾點就寢的我並不清楚。如果跟平常一樣的話，我想是十一點左右吧。

——還有，這件事我沒告訴警方，那天晚上我半夜曾經醒來一次。以往很少有這種情形，我擔心要是說了反而會招人懷疑……也不知道為什麼，我好像聽到一聲很大的聲響，突然睜開眼睛，但是當時四周一片漆黑，所以我打開放在枕邊的這盞燈，看了看放在我未讀完書本底下的手錶，時間是凌晨一點五分。……之後我正要起身去解手時，不經意地看了一眼面朝我這邊熟睡的家母，發現她嘴巴微張、兩頰鮮紅，額頭宛如瓷器般雪白透明，看來年輕得令人覺得不可思議。幾乎就像來家裡上課的學生中、年歲稍長的人。然後我下樓上過洗手間後，打開三坪和四坪榻榻米房的燈，沒發現任何異樣。剛剛聽到的咚嚨一響不知從何而來，看著看著，心想說不定是我的錯覺？我再回到二樓來，看到家母的臉已經轉向另一邊躲在棉被裡，只看到捲著梳子的頭髮。於是我馬上關燈睡了，從此，我再也沒有見到家母的臉。

——接下來就如我在警察局所告訴醫師（W）的，我不斷做怪夢。我平常很少作夢，但那天晚上實在很奇怪。不。我沒有夢見自己殺人，但是我夢見脫軌的火車轟隆隆地追著我，巨大黑牛伸出長長的紫色舌頭睜大眼睛瞪著我，太陽掛在藍色天空正中央，不斷噴出漆黑煤煙一邊滾動，富士山頂峰裂成兩半，鮮紅的血如洪水般流出來，化為大浪朝我襲來等等，我非常非常害怕，但是不知為什麼，我雙腳無法動彈，想逃也逃不掉。不久之後好像聽到房東的養雞場傳出兩、三聲雞啼，但那些可怕夢境仍舊接二連三清楚地湧現，讓我遲遲沒辦法睜開眼。我拚命痛苦掙扎了一陣，才終於睜開了眼睛。

——當時這邊的格子窗已經發亮，我終於放下心來打算起床，卻發現整個頭劇烈抽痛。同時我嘴裡有股奇怪臭味，胸口也覺得陣陣悶痛，我心想，自己一定是生病了，所以又睡下。當時本來只是想小睡片刻，結果這次什麼夢也沒作，流了滿身大汗沉沉入睡。

——不久之後，不知道是誰，突然把我拉了起來，緊緊抓住我右手，好像要把我帶去什麼地方。

我睡眼惺忪，以為自己還在作夢，想要甩開對方的手逃走，這時又來了另一個人，抓住我的左手，把我拖向樓梯。這時我才終於清醒，回頭一看，一位身穿西裝的人和拖著指揮刀的巡警正蹲在家母枕邊，似乎在調查什麼。

——看到眼前的光景，我在半夢半醒間判斷，家母一定是罹患了霍亂之類的重病。我一定也得了相同的疾病，身體才會如此不舒服……。兩個男人把我拖著走，我現在還記得當時的難受。全身好像快溶化般疲倦，骨頭似乎都散掉了，每下一階樓梯，眼前就愈黑暗，腦袋裡面彷彿有水在搖晃般漲痛。每當我想停下腳步、忍受這劇痛，底下的人就會突然拉扯我的手，讓我跌跌撞撞地一步一步走下樓，途中我忽然抬頭，正好看到家母身上褪色的衣帶繫成環狀，垂掛在樓梯對面上方的扶手上。

——不過，那時候我連思考為什麼的力氣都沒有，而且跟在身旁的男人又用力戳我的身體，痛得我感到一陣暈眩，就這樣來到後門，套上家母平常穿的紅色鞋帶木屐，走出後巷。這時，我突然想到，該不會家母已經過世了，於是心頭一驚，停住腳步左右張望，這才發現抓住我雙手的男人長相我曾經看過，是直方警局的刑警和巡警，他們正惡狠狠地瞪著我，用力拖著我往前走，所以我根本沒機會開口問。

——路上的陽光刺眼，我家門前擠滿了大批人群，我一走出來，所有人同時看著我。站得較近的人還連忙踉蹌往後退，看到這些人黃色泛著光的臉，我又眼前一暈，差點昏倒。同時我腦中又開始陣陣抽痛，很想嘔吐，很想伸手去按住額頭，但是兩手都被用力抓住，什麼都不能做。此時我才想到家母並非生病，可能是被人殺害之類的，而警方懷疑我正是兇手，於是我老實地跟著刑警走。

——當時我腦袋可能出了問題。我一點悲哀或恐懼的心情都沒有。可是我全身汗涔涔，身上只穿著一件背後和腰部周圍完全溼透的白色浴衣，實在難過得受不了。再加上頭頂上照射的炙熱太陽光令人感覺上有點焦臭、有點窒息，我意識漸漸模糊，嘴裡覺得一股腥味，忍不住想嘔吐，我偶爾張開眼睛望著閃閃發亮的地面，一邊吐著唾液一邊往前走。然後，我發現果然不是去找醫師、而是轉向警局，我突然心跳加速，但是開始爬上警察局前的樓梯時，我又完全冷靜下來。這時候我竟有一種好像在閱讀描寫自己故事的偵探小說般作夢的感覺，凝視著骯髒的地板，背後突然響起很大的叫聲，我嚇了一跳，轉過頭去，發現是帶我過來的刑警正在喝斥，制止跟在後面的一大群人進入警局。人群中應該有我認識的人，但是我已經記不得有誰了。

——之後，我被帶到後方的小房間，坐在木製的板頭㊼上，接受巡警隊長和刑警的各種偵訊。可是當時我頭痛欲裂，也不記得是怎麼回答的了。只記得警察一直對我說，「你在說謊，對吧。」，所以我也不斷堅持，「沒有，我沒有說謊。」……………。

——沒過多久，直方町無人不識、綽號「鱷魚警部」的谷警部走了進來，一劈頭就說，「你母親死了。」。當時我忽然覺得滿腔悲痛，再怎麼忍都忍不住想出聲慟哭，但我還是拚命地忍耐，不停擦著眼淚，沉默了一陣子的谷警部說，「你不可能不知道。」，同時丟了某樣東西在我面前的骯髒木桌上。那是家母總是放在床榻上、家居服用的衣帶，上頭有紫色繫繩和鐵製茄子。東西已經相當老舊了，聽說是家母從離開故鄉當時就開始使用，但是我毫無頭緒，只能低垂著頭，谷警部發出如雷怒吼對我大叫，「你就是用這個勒死你母親的，對吧！」。這指責實在太過分了，我怒火上昇，情不自禁站起來瞪著谷警部，這時，我忽然又頭痛欲裂、想吐，於是我雙手撐在桌面上，全身不停顫抖強忍著。但是我實在太不甘心，怎麼也忍不住汩汩流出的淚水。

——谷警部接著又說了許多話斥責我。這位警部被附近礦坑中的惡徒們稱為「魔鬼」或「鱷魚」，讓人聞風喪膽，但是我自認沒做任何壞事，所以只是靜靜地聽著……「今天早上八點半左右，兩三名塾生和平常一樣前去上課，看到前後門都反常地緊閉，馬上通知住在後面的房東。房東先老生從後門門縫間大聲呼叫，可是怎麼都叫不醒人。後來他隱約看到昏暗光線中有兩條白皙的腿，懸在通往後門的樓梯口，老先生臉色鐵青地衝到警局。……之後，警方趕到，首先發現後門的卡榫還固定著。接著警方正想上二樓，發現你母親只穿著一件睡衣，將一條細腰帶綁在樓梯扶手上，套上脖子垂下雙手雙腳，而你則是毫不知情般呈大字型躺著，身子還有一半在床鋪外，睡得很沉。但是調查你母親的屍體時，發現脖子周圍的勒痕和細腰帶並不一致，同時她的床鋪也凌亂不堪，所以一定是先遭人勒殺之後再偽裝成自縊。另外，家裡並沒有任何東西失竊的痕跡，也沒有外人潛入的跡象，除了你之外沒有其他可疑的人物……。」

——還有。「你母親在被褥中被勒殺時似乎非常痛苦掙扎，導致出現兩至三道勒痕，睡在一旁的你不可能不被吵醒。而且你還跟平常不同、多睡了三個多小時，這又是為什麼？一定是勒殺你母親之後假裝睡著想矇混，結果不小心真的睡過頭，不是嗎？是不是有其他女人喜歡你？還是前來補習的女學生中有喜歡你的女孩，你因為此事和母親吵架？或者你向母親要錢了？你每個月拿多少零用錢？她真的是你的母親嗎？或者只是由情婦假裝成你的母親？你快從實招來……。」他說著這些荒唐透頂的話。……但是我聽著聽著，只覺得整顆腦袋好像麻痺了，這麼看來，人類或許真的會在自己不知不覺中殺人吧。難道我真的在半夢半醒之間殺死家母，然後又忘了嗎……我低頭出神地想著這些事，這時

㊼板頭：九州地方方言，指椅子。——作者注

谷警部說，「既然如此，你就留在這裡好好想想。」，然後將我送進拘留室……。

——接下來那天和那個晚上，我什麼都沒吃，睡睡醒醒的，隔天早飯也因為頭痛而吃不下，不過後來實在太餓了，吃午飯時覺得相當美味，頭也不痛了。到了傍晚，一位長相酷似家母的女人前來面會，我看了大吃一驚，就是這位阿姨，那是我有生以來第一次與她見面。當時，阿姨也和醫師（W）問了我同一句話。「你做了什麼夢嗎？」……。但是我實在回想不起當時的事，只好回答我什麼都不知道。……我真的完全不知道自己被麻醉劑迷昏的事……。

——隔天醫師（W）來了，中學時的導師鴨打老師也來看我。又隔了一天，法院的人也來了，他很親切地問我許多事，感覺上好像有可能獲釋，我實在很想去看看家母到底怎麼了，但是前天回來一看，家母的遺體已經火葬了，讓我好失望。因為我家連一張照片都沒有，所以我再也見不到家母的容顏了。不過明天阿姨就要帶我回她在姪之濱的家，聽說家中還有一位名叫真代子的表妹，我想應該不會太寂寞的。

——我最喜歡的是語言學，其中最感興趣的是閱讀外國小說，尤其是愛倫坡、史蒂芬生和霍桑的作品。雖然大家都說這些作品落伍了……我甚至想，進了大學之後要研究精神病。其實我本來希望唸文科、研究各國語言，然後和家母一起去尋找家父的下落，但是家母生前極少提及家父的事，我實在很失望。除此之外，目前我還沒想到以後要做什麼。雖然不討厭國語和漢文，不過中學畢業後，就沒想過要刻意再鑽研。其次喜歡的是歷史、博物，覺得無趣的是地理、物理和數學。最不擅長的是唱歌，不過聽歌倒是很喜歡。聽到美妙的西洋音樂，就好像在欣賞一幅名畫一樣。民謠之類當家母心情好的時候常和學生們一起唱和，所以我也還蠻喜歡的（臉紅）。

——到目前為止我從來沒生病過，家母好像也沒有病倒過。

——接下來我要到曾經去警局探望我的鴨打老師家致謝。

◆第二參考：吳一郎阿姨八代子的談話

▼同一地點同一時刻，吳一郎外出後

——真的，一切都好像在作夢一樣。一郎絕對是我妹妹的兒子沒錯。他的五官就像跟他媽一個模子印出來的，連說話聲音都很像我父親。

——太久以前的事我也不清楚，我家代代在姪之濱這個地方務農。我們姐妹的母親早逝，父親也在我十九歲那年正月過世，所以我家只剩下我和妹妹（轉頭看著牌位）千世子兩人。那年歲暮，我剛招贅現已過世的先夫源吉，不久後妹妹就留下一封信，信上說，「我要去東京學習繪畫和刺繡，往後會一輩子單身，請勿掛念。」，就離家出走了。那時是明治四十年新曆年的正月期間，後來，有人說曾在福岡見過我妹妹，但詳細情形也不清楚。可能她真的很喜歡繪畫和刺繡吧。一郎說得沒錯，舍妹以前就是個好勝心很強的女孩，她十七歲那年以第一名成績畢業於縣立女校，只要迷上什麼事，就會瘋狂投入，經常會熬夜不睡閱讀小說或是畫畫。特別是刺繡，她從小學的時候就很喜歡，到了傍晚天黑以後，還會在外面簷廊，拿木棉的線頭一針一針繡著圖畫紙上描繪的寺院紙門圖案，我想她是見到我招贅之後安了心，決定從此專心一意學習刺繡吧。現在回想起來，當時就已是我們此生的別離了。她原本就討厭農田田園裡的粗重工作，所以我經常留她獨自看家，不過我家門前很熱鬧，家中出入的人也不少，應該不是做了什麼見不得人的事，才離家出走的。

——後來知道舍妹的消息，是村辦公處的通知得知，她明治四十年底在東京附近的駒澤村，生下一個名叫一郎的兒子。當時我馬上拜託警方幫忙找人，但是她申報出生的地址，從很久以前就是出租的房子，而且我為求慎重寄出的信，也被退了回來，讓我覺得很無奈。一郎上小學時的戶籍資料等也不知是怎麼拿到的，就這樣斷絕了音訊。後來我在二十三歲那年正月，丈夫去世後不久，產下現在這個獨生女真代子，從此之後就我們母女兩人相依為命。

——在報紙上看到這次事件的消息時，我恍恍惚惚地匆忙趕到警察局，接受警方各種調查，不過我的回答都和剛才說的一樣。

——第一次見到一郎時，我忍不住流下眼淚。那時候會問他有沒有作夢，是因為住在我們附近那邊的一位年輕人曾讀過關於夢遊症的相關報導活動。好像是發生在西洋那邊的事情，我們也不太懂，不過那個年輕人笑著說，如果是罹患夢遊症就不會被問罪，不如往後就假裝夢遊症來做壞事吧……，我想起他說的這些話，所以才試著問一郎會不會也是這樣，我知道一個女人家不該這樣隨便亂講話，但我只是一心希望能救出一郎（臉紅）。多虧了醫生您，現在不僅證明了一郎是清白的，也因為您解剖屍體調查，才證明舍妹已經很久沒有過不檢點的行為，至少讓我稍微安心一些。……所以，等我在此替她好好辦完一場法事後，希望能向曾關照過舍妹的人，一一致謝，盡到該有的禮數。

——昨天東京近江屋的老闆寄來奠儀，還附上這封信（內容從略）。信上提到，「因為宮內省的官員託我找她來幫忙修補衣物，我正在尋找她的下落，剛好警方來人通知我這件事，我知道後非常震驚。」，看信上寫的內容，當初曾經聽舍妹傾訴過自己身世遭遇的老闆娘，好像也去世了。如果舍妹能多活一段時日，或許能夠等到好運來臨……不知道她跟人結下了什麼冤仇要落得這種下場……但是如果抓到狠心下此毒手的兇手，我恨不得把他五馬分屍（落淚）。

——我家目前現在只有遠親還在，不過現在親近的只有我和小女兒而已。今後我會把一郎當成自己的兒子一樣，盡全力栽培他成材……。可是一想到他成了個無父又只能守著母親牌位的孤兒，我（啜泣）……。

◆第三參考：松村松子女士（福岡市外水茶屋翠絲女塾負責人）談話

▼同年同月四日　摘錄自玄洋新報社早報報導

——那位擅長刺繡的小姐到我這間翠絲女塾來，已經是很久以前，約是日俄戰爭的時期了，當時我三十多歲，詳細情形已經記不太清楚了。是的，她確實來這裡上過課。那時候年紀約莫十七、八歲吧？感覺上不大顯眼，不過身材嬌小，人也長得細緻漂亮，她說自己叫虹野三際。不，不會有錯。因為這名字很罕見，所以我記得很清楚。而且你剛剛提到了「滿地繡」那種刺繡法，除了虹野小姐以外我還沒聽過有人會呢。

——我這裡沒有留下任何虹野小姐的作品。當時我並不懂得這種奢侈東西的價值，早知道就應該留下來的。之前只有一次，她花了大約兩個月的時間，完成一件約五吋見方的小綢巾作品，曾在我的補習班展示會中展出，不過因為定價高達二十圓，後來並沒有賣掉。如果現在還保留應該很不得了吧。

其實我應該也去學的。虹野小姐不但技術一流，也寫得一手好字，甚至比小野鵝堂㊽的抄本還要漂亮，她經常幫我寫其他學生用來刺繡的字。畫畫的功夫也不錯，我這邊較好的底畫，她大都臨摹過了。不過，她前前後後大約只來了半年左右，就突然沒再來了。什麼……當時看起來像不像懷有身孕？……不，她身材嬌小，如果懷孕應該馬上看得出來……你說那個好色男人拋棄虹野小姐逃走了？什麼，原來是這樣啊。啊啊……。

——當時住的地方嗎？這個嘛，如果我知道就好了……但是當時來我這兒的學生，現在都已經是快四十歲的老太婆了啊。嘿嘿嘿嘿。什麼！可能是那個男人殺死虹野小姐的？……喔，太可怕了！那麼漂亮的人，真是可惜了……你這麼說我倒是想起了一件事。不過你可不能告訴別人。虹野小姐對付男人很有一套，聽說還曾經有兩、三位大學生為她失戀呢。不過這些都只是謠傳啦。當時虹野小姐住在哪裡我並不清楚，她有時候從東邊來、有時候從西邊來，回去時也一樣，沒有人知道她真正的住處。我的補習班雖然拒絕品行不良的學生，但是她也說不上有什麼不對，再加上她為人老實、工作能幹。不，我沒有照片。不過如果是出於當時的怨恨，也未免也太會記仇了吧。呵呵呵……。

——喔！就是那樁有名的迷宮事件被害人吳小姐？……唉呀，這怎麼會呢。你們怎麼知道虹野小姐就是那吳小姐呢？哦，她曾經告訴過東京近江屋老闆娘自己的來歷，只是沒說出男人的姓名？……喔喔，原來如此。那我剛剛說的話還請你不要洩露出去。云云。

▼附記　有關吳一郎精神病第一次發作的事件記錄要點，完全包括在上述三項片段內容中，以下省略詳細記述。不過，第三參考資料「松村女士的片段內容」部份，對於我所謂的「吳一郎精神病第

一次發作」的參考，屬於完全不必要的範圍，但基於尊重製作這份記錄W的主張，同時也為了佐證當時司法當局對於該事件的調查方針，以及當時各報紙的報導，都默默受到W的見解影響，特此揭示。

◆W對於上述內容的意見摘要

我（W）最初在報紙上發現有關這樁事件的報導時，立刻認為這應該是極端罕見的夢遊症最佳案例，馬上前來調查，發現直方這個地方原來位於筑豐煤礦中心，是日本屈指可數的傷害案件發生地。所以警方的調查方針既單純又粗糙，現場的證據到了事件發生的隔天，已經被擾亂蹂躪得體無完膚，根本無法進行充分調查，然而，綜合現場的狀況及上述諸項談話、警方當事人的記憶、左鄰右舍的傳聞等等結果，仍可得到關於本事件的下列各項特徵。

（甲）命案現場的女塾內，除了吳一郎母子與學生的形跡，以及關閉後門的唯一一根直徑約一寸、長約四尺一寸的竹棒，因為不明原因已經掉落地上之外，完全沒發現疑似兇手的指紋、腳印等，也看不出是否被人擦掉。另外，可以推測前述竹棒位於只要用力推壓木板門，就能伸入手指移開的位置。而上述木板門邊緣與竹棒接觸的部分，為了防止磨損並且確保竹棒能確實固定，已覆蓋了新製鋅板，但這反而導致成為只要稍微使力就能讓竹棒鬆脫的原因。

（乙）被害人千世子是在當天凌晨兩點到三點之間，遭人用絲質衣帶由背後勒殺，留下她踢開被

⑱小野鵝堂：明治大正時期的書法家。——譯注

褥、在榻榻米上輾轉掙扎的痛苦痕跡後斷氣，之後被移至樓梯邊，利用扶手吊上細腰帶掛住脖子，面朝樓梯口，偽裝成自縊。而且，脖子上的兩到三層的勒殺痕跡，在犯案當時即可明顯確認，儘管如此，兇手卻依然將其偽裝為自縊，此行為乍看之下彷彿是淺陋的掩飾犯行方法，事實上並非如此，考慮到此兇手特意消除指紋等等行動，犯人可能是為了利用這兩種互相矛盾的行為所產生的錯覺，誤導警方的辦案方向，才採取這種極其巧妙的手段。

另外，被害人手中並未持有任何物件。很有可能遭人施以輕微麻醉。還有，被視為行兇使用的腰帶，後來輾轉經過幾位警方人員之手，始終無法檢驗出任何與兇嫌有關的跡證。

（丙）吳一郎遭人施以麻醉之事，依據其談話中所出現的各種癒後徵兆可以推測。

（丁）屍體在死亡後約第四十小時，於該女塾後院，在舟木醫學士見證下，由我（W）執刀解剖的結果，確定被害人最近並無性交痕跡，子宮內也只有曾懷過一胎的痕跡。

根據如上的事實，要推定兇手及行兇目的可謂相當困難。然而，可以推測兇手乃是個具有相當學識、慣於使用麻醉藥劑，個性深思熟慮，具有強大臂力的人，並且不樂見兇行涉及吳一郎之人。（中略）調查方針起初乃基於如上的推測進行，在釋放吳一郎後，結果再次放棄此方針，轉移至純粹假想一犯人形象的搜查活動，終至一無所獲，讓事件陷入所謂難解迷宮中。（下略）

▼與上述內容有關的精神科學觀察

由於這樁事件並非筆者（正木）本身親自調查，因此在進行專門的精神科學觀察和說明上，多少稍感不便。然而，根據W站在其獨特法醫學觀點所製作之調查記錄中呈現的事件各種特徵進行觀察時，無庸置疑，此事件真相即難以利用現代所謂的科學知識及其相關常識所指涉範圍加以判斷、說明的「心理遺傳發作」。這乃是筆者所謂「沒有兇手的犯罪」之最佳案例。以下將一一點出、明示W最初的直覺何以正確，一切跡象又所指為何。W在事件後仍未放下對此點之疑念，記錄下如前所示的寶貴的談話內容，其準備之周詳，我必須首先表達敬意。

透過前述的W的觀察和三項談話內容，列舉出下列觀察要項，以追查此事件真相。

【一】吳一郎的個性與性生活

吳一郎當時雖是滿十六歲四個月的少年，但是生長在一個以母愛為主的家庭，且平常即有機會與年輕女性接觸，顯現出文弱敏感、發育圓滿的少年常見特徵，因此在事件發生前即以具備充分的性成熟，但卻因母愛的純美和自己明晰頭腦淨化了品行，未曾有過將其發洩於肉體的心理缺陷，保有無垢的童貞。他在述及自己傾聽異性唱歌，以及時而臉紅，即可視為該時代具有此種個性的少年特徵，而從他談話中處處可見的單純率真，以及雖然自覺有確切理由被指認為兇手，卻仍未對自己的立場感到任何恐懼等事實等等推定，他在心理上從未有過些微暗影遮蔽，始終過著清淨純真的童貞生活。上述年齡與性生活的推論，為影響有關此事件之所有精神科學觀察的重要斷定之基礎，因此特於開頭述及，促請注意。

【二】誘發夢遊狀態的暗示

吳一郎在事發當晚於凌晨一點左右醒來，看到母親睡臉時覺得異常美麗，他的如此告白不僅證明了前述觀察之正確，同時也足以說明當晚吳一郎心理遺傳的發作，亦即夢遊狀態發生的暗示屬於何種性質。也就是說，他此番告白已經明白地揭示，半夜清醒與其性衝動高潮有確切關係，當時吳一郎的精神狀態或許正瀕臨著某種危機的最高潮。而這種危機隨著他一度下樓如廁、再爬樓梯回到二樓的期間，應該已經呈現顯著緩和。再加上刺激對象的母親千世子已經轉身背向他，不難推測這讓他的衝動有某種程度的幻滅，讓他得以恢復平時的理智、再度就寢。然而，這種暫時受到壓抑的性衝動，在吳一郎陷入熟睡之後，刺激了潛在其無意識當中的可怕心理遺傳，誘發夢遊狀態（參照後述的第二次發作），終於演變為此種兇行，對照下述條列的各項理由，應可逐步瞭解。

【三】吳一郎第一次清醒與夢遊的關係

吳一郎只有當天，在半夜突然清醒，他自己也表示，這是以往很少經歷的異常現象，這很有可能是顯示其後在睡眠期間確有夢遊狀態存在的一項徵兆。但是在揭明理由之前，必須要考慮的一件事就是，頂住後門的竹棒落地聲，被認為是造成吳一郎第一次清醒過來的原因。吳一郎本人也相信如此，不過這是將睡眠中的感覺作用與清醒時的知覺作用混為一談所產生的誤解，無須躊躇，即可認定此乃相當草率的判斷。因為從很多例子都可以發現，本人深信自己在睡眠中聽到某種聲響後馬上清醒，但是根據清醒後的正確判斷力來檢測，其實這當中已經過了幾分鐘、甚至是一、兩個鐘頭的睡眠。最極端的例子是叫醒所謂賴床的人時，幾次呼喚他都會回答，但又再次陷入熟睡，等到日上三竿驚醒時，堅持只聽到一次叫聲就醒過來，這種例子屢見不鮮，乃世人所周知。由此也可以充分證明，睡眠中感覺到的聲響，和受刺激到清醒之間，對經過時間的判斷有何等巨大的差異。況且，有時候雖然在夢中明顯感覺有聲響而清醒，經過之後的冷靜檢查，絕大多數都發現並未出現任何聲響。依此觀察，進行正確推理時，認定竹棒掉落聲與吳一郎的清醒之間存在必然因果關係，可說相當危險，反而應該將此兩種現象視為毫無關連，來觀察此事件才能較接近真相。更有甚者，將此等現象與吳一郎清醒後的異常情緒直接連結，貿然斷定有人從外潛入、對吳一郎施以麻醉劑後行兇，只能說是極為冒險且不合邏輯。

此外，關於上述被誤認為是竹棒掉落的夢中聲響真正來源，雖然已有需另行發表的重要研究資料，但因上述資料必須列舉相當廣泛的實例，並且需要極其精密詳細的心理學說明，在此只大略敘述，僅舉出兩、三項「在夢中感覺到並未實際存在的聲響」中，驚醒睡眠的顯著實例，以供參考。

（甲）夢裡正沉迷於某種幻象，但該幻象突然停滯時……例如某種情感（喜怒哀樂）等急速達到高潮頂點的同時，幻視到某種物體爆炸、散亂或者掉落的情景之瞬間……等……。

（乙）夢的進行突然陷入某種無限深度的空虛時……例如，掉出世界邊緣，或墜落黑暗深谷的剎那……等……。

（丙）夢中正在進行的某兩種心理現象，突然交叉或者衝突時……例如，進行某種祕密工作、深怕某人發現，剛好被那個人發現的剎那，或是擔心會衝撞的輪船或汽車，突然轉彎迎面撞過來的瞬間……等……。

（丁）夢中正在進行的景象，突然遽變成完全出乎意料、且正好相反的心理對象時……例如，突然發現好友變身為惡徒，或者同伴忽然變成可怕人物，或是室內各項舒適的器物、花園裡美麗花朵，突然變成自己最害怕、最厭惡的形象物體那個剎那……等……。

根據上述諸項進行觀察，可以發現夢中所感受到的非實際聲響之真相無他。其實無非是在夢境進行中，突然受到不可抗拒的驚愕、恐懼、歡喜等其他心境急遽變化，這些和在清醒時忽然被極大聲響驚嚇的心理遽變酷似，因此才產生錯覺，覺得聽到了聲響。

對照上述事例分析這樁事件，可以推測吳一郎第一次的清醒，是因為在其清醒之前，心理充滿亢奮的性衝動，描繪出某種夢境，此夢境與受到刺激被喚醒、象徵良心之衝動而出現的某種幻象之間，產生不可抗拒的交叉衝突，這個剎那的恐懼心理狀態，帶給來如同聲響的錯覺。但是，如果認同這種假設，在這種性衝動之中甦醒的吳一郎表示，看到母親的睡臉覺得「異常美麗」，這個事實乃是極其自然的心理歸趨，這可以視為是童貞少年特別在春天裡常見的有關祕密心靈經驗的純真、誠實告白，同時，更強烈地證實了他在後來的熟睡中，受到相同衝動所刺激誘發出夢遊的可能性。

另外，關於竹棒掉落的事實，難道不是他本人在夢遊中因無意識理智發動而進行的掩飾犯罪行為嗎?許多夢遊者經常會有行兇或其他不正當行為,會一併進行此種掩飾行為的實例,亦多不勝數。而且,絕大部分都如同這樁事件,手法相當淺薄可笑,可見前述疑問極為可能。當然,也可能是有人想由外潛入之際,不小心弄掉竹棒,正在窺探有何反應時,吳一郎剛好從樓上走下來,所以連忙逃走,此種偶然巧合這並非完全不可能。不過警方對於這些疑問,幾乎等於沒有進行任何調查,只好暫且保留存疑。

【四】夢遊狀態發作時的行動……絞殺……

本樁事件的根本說明,也就是行兇目的,至今依然曖昧不清,除了已經超乎推理範圍外,根據「筑紫女塾內未發現吳一郎母子與女學生以外的任何形跡」等W的各調查事項分析,應可同意:將此樁事件真相視為吳一郎夢遊症發作、殺害母親,可說是最簡單也最恰當,同時,也可以毫不牽強地說明關於其他兇手的推斷,只是勉強試著假想兇手為第三者的一種錯覺。換句話說,可以推測吳一郎沈浸於前述性衝動心理狀態下熟睡之後,由於受此刺激所誘發的心理遺傳發作,進入夢遊狀態而起床,依據意識裡出現的夢幻(在此時內容尚不明)慾望,撿起眼前看到的被害人衣帶,對其夢幻對象的女性……其實正是自己的母親……行兇,再繼續進行後述的若干學術上罕見之奇怪夢遊行為後,才繼續就寢。而上述兇行因其腦髓作用、也就是意識的精神作用進入熟睡狀態而停止,在此期間全身細胞相互間的反射交感作用取代了腦髓的作用(主要為連絡交感、迷走神經的內臟諸器官負責此項功能,並有肌肉、結締組織、脂肪、血液等的加入,事後呈現異常疲勞——請參照拙作《精神病理學》)與五官直接連結,進行觀看、聽聞、判斷,並付諸實行,導致清醒後的我存意識中,幾乎沒有留下絲毫記憶痕跡,由於此種混淆，妄信所有需要判斷力的行動，唯有依照我存意識（腦髓覺醒時的意識作用）才能進行，因此才會如前述般塑造出一個假想兇手，產生錯誤推斷，這可說是在現今科學知識的發達程度中，實在無可避免的結果。

順道一提，在本事件中值得研究的吳一郎夢遊狀態中，與第二回發作（參照後段）相關、與事件中心之心理遺傳內容有直接關連的發作，其實僅有……勒殺此點，爾後的夢遊，毋寧屬於一種脫軌行為。然而，爾後的脫軌夢遊行為之真相，實為精神科學界罕見現象，具有極高的精神科學研究價值，且又如此親近的參考實例，實在難得一見，雖略為偏移主體，還是特別在此記述，希望能讓各位徹底明白，此樁事件真相乃是因為吳一郎的夢遊發作，而一貫連接的事實。

【五】承接勒殺的第二段夢遊……玩弄屍體……

被害人在地板上等痛苦翻滾的痕跡以及勒殺痕跡相當明顯，但兇手卻欲將其偽裝為自縊，看似極其淺薄的犯罪掩飾行為，但其實不然……此等現象令人懷疑，犯人這個假想第三者之智力並不尋常，但我毫不猶豫地深信，這種看似具備充分理由的判斷，其實是太過大意的不自然觀察。因為如果將上述現象視為夢遊者偶有之怪異行動，於該處所發生之事蹟，認為作者所謂的……玩弄屍體……乃當晚由吳一郎所演出，那麼不僅沒有絲毫不自然，反而更能簡單適切、毫無疑問地說明上述現象。

但關於這種玩弄屍體的現象，自古以來幾乎不存在足以憑藉的明確記錄。唯獨散見於對此種超唯物科學現象有深刻興趣的拉丁民族之間流傳的記錄，以及有強烈迷信的東方各民族殘存的傳說當中。而且，這種記錄並非所謂的實際見聞。頂多只是擁有特異頭腦的僧侶、醫師等人，記載從他人口中得知或探聽出來的事蹟之隨筆，而且其記載內容十之八九是使用屍體威脅他人、對屍體施加電力企圖使其移動、冒充死人為非作歹等等，其他諸如取得迷信謠傳可作為藥材的器官、掠奪陪葬品、姦屍等事蹟之誤認和誤傳，實難掌握真相。

然而，自古以來即存在此種關於玩弄屍體的事實，已是不容懷疑的事實。檢視中國、印度、日本等地所謂屍神、屍鬼、或者鬼火列車等奇說怪談的內容時，都可由自然科學、精神科學等各方面，推測此種夢遊行為……也就是玩弄屍體被誤傳的事實。

有關此類事實的詳細，日後筆者將集結成為「妖怪論」一文進行研究論證，目前正在整理資料，若摘要說明其要旨，原本此種稱為屍神、屍鬼、或者鬼火列車等等之妖異現象，皆被認為是狐貓族類或者烏鴉、貓頭鷹等怪禽妖獸所為。但事實上並非如此。根據這些傳說、記錄，研究玩弄屍體的狀況，首先是形容原本靜臥於棺柩內或地上的屍體，忽然起身、奔馳在空中。接著，是描述閉眼、頭髮和雙手無力垂下的死者，或者倒立、或翻跟斗、或斜立靜止、或前進、翻滾、如蟲般爬行、懸吊、倒吊、迴旋下降、圓心迴轉、反弓、筆直倒落，或者跳躍、暴落等，彷彿受到某人操控一般，呈現出各種奇怪的形狀和動作，但若更冷靜、仔細地觀察這些形容，可以發現這些形狀和動作，就像一個天真無邪的幼兒正在玩弄人偶、生物，或者類似人像的物體，令其呈現各種殘忍的姿勢動作，並且在此嬉戲中獲得愉悅滿足的狀態。且該幼兒在進行此種遊戲時，幾乎忘了自己正親手玩弄的事實，錯以為人偶乃是感受到自己的意志，隨心所欲地變化躍動，這種滿足殘忍性的心理，在我們日常生活裡隨處可見。

不過，此種玩弄生物或擬生物的心理，對照我們人類祖先在野蠻混沌的時代，征服擒獲、或擊殺獵物或者敵人時，心中的滿足喜悅和勝利的高潮，正似現在遺傳於食肉禽獸、蟲類身上玩弄獵物習性的高等變形遺傳（割下敵人首級後高拋歡呼的史實確實存在。且更值得注意的是，此種玩弄擬生物的習性主要容易出現在男性身上的事實——請參照拙作《心理遺傳總論》中有關變形遺傳的部分）等事實，更能確定此種心理遺傳有可能誘發玩弄屍體的夢遊行為。

接下來將上述考察對照事實，進行具體說明，首先，一個照顧瀕死病人至最後、或是負責收拾屍體的人，在其睡著之後……特別是因為照顧而身心疲累或某種安心狀態，以致陷入比平常更深沉熟睡時，因為受到屍體的深刻暗示，被誘發如上述帶有殘忍性的夢遊心理，取出未埋葬或剛埋葬的屍體加以玩弄。而自己當然對自己親自動手的這些事實毫無印象。或者即使在半矇朧狀態中有意識到，卻也如同幼兒玩弄人偶一樣，不覺得是自己下的手，誤以為是屍體本身的活躍，深信這有如一場惡夢般、玩弄屍體後，將之棄置於某處，或者又丟回棺材裡，自己則回床上繼續就寢，到了隔天發現屍體移位或消失，頓時大驚失色，將其解釋為妖異現象，形成類似傳說的起源，換句話說，幾乎所有此類傳說、謠傳都是以屍體旁貧戶的不幸事件，或者以一具屍體、一位身邊的人為題材，由此可以發現此種妖異現象的主角絕非屍體本身或者其他鬼獸，而是睡在屍體旁的人夢遊所造成，現在一般會有多數人一起守靈的習慣，應該就是根據自古以來無數先人的經驗，在不知不覺中確認了這是最能有效防止此妖異現象，時至今日可說以獲得了確證。另外，在死者枕邊放置刀刃的習慣，莫非也是想藉由該刃物的光芒或淒厲形狀形成的視覺上刺激暗示，有效破除這種夢遊症患者的幻覺，而形成的習慣？無論如何，諸如上述進行觀察時，玩弄屍體之夢遊狀態的存在已無庸置疑，特別是徹夜守靈和火葬習慣尚未流行以前，確實經常發生屍體旁邊的人呈現這種夢遊狀態，此理可謂不證自明。

接著，若是以上述研究考察對照這樁事件，當晚吳一郎勒殺女性的後的夢遊症狀，幾乎與上述現象相同，而且其中又明顯地添加了變態性慾的夢遊內容，因此更特別值得玩味。由此不難推測，吳一郎因為自己血統中遺傳的獨特變態性慾之「心理遺傳」導致的夢遊發作（請參照後面的第二次發作），先勒殺其夢幻對象的異性，獲得第一階段的滿足，在這之後，又因為屍體的暗示，轉移上述的一般夢遊狀態……也就是玩弄屍體的狀態……，觀察被認為是屍體劇烈的掙扎痕跡，其實也可能與被玩弄的痕跡混淆，屬於被害人痛苦掙扎的痕跡，或許只占其中一小部分。同時，從其窮盡各種方法反覆玩弄屍體、毫不生厭看來，已達到變態性慾中最高等的變態（請參照次項），可察知玩弄屍體帶有特殊含義，其中包含一種尋求變態性慾的愉悅。

【六】承接玩弄屍體的第三段夢遊……

自我虐殺的幻覺與自己的屍體幻視……

所謂「自我虐殺的幻覺」和「自己的屍體幻視」等變態心理，即使在非夢遊的一般情況下，都屬於特異中的特異事例，要一一細述陷入這種變態的心理過程，實非易事。不過為了提供各位做為參考，在此還是簡略說明。所謂性慾或戀愛，係指愛戀自己以外的異性之心理，若溯其本源進行考察可以發現，不管是何等忘卻自我的戀愛或性慾呈現，終究可說是一種愛惜、尊重自己生命靈肉要求的本能主義、或者說利己心理的表現，因此，假使性慾和戀愛受到體質、個性及境遇的影響，處於經常無法得到滿足……或者不知滿足的方法……或不懂得何謂滿足（性慾衰退的狀況與此正好相反，但也會達到相同結果，在此省略不談）的情況，其慾望會呈現極端高潮尖銳、深刻強烈，結果採用一般手段並無法獲得滿足，不斷窮盡追求的後果，終於脫軌走向變態性慾的境界，倘若仍無法獲得滿足，窮究至極，最後必然將顛倒心理本源，陷入戀慕、愛惜自己的心理。

首先，且從積極方面舉例。對異性的愛撫慾望不知厭膩地極度高潮辛辣化後，厭倦平凡性交帶來的滿足，將會開始虐待異性，甚至愛上虐殺的快感（Sadism），或是姦屍（Necrophilia），更進一步則會偷窺異性肉體、喜歡上異性的形狀（Pygmalionism）、喜愛異性的附屬物（Fetishism）等，依此順序逐漸背離從異性身上直接獲得的刺激或感覺，反而尋求更深刻的快感美感，並且更進一步追求更加奇怪、詭異的深刻滋味，結果終於受到人類愛惜自己的本能吸引，而陷入自戀狀態。

若從消極方面觀察，渴望無止盡受到愛撫的滿足願望一旦呈現超乎自然的高漲，將化為被虐待的希望（Masochism），進而轉為喜歡異性的穢物（Coprophilia），歷經遭受異性侮蔑漠視、甘於承受嘲諷厭惡的慾望及其他等等的過程，自然而然地，結果將陷入和前者相同的結局。由此可知，所謂的Narzissmus（自戀），乃是筆者所謂積極、消極兩種變態戀愛交叉於一點的顯現……。

而且這種名為「自戀」的現象當中，還存在著積極、消極兩種極端合一的變態。也就是對自己的極度愛撫、掩飾，進一步轉為自我虐待、裸露部分身體、或偷窺等變態興趣，再進而轉化為自我輕視、漠視、嘲諷、厭惡，或自我恐懼的心理，最後更演變成沉溺在自我虐殺的快感，或幻視自己屍體的快感中。其實這種心理的實例相當廣泛多樣，且多半具有普遍特質，例如以前的切腹、殉義、憤死等心理，或者在一般自殺者的遺書中經發現的如夢幻般「自我讚美」，或者含有甜蜜眼淚的「自我陶醉」心理的背面，多多少少都可以發現這類變態心理，特別是失戀自殺者的心理，我甚至可以斷言，幾乎沒有一個失戀自殺者不在追尋這種變態慾望的最後、且至高唯一的滿足。另外，這種心理顯現一旦到達特異，比起抹煞丟棄自己的姓名、肖像……毫無理由破壞鏡子……志願擔任模擬戰爭或戲劇裡的傷患或死者角色……在各種藝術作品中殘忍描繪以比擬為自己的人物等輕度行為，更常出現的還有未留下遺書自殺……在他人或群眾面前自殺……美化自己及環境的自殺……同情的殉死……同性的殉情……自殺俱樂部的存在等等，其慾望的變化無窮和顯現方法之怪異，可說毫無端倪。除此之外，即使是在人類日常生活中的作息談笑之間，原本就和自然存在的自我愛戀保持著不即不離的關係，在知與不知、不言不語背後流露出此種變態心理者，也不勝枚舉，因此，在此僅欲證明，諸如這種極端變態心理雖然研究價值極高、相當特別，但其顯現的事例絕非稀奇罕見，反而遠較其他中間性質的變態性慾具有更普遍的傾向，具有足夠自省能力的人，經常可以發現自己的心理生活處處存在著這種變態心理。

根據以上所述，研究考察此事件顯示的特徵，不難推測，吳一郎在其夢遊第一段的勒殺行為前後，很可能認為被害人的容貌與自己酷似。同時，也可推測其夢遊根源的深刻強烈之性慾衝動，由於無法因夢遊獲得排解，導致他繼續不厭其煩地繼續玩弄屍體，在該過程中定是多次以為屍體容貌神似自己，結果將自己誘導至自我虐殺的錯覺、幻覺，將屍體誤認為自己、數度勒殺，如此推測應屬自然。諸如上述，可以觀察到吳一郎最後轉移為對自己屍體幻視的夢遊、把誤以為是自己的被害人屍體從樓上垂吊，自己則從相對的樓梯附近從正面觀看、感到歡喜興奮，觀察至此時應可發現，這已經能自然且明白地說明被害人之所以遭到兩、三次勒殺後，又被偽裝成自縊等，本事件最重要各種特徵何以出現。本事件的驗屍調查並未留意上述諸點，將其視為一般事件，結果忽略了有關這方面的指紋、足跡等跡證。因此，無法詳細推測此種罕見夢遊特有的怪異行動，只能說令人感到無比遺憾。

我之所以推測足以支持吳一郎夢遊發作至此的性慾衝動最高潮狀態，係在此幻視自己屍體的狀態下達到極致、而獲得解除，自有理由。爾後吳一郎的行動，仍屬一種夢遊行動，可視為此夢遊症的餘波，看來應是陷入筆者所謂的踉蹌狀態。但在這種踉蹌狀態之下進行的夢遊行動，又形成了出現在本事件表面、帶來重要疑問的特徵，因此特另立一項敘述。

【七】吳一郎的惡夢、口臭及其他表現出的夢遊症特徵

綜合吳一郎所言、曾作惡夢的事實，以及在其清醒後感到頭痛、暈眩、發冷、口臭、想吐等事實，懷疑他遭人施以麻醉確實有其道理。然而，若從精神科學觀點來觀察，再對照現代科學的發達程度，可說是一種不得不出現的錯誤。歸根究底，上述的夢以及夢遊的真相，在學理上受到闡明、且在常識上能被理解的程度，可說相當淺薄低等，根據下面兩段敘述進行判斷時，可發現上述各種現象並非起於麻醉劑的使用，反而可視為夢遊併發症各項特徵最為顯著的表現。

（甲）口臭及其他轆轤首㊾怪談

吳一郎表示在其清醒後感到的頭痛、想吐、疲勞等，如同前述，皆為夢遊症的特徵，極容易產生的併發症，其中在此要提出特別的有趣觀察材料，就是吳一郎本人的陳述……覺得口中有不愉快的臭味。關於此種夢遊症患者的口臭等症狀，我計劃另行為文，在「妖怪論」中詳述，暫且在此略述其中部分腹案。一般所謂夢遊症患者，在某項發作結束之前，受到其夢遊根源的各種內在衝動驅使，絲毫不會感到任何疲勞，能夠以超越一般人想像的精力和耐力持續進行，此種案例並不少。然而，經過該

發作的最高潮、或發作的主要部分結束後，隨著精神的鬆弛，在生理上自然會感覺到異常疲勞，以及極度口渴。（伴隨苦悶、呻吟等輕度夢遊的惡夢清醒後亦然）而根據此一道理，堪與此次事件比較研究的最佳參考材料，即為流傳於日本街頭巷尾的轆轤首（或稱為拔首）怪談。

轆轤首怪談或繪畫，象徵了人類的夢或者夢遊心理，這一點我想在此應無須叨叨贅言。同時，這種轆轤首因為有舔喝油、地下水等不乾淨水的習慣，到了隔天早晨嘴裡會發出惡臭，根據怪談或繪畫的說明，乍看之下荒誕無稽，事實上並不然。在類似怪談中，往往推斷只有頭顱部份脫離延長，去舔舐某種東西，這都是因為不了解夢或者夢遊的真相，而穿鑿附會的想像，其實只是本人在夢遊期間受到生理上自然的慾望驅使，不斷渴望某種液體、四處尋找，最後喝下液體的結果罷了。而且，上述現象一定是在發作最高潮後才會產生的慾望，純粹是因為極度口渴的刺激，勉強維持著夢遊狀態，最後意識清晰度會逐漸明顯降低，搜索尋找的能力也會明顯薄弱。因此，才會不管是什麼液體，只要看來像水、或者以為是某種液體，隨即大口嚥下。在夢遊中喝下油或下水溝污水，但自己卻渾然不知，到了隔天早上才覺得異常口臭，或者因為吞嚥下的東西不容易消化，而覺得頭痛、想吐，引起家人懷疑，再加上佛壇上或燈籠裡的油減少等事實結合了自己的想像，結果懷疑只有其頭顱脫離、伸長出去找東西喝，在以往民智未開的時代，難免會有這種推測。此外，這種夢遊主角轆轤首，又可以平日容易壓抑或被壓抑自己一切本能自我心理衝動的妙齡美女、或者象徵人類祖先低等動物 Stegocephalia 的三眼怪物這兩種為代表，而且與伸出長舌頭舔舐液體這種動物般的舉動相關連的各點，在心理遺傳學中、

㊾轆轤首：日本江戶時代流傳甚廣的長頸妖怪。因脖子可以伸縮自如，與井邊打水時控制汲水吊桶的轆轤把相似，故稱「轆轤首」。——譯注

關於動物心理遺傳的顯現，可說是絕佳的參考材料，不過在此為避免繁瑣，就不再贅述。根據以上所述觀察，吳一郎清醒後的口臭，並非因為吸入或注射麻醉劑的影響，引起嗅覺神經異常，也不是來自藥劑在口腔黏膜中再分泌而產生。如果假設當天晚上他喝了某種不是水的液體（例如香水、化妝水，或清潔用的揮發油之類），那麼將其他大部份病態現象視為因該液體產生的作用導致，也較接近自然。然而，關於這方面的調查可說完全付之闕如，雖說情非得已，卻也是千秋之憾。

（乙）惡夢

此外，吳一郎在事件當天午夜一點〇五分左右清醒，緊接著繼續入睡，他自以為之後所做的看起來是連續的惡夢，其實是在第二次清醒前不久的短暫時間內所見、停佇於記憶中，和一般的夢一樣，與夢遊內容沒有直接關連。根據前後的說明，可以了解夢遊中所說的話，乃是受到某人的影響所致。

【八】夢遊進行的時間、其他

根據上述理由考察這樁事件時，可推論吳一郎當晚發作係於第一次和第二次清醒之間所發生，假設被害人死亡時間在凌晨兩點至三點之間，那麼吳一郎應是在第二次就寢的三十分鐘至一小時後，陷入最容易引起此種夢遊狀態的最深度熟睡中。而第二次拂曉時分的清醒，則可視為平常清醒時的習慣性潛在意識顯現，在這之後的睡眠，吳一郎才脫離了夢遊餘波、或者是由於夢遊中吞嚥物品所刺激產生的惡夢，進入真正的熟睡和休息，關於這一點可以從其出汗現象得知。

【九】關於夢遊清醒後的自覺，以及關於雙重人格的觀察

接下來是吳一郎清醒後在警察局因弒母嫌疑而接受偵訊時，在茫然失神的狀況下曾經供稱，「難道我真的在半夢半醒之間殺死家母，然後又忘了嗎？」，對自己的行為有過極輕微的懷疑，看來這似乎是他對自己夢遊保留了幾分記憶的重大證詞。也就是說，如同筆者在第四項中所述，吳一郎當晚夢遊的事實，理應不會存在當事人有意識的記憶中，但卻可能存在腦髓以外的細胞所形成無意識記憶中，或者因某種力量……比方說因為當時極度的疲勞感等等，由於警方偵訊的暗示力促使其在意識背後浮現。不過，從另一個角度觀察，也難保不是氣質純真、反映出清明良心，擁有極聰敏頭腦且喜歡閱讀小說的吳一郎，面對這種局面時，產生了此種頭腦特有的錯覺。因此，上述疑問不能確切證明吳一郎夢遊的存在。僅揭示在此作為補充式的補遺參考。

另外，根據以上所述應可了解，自古以來夢遊症患者向來被認為是種雙重人格，其實與事實相去不遠。換句話說，結合了遺傳自歷代祖先的無邊記憶，以及包含在血統中的各類人種、各個家族、各種個性等無數性能，形成一個人的個性，其中有一部分覺醒、且分離地呈現出來，就是所謂的雙重人格，若是顯現於睡眠中，就是夢遊症。這種夢遊症患者的本質當然帶有遺傳性，所以對於在夢遊中進行的犯罪，夢遊症患者本人負擔的責任極其輕微，反倒是遺傳下這種本質的祖先以及當時的社會，應該要負擔絕大部分的責任，在此特別提出此點，作為筆者對本事件在法律方面的見解以供參考。

【十】有關吳家血統之謎

在開頭列舉的四段談話中，除了前述摘錄部分以外，還有不少暗示吳一郎心理存在此種導致夢遊發作的遺傳因素之處。例舉如下。

〈**吳一郎的談話中**〉吳一郎說明了母親千世子是女性中少見具有清晰頭腦，且個性好強的人，他雖然辯護母親從不迷信，可是關於母子兩人的宿命或命運，卻極度執著於愚昧的迷信，由此事實可推測，她的心理必定不斷存在某種無法抵抗的憂悶不安。

〈**同上**〉被稱為狸穴老師的占卜師父曾說，「你們受到某種詛咒」，可見得占卜者應是從與她的對話中，推測出她話中包含的某種事實。

〈**八代子的談話中**〉在直方警署的拘留所和吳一郎初次面會時，詢問他，「你做了什麼夢嗎？」，她解釋是因為「曾讀過關於夢遊症的相關報導」云云，但是一個婦人、特別是除了一介農婦的教養以外並未具備任何高等學識的八代子，在面臨此種非常事件時，竟能聯想到如此超乎常識的高等精神科學現象之存在，這件事本身就已經很不可思議，在加上她更進一步試圖將此現象套用在實際事件上，企圖立即揭穿事件背面的真相，實在太過驚人，無論該婦人有何等聰慧、具備多麼果敢的判斷力，仍不免令人覺得不自然。不過，假使該婦人經常受到某種切身沉重的事態所迫、向來極注意這類問題，並且經常敏感地注意到與這類事實有關的傳聞或說明，那麼此時提出這樣的疑問，倒也不能說不自然。

〈**同上**〉該婦人曾說，姪之濱的老家很少近親，事實上鄉下的富庶人家往往是這種血緣孤立的家族。而其孤立原因多半是傳統上有與其家世或血統相關的不良風評，或者是令人忌諱的遺傳素質，導致附近人家不願與其締結姻親關係，吳家的家世可能也是如此。

〈同上〉 儘管她再三解釋妹妹千世子離家的原因單純是為了學習刺繡和繪畫，但對照前項疑點，似乎還有其他意義。千世子或許預料到，倘若和姐姐繼續待在同一個家中，終究不可能結婚，或者是與姐姐之間已有默契，認為應到他鄉留下吳家的血脈才離家，也因為如此，姐姐對於尋找她下落的態度似乎也可說稍顯不夠積極。此外，從姐妹兩人以女性而言都是罕見的好強個性這一點來推測，不難想像兩人之間已存在某種默契。

〈松村松子女士的談話中〉 綜合她所謂「千世子對付男人很有一套」等事實以及上述疑問，足可窺知背負如此背景離家後的千世子行動之一斑。

透過以上各項疑點可見，從事件發生當初就已充分暗示，姪之濱吳家存在著承傳已久且極端恐怖的某種事實，而擁有該家族最後血統的八代子和千世子兩姐妹也都非常清楚這件事。

【十一】 剩下的問題是，在此事件中，吳一郎的夢遊發作是「依據何種心理遺傳、何種程度之顯現而進行。」

在第一次發作中，成為夢遊直接誘因的有形暗示相當簡單，也就是「女性的美麗睡姿」，而且其刺激是由異性魅力最薄弱的母親所給予，可見得對於吳家特有驚異心理遺傳暗示程度亦相當淺薄。因此，其夢遊內容與該家族特有的心理遺傳內容（請參照後段）一致的，唯有「勒殺」一事。之後便轉移至受到屍體及其容貌暗示導致的脫軌式夢遊，未能顯現更多的心理遺傳內容。

因此，對於有關前述各項的一切根本疑問的解決和說明，必須等到這樁事件發生後約兩年，在下述第二次發作中出現的各種狀況，方得以徹底揭明。

第二次發作

◆第一參考：戶倉仙五郎的談話

▼聽取時間：大正十五年四月二十六日（亦即姪之濱新娘殺人事件發生當天）下午一點左右——

▼聽取地點：福岡縣早良郡姪之濱町二四二七番地，談話人的家中——

▼列席者：戶倉仙五郎（吳八代子雇用的農夫，當時五十五歲）、戶倉仙五郎之妻兒子女數名，以及我（W）——

【附註】內容使用大量方言，以下盡可能以接近標準語方式記錄。

——是啊，我打娘胎沒看過比這更可怕的事了。那時候我從梯子頂端上摔下來傷到腰，您也看到了，到現在還痛得很，連小便都只能爬著去上，我這條命差點就保不住了。不過今天早上在酒裡摻了焦茄子粉喝下，再像這樣貼上搗爛的妙藥鯽魚敷上，疼痛已經好很多了。

——吳夫人的家被稱為千俵穀倉，可說是這一帶數一數二的大農戶。除了稻米之外還有養蠶、養雞等等，所有事務現在都由喪夫的八代子夫人一個人撥著算盤精打細算經營，家業也愈來愈龐大……都不知道有幾十萬、幾百萬了，總之家產很雄厚。吳家還自己建造了學校，寺廟也是祖先建造留下來的，繼承這些家產的少爺（吳一郎）實在很幸福，萬萬想不到會發生這種事……。

——少爺為人溫厚，向來沉默寡言。從直方搬來這裡以後，他總是在後廳用功，對待下人或鄰居不會擺架子，大家對他的風評都很好。而且到目前為止，吳家人也只有守寡的八代子夫人和她十七歲的女兒真代子小姐兩個人，總覺得家裡陰氣沉沉的，但是自從前年春天少爺來了之後，說也奇怪，家裡變得好開朗，我們也覺得做起事來更有精神……欸……。到了今年春天，少爺以第一名成績從福岡的高等學校畢業，又以第一名考上福岡的大學，為了祝賀他入學，再加上準備他和真代子小姐的喜事，整個吳家喜氣洋洋的……欸……。

——但是，就在昨天（四月二十五日）。福岡因幡町有座很大的西式紀念館，在那裡舉辦了高等學校的學生英語演講會，少爺當時以畢業生代表的身分，第一個上台演講，他穿著高等學校制服正準備出門時，被八代子夫人叫住，要他換上大學學生穿的新制服。可是少爺一臉苦笑，不願意換穿。他說現在換上還嫌太早，想要趁隙逃走，但八代子夫人卻硬是勉強他換上，在少爺身後送行時還高興地一邊擦著眼淚，當時的情景我現在還記得很清楚。現在回想起來，那時候可能是少爺最後一次穿大學制服吧。

——隔了一日的今天，就如同我剛剛說的，正是少爺和真代子小姐辦喜事的日子，我們從前天起就住進吳家幫忙。真代子小姐梳起高島田髮髻，用紅繩綁起草綠色振袖勤快地工作著，她的絕世美貌原就遠近馳名，據說連祖先的六美女畫像都難以比擬，再加上她溫婉的氣質，奶媽都在嘴上唱著，「美貌千金、氣質千金，其餘千金但看夫婿」。再說到少爺，今年雖然才二十歲，但說到明辨事理、或是言行舉止，連快三十歲的人都不及他穩重，尤其是他的堂堂相貌，各位應該也看到了，高貴的品行根本不遜於王侯公卿，大家背地都在說，這樣一對璧人恐怕整個博多都找不著吧。……準備婚禮時也是花錢不眨眼，因為少爺等於是入贅，所以太太廢掉地界邊的一塊田，蓋了一棟極豪華的別院，其他像和服也是請福岡最好的京屋吳服店來量身訂做的。至於菜色方面，一樣是找福岡第一的魚吉，昨天料理就已經送來，好生熱鬧了一陣，可以看得出夫人有多重視這場婚禮。

——但是昨天的演講會上，少爺出場的時間很短，出門前他表示，再晚也會在兩點以前回來，但不知為什麼，過了三點他還是遲遲沒回來。依少爺的個性，他對這種事向來不會說錯，發現少爺晚歸，我對家中管家表示擔心，大家也只說，「大概是演講會開始的時間延遲了吧。」，完全不當一回事。不過，因為以往從來沒有發生過這種事，再加上今天是特別的日子，我還是忍不住要擔心，不過後來一忙，也就暫時分心淡忘了，過了不久，陰晴不定的天色忽然陰雲密布，漫長春日突然昏暗如日暮時分。這時，明天起即將成為少爺母親的八代子夫人似乎也覺得不對勁，她一邊擦拭著潮溼的手，一邊把我叫到屋後交代我，「他都已經二十歲了，應該不會有什麼問題，不過人到現在還沒回來，你能幫我到附近去看看嗎？」。我心裡也正有此意，於是就暫時收拾一下修理蒸籠的工作，抽根菸後穿著草鞋就出門了，那時應該已經四點左右了吧。我搭輕便鐵道列車到了西新町，順路去我弟弟在今川橋電車終點附近開的燉菜外賣店，問他，「有看到我們少爺嗎？」，弟弟夫妻回答我，「有啊……你家少爺大約兩個小時前經過這裡，沒搭電車步行往西邊走去。因為第一次看他穿大學生制服，我們倆還走到店門外目送他一陣子。真是個好女婿呢。

——少爺一向討厭這條鐵路的煤煙味，以往到高等學校上學時，也每天從姪之濱沿著農邊走路上學，說是可以順便運動。但就算這樣，從今川橋到姪之濱只有一里左右，不至於花上兩個鐘頭……我擔心地往回走，那時應該是四點半左右吧。我沿著國道旁的鐵路往回走，正好在離姪之濱不遠的路旁靠海岸邊的山麓，有座採石場。在那裡切割的是稱為姪濱石的黑色軟質石頭，稍後您回去時順便過去看看便知，不管是從福岡過來、或是要從這裡前往福岡，一定都會經過那個地方。採石場的石頭如屏風般矗立，在西下夕陽艷紅的照射下，後方暗處似乎有個戴角帽身穿西服的身影晃動了一下。

——我視力雖然不好，但覺得那實在很像少爺，走近一看，果然不出所料，確實是我家少爺坐在高大岩石後，正在觀看某個卷軸般的東西。我沿著堆疊的切割石材爬過去，剛好來到少爺頭頂上方，悄悄伸長脖子一看，那應該是卷冊正好中間的位置吧，可是奇怪了，上面卻是一片空白，看起來什麼都沒寫。可是少爺的眼睛卻彷彿見到什麼一般，專注地望著空白的地方。

——我以前就聽說過吳夫人家裡有一幅會作祟的繪卷。但那已經是很久很久以前的事了，現在這個時代怎麼可能會有那種事。就算有，應該只是謠傳，我作夢也想不到，眼前那幅卷冊竟然就是傳說中的繪卷。我本來以為，看不到字或圖案是自己視力不好的緣故，所以小心翼翼不讓少爺察覺，盡量湊過去看，但不管我怎麼揉眼睛，白紙畢竟還是還是白紙，上面一點東西都沒有。

——我覺得非常不可思議。很想問問少爺到底在看什麼，慌忙跳下岩石。我故意繞了一大圈從少爺面前走來，假裝無意間找到他，少爺似乎沒發現我走近，雙手還拿著半開的卷冊，望著西方火紅的天空，出神地不知在想什麼。我輕咳一聲，對他說，「少爺啊。」，他好像嚇了一跳，仔細打量著我的臉，然後才終於清醒過來似地，對我微笑「是仙五郎啊。你怎麼會來這裡？」，說著，轉身背著我把卷冊捲好，再用繩子綁妥。當時我一心以為，少爺應該是在思考什麼重要的事，所以什麼也沒多想，告訴他八代子夫人非常擔心，並且指著他手上的東西問道，「那是什麼卷冊？」。聽到我這句話，不知何時又背對著我的少爺再次轉回頭來，似乎在思考著什麼，他突然一驚，看看我的臉、又看看手上的卷冊，說道，「你說這個嗎？這是我接下來必須完成的卷冊，完成之後必須上獻給天子的貴重東西。

不能讓任何人看到。」，說著，將卷冊藏入外套底下的衣服口袋裡。

——這把我弄得更糊塗了，我問，「那裡面寫著什麼呢……」，少爺的臉微微泛紅，苦笑地回答我，「這你很快就會知道了。裡面有很有趣的故事，和很恐怖的畫。那個人說，在我們舉行婚禮之前，一定得看過……你馬上就會知道……很快就知道了……」。我聽了似懂非懂，但重要的是，我發現少爺說話時的態度很心不在焉，跟平時很不一樣，所以我不厭其煩，再次追問，「哦。那這東西是誰給您的呢？」，少爺再次直盯著我的臉，幾乎要看穿了一樣，凝視許久，他才終於回過神來，圓瞪雙眼，眨了兩、三下眼皮。他好像在想什麼，緊接著眼眶泛淚、支吾地說，「送我這個的人嗎……那是先慈的朋友，說是要把先慈秘密寄放在他那裡的卷冊送還給我。他說……不久一定會再和我相遇，屆時再告訴我他的姓名，然後就離開了，不過，我知道那個人是誰。但是……現在還什麼都不能說、不能說。你也不能把這件事告訴別人。知道嗎……那我們走吧。」，少爺說完，突然變得坐立不安，跳躍過一個個石塊回到大路上，快步往前走，他腳步之快……就好像被什麼東西附身一樣，與平常的他完全不一樣。現在想想，當時應該就有些奇怪的徵兆了……。

——少爺一回到家，馬上對八代子夫人說，「我回來了……抱歉時間晚了。」，夫人問，「有見到仙五郎嗎？」，他答道，「是的，在採石場遇上了。他也剛回來。」，然後伸手指著隨後進門的我，隨即匆匆走向別院。八代子夫人好像也放心了，並沒再問我什麼，只說聲，「辛苦了」，馬上對正在一旁房間擺放、擦拭碗筷的真代子小姐使了個眼色，真代子小姐在眾目睽睽之下，羞澀地站起來，提著鐵瓶跟在少爺身後走向別院。

——之後，還有一件在天黑前發生的怪事，這件事我到後來才明白其中的原因。……在那之後我在後門的梔子樹下鋪著草席，叼上煙斗繼續修補之前補了一半的蒸籠，從那裡隔著梔子樹枝，可以從正面望進別院廳內，所以我在不經意之間看到少爺在別院廳上桌前換了和服之後，一邊喝著真代子小姐替他沏的茶，好像在對真代子訓話……因為隔著玻璃窗，所以聽不到聲音，但他的神情一反常態，臉色鐵青、眉毛抽動，彷彿正在責罵小姐，可是仔細一看，似乎並不是。至於真代子小姐，則在少爺面前一邊疊好西服、一邊紅著臉微笑，搖著頭說「不、不、不」，那景象看起來很是奇妙。

——沒想到看了之後少爺神色更加鐵青，快步走近真代子小姐。他指向那三間並排的倉庫，從這邊也可以看得見，單手放在真代子小姐肩上搖了兩三下，打從一開始就臉色火紅、緊縮著身體的真代子小姐，好不容易才抬起臉來，和少爺一起望向倉庫，慢慢地，她臉上浮現一種不知是歡喜還是悲哀的神情，梳著水亮島田髻的頭輕輕點了兩下，然後從臉孔到頸項霎時刷地火紅，低垂下頭……那情景就好像在觀賞新派戲劇一樣……欸……。

——少爺靜靜端詳小姐的樣子，手仍舊放在真代子小姐肩上，坐了下來，隔著玻璃窗不斷環顧四周，接著他隔著屋簷仰望著黃昏天空，不知想起了什麼，露出潔白的牙齒，咧嘴一笑。然後他伸出鮮紅的舌頭，不斷舔著嘴唇，那笑容慘白讓人看了發毛，我忍不住打了個哆嗦……欸……可是，我怎麼也想不到這會是發生那種慘事的前兆。當時只覺得奇怪，讀書人怎麼會有這麼奇怪的舉動模樣……但想歸想，後來事情一忙，也就忘記了……欸……。

——再來就是昨天晚上，家裡的人全都睡了，四周一片靜寂，應該是凌晨兩點左右吧。新娘真代子小姐和母親八代子夫人睡在主屋後廳……新郎少爺和代表他家長的我則在別院鋪了床睡。我比少爺晚睡許多，十二點過後才洗了澡、關好別院的門戶，在少爺隔壁的客廳鋪床睡，不過因為上了年紀，今天清晨天還沒亮眼睛就睜開想上廁所，藉著兩扇玻璃遮雨門透進來的微薄光線，走到少爺房前的簷廊時，發現嶄新的紙門有一扇是開著的，而紙門前的玻璃遮雨門也有一扇被打開。我看看房裡，沒看到少爺在被窩裡。我心想……這可怪了……同時內心一陣不安，不過此時外面正下著小雨，於是我從嶄新的廚房入口拎來自己的木屐，沿著地上鋪的跳石回到主屋，看到後廳的防雨窗有一處是開著的，昏暗的光線下，隱約可見門前放著一雙沾著砂的木屐痕跡。我考慮片刻後，迅速毅然決定脫下木屐，赤腳沿走廊前進，偷偷望進後廳的玻璃拉門，發現在昏暗燈光下八代子夫人一隻手伸出棉被外，正在熟睡，但鋪在她身旁真代子小姐的被褥卻是個空殼子，睡衣疊放在被褥下方，只有緋紅色高枕放在床褥中央。

——當時我才終於想起前天傍晚見到的情景……唉呀，原來是這麼回事啊。那就沒什麼好擔心的了……，暗暗放下了心。……但是……我又轉念一想，如果真是這樣倒也罷了，不過少爺的行動感覺有點古怪，於是我又開始不安。或許是所謂的第六感吧……總之，可不能因為自己的輕忽而出事。我心想……最好趁大家還沒起床，於是我叫醒八代子夫人，指著真代子小姐的床褥，說明原委，揉著眼睛起床的八代子夫人看來大受震驚，問了我一個奇怪的問題……「你見過一郎最近拿著卷冊之類的東西嗎？」，同時從床上猛然坐起來。但當時我一點也沒有警覺，順口回答，「……有啊……昨天在採石場找到他的時候，他正在看著一捲都是白紙的長長卷軸，也不知道內容是什麼……」，聽了之後八代子夫人臉色驟變，我到現在還記得很清楚……，她嘶啞地說著，「又來了嗎——」，用力緊咬嘴唇，緊握雙拳，全身不停顫抖，兩眼往上吊，彷彿有點血氣衝腦、憤怒失神……。我搞不清發生了什麼事，卻也被嚇壞了，一屁股坐倒在地上，八代子夫人好像終於回過神來，用衣袖擦去臉上的眼淚，露出又哭又笑的表情說，「沒事。也許是我多心，或者是你看錯了。總之，先去找找看他們兩人在哪吧。」，話畢便站起身來。這時候她的神情已經跟平常沒兩樣，率先走下簷廊，其實可以看出她相當倉皇，赤著腳走向大門口，我也連忙穿上木屐，緊跟在她後面。

——這個時候小雨已經停了，我們很快來到別院前……就是從這裡也可以看到，那最右邊的第三間倉庫前，我發現倉庫朝北的銅皮門敞開著，趕忙拉住前行的八代子夫人，指給她看。事後回想起來，這第三間倉庫在秋麥收成之前都是空的，因為存放著各式農具，所以出入頻繁，偶爾有年輕人疏忽了忘記關窗。這時或許也是如此，應該沒什麼特別奇怪值得注意之處，但或許是想起白天發生的事，我心頭一驚，止步站住……這時八代子夫人也點點頭，繞向倉庫門前，可是似乎內側有東西堵住，怎麼推都推不開。八代子夫人再次點點頭，馬上自己搬來掛在主屋腰板上的九呎梯子，輕輕靠在倉庫窗下，作手勢要我爬上去看看，當時她的神情也很不尋常。我仰頭望著那扇窗，發現好像有燈火在內搖曳晃動。

——大家都知道我一向膽小，當時心裡怕極了，可是八代子夫人的臉色可一點都不容通融，不得已，我只好脫下木屐，將衣服下襬塞進衣帶裡，爬上了梯子，到了最頂端時我雙手攀著窗緣悄悄往裡面看……看著看著，我雙腿不覺疲軟無力，下不了梯子。同時，攀住窗緣的雙手也沒了力氣，就這樣直接從梯子頂上摔下來，重重地傷了腰，站不起來也無法拔腿逃跑。

——沒錯。當時看到窗裡的景象，我這輩子想忘也忘不了。我看到堆放在倉庫二樓角落的空麻袋在木板地板正中央鋪成一張四方形的床褥，真代子小姐華麗的睡衣和紅色內裙攤開平鋪在上面。梳著水滴狀高島田髻的真代子小姐屍體，一絲不掛仰躺在上面，屍體前方放著原本擺在主屋廳裡的舊矮桌。經桌左側擺著佛壇的黃銅燭臺，上面點了一根百文目大蠟燭，右邊應該是放了學校用的畫具或筆之類的東西，但細節我已經記不太清楚了。位於正中央的少爺面前，長長地攤開了我昨天在採石場看到的卷冊……是啊……不會有錯。確實是前一天看過的卷冊，我還記得邊緣的繡金圖案和軸棒的顏色。那上面什麼都沒寫，只是空空如也的白紙……是……少爺面對這卷冊端正坐著，身上整齊地穿著白底藍點圖案的睡衣，我靜靜看著他，也不知他是怎麼發現的，他靜靜轉過來，對我咧嘴一笑，左右揮揮手，似乎在對我說，「不可以看」。當然，我現在說的這些都是事後才回想起來的，那時候我就好像觸電了一樣，整個人僵住，連自己發出什麼樣的聲音，都像在夢中一樣朦朧。

——八代子夫人當時一面扶起我、一面問了我些問題，我記不得自己有沒有回答了。我好像指著倉庫窗戶說了些什麼……接著八代子夫人好像懂了我的意思，扶起倒下的梯子重新架好，親自爬上去。我雖想制止她，但是一方面腰直不起來，再來發抖得連牙關都咬不攏、發不出聲音，只好用反手撐著背後冰冷泥土地，抬頭仰望，只見八代子夫人敞著前襟迅速爬上梯子，用手攀住窗緣，跟我一樣悄悄往裡面望。……不過……當時八代子夫人的膽識，我現在想起來還覺得頭皮發麻。

——八代子夫人從窗外仔細觀察了裡面的情景後，鎮靜地問，「你在那裡做什麼？」。於是我清楚地聽到，倉庫裡面少爺用跟平常一樣的聲音回答，「媽媽……請等一下。再過一會兒就會開始腐爛了……」。四周一片寂靜……八代子夫人好像在思考著什麼，說「還不會這麼快腐爛的。先別說這個，天快亮了，先下來吃飯吧。」，裡面傳來一聲回應，「好的。」，同時少爺好像站了起來，映在窗邊的燈影忽然暗了下來……但是……這些話是一個面對女兒屍體的母親該說的話嗎……然後，八代子夫人迅速下了梯子，對我說，「醫生、快找醫生！」，跑向倉庫門前……不過慚愧的是，當時我完全不明白她的意思，而且就算知道，我也已經全身虛脫，根本走不動。我只是因為極度恐懼，坐立不安地不停顫抖。

——倉庫門打開了，少爺一手拿著鑰匙，穿著庭院木屐從裡面走了出來，看著我們微笑，但是眼神已經和平常的他完全不同。從我坐的位置可以清楚看見，八代子夫人迫不及待地輕輕從他手上拿過鑰匙，好像在哄騙他似地，在他耳邊輕聲說了幾句，然後拉著他回到別院、讓他睡下。

——接著八代子夫人走回來，爬上倉庫二樓，在那裡偷偷摸摸地不知做些什麼，這時只剩下我一個人，嚇得三魂七魄都飛了，慢慢爬到倉庫後面的木門，扶著那邊的一棵朱欒樹總算站了起來。這時候，頭頂上方樹葉的間隙間傳來倉庫窗戶銅皮門砰然關上的聲音，我嚇了一跳，轉過頭去，接著又聽到倉庫門匡啷上鎖的聲息，不久後，左手緊抓著卷冊的八代子夫人，赤腳晃著一頭亂髮跑向別院。隔著已經天色大亮的玻璃門，我清楚地看見她不顧腳底沾著泥土、跑上簷廊，一把拉起剛哄睡不久的少爺，將卷冊抵在他面前，臉色鐵青地逼問他兩、三句。

——少爺那時手指向前一天採石場的方向，一會兒搖頭、一會兒做出奇妙的手勢和動作，好像拚命地在說著什麼。他說的話我一來沒仔細聽，而且用的淨是很艱澀的字句，我們這種人實在聽不懂，只聽到他講了好幾次「為了天子」、「為了人民」什麼的。八代子夫人瞪大了雙眼，一邊點頭一邊聽著，但是過了不久，少爺忽然閉口，直盯著八代子夫人堵在他眼前的卷冊，然後突然一把搶去深深塞進懷。接著八代子夫人又硬是搶回來，但事後回想起來，她這舉動似乎不太妥當……卷冊被奪回後，少爺好像有點失神，呆呆地張大著嘴，直瞪著八代子夫人的臉，那表情實在嚇人極了……連八代子夫人看了也害怕，不禁往後退了好幾步，慢慢站起來想離開。沒想到少爺立刻一把抓住她衣袖，把夫人拖回榻榻米上，再次盯著她臉上看，然後好像很高興似地，瞇著眼忽然呲牙咧嘴地笑了起來。

——看少爺那表情，我就好像迎頭淋了一盆冷水般，全身打哆嗦。八代子夫人也嚇得發抖，努力要甩開少爺離開，可是少爺倏地站起身來，從背後抓住正要走下簷廊的八代子夫人後襟頭髮，夫人仰著頭被拽倒，從簷廊被拖到庭院放下，然後少爺一邊咧嘴微笑，一邊拿起手邊的木屐，一臉愉悅地不斷敲打夫人的頭。八代子夫人臉上漸漸失去了血色，頭髮散亂，滿臉是血，她一邊在泥土地上爬行、一邊尖聲喊叫……看到這種情景我嚇得沒了主意，拚命按捺抖個不停的膝蓋、撐著傷到的腰回到這裡，對我妻子說，「醫生、快去找醫生」，然後躲進被窩裡發抖。不久後，宗近醫師困惑地來到我家，我立刻趕他過去，「是吳家、在吳家啊。」。

——我看到的只有這些……欸……全都是千真萬確、一點不假的事實。後來我才聽人說，八代子夫人的叫聲驚醒了兩、三個年輕人來壓住少爺，用細繩將他綁住，但是當時少爺狂暴的力氣很驚人，三五個人的力量還制伏不了，細繩還斷了兩次。好不容易制伏他，把他綁在別院樑柱底部，少爺好像也累了，就這樣沉沉睡去，等他再次醒來時，說也奇怪，就像完全變了一個人，警方問他話，他只是若無其事地左右張望，完全不回話。八代子夫人說過，少爺以前在直方也出現過這種病症，那時候在大學教授的調查之下，發現是被施以麻醉藥物，後來完全沒問題了，才帶他回家來，但是所謂的血統實在很可怕，看他這次的樣子，我想一定是那卷冊在作祟。

——卷冊會作祟的事已經很久沒出現過了，其實我們也不知道究竟是怎麼回事，不過……聽說這卷冊，原本是藏在那邊……那間可以看到屋頂如月寺本尊佛像肚子裡，只要有吳家血統的男性見到這卷冊，精神一定會不正常，不管是母親或姐妹、甚至毫不相干的陌生人，只要見到女人就會殺，至於為什麼會如此，在如月寺裡好像有記載……雖然寺方好像堅持並沒有這種東西……卷冊為什麼會落人少爺手中，我實在難以理解。……欸……如月寺現在的住持法倫師父，跟博多的聖福寺師父齊名，我想這種事情的緣由他應該很清楚……欸……他年紀已經相當大，身體瘦弱的像隻鶴一般，眉毛鬍鬚皎白如雪，看起來就是個慈眉善目的和尚風貌。您不如親自去見見他，直接向他請教。我叫內人帶您過去……。

——欸……八代子夫人現在處於半瘋狀態，扭傷了腳臥病在床。頭部傷勢並不嚴重，但講起話來顛三倒四，應該說不清什麼道理。我現在傷了腰，暫時也不能去探望她……。

——有人說，都是因為我太晚去找宗近（醫生的姓），所以小姐才會回天乏術，但這是不可能的。宗近醫師來幫我診斷腰傷時曾說，真代子小姐被勒殺的時間是今天凌晨三點到四點之間。而對照蠟燭燃燒的樣子，差不多也是那個時間。……欸……其他都如同我剛剛說的。等到八代子夫人頭腦清醒一些，一切就能真相大白，不過，就如同我剛才所說的，本來大家都以為她會說些怨恨少爺的話，結果她嘴裡喃喃說的竟是……你快清醒過來啊。我只剩你一個人能倚靠了……，完全不能指望她啊。

——警察還沒來找我。……因為最先發現這場騷亂的，只有當天睡在這兒、聽到八代子夫人尖叫聲趕過來的年輕人。警察仔細問過他們後來的狀況就離開了……我一開始就非常小心，心想可不能被警方懷疑，所以還特別請宗近醫生保密，幸好一片騷亂當中，沒人知道是誰找來宗近醫生的，沒想到這時候您會來問我話，我真是惶恐啊。是，我沒有任何隱瞞。如果方便，能不能藉助您的力量別讓警察來找我呢？您也看到了，我傷了腰，又個性膽小，聽到警察兩個字就會嚇得渾身發抖哪……欸……。

◆**第二參考**：青黛山如月寺緣起

（開山一行上人手記）

——註——該寺位於姪之濱町二十四番地。

係由吳家第四十九代祖、虹汀氏所建——

晨鏤金光滿目雪，夕化濁水落河海。今宵銀燭列榮花，曉若塵芥委泥土。三界恰如波上紋，一生宛如空裡虹。結下惡因緣，片刻不可解。生時墮入地獄、現哀鳴鬼畜之相，死後惡傳子孫、受永劫果報之責。此等恐懼、此等苦痛，該以何相譬喻、以何相比擬。

為此觀其因果，究其本末之理趣，斷證根源，轉菩提心，遂興一宇伽藍，莊嚴奉侍佛陀智慧，成就一念稱名、人天共敬的清淨道場。溯其緣起，慶安年間，於山國城京洛祇園精舍附近，貴賤群集之巷內，有一經年老店美登利屋茶鋪。每年精選宇治銘茶上貢，名其「玉露」，芳醇享譽全國。當主名為坪右衛門，育有一子三女。其子名坪太郎，深受寵愛，然生性不喜從商，自幼師事宇治黃檗道人、隱元禪師，不遜才學之士。同時兼學柳生劍法、涉獵土佐派畫功，俳句承芭蕉影響，自成一格。成人後自號空坪，一心遊歷山水，無意繼承家業。然而年長之後，因家中無其他男丁，屢屢被迫娶妻生子，儘管皆以學業未成為由而堅辭，終究無從逃避家內糾紛。其父坪右衛門遂請來隱元禪師諭示，未料其心念一轉，在自家門上留下一筆「吾年曁二十五，尚未聞不如歸」，作僧人打扮，持一缽一杖，尋訪名勝古蹟，立志西行，將屆一年時，經長崎路進入肥前唐津。時值延寶二年春天四月末，空坪時年二六。

空坪並非純粹四處賞玩各地勝景。他取虹之松原改名為虹汀，擇八景展筆紙，親自製版，欲遍傳畫作。如此滯留半載有餘，某日，受晚秋月圓之邀，離開旅宿、登上虹之松原。千古名松列於銀波、銀砂，清光中盡現風姿，宛如飽藏名家墨技之天籟。行走一里，經過濱崎漁村後，仍未盡興。再逐流雲半里，行至夷之岬，走近巖角遙望灣內風光，細數雁影，直至夜半。

此時偶遇一名女子。年紀約莫十八，華麗衣袖翻飛，雪白秀足我見猶憐，踏踩岩岸石塊而來，走近虹汀，渾然不知有人觀看，雙手合十朝向西方，看似專注祈禱良久，隨即拭淚抱挽雙袖，神情宛欲縱身入海。虹汀駭然，趨前抱住，伴其退至松原白沙畔，細問緣由，少女起初啜泣不止，久久才開口傾訴。妾身乃濱崎吳姓人家獨生女，名六美女。吳家代代皆為此地名紳，家世顯赫，但圓久必虧乃世間常情。然而世間竟有如此可怕的因緣。以往吳家便有顛狂血統。時至今日，只剩妾身一人悲痛苟活。

追根究柢，家中有一幅祖先傳下的繪卷。上面描繪著一名美婦裸像。根據傳說，此乃吳家某位祖先與最寵愛的夫人死別，因過度悲傷，遂以丹青描繪屍體形貌，望能留下電光朝露於世，以茲紀念，他雖悉心執筆，但不知何故，屍體轉眼開始腐爛，圖像尚未完成一半，便已化為白骨。先祖喟嘆不已，終至瘋狂，已逝夫人之妹雖盡心照料，仍力有未逮，先祖仍追隨夫人，步上黃泉路。當時，夫人之妹腹中已懷有此狂人之子，接近臨盆，她同樣傷心斷腸，眼見命亦將絕，所幸最後勉強保住性命。

此時由於筑前太宰府觀世音寺奉修佛像，一位客僧勝空特從由京師前來。奉修之事完成，回程行至附近一帶，聽聞此緣由後，深感不忍。乃暫歇錫杖[50]於吾家，觀看未完的繪卷，於佛前接引結緣，虔誠誦經供養後，砍下後院的大苦楝樹，擇其紅木部分，親手雕刻彌勒菩薩座像，將此繪卷藏其腹中，安置於吳家佛壇本尊，嚴令日後只有家中女性能祭拜佛壇、觀看繪卷，所有男性一律禁止接近，然後離去。

之後，該狂人遺孤、如玉般男兒平安出生，長大成人後娶妻、繼承家業，謹守勝空上人之戒，嚴禁閒雜人等接近佛壇。一切香水香花供養，皆由妻子獨自負責，一心一意祈求現世安穩與後代善果。然而，或許是因為承襲了狂人血統之故。此男子及至壯年，育有幾名兒女，又遭逢妻子早逝，同樣心

[50] 錫杖：行僧攜帶的道具（比丘十八物）之一。行走山野之際，可防禽獸毒蛇之害、托鉢時亦具備通知來訪之意。教義上認為具備除去煩惱、增長智慧之效。——譯注

神錯亂。其後歷代男子當中，偶會出現一、兩位狂亂者。其病態乃世間罕見。或殺害女子、或以鋤鍬挖掘女人新墳等，盡行驚人之舉，若有人欲制止，不僅會擊殺、傷害對方，甚至會咬舌自盡或自縊而死，代代皆如此，恐怖至極。

諸如此況，見者、聽者，無不恐懼自危。遠近相傳，男子見到繪卷，會立即遭其作祟，不潔女子接近佛像，也會遭遇不幸，因此無人敢與之結親，吳家血統有數度將近斷絕。因此，只得靠以金錢誘惑，或遠赴外地尋覓不知情者，方勉可傳宗接代，時至近年，連下賤乞丐提到吳家也都嚇得吐舌發抖，不敢與吳家沾上邊。如今已經沒有其他有血緣關係的親人，唯獨剩妾身單獨一人。妾上有兩位兄長，同樣陷入狂亂之姿，長兄挖掘附近他人墳墓，二哥會用石塊毆打我，舉止都很駭人，結果相繼早逝，謠傳更加甚囂塵上，家中傭人幾乎全藉故離開，長年侍候妾身的人，也只能看著我嘆息。連個說話的對象都沒有，不知有多冷清、多寂涼。

於是就在此時，唐津藩的家老雲井某某聽聞此事，表示要將其三男喜三郎賜妾身為婿，以繼承家業。傭人侍女們得知後無不興高采烈，沒想到竟有如此天大好事降臨，眾人一反常態地歡天喜地，唯有其中一位自幼照顧我的奶媽，非但面無喜色，反倒顯露愁容，細問其故，她才嘆口氣如此告訴妾身。這門因緣並非值得慶賀的喜事，她從在雲井宅邸侍奉的下人口中得知，那位名叫喜三郎的大人，是雲井家老侍妾之子，長於劍術，是藩內第一高手，但從年輕時期就聲名狼藉，在長崎守夜人伴隨之下，沉迷於花街丸山女色，到處結交惡黨，破壞各處道場，還在茶屋小館惡意借錢賒欠等等，最後聲名狼籍、無處容身，只得悄悄返回故鄉。但藩中世家非但無人願與他結親，甚至忌之如蛇蠍，家老聽說了我家情事，才做此決定。不僅這樣，其真正的企圖，乃是欲等事成之後，憑藉其家老權勢，一舉併吞吳家財產。雖是無可抵抗的天命，但一想到日後的痛苦結局，就忍不住頭暈目眩、心如死灰，只能淚流不止。妾身雖茫然不知如何是好，但一介弱女子終究無技可施，僅能暗自憂慮煩心，等到秋收農事完成，忙碌稍告一段落的今晚，那位名叫雲井喜太郎的大人，連一個隨從下人都未同行，也未穿戴外掛長褲的正式服裝，隻身一人突然造訪。

眾人措手不及，連忙奔走送上酒菜至後廳，我也補好妝容赴席，但一看到他，只見半張臉孔燒爛、色如土塊，另外半邊剃了眉毛、眼尾翻白，嘴唇歪斜，貌似惡鬼。再加上先前已不知在何處喝得大醉，渾身酒氣，妾身內心充滿恐懼，全身顫抖。咬牙強忍，忐忑地替他斟酒，但還沒喝幾杯，他突然抓住我的手。當時妾身忍不住縮手，杯裡酒水盡潑濺在他膝上，他馬上發起酒瘋，奶媽拚命拉住他，但說時遲那時快，他轉眼拔刀，奶媽命喪刀下。妾身趁亂逃了出來，終於來到此地，一想到家門不祥和妾身不幸，只覺不如一死，正要自盡之時卻被您攔下。除此之外，我只有出家為尼、修道。雖不知您是何方高人，還請你大發慈悲、指點迷津。」說完，她趴在砂地上低聲哭泣。

虹汀聽完，沉吟良久後扶起少女道，「好，我自當設法，請切莫慨嘆。先待我看過繪卷以後，瞭解其中的因果。」正當他牽起六美女的手欲離開時，松樹後方忽然出現一個半臉鬼相的落魄狂暴武士，一聲不吭地揮刀斬向虹汀。虹汀以修禪之機鋒轉身避開，讓對方斬了個空，同時大喝一聲，對方的武士白刃在空中虛踏了幾步，摔向突出的斷崖外，落人月光粼粼的海中，隨水煙消逝無蹤。

於是虹汀伴六美女回到吳家，與家人共同替奶媽收屍，親自做法事誦經，嚴禁將此情傳外開來。進入佛堂後，他要求眾人迴避，從本尊彌勒佛像體內取出繪卷，先執敬畏祭拜之禮，然後攤開觀看，只見上面畫著全身潰爛膿瘡的美人模樣，令人寒毛直立。於是他立即在佛前坐定，鎮定精魂，入定三昧十多天，至延寶二年十一月晦日拂曉一點，他突然睜眼，高聲唸誦三遍，「洗卻凡夫妄執，不如唸佛，南無阿彌佗佛、南無阿彌佗佛、南無阿彌佗佛、南無阿彌佗佛、南無阿彌佗佛」，接著將繪卷投入一旁的火爐中，化為一片煙灰。

接著，虹汀平靜地起身，召集家人宣示，「我已經藉著法力斬斷了吳家的惡孽因緣。今後將此灰放入佛像內，與三界萬靈共同供奉，我本人也將還俗，成為吳家女婿，孕育萬代殊勝之果。家中各位若有疑慮，但說無妨。」然未有任何附和，因為眾人皆畏懼國老雲井家追究怪罪。虹汀也明瞭大家的心理，當天便厚賞眾人，讓他們回鄉，並封存家屋倉廩，釘上寫著「回饋鄉里公儀。吳坪太」幾個大字的木牌，只讓四馱背負金銀書畫等行當，由強壯大漢牽繩，自己則背著彌勒佛像、懷中放著吳家家譜，手牽六美女，隔天清晨離開了濱崎，往東方前進。延寶二年臘月朔日，繽紛雪正如六美女之名，長汀曲浦長達五里的沿路絕景，須臾化為連綿銀屏，虹汀疑為天賜紅彩祝賀。

如此前行約莫一里，東方天際逐漸泛之時，後方傳來大群雜沓人聲漸漸接近。虹汀回頭一望，為數約二、三十人的捕快，手上帶著拘捕犯人的物事，其中應已落海、半臉鬼相的雲井喜三郎，不知如何得救，頭繫白巾、腳穿綁腿、身穿戰陣披肩陣羽織和野褲，全副武裝、手持長刀，緊追而來，口中一邊高聲大罵，「惡僧別逃。上回我以為你是大公儀朝廷密探，所以才有所顧忌、並未出手，後來接獲藩中密令，調查你的來歷，才知你不僅假冒畫匠偷窺本城地形，還偽裝僧人遊走各國，欺瞞有德之家謀奪財物、誘騙良家兒女後下落不明，你這無賴白徒十惡不赦、天地可鑑……。任憑你會飛天遁地，如今也已無路可逃，大家聽好了，他就是強奪我藩物品、無法無天聲名狼藉的坪太。他就是誘拐良家婦女、卑劣下流的賊僧。不用客氣，快下手逮人！」一聲令下後手下同時踏雪蜂湧而上。當時一邊高懸在巍峨絕壁半空中，另一邊是臨海斷崖幾無立足之地。背後跟著纖弱女子和人馬。眼看完全無處可逃，但是虹汀毫無懼色，他將背負的佛像交給馬夫，拂掉網笠上的雪花交給六美女，拄著慣用竹杖，整好衣襟、手捻念珠，接著安靜地轉過身來，慢步前進，捕快們大感意外，看來完全為對方氣勢所懾。

此時虹汀先向衆人殷勤行了一禮，輕咳了兩聲後說，「各位遠路迢迢，多有辛苦了。在下一介鄉野粗老，還勞駕眾人送行，貴藩政道昌明，實在令人感佩。難得諸位一番盛情，不如再多走些路，目送在下至前方不遠的筑前藩吧。如此一來各位既可完成任務、又可避免無謂的殺生，亦不會造成貴藩的恥辱，各位以為如何？」虹汀說來明快爽利、臉上帶笑，眾人聽了呆愣片刻。而雲井喜三郎隨即面紅耳赤。聽你滿口胡言亂語。上回我是因為喝醉才輕忽，今天我的刀可是磨得光亮鋒利。大家上吧，今天的對手只有一個。除了女人以外，其他人斬了也無妨。上吧！說罷他刀柄一敲，眾人也齊聲應和、氣勢如虹，無不以為要解決眼前這貧弱旅僧乃是輕而易舉之事，刀光映著雪影，眾人競相上前。虹汀眼看已無計可施，只好左握竹杖、右揮空拳，先奪下領頭一人的刀刃，揮落接著襲來的白刃，再斬斷齊聲落下的球棒和刺叉，隻身擋在路中奮戰，絲毫不讓對方接近人馬，他僅以刀背應戰，很快地就有十多人或斷氣、或昏死、或跌落雪地、或掉入海中。

旅僧出乎意料的身手讓眾人無法招架，紛紛敗下陣來，雲井喜三郎怒不可當，憤而出手。他拔出細長陣太刀，亮出銳利新刀刀鋒，一心要置對方於死地，正眼盯著對方，腳下步法紮實，刀尖直逼眼前。也不知虹汀有何打算，他丟掉奪來的刀，右手重新輕輕握妥竹杖，接下喜三郎嗜血如渴的兇刃，全無絲毫鬆懈大意，淡定如水制其機先，淒切似冰壓其機後，且聽喜三郎手中長刀，亦彷彿挾於大磐石之間，繃足了氣、嗚咽切齒。虹汀見狀莞爾一笑。「喜三郎大人，如何？還不早早醒悟嗎？所謂彌陀利劍，係指此竹杖之心。所謂不動束縛，就在於此瞬間呼吸。就算是千錘百鍊後的精妙，跨不出虛實生死之境的劍，也不及悟道的一根竹杖。恰如眼前的不可思議，你千萬不可懷疑，快快放下屠刀，轉惡心、入佛道，進入念念不疑、刻刻無惑，闊達自在的境界。否則，我只好循一殺多生之理，將你一刀兩段，替唐津藩消除眼下大禍。如今正是生死之際，畫分地獄天上的剎那。您以為如何？」聽到虹汀如此咄咄逼問，原本強橫跋扈的喜三郎也臉色鐵青、兩眼充血，汗流浹背、氣喘吁吁，然而，或許是經年累月的業力，已讓他無法回頭，或許是想仗著一線機微扭轉情勢，忽然鼓起衝天之勇，舉劍過頂，奮力一喝，如電光石火般斬來，虹汀翻身閃開順手一擊，竹杖不偏不倚，正中喜三郎眉心，趁他眼冒金星、躍往後退時，虹汀再乘虛而入、從旁掃去，同時伸手握住喜三郎腰間短刀的刀柄，「既然如此，我就遂了你願吧。」，話聲未落，人已飛身後退了一間[51]有餘，再度揮起長刀的喜三郎，宛如雕像般就這樣直挺挺仰天倒下。斜肩砍下的右肩鮮血有如泉湧，染紅雪地，氣絕而死。

驚人氣勢震懾眾人，餘黨紛紛落荒而逃，待不見有人追趕，虹汀總算放心，將奪來的短刀歸還給屍骸，合掌數著念珠，誦經兩、三遍後，才撣掉堆積在黑衣上的雪，再次揹起佛像，安撫著嚇得失魂落魄的六美女，戴上斗笠，人馬急行，很快地便進入筑前領地，在深江這個地方過了一夜，隔天清晨又踏著未歇的白雪，往東行五里，來到此處姪之濱。

虹汀見到當地地形心想，此處北有高聳半天的愛宕靈山、南面是雲煙迷離的背振、雷山、浮岳等諸名山。放眼望去是萬頃良田，足以養育兒孫萬代，室見川清流可以行舟，還有祖濱、小戶古蹟，芥屋、生之松原等名勝，況且距黑田五十五萬石的城下不遠，可謂集結了山海地形之精粹。於是他將一路隨行的馬夫納為家人，找片田野建造了家屋倉廩，捎信回故鄉京師，打算往後代代在此安身立命，同時他選中一地，收集背振雷山的巨木，親自司繩墨設計，起造一宇龐大伽藍，奉背負而來的彌勒菩薩座像為本尊，望以此地為傳至末代之菩提寺、永世祈願之所。山門高聳，迎真如實相之月清明，殿堂連簷，送佛土金色之日觀想。林泉深處，水碧沙白，鳥啼魚躍，念佛、念法、念僧，實乃末世之奇、罕有淨土。

緣此

人皇第一百十一代靈元天皇延寶五年丁巳霜月初旬，伽藍落成，從京師本山召請貧僧前來擔任開山住持。貧僧以寡聞淺學為由，再三堅辭未果。後感其奇特，荷笈下鄉擔任住特，將寺號命名為青黛山如月寺。選定隔年延寶六年戊午二月二十一日之良辰，講往生講氏七門，誦淨土三部經，行長達七日之大施餓鬼。當天虹汀親自上座登壇，略述以上因緣向聽眾纖悔，吟唱兩首和歌。

唱　六道不惑六文字，佛陀世界吳竹杖　　坪太郎

和　佛陀親持紫竹杖　回首來時盡虛空　　六美女

㊿間：一般以六日尺（一百八十二・八公分）為一間，即相當於一塊塌塌米的長度。——編注

接著由貧僧上座，詳細辯證緣起因果，闡明六道流轉、輪迴轉生之理，傳授一唸彌陀佛、即滅無量罪孽之真諦，並以一偈做結。

一唸稱名聲 功德萬世傳　　青黛山寺鐘　　迎得真如月

另外，六美女時年十八歲……。她將事先抄寫在紙上的三萬張六字名號（南無阿彌陀佛），分送前來的信眾，不到三天即送完。

上述故事六道之相盡顯娑婆，業報理趣流轉眼前。煩惱即菩提，六塵即淨土，吳家祖先冥福，代代延續正等正覺之結緣。吳家後世子孫若欲報此鴻恩，必須深切領會此意旨，不懈法事唸佛。此事不得外洩，若疏忽洩漏，恐遭他藩怨恨。詳細僅容當時本寺住持及吳家當主夫婦知曉。謹此敬筆。

記於 延寶七年七月七日

◆**第三參考**：野見山法倫氏談話

▼聽取時間：同前述，下午三點左右

▼聽取地點：如月寺方丈居室

▼列席者：野見山法倫氏（該寺住持，當時七十七歲。同年八月歿），我（W）＝以上二人＝

——您會懷疑自是難免。如同此緣起內文中所述，距今一百多年前，可尊為吳家中興之祖的虹汀大人，將其燒為灰燼、封緘至彌勒之世的繪卷，不知何故又恢復原有的繪卷型態，現於今世，落入吳一郎手上，導致如此瘋狂錯亂之源……關於此事，坦白說，即便您（W）沒開口詢問，我也打算說明，但一切仍需您自行判斷。

——自開山一行上人以來即有明訓，這段緣起記錄，原本只有繼承吳家家業的夫妻首次來祭祖時，才會摒退外人讓他們觀看，除此以外，有關吳家血統之事，若非極其尋常一般，否則完全不會外洩，身為本寺住持，必須保守秘密，然而如今事關緊要，若無法判斷吳一郎少爺是真瘋或佯狂，可能與其會不會成為罪人有重大關連，我自然不能隱瞞。

——事情始末說來簡單。很久以前就已經有人發現，藏在本尊腹內、理應已化為灰燼的繪卷，其實仍保留原貌。不僅如此，從本尊腹中取出繪卷，造成誘發吳一郎少爺疾病發作者，我心中相當清楚，想必非此人無誤。當然，這畢竟只是我個人的猜測，眾人聽了一定大感意外，此人不是別人，正是吳一郎少爺的親生母親、前些年在直方詭異橫死的千世子小姐……沒錯……聽來非常荒唐無稽，首先，大家必定會懷疑，世上豈有此等無情的母親，竟然會將具有如此可怕傳說的物件，交給自己無可取代的親生兒子？其中當然存在很深刻的理由，無論如何，只要聽了接下來的說明，我想您就可以明白一切。

——回想起來，已經是很久以前的事了……我想……應該是三十多年前了吧。實在已經年代久遠。您或許已經知道，這位千世子小姐自幼聰明伶俐，而且雙手格外靈活，尤其特別擅長繪畫和刺繡，打從她剛懂事，還梳著童髮、身穿振袖的可愛年紀，就經常獨自一人坐在本寺本堂角落，臨摹紙門上的四季花卉圖案，以及欄杆間的仙人雕刻。當時她就已經非常可愛，五官輪廓宛如人偶一般……。

——不過，大約是她十四、五歲的時候吧？某天似是剛從學校回來，身穿絳紫色褲子的千世子小姐，懷抱一個包袱，逕自走進這方丈居室，向獨自在喝茶的我說……師父……那本尊黑色佛像肚子裡，放著很漂亮的繪卷對吧？能不能偷偷拿出來讓我看看……。繪卷的事自從本寺開山當時舉行大法會後，就成為附近一帶有名的傳說，村裡應該有很多人知道，我想她可能是從那些人口中聽說的吧……當時我笑著告訴她……繪卷很早以前就化為灰燼啦，就算我想讓妳看也沒辦法，千世子小姐卻說……可是我剛才搖動佛像，卻聽到裡面有匡咚匡咚的聲響，一定放著什麼東西。我聽了大吃一驚，訓了她幾句……怎麼能做這種事呢，會被佛祖懲罰的……但是……等到千代子小姐回去、只剩我一人後，我忽然開始擔心，於是悄悄走進本堂，雖心知不敬，還是試著搖動本尊彌勒佛像，果然聽到匡咚聲響。那感覺就好似有卷軸狀的東西，藏於腹內……。

——此事實在太不可思議，令我驚慌失色。我一直以為，如同緣起本文所述，本尊腹內放的僅是繪卷灰燼……但後來我又仔細一想，莫非是當年虹汀大人佯裝已經燒毀繪卷，其實卻保留原貌、藏入佛像腹內？現周圍填塞物因隨著年代久遠而乾燥鬆弛，才會發出這種聲音吧。好繪畫者常有這種心理，因太過愛惜繪卷而這麼做，可能是認為經年累月供養，因緣會逐漸淡薄、不再作祟吧。如果真是這樣，我應該重新取出、加以燒毀嗎？該怎麼辦才好呢……我左思右想，終究無法釋懷，也有點恐懼，但我心想，應該不會有人打破本尊佛像、查看內部，於是就這樣繼續放在原處。

——就這樣，時光飛逝，到了去年秋天，盂蘭盆節前一天的傍晚，八代子夫人和一郎少爺、真代子小姐三人一起前來掃墓。當時八代子夫人單獨一人打掃祠堂後，順便到這方丈居室來喝茶閒聊，話中提及……雖然時間尚早，不過我打算等明年春天，一郎從六本松的學校（福岡高等學校）畢業後，馬上讓他和真代子成親，您以為如何？……她這麼跟我商量。八代子夫人在宣布這種重大事情之前，必會來找我商量，我也回答她，此事甚好，然後我們走出大殿簷廊一看，身穿學生制服的一郎少爺和繫紅色腰帶的真代子小姐兩人已經掃好墳，正蹲在山門旁的墳前，雙手合十，看來感情和睦。見到這番情景，八代子夫人好似胸口一哽，突然掩面進入祠堂，我則留在當場，望著相當匹配的這兩人，漫然想著吳家的未來，這時我忽然想起多年前千世子小姐說過的那些，心中暗暗一驚。當然，當時我只認為這或許是老人家瞎操心，不過內心實在放不下，當天晚上，怎麼都睡不好。

——於是我悄悄起身……藉著窗外映入的月光和燈火，一個人前往本堂，心知冒瀆地捧起本尊，試著搖動，但先前確實聽到的聲響，此時卻完全消失了。……不僅如此，我還感覺裡面彷彿空無一物。

——那時候我隱約有種預感，心中一股莫名恐懼。於是心一橫決定把佛像抱下佛龕、搬進這方丈居室，戴上眼鏡仔細檢查，雖然佛像身上滿布塵埃看不太清楚，可是卻發現佛像頸部在衣襟處有切斷後再嵌合的痕跡，試著用力搖晃，看似馬上就要鬆脫。當時我心想，原來是這麼回事。我努力保持鎮定，通過走廊將佛像搬到土間，安靜地揮去上面的灰塵，在燈光下鋪了一塊毛毯，從切口拔下佛像的頭，往裡一看，挖成經筒狀的底部，有用舊宣紙包裹住的灰，而這灰包正中央，剛好凹陷為卷軸狀。看到這裡我這才明白，原來虹汀大人當年雖說已燒了繪卷，事實上他可能另有想法。其實繪卷並沒有燒毀，而是直接藏入佛像中，而現在又被某人偷走……眼前所見，已是無庸置疑的事實。是的……除此之外，周圍還有一些應是作為充填之用的舊棉花，其餘連一片碎紙屑都沒見到……請往這邊走。我讓您親眼看看本尊吧。＝參照後段備註＝

——一切如您所見……這不知算不算是出於我的不謹慎……是啊……我內心非常愧疚，只希望別出什麼事才好。可是，另一方面，如果真是千世子小姐拿走的，那她又為何要這麼做呢？而且，從她橫死直方之後至今，又是誰偷偷暗藏了繪卷呢？假如是八代子夫人在收拾千世子遺物時發現，不至於不告訴我一聲……正當我暗自發愁、苦思不解時，竟發生了這種事，只能說一切實在令人難以想像、太不可思議了。……聽說，那繪卷在一郎少爺精神錯亂後，再度消失無蹤，這又是另一樁謎案。村裡傳說……一郎少爺精神異常前後，曾有人目睹繪卷如蛇般扭曲、橫渡半空，也不知是真是假。這一切皆因我的大意而起，死去的真代子小姐和發狂的一郎少爺實在可憐。我寧願用我這所剩無幾的短暫生命來代替他們，但如今只能每天以淚洗面……。

◆**第四參考**：吳八代子的談話概要
▼聽取時間：同一天下午五點左右
▼聽取地點：本人宅邸後廳
▼列席者：吳八代子、我（W）——以上二人——

——啊，醫師……您終於來了。您不知道我有多盼望能見到您……不要緊。我的傷沒關係。我的生命什麼，都無關緊要了。我拜託您了，醫生，請務必找出那個從寺中盜出這繪卷（……相當謹慎地從懷中取出交出），埋伏在採石場等著交給一郎，企圖殺害我家人的傢伙。要是找到那傢伙，哪怕只有一句話也好，請您問問他，究竟有何怨仇，讓他做出如此殘忍的事（啜泣），這一句話就好，請您務必要問問他（啜泣）……沒能在一郎精神正常時問出那個人的事，我實在無比遺憾……如果知道他是誰，就算咬碎他的骨頭都不甘心哪（啜泣）……不、不。離開直方時並沒有看到那東西。一郎隨身物品我全都仔細檢查過了。那些警察又知道些什麼？讓一郎遭受那種折磨……現在我問話他也完全不回答。……我已經死心了。不管一郎能不能恢復正常，我女兒能不能起死回生，或者我自己這條命會如何，我都不在乎了。但是！殺害我妹妹千世子，還有謀害一郎和我女兒的人，絕對是同一個傢伙……那個人明知道這幅繪卷的事，又故意拿給一郎看……（精神亢奮、錯亂，無法繼續回答。約一星期後，心情慢慢恢復平靜，逐漸出現呈現失神狀態的傾向）

◆備註

（甲）事件發生當天晚上十點半，檢查已禁止出入的吳家倉庫（被稱為第三號倉庫）時，發現鋪在樓下木板房間入口的舊報紙上，整齊並排著吳一郎的厚朴木屐鞋跡以及真代子外出穿的紅色軟木底草鞋，旁邊開始有蠟燭滴落，點點延伸到陡峭的樓梯上方。

觀察樓上的狀況及被害人的屍體，並未發現打鬥、抵抗或掙扎的痕跡。

屍體頸部有勒絞的摺痕和瘀血，以及其他索溝互相纏繞的痕跡，但氣管喉頭及頸動脈等，並未發現來自外部的損傷。此外，一條帶著脂粉香味的嶄新西式毛巾掉落於屍體前方的桌下，此乃兇嫌所持之物，係用於遂逞兇行。

桌上中央似有衛生紙，十數張帶有婦女體味、摺成四折的八裁白紙層疊散放在桌上。面對桌子的左邊放置吳家佛具的合金燭臺一個，上插一支百文目大蠟燭，有點燃過的痕跡，根據之後調查的結果，推算約在點燃兩小時四十分鐘後熄滅。

另外還有三支嶄新的百文目大蠟燭和火柴盒一起置於桌下，以上四支蠟燭上端以及中央部分印上的許多指紋，皆只有被害人真代子左右手指的指紋，加害者吳一郎的指紋一個也沒有。而且，從火柴盒上也只檢測出被害人指紋此點研判，上述四支蠟燭乃是被害人自己攜來，並親自劃亮火柴點燃其中一支，置於桌上左邊，此點已無疑慮。（其他關於八代子腳印等敘述在此省略）

（乙）同一晚九點，被害人屍體送達九州帝國大學醫學院法醫學教室，馬上由我（W）執刀，在舟木醫學士見證下進行解剖，並於該晚十一點結束，確定死因為頸部遭壓迫，勒殺。同時推斷被害人係因某種原因喪失意識後，遭人勒斃。另外，處女膜並未發現異常。（其他省略）

◆備註

（A）調查如月寺彌勒佛菩薩座像，發現其頭大身小、形貌怪異，既無後光也無偏袒[52]。披小袈裟如一般法衣，結跏趺坐，結彌勒定印，但亦可見形似作者自像之嫌。整體刀法極其簡勁雄渾，處處可見鋸齒及波浪狀鑿痕。底部中央以極端嚴謹的刀法陰刻著一寸見方的「勝空」二字。

（B）中央空洞為縱深一尺、橫徑三吋三分有餘的圓筒型，扣除充填在上方和底部的棉花和灰燼厚度，高約一尺六分，正好吻合繪卷（其他參考物品）的體積。另外，空洞蓋頂亦即頸部方形部分，可見到殘留的黏貼痕跡。

（C）檢查包灰的宣紙及填塞在上下左右的棉花，從其褪色程度判斷，約略等同記錄的時代。經過顯微鏡分析的結果，僅發現灰燼內容包含燒燬普通和紙和絹布的痕跡，並無裱裝用的金絲或卷軸木材等其他痕跡（其他省略）。

◆備註

（一）調查姪之濱入口的國道沿線、靠海一側的山麓採石場一帶，發現據稱前一天吳一郎觀看繪卷時所坐的石塊位置，位於切割剩下的粗石背後，經過街道者很難注意到。

（二）採石場內除了無數大小石片石塊和石工作業的痕跡，還有從道路飛入的稻草、紙張、草鞋、蹄鐵片，以及其他類似垃圾之物以外，並無值得注意的物品。另外，或許由於經小雨沖刷，未能發現疑似吳一郎或其他任何人物的足跡。

（三）平時在採石場工作、住在姪之濱町七十五番地之一的石工脇野軍平，自從兩天前因其妻女阿蜜及養子格市同時腹痛腹瀉，疑似感染流行病而被隔離，不久後待其痊癒詢問的結果，證實近日來並未發現工作時有可疑人物進入採石場或在附近徘徊。關於這些人的病況，由於該處的魚類向來新鮮，不可能是食物中毒。目前病因尚未查明。

◇插入繪卷照片
◇記載上述繪卷由來
◇記載關於上述第二次發作的全盤研究觀察事項

＊

哈哈哈哈哈……。
如何？各位現在是不是覺得驚慌失措呢。

㊷偏袒：將袈裟掛於左肩，而露出右肩，是古代印度用以表示恭敬長者的方式。——譯注

大家想必已經忘記這是我遺書中最重要的一部分，忘情地閱讀吧。其中有悲劇、有喜劇、有劍鬥，還有警察問案，如果能再加上信徒的大肆宣傳，可不就是一部大人看了感動、小孩讀了驚恐的異想天開奇妙記錄呢。特別是心理遺傳的奇特顯現方式，真可說是古今未見的絕佳手法，翻遍現代所謂常識和科學知識的典籍，也無法比擬。即便是著名法醫學家若林鏡太郎博士，似乎也覺得此事棘手，在其調查資料中感嘆如下……。

我希望將這椿事件的兇手，稱爲假想兇手。因爲只能將此事件的兇手想像爲擁有超越現代一切學術、道德、習慣、義理、人情之可怕、神秘、不可思議個性之人，除此之外再也找不到其他合理解釋。此人非但在短短兩年之間極盡殘虐之事，讓三位婦女和一位青年或遭殺害、或精神狂亂，使其一家血統完全斷絕、無法再延續，而且此等殘虐的行兇手法，皆僞裝爲偶然事件或者超科學的神祕作用，無法再做其他猜測。別說兇手的存在，就連他進行此一連串兇行的目的是否存在，都令人懷疑……。

各位覺得如何？對照前面看過的記錄和這段文字，相信各位應該早就已經注意到了吧。站在法醫學立場的若林博士對該事件所主張的重點，和身為精神病學者的我所主張的重點，從事件發生當初就正好相反，直到今日為止也沒有達成一致……。若林站在法醫學者特有的角度，打從一開始就認為這椿事件絕對另有隱藏背後的兇手，並且認定這名兇手一定從某處暗中操控，隨心所欲地操弄與此事件相關的奇妙現象，但是我可不覺得事情這麼單純。站在精神科學的立場觀察，這只是一椿所謂「沒有兇手的犯罪事件」。這不過是一件無論外觀或內容都很奇特的精神病發作之表現，被害人和兇手或許都在某種錯覺之下，被誤以為是同一人犯下的兇行。如果還是硬要找出兇手，我主張應該逮捕遺傳這種心理給吳一郎的祖先，送進牢裡。這就是此樁事件的核心趣味所在……。

什麼……你說什麼……如此這般……你已經知道這樁事件的真兇了嗎……。

……唉呀……這真是太令人驚訝了。就算是再厲害的名偵探，腦筋如此敏銳，也未免讓人不知如何是好啊。而且這麼一來我和若林都甭混了。

別急別急，請等一等。就算諸位所指的人物確確實實百分之百是這樁事件的幕後真兇，也就是若林所謂的假想怪魔人，終究也只是一種推測，並沒有確切證據吧。再說，就算真有不動如山、可靠無比的確切證據，而且各位也知道兇手目前身在何處、正在做什麼事，將兇手逮捕歸案後，竟然發現了事件背後令人瞠目結舌、震驚語塞的新事實，屆時不知各位打算如何處置呢？呵呵呵呵……。

所以我不是說過了嗎。對於這種深刻奇妙不可思議的事件，以薄弱證據或概念式的推理來判斷，萬萬不該、非常危險。至少必須對於此事件在前述狀態下發生後，歷經何種途徑峰迴路轉終於落到我手中，我對事件又進行了何種觀察、根據何種方法推演研究步驟，並瞭解根據此研究所發現的第二次發作內容，又是何等淒慘、痛切、絢爛、怪異，並且無理可循，還有，這些研究過程何以驟變、發展為在下自殺的原因……等等進行徹底觀察之後，才能決定有無真兇。想必各位應已頭昏眼花，「原來如此啊……嗯」……我算是先占了上風……好了，關於之後我對這樁事件的研究進展實況，接下來我繼續拿掉敬語，用天然色立體電影來說明。

問題是，像我這種來自鄉下又是新手的無聲電影辯士，一旦省掉敬語，聽來一定像在朗讀外行人所寫的單調劇本吧。很不幸的，什麼劇本還是焗粉我可從沒做過，也不知該長什麼樣子，不過距離天亮還有大把時間，我就提筆玩玩，試著編寫劇本這玩意兒。只是在此得事先聲明，將事件核心的心理遺傳內容留待最後、先從外側的事實依序往內推、往內推，搓呀搓地慢慢搓成焗粉……唉呀、不對，是劇本，情節也不會顛倒衝突。我關於此事件的記錄，完全依照當時親眼觀察事件的順序排列，光是研究此順序，就足以瞭解事件真相……因此就這一點還恕我直言，請相信絕對是極端科學、毫無粉飾，俯仰天地而無愧的真實記錄……大概就是這樣吧……嘖嘖嘖。

【字幕】吳一郎的精神鑑定＝大正十五年五月三日上午九點，於福岡地方法院會客室。

【電影】正木博士身穿黑紫色家紋外掛，嗶嘰單衣搭配嗶嘰褲、洗舊的白色襪袋，儼然村長模樣的打扮，伸直雙腿往後往躺在接近入口對面窗口的椅子上，悠閒地抽著雪茄。

中央的圓桌上丟著似是正木博士帶來的老舊洋傘和老舊圓頂禮帽。旁邊站著身穿雙排扣長禮服的若林博士，正在向正木博士介紹身穿制服形貌威嚴的探長和全身嗶嘰布料的優雅紳士。

「這位是大塚警部……這位是鈴木預審判事……兩位都從一開始就參與了這樁事件……」

正木博士站起來接過兩人的名片，相當隨便地點了幾下頭。

「我就是您想見的正木……抱歉，身上剛好沒帶名片……」

警部和預審判事板著臉、嚴肅地回禮。

這時，身上僅穿著白底藍點圖案夾衣的吳一郎，由兩位法警拉著腰帶進來，三位紳士分別往左右讓開，形同隨侍在正木博士身旁。

吳一郎呆站在正木博士面前，用他烏黑清澈的憂鬱眼神慢慢地環視屋內。他白皙手臂和頸部周圍，還留有瘋狂發作被壓制時導致的幾處擦傷和瘀青，將他這世間罕有的俊美容貌襯托得更加異樣。他身後的兩位法警整齊地行舉手禮。

正木博士回以注目禮，呼出一口雪茄的細長煙霧，然後粗魯地將吳一郎銬上手銬的雙手往自己拉近，兩人的臉孔相距約一尺左右、四顆眼睛緊緊互相盯著。他凝視著吳一郎瞳孔深處，彷彿在暗示什麼……又彷彿是試圖用自己眼裡的光芒，將吳一郎眼裡的光芒押回瞳孔深處……。兩人就這樣四目相對，有好一陣子動也不動。

不久後，正木博士的表情開始呈現緊張。在一旁觀看的紳士們表情也跟著緊張起來。

但只有若林博士連眉毛也沒挑一下，冷靜地垂下他蒼白的眼眸，凝視著正木博士的側臉。好像正從正木博士的表情中，尋找某種不為人知的東西……。

而吳一郎卻沒有半點驚慌。他那精神失常的人特有的清澈眼神，輕易地將視線從正木博士臉上移開，隨即由下往上緩緩打量著佇立一旁的若林博士身穿長外套的高大身影。

正木博士的表情漸漸柔和。他望著吳一郎的臉頰，咧嘴一笑，重新吸燃就快熄滅的雪茄，語氣輕鬆地開口。

「你認識那位叔叔吧？」

吳一郎依舊仰望著若林博士蒼白的長臉，微微點了點頭。眼神像是逐漸要進入夢境……。看到他這個樣子，正木博士臉上的笑意更深了。此時吳一郎的嘴唇輕輕蠕動。

「……認識。他是家父。」

話聲未落，若林博士已換上一臉駭人表情……原本就蒼白的臉孔慢慢失去血色，如白土般失去光澤的額頭正中央有兩道青筋暴露。無法用憤怒或驚愕來形容的面貌，太陽穴格格顫抖，回頭望著正木博士。眼神之淒厲似乎簡直像隨時都會朝他撲過來……。

但正木博士似乎沒有注意到他，他旁若無人地大笑出聲。

「哈哈哈哈！是你父親嗎，那好那好。……那你認識我這位叔叔嗎？」

說著，他指向自己的鼻子。

吳一郎眼神認真地盯著正木博士的臉，很快又輕輕蠕動著嘴唇。

「……是我……父親……」

「啊哈哈哈哈哈哈！」

正木博士更開心地笑了……最後他甚至放開吳一郎的手，受不了般地開始狂笑。

「啊～～哈哈哈哈！我真是沒想到。這麼說，你有兩位父親囉？」

吳一郎似想非想，顯得有些猶豫，但他很快就默默點點頭。正木博士終於捧腹大笑。

「哇哈哈哈哈！太棒啦，這實在太難得了。……那，你記得這兩位父親的姓名嗎？」

正木博士半開玩笑似地問，頓時，在座有如身處五里霧中、倉皇失措的所有人，臉色瞬間浮現緊張。

可是，被正木博士這麼一問，吳一郎驟地臉色一暗。他靜靜轉移視線，似乎專注地眺望窗外燦爛耀眼的五月晴空，之後又好像突然回想起什麼，斗大眼眶中溢滿了淚水。見到他這樣，正木博士再次執起吳一郎的手，緩緩吐出一口雪茄煙霧。

「不。不要緊、不要緊。不必勉強自己去想起你父親的姓名。因為不管你先想起的是哪個人，都太不公平了啊。哈哈哈哈哈哈！」

原本繃著緊張情緒的眾人同時笑了。終於恢復原來表情的若林博士，也露出猶如哭泣般的奇怪僵硬笑容。

吳一郎用提防的眼神看著這每一張笑臉，最後他彷彿很失望，嘆了一口氣候低垂下眼，撲簌簌掉下淚。淚珠從手銬滴落到骯髒的地板。

正木博士繼續拉著他的手，悠然環顧眾人。

「我希望能把這位病患交給我，不知各位有何看法？我想這位病患的腦中一定還殘留著跟事件真相有關的某些記憶。就像各位剛剛所聽到的，他看到每個人的臉都覺得是自己父親，這或許正是暗示著事件背後的真相的某種重要心理之顯現……如果可以，我想靠自己的力量讓這位少年的頭腦恢復正常，擷取與事件真相相關的記憶，各位意下如何……」

【字幕】吳一郎最早出現在解放治療場之日（大正十五年七日七日拍攝）

【電影】矗立在解放治療場正中央的五、六棵桐樹，鮮亮綠葉在盛夏陽光中閃閃發亮。

八位瘋子從東側入口列隊依序進入。其中有人很不可思議地環顧四周，但慢慢就開始顯現各自的狂態。

排在隊伍最後進來的是吳一郎。

他的神情相當憂鬱，有好一陣子愣愣地環望四周的紅磚圍牆、腳下的砂地，然後好像在自己腳邊的砂裡發現了什麼，突然兩眼發亮將其拾起，夾在雙手之間滾動搓揉，還拿起來映著眩目的太陽看。

那是一個彈珠汽水裡的彈珠，透藍美麗。

吳一郎彎起嘴角面對著太陽，將該顆彈珠捲進黑色兵兒帶[53]中，但又匆忙撩起衣擺蹲下，開始用雙手在滾燙的砂中翻找。

從剛才就站在入口觀察的正木博士，命令工友拿來一支圓鍬，交給吳一郎。

吳一郎高興地道謝後，接過圓鍬，比剛剛更勤快地翻動閃亮的砂土。溼濡的砂土曝曬在陽光下，逐漸變白、變乾。

專注觀察吳一郎態度的正木博士，不久後微微一笑，輕輕點點頭，然後走回入口快步離開。

【字幕】在那之後約兩個月後，在解放治療場的吳一郎（同年九月十日拍攝）

【電影】解放治療場中央的桐樹夾雜著少許枯萎葉片。周圍場內的平地處處可見翻掘過後宛如一個個漆黑墓穴般的砂土痕跡，重疊分散在各處。

吳一郎站在洞穴與洞穴之間的砂土平地一隅，以鍬為杖，挺直腰桿，正難受地呼出一口氣。他的臉孔被秋陽曬得焦黑，再加上連日勞動似乎已經筋疲力盡，看起來無比憔悴、判若兩人，只剩下眼睛還骨碌碌地晶亮轉動。他的汗水不斷流下，激烈的喘息猶如火焰……他手中充當拐杖拄地的圓鍬鍬刃，已磨損成薄薄的波浪狀，閃動著銀一般的懾人光芒，充分說明這幾十天的掘砂作業有何等狂熱、劇烈……所謂活生生墜入焦熱地獄的亡者之姿，說的就是這副模樣吧。

接著，吳一郎像是被什麼人追趕般，用曬黑的手臂重新拿起圓鍬。他開始在新的石英材質砂地上奮力鑿下，挖掘另一個洞穴，很快挖出一個大魚骨後，再度恢復精力，以比先前更強數倍的氣勢繼續揮動圓鍬。

舞蹈狂女學生掉入位於吳一郎背後的一個大洞穴中，雙腳在空中不斷晃動、發出慘叫。其他病患們則是一起鼓掌喝采。

但是吳一郎頭也不回，更加專心地挖、挖、往下挖，過沒多久，好像挖到某種眼睛看不見的東西，頻頻搓動雙手手指，接著馬上拿起圓鍬，眼睛亮得像火光一樣，他緊咬著雪白的牙齒，拚命翻動腳下的地面。

正木博士從他身後緩步走進來。架在鼻頭的眼鏡反射著陽光，注視著吳一郎的作業狀況好一會兒。不久，正木博士走近吳一郎身邊，伸手輕拍他揮起圓鍬的右肩。

吳一郎驚訝地放下圓鍬，呆然回望正木博士，並擦拭臉上汩汩不停的汗滴。

正木博士趁隙以迅雷不及掩耳的快速動作伸入吳一郎懷中，抓出用髒手帕包住的圓形物品，還有吳一郎最早挖出的魚骨，藏在背後。但吳一郎一點也沒有察覺，繼續擦拭汗水，眨著眼睛，從洞穴中抬頭往上看。正木博士站在洞穴邊緣微笑往下看著他。

「你剛剛挖出來的是什麼？」

吳一郎很尷尬地紅了臉，將左手手指伸至博士鼻尖。博士挪近眼鏡仔細看，發現他指頭上捲捲纏

㊿兵兒帶：和服中男性腰帶的一種。原為九州的薩摩兵士慣綁的腰帶形式，故有此名。明治維新後九州風俗漸漸移入東京，開始變得廣泛。——作者注

繞著一根女人頭髮。

正木博士似乎知道那代表什麼意義，面容嚴肅地點點頭，緊接著他解開藏在背後的髒手帕，將裡面的東西放於左手掌心，遞到吳一郎眼前。他掌上除了吳一郎兩個月前剛進入這個解放治療場後撿到的彈珠，以及今天挖出的魚骨以外，還有紅色橡膠梳子碎片，和斷成約小指大小閃著光芒的玻璃管。

「這些是你從土裡挖出來的吧？」

吳一郎激烈喘著氣，點點頭。他看了看博士的臉，再看了看那四樣東西。

「嗯……那這是什麼呢？這東西有什麼用途嗎……？」

「這些是青琅玕、水晶管、人骨，還有珊瑚梳子。」

吳一郎不假思索地隨口回答，同時馬上從博士手上接過這四個破爛東西和手帕，綁得像石頭般牢固後，再無比慎重地放回懷中深處。

「嗯。……那你為什麼要這樣拚命挖土呢？」

吳一郎左手拄著正要往土裡深挖的圓鍬，右手指著腳下。

「這兒埋著女人的屍體。」

「哦。原來如此。嗯。」

正木博士喃喃說道。接著他隔著眼鏡，狠狠盯著吳一郎雙眼，用相當嚴厲而清晰的語氣，一字一字清楚傳到對方耳裡。

「……嗯……原來如此……。但是……女人屍體埋在土裡……是什麼時候的事？……」

吳一郎雙手撐著圓鍬，訝異地仰頭望著博士的臉孔。他臉頰的紅暈倏地消失，嘴唇輕輕蠕動。

「……什……什麼……時候……什麼時候……」

他彷彿說著囈語般開始不斷重複。接著，有好一陣子他茫然地看著周圍，不久後又忽然換上難以言喻的寂寞、不知所措的困惑神情。……他鬆開手中的圓鍬，無力地低垂兩眼，慢慢爬出洞外，往入口方向走去。

正木博士目送吳一郎的背影，交抱雙臂露出了會心的微笑。

「果然不出所料。他的心理遺傳絲毫不差地出現了。……可是還得再忍耐一段時間。接下來才是真正的好戲上場……」

【字幕】同年十月十九日（距離前一場景約一個月後）的解放治療場內光景。

【電影】跟最初放映時一樣，老人缽卷儀作在場內平坦砂地的磚牆前耕作。不過儀作已經比第一次出現時多耕作了約一畝田地，而一旁的瘦弱少女則栽種枯枝和瓦片至一半左右的位置。

站在老人面前的吳一郎也和最初見到時一樣，面帶微笑，雙手放在背後，專注地看著老人上下揮動圓鍬，但是僅僅經過一個多月時間，他的皮膚已經完全變白，也圓潤了許多，這是因為這段時間他停止挖掘洞穴的勞動，整天都關在自己房間……也就是第七號房的關係。

正木博士從他背後微笑走近，慢慢伸手擱在他肩上。吳一郎嚇了一跳似，轉過頭去。

「……怎麼樣……你好久沒有出來了啊。我看你皮膚變白……還胖了點。」

「……是的……」

吳一郎保持著微笑回答，繼續注視著圓鍬的揮動。

「你在這裡做什麼？……」

正木博士盯著他的臉問。……但吳一郎的視線仍集中在圓鍬上，靜靜地回答。

「……我在看那個人耕田。」

「嗯。看來意識已經清醒很多了。」

正木博士自言自語般說著，上下打量著吳一郎的側臉，接著他稍稍加強了語氣。

「……不是吧。我看你是想向他借那把圓鍬吧？」

話還沒講完，吳一郎的臉登時刷白。瞪大了雙眼凝視正木博士的臉，但很快地視線又回到圓鍬上，喃喃說著。

「……沒錯……那是我的圓鍬。」

「……嗯。這我知道。」

正木博士點點頭。

「……那支圓鍬是你的。但是他難得這麼熱心耕作，你可以再多等他一會兒嗎？等到正午十二點鐘聲一響，那位老先生一定會丟下圓鍬去吃飯的……然後下午直到天黑之前都不會再出來的。」

「真的嗎？」

吳一郎說著，回望正木博士的眼裡帶著濃濃不安。正木博士像是想讓他安心，用力地點頭。

「當然是真的。……我以後會再買一支新的給你。」

儘管如此，吳一郎依舊不安地凝視著上下揮動的圓鍬，然後他很快又開始自言自語喃喃唸道。

「我現在就想要……」

「哦。這是為什麼……？」

但吳一郎沒有回答。他緊抿著嘴，繼續凝視圓鍬上下揮動。

正木博士神情緊張地瞪著吳一郎的側臉。彷彿想從他的表情中找出什麼。

一隻大鳶的影子，輕盈地滑過兩人面前的砂地。

是的……看到這裡終於明白，吳一郎的心理遺傳，主要跟佩戴青琅玕、水晶管和珊瑚梳子之類飾品的古代貴婦有關，也明白吳一郎那麼熱切尋找女性的屍體，都是為了完成以該婦人為模特兒的繪卷。

但是當正木博士質問屍體是什麼時候埋在土中時，吳一郎卻茫然不知如何回答，轉身回房陷入深思，這又是為什麼……？

還有，經過一個月後的今天……也就是大正十五年十月十九日，他又為什麼來到這處解放治療場，一心一意等待老人放下手上的圓鍬……？

……就在現在這個時刻，這間解放治療場的危機，是從何處如何漸漸逼近……。

能夠揭開這些疑問的人，目前只有正在調查這樁事件的若林博士，和身為他的諮詢對象的我而已……不，並不是銀幕上的正木博士……不、不是……唉呀真麻煩，就當作是我好了……順便把影片也停止播放吧。再順便回到深夜在九州大學精神病科教授研究室裡，獨自一個人寫這篇遺書的正木瘋博士身上。

聽來或許有些不可思議，反正這是我臨死之前打發時間寫下的遺書。威士忌酒力再強也無所謂。

接下來我將會化為山野……此時還是再讓我抽根雪茄吧。

……啊，真愉快。像這樣在自殺前夕，還能以嘲弄宇宙萬物的心情寫遺書。寫累了就穿著拖鞋縮在旋轉椅中，環抱膝頭，吞吐著群青或藤黃色的煙霧。……這麼一來，這些煙霧就會像朝靄、晚霞渲染般往上盤旋，裊裊飄至天花板，到了一定高度，就如同浮在水面上的油漬般慢慢擴散開來，猶如具有靈魂一樣，糾結分散、似悲似喜，描繪出非幾何的曲線，然後逐漸淡薄、消失。坐在大旋轉椅中呆呆抬頭望著這些、猶如瘦小骸骨般的我，簡直就像天方夜譚裡的魔術師啊……啊，好睏。威士忌好像開始發作了。嘸呣嘸呣嘸呣嘸呣嘸呣嘸呣……窗外是滿天星斗啊。……這個……那叫什麼來著……嗯嗯。有一顆星……「找到一顆星，博士就發暈」嗎？……哈哈……這可不大好……嘸呣嘸呣嘸呣嘸呣…………嘸呣嘸呣嘸呣嘸呣嘸呣嘸呣嘸呣嘸呣嘸呣嘸呣嘸呣嘸呣…………嘸呣嘸呣嘸呣嘸呣嘸呣嘸呣嘸呣嘸呣嘸呣嘸呣嘸呣嘸呣嘸呣嘸呣嘸呣……………………………………………………………………………………。

×××

「如何……讀完了嗎？」

這聲音突然在我耳邊響起……但很快地，又在室內留下嗡嗡……的空洞回音，然後消失。

那個瞬間，我本以為是若林博士的聲音，但我馬上發現，這語氣完全不同，還帶著快活年輕的餘韻，因此驚訝地回頭。可是室內空空蕩蕩，連隻老鼠都沒看到。

……太不可思議了……。

秋天早晨明亮的陽光，從三面窗戶如洪水般傾瀉，眩目的反射在擺成數排的標本架玻璃、透明漆，還有亞麻地板上，四周一片寂靜。

……唧唧唧唧唧唧……咕哩咕哩咕哩咕哩咕哩咕哩……唧唧……

……是一群小鳥在松林間啼叫的聲音……。

……真奇怪……我闔上讀完的遺書，不經意地看著自己眼前……接著我突然一驚、差點嚇得跳起來。

……有個奇妙的人就在我眼前……我原先一直以為若林博士坐在那張大桌子對面的旋轉扶手椅上，但現在椅子上已經不見若林博士的身影，和我面對面縮在椅子裡坐著的，是一個身穿白袍瘦小如骸骨的男人。

那是一位理著大光頭……眉毛剃得精光……全身曬成紅黑色，年約五十的紳士，實際年齡或許更年輕些……他高挺鼻樑上架著大大的無框眼鏡……大大的ㄟ字型唇上，緊叼著剛點燃的雪茄，雙臂高高交抱在胸前，使得身體呈現往後傾的姿態……一個貌似骸骨的瘦小男人……跟我視線交會的那一剎那，他右手悠悠拿起雪茄，露出雪白的牙齒，燦然一笑。

我跳了起來。

「哇……是正木博士……」

「啊哈哈哈哈……嚇了一跳吧……哈哈哈哈。唉呀，你真是不簡單。能記得我的名字真不簡單。而且也沒有誤以為我是鬼魂而嚇得逃走，更讓我佩服。哈哈哈哈！

啊哈哈哈哈哈。」

我包圍在這笑聲的回響中，逐漸感到全身麻痺，右手抓著的正木博士遺書也咚地一聲掉落在大桌上……同時，因為書寫遺書的正木博士本人出現，我覺得從今天早上以來發生的所有一切彷彿完全被否定，頓時全身無力，再次一屁股坐回原本的旋轉椅中。把嘴裡的唾液吞了又吞……。

看到我這種態度，正木博士顯得相當愉快，他在椅子上往後仰，哄聲大笑。

「啊哈哈哈哈。你看起來非常吃驚呢。啊哈哈哈哈。其實沒什麼好害怕的。你現在只是陷入了嚴重的錯覺。」

「……嚴重的……錯覺……」

「……還不明白嗎？呵呵呵。那麼你先想想看。你剛才……我想應該是八點以前吧……被若林帶到這個房間，聽他說了許多事，對吧？他告訴你我已經死了一個月之類的……嗯嗯……還有那月曆上的日期又怎麼了……哈哈哈哈，嚇了一跳吧？……我可是什麼都知道啊。還有，在你閱讀那些『瘋人地獄的祭文』啦、『胎兒之夢』啦、新聞剪報啦、遺書什麼的當中，你就真的相信我早在一個月前已經死了……對吧？」

「……」

「啊哈哈哈哈。不過很遺憾，那都是若林的計謀。你完完全全被若林這個騙子給牽著鼻子走了啊。

讓你看看證據吧。只要看這遺書最後的部分就能明白。你不是剛好翻到那裡嗎？……如何……這是我昨天晚上熬夜所寫的，你聞聞看那還新鮮的墨水味道，就是最好的證據。哈哈哈哈。怎麼樣。所謂的遺書，也沒有規定非要在本人死後才能出現，我還活著，根本沒什麼奇怪啊。啊哈哈哈哈。」

「……」

我驚訝得合不攏嘴。我苦思不解，正木、若林這兩位博士，為何要做出如此奇怪的惡作劇？若說是惡作劇，也未免也太多怪異、不合理的內容了……究竟從今天早上起看到的各種事件、各項資料內容，都是事實嗎？或者只是兩位博士為了戲弄我，而聯手演出的戲碼？……想著想著，原本充斥在我胸中堆積成山的感激、驚訝和好奇等等，同時開始搖搖晃晃、崩潰，彷彿與自己的身體一起咻～～地消失了。

我踏穩腳步，雙手緊緊撐住大桌邊緣，如作夢般茫然望著眼前咧嘴微笑的正木博士。

「哇呵呵呵呵。」

正木博士破口大笑。此時卻剛好被正要吸入的雪茄嗆到，混雜了痛苦又可笑的表情，同時慌張地用手按住鼻頭上的眼鏡。

「啊哈哈哈哈……咳、咳……你表情很怪呢……呵呵呵呵，好像我不死不行似地……咳咳咳……是不是呢。咳咳我身體真是愈來愈糟了……看我這樣子。聽好了。你在今天早上……應該說是凌晨一點左右，呈大字型躺在七號房內睡覺。醒來時突然發現忘記自己的姓名，所以一個人大驚失色地吵鬧，對嗎？」

「……啊……為什麼您會知道？……」

「你那麼大聲吼叫，想不知道也難哪。當時其他人都在熟睡，只有還在這裡寫遺書的我聽到那陣騷動，走過去一看，發現你正在七號房裡拚命回想自己的姓名。……我猜想，你一定是正要從夢遊狀態中清醒……所以我又馬上回到二樓，一心想快點完成這篇遺書，不久後便天亮了，我一邊打盹一邊睜開了眼睛，稍微晃神地發著呆，不久後若林好像開著他那輛有新式喇叭的汽車前來。……這可不是好消息。一定是有人發現你從夢遊狀態中清醒，很快向若林報告。若林這傢伙動作倒是挺快的，不過馬上趕到現場又打什麼算盤呢……我一直躲在暗處偷看，估計他讓你理髮、洗澡，打扮成堂堂大學生模樣，應該是要讓你跟住在隔壁六號房的美少女。……而且還說她就是你的未婚妻，是不是令你驚慌失措呢？」

「啊……這麼說，那位少女果然也是精神病患？……」

「當然。而且還是學界罕見的精神異常。她在人生最重要的婚禮前夕，眼見這最關鍵重要的未婚夫出現始料未及的『變態性慾心理遺傳』，這不可思議的夢遊，導致她也不知不覺受到夢遊發作暗示的影響，引發與未婚夫相同的心理遺傳發作，暫時陷入假死狀態。但是，經過若林的怪異手腕救醒後，她竟開始說些羨慕千年以前已死的唐玄宗和楊貴妃、很對不起根本不存在的姐姐之類的話，又模仿抱嬰兒的姿勢，說著：『你一定會成為日本人。』……當然她現在也差不多清醒了……」

「……這……這麼說……那……那個女孩的……的名字……叫什麼……」

「還用問嗎。不用問你應該也知道啊。當然就是鼎鼎大名的姪之濱之花……吳真代子……」

「……什麼……這……這麼說……我就是吳一郎……」

我話說到一半，正木博士緊抿著他ㄟ字型的大嘴。雖然雪茄煙霧讓他眉頭深鎖，他仍將黑色眼眸的焦點靜止在我臉上。

我感覺全身的血液逐漸往心臟集中，就快要乾涸。冷汗一滴滴從額頭滴落，嘴唇開始顫抖，身體也似乎開始搖晃站不住。我連忙用雙手撐住大桌，感覺自己的身體跟空氣一起漸漸分散稀薄，最後只剩下兩顆眼球還留著，直盯盯地凝視著正木博士……在這樣的感覺中，我的靈魂彷彿以驚人的高速疾駛在無限的時間和空間當中……我深怕想起自己身為吳一郎的過去……我側耳傾聽著自己的心臟和肺臟，彷彿從不知何處的遙遠地方傳來的巨浪般聲響……我不停顫抖。

然而……無論心臟和肺臟多麼騷亂、激動，無論如何我的靈魂都想不起身為吳一郎的回憶。不知道在腦海中反覆多少遍的「吳一郎」這個名字，一點都沒有「這是自己的名字」的懷念和熟悉感。不管再怎麼搜尋我過去的記憶，每當我一回溯到今天凌晨聽到的「嗡嗡」聲時，就會停在這裡，就此結束。……不管別人怎麼說……拿出什麼證據，我都無法認同自己就是吳一郎。

……我深深嘆了一口氣。同時全身的意識也逐漸回到我身上。心臟和肺臟的波動開始平靜。我終於頹然坐在椅子裡，雙腋冷汗淋漓。

就在這時候，正木博士一臉平靜地在我面前深吸一口雪茄，吐出紫色煙霧。

「怎麼樣。想起自己的過去了嗎？」

我沉默地搖搖頭。從口袋裡拿出新手帕，擦拭臉上的汗，慢慢地，心情變得平靜許多。……但即使這樣，莫名其妙的事情還是太多了，我連動動身子都覺得可怕，只能靜靜縮在椅子裡。……沒過多久……正木博士突然大咳一聲，我又嚇得差點跳起來。

「……咳……如果想不起來，我再告訴你一次，聽好了……你冷靜聽好了。你現在正陷入一個詭計裡。我的同事若林鏡太郎博士處心積慮想讓你確信自己是吳一郎，然後再安排你讓我見面。這麼一來就可以由你指證，我是世上獨一無二、窮兇惡極的大惡棍。」

「啊？指認你？……」

「嗯。你先聽我說。只要你好好冷靜下來，重新清楚思考從今天清晨以來發生的所有事，一切就能迎刃而解。……你聽好了。」

正木博士換上嚴肅表情，沈穩地咳了兩聲。他仰靠著椅背，不停往上吐出濃濃煙霧，然後悠然回望掛在大暖爐旁的日曆。

「聽好了。我再說一次，今天是大正十五年的十月二十日。你聽好了嗎？我再重覆一遍。今天是大正十五年的十月二十日……也就是如這篇遺書上所寫，吳一郎相隔一個月後再度來到解放治療場，觀看鉢卷儀作老先生耕作的十月十九日隔天。……證據就是這日曆，請看。OCTOBER……十九……也就是昨天的日期。這是因為我從昨天開始就很忙，忘了撕下一頁，而且這同時也證明了我從昨天起人就在這裡……聽好了。現在你明白了吧？……還有，你也順便看看我頭上的電子鐘。現在是十點十三分對吧？嗯。和我的錶完全一致。也就是距離我今天早上那篇遺書寫到一半開始打盹後，才經過五個小時。……綜合這些事實以及遺書最後的墨水還新鮮的事實，還看到活蹦亂跳的我，並沒有什麼不可思議的。你聽好了，……這一點你要是不牢牢記好，之後很可能又會陷入嚴重錯覺中。」

「……但是……若林醫師剛才……」

「不行……」

正木博士高聲說著，並高高舉起右手拳頭，躍在空中似乎想一口氣揮除我腦海中的猶豫，氣勢驚人。……如此活潑……滿溢著萬事一筆勾消的精力……。

「不行。你要相信我。千萬不能相信若林說的話。若林就是在這一點犯下唯一一個重大失誤。那傢伙進入這個房間後不久，一定聞到了我丟進大暖爐燒毀的著作原稿焦臭味。然後他看到放在這張桌上的遺書，馬上就想到一個詭計，就像向你說明的那樣。」

「……可是……但是……他說今天是博士您死後一個月的十一月二十日……」

「哼……真是拿你沒辦法。像你這樣事事都有先入為主的觀念，我真的很受不了……好了。你仔細聽……事情是這樣的。」

正木博士一字一句說得極其清楚，但語氣顯得很不高興，他將黏在舌頭上的雪茄屑吐在地板上。接著他立起放在桌上的雙肘，用那菸草垢燻黃的右手手指，指著我的鼻尖，彷彿要把他說的每一個字都塞進我的腦袋裡一樣。

「知道嗎。你仔細聽好。別再弄錯了……若林之所以會告訴你，今天是我死後一個月的日子，這種荒唐荒謬的謊言，只不過是一種避免你驚動吵鬧的手段。你想想看……如果你知道我留下這樣的遺書後不知消失到哪裡去，而且還消失不到幾個鐘頭，你一定會很緊張，以為我是出去尋死的吧。一旦如此，他也一樣會坐立不安。無論是出於身為朋友的義務，或是本於院長的責任，都沒有第二句話說、必須馬上先下手邊的一切，尋找我的下落，制止我自殺才行吧？……但是如此一來，若林很可能會失去靠自己一個人的力量喚醒你記憶的空前良機……你說是不是……？因為你能否想起過去的記憶，對若林來說，可是攸關畢生生涯的一大要事。而今天早上，這絕佳的機會終於到來……」

「……」

「……因此，儘管若林明知道我一定藏在某處側耳靜聽，還是瞎掰說今天是我留下遺書後一個月的十一月二十日，根本破綻百出、完全不像法醫學家所說的話，總之他的目的就是想讓你冷靜下來。他心想，等到他慢慢完成這項實驗，真能讓你恢復身為吳一郎的記憶，那一切就有如他囊中之物了。……一旦你如同他預料，恢復了身為吳一郎的過去記憶，就能更輕易說明我是你不共戴天的弑母殺妻之仇。……再加上碰巧我真的是個精神科學家，要對一無所知的吳一郎施以催眠，讓他勒殺母親和妻子，蒐集這麼大量的實驗材料，確實也易如反掌。在這樁事件中，可說是本案最理想的嫌犯了。你說，對不對？」

「……」

「而且，萬一他的實驗不能順利進行。……也就是即使讓你讀了這些資料，你仍舊什麼也沒想起的話，只好採用最後手段……他趁你不注意時偷偷躲起來，讓你撞見必然會到這裡來的我，看看你是否會想起我的臉孔……如果你想起來，就可以進行實驗，觀察這印象是否能喚回你過去的記憶……如果實驗進行順利，就等於是藉著我的力量來陷害我自己，實在是相當巧妙毒辣的計謀。對於這方面的敏感天份，就是他最擅長的手法了。你懂了嗎？」

「……」

「這傢伙對於這種策略本來就高人一等。不管面對再怎麼自認無辜的嫌犯，一旦落入他手裡接受訊問，腦筋就會一片混亂，陷入無法正常思考的心理狀態。最後搞得自己莫名其妙，放棄掙扎以為自己無路可逃，這些人一時慌張以為自己真的有罪，有的人還恍然大悟，對若林佩服得五體投地，老實地承認根本毫不知情的罪行。最近在美國爭議頻頻的第三等訊問法，跟這比起來根本是小兒科。說到那傢伙的手段，從第一等到第一百等，還會各種表裡分別混用，實在受不了。……就拿現在來說吧。假設我真如他所說，殺害齋藤教授後接替他的職位，嘗試進行這種實驗，卻失敗而打算自殺，所以當我躲在某處偷聽時，他利用相當合理的邏輯，讓你漸漸相信我就是個大惡徒……也承認你就是把我當成不共戴天之仇的吳一郎，同時他輕輕鬆鬆地把我賭上一輩子的事業功績奪走，讓我陷入只能在旁看、聽，卻無法動手的狀態，你不妨想想，對我來說，還有比這更殘酷的拷問嗎？我只剩下兩條路可走，一是默默自殺，另一條則是跳出來坦白一切……若林這傢伙的手段簡單說來就是如此，實在讓人不敢領教。再怎麼困難的事件落到他手裡，都一定有辦法從某處揪出兇手。因此，報章雜誌經常替他冠上『解謎高手』之類的讚詞，而這些事實的背後卻隱藏著這些內情。」

「不過呢。不過這次我可不會讓他稱心如意。他從今天一早不斷連續嘗試的實驗結果，每一樁都出乎他意料，不但你沒顯現出任何反應，連他一向擅長的訊問詭計，都曝露得如此徹底，我看他這個人也沒什麼好怕的。……看樣子，就連這位舉世無雙的法醫學家面對我這個對手，也不免太過緊張，導致他從今天早上開始就有點慌張。這次或許將成為若林博士『空前絕後的失敗』呢。哈哈哈……」

「可是……可是……可是……」

「你還有『可是』……你倒說說看……你的『可是』是什麼？……」

「……可是……這項實驗理應是由你主持的。……」

「沒錯。讓你回想起過去記憶的實驗，當然是由我主持。所以那傢伙才會想利用這個詭計，企圖獨占這個實驗結果……他想盡一切辦法，想對我見死不救。」

「什麼……這……這太過分了……」

「但他真的實行了，所以才有趣啊。重要的是，我沒有上他的當，還好好活著，還到這裡來跟你說話，這不就是最好的證據嗎。」

說完後，正木博士唇邊浮現一抹相當憎恨，又極其嘲諷的冷笑。他仰靠在旋轉椅上，傲然地交抱雙臂。不停把雪茄煙霧往上高高吹出。就好像已經預料到若林博士正躲在哪裡偷聽一樣……。

看到他這樣子，我的心臟又被新的恐懼襲擊，迅速收縮。……這兩位博士的鬥爭也太可怕了。這是何等深刻固執的鬥智啊。直到剛剛，我作夢也想不到自己竟會身處於這種恐怖的鬥爭當中……我這才第一次發現，先前感受到的痛苦、無奈、可怕、瘋狂，都是因為這兩位博士惡魔般的詭計在互相較勁，才讓我捲入、陷入此境……我心中充滿想尖叫逃走的衝動。我直起腰來想站起來。

……可是……

……但是此時不知為什麼，我卻無法離開椅子一分半寸。我用手帕擦拭額頭滲出的汗，又沉下腰深深嘆了一口氣。接著我專注地凝視著正木博士的臉，陷入一種耗盡生命在等待他泛黑、陰森嘴唇張開的心理狀態。……那或許是因為這兩位博士全力、不，應該說是奮力死命互相爭奪、極其怪異的精神科學實驗本身的魅力，已經深深地吸引了我的靈魂吧……也或許是流動在故事底層、無法形容的奇妙真實性，緊緊揪住我的心臟，激起了我難以言喻的好奇血液。……諸如此類……我茫然思考著這些事，凝視眼前的空間，這時耳邊又清晰地響起正木博士輕咳的聲音。

「哈哈哈哈……如何？已經明白錯覺產生的原因了嗎……啊？明白了嗎？……不過應該還有一小部分不懂吧？嗯。有？……你腦袋真聰明呢。……因為你連自己來自哪裡、姓什麼叫什麼、因為什麼緣故被捲入這樁事件……這些事你應該都完全不了解。哈哈哈哈……你不用擔心。只要聽過我接下來所說的事，一切疑問馬上就會像梳子梳理過一樣，服貼通暢。接下來說的或許稍有重複，主要接續了我遺書的內容，從這項實驗中關於我與若林過去的秘密，慢慢進入吳一郎心理遺傳的內容，最後終於了解你是誰。當然，如果你能在中途就發現自己的身世。若真是這樣那真是可喜可賀、可喜可賀，不過到時的事到時再說，到那之前現在還是好好期待我的說明吧。……但是，我再提醒你一次，你可千萬不能再產生錯覺啊。如果又認為我是鬼魂，或者已死了一個月什麼的這種荒唐想法，那問題可就大了。哈哈哈哈，聽好了。如果聽了接下來的話還陷入錯覺或妄想的話，或許就永遠也無法彌補了呢。懂了嗎？……真的沒問題嗎？……嗯，好、好。那我就可以放心開始了……」

說著，正木博士再次點燃快熄滅的雪茄。接著他雙手插入口袋，津津有味地連吸好幾口後，才重新叼在嘴邊，在濛濛煙霧中重新坐直身體。

「……話說回來。……其實這件事總有一天會曝光，到時候看報紙就知道……不。說不定昨天的晚報或今天的早報已經報導了……其實，昨天在那個瘋人解放治療場爆發了一樁重大事件。我為了替以此事件為中心的心理實驗導出結論，很早就事先點燃了我布置在解放治療場精神病患群中，應用了精神科學的炸彈之導火線，導火線逐漸逼近，到了昨天正午——也就是大正十五年十月十九日的午砲鳴響時，也精彩地爆發了……什麼，其實說穿了也沒什麼大不了的。所謂的導火線，不過是一把圓鍬，畢竟這是應用了精神科學的導火線，所以既不會冒煙，也看不到火焰，在一般人眼中誰會想到竟隱含了如此機關。看起來只是一把極其普通的圓鍬。……但是它帶來的結果呢，坦白說，幾乎可說是爆炸過度了，釀成讓我一時之間也啞然失措的意外慘劇，所以為了負起責任，我馬上趕往校長室認罪辭職……不過仔細想想……現在似乎正是停止實驗的時機。反正關於我的研究成果，之後若林自會公布……老實說，當時我還沒想到若林是個如此心懷詭計的傢伙……我一心以為若林一定會幫忙善後。想想也麻煩，不如連這條命也順便辭了吧……於是我回到借宿處收拾停當，然後到東中洲鬧區去喝了幾杯，心情大好，打算回來整理資料……一看之下我大驚失色。剛剛我離開這裡時還是空房的六號房，現在竟點著燈、大放光明。我覺得奇怪，問了正要下班的工友，工友答道，若林博士不知從哪裡帶來一位小姐，拜託值班醫師讓她住院。……而且那位小姐長得美若天仙、傾國傾城，以往從未見過。

……當時連我都不禁擊膝叫好。事情看來愈來愈有趣了。看這樣子，若林鏡太郎這傢伙絕非等閒之輩。他根本是個跟他法醫學家身分的價值相當……不，甚至凌駕其上的大惡徒。我終於明白，他在我面前雖然溫順得像隻小貓，但一不留神，他馬上變成能與我媲美的精神病學者，而且還非常擅於利用人性的弱點……我為什麼會這麼說呢？……就如同我在遺書中所寫，若林鏡太郎在事件發生之初，為什麼要利用職權讓那名少女變成活死人、掌握在自己手中，從當時至今我一直無法了解，但現在我終於明白了。那傢伙打算在你恢復本性到某種程度時，悄悄讓你和那少女見面，從色、慾、理三方面，迫使你承認自己就是吳一郎。同時就像我剛剛說的，讓你認定我就是你不共戴天的仇人，並且將此事實昭告世人……如他所願將扭曲的事件真相暴露在社會上。……不僅如此，我也看穿了他打算把你的聲名當作自己畢生研究事業『精神科學的犯罪與其跡證』的最佳實例來公開。

……於是我也動了動腦筋。……好。既然你心懷鬼胎，那麼我也有我的對策。……若林的精神科學犯罪研究，原本就是以我獨創的心理遺傳原理原則為基礎而建立，想要推翻並不容易。那不如牙一咬燒毀我精神科學的所有研究原稿，再留下提及概略研究內容、半嘲諷的遺書，那麼不管若林這傢伙願不願意，都得在其著述中納入我這篇遺書，否則研究發表將不合邏輯。但是，那傢伙真的會公開我的遺書嗎？……如果公開，又會使出什麼手法公開？這下可有看頭了……我的遺書很有可能會成為空前絕後令人厭惡的一份大禮……。

……想到這裡，我突然覺得愉快了起來。我急忙來到這間房間，燒毀所有資料，開始撰寫這篇遺書，不久後天亮了，聽說你即將清醒期待已久的若林迅速趕來，馬上讓你和那名美少女見面。……但是……這個計謀卻徹底失敗了。不過對方認定你就是她愛戀不已的大哥，所以應該算成功了一半，但最重要的你，卻毫不留情地一把推開那美少女……完全不承認她是你表妹或者未婚妻，所以若林只好改變方法，把你帶到這裡來。

……不過坦白說，這時我也有些些許錯愕。……若林鏡太郎這可怕的傢伙。他早就已經看穿我的心思。他從很早以前就料到，我遲早會放棄這極端危險的放牧式解放治療實驗，並在向學界公開發表的同時，隱匿行蹤。而且，他也早已看穿我打算向學界提出報告，這椿姪之濱新娘命案已經用作我的實驗材料，之後任誰看來都不像是椿犯罪案件。所以那傢伙才會急速如電光石火般進行。打算趁我還沒隱匿行蹤前壓制住我、讓我氣得吹鬍瞪眼。

……那傢伙今天早上進入本館玄關時，一定就已看穿我從昨夜起就待在這裡。為了運用某種詭計陷害我，把你帶到這裡來……既然被我發現，豈有白白落入他圈套的道理？我打算好好嚇嚇他，於是將遺書和未及燒毀的資料就這麼放著，立即帶著威士忌酒瓶消失了。當然，我既沒有從窗戶跳出去，也沒有從這扇大門衝出去。我寸步都未離開這個房間，在沒有任何人察覺的狀況下消失了……聽我這麼說是不是以為我好像又運用了某種精神科學的魔術手法，其實不然。關鍵就在這座大暖爐。

這個大暖爐可以在萬一實驗失敗，或者研究內容可能遭竊時，讓我將著述原稿全部丟進去燒毀。若有需要，我自己也能運用這座大暖爐來避天下人之耳目，一溜煙一轉身不見蹤影，所以一開始便採用了兼用瓦斯和電力的自動點火設計……你看看……拿掉這鐵蓋後，內部如此寬敞，瓦斯會從底下這一片電熱裝置之間噴出。沒什麼，只是利用兩百個大本生（Bunsen）燈泡併列的形式。上面若放置生物，打開瓦斯栓、扭開電力開關，噴出的瓦斯便會使之窒息。不久後電熱器發熱，轟然點燃瓦斯，不到一個小時連骨頭都會燒成灰，嗚呼哀哉。如果在上面堆放石塊或瓦片，那麼全部都會呈現白熱化，釋放出強烈的輻射熱。你看看，比肉還難燃的西洋原稿用紙，有將近四大箱之多，但是如何呢？可不是也化成這麼一點白灰了嗎。如果連我自己也化為煙灰，那麼好不容易發現的偉大學理，也要歸於塵土了。哈哈哈。……當我一聽到你和若林走上樓梯的聲響，我就帶著威士忌酒瓶躲進這裡面，在這灰上鋪著報紙，輕鬆地盤腿而坐，抱著隨時會化成煙灰的心理準備，一邊抽著雪茄一邊凝神靜聽。

……沒想到，那傢伙也不是省油的燈。不愧是聞名天下的法醫學家。他沒看到我的身影，也絲毫不以為意，而且還馬上利用這個機會設計讓你陷入錯覺。……他的腦子和聖德太子一樣，能夠雙重、三重同時運轉。所以他一面對你說明我和齋藤教授的事，一面迅速地檢查這篇遺書的內容，發現雖然有些部分不太適用，但幸好沒寫上結論，應該還算安全。不僅如此，他估計如果讓你親自閱讀這些資料，遠比自己開口說明更有效，更能讓你自以為是吳一郎，所以故意把資料丟在你面前，趁你聚精會神閱讀時悄悄消失。他似乎也想藉此測試，我會如何處置這個情況。

……這讓我覺得愈來愈有意思。……好……既然如此，我就將計就計，對他的挑戰展開各種反擊，於是我偷偷從暖爐裡出來，坐在這張椅子上等你讀完遺書……。哈哈，如何？現在你我乃是在聞名天下的法醫學家若林鏡太郎的計畫下，進行對決。你來自哪裡？名叫什麼？……跟這樁事件基於何種因果關係牽扯上以致於現在必須坐在這張椅子上？這些事不論從學理或事實上，都還沒有明確決定。

……所以，假如你如同若林那傢伙所預估，從自我忘失症甦醒，想起自己是姪之濱的吳一郎，指認我就是活躍在這樁事件的怪魔人……無血無淚、窮兇惡極的精神科學魔術師，那麼這場對決就算我落敗。但是相反地，如果你無論如何都想不起身為吳一郎的過去記憶，簡單地說就是我獲勝……屆時我將可以對外發表，你只是一個默默無名的青年，因為一種名叫『自我忘失症』的自我意識障礙發作，被收容於九州大學精神病科，以一名第三者的立場落入若林之手，突然被捲入這樁事件中，而若林的計劃將化為泡影，現在你就站在這擂台邊緣哪……。如何有趣吧？這可是古今無雙的著名法醫學家和空前絕後的精神科學家，痛快至極的鬥智。而且決定勝負的吳一郎是否就是你自己，如我剛才所說，至今尚未拍板。而留下諸多疑惑。嘿呦嘿呦，都是謎哪。哈哈哈……。」

正木博士的高朗笑聲在室內四處引起刺耳的迴響，鑽進我耳中。兩位博士所說到底誰真誰假，我茫然不知，在腦中翻攪出一片紊亂後，倏然無聲地消失。

但是正木博士絲毫不顧我的心情，他再次緊緊閉上其中一隻眼睛，津津有味地深吸一口雪茄。然後他雙手撐住旋轉椅的扶手，慢慢站起來。

「……嘿……嘿咻……總算到真正一決勝負的時候了。首先，請讓我幫助你恢復過去的記憶，讓你自己確定自己倒底是誰，否則就不算堂堂正正面對若林了。……總之你先過來。這次由我親自進行第一次實驗，幫助你回想起你的過去……」

我抱著半像夢遊的感覺，輕飄飄地離開椅子。總覺得若林博士蒼白的眼眸不知正從什麼地方偷看著，在這股悚然當中，隨著正木博士的引導走向南邊的窗口……可是……隔著正木博士的白袍肩頭，望向窗外的那一瞬間，我立即訝異得呆站在當場。

在眼前展開的是瘋人解放治療場的全景。……吳一郎正站在解放治療場的一角。……他背朝這裡，注視著老人耕作，背朝這邊……一頭蓬髮……皮膚白皙……臉頰嫣紅……隨意穿著黑色和服……。

親眼見到他這不堪的姿態，我不自覺閉上了眼睛。我雙手掩面。讓我實在無法正視的震驚……恐懼……還有難以形容的神經緊繃……。

……吳一郎不就站在那邊嗎。一點也沒錯，那就是遺書中所寫的吳一郎身影。如果那真的是吳一郎……那此時站在這裡的我，究竟是誰……？

……剛剛望向窗外的那一瞬間，就好比我脫離了自己的身體，換了穿著站在那裡……只有剩下來的魂魄從這兒看著……就是這種陰慘、悽愴的感覺……。

……難道剛剛看到的都是我的幻覺？都是所謂的白日夢……？

我腦中閃過這些念頭，茫然想著……我受困在一種難以言喻的苦悶、不可思議的亢奮，再次試著慢慢睜開眼睛。

但是解放治療場內的景象，不管怎麼看都不像作夢。……湛藍的天……紅色磚牆……白色眩目的砂地……在地面上徬徨的黑色人影……。

這時站在我面前，陷入深思的正木博士，慢慢回頭看我，若無其事地指著窗外。

「……怎麼樣……你知道這是什麼地方嗎……」

但我卻無法回答。我只能輕輕點點頭。就在我睜開眼睛的下個瞬間開始，完全被場內的異樣景象給迷住了。

和藍天陽光互相映照的場內整面白色砂地上，病患們緩慢走動的黑色身影幾乎完全依照遺書中所描述在進行著工作。就彷彿每個人的一舉一動都是為了實際證明正木博士的心理遺傳原則而演出的戲劇……老人儀作依然揮動圓鍬，耕作另一畝新砂田……青年吳一郎依然背對這裡，站在老人面前專注看著對方揮動圓鍬的手。……那個二十七八的女人還沒發現到頭上的硬紙板皇冠掉了，依然威風凜凜四處繞行……而敬拜著女人的絡腮鬍男人似乎拜累了，額頭埋進砂地裡睡著了……矮小的演講者將拳頭抵住磚牆祈禱著……瘦弱的黝黑少女正在場內東張西望地走動，好像在尋找能在老人開墾的新田地中栽種的東西。其他人也只有所在的位置不同，但正在進行的工作，都跟遺書上的說明完全一致。不過……只有一開始在唱歌跳舞的舞蹈狂辮子女學生，正在我們所站立的窗戶正下方，挖掘一個深及肩膀的砂洞，利用硬紙板皇冠和松樹枯枝製造一個小陷阱，感覺上有點突兀。但是無論如何，正木博士剛剛所說到發生在昨天正午的重大慘事，到底在何時、何地、由哪個瘋子所引起，卻一點形跡都看不見，這讓我感到相當不可思議。不知道是不是因為舞蹈狂少女停止唱歌，還是因為我們隔著玻璃窗眺望的關係，所有畫面都像幻影一樣，悄然靜下。我感到一股悚然……試著算了算人數，果然如同遺書所寫，剛好十個人，不多也不少，這到底是怎麼回事呢？

而更不可思議的是，在我俯瞰著這平凡無奇、安靜清晰的景象之間，我卻忍不住有預感……正木博士利用這十個瘋子的心理遺傳設計的精神科學大爆發……也就是造成他辭職原因的大慘劇，即將展開……這並不是昨天發生的事，也不是前天。而是在我眼前即將要發生的事實。不……不只是身在場內的瘋子。連對面屋頂上那兩支宛如支撐著天穹的紅磚大煙囪……從煙囪上方剛開始冒出的濃黑煤煙……甚至高掛天上燦爛耀眼的渾圓太陽，都彷彿受到某種神祕的精神科學原則所控制，一分一秒急迫地朝那空前絕後大慘事演變……這種深不見底的冰冷、莊嚴，頻頻襲向我的頸項，讓我全身發毛，逐漸無法忍受。怎麼會這樣……愈是這麼想，我就愈逃不開這個想法。我焦躁地想壓制住這種神祕……窒息般的心情，但眼睛還是沒有離開解放治療場內的景象。我帶著異樣的激動心情，凝視著注視老人耕作的吳一郎背影……。

就在這時候。我的耳畔突然聽到低沉囁嚅般的聲音……。

「你在看什麼呢？……」

這聲音與剛剛正木博士說話的聲音完全不同，我又怔了片刻，轉過頭去。

一看，正木博士不知道什麼時候已經來到我身邊，手裡拿著正冒出細細煙霧的雪茄，但是剛剛臉上的微笑卻消失得無影無蹤了，漆黑的眼珠隔著鏡片，用力瞪著我的側臉幾乎要把我看穿。

……我深深嘆了一口氣。盡量告訴自己平靜地回答。

「我正在看解放治療場。」

「喔——喔。」

正木博士悶哼了一聲，仍舊眨也不眨地看進我的眼眸。

「嗯——。……那你在解放治療場裡……看到了什麼呢？……」

正木博士問話的方式很古怪，我靜靜回望他的眼睛。

「是……我看到十個瘋子。」

「……什麼……十個瘋子？……」

正木博士慌張地說著，好像受到極大的震驚，他再次盯著我的臉。

我感覺他的視線緊盯著我的側臉，再次轉頭望向解放治療場，凝視吳一郎的背影。……總覺得他隨時會轉過頭來，與我面對面……然後到時將會發生某種嚴重的大事……我覺得自己全身自然而然地變得僵硬……。

「嗯……」

正木博士在我身邊令人發毛地清楚說道。

「你可以清楚看到，有瘋子在這裡面嗎？……」

我無言地點點頭。心想，他怎麼會問得這麼奇怪，但我也沒有特別在意……。

「嗯──。那人數是十個人沒錯嗎？」

我再次點頭，回頭看著他。

「對。確實是十個人。」

「……嗯──嗯……」

正木博士低吟著。他漆黑的眼球往內深陷……。

「嗯。這就奇怪了。……這倒是非常有趣的現象……」

他自言自語般地說著，並慢慢把視線從我臉上移開，望向窗外。他的臉色隱約轉為蒼白，安靜地陷入沉思。不過他很快就恢復原本精力充沛的臉色，咧嘴露出雪白的牙齒，回頭看著我。他指向窗外愉快地問。

「那我再問你一個問題，你看到站在那田地角落，望著老人揮動圓鍬的青年吧？」

「是。看到了。」

「……嗯……看到了……那個青年現在面向哪邊站著呢？」

我覺得正木博士的問題愈來愈多、愈來愈奇怪，所以滿懷疑惑地回答。

「他背向這邊站著。所以我看不清楚他的臉。」

「嗯……我想也是。……不過你看。他可能隨時都會轉向這邊……。你到時候再看看他的長相……。」

當正木博士這麼說時，不知為什麼，我頓時全身僵硬。好像心臟的跳動和呼吸都同時停止了。

這時，正木博士所指的青年……吳一郎的背影，就好像獲得某種暗示一樣，忽然轉過頭來。隔著我們往外望的玻璃窗，剛好與我視線交會……而且……那張臉上之前還帶著的微笑霎時消失……轉變為今天早上我在浴室鏡中看到自己的臉孔時，完全相同的驚訝。……圓臉、大眼、薄腮……他馬上又面帶微笑，靜靜回頭看著老人耕作……。……感覺似乎是這樣吧……。

……我不知不覺中雙手掩面。

「……吳一郎是我……是我……我就是……」

我大叫著，身體踉蹌地往後退，腳步不穩……感覺似乎是這樣吧……。

正木博士扶住了我。同時他把一種醇烈得幾乎嗆喉、如火般刺痛舌頭的液體倒進我口中……感覺似乎是這樣吧，但我記不清楚到底發生了什麼事。不過我只斷斷續續地記得，當時正木博士在我耳邊怒吼的話語。

「……你冷靜一點。振作點。你再仔細看一次那個青年的臉。……快看哪……別再發抖了。不需要這麼驚訝。這沒什麼奇怪的。……你好好冷靜下來……那位青年長得像你是理所當然的。不管是學理上或者理論上，都很有可能。……你鎮定一點，來……」

我很佩服自己這時候竟然沒有厥倒。很可能是因為在這之前我已經習慣了各種不可思議的事情吧，儘管如此，我還是使盡全力，一點一點喚回自己不知飄散到哪個遠處、逐漸稀薄的魂魄，直到我能穩穩站在窗前為止，不知道重覆著閉眼睜眼的過程、用手帕擦拭臉孔多少次。而且，就算這樣，我還是無法鼓起勇氣再次望向窗外。我低頭凝視著地板上的亞麻地板，顫抖著嘆息了無數次，試著把在舌頭上燃燒的強烈威士忌芳香快快吹散。

這時候，正木博士把他手上的扁平威士忌酒瓶放入白袍口袋。然後自己也輕咳了幾聲，好像終於冷靜下來。

「唉。也難怪你會驚訝。因為那個青年和你，是同年同月同日同時，從同一個女人的肚子裡生出來的。」

「……什麼……」

我大叫了一聲，瞪著正木博士的臉。同時覺得自己好像即將了解這一切，我終於有勇氣回頭看看窗外的吳一郎。

「……這……這麼說，我和吳一郎是雙胞胎？這……」

「不，並不是……」

正木博士神情嚴肅地搖搖頭。

「你們的關係比雙胞胎還要更親密。……當然，也不是毫無血緣關係、純粹長得相似。」

「……這……這怎麼可能……」

話還沒說完，我思緒又完全攪亂了。我凝視正木博士臉上、那眼鏡底下帶有一絲嘲諷微笑的黑色眼眸。我暗自懷疑……他是在嘲笑我，還是認真的？……

正木博士的臉上，漸漸浮現起彷彿在憐憫我的微笑。他頻頻點頭，吸了一口雪茄，又吐了出來。

「嗯嗯。你當然會覺得疑惑。……因為你罹患的是自古書籍中早有記載的離魂病……」

「……啊……離魂病……？」

「……沒錯。所謂離魂病，就是出現了另外一自己，做著和自己不同的事情，自古以來就有許多書籍將之記錄為怪談，不過站在我精神病學專家的立場，這其實是在學理上有可能存在的事實。只不過，一旦親眼見到，還是難免有種難以言喻的奇妙心情。」

我慌忙再揉揉眼睛。怯生生地望著窗外……青年仍像剛剛一樣，站在原處不動。但現在稍微可以看到他的側臉……。

「那是我……吳一郎……我……誰才是吳一郎……」

「哈哈哈哈，看樣子你是真的想不起來了。你還沒從夢中清醒呢。」

「什麼？作夢……我在作夢……？」

我瞪大了雙眼轉過頭，上上下下地打量著正得意洋洋往後仰的正木博士。

「沒錯。現在的你正在作夢。證據就是，在我眼裡，那座解放治療場中從剛才開始就空無一人。只剩下留有枯葉的五、六棵梧桐……解放治療場從昨天發生那場重大事件後，就被嚴密封鎖了……」

「…………」

「……是這樣的……你聽好了。接下來是有點專業的說明。在你的意識裡現在清醒活躍的，大部分都是對於現實的感覺功能。也就是說，你現在只有看到、聽到、嗅到、嚐到、感受到，並且思考、記憶眼前的事實……這些作用，至於喚起過去記憶，『當時是那樣的』、『那時候發生了這種事』等部分，現在只清醒到能作夢的程度。……當你從這扇窗口觀看場內景象的一剎那，到昨天為止你自己曾經像那樣站在那個地方的記憶，甦醒到作夢的程度，就像你剛剛所看到的一樣，化為清晰幻影，浮現在你的意識中。然後這幻影和站在那裡的你自己現在的意識重疊。換句話說，站在窗外的你，其實是從你的記憶中化為夢境而出現，你自己過去的客觀影像，玻璃窗內的你，則是現在的你的主觀意識。……現在……你正同時看著夢境與現實。」

我再次用力揉著眼睛。瞪著正木博士用力不斷眨眼的詭異笑容。

「……既然這樣……我……我果然是吳一郎……」

「……沒錯。不管從理論上來說，或者是實際看來，你都必須是名叫吳一郎的青年才行。你會覺得不可思議我可以理解，但這也沒辦法。所以呢……如果你對於自己過去記憶，並非只有現在宛如作夢的程度，而是恢復到清晰的現實，那麼很遺憾，這個實驗等於是若林大勝、我徹底敗北……不過勝負如何，沒看到結果還不知道呢。呵呵呵呵。」

「……………」

「……總之，這確實是種很奇妙的狀態吧？確實非常不可思議吧？可是如果從學理上來說明，絲毫不足為奇。即使是一般人，在腦筋疲勞的時候，或者瀕臨神經衰弱的時候，也經常會出現類似的情形。不過程度是輕微許多……比方說大白天走在馬路上，眼前一邊浮現昨天晚上自己被女人環繞、極受歡迎的情景，忍不住咧嘴傻笑，或者走在冷清的路上，忽然幻視到自己之前差點被電車輾過的剎那情景，頓時一驚，停下腳步。女人也一樣，可能會在舊嫁妝的鏡子裡，重新看到自己新嫁娘的模樣而出神，或者追逐著自己求學時代的背影，明明沒事還是在不知不覺中回到學校門口等等……類似的例子不勝枚舉。就好像在夢中描繪自己未來葬禮一樣，對自己過往的客觀記憶產生的虛像，和映照在現在主觀意識中的實像，同時疊影觀看。而且你作夢部分的腦髓，又昏睡得比一般睡眠時更深，所以在解放治療場內的幻覺就像你剛剛所見，極其鮮明。就跟熟睡時所作的夢一樣，幾乎不遜於現實……不，甚至具有比現實更深的魅力呈現在你眼前，所以導致你很難與現實意識進行區分。」

「…………」

「……何況如同我剛剛所說，這是你頭中長期陷入昏睡狀態的腦髓功能或者其中一部分，從關於最近發生的事物記憶開始，一點一滴地甦醒所作的夢，所以也很可能遲遲無法清醒。……等到清醒的時候，就是窗外的你和現在身在此處的你、彼此發現這就是自己的那一刻，或許會大驚失色，也或許會昏厥，但是到時候這個房間、我、和現在的你，都會一併消失，你可能會在意想不到的地方，發現意想不到的自己……其實，剛才你差點失神的時候，我本來以為你就要清醒了呢……哈哈哈哈。」

「…………」

不知不覺中，我再次閉上眼睛，只是聽著正木博士的聲音。他話裡包含著兩、三層奇妙的意義，讓我一而再、再而三地陷入迷惘，只能拚命踏穩雙腳站好。我深怕如果現在睜開眼睛，所有一切就會憑空消失，我嚇得膽戰心驚，舌頭在嘴裡慢慢地攪動。

就在這時候。我的右手幾乎是下意識地按住自己的頭，也同樣下意識地往下移動、撫摸著前額髮際處，這時，突然感到一股滲入背脊的痛楚……。

我忍不住「啊！」地驚叫出聲。更用力地緊閉闔上的眼睛，咬緊牙關。接著我再次試著小心撫摸同一個地方，可能是心理因素吧？總覺得好像有些微隆起，但似乎並不是膿腫。看來好像是用力撞到某種東西，或者遭到毆打的痕跡……但直到剛才為止，我一點都不覺得痛……而且從今天早上到現在，也不記得額頭曾經遭受這麼嚴重的撞擊……。

所謂恍然若夢，指的就是這種情形吧。我用手輕輕按著痛處，緊閉雙眼、用力左右搖頭。……接著抱著從峭壁往下跳的心情，奮力睜大雙眼，仔細觀察了自己的上下左右……不過一切都和閉上眼睛之前沒有兩樣。只是從之前似乎就在解放治療場附近盤旋的一隻鳶鷹投影，再次從場內砂地上飛掠而過。

看到這個情景，我不得不自覺，一切根本就是現實。不管那是何等不可思議、或者可怕的精神科學現象重疊，對於我自己來說，這絕非作夢，也不是幻影。我無法不確信，這一切都是我親眼所見的實在姿態、親耳所聞的實在聲音。……對這份確信，我絲毫沒有懷疑。我現在可以不帶任何恐懼，再次冷靜盯著站在窗外的吳一郎，這個與我極端酷似、幾乎讓我以為是另一個我的青年。然後我慢慢回頭看著正木博士，博士忽然眯起眼，大大咧開嘴巴直到露出假牙後方。

「哈哈哈哈哈。給你這麼多暗示你還不懂嗎？你還不覺得自己就是吳一郎嗎？」

我依然保持沉默，但肯定地點頭。

「哈哈哈哈。厲害、真厲害。老實說，剛剛那些話……全都是騙你的……」

「啊……騙我的……」

說著，我不禁放下撫著額頭的手。我雙手就這樣無力地下垂……張著嘴巴與博士面對面，此時的我應該瞪著斗大的眼睛，我想根本就呈現個「呆」字的狀態吧……。

眼前的正木博士一副忍俊不禁的樣子，捧著肚子。他開始從那矮小的身體裡，擠出所有力氣，哄笑不已。他笑到被雪茄嗆到，拉鬆了領帶，再解開背心鈕釦，重新扶好架在鼻樑上的眼鏡，然後繼續徹底地俯仰大笑，房中的空氣彷彿隨著他每一個笑聲，一會兒消失、一會兒又出現。

「哇哈哈哈哈。實在太痛快了。因為你太誠實，所以才有趣啊。啊哈哈哈哈哈。啊，好笑……我快受不了了……你可別生氣啊……剛剛我說那些都是假的，都是打上金字招牌、童叟無欺的謊言……啊哈……啊哈……但是我並沒有惡意。其實只是想利用那位青年……長得跟你幾乎一模一樣的吳一郎，稍微考驗一下你的頭腦。」

「……考……考驗我的頭腦……？」

「沒錯。坦白說，我接下來打算告訴你關於吳一郎心理遺傳的背後真相，但是其中將會出現更多令人費解的內容。除非頭腦夠清楚，否則可能會陷入嚴重的錯覺。就像剛才，如果你相信那位青年『一定是自己的雙胞胎兄弟』，那就會完全打亂我說明的邏輯，全泡湯了，所以我事先替你打個預防針。啊哈哈哈哈。」

我深呼吸了一口氣，好像這才真正從夢中清醒。正木博士的辯才無礙再次讓我為之戰慄，我再次伸手去摸頭上的痛處。

「可是，我這裡，現在突然……突然很痛……」

話說到一半，我急忙噤口。我深怕又要被對方嘲笑，怯生生地眨著眼。

但是正木博士並沒有笑。好像老早就知道那痛處在我的頭上一樣，淡然地說。

「喔……你是說那個地方啊。」

他說得那麼理所當然，我反而覺得比被笑更難堪。

「那個啊……那不是現在突然開始痛的。從今天早上你醒來之前就存在了，只不過你剛剛沒有注意到而已。」

「……可是……可是……」

我當著正木博士的面，直接扳著還在顫抖的手指算給他看。

「……今天早上開始理髮師父摸過一次……護士摸過一次……在那之前我自己也不知道摸過多少次……至少也抓過這附近十多次了……卻一點都不痛啊……」

「不管你抓過幾遍，結果都一樣。在你覺得自己與吳一郎完全沒有關係、是互不相關的兩個人時，並不會感覺這個痛楚，可是一旦你明白吳一郎的容貌簡直跟自己一模一樣以後，就會突然想起這個痛。精神科學不可思議的合理作用，就在這裡顯現。……宇宙萬物都是與『精神』相對照的精神科學之存在，所以，能夠如實地證明所謂唯物科學絕對永遠無法說明的現象確實存在，那可真是個相當棘手的腫瘤啊……也就是說，你的頭痛與那位吳一郎的心理遺傳終極發作，有著相當密切的關係。這是因為吳一郎昨天晚上將他心理遺傳發揮到極致，企圖撞牆自殺。而那種疼痛現在則留在你的頭上。」

「……啊……這……這麼說來……我……我真的是吳一郎……」

「好了……你先不要慌……蜜蜂不知虻心、犬不懂豬心，張三撞了頭李四一點也不覺得痛，這都是一般的道理。也就是唯物科學的思考方式。」

正木博士吐出一口雪茄煙霧，同時突然講出這番謎一般莫名其妙的話。我還不懂話裡的意思，正不知所措時，他閉上一隻眼睛，皺著臉笑了起來。

「然而呢……現在，在你身上又是基於何種精神科學作用，讓跟自己毫無關連的吳一郎頭痛，遺留在你自己的頭骨上呢……？」

我不得不再次轉頭望著窗外，凝視站立在解放治療場一角臉上掛著微笑的吳一郎。而且就在同一時刻，我的頭痛似乎帶著某種神秘的脈動，重新鮮活地顯現疼痛。

眼前的正木博士再度吐出一團巨大煙霧。

「……如何？這個疑問你能自己解決嗎？」

「不能。」

我肯定地回答。手依然按著頭……跟今天早上清醒時一樣，覺得自己相當沒用……。

「不能的話那就沒辦法了。你就只好一直當個不知道自己身世來歷的流浪漢了。」

我的情緒突然漲滿了胸口。那種難過就好像被父母牽著手走在陌生地方的小孩，母親突然放開手逃掉一樣。我忍不住放開按住頭的手，雙手交握。我懇求般地說。

「請告訴我……醫師。我求求你……如果再遇上更多奇怪的事，我可活不下去了。」

「別說這種喪氣話。哈哈哈哈。不必露出那種可怕眼神，我一樣會告訴你的。」

「請告訴我……我到底是誰呢……？」

「等等……告訴你之前，你必須先答應我一件事。」

「……不……不管什麼事我都答應。」

微笑從正木博士臉上消失。他將原本要吐出的煙霧吞回口中，直盯著我的臉。

「……你一定答應……？」

「一定答應……不管什麼事……」
正木博士臉上又浮現他特有的諷刺冷笑。
「也沒什麼。如果你能以剛剛那種肯定的態度，確信『再怎麼樣我都不可能是吳一郎』來聽我說，其實也不是什麼大不了的事……關於吳一郎的心理遺傳事件，接下來我打算徹底剖析，說個清楚明白，但是，無論內容多麼恐怖……或者……你認為多麼不可能發生，你都要答應我忍耐著，聽到最後。」
「我會的。」
「嗯……當你聽我說完這些話，同時也認同這些內容都是毫無虛假的事實，將這些事實記錄下來，連同我的遺書一起公諸於世，將成為你畢生的義務……這是你對人類的重大責任……如果你明白了這點，將來不管這對你來說有多麼困擾、又是多麼令你膽顫的工作，你都能確實執行嗎？」
「我可以發誓。」
「嗯……還有一點……到時候我想你當然也會明白，你有責任和六號房的少女結婚、消除她現在精神異常的原因，這個責任你也能確實擔負嗎？」
「……我真的……有這種責任嗎？」
「這一點到時候你可以自已判斷……總之，你有沒有那種責任……換個方法說，要讓你明白吳一郎的頭痛為何會轉移到你額頭上，說明其中理由的方法，其實非常簡單明瞭。大概花不了五分鐘時間吧。」
「……這麼……這麼簡單的方法嗎？」
「是啊，沒什麼大不了的。而且道理甚至連小學生都懂，根本不必要我多加說明。只不過需要你到某個地方、和某人握手而已。這麼一來，我所預期的某種精彩精神科學作用，將會在霎那間宛如電光閃爍……咦……原來是這樣啊……原來我是這麼一個人哪……同時，這次你可能會真的昏厥。說不定還沒握手，這作用就已經發生了……」

「……那不能現在就做嗎……？」

「不行。絕對不行。如果你現在就明白自己是誰，就會像我剛剛所說的，陷入嚴重錯覺，很可能徹底毀了我的實驗。所以，在我沒親眼看到你完全理解事情的來龍去脈，依照我的指示將一切寫成記錄公諸於世之前，還不能進行實驗。……怎麼樣？你辦得到嗎……？」

「……我……我可以……」

「很好……那我就告訴你吧……。不過內容相當艱澀難懂。你到這邊來……」

說著，正木博士拉著我的手到大桌子邊，讓我坐下。他自己則回到原本的旋轉扶手椅裡，與我面對面坐下，然後從白袍口袋取出火柴，點起一根新雪茄。吸剩的舊雪茄則丟入達摩形狀的煙灰缸口內。

這個位子讓我看不到窗外，覺得好像放下了重擔。同時我腦中也清清楚楚地感覺到，數不清的難解的疑問，愈來愈深刻交錯……。

「唉。話題真是愈來愈艱澀了。」

正木博士故作姿態地又重覆了一遍，他的態度比剛才更隨意，雙肘杵在桌面上，托著下巴，斜叼著長雪茄，微笑看著我的臉。

「怎麼樣。我們暫時先拋開你是誰這個問題，今天早上看到的那位少女，你覺得如何？」

我不了解他這問題的意思，只能乾眨眼。

「如何……是指……？」

「不覺得她很漂亮嗎？」

出乎意料被問到這個方向，讓我感到狼狽不堪。原先在腦海中如飛蟲般盤旋飛舞的大小無數問號都頓時消逝，取而代之的是那漆黑晶亮的眼眸……小巧紅唇……弦月般細長的柳眉……覆著短短絨毛的耳朵……這一幕幕影像輪替浮現眼前，我的頸項一帶似乎漸漸覺得發熱。同時，剛剛差點昏厥時被灌的威士忌酒精，好像這才開始流竄全身，我不禁拿起手帕擦臉。總覺得臉上不斷冒出熱氣……。

正木博士微笑著點點頭。

「嗯……我想也是……我想也是。被問到那位少女美不美而能若無其事回答的人，若不是早已厭倦戀愛遊戲的不良份子，就是出現在里見八犬傳或水滸傳中的性無能病患後裔……但是你對那位少女，真的毫無感覺嗎？」

老實說，我並不想在這裡記錄我當時的心情。……不過，我不能掩飾事實。由於正木博士這麼一問，我才第一次發現，自己對於那位少女的感覺，並沒有比今天早上初次見面時更進一步。我只是被她那清新得幾乎讓人震驚、無法正視的柔弱美麗所打動而已。我希望她能恢復正常……希望她能脫離這個醫院裡……希望幫助她見到自己思慕的青年而已。至於這算不算我對她「戀愛表現」的「變形」……我還沒有餘力去思考。不……我甚至覺得再深入解剖自己的心，對她是一種冒瀆，所以在內心深處抱持警戒……而現在好像被正木博士一語道破，我不由自主地紅了臉。身體如石頭般僵硬，支支吾吾回答。

「是……我覺得……她很可憐。」

正木博士聽了我的回答好像很滿意，不住點頭。看到正木博士這種態度，我發現他似乎以為我對那位少女懷有愛意，但此時的我心中並不夠從容、能對這個誤解一笑置之。我一心想避免他誤解，正緊張地想申辯，正木博士依然悠悠地再次點頭。

「這樣也對、這樣也對。覺得她美，就代表抱有愛意。要否認的人也未免太過偽君子……」

「……怎……怎麼能這麼武斷呢……博……博士……你誤會了……」

我慌忙舉起拿著手帕的手大叫。

「……感受異性美麗的心，和戀愛、情慾是不一樣的。把這些情感混為一談的戀愛，是一種出於錯覺的戀愛……這是對異性的冒瀆……精神科學家怎麼能這麼武斷地說法……簡直荒謬至極。這真是……」

我腦中閃過這些反駁的話語……。但是正木博士絲毫不為所動，繼續笑著。

「我懂、我懂。你不用解釋。那位少女愛著你，或許讓你覺得很困擾吧，不過，你就聽天由命吧。不管你有沒有愛上那名少女，一切就交給命運吧……。接下來你就仔細聽好與這命運結論有關的，你頭痛症狀和那個少女之間的關係……雖然其中的關係可能有點奇怪。……不過慢慢聽下去你將會發現，不管是從法律或道德層面看來，你和那位少女，其實是站在命運的一直線上面對面。隨著一切矛盾和奇妙謎團的釐清，你也會慢慢明白，為什麼在離開這家醫院的同時必須結婚。」

聽到正木博士這麼說，我又頹然垂下頭……但是並不是因為臉紅而低頭。那時的我根本沒有餘力臉紅。我拚命閉上雙眼、咬緊下唇，思索該如何從正木博士話中種種不可思議事實中發現解決我目前立場的焦點。我依序回想著從今天早上開始發生的事件，時而組合、時而分解。

……正木和若林兩位博士表面上看來是彼此無二的好友，其實卻是對比此抱著深刻敵意的仇人。

……而造成兩人不合的原因，似乎肇因於把我和吳一郎當作實驗材料的精神科學相關研究，現在兩人之間的競爭更達到高峰，光天化日下在這教室裡公然進行。

……但是，唯有讓我和六號房那位少女結婚的意圖，兩人卻是奇妙地一致。

……而且，萬一我和那位吳一郎是同一個人，或者和吳一郎是同名、同年、同樣容貌的青年，而那位少女也確實是吳真代子，這實在也太怪異了。也就是說，除了這兩位博士以外，再也沒有其他人有可能讓我們兩人在她結婚前夕，落入某種精神科學犯罪手段的控制，導致陷入現在這種悲慘的命運。……這種矛盾的事，其他還有可能存在嗎？

……如果硬要解釋，也未嘗不可。兩位博士基於某種學理研究的目的，讓一位少女和雙胞胎其中之一人之類的青年，從兩個原本毫不相識的人故意變成精神病患，或者陷入某種精心設計的錯覺，希望兩人會真心結合……這或許也有可能，但是，再怎麼說，都很難想像，這種極盡殘忍悖德、千奇百怪的學理實驗，竟是由人類的心、人類的雙手來執行的。

……這種矛盾和奇妙，到底來自哪裡的錯誤呢？

……兩位博士為什麼要如此以我為中心大做文章呢……？

……等等……。

但是，這些終究都是徒勞的努力。愈往這方面想一切就愈混亂，愈去推測就只會莫名地糾纏得愈解不開。最後連思索、推測都辦不到，只能在腦海裡想像蹙眉、咬唇，有如石像般的自己，凝然閉上眼睛……。

……叩叩……叩叩……是敲門的聲音……。

我一驚，睜大眼睛，膽怯地看著入口。該不會是若林博士吧……但是正木博士連看都不看一眼，只是用手托著腮，發出驚人的大音量。

「呦……進來吧……」

聲音在室內迴盪，不久，便聽到喀啦喀啦的門鎖聲，門開了一半，看到有人走進來，原來是身穿九州帝國大學深藍色制服、頂著大光頭的工友。年紀看來相當老，深深彎著腰桿，右手端的拖盤上放著燻黑的陶壺和兩個粗陋的茶杯，左手則捧著放滿蜂蜜蛋糕的點心盤，慢條斯里地走近大桌子，放置在一臉不可思議的正木博士面前。接著他好像懼怕什麼似地，膽怯的低下他的禿頭，一邊搓著手，一邊抬起頭來，用他渾濁的眼睛看看正木博士、再看看我，然後又再度深深彎下腰來行禮，手都幾乎要碰觸到地面了。

「欸欸，今天的天氣真不錯哪……欸欸……這些呢，是院長特地吩咐，要我送來給兩位的茶點……欸欸……」

「啊哈哈哈哈。原來如此。是若林叫你送來的嗎？喔……那真是辛苦。是若林自己拿來的？」

「不……這……院長院長剛才打過電話來，問我正木博士是否還在這裡，我聽了嚇一跳，回答道，我不清楚，現在就過去看看，來到這房外，聽見兩位說話的聲音。於是我便一五一十向院長院長報告，院長院長表示稍後他會送東西過來，要我先送上茶點……是這樣的。」

「喔。是嗎是嗎。那我就收下了。你打電話告訴他，有空的話過來聊聊。真是有勞你了……入口的門不必鎖也沒關係。」

「好、好的。我完全不知道博士您在這裡……今天只有我一個人在，還沒來得及打掃……實在對不起……欸欸……」

老工友在我們兩人面前危顫顫地倒完茶後，便頂著他圓亮的禿頭，行了好幾次禮退下了。目送老工友離開、關上門後，正木博士立刻傾身往前彎，拿起一片蜂蜜蛋糕，一口塞進嘴裡，佐以熱茶囫圇吞下。然後他以眼神示意，要我也快吃。

但是我沒動。我雙手在膝上交握，瞠目看著正木博士的動作。我心裡完全被兩位博士之間，以某種我無法了解的意義，迸散著火花的緊張氣氛所吸引……。

「啊哈哈哈哈。你也別這麼害怕。就是這樣我才喜歡他那壞胚子。他知道我從昨天晚上到現在，什麼東西都還沒吃。所以才送上我最愛吃的長崎蜂蜜蛋糕，自以為是上杉謙信。那是在醫院門前專賣給來探病者的食物，不用擔心。裡面不會有捕鼠藥什麼的。哈哈哈哈哈。」

說著，他又連塞了兩、三片到口中，不停喝著茶。

「啊，真好吃。對了，怎麼樣？我現在要開始繼續說明，不過在那之前，對於剛剛讀過有關吳一郎前後兩次的發作，你已經沒有任何疑問了嗎？」

「有。」

我下意識地回話著。但是那聲音卻出乎我意料的清晰，在室內引起很大迴響，我自己也大吃一驚。我不禁重新坐正，小腹使力往內縮。

可能是剛剛眼前發生的小波瀾……蜂蜜蛋糕事件的關係，輕巧地轉換了我截至目前一直緊繃的心情。也可能是不久前差點暈厥時被灌下的威士忌，到了此時才真正展現酒力也不一定，無論如何，當我聽到自己的回答在房中「嗡——」地反響後消失，似乎突然湧現勇氣，我大口喝下一杯熱茶……這茶還真是好喝……不斷反覆品嚐著由舌頭傳到食道的芳醇茶香，全身關節也不知不覺柔軟放鬆了，可以感覺到血液循環漸漸暢通。心情放鬆之後，腦筋也變得輕盈，在恍惚中舔舔溼濡的嘴唇，凝視正木博士。口中一邊呼出帶著威士忌酒臭的熾熱氣息……。

「……不管理論上如何，我絕對無法相信自己就是吳一郎……」

我彷彿在大聲宣告一樣……。這時，很奇怪地，隨著我這麼說，到目前為止發生在我身上的各種事件，就好像毫不相干的陌生人，讓我覺得真是難以形容的有趣。從今天早上開始所見所聞的一切，就好像戴著萬花筒窺看一樣，帶著神秘的趣味和色彩，不斷在我眼前翻騰旋轉，同時，直到剛剛都覺得可怕、危險的兩位博士，看來非但一點也不可怕，反而像是非常有趣的玩具。

……這兩位博士一定是有了某種嚴重的誤會。

……說不定這樁事件的真相，只是讓人出乎意料的愚蠢喜劇。

……有一位相貌和我酷似的青年，兩人都罹患了珍奇少見的精神病。因此這兩人彼此混淆，分不清誰是誰，所以兩位博士競相表示能辨別，卻始終分辨不出。束手無策的兩人做出了結論，決定讓其中一人的未婚妻跟其中一人結合的，再把功勞歸諸自己，於是使出各種騙術謊言，激烈地較勁……說不定也可能是這種奇妙又有趣的情節啊。……有意思……如果真是如此，那麼不管兩位博士究竟是我的敵人還是盟友，不管他們兩人對我使出的矇騙手段有多麼巧妙、可怕，我根本不需要害怕。博士所言，需要由我自己來深入瞭解事件真相，其實只是謊言。不過，如果我能拆穿真相，將那位少女救出這瘋人地獄，殺一殺兩位博士的威風，不知有何等痛快……

……我的心情轉變得盲目地大膽、輕浮。……室內的清爽明亮……窗外滿眼松林的綠意……洋溢其中的白晝寂靜，現在服貼舒適地滲入我身體中。

但是，在我腦中產生這些變化，我想不過是短短幾秒鐘之間的事而已。不久我回過神來，正木博士正身體往後仰、雙手放在腦後，隔著眼鏡微笑看著我。那個樣子好像正等我提問……。

我有點慌張。畢竟想問的事實在太多……但總覺得從什麼地方問起都無所謂，信手拿起眼前的遺書隨意翻著，翻到事件記錄摘要最後的部分，指著那裡給正木博士看。

「這裡寫著……要插入繪卷的相片和由來記。這些東西呢？」

「喔。那個啊……」

正木博士話還沒說完，已經放下雙手，沉重地一拍大桌子邊緣。

「……我真是粗心。哈哈哈。一心想著想要讓你恢復記憶，所以忘了讓你看這最關鍵最重要的東西。沒看到這個，就不可能瞭解吳一郎心理遺傳的真相。我的遺書也等於沒有開眼的佛像。哈哈哈哈哈……真是太失敗了。大概是因為睡眠不足讓我頭腦糊塗了吧……真是的。我馬上就讓你看。我看看……應該是在這裡吧。」

說著，正木博士一邊搔頭一邊伸出一隻手，將一旁的縐綢包袱拉過來。他迅速解開打結處，從裡面拖出一個長方形用報紙包裹的東西，和厚約兩寸的西式紙張大頁書寫紙裝訂本後，刻意將包巾拿到北側窗邊去撣掉灰塵。

「……呸……呸呸……灰塵真多。因為丟在暖爐裡太久的關係吧。。你看。這裝訂本就是若林所寫關於姪之濱事件的完整調查報告，你剛剛讀過的摘要原文。若林那個肺病患者，以他特有的清晰頭腦，進行了兩層、三層綿密透徹的調查，不是三兩下就能讀完的。如果要讀，不妨之後再慢慢細讀，今天就先看這繪卷，還有繪卷的由來記吧……對了，我看你就先從由來記開始吧。我想讀完之後再看繪卷比較有趣。……」

說著，他一邊打開報紙，將放在裡面白木盒子上的一疊裝訂好的日本紙，隨手拋到我面前。

「這是附在繪卷卷末的由來記抄本。也就是發生在如月寺緣起故事之前的事，上面寫著距今約一千一百年前的古代起就開始的吳一郎心理遺傳緣由，在你讀的過程中……會怎麼樣呢……你能不能清楚地回想這個事實……我好像在很久以前曾經在某個地方像這樣讀過這個東西……這就是我和若林生死之鬥的決勝關鍵。你說，是吧。如果你腦中殘留著一絲一毫曾經讀過的記憶，你肯定就是吳一郎……哈哈哈哈……總之你先讀再說吧。別客氣。內容相當有趣的……。」

我非常了解這份資料的內容有多麼貴重……而且我也相當明白，正木博士企圖在我身上進行的精神科學實驗，具有多麼重大深刻的意義，但很奇怪地，此時我卻一點也不覺得特別緊張。或許是剛喝下的威士忌發揮著若干效力吧，我故意模仿正木博士，隨意地拿起裝訂本，也隨意地翻開第一頁，不過一看，裡面淨是一片黑壓壓的四方形漢字，整齊排列得連一絲縫隙。

「哇。這、這是漢文……而且還不是白話文。沒有句讀點、也沒有假名注音……這我沒辦法讀啊……」

「喔。是嗎。好吧，那也沒辦法，就先憑我記憶的範圍，先告訴你內容的概要吧。」

「拜託您了。」

「……呵……」

正木博士一邊打呵欠一邊往後仰。他直接穿著拖鞋蹲在椅子上，環抱雙膝，轉了一圈面朝南側，半睜著眼望著窗外光線，好像在整理腦中思緒，嘴裡吐著藍色煙霧。

可能是威士忌酒力已經循遍全身，感到莫名的疲倦，一股睡意襲來，雙肘拄在桌上，托著下巴。

「……嗝……呼——……嗯，對了。這是發生在大唐唐玄宗皇帝時代、距今剛好一千一百年前的事。根據年代記記載，玄宗時代即將結束的天寶十四年，發生了安祿山叛變，隔年正月，安祿山自封為王，六月，賊人入關。玄宗出奔，駕崩馬嵬。楊國忠、楊貴妃伏誅。」

「……啊……博士您記得真清楚啊……」

「歷史最無趣的部分就是得背誦。……說到玄宗皇帝駕崩，確實如同這年代記所記載，是在天寶十五年沒錯，但在那之前七年的天寶八年，年約十七、八歲的青年范陽進士吳青秀，奉玄宗皇帝之命，負彩管入蜀，摹寫嘉陵江水，並翻越巫山巫峽，上溯揚子江，探訪奇景名勝而歸，蒐得山水百餘景，裝裱為五卷上獻。皇帝嘉賞，賜已故翰林學士芳九連之遺子黛女。……黛為芬之姐，兩人乃雙胞胎，同為貴妃侍女。時人稱其華清宮雙蝶。時為天寶十四年三月。吳青秀二十有五。芳黛十有七歲。」

「真是驚人。怎麼可能記住這麼多內容呢？這也是年代記的內容嗎？」

「不。這不一樣。『賜黛女』一事前後，出自『牡丹亭秘史』這部小說。這部小說中描繪了詩人李太白躲在牡丹樹蔭後垂涎偷看玄宗皇帝和楊貴妃，在牡丹亭呢噥絮語的光景，是中國數一數二的言情作品，不過其中只有少數與吳青秀有關的記述，開頭部分，和這由來記的內容一字不差，相當有意思。以後我想拿給文科的傢伙們研究看看，畢竟這是一篇相當有名的文章，所以我也不自覺地記住了。」

「是嗎。不過這種漢文故事只靠聽好像無法了解。還得仔細看其中使用的每一個字……」

「喔。那我就說得再淺顯一些吧。」

「麻煩您了……多謝。」

「哈哈哈哈哈。簡單地說呢，玄宗皇帝這個老頭子，震古鑠今的德瑞克大帝[54]，足以跟楊貴妃兩個人一起被當作祭典時繪影行燈的題材哪。玄宗平四夷、治天下、分兵農、禁惡錢……立下不少功績，但卻被楊貴妃玩弄於股掌之間，對她言聽計從，包括楊貴妃的哥哥楊國忠在內，一門庸碌之輩均雞犬升天、位居要職。換句話說，就是棄忠臣近小人，掩耳歌頌太平。甚至還在驪山宮這座宏偉的宮殿中，建造鑲嵌金銀珠寶的浴池，引來如玉般珍貴的溫泉與貴妃 Yang 共浴……喔～～只要能跟妳在一起，天涯海角我都願意去……。」

「嗚哇。這可淺顯得過頭了啊……。」

「不不不。你不認真聽不行哪。那些莊家最擅長的胡言亂語，我可一點都沒摻進來呢。這可是四、五年前流行過的小曲〈天涯海角〉真正的起源。正式記錄也都留著呢。……」

「……喔。是嗎。」

「當然是真的。而且他們所謂的天涯海角，可不是什麼撒哈拉或尼加拉瓜那種煞風景的地方。而是希望能一同昇天，成為併排的星星，讓世間凡人羨慕無比。話說這在旁偷看偷聽的傢伙，也真有膽識……」

「但是，這和繪卷又有什麼關係？」

「大有關係哪。你先別急，聽我慢慢道來。說到關於中國的故事，難免不容易掌握焦點。你要知道……玄宗皇帝是個文化型的天子，他非常愛好藝術，他除了偏心寵愛李太白這個成天愛喝酒的禿頭詩人，還命令當時年約十八十九歲的青年進士吳青秀，遍訪天下描畫名勝。也就是想安坐宮中、巡狩天下……聽說這也是貴妃娘娘的要求。」

「那位青年是繪畫天才嗎……？」

「當然。雖然年僅十八、九歲，畫作卻能與古今知名的禿頭大詩人李太白詩作齊名，可見得功夫絕非等閒。但因為命運乖舛早逝，所以沒留下多少畫作，名氣也不大。我前面也說過，除了當時的記錄之外，晚近的年代記之類裡面也有記載，不過不同書籍裡記載的年代和姓名都稍有不同，實際如何已經很難考查。但是，既然這裡已經有記載詳細內容的實際證物，未來的史學家就算不情願，也必須以此為本。」

「這麼說，這個繪卷是很貴重的參考史料？」

「豈止貴重……故事再往回推一些，青年進士吳青秀奉天子之命周遊各地旅行作畫，約有六年時間，待天寶十四年終於回到京城長安，將其繪製的風景繪卷上獻後，天子龍心大悅，不僅獲得身為藝術家的無上光榮，還贏得了美嬌娘黛子。皇帝賞賜他一處附有美麗庭院的小巧宅邸，兩人只羨鴛鴦不羨仙，諸事順利，過著好一段如夢似幻的美好生活。但是好景不常，生活漸漸平靜下來之後，時值大唐沒落的前奏時期，兇徵妖孽頻頻四起，天下大亂之兆到處橫溢。而且側進的忠言苦諫非但入不了天子之耳，還有許多忠臣因為一不小心觸怒龍顏，一一枉殺於冤罪。……吳青秀見此，慨然決定，靠一己的丹青之類喚醒天子迷夢，以求國家安如泰山，他向新婚燕爾的黛夫人表明心志，問道，妳願不願

54 德瑞克大帝：應為作者杜撰，非史實人物。——譯注

意為了天下蒼生捨棄性命？當然之後自己也會馬上追隨而去……聽完後妻子高興地回答……只要是為了夫君，豈有不願……」

「真是太令人感動了。」

「非常純粹的中國風格啊。後來吳青秀祕密雇用了木匠和泥水匠，在距離京城長安數十里外的山中建造一處畫室。也就是所謂的工作室。不過這畫室的構造相當奇特，窗戶設得極高，從屋外無法窺看內部，正中央擺放著一座覆蓋白布的床，備齊所有薪碳菜肉、防寒驅蟲之物，做好完成閉關的準備後，便和黛夫人一起悄悄遷入。在同年十一月某日，夫妻約定在冥界重逢，觴飲離別杯、一灑哀傷淚，然後黛夫人齋戒沐浴、重新仔細畫上妝容，在縷縷香煙繚繞之中，身穿白衣躺臥床上，吳青秀跨坐其上，勒殺夫人。接著，吳青秀讓屍體維持赤裸，調整肢體，撒香花、燒神符、祛屍鬼，其後展開紙張，調配丹青，傾注畢生心血開始窮盡色彩的繪畫。」

「……哇……這實在太驚人了。和剛剛看的緣起書，內容完全不同哪。」

「……吳青秀計畫，每隔十天將夫人日漸變化的形貌畫在繪卷上，直至化為白骨為止，總計約二十張左右，然後獻給玄宗皇帝，企圖藉其逼真筆力唐玄宗親眼目睹人類肉體的虛幻和人生的無常，使其心生戒懼。沒想到，當時畢竟還沒有所謂的防腐劑，時節雖然是冬天，屍體腐爛的速度卻漸漸加快，一幅畫從開始到結束時，形貌已經大不相同。還沒畫完預計的一半份量，屍體就已經只剩白骨和毛髮了……。……或許是因為缺乏科學知識，而以土葬屍體的腐爛速度來估算計劃吧……總之，他的耐力都相當可怕驚人。」

「會不會是因為天氣太冷，所以在室內生火取暖的緣故呢？」

「……啊……原來如此。取暖設備嗎，這一點我倒沒想到。若是零下幾度，畫筆可是會凍結的……總之呢，可以想見滿腔忠義、完全沒料到會失算的吳青秀，此時有多麼狼狽驚愕。這可是他犧牲新婚妻子，精心策畫的事業，但眼看就要化為烏有……難怪他會頹然嚎哭……這時，他自暴自棄地豁出去一轉念，既然我已經為了天下，一度逾越倫常，現在又有何顧忌呢。於是他外出到附近鄉里尋找美女，故意接近，託詞要替對方畫像而誘拐回山中，打算毆殺之後當作模特兒……」

「哇……這種忠君愛國也未免太危險了吧。」

「是啊。日本人就不會有這麼深的執著。不過呢，此時的吳青秀外貌已然大變。他雙頰深陷、鼻樑尖凸、目光似鬼。再加上蓬髮垢衣，骨瘦如柴，實在嚇人。被他拉住衣袖的女人都嚇得落荒而逃。經年累月重覆這樣的行徑。足跡遍及遠近，名聲也漸漸遠播，不管到了哪一座村莊，人們只要見到他就會死命驅趕，所幸無人知道他隱匿山中的住處，勉強能保住一命。然而，吳青秀的赤膽忠心始終不減，愈挫愈勇。終於獲得淫仙之稱。淫仙也就是西洋的藍鬍子[55]。」

「啊……叫淫仙也太可憐了。」

「但是這位淫仙先生可一點都不在乎。這回他改變方針，開始尋找新葬婦女，趁夜掘墓，打算拉出屍體運回山中。不過俗語有云，扛一死人，需三人之力，因為脫離僵硬狀態的屍體有如一灘爛泥，沒有重心，所以很難扛起來。雖然吳青秀已經使盡全力，但畢竟事只拿過畫筆的柔弱書生，想要盡可能不損傷屍體搬回山中，可不是一般的辛苦。一會兒這裡掉下、一會兒再拉回那邊，氣喘吁吁地扛著屍體往前

[55] 藍鬍子：十七世紀法國詩人夏爾・佩羅筆下的人物，連續殺了六個妻子。——譯注

走，很快就天色大亮，被百姓們發現。早就聽聞淫仙傳聞的百姓們看了大驚失色，篤定以為吳青秀企圖姦屍、是窮兇惡徒，所以眾人吆喝著追趕在後，淫仙先生不得已，只好拋下屍體逃進山中躲藏，時節已是初春，但有兩三天他遲遲無法忘掉背部扛著屍體時的冰冷，再怎麼烤火牙齒都直打顫。」

「他居然沒有病倒？」

「不。感冒可能有吧。……不過聽說愛鑽牛角尖的人體力會呈現超自然的抵抗力。更何況吳青秀一片忠志凜若冰雪。他在畫室裡待了四、五天，重新振作起來，打算再次嘗試，又悄悄下了山，來到和上次完全不同方向的村莊，先偷了一把圓鍬，藏在某個陰暗處的墓旁，這時他意外看見一位女性，站在新月照射的一座土饅頭前，手裡拿著鮮花。深夜裡這副景象讓他覺得很不可思議，悄悄接近，發現這個女人似是從遠方妓院逃出來的妓女，一身凌亂春裝趴在墳頭，不斷哀嘆著，『您為什麼要拋下妾身而死呢？』，好像怨恨相思的男人之死。一心忠義的吳青秀聽聞對方淒切泣訴，雖也動了惻隱之心，但還是咬牙狠心，潛至女人背後，用手上圓鍬一擊而下敲碎少女頭骨，再用事先準備的繩子綁住其手腳，揹在背後，然後丟掉圓鍬正要逃走。就在此時，身後森林裡傳來人聲，應該是來追趕女人的幾個粗莽大漢，這些人紛紛咒罵，『是淫仙！』、『是殺人魔！』、『是奪屍鬼！』，從前後左右團團包圍，想制服吳青秀。吳青秀見狀怒氣攻心，拋下屍體，大喝一聲，『誰敢阻我天命！』，展現百倍的狂暴力氣，將動手上前的兩、三名男人甩到墓地裡，又拾起圓鍬，將剩下的幾個人擊退趕跑。他趁隙再度扛起妓女屍體逃往山中，好不容易攀過重重山路回到畫室，先潔淨扛回來的屍體後，取代黛夫人的遺骸置於床上，供香花、祛屍鬼，悠悠焚火，待其腐爛。沒想到過了兩、三天，突然有火煙從畫室外四面八方逼近，還猛然湧現眾人哄鬧聲，他訝異地探頭往窗外看，這才發現畫室四周早已被堆滿薪柴，百姓和官吏則在外圈團團圓滿，氣勢高漲。原來是有人悄悄跟蹤吳青秀，發現了這處畫室，於是回去招集如此眾多人馬，企圖用火攻將他趕出來。此時吳青秀帶著這尚未完成的繪卷，以其從妻子髮上原本佩戴的夜明珠……就是鑽石啦……還有青琅玕以及水晶管等幾樣東西，逃過一劫躲進山林中，千辛萬苦地閃避追捕，過了好幾個月後，終於在相隔一年後的十一月某日抵達京城，腳步踉蹌地踏進自己家門。此時的他心境早已超越生死，心神恍惚，一無所求。連他自己都不知道，為什麼要回家。」

「……唉。聽來實在可憐……」

「嗯。他整個人就像遊魂一樣。進入家門一看，已是北風枯梢拋寒庭，柱傾瓦落傷流螢，一片淒涼。吳青秀踩著枯寂的院落，來到自己的房間，環顧一遍，卻不知如何是好。別說妻子的身影了，連烏鴉的黑影都動也不動。錦繡帳裡撒枯葉，珊瑚枕頭呼不應。吳青秀淚眼滂沱、百感交集，終覺長恨悲泣已不足抒懷。他拿起幔帳的繩子，繫在欄杆間，懷裡還放著妻子的遺物，正打算上吊，說時遲那時快，從隔壁房間突然衝出一位身穿鮮紅衣服、風姿綽約的美女，嘴裡大叫著……不要啊……相公，一邊抱住吳青秀。」

「什麼——。那到底是誰……」

「仔細一看，那竟然是自己親手勒死、早已化為白骨的黛夫人，而且還是新婚時期的濃豔打扮。」

「……怎麼會呢……黛夫人不是被他殺了嗎？」

「你靜靜聽我說。這就是最有趣的部分……吳青秀當時也相當困惑。他張口結舌，感到頭暈目眩，不過在黛夫人的鬼魂照料下終於回過神來，這次他再冷靜細看，更感到驚訝了。剛才還穿著新婚初時艷紅衣服的黛子，現在已恢復昔日清秀宮女時代的打扮，換上潔白曳地衣裳。鬟鬟如雲，清楚似花。

看起來只有十六、七，只是個清純天真的少女。」

「……太不可思議了。怎麼可能有這種事？」

「嗯。吳青秀似乎也與你有同感。他差點又暈厥過去，但他好不容易慢慢回過神來，一邊抱起對方一邊問……妳怎麼會在這裡，同時從頭頂仔細打量到腳尖，這才發現……這豈不是黛夫人的雙胞胎妹妹，芬子小姐嗎。」

「什麼嘛。原來是這麼一回事啊。不過確實有意思。就像在演戲一樣……」

「一切都非常中國風啊。這時慢慢了解狀況的吳青秀放下芬子，剛剛張大的嘴還沒合攏，雙手撐在膝上的芬子小姐面紅耳赤地解釋……真是萬分抱歉。您一定嚇了一跳吧？我老實告訴您。妾身從很久以前就獨自一人住在這家中，穿著姐姐留下的衣服、把自己當成姐姐，每天假裝在侍候姐夫。……妾身對外人說，丈夫吳青秀最近每天都關在房裡描畫大作，所以我每天要掂量好購買兩人份的食材，偶爾還要採購顏料畫筆來掩飾，附近的鄰居們瞪大了眼睛，很是佩服……如此天下大亂之際，還能這麼鎮定地作畫，實在了不起。……妾身不惜費盡心思，在此留守，一邊引領期盼，不知兩位什麼時候才會回來，不知不覺就過了一年，今天我剛剛外出購物回來，聽到這房裡有聲響。而且還有人大聲哀哭泣，我覺得奇怪過來一看，竟然看到姐夫正要尋死，嚇了我一跳，才慌忙抱住。我照顧昏厥的您時，您懷抱一鬆，掉出嚴密封好、似是繪卷的包裹，還有幾樣姐姐最珍愛的珠寶髮飾。而且您半夢半醒之際，好像在膜拜什麼似的，邊哭邊說著夢話……黛子啊。原諒我。我不該殺死妳的……我這才知道姐姐已死在姐夫手中。所以您才會誤以為我是姐姐的鬼魂……我終於明白，為了消除您的困惑，趕緊換回自己這件衣服。……但是姐夫，您為什麼要殺死黛子姐姐呢？還有，到今天為止的這一年的漫長歲月裡，您又是在哪裡、做些什麼事呢……芬子流著淚追問。」

「這……但是為什麼呢？……在這之前芬子這個妹妹為什麼要穿姐姐的衣服、假裝伺候吳青秀等等，做出這種奇怪行徑呢？」

「嗯嗯……也難怪你會有這些疑問。我想吳青秀應該也有同感。也有可能他還沒辦法開口，不過，他也不可能有答案。他依舊啞然失神地低頭看著芬子小姐的臉，芬子小姐擦乾了眼淚，點了幾次頭後再次開口……這也難怪。光說這些，您一定還心存疑惑吧，那我就依照順序、從頭說起吧……事情要回溯到去年年底。……姐姐離開宮中以後，妾身舉目無親，日漸覺得寂寞不安。又剛好在去年這個月、正巧是今天……聽說我心愛的姐姐夫妻兩人突然下落不明，而且甚至連我都不知情，當時我不知道有多麼震驚和悲傷。我整夜失眠，不斷思索痛哭、痛哭思索，心中記掛此事的我，隔天向楊貴妃告假一段日子，打算尋訪兩位的行蹤，先來到這個家看看。我讓送妾身前來的兩位宦官和負責看家打掃的僕人遣走後，獨自一人仔細地調查了家中各個角落，發現姐姐似乎抱著必死決心離開家，她把結婚時用過很珍愛的飾梳折成兩半，用白紙包住放在梳妝台最內側。但姐夫非但沒有相同打算，還把繪畫工具全帶走了……我心想，這其中必定有什麼原因，於是決定在這個家中安頓下來，接著就如我剛才所說，我自稱是姐姐，盡可能讓人以為我是和姐夫一起回來的。恰好我聽說姐夫自從孩提時代起，只要一開始作畫就會把自己關在房內數日，完全不見人，連飯都不好吃，所以剛好可以瞞過附近鄰居和客人們。……但是，妾身之所以做出這麼奇怪的事情，因為我認為這是能夠一方面坐守家中、一方面繼續追查兩位行蹤的最好方法。當我如此偽裝，兩位又是如此出名的夫妻，萬一有人見到你們，一定會馬上懷疑我。這麼一來我就能發現你們的行蹤，到時候只要循線追蹤即可。畢竟我一個女人家要到陌生地方漫無目的地搜尋，一定很難找到人的……所以我才想到這個法子。」

「……喔……這位妹妹倒是挺精明的偵探嘛。」

「嗯……妹妹和姐姐不同，個性略帶點俠氣，她繼續往下說……但是妾身這項計畫並沒有多大效用。……因為自從我來到這個家，還不到十天就天下大亂，街上放眼盡是兵馬，誰也不敢隨意外出。……不僅如此，我身上盤纏用盡，房子也漸漸荒廢。不得已之下，我只好睡在家裡的廚房，自己身上的東西不用說，連姐姐和姐夫留下的家具財物和衣服，都陸續變賣來維持生活，最後只剩下姐姐新婚時身穿的一件紅衣，和我自己穿著的宮女服。其中，紅色衣服是為了讓別人以為我是姐姐，所以在外出時穿著。而宮女衣服則是為了保留我難忘的回憶，不過因為是楊貴妃時代的款式，一不小心穿出去，可能被誤認是反叛者的下人，所以我直接當作睡衣使用。在這漫長的一年裡，我費盡心思苦苦等待你們。……然而，您到底為什麼要殺死姐姐呢？又為什麼會回到這裡？您現在這個樣子，又是怎麼回事？既然殺了姐姐，那麼也請殺死我吧……說完，她放聲痛哭。」

「真是個心繫姐姐的妹妹啊。」

「才不是呢。她以前就經常勾引吳青秀。」

「……啊……你怎麼知道？」

「……這還用說嗎？她這些舉動本來就很奇怪了啊。明明是未婚少女，卻假裝是有夫之婦，還在荒廢的房子裡待了將近一年，光憑道義或者好奇心，也不會做到這個地步啊。其中一定有某種不為人知的希望和快樂……更何況，穿著姐姐新婚時期的紅服四處走動，這怎麼看都為中國最擅長的變態性慾啊。可能是受到玄宗皇帝時代那眾多獨守空閨暗自哭泣的宮女們感染吧。」

「……可是，她自己應該不這麼認為吧？」

「那當然，她的年紀還不具備這種自省能力。尤其是女人，總是喜歡自由自在的找出一絲絲薄弱道理，陷入任性的自我陶醉。愈是單純、聰明的人，變態心理就愈難分辨。……但是相對的，只要眼光夠犀利，不管眼前是天真無邪的嬰兒、釋迦牟尼、孔子、耶穌基督，都可以發現出許多變態心理。」

「……我真沒想到……真是這樣嗎……？」

「剛剛那個故事的背後，還有讓你更想不到的事呢，不過這個稍後再做說明，好，這說來話長，我就長話短說了，當時不斷逼問吳青秀，追根究柢問出一切原委後，再打開那實際的證據繪卷，親眼見到上面描繪著酷似自己的姐姐死後的畫像，芬子小姐看了之後傷心斷腸、膽寒戰慄，又驚駭萬分，久久不能自已。但最後，她還是為了姐姐和姐夫一片忠勇義烈而感動慟哭，哀嘆蒼天蒼天，為何如此無情。同時她還巧妙地勸說……您可能不知道，在您開始描繪姐姐屍體的去年十一月，正是安碌山謀反叛亂的那個月，天寶年號只到去年，現在已是安祿山之朝，至德元年。天子和楊貴妃已在今年六月在馬嵬坡被殺[56]。您難能的忠義都化為泡影了。不如，和妾身一起逃走吧。」

「真是有勇無謀的女人。她是不是怕會死在他手裡……」

「不。這次沒問題。……因為吳青秀先生聽了芬子的說明後，才知道自己賭上一切投入的工作一瞬間化為烏有。他頓時像是失去了美洲的哥倫布一樣，頹然癱倒，陷入茫然若失的蠢傻癲狀態，永遠無法開口說話。用舊式術語來說，這是一種由於心理遽變導致的自我障礙。……看到他這個樣子，芬子更加

[56] 史實中唐玄宗並未死於馬嵬坡。——譯注

同情，她向上蒼詛咒怨恨安祿山的奸惡。同時，她也堅定下自己清冽如晶玉的決心，將餘生奉獻於祈求玄宗皇帝和楊貴妃的冥福，守護這位忠貞的姐夫……她這番告白，真是加足了馬力的求愛之詞啊。」

「……怎麼可能……」

「不。一定不會錯。這我待會再說明……於是她賣掉吳青秀藏在懷中、姐姐遺留下來的珠寶，只保留繪卷收進懷裡，然後牽起已經形同妖怪的吳青秀，開始四處流浪，到了這年年底，也忘了原本要到哪裡，乘舟順江而下，漂流到了海上。在經歷幾天的暴風雨之後，兩人保住性命，又繼續在海上漂流十幾天，終於在某個天氣晴朗的拂曉，發現遙遠東方水平線上，有一艘裝飾得美輪美奐的大船，旗幟在旭日下閃耀，一邊航行南下。此時奄奄一息的兩人立刻揮手呼救，於是被救上那艘美麗的大船，受到親切妥善的照顧，原來這艘船是途經日本的唐津，正要航向難波之津的渤海使所搭乘的船隻。正史中亦有記載，所謂渤海國乃是當時位於現在滿洲國吉林附近的獨立國家，經常像這樣送貢品到日本來。」

「怎麼好像變成傳說故事了呢。」

「嗯。這種莫名夢幻的部份，也是中國式的特徵。聽了芬子淚眼婆娑傾訴、了解一切後，包括渤海使在內，船上的人們都給予滿腔同情。所有人都憐憫已失去生命意義的吳氏，也同情芬夫人，無不盡心照顧兩人，送他們前往日本，但是，船行途中，在一個眾人皆睡、月明如冰的半夜裡，吳青秀也不知是落海或是升天了，在二十八歲時畫下句點，從船中消失。……芬夫人當時十九歲，她哀痛發狂，只想追隨吳青秀殉死，但她當時已懷有吳青秀的孩子，即將臨盆，在眾人勸阻下她才打消念頭、勉強苟活，不久後在船上生下一個如玉般的兒子。」

「總算有喜事了。」

「是啊，有人死在船上，大家原本情緒低落，一聽說芬子生產了，豈有不高興的道理，眾人紛紛送上賀禮、大肆慶祝，渤海使的某位學者親自替孩子命名，取名為吳忠雄，舉辦了盛大的命名儀式，祝福孩子前途無量，並將兩人送上唐津，託付給當地豪族松浦某某。後來芬夫人將其由來親手記於此繪卷上，流傳子孫……可喜可賀、可喜可賀啊。」

「這麼說，那篇名文乃是芬夫人所寫？」

「不。文字雖是女性的筆跡，但文章完整精實，實在不像出自女人之手。文章處處留有押韻，漢字用法也與日本相異，由此看來，應該是替孩子命名的渤海使受到芬夫人事蹟感動，在船上信手寫好文案，再由芬夫人抄寫的。若林看到這字跡跟刻在彌勒佛像底部的文字很相似，所以認為是勝空和尚將自己聽說的故事對照古籍，寫就此文，但是手寫和雕刻的字跡差別很大，原本就不足採信。」

「不管怎麼樣，芬夫人的事蹟，在唐津港應該大受歡迎吧……？」

「那當然，我想應該吸引了很多人的同情。畢竟這是日本人最喜歡的忠勇義烈故事。」

「是啊。……還有，我忽然想起一件事，那位勝空和尚把繪卷藏入彌勒佛像後曾說，凡是男人皆不得接近，這是為什麼呢？」

「這就是重點所在，……沒錯……問題就在這裡……這就是故事最有趣的核心，同時也是到了大正時代的今天，姪之濱事件的根本問題。簡單地說，那位勝空和尚早在距今一千多年前的過去，就已經知道有所謂的心理遺傳。」

「啊——……在那麼久以前就有心理遺傳的學問了……？」

「豈止有。簡直多到令人頭痛呢。……其實宇宙間的一切物質都是在和各自的心理遺傳不停奮戰，而進化為植物、動物、人類，愈是受限於此、就愈是缺乏自由的低等存在。所以耶穌基督大膽對新生民眾宣告，要趁現在勇敢超越心理遺傳，獲得真正解放活在藍天之下，孔子則將這種觀念裹上糯米紙後拋出去，釋迦牟尼更做成美味點心，加上大量花俏裝飾之後，再像賣驅蟲藥一樣敲鑼打鼓大聲叫賣。不過呢，只竊取這些人獨佔專利裡的優點，再冠上『心理遺傳』這現代化的名稱大作宣傳，企圖貪求百分之百剩餘價值的人，就是在下我……哈哈哈哈……算了算了，這些事沒什麼好提的，從勝空這個和尚的稱號看來，他應該屬於天台宗，可能是因為讀過法華經，領悟到這個道理吧……。

只要看這卷繪卷一眼，就能一點就通，馬上明白過去、現在、未來三世的因果因緣。吳青秀的子孫看到繪卷的同時，遺傳心理受到刺激、開始模仿祖先的行為也很合理。危險危險……他或許是覺得太不忍心吧。勝空和尚雕刻出據說會在世上終焉時出現的彌勒菩薩佛像，將繪卷封藏其中，嚴格禁止『男子不可窺看』。……但是，愈被禁止就愈想看，這是自『安達之原』㊼傳說以來的人情之常，所以吳青秀的子孫裡也出現悄悄拔出彌勒佛像頭部、取出繪卷偷看的傢伙。結果每個人都變成瘋子，不受控制開始發狂，這時出現的吳虹汀，也就是美登利屋坪太郎……這傢伙藉著禪學之類的力量，看穿此種心理遺傳的作用，原本毅然決定燒毀繪卷……卻又不知什麼原因，可能覺得可惜吧……他表面上假裝燒毀，實際上沒有燒毀收回佛像，盛大地進行繪卷的供養，混淆視聽。沒想到這繪卷竟然在現代物質萬能的世界，隆重地粉墨登場，引發一場恐怖的悲劇……這就是大致的梗概……」

「是……我終於明白了……但是，看過繪卷的人，只有男人才會變瘋，這又是為什麼呢？」

「嗯！……厲害。你真是厲害……這個問題太棒了……」

說著，正木博士突然用力拍了一下桌面，我嚇了一跳，重新端坐。也不知為什麼，覺得胸口一緊……但正木博士並不在意。他繼續往下說。

「唉呀，佩服佩服。其實這樁事件的重頭戲就在這兒。你快成為心理遺傳學的專家了嘛。」

「……為什麼呢……？」

「不為什麼。只要你打開繪卷一看，就能一口氣解開所有疑問了……不過如果你真的是吳一郎，那打看繪卷看的同時，也有可能開始出現吳青秀子孫特有的心理遺傳性夢遊……你究竟來自哪裡、是何人物、因為什麼來龍去脈與此事件相關，這些過去記憶也可能一口氣全數恢復……還有，『以前好像曾在某個地方、有某個傢伙拿了這繪卷給我看』，說不定你也會清楚想起在幕後操縱這事件的人物……若林和我到底誰勝誰負……將來你會因為什麼樣的因果因緣，即使不願意也必須和那位美麗少女共築甜蜜家庭……這種種令人窒息的重大問題，或許都能夠在看到這繪卷的同時，全數迎刃而解呢。哈哈哈哈。」

正木博士一口氣說到這裡，露出滿口潔白假牙，高聲朗笑。他單手將眼前的報紙包拉近，粗魯地拆開報紙後，從裡面拿出一個長方形白木盒。接著他以慎重的動作打開盒蓋，取出一個直徑三寸高六寸左右的深藍棉布包裹，將其靠在盒子一端，又輕輕把蓋子疊在上面後，推到我面前。

我原本稍微鬆弛的所有神經，在聽著正木博士朗笑波動之間，很快地愈來愈緊繃。

……這是在諷刺我嗎……還是在威脅我嗎……或者是在給我某種暗示？還是……放鬆地在開我玩

---

57 安達之原：一名和尚寄宿在安達之原一處老嫗家，老嫗外出時囑咐勿偷窺隔壁房間，結果和尚忍不住看了，發現其中屍骸無數，最後和尚也被老嫗殺死。——譯注

笑……我完全猜不透，只能看著他的臉，慢慢地，我又開始覺得他根本是世上最可怕、最嚇人的魔法師。但是同時……

……去你的……只不過是一卷繪卷，怎麼可能輕易擺佈一個堂堂大男人、讓他發狂呢……管它出自多麼有名的人、是一幅多可怕的畫，說到底，還不就是色彩和線條的組合呢。更何況我早已有所覺悟，還有什麼好怕的……看就看……

我無法抑制心裡逐漸高漲的反抗心理。

……所以我力持鎮靜地拉過盒子。接著打開木蓋、解開薑黃色棉布，手上下由其自主使著力，想藉此壓抑開始莫名緊張的情緒，我先看看繪卷的外側。

卷軸部份以美麗的綠色石頭磨成八角形，因為實在太美，我忍不住伸手去觸摸，來回輕撫。裱裝布料乍看之下似是織品，不過拿近眼前細看，發現那是細緻到幾乎看不見的纖細彩線和金線銀線，在極薄的絲絹上慢慢挑起線眼，密密地縫出每隻顏色都不同的一寸大小唐獅子群，愈看愈覺得這絕對非常昂貴之物。都已是千年之前的古物，看起來居然還這麼簇新，想必收藏得很謹慎吧。其中一角貼著短長方型的小金紙，但上面卻沒有任何書寫的痕跡。

「這就是所謂『滿地繡』的刺繡。吳一郎的母親千世子，應該就是看著這個學會的吧。」

正木博士淡淡地說明後，別過臉去開始抽雪茄。不過我腦中也正好聯想到這件事，並未特別驚訝，只是點了點頭。

我解開繫著象牙墜子的暗褐色繩子，稍微拉開繪卷，紫黑色紙上用金色顏料由右上至左下拉出波紋狀的流水，筆觸非常優雅。浮現在暗藍色平面那如夢似幻、細煙繾綣般柔和金線拉出的美麗漩渦深深吸引了我，我也沒多想，繼續靜靜由右往左拉開繪卷……不久後，眼前豁然出現五寸左右的白紙，我忍不住驚呼出聲……

「……啊……」

但還未成聲，下個瞬間又嚥回咽喉深處。……我雙手拉開著繪卷，但無法有進一步動作。胸口劇烈的悸動讓我快要窒息……。

躺在紙上那裸體婦人的睡臉……纖細的眉毛……長長的睫毛……高雅的白皙鼻子……小巧朱唇……清純的兩腮……這畫的不就是六號室那位瘋狂美少女的睡臉嗎……綁成黑色大花瓣般的豐盈髮絲，如雲般層層疊疊……髮鬢和髮際散落的感覺，再怎麼看都覺得完完全全是六號房少女睡姿的寫生啊………。

但是，這時我根本沒有餘力產生「為什麼」的疑問。那張睡臉……不，那看似熟睡的表情下，藉著微妙色彩和線條作用呈現的死人之美……一種無法比擬的深刻魅力，吸引、占據了我的全部注意力，我甚至覺得，她會不會隨時睜開眼睛，會不會像之前一樣對我叫著「啊……大哥……」，朝我飛奔而來……這種種不可能的預感，侵襲著我所有神經。我無法眨一下眼，也嚥不下一口唾液，只能凝視著那胭脂色紅潤臉頰以及泛著藍色光影的珊瑚色嘴唇附近。

「哈哈哈。你怎麼變得這麼僵硬？嘿……喂。怎麼樣。吳青秀的筆力不簡單吧……？」

正木博士隔著繪卷像這樣輕鬆對我說。但我依然全身無法動彈。我只能勉強斷斷續續的回他話。我發出與剛剛全然不同的奇妙嘶啞聲音……。

「這張臉孔和剛才的吳真代子」

「……這張臉……跟剛剛的……吳真代子她……」

「一模一樣吧……」

正木博士立刻接著說。……這時我終於能夠將視線從繪卷上移開，轉頭望向正木博士，但我卻看到他臉上浮現一種不知道該說是同情、或自豪、或諷刺的莫名笑意。

「……如何，很有意思吧？肉體遺傳跟心理遺傳一樣可怕。姪之濱一介農家之女吳真代子的五官輪廓，竟然會酷似距今一千一百多年前唐朝玄宗皇帝時代華清宮中享有盛名的雙蝶姐妹，難道是造化之神自己腦筋也糊塗了嗎？」

「…………」

「人們常說歷史會重演，但是人類的肉體和精神，原來也會這樣反覆重演、不斷進步啊。不過這當然是其中特別精巧的一個例子……吳真代子在夢遊中重覆著芬夫人心理的同時，似乎也一併重演了姐姐黛夫人欣然被丈夫吳青秀勒殺的心理，由此看來，或許兩人的祖先中有一個徹底被虐狂的女性存在，而兩人將其血統顯現於表面。另外，芬夫人愛慕吳青秀的熱情，甚至達到頂峰，羨慕起能夠死在所愛男人手裡的姐姐。但是，就算不深究到這種地步，只憑這卷繪卷，也能輕易了解吳青秀與黛芬姐妹間夫妻之愛的極致……總之你先翻開到最後看看。吳一郎心理遺傳的真相，就徹徹底底呈現在那裡……」

我彷彿在他催促之下，半無意識的把繪卷往左繼續拉開。

接下來依序出現在白紙上色彩飽滿的細緻圖畫，極其逼真，如果不加任何誇飾說明，那會是一張頭朝右邊、雙手在左右側朝下併排，斜向正面躺臥的死亡美女裸體畫像，全長約一呎三寸，四周留白，所以看起來就好像飄浮在半空中。接著每隔三、四寸一個接一個排列，總共有六幅，但幾乎是相同睡姿，唯一不同的，只是從第一幅到最後一幅狀態不斷在改變。

首先出現在卷頭第一幅讓我震驚的畫面，呈現出死後不久的雪白肌膚，兩頰和耳朵還浮現出媚艷的胭脂色澤。細長的鳳眼和濃密的睫毛緊閉，擦著口紅的發亮嘴唇輕閉，凝視她溫柔的神情，彷彿可以看出她洋溢著為了丈夫而死的神聖喜悅。

不過，到了第二幅畫，皮膚的顏色已經變成稍帶紅色的紫色，整體感覺有些浮腫，而且眼睛四周顯得暗沉，嘴唇也稍微泛黑，整體感覺漸漸變得沉重陰森。

接下來的第三幅畫像上，臉上和額頭、耳背、腹部皮膚開始出現局部泛紅或泛白的潰爛，眼睛微張，露出一點點白色牙齒，全身變成強烈的暗紫色，腹部如大鼓般腫脹發光。

到了第四幅畫，全身已經暗沉到幾乎是藍黑色的深沉色澤，腐爛處交雜著褐色和蛋白色交替，有膿液流出，露出蒼白的肋骨，腹部下側從腰骨附近開始破裂，部分內臟呈鈷藍色重疊，臉上的眼球已經全部露出，而且嘴唇移位、白色牙齒暴露，表情像極惡鬼，而且從濕黏掉落的頭髮中，可以看到華美的梳子和珠飾等零亂散落。

到了第五幅又更進一步，眼球已經萎縮，所有牙齒都露到耳根處，表情就像正在冷笑。另一方面，內臟和肚皮一樣縮小泛黑，就像一塊破布，又乾又癟，肋骨和手腳的白色骨頭外露，只見到沾附著陰毛的恥骨處較高，連是男是女都無法分辨了。

到了最後的第六幅圖，只剩下藍褐色的骨架上，黏著海藻般的硬黑肉屑，和遇難船隻一樣稀疏散落宛如伽藍堂，分不出是人還是猿猴的頭骨已經完全往這邊傾倒，只剩下牙齒還潔白，兀自張大依舊連在頭上。

……我無法做虛偽的記錄。雖然事後回想起來覺得羞恥不已，但當時我確實急著拉到最後部分看。當然，剛開始拉開這卷繪卷時，除了一股反抗，我同時保有冷靜的態度，可是一看到死亡美人的畫，這種心情頓時消逝無蹤，我自覺到自己拉動卷軸的速度愈來愈快，但卻無法控制自己。儘管如此，我還是覺得不能被眼前的正木博士譏笑，拚了命地屏氣凝神，告訴自己盡量仔細看，可是最後終於無法忍耐，第六幅畫幾乎只是從眼前掠過。不過從畫面中湧出的深沉鬼氣，和來自神經的難忍惡臭感，卻緊緊包圍著我、令我幾乎窒息，終於，拉到可以看到最後由來記開頭的部分，我總算鬆了口氣回過神來。然後，我只有形式上看過一遍長四、五呎寫滿漢文的部分，就接著看到結尾的文字，

大倭朝天平寶字三年癸亥五月於西海火國末羅潟法麻殺几車站
太唐翰林學士芳九連次女芬　謹誌

反覆讀了兩、三遍，等心情稍微平靜之後，再把繪卷捲回原狀，放在盒旁。然後我靠著椅背，用雙手緊緊摀著臉，閉上眼睛，企圖平靜自己的神經。

「……怎麼樣。驚訝嗎？哈哈哈哈。你可以了解吳青秀畫到這樣還覺得不夠的心理嗎？」

「…………」

「從常識分析，為了震撼天子，靠這裡畫好的六幅死亡美人畫像就已經足夠了。平常人更是只要看到一半就倒足了胃口。但是吳青秀卻繼續在尋找新的女人屍體，這就是他墮落入病態心理的證據。他被自己所畫的死亡美人的腐爛畫像詛咒，導致精神出現異狀，你了解這樣的心理嗎……」

這些話尖銳地敲打在我的鼓膜上，我緊閉眼睛，雙手緊按，眼瞼內側的陰暗紅色光線中，剛剛見到的死亡美人第一幅畫像，帶著白光隱約出現。……接著馬上是第二幅、第三幅，由左往右依序開始滑動，滑到了第五幅、死後第五十天那白褐色笑臉之處，忽然在眼前靜止。

我忍不住開始發抖。猛然睜開眼，正木博士不知何時旋轉過椅子、正面朝向這邊，雙臂交抱，正好和我視線交會……這時博士泛黑嘴唇之間的假牙，大大露出晶亮假牙笑著，把位於臉頰兩邊的紅色薄薄耳朵朝上推，我又忍不住閉上眼睛。

「呵呵呵呵。怕了吧？呵呵呵呵……當然會怕啦。……我想吳一郎第一次見到時，一定也跟你一樣戰慄不已。就像是太古生物遺骸化為石油，殘留在地底一樣，祖先潛藏在吳一郎心理深處的念頭，在他看到繪卷、感到悚然的同時被點燃了。……然後，漸漸燃燒成足以掩蓋一切現實意識的龐大火光。過去、現在、未來，甚至日月星辰的光明，都完全被這大光明掩蓋，他不斷戰慄，直到自己跟吳青秀呈現同樣的心理……也就是完全變成吳青秀……在姪之濱採石場鮮紅的夕陽中站起身，一邊將繪卷捲好放入懷中，一面輕輕嘆息凝視西方天空的吳一郎，已經不是原本的吳一郎了。他全身細胞都被喚醒了吳青秀的狂熱慾望，現在只是一具保留這個青年記憶力、判斷力和習慣性的殘骸屍骸。…………從這由來記中記載的吳青秀心理演變，和吳一郎至今的精神病狀態之過程幾乎相同，也可毫無疑慮地推測，吳一郎發狂之後至今，係以和吳青秀同樣的心理生活。不，若從精神病理學來觀察出現在兩人行動上的心理演變，可以斷定吳一郎確實是千年前的吳青秀。」

我再次坐正，心中湧現另一種驚懼。

「要了解這種驚人的奇怪現象，首先必須以精神病理的步驟，釐清吳一郎究竟是以什麼樣的順序轉變為吳青秀。簡單地說，不管是何等優秀的學生，中學畢業之後就再也沒學習過漢文的吳一郎，何以能夠深入閱讀這以純粹漢文寫成、毫無注釋密密麻麻將近四、五呎長的由來記內容，導致足以發狂的程度呢……首先不得不先懷疑這件事。……如何……你知道其中的理由嗎？」

我凝視著正木博士閃閃發亮的眼睛，硬生生地將唾液吞進乾燥的咽喉中。心中很驚訝自己為什麼沒注意到這一點。……。

「……應該不懂吧……怎麼可能看得懂呢。如果說吳一郎是靠自己的學識來閱讀這篇由來記，那任誰都會不明就裡。」

「……這麼說……有人唸給他聽……」

話還沒說完，我渾身戰慄愕然。

……會是誰……當時吳一郎身旁有人……就像剛剛我聽到這些說明一樣，也有人說給他聽……會是誰……就是那個人……那個人……那是誰……是誰……

我腦中想著這些，心臟的劇烈鼓動忽然靜止。同時，我看著正木博士的嚴肅目光慢慢慢慢柔和。緊抿成一字的嘴唇，漸漸漸漸放鬆，轉變成一種憐憫的微笑……但這時他又無預警地拋出一句話，和雪茄煙霧同時吐出來。

「……你聽過『狐魅驅，而筆力盡失』……這句川柳嗎……？」

我愣了一下。好像被一種眼睛看不見的東西打上側臉，只能巴巴地眨著眼。

「……我……我沒聽過這句川柳。」

「……嗯——……沒聽過這句怎麼能說懂得川柳呢。這可是柳樽裡特別有名的名句呢。」

說著，正木博士面露得意，將單膝抱上椅子。

「……那……那又……那又怎麼了？」

「沒有怎麼了。如果不了解這句川柳所顯現的心理遺傳原則，就算請來夏洛克・福爾摩斯或者亞森・羅蘋這等名偵探，也不可能解開這個疑問。」

正木博士冷冷地說完，從口中吐出一輪又一輪的小煙圈，消失在我頭上方。我再度眨著眼。

……狐魅……狐魅驅……狐魅驅……而筆力……筆力盡失……

我在心裡暗念了好幾回，但不懂的東西再怎麼思索終究還是不懂。

「若林醫師知道嗎……這其中的道理……？」

「我解釋給他聽了。他還很感激我呢。」

「……喔……到底是什麼關聯……」

「什麼關聯……是這樣的。你聽好了……」

正木博士慵懶地深躺在椅背裡，長長伸出雙腿。

「……這句川柳很完整地說明了所謂狐魅，其實就是心理遺傳的發作……狐魅者在發作當時，會表現出如野獸般的奇妙動作、頭鑽入飯櫥裡、鑽進床底睡覺、眼珠往上吊等等，發揮遠古祖先的動物心理，所以才會冠上狐魅這種名稱，同時，狐魅除了上述特質，通常還會發揮幾代之前祖先人類的記憶力和學習力。也曾經發生許多實例，目不識丁的文盲狐魅後能順暢閱讀、書寫，發揮祖先的各種才能與知識，令人驚訝。所以才會有人詠出這句川柳。」

「喔——。原來祖先的記憶會表現到這種細節……」

「……就是可以，才會被稱為心理遺傳。一個無學文盲的士老百姓一旦被狐狸附身，變得既會詠歌又會作詩，還能仿效醫師治癒不治之症。聽來或許不可思議，但對照心理遺傳的原則，卻一點都不稀奇。相當理所當然……尤其是這繪卷，因為先有畫，所以吳一郎在觀看畫的時候已經非常亢奮，漸漸轉換為吳青秀的心情。然後再同步逐漸喚醒對於自己歷代祖先數度深入研讀以致發狂的由來記內容之記憶，相當合理。這等於是具備范陽進士吳青秀的學力，熟記自己經歷的人，再次重新閱讀這份經歷。所以就算只給他一張白紙，他也同樣能讀出內容。」

「……太驚人了……原來如此啊……」

「這就是第一階段的暗示，接著，讓吳一郎昏迷的第二階段暗示，就是暗藏在六幅死亡美人畫像中的思想。」

「你說的思想……該不會就是吳青秀的……」

「沒有錯。這項心理遺傳原本就始於吳青秀的忠君愛國，終於其自殺，不過這只是由來記表面的事實，如果要更進一步深入探究背後的真相，萬萬沒想到啊，竟然可以確切地看出吳青秀的忠勇義烈不知從何時開始變化，成為純粹的變態性慾。就像木材乾餾變成酒精一樣。」

「…………」

「……不過，如果要說明這種過程，光靠一、兩年的課程根本無法解說清楚，我昨天晚上燒毀的心理遺傳論，本想附在最後之腹案，如果只挑選架構來概述，可以這麼說。……吳青秀開始從事這項工作的動機，就如同剛剛所說，是為了天下萬民，神聖無比、純誠純忠，但這只是表相的觀察，從後來的過程推測研究可以發現，在此神聖無比、純誠純忠的背後，包含著藝術家特有的許多種強烈變態心理作為異分子，這一點連吳青秀本人都沒有察覺。……如果不這麼想，關於這卷繪卷存在意義的種種不合理，就完全無法說明。」

「這幅繪卷的存在意義……」

「沒錯。仔細比對研究繪卷上的畫像和由來記上所寫的事實，會發現這繪卷根本上的存在意義很有問題。……換句話說……這卷繪卷只要畫出六幅畫像並排，就已經充分達到上諫天子的目的了。藉著這六幅腐爛女人的畫像，就已經足夠讓天子醒悟女人肉體之美是何等虛幻……世事又是何等無常瞬變。……證據勝於理論。就說現在，你剛才只是看了一眼，就覺得毛骨悚然，不是嗎……？」

「……這……說……說得也是……」

「對吧？在第六幅畫中宛如乾貨的形貌後，只要再加上一具白骨之類的畫像，這幅繪卷應該就算大功告成了吧。接著在剩下空白處上寫上諫言或者自己的苦心暢論，呈獻給皇帝，自己之後再自殺，就具備了十分、甚至十二分力道，給懦弱文化天子翻天覆地當頭棒喝的效果，可是他卻沒這麼做，繼續不厭煩地四處遍尋毫無必要的新犧牲品，這是為什麼？……他只需要靜待黛夫人的遺骸化為白骨，就能不費吹灰之力順利完成的繪卷，但他卻保留著未完成的狀態傳給後代，成為可怕到徹底詛咒吳家的恐怖心理遺傳的暗示材料，這是為什麼？……一千一百年後的今天，繪卷帶來的因果因緣，成為我們貴重的學術研究材料，這又是為什麼……？」

我忍不住嘆了一口氣。從正木博士話中湧出的妖異氣氛縈繞著我，好似瘋子的詭異的疑惑逐漸高漲……。

「怎麼樣……很不可思議吧？看似小問題，其實都是很重大的問題。而且這個問題應該會讓人愈想愈難懂。哈哈哈哈。所以我說，要解開這個問題還是必須回頭觀察吳青秀當初立意要製作此繪卷的心理因素。必須要剖析當時吳青秀的心理狀態，找出產生此種矛盾的根本因素……而且，這其實並不是太困難的問題。」

「…………」

「首先，先剝開包裹住當時吳青秀心理因素的『忠君愛國觀念』，這層表面意識，在下方最先出現的，就是強烈燃燒的名譽慾望。接下來，則是焦灼的藝術慾望……最底層則是突破沸點的愛慾兼性慾，這四種慾望徹底融合為一體，發散出超乎人性的高熱。也就是說，由此可以輕易地看出，吳青秀令人動容的忠君愛國精神，其實本相只不過是令人動容的下流深刻變態性慾。」

我忍不住拿起手帕撫著自己鼻尖。這就好像是自己的心理正在被赤裸裸地解剖一樣……

「我想如果再具體說明，事情應該是這樣。也就是說呢……李太白寫詩來阿諛諂媚玄宗皇帝的淫蕩和榮耀榮華，博得三千寵愛，成為聞名天下的大詩人，吳青秀見此，也打了如意算盤。既然如此，我就從正相反的方向來求取功名，以求名垂丹青竹帛。他想要藉自己的筆力，畫出前所未聞的怪畫，震驚天下後世……這就是年輕有才氣的藝術家經常會出現、且達到頂峰的名譽慾望。此外，傾倒於吳青秀本身的男子氣概和與其天才稱號相應的名氣，為之神魂顛倒的新夫人，奉獻全副身心，新婚燕爾的幸福，讓吳青秀有如站在雲端，短短幾個月之內，嚐盡各種愛與被愛的方式。他不分日夜開始感覺到，自己的慾望逐漸高漲，接下來若是不利用極度殘忍的方法虐待這位美麗妻子，就無法獲得更多的刺激。這也是天才青年……特別是頭腦聰明的藝術家經常出現的超自然愛慾兼性慾。……另外還有一點遺憾……唯美的極致，就是要去破壞它。還有，徹底曝露其醜怪內容並且冷靜地觀察……窮極這樣的藝術慾望後，製造出這四種慾望的白熱化焦點，集中於這項計畫上。然而，吳青秀似乎還誤以為自己這種強烈慾望是出於純粹忠誠的慾望，最能簡單易懂地說明吳青秀這種心理狀態背面，還是這繪卷上的畫像。也就是這逐漸腐爛的美人畫像。」

我眼前彷彿又要浮現最早看到的死亡美人幻覺。我忍不住雙手揉眼睛，視線落在眼前的繪卷上，瞪著裱裝上閃耀發光的一隻金黃色唐獅子。就像在對它說……可千萬不要跑出來啊……。

「……吳青秀一筆一筆仔細畫著這死亡美人腐爛的樣子，開始感到一股無法形容的快感。仔細觀察畫像從開始到結束，筆觸逐漸變得細膩精緻，也能夠證明這一點。人體最極致的自然美……透過美人裸體所表現的形與色清澈洗練的絕美協調，一點一滴失去明亮度，變得陰暗、陰森，最後無情地腐爛破裂，陷入淒慘無序的樣貌，在這當中表現出的色彩和形狀無邊無際之變化及演變，幾乎可說是難以形容的驚人畫面。眺望著眼前帶來變化萬千無限滋味的『美麗滅亡』交響曲，靜靜將其繪於紙上的心情，或許不是記錄一國興亡的史家感想所能比擬。吳青秀投入了他的忠義、名譽、愛慾、性慾、藝術慾等所有一切，他一定是在這樣無比專注的心境中，透過極其細膩的筆觸，毫不厭倦地貪婪品嘗著這種快感與美感。等他看到殘骸已經腐爛到除了化為白骨再也不會有其他變化時，毅然決然擲筆而起。他全身全靈戰慄迷惘，只想再次品嚐那快感美感的白熱化願望。而且……在吳青秀這種心理背面，一定受到長時間禁慾生活所累積、壓榨的性慾不斷強烈刺激，幾乎使他感覺到疼痛。而這種刺激一定也經過徹底疲勞、異常清醒的神經劇烈地屈折分析，產生變形、游離，讓極盡辛辣、敏銳的變態式興奮席捲吳青秀全身。他全身的每一顆細胞，都刻畫了這種扭曲狂亂性慾的變態習性，還有無法形容的劇烈痛苦記憶，充實飽滿到幾乎炸裂。」

正木博士蕭然低迴的聲音裡帶著一股淒涼，在這時略略中斷。

我雖然因為視力疲勞而變得朦朧，但仍然百看不厭地凝視著眼前的獅子刺繡。那朦朧色彩中唯一亮眼的一點草綠色影像，卻莫名吸引著我，我繼續往下聽。

「……吳青秀從此超越了忠君、愛國、名譽、藝術、夫婦之愛等一切，只剩下極度異常的變態性慾刺激而活，徬徨了一年之後回到自己家中，又被同樣受到某種變態性慾控制的處女……小姨子芬氏的巧妙矇騙，完全相信她所言，終於乾乾淨淨地脫離那種強烈深刻的刺激。直到最後還努力支撐自己意識、那烈火般的變態性慾，和燃料一起消失，陷入伽藍洞四大皆空的痴呆狀態。他死前將變態扭曲的漫長時期養成習慣的性慾，以及與之交纏的各種驚人記憶，都毫不保留地包含在自己血緣中，留給後世……而他的血緣歷經世世代代生死交替，終於來到吳一郎這一代，再次掌握了愕然覺醒的機會。潛藏在吳一郎全身細胞意識底層的心理遺傳……從先祖吳青秀以後，代代反覆體驗的變態性慾，還有與其相關的記憶，都因為那六幅死亡美人畫像而在眼底鮮活甦醒……也就是說，看過繪卷後的吳一郎，雖然還有著吳一郎的形體，卻已經成為吳青秀了。一千年前吳青秀的慾望和記憶，與現在吳一郎的現實意識重疊活躍……這就是開始夢遊以後的吳一郎。這是唯一能以科學方式說明『附身』或『顯靈』等精神病理事實的狀態。」

「……………」

「……面對這極深刻、強烈的變態性慾刺激，屬於吳一郎自己的一切記憶和意識，都形同沒有任何價值的影子。在此之前控制吳一郎的現代理智和良心，現在被千年前的天才青年，無跡可循、強烈奔放的慾望所取代。於是，在他的記憶中漸漸清晰地浮現出最美麗的真代子……那酷似千年前犧牲的黛夫人身影。」

「……………」

「……一千年後出現的吳青秀變態性慾的鬼魂，就這樣藉著現代青年的判斷力和記憶、習慣，開始荒誕離奇地活躍。他飛快離開姪之濱的採石場，急忙回到家後，馬上和真代子商量起來。可能是要她事先從內側打開主屋遮雨門的鎖，還有事先準備好倉庫鑰匙和蠟燭之類吧……之後，吳一郎等家人全都熟睡後，悄悄潛進主屋，叫醒真代子。……對了，此時的真代子當然還不知道吳一郎要求的真義為何。更不必說，吳一郎非到緊要關頭，也故意不說實話，只是用高壓的態度積極強逼，真代子也不可能知道對方竟懷著如此可怕的計畫，只好解釋為一般可能猜測到的意思，因而覺得害羞、猶豫躊躇，這一點從戶倉仙五郎敘述的前後狀況，也可推知。……但是，真代子本性溫柔，最後還是順服地聽從新郎的命令。結果被表面為吳一郎的吳青秀，藉著燭光誘至倉庫二樓……順序大致如此。接下來請翻開有關現場調查的記錄。」

「……………」

「……對了。就是那個部分。上面是不是寫著……從樓下就看到蠟燭滴落痕跡。和新郎在百文目大蠟燭光前面對面坐下的真代子，一定是第一次目睹那繪卷，並且被熱切要求……為完成繪卷而死。而且她眼前所見的繪卷，是個不管五官輪廓或者年齡都和自己一模一樣的赤裸少女腐爛畫像，如此逼真的名畫實在讓她難以承受。她很可能全身打顫同時暈厥，陷入假死狀態……從調查記錄中『並未發現抵抗或掙扎的痕跡』和『喪失意識後，遭人勒斃』等文字內容，就可想像到此事實。」

「……不僅如此，雖然程度並不太嚴重，但是對照真代子之後在六號房呈現與自己同姓祖先的華清宮雙蝶姐妹心理遺傳，可以想像當她陷入假死狀態的那個瞬間，在那倉庫二樓，吳一郎表現出神似千年前吳青秀心理遺傳的一舉一動，可能就在這一剎那喚醒了真代子從祖先黛芬姐妹承受的被虐變態心理慾望和記憶。」

「……………」

「……但是呢。我這麼說你或許會覺得不可思議，不過自古以來就留下很多記錄和傳說例子，證明了心理遺傳發作與消失前後，會伴隨出現假死狀態、喪失意識、昏睡狀態等等，所以從專門研究觀點來看，這絲毫都不奇怪。……也就是說，以前把這種現象稱之為『神靈降身』、『神靈附體』或『神明顯靈』，比較嚴重的例子像是假死期間過長，往往被誤以為真死而予以土葬，結果在墓中甦醒……這類記錄屢見不鮮。能樂『歌占』一曲中的主角、伊勢的神官渡會某某，因為在土中痛苦掙扎了三日，導致變得一頭白髮才終於爬出來……這是此類傳說中最有名的一個，若以精神科學方式說明，就好比電力開關從一邊切換到另外一邊的剎那，所產生的黑暗狀態一樣。當然，根據情緒變化的強弱，當事人的體質、個性等等，會有時間長短的差異，但一般的情況是像突然受驚般昏厥，緊接著所有身心功能完全停止，不久醒來後，行為舉止判若兩人……這就表示心理遺傳的夢遊開始發作……此外，持續這類發作的人，在經過同樣的黑暗狀態後，又會恢復正常，如上述的所謂『狐魅』等現象，因為夢遊發作的程度輕，所以陷入無意識狀態的時間通常也比較短暫。……還有，關於處於假死期間的營養作用和新陳代謝狀況等相關研究，我想若林已經以吳真代子這個病例進行了充分研究，我固然可以多多少少現學現賣，但與此事件並無直接關連，暫且略過。無論如何，吳真代子陷入假死狀態的直接原因，可能來自吳一郎夢遊帶來的暗示，若林在其所完成的調查資料中，雖未明言但確實表明了這項推論，而我也必須舉雙手贊成。」

「…………」

「另外，這一點則是出於我個人的想像，以往吳家似乎並未留下像吳真代子這樣顯現來自女性祖先黛芬兩夫人心理遺傳的任何記錄。而且，警戒這繪卷設法避人耳目的勝空和尚，以及吳家中興之祖虹汀，好像也都沒有注意過這一點，這是因為他們相當清楚這繪卷所顯現的變態心理暗示只對男性有效，而壓根無法想像男性們受此刺激發作的心理遺傳，會影響到對象女性的心理遺傳。……沒想到這次的情況竟完全不同。關鍵就在於彼此並非外人。只能說是千載難逢、奇蹟中的奇蹟，由於真代子與繪卷中的主角長得一模一樣，吳一郎呈現的心理遺傳，也是史無前例，受到幾近完全的暗示所控制。因此，他的一言一行、一舉一動等，極其細微的部份都顯現得與當時的吳青秀分毫不差，因而意外地誘發了真代子的心理遺傳。我的想像雖然聽起來像是過度奇怪的巧合，但也並非憑空想像。我敢這麼說，是有相當的根據。……其實也沒什麼。就如同調查報告所證明的，如果吳一郎故意用西式手帕勒住突然如死人般倒地的真代子頸部，那麼就可以知道，他變態性慾的目的絕非只在殺死這個女人。可以推測，他為了滿足自己的願望……對方死了也無所謂，但就是想體會勒住女人脖子時的特殊快感……才做出如此多餘的舉動。……怎麼樣？一千年前某個男人的變態性慾心理遺傳，竟然連這種細微之處都正確無誤地遺傳下來，這豈不是很有趣的研究材料？」

「…………」

「……那麼接下來呢。發作結束後，吳一郎打算利用屍體當作模特兒，靜待其腐爛。所以當姨媽八代子從倉庫窗外窺看時，吳一郎才會若無其事地回頭告訴她，『很快就會腐爛了』云云。這句話我們聽來覺得其中包含著一千年……一千里的時間與空間矛盾，但是對他、對吳一郎自己來說，兩者都是發生於現在、發生在眼前的事。從真代子屍體解剖結果並未發現性交的痕跡也可明白，他勒殺真代子的目的，完全只是為了滿足遠古祖先吳青秀超自然的心理……」

一口氣持續至今的驚人說明，終於在這時中斷，一邊顫抖一邊緩緩深呼吸後，我抬起頭來。正木博士果然是位偉大的精神科學家。……我一方面恢復了最初的尊敬，同時也感到莫名的安心……但我也發現自己全身不斷冒出冷汗。

我鬆了一口氣，問道。

「但是……吳一郎的頭腦……能治好嗎？」

「吳一郎的頭腦嗎？當然能夠治好……這我有把握。」

說著，正木博士露出諷刺的表情咧嘴笑了笑。他灰暗的眼神從正面直視我的臉，似乎要把我看穿。

「我想吳一郎的頭腦恢復的時間，應該剛好和你恢復的時間一樣吧。」

他彷彿又在暗示，我跟吳一郎就是同一個人，這讓我忍不住心頭一驚。……不只這樣，正木博士的口吻好像意指我們兩人頭腦的毛病會以完全相同的過程痊癒，這更讓我感到一股難以言喻的詭怪。……不過……但是，我仍然裝作若無其事的樣子，用手帕擦了擦臉後問他。

「是……可是這應該很困難吧？」

「沒什麼大不了。發病原因和過程就如同我剛才所說的，既然在精神病理學上已經明瞭，自然就知道如何治療。特別是像吳一郎這種原因清楚的精神異常，如果沒辦法治癒，那麼我的精神病理學也只不過是紙上談兵罷了。」

「……喔。那麼……該用什麼方法治療呢？」

「嗯。必須臨機應變，使用所謂『適當暗示』這種藥物來進行治療。這可不是符咒術法或祈禱之類的非科學方法。……換句話說，就如我目前為止所敘述的，吳一郎並不是因為受到黴菌或結核之類肉體疾病影響而導致神經錯亂。他只是因為純粹的精神性暗示而發狂。也就是說，看過這繪卷以後，吳一郎已經分不清時間、空間、吳一郎、吳青秀、中國、日本，只能靠著極濃厚、支那第一流的變態性慾刺激，還有與此交錯纏繞的錯覺、幻覺、倒錯觀念而活。而他的變態性慾依照千年前吳青秀經歷過的順序變化而來，終於只剩下『想看女性屍體』的單純直接慾望，從他在解放治療場內的夢遊狀態便可窺知一二。……吳一郎的遺傳性、殺人妄想狂、早發性癡呆兼變態性慾……也就是千年前吳青秀怨靈的眼中看來，全世界到處的泥土下，都藏有女性屍體。所以他只要看到泥土就會想要圓鍬。拿到圓鍬之後就天天死命翻土挖掘。」

「……於是，超越時空的變態性慾幽靈，如前所述每天漫無目的地持續勞動，漸漸精疲力盡。提高人類性慾刺激的燃料荷爾蒙……也就是我們俗稱『精力』的內分泌刺激液，長久持續劇烈勞動後，精力會消耗在這方面。最後逐漸感覺不到那種性慾刺激，而過度疲勞的神經末端，被出於惰性浮現的女性屍體幻覺所吸引，陷入不斷氣喘吁吁、持續揮動圓鍬的不堪狀態。到目前為止壓倒一切精神作用的變態性慾怨靈幾乎消失，被壓制在底下接近正常的意識轉而逐漸清晰……啊，好痛苦、好累。我為什麼要持續這麼辛苦的勞動呢……。所以他才會有偶爾會停下圓鍬，茫然環顧四周，又馬上像突然想到似地繼續工作等舉動。所以我算好時機現身，讓他眼中浮現疲累不堪的意識，和我眼中的理智的意識精準結合，然後問他，『女人屍體埋在土裡，是什麼時候的事？』，他就頓時弄不清一切了。這是因為目前為止被他完全忘記的『時間』觀念，因為『什麼時候』這幾個字的暗示，反射地復活了。連帶地，『咦？這裡到底是什麼地方？』，空間觀念也開始啟動，所以開始很不可思議般地環顧四周。同時，『咦？奇怪了。自己之前究竟在做些什麼？』，自我意識也跟著抬頭，讓他感到不可思議的寂寞。他悲傷地低頭，無力地放開原本十分愛惜緊抱在懷裡的圓鍬，悄然回到自己房間……這些是遺書上所說明的吳一郎治療順序。所謂瘋子解放治療，其實就是像這樣觀察病患在自由行動中顯現的心理狀態，一邊觀察病況，一邊給予適當的暗示，進行治療，所以才會冠上這個名字。

……當然，要嘗試這種治療方法，需要相當高明的頭腦。至少絕對不能採用以往的手法，隨便碰運氣給個病名，應用膚淺的外科或內科療法，萬一運氣不好無效時，就改為予以捆綁、囚禁等，那根本是等同於原始時代醫療手法的低級頭腦。今後世界上應當進行的正確精神病治療方法，絕對不是那種曖昧不清的東西。也就是說，治療者必須有一顆極其敏銳的頭腦，除了必須對照心理遺傳，了解所謂精神的解剖、生理、病理原則，同時也必須從被解放病患自由奔放的一舉一動中，滴水不漏地看穿其心理遺傳的夢遊發作如何推移變化，在適當的時機給以適當暗示，一步步引導其走向正確的時間和空間觀念……也就是正常狀態。啊哈哈哈哈。一講到自己本行我又忍不住離題了……話說回來……。

……話說回來，在那之後的一個月期間，吳一郎再也沒有到解放治療場，他一直把自己關在七號房裡，在這段期間他可能恢復了各種各樣的意識。比方說時間意識、空間意識、認同自我存在的意識等等，都因為我的暗示，逐漸像天亮一樣開始甦醒。他開始思考，『咦……這裡是哪裡？現在是何時？我的名字是什麼？』，或者『我為什麼會關在這種地方？』等等……伴隨著這些問題，又有更多的疑問和迷惑，宛如雲朵翻湧，他不斷在迷惑中思索，思索後又更加迷惑。我特別命令醫務人員，每天將吳一郎的言行舉止鉅細靡遺地記錄在病床日誌中，觀察這些記錄，就能對他迷惘的狀況瞭如指掌。若林之前讓你看的蠢傻癲．呆頭博士街頭演說等等，也是我根據當時發生的實例，摘錄向新聞記者說明，不過到了最近，這些觀念慢慢在吳一郎腦中統一為一個焦點，他已經相當接近正常狀態。也就是說，他開始有種類似看開的安心感，認為『反正想也想不出結果，總有一天自然會明白吧。』。……這是因為當一個月前他去掉圓鍬、關在自己的房裡時，曾經陷入很嚴重的憂鬱狀態。食慾驟然減退，排泄狀況惡劣，體重也大幅減輕，不過後來逐漸恢復，最近可能天氣較為涼爽，根據病床日誌的記錄，身體狀況比以前更好了。所以如同眼前所見，營養狀況極佳，精神狀態也很開朗，還像那樣面帶著笑容。

……到昨天為止都待在房裡的傢伙，像突然想起什麼似的，又來到治療場，這究竟是因為意識秩序的恢復已告一段落？還是因為營養狀況復原使得性慾刺激再次抬頭，又達到高潮呈現之前的變態現象，所以想揮動圓鍬呢？……實情如何，如果不觀察一段時間也無法明白……無論如何，吳一郎的精神狀態從此將會大有進步，而且從剛剛開始，我就頻頻有種預感，或許會有一大轉機，哈哈哈哈。」

我耳朵裡確實聽到了這些話和笑聲。……同時也聽到在窗戶下方唱著歌的舞蹈狂少女的聲音……可是，我的眼睛卻專注凝視著大桌子上宛如在燃燒的綠色。

……不論多厲害的名偵探，也無從追查的應用精神科學犯罪……你必須自己化身為名偵探，試著查明事件的真相……

我在腦海中反芻著正木博士曾說過的這番話……。這時候正木博士的話突然中斷，我聽到喀達一聲。我一驚，仰頭看去，發現是掛在正木博士頭頂上的電鐘指針，從十點五十六分移至五十七分的聲音。

「……如何？很有趣的內容吧？光看這個例子應該就可以瞭解，以往精神病學家的治療方法，根本完全走錯方向。同時，你也可以發現我這解放治療的實驗有多麼精采，可謂學界空前的……」

我舉起右手，打斷正木博士如瀑布般奔流傾瀉的話。我仰頭望著他那張得意洋洋、酷似骸骨的臉，重新在旋轉椅上坐正問道。

「請等一等。」

「……等一等……請等一下。……可是……博士，這些治療實驗，都是抱著純粹學術研究目的而進行的嗎，還是……」

「……當然……當然是以純粹的學術研究為目的啊。我要讓全世界不入流學者們知道……精神病的治療應該這麼做……」

「等……請等一等。我想問的不是這個意思……」

「……那是什麼……？」

正木博士眼球凹陷，顯得不太高興。他動了動肩膀，仰靠在椅背上。

「我想問的是，讓吳一郎發狂的暗示就是這卷繪卷，這件事還沒有其他人知道吧？」

「……啊。我剛剛還沒提到這件事嗎？當然還沒有人知道。連司法當局那些傢伙，也跟不知道沒兩樣。因為他們壓根不覺得這是個問題。」

正木博士再次撫著臉頰，重新扶好鼻樑上的眼鏡。

「就像我最前面所說的，這繪卷是吳一郎的姨媽八代子從倉庫二樓取得後藏起來，被若林盯上由她手上搶來，直接交給我，所以除了若林和我之外，就只有你看過這幅畫。法院和警方那幫人，因為八代子在現場桌上原本放置繪卷的地方攤開自己的鼻涕紙蓋住，成功地瞞過他們，不僅如此，這些人似乎還笑著說，『號稱破除迷宮高手的若林博士，竟然因為無法說明事件真相，搬出這種迷信來交差』。我記得當時報紙的編輯輿論專欄裡，還揭露了這件事……反而是從仙五郎口中得知繪卷一事的村人們，紛紛穿鑿附會地告白自己的經歷。有人說一郎是因為有人託夢，到採石場一看，發現繪卷放於高處岩塊後面，有人說當時剛好是黃昏薄暮最容易遇到妖魔鬼魅的時刻等等……還有些不相信這種迷信的人說，應該是某個迷戀真代子的人，因為單戀沒有結果，為了一泄心頭之恨，從古老傳說中獲得靈感，故意這樣惡整一郎，結果竟然真的如其所願，中了圈套……」

「啊……」

我突然大叫了一聲，站起身來。雙手緊抓住大桌邊緣，用力盯著正木博士的臉，幾乎要看穿他。正木博士好像也因為我的大叫而嚇了一跳，口中的煙霧才吐到一半，鼓著臉頰、雙眼圓睜。

我的呼吸和胸口的悸動，漸漸急促地讓自己喘不過氣來。

……我懂了。我知道了……正木博士若無其事的一句話，讓我腦中閃過似是事件真相的靈光……。

我這個人，雖然在該事件的記錄上未曾出現，但我一定也是流著吳青秀的血、和吳一郎長得一模一樣的青年。

……兩位博士對千世子屍體的解剖結果，證明她只生育過一個孩子，所以否認了這項事實的存在，但是，那也有可能是為了對我進行這項實驗的一種詭計。其實真正的我，可能和吳一郎是雙胞胎，在幼年時代因為某種原因而分開。

……而我默默回到故鄉，默默愛上了真代子。或者可能利用自己酷似吳一郎這一點，瞞著真正的吳一郎，偷偷和真代子搭上關係，巧妙扮演兩人一角，隱瞞自己的存在。後來聽說與吳家有關的奇妙因緣後，決定在吳一郎婚禮前夕，做出這種殘忍的事。……這都是出於我自己之手。

……不過，因為我自己也繼承了吳青秀的心理遺傳，所以跟吳一郎同時、或者在其前後也發狂了，跟真正吳一郎互換了身分。連我們兩人本人都分不清誰是誰。

……正木和若林兩位博士正式想要分辨我們兩人。他們費盡苦心，就是為了要鑑定誰是加害人、誰是被害人。

……沒錯。這麼一來，就能從根本解決所有疑問。對。一定是這樣。一定是這樣。除此之外，不可能有辦法解決這一切不可思議的問題啊。

……啊。果然我才是這樁事件的神祕幕後人物嗎？

……啊，難道就是我……

短短一瞬間，我腦中盤旋著這些念頭，把自己弄得驚駭萬分，而正木博士依然靠在椅背上，面帶微笑看著我的臉。等到我呼吸即將平靜，他才故意面露驚訝的表情問我。

「……怎麼回事？為什麼突然站起來……」

我一邊喘息一邊回答。

「……該不會……就是我……拿這卷繪卷……給吳一郎看的……？」

「啊哈哈哈哈……哇哈哈哈哈……」

正木博士還沒聽我說完一半，立刻誇張地仰頭大笑。

「哈哈哈哈。你是說，自己是加害者、吳一郎是被害者嗎？有意思。如果是偵探小說，這可是震爍古今的名詭計啊，我想也大概是這麼回事。啊哈哈哈。不過呢。如果這個事件的真相正好相反，那又如何……？」

「……什麼……正好相反……？」

「哈哈哈。你何必這麼客氣，硬要擔起惹人厭的加害者角色呢。反正你和吳一郎長得一模一樣，如果有需要，只要我稍動手腳，看你想成為加害者或被害者，都是小事一樁哪。既然都一樣，還不如當被害者，在這個事件裡比較吃香，你說怎麼樣？哇哈哈哈……」

我頹然坐回椅子裡。一切再次陷入迷霧中。……

「……你要是像這樣動不動就驚慌失措可就麻煩了。……所以我一開始就提醒過你了對吧？我不是警告過你，這椿事件如果不保持冷靜頭腦進行研究，很可能在途中陷入嚴重錯覺嗎？……我曾在姪之濱浦山祭神鶉之尾權現前發過誓。你和這椿事件的關連，絕非這種膚淺的關係。而是有更重大的意義……」

「……可是……可是……還有什麼關係會比這更意義重大……？」

「……你要說沒有吧？但就是有，這才奇怪呢。聽來囉嗦，不過我還是要再說一次。我們所住的這個世界，並不是只受到現代所謂唯物科學原則的控制。同時也受到唯心科學……也就是精神科學原則來控制所有一切，這一點你要是不銘記在心，就無法瞭解這椿事件的真相。……簡單地說，以純客觀的唯物科學觀點來看，這個世界只不過是由長、寬、高三者相乘形成的三次元世界，但是純主觀的精神科學所感受到的世界，卻是在這上面再加上『認識』或者『時間』，形成四次元或五次元世界，這才是我們現在所居住的世界。在如此高次元精神科學世界中所進行的法則，幾乎可說與唯物世界的法則正好完全相反。這種奇妙法則的活躍狀態，單就你目前為止在這個房間裡所見所聞，就已經可以充分察覺了吧。……你只需要從其中找出解決事件的關鍵就行了。……不……這個事件的關鍵之鑰，應該早就掉進你的口袋裡了。我很確定，剛剛已經把鑰匙交到你手中了。」

「……那……那是什麼樣的鑰匙……？」

「關於離魂病的話題。」

「離魂病……離魂病又怎麼了？」

「哈哈哈哈。看樣子你還不明白呢。」

「……我……我不明白。」

「……你聽好了……這樁事件中最不可思議的，就是還有另外一個長得跟你一模一樣的人存在這個事實。也因為這另一個你，才把事情弄得如此混亂。而且我剛剛已經向你說明過了，那完全是因為你的離魂病所致，不是嗎？」

「可是……可是……怎麼可能會有這麼奇怪……這麼荒謬的事……」

「哈哈哈。看來你還不相信有離魂病。這也難怪。畢竟每個人都相信自己的頭腦最牢靠。因為這樣比較安全，也多虧如此，才讓故事情節這麼精彩有趣，所以我看也不必倉皇下結論。讓吳一郎發狂的犯人，是眾多人中的某一個？或者是吳一郎自己？又或者是繪卷自己從彌勒佛像逃脫活躍？……不妨以這三項為前提，慢慢思考。然後以冷靜的心情來回想你的過去，這才是捷徑。」

「……但是……這麼神秘……這麼不可思議的事實……」

話說到這裡，我又無法承受自己的想法，就此中斷。

「所以我說了，不要慌。很快你就會覺得沒什麼神秘的了……」

「……可是……很快，是指什麼時候？」

「什麼時候我不知道，但至少不會是今天。為了讓你恢復記憶力，從剛剛的談話裡，我已經對你進行了相當強烈的精神科學實驗，不過你好像還是無法回想起過去的記憶，這也沒辦法。今天的實驗只好先中止。這就表示你的頭腦還沒恢復到那個程度，我想繼續實驗也是白費工夫……」

「但是……您剛剛答應過我……」

「我確實答應過你，但這也沒辦法。與其彼此耗費無謂的心力，還不如現在讓你稍微休養一下，再重新實驗……」

「等一下……請等一下…………這麼說，醫師您已經知道那個神秘內幕的真相了？」

「沒錯。就是因為知道，我才會說和你有關哪。」

「……那……請你全部告訴我。」

「……這可不行……」

正木博士斬釘截鐵地說完後，斜叼著雪茄。他交抱雙臂往後仰，露出冷笑。他看著我有點生氣的臉……。

「……你不妨想想看為什麼。要揭開這樁事件的神秘幕後真相，一定得知道是誰讓吳一郎發狂的對吧？可是，這犯人兇手的名字，如果不是你自己或吳一郎之中的某一人在恢復過去記憶的同時也想起來，都不能算是真相，對吧？即便法醫學家若林博士掌握了多麼不動如山的有力證據，或者我自己確認了犯人和行兇狀況，若是你或吳一郎恢復過去記憶時否認那個兇手，豈非一切都徒勞無功？只要你們兩人之中有一人堅稱，在姪之濱採石場給我看繪卷的不是這個人，那一切就沒戲唱了啊，不是嗎？這就是這樁事件與一般犯罪事件不同的地方。……所以我可不想在這種沒價值的事上多費唇舌。」

我不禁長嘆一口氣。同時也自覺到自己的判斷力正漸漸陷入迷惘……。

「……還不明白嗎？……那我再說明另一項明顯的事實給你聽。你聽好了。……在這樁事件中，無論如何都必須追查出那奇妙兇手真面目的負責人，再怎麼看都是法醫學家若林吧？就算警方當局認定這純粹是肇因於吳一郎發狂的事件，而放棄搜查，做為一個研究應用精神科學犯罪的學者，都已經深入研究到這種程度，卻對最關鍵重要的一點視若無睹、放棄退縮，這是學者的良知絕對不允許發生的事。也就是說，站在若林的立場，不管願不願意，他都無法放任這樁事件的真兇最後不了了之。……但是呢。……另一方面說到我的立場，可就未必了。對於若林的努力和一番苦心，我其實連身為助手的責任都沒有。我只是他私人的諮商對象。……你懂嗎？……基於我的專業，我必當竭盡全力負責幫助你或者吳一郎『頭腦痊癒』，但儘管如此，我可一點都沒有責任或者需要，讓你們想起兇手的名字或者長相。因為站在我身為精神病學家的立場來看，只要能清楚發病原因和過程，就算寫下病人發狂的兇手『目前不明』幾個字，在研究發表上也不會有絲毫影響。……吳一郎的發病狀態和這繪卷的關係，從心理遺傳學的立場已經能夠充份說明，而且早就具備十分、十二分的學術發表價值了。都是因為若林強出頭，說什麼一定要找到兇手，鬧得天翻地覆，才會變成現在這個局面……總之呢，兇手什麼的對我來說根本一點都不重要……哈哈……」

說到這裡，正木博士悠哉地在椅子上張開雙肘。低頭看著呆愣的我，吹出一圈一圈的雪茄。

對於他這儼然學者派頭的冰冷態度，我不免產生了莫名的反感。不僅如此，對他那種先愚弄人後又置之不理的態度，我更開始感到難忍的不快，不禁重新坐正，輕咳了幾聲。

「……這……這不是很奇怪嗎？醫師。……就算是學者，這種態度也未免太冷淡了吧？」

「你要說我太冷淡我也沒辦法。就算我佛心大發做好事，幫若林找出兇手，真有哪一條法律能讓那傢伙伏法嗎……？」

我感到眼中隱隱約約溫熱了起來。覺得很想一口氣說出心理想說的話，卻又說不出來……。

「……法律……法律又算得什麼。……如果不查出兇手後、把他大卸八塊，那不知有多少人要死不瞑目了，不是嗎？八代子也好、真代子也好、還有吳一郎……還有被牽連進來的我也是。明明沒有任何罪狀，卻遭受到比殺害還殘忍的凌虐，不是嗎？」

「……嗯……所以呢……？」

正木博士冷冷說著，陶醉地凝視自己吹出煙霧的去向。我就像吐露出自己靈魂般，奮力說著。

「……所以，如果我的靈魂真的能夠脫離這個身體，我現在就會轉移到某個人身上，大聲叫出留在他記憶裡的姓名。我可以在白天大馬路上公開。我到死為止都會緊緊跟著兇手，進行比殺害更殘酷的報復。」

「……喔。如果你能這麼做那就更有趣了呢。但是，你想轉移到誰身上呢？」

「誰……這還用說嗎？當然是直接見過兇手長相的吳一郎啊。」

「哈哈哈。有意思，那你別客氣，儘管轉移吧。不過，如果你真的順利完成轉移，我可不想替你拍手喝采。到時候我的精神科學研究只好全部重來。因為靈魂『轉移』、『附身』或『轉世』等事實，其實都是其本人的『心理遺傳作用』，這正是我學說中最重要的一項。……嗯……」

「這我瞭解。但是，就算兇手對你來說毫無用處，對於若林醫師總該有用吧？若林醫師把這些調查報告交給你，目的無非是希望能從吳一郎過去記憶中找出這最後一點吧？」

「那是沒錯。這我也很清楚。從今天清晨開始，我和若林把你帶到這個房間來，嘗試了各種實驗，總歸一句話，也是為了相同目的……但是，我已不想再繼續深究事件真相了。其中的理由等你知道兇手名字，就會了解了。」

正木博士又往空中吹出一道長長的煙。我雙臂環抱，盯著他的下巴。

「所以，如果我要靠自己找出兇手，也無所謂囉？」

「當然，這是你的自由。悉聽尊便……」

「謝謝您。那很抱歉，請讓我離開這間醫院吧。我想要外出一趟……」

說著，我站起身，雙手放在桌緣行了一禮。但是正木博士並不顯得訝異。他也沒打算回禮，只是繼續悠然靠著椅背，用力把雪茄煙霧往空中吹。

「外出？要去什麼地方呢？」

「去哪裡我還沒想到……不過，在我回來之前，一定會把事件查個水落石出。」

「哼哼。可別查到嚇破膽哪。」

「……啊……？」

「這卷繪卷的神秘，最好彼此都別去破壞。」

「…………」

我不由自主呆立當場。正木博士的態度，豐沛地充滿了鎮壓得我無法動彈的某種力量。……震古鑠今的大事業……空前強敵……絕後的怪異事件……包圍在這些當中，下定了不知是真是假的自殺決心，又一一嗤之以鼻。這驚人氣魄的力道……我彷彿被這股力道震懾，再次慢慢坐回椅子上。我再次端正好坐姿，打算抗拒這種力量。

「……好……那我不外出。但是相對的，直到找出兇手為止，我一步也不離開這裡。在我頭腦恢復、能夠看破繪卷的神秘之前，我都不離開這張椅子……這樣行嗎，博士……？」

正木博士沒有回答。接著他好像突然想起了什麼，突然往椅子裡坐深了，將上半身向前，磨磨蹭蹭地往椅子裡縮，蜷起身子。他把變短的雪茄丟進達摩煙灰缸口裡，駝著背，手拄在桌上托著腮，這時他盯著我看的狡猾眼神，浮現在鼻子兩邊的淺淺冷笑，以及抿成一字型的嘴唇深處，似乎都藏著某個重大祕密。

我忍不住探出上半身。全身皮膚滾燙，包裹在異樣的亢奮中。

「博士，你要知道……相對的，萬一我發現了兇手，我可是會在我高興的時間、在我高興的地方公布姓名。而且我還會替吳一郎，還有真代子、八代子、千世子報仇。如果因為這樣，我受到任何對待，或者兇手是何等人物，我都不會驚訝……可以嗎，博士……。因為這麼殘忍可惡的人，讓我陷入這種瘋人地獄，得一輩子過著坐吃等死的日子……我實在無法忍受……」

「嗯……好啊，那你不妨試試。」

正木博士這麼說著，似乎一點也不在意。然後他宛如傀儡般機械式地閉上眼，只在鼻子兩邊殘留一抹異樣冷笑……。

我再次坐正。自覺到自己的無力，忍不住惱火。

「……我告訴你，博士。我會自己試著思考。……首先，假設兇手並不是我。總不可能像村人們所說的，是這繪卷自己從彌勒佛像裡逃出來，落入吳一郎之手吧？」

「……嗯哼……」

「……還有……姨媽八代子和母親千世子都深愛著吳一郎，把他當成唯一的依靠，不可能會把有如此可怕傳說的繪卷給吳一郎看。家中老傭人仙五郎，感覺也不像會做出這種事的人。……寺院的和尚是為祈願吳家的幸福，才仕於吳家，如果知道有繪卷的存在，反而應該會想藏起來才對。這麼一來，嫌犯應該是其他還沒有被任何人注意到的意外人物。」

「……嗯哼。當然理應是這樣。」

正木博士的語氣顯得不乾不脆、不情不願。接著他突然睜開眼望著我。眼神裡帶著有別於臉上微笑的蒼白殘忍……不久，他再次像剛剛那樣閉上眼。

我更焦急地說。

「若林博士在他的調查報告中，也對各種可能的嫌犯進行了深入調查，是不是？」

「……好像沒有。」

「……啊？……完全沒有……？」

「……呃……嗯……」

「……那麼……其他事情都謹慎地調查過了？」

「……呃……嗯……」

「……這……這是為什麼……？」

「……呃……嗯……」

正木博士帶著微笑，打著瞌睡好像睡著。我只能呆呆地看著他的臉。

「……這……這不是很奇怪嗎？博士……放著最重要的兇手不管，只專心在調查其他事情上……這不就等於打造了佛像卻沒開光嗎？我說博士……」

「……………」

「……博士啊……不管這是場惡作劇還是什麼，像這種殘忍……而且如此慘無人道的巧妙犯罪，不可能再有第二樁了吧？……如果他本人沒有發狂，當然不算是犯罪，萬一發狂，那一切真相都要石沈大海。再者，就算抓到兇手，別說是法律，就連道德上的罪行，他或許都能推諉掉，像這種惡劣、殘酷的惡作劇，還找得到其他例子嗎，博士？」

「……呃……嗯……」

「把絲毫沒有觸及根本問題的調查報告交給博士，再怎麼想這都很奇怪不是嗎？」

「……呃……嗯。……確實奇怪……」

「……要揭穿這樁事件的真兇，難道只有讓吳一郎或者我的頭腦痊癒，直接指認兇手這個方法嗎？……即使像博士這麼偉大的人物，集結兩位的智慧，難道也……」

「……沒有辦法……」

正木博士的口氣很不耐煩，就像在拒絕路邊的乞丐。他仍然很疲倦似地，緊閉著眼睛……。我吞下一口唾液。

「……到底，他讓吳一郎看這卷繪卷的目的是什麼？」

「……呃……嗯……」

「是發自內心的親切？……還是惡作劇？……還是感情上的怨恨？……想下某種詛咒？……還是……還是……」

我突然心頭一揪。呼吸變得急促痛苦。胸口陣陣悸動，凝視著正木博士的臉。

博士臉上的笑容倏地消失。……同時也大大睜開眼，看著我。漆黑眼珠凝然鎮坐在他略為蒼白的臉上，靜靜回望房間的入口……但他馬上再轉過頭來面對我，在椅子上重新坐正。

他的黑眼珠裡失去了博士的獨特銳利光芒，帶著難以形容的柔和安靜。他的態度裡也完全看不到截至目前的蠻橫、霸道。除了逐漸展現出一種神聖氣質，他的肩頭也透露出難以言喻的寂寞、悲傷。看到他這種態度，我的呼吸也逐漸平靜下來。然後我不自覺地垂下眼睛，低著頭。

「……兇手是我……」

博士在空洞中如此喃喃自語地說道。

我忍不住抬起頭來。仰望博士那張泛著柔弱、悲哀微笑的臉，但又立刻低下頭。

……我眼前一片灰暗。全身皮膚的毛孔好像開始一一緊閉。

我輕輕閉上眼。顫抖的手指按著額頭。心臟撲通撲通像在空中跳躍，但額頭卻冷汗淋漓。我耳畔響起正木博士悄然的聲音。

「……既然你的判斷力已經恢復到這個程度那也沒辦法。我就把一切坦白告訴你吧。」

「…………」

「我也不瞞你。我早就有心理準備了。我從一開始就清楚知道，這些調查資料的所有內容全都指出我就是這樁事件的兇手，但我還是裝作什麼也不知道。」

「…………」

「這調查資料內容的一字一句，都在指著我主張『就是你、就是你。除了你以外不可能是別人』。……也就是說……第一次在直方發生的慘劇，是一個具備高度知識、思慮周密的人，為了湮滅所有犯罪痕跡，讓事件陷入迷宮，故意選擇吳一郎回鄉時巧妙使用麻醉劑進行的犯罪。這絕對不是吳一郎夢遊中所為……」

說到這裡，正木博士輕輕咳了一聲。這又令我嚇了一跳，但即使如此，我還是無法抬起頭。正木博士所吐出每字每句的沈重，幾乎要把我壓垮……。

「……兇手犯案的目的無他。就是為了讓吳一郎與母親千世子分開，跟真代子接近，所以由姨媽八代子帶到姪之濱……真代子的美貌足以被譽為姪之濱的第一美女，這一帶愛慕她的人一定很多，同時姪之濱又是原本收藏繪卷的地方，大部分居民或多或少都知道相關傳說。另一方面，吳一郎和真代子的婚事百分之九十九不會有問題，所以不管要嘗試這項實驗，或者隱蔽行蹤，再也沒有比這姪之濱更合適的地方。」

「…………」

「……所以第二次姪之濱事件，也絕非什麼神祕的事件。一定是依照直方事件以來的計畫，有某個人在採石場附近埋伏等待吳一郎回來後，把繪卷交給他。也就是直方和姪之濱這兩樁事件，是基於某個目的，由同一個人的頭腦所策畫的。這個人對繪卷的相關傳說有非常深入的瞭解和興趣，認為這是實地試驗最好的適當時機……他特別看準了被害者吳一郎心中充滿期待某種莫大幸福的最高潮，預期他會完全發狂，於是進行了這曠古絕倫的學術實驗……所以說，除了我以外，還會有誰……？」

「有！……」

我突然踢開椅子站起來。臉像火一樣充血泛紅。我全身的骨頭和肌肉充滿無限氣力顫抖著。瞪著愕然的正木博士架在鼻樑上的眼鏡。

「……若……若……若林……」

「笨蛋！……」

正木博士口中迸出一聲懾人大喝。同時用他漆黑凹陷的眼睛直瞪著我。……而他漆黑眼神之強烈……彷彿上帝俯視罪人的肅穆……有如盛怒猛獸的淒厲……。原本怒髮衝冠的我瞬間開始顫抖。我踉踉蹌蹌往後退，不久一屁股跌坐在椅子上。目光完全被他那對可怕的眼睛所吸引……。

「……笨蛋！……」

我覺得左右兩個耳朵像是著了火一樣，頹然低下頭。

「……沒腦子也要有個限度……」

那聲音像大磐石般從著我的頭頂往下壓。而且，跟剛剛無助、寂寞的態度完全不同，聲音底層裡透露著有如父親話語般的威嚴與慈悲。

不知為什麼，我覺得胸口有即將滿溢的情緒。我一邊凝視著正木博士青筋暴露的雙手手指按著桌緣，在每一句話裡灌注了無比的力道……。

「……這種可怕的實驗，能夠深入進行到現在這個程度的，除了我以外，現在只可能有一個人，這件事任何人都想得到。既然知道如此，應該也馬上會想到，不能輕率說出那個人的姓名才對。……你也未免太輕率了。」

「…………」

「更何況，他本人已經……已經招認了一切。」

「……什……什麼……」

我愕然抬起頭。

我看到正木博士的右手用力壓著那用藍色緺綢包巾包起來的調查資料，冷然地咬著唇。那似乎是即將要說出某種涵義不明、神聖話語的前提。在他那緊張態度的震撼下，我再次垂下頭去。

「他的自白記錄就是這些調查資料。這就是他本人把自己犯下的罪證，自己調查後向我報告的資料。」

……刷……一道冰冷的寒意從背後劃下。

「……你或許還不清楚什麼是犯罪的隱蔽心理或自白心理……仔細聽好了。隨著人類智慧的進步……或者社會機構逐漸變得複雜過敏，這種可怕的犯罪心理一定會變得舉目可見……你懂了嗎……」

「…………」

「……這份調查報告有多麼可怕……其中包含的隱匿犯罪心理和自白心理，又是以多麼深刻、眩惑、連水滴都無法穿透的魔力，迫使我承擔這項罪行……接下來我就告訴你其中的理由……」

我感覺到全身肌肉一點一滴變得冰冷、僵硬。雙眼視線又被橫過眼前的綠絨桌墊所吸引，無法移動。

這時，正木博士輕咳了一聲。

「……假如有一個人犯下了一項罪行，不管他如何巧妙迴避他人的眼光，這項罪行也將永遠殘留在他自己的『記憶之鏡』中。身為罪人，自己可恥卑鄙的身影，將永遠無法抹殺。只要人類具備記憶力這種東西就無法避免，這雖然是大家都沒放在眼裡，覺得理所當然的事實，但是……對照實例後，卻發現其實可不能隨隨便便不放在眼裡。自己映照在這面記憶之鏡上的罪孽身影，通常同時展現了緻密名偵探的威嚇力，還有絕對無法擺脫的共犯威脅力，成為各種犯罪共通的唯一絕對弱點，直到嚥下最後一口氣之前，都會緊緊糾纏著這無人知曉的罪犯。……而且，要逃脫這名偵探和共犯的追趕，可以說只有兩條路可走，一是『自殺』，一是『發狂』，足見這份恐懼有多麼徹底。一般世俗所謂『良心苛責』，到頭來其實就是這種受到來自自己記憶的脅迫觀念，因此，想要從這種脅迫觀念中獲救，唯有抹煞自己的記憶力一途……就是這麼回事。

……所以，形形色色的罪犯中，頭腦愈好愈會努力隱匿、警戒這項弱點，但是隱匿方法不管十人、百人都一樣，都會歸結到這最後唯一的絕對的方法。那就是在自己內心深處的底部建立一間密室，試著將自己的『罪孽身影』和『記憶之鏡』都一起密封在那黑暗之中，連自己都看不見，但是很不湊巧，這種所謂的『記憶之鏡』，偏偏具有周圍愈暗就愈是晶亮發光、愈告訴自己別看就愈忍不住要去看的奇怪反作用以及深不可測的魅力。而且，愈明白這一點，愈無法抗拒它的魅力，所以在幾近瘋狂的忍耐過後，最後終究會受不了，回頭一瞥這記憶之鏡。如此一來，映照在鏡中自己的罪孽身影，也剛好會回望自己，雙方視線必然會精準交疊。此時不禁感到毛骨悚然，在自己的罪孽身影面前深深垂下頭……這種情形一旦多次重覆，最後終會忍無可忍，打破密室，將一切暴露於眾人面前。讓群眾看到自己映照在記憶之鏡上的罪孽身影。在光天化日之下自白……『兇手就是我。你們快看這罪孽的影像啊』。這樣自己罪孽的身影就會因為鏡子的反逆作用而瞬間消失……終於又能恢復獨自一個人，放下心來。

……另外，把有關自己罪惡的記憶做成一份記錄，等自己死後再公開，也是免除苛責的一種方法。這麼做之後，當回頭看記憶之鏡時，鏡中的『自己罪孽身影』也會壓制住該記錄，回望著自己。這時略能安心露出淒涼一笑，而『自己的罪孽身影』也會看著自己，回報憐憫般的苦笑。看到這笑容，心情又能稍微平靜下來……這就是我所謂的自白心理……明白了嗎……？

「……另外還有一種情形，一樣是頭腦非常好……擁有地位和信用的人，為了將自己的犯罪事實放在絕對安全的秘密地帶所想出的辦法。這種方法中最理想的手段之一，就應用了剛剛所說的自白心理。也就是完全以自己的力量來調查自己犯罪的痕跡、證據，將自己肯定是兇手無誤的事實，不言自明地清楚寫成一張紙。再把調查結果交給自己最恐懼的對象……也就是有可能最快看穿自己的罪行的人。如此一來，在對方心理上，將會產生基於人之常情和邏輯焦點的誤解造成的極細微……但其實具備『無限大』和『零』之龐大差異的眩惑錯覺，再怎麼樣都不認為眼前的人是罪犯。在這個瞬間，犯罪者逆轉了原本的危險立場，得以置身於絕對的安全地帶。一旦變成這樣，一切就在控制之中了。一旦此種錯覺成立，就很難恢復舊態。事實揭露得愈清楚，對方的錯覺只會愈深，愈主張自己是兇手，兇手所站立的安全地帶絕對價值也就愈高。而且，對方的腦筋愈清楚，陷入這種錯覺的程度也愈深……懂了嗎……。

……這些調查報告中，就同時出現了這種最深刻的『犯罪自白心理』和最高等的『犯罪隱匿心理』。這可以說是遠遠超越我遺書、前所未聞的犯罪學研究資料……知道嗎……而且不僅如此……」

說到這兒，正木博士停下來，忽然輕快地自在地跳下旋轉椅。彷彿在確認自己想法一樣，他雙手交握在背後，每步每步都使著力，開始在大桌和大暖爐之間的狹窄亞麻地板上來回踱步。

我依然跟剛剛一樣，縮在旋轉椅中，凝視著眼前的綠絨桌墊平面。在那眩目的綠色當中，剛剛才發現約圖釘頭大小的焦痕，逐漸變成一個小小黑人臉孔……好像正張大著嘴巴哈哈大笑……我專注地凝視著。

「而且更可怕的是，出現在這份資料中的自白和犯罪隱蔽手法，滴水不漏地緊緊壓制著我。……也就是說，當這些調查報告公諸於世，或者交到司法當局手中時，不管多麼凡庸的司法官，都不得不將我視為嫌犯。……不僅如此……萬一我必須站上法庭，哪怕我有文殊[58]的智慧或者富樓那[59]的辯才，這調查書中安排的詭計，都讓我一句話也無法辯駁。接下來我就告訴你這詭計的驚人內容……你聽好了……我告訴你，為什麼我必須承認自己就是進行這項令人戰慄的恐怖學術實驗始作俑者的理由。」

說著，正木博士剛好在大桌子的北端停住。他雙手緊緊交握於背後，就好像被綑綁住一樣，然後回頭看著我咧嘴冷笑。那個瞬間，他眼鏡的兩片鏡片正好迎著南邊窗外射進來的藍天光線，和他露出的一口潔白假牙一起反射出晶晶閃閃的陰森亮光。我看了忍不住移開視線，看著眼前那個小小的焦痕，但剛剛看到的黑人臉孔已經消失不見……同時，我也發覺自己的臉頰、脖子，還有側腹部一帶，都起了一粒一粒的雞皮疙瘩。

正木博士默默走到北側窗邊。他稍微看了窗外，又馬上回到大桌前，這時的態度又比剛剛更隨便。好像依然對這重大案件嗤之以鼻，用他那聽似嘲弄般，暢快年輕的聲音繼續說。

「……所以呢，你聽好了。首先你必須換上法官的腦袋，嚴正、公平地審理這樁前所未聞、應用精神科學犯罪的事件。而我則一人身兼檢察官和被告兩角，盡我所知地揭發有關這樁事件的最後嫌犯，也就是『W』和『M』行動的所有祕密，並且自白一切。……你既是雙方的律師，也是法官，也可以同時是一個精通精神科學原理原則的名偵探……懂了嗎？……」

就站在我身旁的正木博士，在亞麻地板地上從北到南不斷來回踱步，還輕咳了幾聲。

「……首先……就從吳一郎看到繪卷，陷入精神病發作當時的事情開始說起吧……大正十五年四月二十五日那天……吳一郎和真代子結婚前夕，『W』和『M』人都確實在離姪之濱不遠的福岡市內。……M剛到九州大學赴任不久，還沒找到棲身之所，投宿在博多車站前一間兼營火車候車處的旅館蓬萊館，這蓬萊館是間規模相當大的旅館，不但房間數多，客人進出也極為頻繁。再加上博多一慣輕率的待客習慣，只要乖乖付了錢，每餐乖乖有露面吃飯，就算半天或一個晚上不見人影，也不會有人在意，是個最適合偽裝不在場證明的地方。……至於W呢，他總是把自己關在九州大學醫學院法醫學教室裡埋頭研究。工作忙碌時還會從裡面上鎖，一切事情都以電話交代。當門上鎖的時候，絕對不可以從外面敲門，這是法醫學院相關人員之間不成文的習慣。W這種神經質的部份，別說工友和朋友，就連在新聞記者之間都很有名，這也是製造不在場證明最方便的習慣。

「……再說到另一方面……吳一郎在婚禮前一天預計出席的福岡高等學校英語演講日期和時間，只要稍注意報紙的報導一定能知道。吳一郎不搭火車總是步行回家，也是很明顯的習慣，只要事先調查馬上可以知道……接著就是要讓在採石場工作的採石男一家人，服下某種難以檢測的毒物，從當天

---

58 文殊：文殊菩薩，佛教四大菩薩之一，釋迦牟尼佛的左脅侍菩薩，代表聰明智慧。——譯注

59 富樓那：釋迦牟尼佛十大弟子之一，被譽為說法第一、辯才無礙。——譯注

開始休息兩、三天至一個星期，趁這個空檔執行計畫。姪之濱這涸地方是個半漁村，是福岡市的鮮魚供應地，向來被認為是霍亂或痢疾等流行病的病源地，所以若能使用這類病原菌是最方便的，不過這類細菌有時會因為個人體質或當時的健康狀況而失效，那可麻煩了。但橫豎九州大學法醫學教室和衛生、細菌學教室是同一棟樓，不時都在進行細菌和毒物研究，這方面的準備可說相當方便。總之，這樁事件的特徵就是一切細節環環相扣，沒有絲毫誤差。」

「……接下來，假設當天吳一郎從福岡市郊的今川橋步行約一里路回姪之濱，那麼一定會經過那處採石場旁、挾於山和田地之間的國道，這一點戶倉仙五郎曾經說過，實際勘察過一遍就知道。當時田裡麥穗已經長得很高，帽子壓低再戴上有色眼鏡、圍上領巾戴好口罩，穿上夏用披風，靜靜坐在靠近路邊的石頭上之類的地方，就能讓自己的臉型和身材看起來跟原本的自己不太一樣。然後叫住走在回家路上的吳一郎，巧言誘惑。比方說……其實我是你已故母親的朋友，你還小的時候，她曾祕密拜託我一件事。為了實踐諾言，我才在這裡等你出現……只要大概這麼說，不管吳一郎是個再怎麼認生的少爺，應該都會上鉤吧。之後再鄭重其事地拿出繪卷給他看……這是吳家的寶物，令堂說放在家中會影響孩子的教育，所以託付給我，聽說您明天即將成為一家之主，所以我特來送還。在您和真代子小姐成婚之前，無論如何都必須先看過這個東西，這裡面描繪著你遠祖一對夫婦所表現出的至高忠義以及極致愛情。雖然這是個有許多可怕傳說和謠言的寶物，向來嚴禁不能讓心思迷糊的人看到，幾乎變成一種迷信，其實這原本是非常精彩的名畫名文。如果不相信，大可現在當場看看。假如看完覺得不需要，再交給我保管也無妨。若是在那塊高岩後方，應該不會有閒雜人過來打擾……也不知對方是不是這麼說的，但如果是我，這麼說最能激起對方好奇心了。無論如何，吳一郎都確實上勾了。兇手想趁他在岩後專注地展開繪卷觀看時悄悄離開現場，也是易如反掌……你懂了吧……。

……接下來看看兩年前的事件……也就是大正十三年三月二十六日在直方發生的事件，當天晚上，W和M也確實都聲稱自己人在福岡市。……因為三月二十六日的前一天二十五日，M相隔許久又穿過九州大學大門，跟當時猶在人世的精神病學教授齋藤博士以及眾同窗、舊識學長學弟見面後，求見校長提出論文，取回畢業後寄放在學校的銀鐘。住宿也一樣是蓬萊館。另外，W當時就住在現在位於春吉六番町的大房子中，家裡只有一位幫忙煮飯的老婆婆，過著單身生活，所以想趁天黑後悄悄離家，直到天亮才回來，也並非難事。所以說兩人身處之地都非常適合混淆不在場證明。……或許拜此之賜，當天晚上九點左右，一輛嶄新房車在黑暗夜空下往東疾馳，離開了福岡。車上的人看似靠煤礦致富的暴發戶，對司機說，『現在已經沒有開往直方的火車了，但我突然有急事必須前往。請盡快趕往直方。』……」

「……什麼……那……那麼吳一郎的夢遊症……」

正木博士正從我面前踱過，他回頭冷笑說。

「……是騙人的……徹徹底底的謊言……」

「…………」

我的全部腦髓開始像電風扇一樣轉動。身體自然傾倒，就在快倒下的剎那勉強抓住椅子扶手撐住。

「……如果有那種夢遊存在，我也沒有臉再見你。……首先，對於頂住廚房入口的竹棒為何掉落，說明相當不清楚不是嗎？如果說有人戴著手套伸入門縫，試圖用手指夾住竹棒，卻不小心沒抓緊、讓竹棒掉落……這種說明或許還算合理……或者是其實順利地移開竹棒，後來故意布置成自然掉落的樣子……這也說得通……不過，算了。就算少了這些解釋，你只要聽了我的說明就可全盤明白……同時也能明白，當初為什麼我會斷定這是夢遊症……」

我大腦裡的旋轉漸漸平息，不久後終於停止。同時我也咬緊牙根，忍受頭皮開始發毛的感覺，緊閉上眼。

「……法官大人哪……你要鎮定一點才行。之後還有更多難以理解的可怕事情發生呢……哈哈……」

「……………」

「……這時候……仔細研讀這些調查資料，會發現有兩點奇怪的地方。第一點就如同剛剛你懷疑的，調查兇手的方法，只有期待吳一郎記憶恢復後的陳述，卻完全放棄其他的調查方法。……還有另一點則是特別注意到有關吳一郎的出生日期……有這兩項。聽好了嗎……

……關於吳一郎的年齡，在這份調查書中插入了一則新聞報導的剪報作為參考，根據這篇報導，吳一郎的母親千世子從明治三十八年左右離家後，約有一年時間都在福岡市外一間名叫水茶屋、名字煞有介事的裁縫女塾上課，她在這段期間看似並未生下孩子。……所以呢……假使她這個時期並未生子，那麼可以推測……吳一郎應該是在明治三十九年後半到四十年之間出生。……不過，這種用來推測年齡的剪報，依常識來分析，或許因為吳一郎是私生子，所以為求慎重才特別插入的吧。也可能是新聞記者認為當時喧騰一時的『美麗寡婦命案迷宮事件』真相與其昔日情慾關係有關，特地找來這些材料吧。也有可能是因為該報導中提及虹野三際這個源自吳虹汀取的名字，所以才納入這調查書中作為佐證。……但是……在我看來，它應該包含了意義更深遠的另一種暗示。……其實是怎麼回事呢。

推測可能是吳一郎出生日期的明治四十年十二月，剛好是此九州帝國大學前身、福岡醫科大學出現第一屆畢業生……也就是我們的同一年。……明白了嗎？……」

「……………」

「……若以局外人的眼光看來，或許會覺得證據太過薄弱，反而更令人懷疑，其實並非如此。當時的大學生裡，確實有可疑的人存在。這份調查書非常想表達那傢伙就是這樁事件的始作俑者、也就是直方事件的真兇，但卻無法說出。……這就是我說的自白心理。所謂『不打自招』，這個道理千古不變。知道吳一郎真正出生時間地點的人，除了他的母親千世子以外，就只有M和W了。」

我用力抖動了一下肩膀，連自己也不明白為什麼會這麼做……。這時，正木博士稍微沉默了一下，但他的沉默卻給我胸口一擊，彷彿讓我陷入無底深淵……正木博士很快又繼續說下去。

「……注意到這一點時，我全身發麻。我覺得就是自己，但卻沒有辯駁的餘地。更何況，檢查吳一郎的血液、決定他是誰的兒子那個法醫鑑定學的世界權威，正是W。」

正木博士在南側窗畔忽然背向我停住。看似悄然低頭，嚥下一口唾液。

我再次伸出顫抖的一隻手，摸著額頭。另一隻手則緊抓住膝頭，想要制止全身不斷湧出的顫抖。

不久，正木博士深深嘆了一口氣。他好像害怕繼續看著窗外，猛然轉身面向我。……沉默著……低著頭……似乎正企圖讓自己情緒冷靜下來，他隔著大桌走過我面前。然後在北側窗戶轉了個直角，開始緊貼著窗邊來回踱步，每當他那微微俯首的身影經過眩目刺眼的窗前，那一瞬間的投影就會在我面前的大桌子邊緣閃動。

正木博士再次輕咳幾聲。

「……距離現在二十多年前……福岡縣立醫院改制為醫科大學，在這片松原重建當時，大學第一屆入學的青年中，有W和M這兩人。其中W讀的是法醫學，M則是精神病學……兩者都有志於當時醫學界尚未十分活躍的領域，不斷互爭頭角，或許因為出生於結核病家族的緣故，W在當時的學生中雖英挺醒目，是數一數二的美男子，但個性上則是謹慎萬分略帶神經質的務實派……至於M，從當時就是個身材矮小的醜男，生性好幻想，行事率性，屬於天才型人物，這兩人的特徵南轅北轍……彼此總是針鋒相對，爭取學業上的霸位。

……如同前面所述，W專攻法醫學、M專攻精神病學，兩人向學目標雖不同，可是唯有對於當時尚未廣為人知的精神科學方面研究興趣，兩人卻相當一致，這或許是一種宿命吧。或許是因為兩人頭腦南轅北轍的特徵，恰好讓極端和極端出現了偶然一致吧……總之，為了這個目標，兩人都接受了當時此方面權威齋藤博士的指導，其中兩人對於素與專業醫學無緣的迷信、暗示等問題，研究之狂熱更是幾乎要衝破沸點。當然，這是因為深受在東洋哲學上有極深造詣的齋藤博士指導所影響，結果，兩人都不約而同地先後受到這個距福岡不遠的地方極有名的恐怖傳說吸引，也算是必然的結果吧。

……目前為止始終抱著敵對心態，總是互不相讓的兩人，在著眼於這項傳說的同時，卻拋開一切芥蒂，握手言和。兩人彼此交換意見，思索研究這個問題的大致策略，結果決定W從『迷信、傳說的起源與精神異常』較實質層面著手……而M則選擇了『從W的研究結果看佛教因果報應論』或者『印度、埃及各宗教中的輪迴轉世說之科學研究』等不著邊際的花俏題目……無論如何，都是希望由表裡兩方面著手，企圖窮究真理……不過……畢竟當時還沒能揭穿傳說的真相，竟然就大膽決定了要從事如此可怕的研究主題，由此可想像當時兩人是如何意氣昂揚。其實他們兩人都下定決心，為了完成這項研究，不惜拋棄所有人情、良心，甚至踐踏神佛。西洋人中也有些人為了開拓科學新境地，採取相當不擇手段的研究方式。尤其是醫學大家中，為了學術目的抹滅良心、極度殘忍犧牲他人的例子不勝枚舉，其中也有不少人受到輿論的譴責，但大家還是高舉為了學術或為了人類文化等名義，毅然執行慘無人道的研究。Ｗ和Ｍ也堅定相約……要不惜任何代價，徹底進行這項實驗。

……兩人就這樣開始同心協力調查這項傳說，比爭奪第一名寶座更加積極熱切，恰好，此時吳家長女Ｙ子已達妙齡，正在尋找對象，但是鄉下地方就是這樣，老是無法擺脫吳家有精神病血統的傳聞，沒有人願意結親。最後用盡各種手段尋找的結果，總算找到當時在福岡簀子町這個地方經營一間名為京染悉皆屋小店的外來人士Ｇ，一個年約三十歲的男人來結親，因為這番經過，中斷一時的吳家血統傳說再度大張旗鼓地復活，對兩人的研究可說是絕佳的機會。

……於是Ｗ和Ｍ開始埋頭深入研究這個傳說。Ｗ藉著調查古蹟之名，說服如月寺的和尚偷偷抄寫緣起文時，Ｍ也同樣取得和尚的信任，偷偷拔出彌勒佛像頸部偷看，步步進逼核心，終於發現出乎意料的驚人事實。也就是在如月寺緣起文中提及已被吳虹汀親手燒毀的繪卷，其實並沒有被燒毀……不久之前還嚴密保存於佛像內，而且直到最近才被某人發現，悄悄取走。

……對於原本只打算調查吳家家譜和與之相關傳說史實的兩人來說，這既是出乎意料的發現，同時也帶來莫大的失望。然而，失望只是一時，年輕的兩人很快又恢復更勝以往的勇氣，比以往更加緊密合作，從各方面下手追查繪卷下落。綜合各項調查結果，研判那偷天化日的犯人竟意外是Ｙ子的妹妹，一個美麗的女學生Ｔ子，這又讓事情變得更加複雜。既然你是審判長，應該多少猜透了一些內情吧……哈哈哈……」

「…………」

「……不過呢，W和M兩人的合作卻在這裡戛然而止。……問題就在繪卷掌握在T子手上。這和藏在佛像肚內不同，是由活生生的人來保管，想要偷走談何容易。不如先暫且停止這項研究吧。嗯。就這麼辦吧。有機會再續吧……兩人相當乾脆地分道揚鑣，完全想像不到最初的意氣風發……可是，他們彼此都很清楚，兩人真正的想法可沒這麼乾脆。豈止不乾脆，他們兩人都太明白，對方心裡一定在想……要抱定比先前強烈好幾倍的決心，把實驗貫徹完成，希望給對方顏色瞧瞧。但也不能否認，兩人這番決心裡都反映著T子的美貌。……但問題是，不同於吳青秀的赤膽忠心，W和M對於這項實驗的誠意，直到今天應該依然十分堅決一貫。當然，他們兩人都是。明白吧……？」

「…………」

「……而當時的福岡一帶恰是剛開始流行角帽的時代，藝妓們高聲歌頌『最後是博士，還是院長大人呢？』，那正是大學生最受歡迎的時代。即使是一般家庭，也多半有著『既然您是學士，那就把女兒嫁給你吧』的觀念，紅葉山人的《金色夜叉[60]》和小杉天外的《魔風戀風[61]》才會廣為流傳。W和M也搭上這股風潮，開始爭奪T子小姐，至於結果，果不其然還是充分發揮了兩人各自的特徵。

……一開始是W佔上風。畢竟W在當時戴角帽的人當中，也算是特別考究的美男子兼秀才，再加上為人身段柔軟，誠懇講禮，又親切和善……可說具備了各方面的絕佳條件，誰也不是他的敵手。M毫無還手餘地，最後他也死了心，認為自己沒有機會介入兩人之中，放棄學業等等身邊一切，開始遍遊荒山野外，一邊尋找化石等等，藉此聊慰內心的創傷。

……但是另一方面，W也並非那種會沉醉在成功和美酒中的單純男人。得到T子之後不久，他依照原定計畫，巧妙地循序試圖說服，企圖取得繪卷：『聽說妳家中有一卷和家族血緣有關、因緣邪惡的繪卷，不如趁現在仔細調查看看吧。利用現在最新的科學知識來研究，斬斷這邪惡因緣吧。否則，萬一我們生下兒子，可就得天天提心吊膽了。』……可是，T子也非省油的燈，她顯然唯獨這樣東西不願放手，只是含糊回答，『我不知道有那種東西。』硬是不拿出來。既然無法得知繪卷藏放的地方，W只好改變策略，企圖帶T子到福岡去。當然，無須解釋也知道，W內心裡盤算……只要帶她離開，她一定會隨身攜帶繪卷。

……巧的是，T子的姐夫京染悉皆屋G，其實是個無可救藥的好色之徒，進吳家後很快就試圖接近小姨子T子，T子正因為這苦苦糾纏的姐夫感到困擾，所以一經W勸誘，T子二話不說就答應跟著他離家，開始在福岡偷偷與W同居。至於姐姐Y子也不知是了然於心或只是隱約知情，並未積極追究，可謂時機絕佳，但關鍵的繪卷依然下落不明。即使以W的眼力，竟然連T子到底有沒有攜帶繪卷都無法看穿。

……但是W並沒有失望。他一邊在T子身邊搜尋，同時偶爾不惜放下學校工作監視著T子行動，也難怪W會這麼做。T子以除了如月寺住持和自己姐姐Y子以外無人察覺的化名『虹野三際』，提交展示會的中國古代刺繡，不可能逃過熟知繪卷來歷的W之眼，所以他推斷T子一定將繪卷藏在某處，

⑥⓪金色夜叉：紅葉山人指尾崎紅葉（1867-1903），小說家。創口語文體，關心心理、社會主題。《金色夜叉》為其代表作之一，描述窮學生因青梅竹馬的未婚妻被富有銀行家奪走，為了復仇當上高利貸。——譯注

⑥①魔風戀風：小杉天外（1865-1952）為日本小說家。本立志從政，後轉而鑽研文學，書寫諷刺政治小說。一九〇三年開始在讀賣新聞上連載青春小說《魔風戀風》，描述女子學院學生和東大法科學生、子爵養子、子爵之女間的三角戀愛故事。——譯注

這也是再理所當然不過的推測。

……不過另一方面，聰明伶俐的T子也從W的態度裡暗自察覺到蹊蹺。

……雖然不太確定，但她認為W接近自己的目的似乎並不單純。說不定目的就在繪卷。而他想擁有繪卷的目的又是什麼……她心中懷著一絲模糊的懷疑，但又很小心不讓自己的懷疑形之於色，所以連W也拿她沒辦法。完全莫可奈何。……不僅如此，W很快地又遭受了更嚴酷的打擊，只好不得已含淚退場。他原以為T子是找出繪卷的唯一線索，因此頻頻變換手法企圖博取對方歡心，沒想到居然在他無法抵抗的要害，吃了意料之外的一記重重肘擊。

……其實不為別的。如同我剛才所說，T子早已略微察覺對方的愛情是醉翁之意不在酒，再加上，她當時才第一次得知W的家族有嚴重的肺病遺傳傾向，從W本人的體質也毫無疑問地證實了這一點，可是W卻對T子完全隱瞞了這項事實。……而且，這倒是題外話了，對照這個事實看來，可以了解T子的不檢點並非出於一般所謂的浪蕩行為，同時，也不能一味責怪她薄情的態度。因為在她這些浪蕩行為的背後，有承繼吳家血統這個傷痛、悲哀的觀念在大力驅動。而那只不過是搭上《魔風戀風》以來自由戀愛的風潮，再加以具體化罷了。以一介弱女子的判斷，一心憧憬想盡可能留下人格純正、血統健康子孫的心情，並不難理解，T子離家當時，附近流傳著冷嘲熱諷，『反正就算留在家裡找男人，頂多也只找得到像G那種來路不明的傢伙吧』，這個事實應該也能佐證T子的心態。同時也更能理解，T子是個何等兼具理智和純情的聰慧女子，從這樣的觀點看來，T子或許是個生來不幸的薄命女性。

……另外還有一點，我必須在此坦誠。或許你也已經察覺到了……關於W家的血統以及他健康狀態的祕密，寫信密告T子的不是別人，就是W的情敵M。M對於T子還有迷戀，對這項研究也還無法死心，他和W採取了不同行動，想找出除了T子之外是否還有別人可能藏起繪卷，在多方探索之際，從方才所述的村人謠傳中，推測了T子的心態，抱著姑且一試的想法進行反間密告，確實正中靶心，當然，這種行為極其卑劣，他也並不打算在W面前多做辯解。更何況，M還藉著這封信再度有機會接近T子。……不過……但是……當時的卑劣行為，不知對M日後至今的生涯帶來多麼可怕的代價、多少災厄……回顧這個事實，實在讓人毛骨悚然。有志於研究『因果報應』的人，真的受到因果報應所苦，甚至下定決心自殺。老實說……他連笑談造化弄人的氣力都沒了。

……話雖如此……當時M又如何能預知未來。他只是被這傳說的精神科學魅力，以及T子的美貌所吸引，抱著一股只要為了學術研究一切後果都不在乎的熱情盲目前進。M和T子同居不到半年時間，T子懷孕的徵兆就漸漸明顯。進入這一年的暑假後不久，已經可以清楚感覺到胎動……而且……這胎動或許該形容為命運的魔神……在日後二十年的漫長歲月中不斷掙扎蠢動，徹底地掌握W和M兩人的命運。胎兒焦燥的發條聲，企圖一把揪住W和M兩人的心臟，在手中把玩。……命運的魔神一肩擔下這以精神科學研究為中心、超越血淚和人情義理的妖邪劇……漫長窒息的惡毒不倫劇主角大樑，將所有出場演員一個接一個玩弄到生死邊緣，這就是他的隆重登場。……而他一切無言的舉止，在一開幕便丟給觀眾一個問號，那就是『我是誰的兒子？』。……而且從當時至今，不管是有形或是無形，這個提問都沒有得到任何回答。

……當然，W和M或許都準備好要回答這個問題。但他們的回答是否真的奠基於確實不可動搖的事實上，連之後成為『以血型鑑定親子關係方法』的專家W，都無法調查。因為自己和M的血液他都不能隨意採取……不僅如此，另一方面，比任何人更能證實這件事的胎兒母親T子，還來不及接受調查，就已『死無對證』，身後並未留下絲毫證據。如果T子生前能在胎兒身上留下表示孩子父親的姓氏、或寫下什麼訊息，那就可免去不少紛爭和麻煩，很遺憾，這類線索她完全沒留下。戶籍資料上也只簡單寫著『父不詳，吳一郎』，時至今日，W和M兩人都可隨心所欲地任意肯定或否定自己與T子的關係。更何況，T子是否除了W和M以外再也沒有跟的男人有過關係，這除了死去T子的良心之外，再也無人知曉。簡單地說，T子腹中胎兒的父親，除非T子復活、明確證言，或者寫下某種堅不可摧的證詞，否則，將永遠不可能有人知道。

……命運的魔神……胎兒出生後，確實是個珠圓玉潤的可愛男孩。明治四十年十一月二十二日，孩子出生於兩人目前為止祕密同居的福岡市外松園這個地方，一位皮革商的別院，聽到男孩呱呱落地的啼聲後，始終隱忍的M這才首次開口詢問T子。他試著問，『聽說有一卷會詛咒吳家男子的繪卷？』，這一局算是W被M搶占了上風。此時的T子似乎也被初為人母親深情打動，一股腦和盤托出。她老實地告白……。

……我自幼喜歡讀書繪畫更甚於三餐飲食，所以懂事以來就經常獨自一人前往寺院，觀賞、臨摹據說是虹汀大人親手描繪的紙門圖畫，或者親自雕刻的欄杆仙人像，前來參拜的村人訪客不知有我在場，總是會暢談有關寺院的各種緣起，我年紀雖小，聽了也十分感動。我又從他們的話裡得知，有一份詳細寫明寺院緣起的文章。由住持慎重收藏著。……聽到大家這麼說，讓我想看極了，所以就趁無人之際，假意在觀賞繪畫等等，四處搜尋，最後果然在和尚房間的書箱抽屜裡找到了那份緣起文。

……見到這份緣起文後，我覺得那被燒毀的繪卷實在太可惜了，無意之間來到本堂，捧起佛像搖動，卻萬萬沒想到，裡面好像真放有疑似繪卷的東西，發出咚咚聲響，我知道此事非同小可，只覺得胸口撲通跳個不停。

……但是，我把這件事情告訴和尚後卻被訓了一頓，過了大約一星期，我放學回家前繞過來假裝要上香，拔下本尊佛像頭部，取出了繪卷。

……沒想到，我把繪卷帶回家後，在無人的倉庫二樓打開一看，裡面全是出乎我意料的可怕、噁心畫像，我又嚇了一跳，馬上想把它送回寺院，但這時忽然發現繪卷的裱裝實在美得出奇，讓我捨不得送回去。從此以後，每當我一個人看家時，就會一點一點撕下裱裝背面的紙，用壞掉的幻燈鏡片觀察絲線的排列，試著在紅綢布上模仿，不過我又擔心被人發現，遂把自己繡好的東西全都燒毀或者丟進室見川裡。

……等到我終於熟練地學會那種刺繡方法後，再把撕下來的紙修補回原來的樣子，將繪卷送回本尊佛像腹內，歸還的時候卻比偷出來的時候更加害怕……後來沒過多久，我就來到福岡，所以繪卷應該還在如月寺的彌勒佛像腹內。

……可是，現在兒子出生了，我才愈發瞭解那繪卷的可怕。如果姐姐Y子也像我一樣生下男孩，又知道那卷繪卷的存在，一定也會有同樣的想法。我開始怨恨祖先虹汀為什麼一時不捨、沒有將繪卷燒毀。

……不過話說回來，現在沒有人知道繪卷的存在。只有我一個人。所以我現在決定把那繪卷給你當作研究學問的材料，請你藉著科學的力量，破除只有繼承我家血統男孩會遭受降災這種恐怖又奇妙的繪卷魔力，請你別讓這孩子受到詛咒。千萬拜託了……。

……她含淚哽咽說著。

……M愣住了。同時也很高興。原來如此，難怪怎麼找都找不到。我們的搜尋方針和繪卷藏放的地方恰好一東一西，兩個人淨往沒有繪卷的地方找。想憑推理的力量追查偶然的作用，當然找不到。……M獨自一人滿意的竊笑，瞞著T子來到姪之濱，偷偷潛入如月寺本堂，拔下本尊脖子一看……。

……接下來我就不說明了……因為沒有這個必要了……」

「…………」

「剩下就交由法官來判斷」

「…………」

「……只能靠W和M後來的行動……不，應該是趁著今天在這虛擬法庭上……以我這位檢察官的論辯和M這位被告的陳述為根據，來推斷繪卷的行蹤，除此之外別無他法了。」

「…………」

「……在寒風吹拂之中，M默默從姪之濱回來。……他眼前浮現那個總有一天會遭受繪卷魔力……六具腐爛美人畫像詛咒……揹負以學術之名進行的實驗十字架，終至瘋狂恍惚的可愛男孩臉龐……同時，他也不斷思索，將來當這對母子面對勢必臨頭的大悲劇時，能泰然處之的心理準備和覺悟……」

「…………」

「……他若無其事地回到松園隱居的家中，裝作什麼也不知情，對正在餵奶的T子胡謅了一番話。……看樣子繪卷已經被和尚或其他人取出藏起來，不在彌勒佛像內了。可是這東西自己又不能主動向和尚要，只好放棄，空手而歸。等到有一天自己拿到學士學位、在大學裡任職後，屆時再以大學的權威，要求寺方提供作為學術研究材料也不遲吧。那麼繪卷這事暫且擱置一旁，其實，自己必須趕在今年歲暮前回鄉處理財產，正在煩惱呢。總之，現在就得急忙趕回去。我想順便也剛好回去處理你們母子的戶籍問題，要是有什麼事就寫信到這某某地址吧……說了這些話搪塞，編好前言後語，等T子不太情願的同意之後，第三天他連福岡大學第一屆畢業典禮都沒參加，便前往東京。但是他並沒有回故鄉，只辦好手續將戶籍轉至東京，就以最快速度辦妥護照後遠赴海外。這是當時M心中對於即將到來的悲劇進行的第一道戰鬥準備。也是只有W能瞭解的宣戰公告。」

「…………」

「然而，W對此的應戰態度顯得相當冷靜。他一本正經地穿上白袍，繼續留在母校研究室。儘管洞察了一切，卻依然一副若無其事的樣子，盯著他的顯微鏡。」

「…………」

「往後，W和M也繼續展現其個性不同之處。M遊歷歐美各地的大學，研究心理學、遺傳學，以及當時剛剛興起的精神分析學等等，一方面則透過國內官報和新聞，隨時注意W的動靜，等待時機來臨。這是因為一來他不想男孩冠上自己M的姓，同時也為了逃避T子的追蹤。……T子在女人當中算是罕見的明晰頭腦，如果她把M的失蹤和如月寺繪卷遺失一事聯想在一起，那遲早會產生駭人的疑心。她一定會開始百般尋思，W和M為何都想要得到繪卷。萬一靠著女人天生的敏感和不顧一切的母愛，歸納出兩人真正的企圖，一定會先懷疑上Ｍ，臉色大變四處追查他的下落。……因為Ｍ太了解她，這個女人很可能會不惜跨越國境等任何障礙，窮追到底。

……但是，相對之下的Ｗ，也不知道是否知道這件事，他依舊一派悠然自在。他不僅公然暴露自己的姓名和行動，還陸續發表了『犯罪心理』、『雙重人格』和『心理跡證與物理跡證』等知名研究，大肆誇耀，名聲遠播海外。……然而……這又是Ｗ最擅長也最慣用的手法，只要是廣受公認為這方面的專家，那麼將來進行那可怕精神科學實驗時，不僅可以成為絕不會受世人懷疑的所謂『精神性不在場證明』，更有在事件一發生後隨即趕往現場的藉口，可說是Ｗ一流的兩全其美之策。無論如何，他徹底大膽，卻又澄澈細膩的行事作風，從後來將可怕實驗結果報告丟在對手面前的手法，也多少可以察覺。

……就這樣，十年光陰飛逝，到了大正六年，兩、三年前開始留學英國的Ｗ回國了。知道這件事後，Ｍ也馬上緊跟著打道回府，對Ｍ來說，Ｗ留學和回國的時機是相當重大的問題。為什麼這麼說呢？因為Ｔ子母子被Ｍ拋棄後，十有八九會搬離松園，藏身在某處，但不管上天下地，Ｗ絕對不可能不掌握其行蹤。……同時，如果Ｗ會出國留學，這更證明了他已經確實掌握住Ｔ子母子行蹤。換句話說，正因為Ｗ明確知道Ｔ子母子目前定居何處，而且短期之內不會搬遷，他才能安心留學。如此一來，如果抱著懷疑眼光看待Ｗ回國一事，也未嘗不可斷言這意味著Ｗ對此事有某種擔憂，或者打算發動某項計畫的時機已然來臨。再換另一種角度來看，Ｍ可以藉著Ｗ這些行動，輕鬆找出Ｔ子母子的行蹤，在國外留學期間Ｍ之所以頻頻注意國內新聞和官報，就是因為必須留意這一點。

……然而……Ｗ當然不是輕易透露行跡的男人。回國後除了偶爾出差，他幾乎沒離開過福岡，每天都帶著便當窩在大學裡，沒多久就從助理教授升為教授。他陸續解決了許多棘手案件。名聲愈來愈響亮。這當中偶爾也會氣喘發作……說起來相當忙碌，但他依然保持其悠然步調，彷彿把一切當作往日一夢，從早到晚埋頭於試管和血液之間。

……然而……另一方面，M也並不覺苦惱。從W回國後的態度，他早就猜測到，T子母子應該住在距離福岡市一天以內路程的地方。……不僅如此，T子年齡應該還未滿三十，倘若她依然美貌如昔，那無論她住在哪裡，多多少少會成為風言風語的對象。她的孩子I如果在知父親是誰的狀態下，平安在母親膝下成長，除非有特別原因，否則應該會如M計畫，冠上母姓。年齡方面因為是私生子，有可能晚報戶口，不過現在應該是小學三、四年級吧，這一點他回國後就已經設想到。接下來只要雙腳夠爭氣就行了，於是他以福岡為中心，把W的出差地點列為首要目標，進行地毯式搜查，果不其然，回國還不到半年時間，他就在直方小學七夕發表會的陳列室五年級成績優秀作品中，發現I的名字。其實到那個時候為止，M也一直沒想到I因為成績出色，年僅十一歲就先跳級為五年級學生，所以還曾經懷疑會不會是別人。

……然而……可能是天意使然。不久後，一位進入展示室的學生偶然間回頭，眼神剛好與M四目交會，但此時M卻不由自主地移開了視線。他逃跑似的出了校門，忍不住雙手掩面，詛咒起自己身為科學家的生涯。那個學生長得跟他母親簡直一模一樣，不管是五官輪廓或者神采，都沒有半點W的影子，同時他也確認了連像M的地方都找不到，雖然安心地吐了一口氣，卻又立刻痛恨起自己的嘆息。……再過不久即將揹負學術實驗十字架、變身為悲慘模樣的這孩子，長相是如此出色可愛、清秀……發育如此圓滿……舉止神態又是令人融化的天真溫柔……這就是所謂的菩提心吧……那孩子清亮澄澈的眼神一直在自己眼前閃動，再怎麼樣都揮之不去，M唱起那孩子將來勢必會被送進的『瘋人地獄』之歌，讓自己在大馬路上受眾人嘲笑，清償自己的罪孽。不斷敲著木魚，祈求這孩子的來世之福……那孩子就是生得如此清秀俊美。

……W一定在九州帝國大學法醫學教室裡，隔著玻璃窗看穿M這一切行動，那張蒼白臉上，暗自流露著他一貫的冷笑。從M逃到國外的心理，他很清楚M遲早會回到日本。他一定也確信，在I到達思春期之前，M一定會到九州。他絕對已經在進行與這項實驗相關的各種研究，完成一切準備等待著。

……因為M也是一樣，是個徹頭徹尾的學術奴隸。M無論如何都想把這個實驗的結果，放進他視為畢生研究目標的『因果報應』或者『輪迴轉世』的科學原理……也就是『心理遺傳』的結論中，他嚮往渴望的狂熱，一點也不遜於對手W希望將繪卷魔力作為自己傾注心血名著『應用精神科學的犯罪及其跡證』中一例的狂熱。W對於繪卷具有此等研究價值和魅力，始終深信不疑。

……可是……可是……M在這之後不知嚐過多少深刻苦悶。他終於知道，下定決心為了學術而犧牲良心，目睹一位無辜的可憐少年成為行屍走肉……自己卻要對這具活屍體進行檢查……然後得意洋洋發表實驗結果……有多麼困難。他大學畢業後十幾年間，拚命瘋狂的研究，難道不是為了忘記這種良心苛責嗎……這跟為了忘記自己是死刑見證人的痛苦，而專心一意磨利斷頭台刀刃，難道不是一樣的悲慘心理嗎？而他斷然放棄自己的學術研究……放棄磨利斷頭刀刃，向母校提出的學位論文根本主張是什麼呢……那就是……『腦髓並非思考事物之處……』」

「……………」

「……M這種個人的煩悶，終於輸給了學術研究慾望。他又忘掉一切，恢復當初想藉自己學說力量，打破全世界『瘋人黑暗時代』和蔓延其中的『瘋人地獄』，盲目前進的恢弘企圖。他或許是以不輸給W的冷靜和殘忍，屈指計算著I的年齡。」

「…………」

「T子的命運猶如風中殘燭。……在那時之前，T子應該早已徹底想通，昔日以自己為中心、和M和W的這兩段戀情究竟意味著什麼。

到了這個時期，她再也不懷疑，當時兩人對自己的熱情，都一樣只是為了繪卷的魔力，和自己肉體的魅力，除此之外什麼也不是。而她更加深深確信，奪走繪卷的人不是向自己問出繪卷所在的M，就是因失戀而懷恨的W其中之一。……同時她也太了解，這兩人都是不惜持刀對付纖弱女子的可怕對手，所以一定要拚命保護自己的兒子，渾身戰慄驚懼。

……因此，雖然覺得不至於如此，但在T子的想像深處，萬一有一天真的有人拿I來進行那骸人繪卷魔力的實際實驗，她一定馬上會想起兩個名字。不是M，就是W……。

……所以……T子之死是準備這項空前學術實驗絕對必須的第一條件……」

「……啊啊……博士……請等一下……不要再說了……這……這實在太可怕了……」

我忍不住叫出聲來。低頭趴在大桌子上。腦袋像在沸騰……額頭則清冷如冰……掌心有如火烤，按捺著激烈的喘息。

「……怎麼……你這是什麼話……我可是因為你不斷追問，才說明給你聽的不是嗎？」

正木博士的聲音帶著無法抵抗的彈力，落在我頭上。……但他馬上又改變聲調，訓示般地接著說。

「你這麼懦弱怎麼行呢？都已經答應要聆聽有關別人一生起伏的重大秘密，怎麼可以對方還說到一半，就毫無理由要求停止？你也要站在我實際對抗這樁事件的立場來想想……試著體會我克服所有不利立場的痛苦……事情還沒結束……接下來還會出現更多可怕的事呢……」

「…………」

「……你聽好了……T子一定也或多或少察覺到，這樁事件的首要條件。最好的證據就是，她曾經對I說：『如果等你大學畢業時我還平安活著，到時候再把你父親的事全都告訴你』，可見得T子因為太過疼愛兒子，幾度費心思索，終於留意到這件事。也就是在這段期間中，T子一定是拚了命維持生活，一方面要極力讓I遠離詛咒，直到I自己具備足夠智慧能夠了解詛咒真相、並且知道如何警戒之前，她什麼都不說……她只能安靜等待，不讓他受到繪卷或故事的誘惑，另一方面，她還得繼續暗地搜尋M的行蹤，確認繪卷的去向。否則，她多希望能靠自己的力量和智慧，讓W和M兩人當面對質，讓他們招認一切。多希望能消除這可怕的學術研究慾望，以及愛慾的糾葛。還有，如果可以，她甚至希望能自己親手毀掉繪卷……她腦中一定時時纏繞著這各種悽愴的母愛。

……但是，T子的兩個昔日情人，正是二十年來……不，可說是宿命的死對頭。不僅是人情世界中的仇敵，也是學界中的對手。而且中間還夾有T子母子，彼此互相詛咒的結果，此時兩人皆已化身為無可救贖的學術之鬼了。……這兩人除了在精神上互相廝殺之外，已經別無生存之道……而且，這兩人專注磨利爪牙，竭盡一切詛咒仇敵的積極和消極力量，企圖在可能是兩人其中之一的兒子I身上，嘗試繪卷的魔力……將這個結果公開於學界，獲得無上名譽，也同時將所有一切不人道的罪責纏繞在對方頸上。至於犧牲的到底是誰的兒子？……這個問題兩人早就拋諸腦後了。只要那孩子確實是延續吳家血統的男孩，在學術研究上就沒有任何問題。」

這次我全身真的湧起難忍的戰慄。我緊緊抱住頭，趴倒在綠絨桌墊上。正木博士悽愴的聲音……

像解剖刀一樣銳利的字字句句，威脅著我所有神經……。

「……終於等到結果了。事情果真走到M二十年前所預測的這一步。一股惡魔般無法抗拒的力量，讓M不得不重新站回曾經讓他驚恐、戰慄、瘋狂掙扎，想逃又無法逃避的可怕決勝起點。二十年前驅動M的畢業論文《胎兒之夢》，透過看不見的宿命力量，確實一寸一寸硬是將他拉回了原點。」

我很想從椅子跳起來，逃到房外。但很不可思議的，我的身體卻緊貼在椅子上，不停地顫抖。我甚至無法摀住耳朵。正木博士嘶啞的聲音，一字一句清楚地傳進我耳朵裡。

「……關於這項實驗進行的第一障礙……T子的生命，完全移除了。唯一能連結M、W和I過去的證人……除了能確實證明I是誰的兒子之外，還能一語指證誰才是這恐怖科學實驗主謀的『活證據』T子，依照預定計畫，完全葬送在迷宮當中。接下來產生的問題是，這項實驗的第二個必要條件……也就是說……M必須坐上九州大學醫學院精神病科教室的教授之位。換言之，萬一實驗結果遭到追究，為了隱瞞兇手行蹤……也為了完全保護彼此的祕密、確保彼此安全……更為了找個適當時機將罪行推給對方，都必須要具備此完美無缺、謹慎再三的條件。」

原本不斷來回踱著步的正木博士，如此肯定說完的同時，突然停下腳步。他止步的位置正好在東側牆上齋藤博士肖像畫，和顯示「大正十五年十月十九日」的日曆前，我雖然趴在桌上也能清楚知道。正木博士的腳步聲突然停止，話聲也同時中斷，房間籠罩在出乎意料的靜寂中，所以剛才只凝神聽著腳步聲的我，似乎感覺正木博士彷彿突然消失了。

……然而……約有兩三秒的時間，我這麼猜想、仔細靜聽。我馬上開始理解這股靜寂當中可怕的含義……。

……果然……果然沒錯……我馬上醒悟過來的同時，從今天早上以來的各種疑問，片刻之間又在我腦中一閃而過。我情不自禁雙手緊揪著頭髮，如同畏懼針刺般，惶恐等待正木博士接下來的話語。

……十月十九日之謎……。

……當天所發現齋藤博士離奇死亡屍體之謎……。

……與齋藤博士離奇死亡相關、正木博士就任精神科教授的幕後內情……。

……還有，剛好滿一周年後同月同日的昨天，迫使正木博士下定決心自殺的命運魔掌之謎……。

……若林博士明白表示正木博士已在一個月前自殺，他意識混濁的心理狀態之謎……。

……還有……藏在這些謎題背後，掌控這所有秘密的另一個大謎題……。

……一切都出自一人之手……。

……是M……還是W……。

……一切就等正木博士接下來說出的這一句話，就能夠如電光般敞亮光明……但在難以言喻的恐怖來臨前，卻有如此的黑暗沉默、靜寂……。

……不過沒多久，正木博士又踩著若無其事的腳步，開始踱步。在那短暫的沉默之間，跳過我最害怕的部分，繼續說明。

「……M順利接任齋藤博士之位，至九州大學赴任後不久，立刻決定進行此學術界空前的實驗。而其所有結果就像這樣，全部丟在我面前。」

「…………」

「……所以……目前看來M和W是同罪。就算不是同罪，也沒有證據能卸責。」

「…………」

「……因此我下定決心。藉著剛才你閱讀的心理遺傳附錄草案，完全隱瞞直方事件的真相。再牽扯出骷髏頭和屍鬼，費盡苦心慘澹的結果，就算當作學術研究的參考材料發表，也可湊合到無罪的程度。……」

「…………」

「……埋葬這背後的內幕，就當作只存在兩人之間的絕對祕密……忘掉所有怨恨、猜忌……為了學術……也為了人類……」

「…………」

「……這或許也說得上是種菩提心吧。……可能是因為看到吳一郎發狂的樣子後，再也無法忍受的緣故……」

說到這裡，正木博士突然語帶哽咽，他走到仍趴伏在桌上的我正前方。……我聽到他重重坐在旋轉椅裡的聲音。……然後……他拿下眼鏡放在大桌邊緣，從口袋裡掏出手帕，似乎正在拭淚。

……但這時……也不知道為什麼，傳遍我全身的戰慄忽然完全靜止。取而代之的是一種難以形容的不悅感，隨著正木博士的哽咽，從肚腹深處湧出，無法遏抑。我還是維持原本的姿勢，彷彿只是在形式上趴著而已……內心卻很想對正木博士大叫，「你儘管繼續廢話、繼續哭吧。雖然這些事都跟我無關，不過你若是要我聽，那我就大發慈悲聽聽吧。」，心情變得極冷淡，好比一個完全不相干的人。後來回想起來，也覺得這種心理狀態的變化實在很不可思議。我自己也不明白為什麼會有這種情緒的變化，不過我還是動也不動，繼續趴著，所以投入在自己話題上的正木博士，應該不會察覺我這些心情變化。

正木博士在我面前輕咳了一聲清清喉嚨……接著換了語氣，轉為極嚴肅的聲調。他一句一句斷得相當清楚，似乎從我頭頂沉沉壓下。

「……不過……在這裡有一個人……也就是你……」

「…………」

「你是我和若林選中的事業繼承人。……不……坦白說，我和若林都沒有資格將這項事業的最後成績向社會公布。但是，唯有身在此處的你，就是被挑選來承擔這項神聖使命、派到我們面前唯一、至高無上的天使。……你是一個徹底不知一切內情……真正純真無邪的青年。」

「…………」

「……為什麼會這麼說呢。坦白說，我和若林其實不希望自己親手用這種虛偽的形式公布事件真相。如果可以，希望能在我們兩人死後，由理想的第三者以最真實形式來發表……這是我們兩人畢生的願望。這是兩個至誠學者發自良心的希望。……所以我和若林雖沒有交換隻字片語，也默默地同心協力，盡全力想讓與這樁事件有重大關係的你，頭腦能恢復正常。……如果你現在能恢復自己過去的記憶，恢復到原本的意識狀態，那一定能夠清楚自覺到，為什麼這項工作繼承人非你不可。你在極度驚愕和感激之後，一定會擔負起發表這項空前絕後重大研究的責任，讓全人類為之驚倒、震駭……藉著這項發表，將可頓時照亮自從太古以來瘋子的黑暗時代，從根顛覆、滅絕全世界的瘋人地獄，把這唯物科學萬能的黑暗世界，一舉拉回精神文化的光明世界。……同時，不僅可以防範勢必會到來的應用精神科學犯罪橫行時代於未然，不讓那可憐少年吳一郎及其他人的犧牲變成無謂犧牲，還可向他們獻上全人類的感謝和弔慰……最後……你將確信我們兩人的唇邊將會留下彷彿極地寒冰般永不融化的

『冷笑』，把所剩無多的餘生濃縮於剎那一刻，發憤努力。」

「…………」

「……不過話雖如此……以你現在的頭腦，或許會認為這種要求太荒謬、太不合理。你也可能會誤會，我和若林利用容貌酷似吳一郎的你當替身，完成虛偽的學術研究，又企圖以虛偽的方法公諸於世。但是……但是……我可以向天地神靈發誓。儘管我們兩人私下的競爭中確實包含千百虛偽，但我們所進行的學術實驗，還有藉此欲證明的學理、原則中，絕對不包含一丁點虛偽。不過，只有在與內容本身毫無關係的發表形式方法上，混雜著不得已的虛偽，但我也已在此訂正為真實的形式，剛向你報告過了。

……所以……唯獨這一點請你務必相信我們。……你毫無疑問是以真實形式發表這項實驗經過的唯一負責人。也就是說，當你恢復過去記憶的同時就會了解，自己就是把若林的調查報告和我的遺書整理過後，做出完整結論向學術界公布，由神的旨意所挑選的獨一無二人選，這一點我和若林都深信不疑……不，不只是我和若林。一般社會大眾如果知道你的名字……你的名字已經在目前為止的故事中數度出現，世人應該印象很深……光聽到你的名字，馬上就會認定這項工作非你莫屬，這個道理簡直比耀眼陽光還要明白。……也所以我才在得知你精神狀態即將恢復正常之時，終於能安心寫下這遺書。

……可是，讓我下決心自殺另有原因。……那既非昨天正午在這解放治療場內爆發的重大慘事刺激了我的責任感，也不是由於這天剛好是齋藤教授的忌日、令我感到一種天意或者無常。老實說，我已經厭倦生而為人。若不是要進行這種研究，腦袋根本無用武之地，這人類世界如此膚淺、低級，實在讓我再也難以忍受。

……假若是研究如何利用新型火藥讓這個殘缺世界爆炸，或者如何從青蛙卵中孵化出人類等等，那倒還差強人意，只不過為了證明心理遺傳這麼一個連三歲小孩都懂的簡單明瞭原則，卻得奔走得雙腳麻木、苦思到腦漿成石，勞累疲頓。到頭來種種罪惡因果因緣糾纏不休，眼看就要墜落地獄深淵，就算終於能證明真理，又能換來什麼報酬呢？別說不能在妻子家人圍繞下平靜享受餘生了，等到研究結果問世，正是自己生涯幻滅之時。到時候眾人將視我為萬惡奸人，對我拳打腳踢、交詈聚唾。……說人活該就是這麼回事。」

「…………」

「……到今天為止我竟然未曾注意到如此荒唐、不堪的結論，真讓我受不了自己的愚蠢。我再也不要當什麼人類或學者，只想回去伊甸園當亞當。可以傾囊而出來對付眼前的對手……」

「…………」

「……我現在這種心情當然跟目前的若林完全相反。若林一定還執著於這項實驗，擺好陣仗想藉此和我徹底分個高下。……再加上若林知道自己受到肺結核侵蝕，已經來日無多。……所以一知道即將承擔發表事件最後結論的你，精神狀態從今天早上開始出現恢復的徵兆，馬上著急地替你理髮、換上大學生制服、讓你與她見面等等，希望你能盡快承認自己就是吳一郎，成為他的幫手，發表對他有利的結果。……不……他現在都還在你我上下左右布下眼睛看不見的羅網，一點一點拉近自己手邊。」

「…………」

「但是，我本來就沒必要當他這場麻煩戰爭的對手。一直到剛剛，我本來都已經打定主意，反正我早打算化為電子或什麼的，搶先在彗星前先走一步，雖然我家無恆產，為了答謝你發表真相，我盤算著將財產連同資料一起託付給若林，待你頭腦恢復後再交給你，另外，發表內容也是，只要掌握心理遺傳的大致要領，那麼在附錄實例中出現的事件兇手名字為何，我根本不在乎……不過……。

……可是，這或許是所謂的前世業障吧……看到若林從剛才開始用他一貫細膩的手法，慢慢對你施加催眠術般的暗示，企圖把你的頭腦誘導至對他有利方向的態度，我天生的牛脾氣又被惹出來了。若林昭然若揭的手法讓我看了很不是滋味，我開始想對他反擊，於是來到這裡……。

……但是呢……像這樣和你說著話……我的心情好像又有了變化。姑且放下那些大道理，我開始覺得一切都好麻煩。反正事到如今我這如遭天譴的工作也只是破罐亂敲。往後隨便怎麼樣我都無所謂。我甚至想，乾脆一舉毀掉一切……。

……既然這樣事情就簡單了……。

……我決定就從今天現在這一刻起，讓你和真代子離開這病房。同時把這些資料全數燒毀，一件不留。

……我敢斷言……。

……那六號房的少女真代子，絕對不是本應成為站在那解放治療場一角的俊美青年之妻。不管從法律上或從道德上來說，這名女子都命中註定要成為你未來的妻子。我可以用若林和我的名譽來保證，即使從科學角度看來，她正是即將成為你另一半，朝朝暮暮因你飽嚐戀愛之苦的可憐少女。

……同時，我還要基於我的立場，再斷言一句……。

……我現在終於發現，如果你沒有主動積極進入與真代子的婚姻生活，那麼不管若林和我在一旁如何費盡苦心努力，你終究無法脫離現在的自我障礙……也就是『自我忘失症』。根據先前各種實驗的結果，我終於可以確定，這就是拯救真代子和你自己的唯一最後方法。……當然，我說這些話絕對不是為了勉強你。為了讓你因為堅守童貞導致的自我障礙──『自我忘失症』痊癒，精神科學療法是最有效的方法，也是最後一張王牌。關於這種治療的原理原則，精神分析專家佛洛依德和性科學專家斯坦納赫[62]，都有跟我完全相同的論點。

……你馬上就會知道，這種最後治療方法的效果，遠比一加一等於二還要可信。證據重於理論。我這些話絕非虛構，證據就是當她和你進入幸福婚姻生活的同時，在你恢復的記憶力中，一定會想起各種各樣的事。你將會自覺到，目前為止遭遇的極神祕怪異事件，絕對與那位站在解放治療場角落微笑、容貌和你完全一模一樣的美少年無關，而是直接與你本身相關，這就是最好的證明。所有驚人的事件，都跟你自己本身有關，到時你將會頓時明白，就像扭亮電燈時一樣大放光明。……這是為什麼呢，因為在你和那位小姐進入新婚生活的同時，就能從現在累積、緊繃在你腦中，帶來自我障礙的生理原因獲得解放……目前為止怎麼都想不起來的所有過去記憶，將會在片刻之間全數清晰浮現。同時，你也將看穿、憶起這令你懷疑、迷惘、苦惱的事件背後真相，長嘆一口氣道……原來如此……原來是這樣啊……在你進入無論物質上和精神上都無匱乏、真正幸幅的家庭生活時，不用他人請託，你也會本著自己的理智，從公平立場觀察，向學術界發表這樁事件的真實記錄，讓我和若林辛苦努力的實況受到正義的審判，同時，這項發表也將為現代脫軌的邪惡文化上，帶來一大轉機，我在這裡敢以我專家的立場斷言……為了你和真代子的名譽與幸福……」

「……不行……」

我突然以非比尋常的力量跳起來。如烈火般的激憤讓我全身不斷打顫，並從旋轉椅上站起來。我低頭望著正木博士愣愣張著嘴的驚訝臉孔，咬牙切齒顫動著嘴唇。

「……不……不……不要。……我……我才不要。……絕……絕對不可能。」

「…………」

從剛剛開始就拚命忍住的所有不愉快，此時一併脫口而出，我根本無法制止。

「……我……我或許是個精神病患。或許是呆子。可是我還有自尊心。我還有良心。……就算對方長得有多美，就算為了治療，我也絕對不會跟一個不知道是否名花有主的女性在一起。就算知道在法律上、道德上和學術上都沒有問題，我的良心還是無法同意。……縱然那女人理所當然認同我是她丈夫，苦苦戀慕我也是一樣。只要我自己沒有那種記憶……只要那些記憶沒有恢復，我怎麼可能做出如此卑鄙、可恥的事呢。……更何況……更何況……還要我公布這卑劣的研究成果……誰……誰會……」

「……等……等一等……」

正木博士依然坐著不動，面色鐵青地舉起雙手。

「……但……但是為了學術……」

「……不……不行……不行……絕對不行……」

淚水無法抵擋地從我眼眶汩汩流出。正木博士的臉和房中的光景也因此看起來一片模糊，但我顧不得擦拭，繼續大叫。

「學術怎麼樣？……研究又算什麼？西洋科學家有什麼了不起的？……我或許是個瘋子，但我

㊷斯坦納赫：Eugen Steinach（1861-1944），奧地利生理學家，專精於研究性激素對動物和人體發育的效應。——譯注

也是個日本人。我有自覺自己身體裡流的是日本民族的血。……那種殘忍……可恥……西洋式的學術研究和實驗，我死也不想扯上關係。……假如所謂的學術研究無論如何都得做出這麼卑鄙可恥的事……而我又是個非得跟這種研究扯上關係的人，那我寧可把這顆頭和過去的記憶一起敲個粉碎……現在……就在此刻……」

「……不……不……不是這樣的……其實你……你是吳一郎的……吳一郎他……」

說著，正木博士的態度逐漸張皇失措。我一直以為他這個人就算親眼見到天翻地覆也會無動於衷，但他淺黑臉色漸漸漲紅，又慢慢變得鐵青。他半站起身、伸出雙手，似乎想打斷我的話，狼狽的身影隔著我不斷湧出的淚水光影搖擺晃動。但是我一點也不想聽他解釋。

「不要、我受夠了。不管我是吳一郎的誰……不管我跟他是什麼關係都一樣。這種事聽在任何人的耳裡都是罪惡。」

「……………」

「博士們想進行學術研究或什麼都無所謂，要生要死也隨便你們……但是，被你們當成學術研究玩具的吳家人怎麼辦？……吳家人從來不曾對不起你們吧？非但如此。他們都是在相信、尊敬、仰慕、信賴你們的前提下，才會被你們欺騙、變成瘋子，不是嗎？你們甚至還讓吳家生下了世上絕無僅有、專為實驗用的嬰孩不是嗎？這麼多人數也數不清的怨恨，博士你們又打算怎麼辦？……因為博士你們，不惜生命互相深愛的親子、情人被強行分開，承受比地獄更痛苦的折磨，你們該如何還給他們原有的生活呢？難道你真的以為，只要為了學術研究其他的事都無所謂？」

「…………」

「就算不是你親自下手也一樣。你以為只要讓別人來公布這些罪惡告白，就能讓一切一筆勾銷？……這樣就能讓你只受到良心苛責，而卻洗清所有罪孽？」

「…………」

「……太過分……太過分了……這實在太沒道理了。」

「…………」

「……博……博士……」

大叫之後突然感到一陣暈眩，我忍不住雙手撐在大桌子上。不斷湧出的熱淚，讓我什麼也看不清，呼吸急促。

「……算我求求你……我求求你……你能不能接受懲罰？……還有……能不能別讓那些可憐人們的犧牲白白浪費？……然後我會很樂意……打從心裡感謝，答應公布研究實驗結果，可以嗎？」

「…………」

「我會先拉著若林博士到你面前來，親自向你謝罪。不管是對情敵的怨恨或者其他原因……我會讓他說出……為什麼要做出這麼可怕……這麼殘忍的事……」

「…………」

「……然後你和若林博士兩個人，請一起向被害者們謝罪。在齋藤教授的肖像前、在直方遇害的千世子墳前，還有發狂的吳一郎、真代子、八代子等人面前，一一為你們對他們所做的事情懺悔。請向他們說明……一切都是為了學術研究，發自內心向他們道歉……」

「…………」

「我只求你做到這些。……拜託……拜託你……算我求求你……我……就看在我這麼誠懇請求的份上……」

「…………」

「……如……如果這樣……我自己怎麼樣都無所謂。不管是手腳還是我這條命，你儘管拿去。……如果你要我繼承這項研究……就算花一輩子……就算承擔一切罪名……」

我再也無法忍受，雙手掩面。淚水迸出指縫間流下。

「……這……這麼殘忍……冷血的罪惡……啊……啊啊……我的頭……」

我彎身趴在大桌上。雖然極力壓低了聲音，但聲音還是從雙手底下嗚咽而出。

「……對……對不起……請……請讓我……替大家……替大家報仇……」

「……………」

「……請讓這研究……成為神……神聖的研究……」

「…………」

「…………」

……叩叩叩……叩叩叩……入口傳來敲門聲……。

……我忽然發現。連忙從口袋掏出手帕，一面擦拭著淚溼的臉，一面抬頭看著正木博士的臉……呆愣著屏住呼吸……。

那可怕如厲鬼般、極端恐怖的形貌，讓我攀升到亢奮高峰的情感在霎時萎縮。……像瓷器般毫無血色的整張臉上，布滿亮閃閃的蒼白汗珠……額頭的皺紋往上吊……彎曲的青筋暴露……雙眼緊閉……用力咬緊假牙……雙手穩穩抓住椅子扶手，頭、手肘、膝蓋，各自朝不同方向顫抖……。

……叩叩叩叩的敲門聲…………。

……我重重坐進旋轉椅子裡。

這彷彿是某種宣告……彷彿來自地獄的訊息……彷彿世界末日……我瞪著那似乎要直接觸碰到我心臟的敲門聲，如聾啞般掙扎戰慄。……我努力想透視是誰站在門外，卻無法看透……想呼叫救援，又叫不出聲……。

叩叩叩叩叩……。

……不久……正木博士為了壓制住全身的戰慄，開始一陣更劇烈的戰慄，努力鎮定自己。……他稍稍撐起身體，無力地睜開桃色充血的眼睛。顫動著灰色的嘴唇，回頭想要應聲，但聲音似乎被痰卡住，喉頭上下動了兩、三次後，聲音又落回喉嚨深處。……然後又見他彎踞在椅子裡，如同死人般垂下頭。

叩叩叩……吭吭吭吭……叩、叩、叩、叩……。

這時我並不覺得是自己出聲回答的。我好像聽到不知從哪裡竄出既不像鳥、又不像獸的奇妙聲音，在房中迴盪。同時，頭髮似乎開始根根發毛，但發毛的感覺還未消失，房門便打開一半，從軋然轉動的黃銅門把旁，出現一顆紅褐色發著光的渾圓物體。是剛剛送蜂蜜蛋糕進來那位老工友的禿頭。

「……欸呀……不好意思。茶都冷了吧？抱歉來遲了…………欸呀……欸……」

說著，他把還冒著熱氣的新陶壺放在大桌子上。然後將他原本就已佝僂的腰彎得更低，眨著霧白的眼睛，伸長那滿是皺紋的脖子，怯怯地望著正木博士的臉。

「……欸……欸呀。我動作太慢了……欸……。昨天晚上起，其他工友都休假了，從今天早上開始就只剩下我一個人哪。唉呀。真是的……」

老工友的話還沒說完，正木博士似乎使出他最後的微弱氣力，搖搖晃晃從椅子上站起來。他轉過頭來望著我，表情如死人般無力，牽動著嘴角好像想說些什麼，然後頭彷彿左右輕輕搖了搖，忽又撲簌簌地沿著兩腮流下淚水，他垂下眼，好像在向我致意，接著又頹然垂下頭。他抓住工友沒關上的房門邊緣，蹣跚地走出房外，整個人腳步踉蹌，幾乎要倒下，他慌忙扶著入口處的柱子，好不容易才站定在走廊的木板地上。接著，彷彿緊追在他身後漸漸關上的房門，突然爆發出劇烈聲響，彷彿瞬間天崩地裂般，房中直到對面的玻璃窗同時產生共鳴，有如哄然大笑般，震動、鳴響、顫抖。

望著他離去身影的工友，好一會兒才怯怯地轉過來，愣愣抬頭望著我。

「……博士他……是哪裡不舒服嗎……？」

我也鼓起幾乎是最後一點勇氣，勉強擠出像哭聲般的笑聲。

「哈哈哈哈哈。沒什麼。只是剛剛吵了一架。……惹博士生氣了。你別擔心。我們很快就會和好了……」

說著，冰冷的水滴從我兩邊腋下滴落。我從沒想過，說謊竟會讓人這麼難過。

「……唉呀……原來是這樣啊。那我就安心了。因為我第一次見到博士那樣的臉色……好好好，那您請慢慢坐。光我一個人實在忙不過來……欸。博士他人真的很好。雖然常罵人，不過其實人很親切……而且昨天開始解放治療場又發生那種嚴重意外，現在唯一剩下的一位工友也因為腳部扭傷而休息……博士也真辛苦哪……欸呀……欸……您請慢用……」

禿頭工友提著冷掉的茶壺，嘿呦一聲拉直他彎佝的腰，蹣跚走出門外。我目送他的背影，像是望著來吞噬自己靈魂的惡鬼離開。

工友離開，房門軋軋作響地關上後，我好像又想起剛剛的一切，再次癱軟。我從腹部深處吐出一口深長顫抖的呼吸，雙肘靠在大桌子上。雙手完整掩住臉，指尖用力按著兩顆眼球。腦袋中心感到一種類似乾燥般、無以名狀的疲勞，同時在我用力按住的眼球前，浮現出種種幻影。我在其中看到了縱橫無盡、有如電光般的……問號……。我焦燥不已，不斷試著壓制住腦中這些……問號……。

……解放治療場的白砂亮光……？……

……在那正中央掛滿枯葉的桐樹……？……

……怔怔站在對面的吳一郎……？……

……對面的磚牆上方，屋頂上的兩支巨大煙囪……？……

……大煙囪上吐出的裊裊黑色煤煙，和蔚藍的天色……？……

……趴在白色床上哭泣，身穿白色病患衣服的少女……？……

……若林博士攤在綠色平面上，忘記帶走的調查資料……？……

……如紫色漩渦的雪茄煙霧……？……

……若林博士的奇妙微笑……？……

……正木博上眼鏡鏡片的反射……？……

……？……？……？……？……？……？……？……？……？……

……………

……？……

我用力搖頭。……我緊閉著眼睛揮動雙手，似乎想揮掉企圖把我當作學術之餌，那連結這一切看不見也摸不著的因果之網。……

……以瘋子黑暗時代為背景、操縱著蜘蛛網企圖捕捉我的主人，正是棲息於學術界的兩大毒蜘蛛。震古鑠今的精神科學家M，和舉世無雙的法醫學家W。……其中M更向我丟來可怕至極的蜘蛛網……到目前為止我竭盡全力抵抗。我全身血液倒流，絞盡一切冷汗及熱淚，一路奮戰。我以為自己已經給予對方嚴重打擊、加以驅逐，但同時，我自己也精疲力竭了。別說判斷自己行為善惡的能力了，就連離開這張大桌子一步的力氣都沒有。我累到甚至不知道自己精神上和肉體上是否還有振作的勇氣。

……可是……可是現在我背後卻還有另一個強敵。那個強敵W，或許早已預見現在的結果，正在冷笑。他一定張開了如此毫無破綻、結實的網，等著我掉進去。他運用著別說是我自己，就連正木博士也沒察覺的巧妙、縝密、偉大的智慧力量，牢牢控制住我，以期能讓我成為藉著污穢和虛偽完成的學術研究的犧牲品。我所有神經都可以敏感地察覺到，自己的血淚被搾乾、骨頭被抽出，被當作虛偽和污穢所形成的學術貢品，分分秒秒從我背後逼近。

……如果要被那隻毛茸茸的大手抓住，那我寧願不反抗正木博士。不知道為什麼，比起若林博士，我對正木博士比較有好感。就算兩人都是企圖以我為餌的學術界毒蜘蛛，我卻覺得正木博士比較親切而、容易接近。假如他此刻回來，對我說一聲……

「是我錯了……」

我或許會毫不考慮地高高興興忘掉一切，立刻成為正木博士的奴隸。我或許會揭發若林博士的卑劣手段，發表同情正木博士的記錄。……一切只為了不讓若林博士那雙蒼白的手抓住我的心臟……。

但是……四周一片寂靜。也沒聽到正木博士回來的聲音。……我只能等待命運。然而卻沒有與命運對抗的力量……。

啊……怎麼辦……。

我的呼吸再次膨脹到壓得我透不過氣來。

不久，我又慢慢在顫抖、戰慄中無力地平靜下來。……身體裡彷彿變得空蕩蕩的……只有耳朵深處留有尖細的耳鳴……。

「……………………………………

……………………………………

黑的、黑的、烏漆嫣黑的
快點吃下烏黑眼珠子
白的、白的、晶瑩雪白的
真正眼珠就會跳出來

咚、答答、咚、答答、咚、答答答……

白色眼珠真可愛
從我嘴裡跳出來
從我筷子下溜走
骨碌骨碌滾呀滾

滾到哪裡看不見
逃去了什麼地方
啦、啦、啦、啦、咚、答答答……

白色眼珠真可愛
黑色眼珠真可愛
真正眼珠真可愛
可愛可愛真可愛
啦、啦、啦、啦、咚、答答答……
咚、答答、咚、答答、咚、答答答……

真可愛呀——真可愛——
……………………」

剛剛那舞蹈狂少女清亮的聲音，隔著南側的玻璃窗傳進來……。

一個奇妙念頭突然從我腦中閃過。糾纏在我腦袋中央千萬無數的……問號……霎時一閃，消失無蹤。我像機器人般，雙手從臉上移開，重新在旋轉椅上坐好。看著正木博士剛剛離開的房門。看著正面牆壁上掛的金黃色和黑色兩幅畫框。再環視著散落眼前的各種資料。秋天接近正午的光線，讓瀰漫室內的雪茄煙霧照得蒼白，每件東西都呈現清晰的反射。

「……什麼嘛……搞什麼嘛。……原來是這樣……啊哈哈哈哈……」

我一邊用雙手按住從兩邊側腹忍不住的笑意，但仍持續放聲大笑。

……笨蛋、笨蛋、笨蛋……原來我真是個宇宙超級無敵大笨蛋……啊哈哈哈哈……。

……若林博士和正木博士也一樣。不對，他們可是比我還更蠢的大笨蛋。我們三個人都大大誤會了。怎麼會犯下這麼可笑的錯誤呢，……這真是……。

……是誰殺了千世子？是誰把繪卷交給吳一郎？……誰是吳一郎真正的父親？是W？還是M？……或者還有其他人物？……這些謎團連一個都還沒解開。說不定一切都只是無關的第三者下的手……。

……不對不對，這樁事件一定是打從開頭就沒有任何兇手。事件內容只是偶然分別發生的許多不明原因意外事故重疊起來、看似同一樁罷了。千世子的縊死……齋藤博士的溺死……吳一郎的發狂……或許都是各自獨立發生的意外……否則，怎麼可能有這麼神祕不可思議、深不可測的事件呢。

……一切都是兩位博士的誤會，硬是將所有現象湊在一起，企圖形成一個焦點。他們互相害怕對方……深怕對方搶走自己寶貴的研究資料，所以戴起有色眼鏡互相瞪著對方，所以才會誤以為一切都出自對方之手。

……太可憐了……都是因為他們對自已太有自信……不對……不對……這是兩顆以往始終沒有旗鼓相當對手、古今無雙的腦髓，終於發現了理想對手，開始本能地發揮戰鬥慾望。兩人使盡全力互相牽制的結果，導致彼此都無法動彈。

……啊哈……哈哈……世上真有這麼愚蠢……荒唐……不知所云的競爭嗎？兩位博士的研究與爭鬥，遠比事件本身更嚴肅、更深刻、更可怕。或許所謂的學者，都會像這樣，眼裡只會看到這麼無聊的事，認真爭鬥……。

……但是仔細想想也難怪。他跟吳一郎長得如此相似，除了雙胞胎之外幾乎無法解釋。再加上吳真代子和繪卷中的死亡美人畫像簡直一模一樣。宛如一個模子刻出來的……在這種地方發現可能性如此低的雙重偶然，而且又出現在同一個血統中，任誰都會驚訝吧。任誰都會覺得其中必定藏有某種奧妙原因，從一開始就戴上有色眼鏡進行研究吧。……就算他本人沒有這種打算，著手研究的初始已經等於戴著有色眼鏡，這也無可奈何。最好的證據就是，如果將組成這次事件的每一件事各自拆分觀察，可以發現就算兩位博士不插手，這些事都可能自由自在地隨興發生。只是因為兩位博士互相彼此懷疑是對方所為，所以看起來才像是同一樁事件，假使沒有兩位博士添加的複雜說明，這只是兩宗單純的離奇死亡事件，和一樁發狂事件的集合而已不是嗎……。

……對對對。一定是這樣。一定是這樣不會錯。一切都是毫無根據的事件恰巧重疊。只是我沒注意。然後他們才會搬出這套說詞來騷擾我……笨蛋、笨蛋、笨蛋。我們三個人真是笨蛋、笨蛋、大笨蛋……。

……說不定，事件的兇手果真是我……。

「……啊哈哈哈哈哈……」

聽到自己迴盪在室內的笑聲，我突然噤口。而不知不覺中托著腮的我，眼睛也牢牢被散放在眼前綠色平面的繪卷所吸引。

……這應該就是所謂的靈感吧……。

……我心臟猛然一跳，又在旋轉椅上重新坐正。我懷抱著前所未有……難以言喻的神聖心情，恭恭敬敬拿起繪卷，專注凝視著。

……最後剩下的謎題，就是這繪卷的魔力。……其他一切都能夠否定。……但唯有這繪卷的魔力，直到最後都無法否定……。

……這椿事件從表面上看來，實在非常荒謬。這其實只是幾椿無聊的小事件的集合，只不過因為正木和若林兩位博士都身陷其中，企圖以繪卷魔力為中心成就自己詭怪的事業，才導致整體呈現非常有意義、令人戰慄的緊張氣息，但退一步從事件背後來看，其實兩位博士都被這繪卷玩弄在股掌之間。拋棄自己擁有的所有智慧、胸襟、學問、地位、名譽和生命，在這繪卷魔力前行三跪九叩之禮。萬一正木博士的話屬實，其他人的生死、流離、苦悶，也都是由這繪卷所引起，到頭來控制一切不可思議事件的中心魔力，都是從這繪卷中展現。就算能將所有現實的事實和一切科學說明都化為無稽之談，唯有這繪卷的魔力，卻是任何人都無法斥之為無稽的。

……所以……倘若這繪卷有靈，一定把這一切都看在眼裡。一定比任何人都更清楚自己的經歷。……自己和這椿事件有什麼關係？如何落入吳一郎手中，這全部過程它一定分毫不差地瞭若指掌。同時，對於讓兩位博士苦惱不已，甚至令我飽受折磨的背後內幕，它一定也了然於心。

……這繪卷目前為止已經讓許多人為之狂亂、迷惑、互相傷害，但卻置若罔聞。同樣的，就在今天的此時此刻，它仍裝作一無所知，躺在我掌中……但是……不過……。

……距今一千一百多年前，青年紳士吳青秀的忠志反映出大唐唐玄宗的淫亂，顯現在這卷六幅腐爛美人畫像中……然而怪異藝術家寄託在這怪異畫像中的念頭，即使遠渡重洋來到日本，依然糾結在吳家血統上，活生生地描繪出駭人的因果循環長達數十代。甚至，在相隔十幾世紀後的今天，即使落入沒有一點血緣關係的正木和若林兩博士手中，在科學知識這無上光明照射下，其魔力非但未曾稍減，怪異作用反而更增加數倍，把兩位博士的一生往各種方面蹂躪、嘲弄。不僅如此，今日此刻，處於這現代文化淵藪、權威的九州帝國大學當中，在日正當中大白天裡，我的指尖才稍稍接近，它馬上就伸出那隻眼睛看不見的魔掌，一把緊掐住我的心臟，讓我嘗盡絞盡冷血冷汗的痛苦……它帶著無法解釋的因緣糾纏著我，將我吸入不可思議的命運漩渦中。……它不斷朝著事實真相吹出白色煙霧，藉著白色煙霧的魅力，盡情地玩弄我……讓我回想起記不起來的事、思考無法思考的事情、看見看不見的東西，要我追求消失的過去記憶，思索不屬於自己的身分，強迫我追查根本不存在的事件真相，讓我迷惘、狂亂、哭泣、大笑……。讓我在這比瘋人地獄更恐怖的瘋人地獄中痛苦掙扎……。

……啊啊……這是多可怕的魔力……。

……我凝視著眼前的空間，費心思考至此，我大大睜開的空虛眼中，再度清晰地浮現那死後第五十天的黛夫人，露出冷笑的幻影。

我直瞪著她，直到幻影消失。

……可惡……看我怎麼對付妳……。

……一想到這裡，我彷彿有預感能從這繪卷中發現足以一舉打破所有神祕不可思議的可怕秘密關鍵，用力咬緊嘴唇。我心中充滿靈感，覺得或許可以一舉揭發折磨兩位博士和我的魔力真相……以及其他藏在這繪卷中某處、還沒發現的意外，迅速地解開繪卷的繩子。這時我順便看了一下手錶，時間剛好是十一點五十分。正面的電鐘顯示為十一點四十九分，不過或許長針已經要移往X字了吧。

……我往繪卷卷軸的綠色石子上吹了一口氣，可以看到許多不知屬於誰的指紋重疊其上，但我馬上發現，這是我自己剛剛把玩時造成的痕跡，不禁苦笑了一下，重新拿好繪卷。同時我也暗罵自己……怎麼這樣粗心大意……。

裱裝的刺繡和內部深藍色紙上，沾黏著無數細小發光的纖維，這或許是從前曾用棉花或什麼東西包裹的痕跡吧？放在鼻前嗅了嗅，混雜在霉臭和輕微類似樟腦香氣中，彷彿還另有某種更幽遠的氣味，不過我冷靜下來又聞了一遍，發現那其實是種第一次聞到的極淡高級香水味。

……有意思。照這樣下去，或許還可以發現許多有趣的東西。任何人都能輕易想像到，這霉臭和類似樟腦的木頭香氣，應該是在彌勒佛木像裡被滲透留下，但應該沒有人注意過這香水味吧。而這幽暗芳香，難道不是在暗示，繪卷之前的主人是女性嗎？

……太好了。如果能再找到什麼還沒有任何人發現過的東西，那就更好了，最後……就算只是一根頭髮、一點煙屑也好……都能當作決定兇手身分的有利證據……

……我假想自己是個名偵探思考著，同時更積極地將繪卷從頭開始捲起，從畫像到由來記的文章結束部分，裡裡外外仔細地觀看，但剛剛不管是逞強或者強忍都無法正視的死亡美人腐爛畫像，現在雖然不覺得欣賞，但看來卻只是單純顏料的排列了，這讓我心中暗暗吃驚。而且，那絕對不是因為光線或其他因素。從黛夫人腐敗破爛的嘴唇中露出的美麗貝齒，到內臟裡包覆著氣體、膨脹泛亮的部份我都特別仔細地注意，但什麼都沒有的地方，再怎麼看也什麼都沒有。……我不由得為人類神經作用的盲目遲鈍而沮喪。

……但是……再仔細看，發現繪卷開頭地方紙質地有幾分粗糙，愈接近由來記尾聲，紙張表面就愈顯光滑。這也難怪，對最初執筆的吳青秀來說，開頭的部份一定是最常打開又捲起的。而且後來打開繪卷觀看的吳家祖先們一定也跟我一樣，對於愈前面愈接近完整的身影，看得愈仔細，這一點可以說是人之常情，也無可厚非吧……。繪卷背面全部塗滿閃閃發亮的淡褐色液體，而且上面還處處留有疑似指痕的白色圓點，不過因為紙張並不太平滑，粗糙的布紋從下方不規則地浮現，所以很難清楚分辨是什麼痕跡。……最後，我在繪卷上發現的，只有剛剛那高雅的香水味道。

我再次把臉靠近繪卷，反覆不斷深深吸著那幽微的香味，就好像是想要告訴我什麼事……不過……我雖然不知道那是什麼香水，但我不僅覺得那相當高雅、潔淨，更像勾起了某種在我記憶深層底處，某種令人懷念、但又充滿無奈回憶的夢境般……老實說，那味道甚至喚起我想深深吸住不放的心情。當然，我覺得那是屬於女性的氣味，但我感覺，那既不是我昔日的情人、或母親、或姐姐……心裡混雜了這許多肯定的感覺。……為求慎重，我站起身從入口門邊拿來自己的角帽，聞著內側的味道和繪卷的香氣，兩相比較。但是我的帽子內側，再怎麼聞只有新絨布和人造皮，以及淡淡的霉味。無法當作我跟繪卷使用相同香水的證據或參考。

我把帽子放在一旁，輕輕嘆了一口氣，正想卷回繪卷，不過……心中一驚……我又停下了手。我忍不住凝視著空中……。

……因為此時有個出乎意料的暗示，從我腦中一閃而過……。

……吳家的老佃農戶倉仙五郎曾說，他在姪之濱的採石場發現吳一郎時，吳一郎正凝視著繪卷的空白處……而現在我已經明白，這不可思議事實的真正意義……。

……其實很簡單……。

這繪卷一直到最後用漢文書寫的由來記為止，一定經常被人用手拉開、捲回。所以觀看繪卷的人身上的東西，很可能掉在這將近一丈的長度之間……但是，假如在萬人中有那麼一個人，一直拉開繪卷、直到後面的白紙部分觀看，那麼此人的頭腦必定不尋常，可以說，以常識判斷馬上就可以知道，幾乎不會有這種人。……話雖如此，萬一真的出現無法用這些常識想像的情形，或者腦袋構造與一般人不同的人，一直拉到由來記後面的白紙部分、直到最後，那又會怎麼樣呢？該不會，繪卷作者吳青秀，只在最後的地方悠然自若地畫上黛夫人的白骨呢？……會不會包括黛夫人的妹妹芬夫人在內，吳家歷代後人一直到正木博士，都以常識認定這上面畫的只有六幅死人畫像？……如果只有看穿這繪卷具有魔力能使人發狂的人，才注意到這一點將繪卷展開至最後，那又會如何……假使真有這種情形，誰能保證那裡不會落下什麼東西呢？……而且，落在上面的東西，不管多麼細微，不是都具有重大意義嗎？或許可以就此揭穿利用繪卷引發此這事件產生的真兇不是嗎？不，此人或許具有可以一舉打破繪卷的神秘力量，讓一切迷惘回歸真實。……至少，如果沒有調查到這麼地步，又如何能聲稱從這繪卷中什麼也沒發現呢？

……據說吳一郎在姪之濱的採石場，專注凝視著繪卷的空白處。而且，可以推測當時他的心情已經半是吳青秀、半是吳一郎，雖然卻不知道他是以何者的心境這麼做，但無論如何，他都一直拉開繪卷，觀看直到最後的空白處……因此可以輕易猜測，他一定發現了掉在這個部分的某種東西。

……證據就是，吳一郎不是告訴過仙五郎，「我知道那個人是誰」嗎……。

……為什麼……為什麼我之前都沒注意到這個事實……。

這些念頭在一瞬間掠過我腦中，我又有預感覺得彷彿被人緊追在後，輪流看了一眼手錶和電鐘。兩者都顯示為再四分鐘就十二點。

我的手再次反射地拿起繪卷，開始拉開空白處。最初的約莫一分鐘，我極力保持冷靜，但是我心知，必須專心一致地凝視著再怎麼拉開都是雪白一片的唐紙，沒多久，我就感覺到一股不耐和愚蠢，自己好像被迫在這無邊白色沙漠上，毫無目標地獨自旅行。看透了自己自以為是名偵探的心態，突然覺得不耐。好不容易前進了三呎左右長度，就已經覺得厭煩了。

也不知道是不是因為如此……吳青秀可能在最後畫了白骨……這懷疑也變得可疑了起來。

假如吳青秀陷入癡呆狀態，那麼應該是在聽了小姨子芬夫人的說明……自己是古今罕有的大笨蛋，為了毫無意義的忠義，害死深愛妻子……在他知道這一切的剎那，整個人才茫然若失吧。這麼說，在那幾分、不，甚至幾秒鐘前，神智應該還是正常的，如果不是忘了說，他不可能不交代自己到底有沒有在繪卷最後畫上白骨。而芬夫人也一樣，捲開自己傾慕男人犧牲了最愛的姐姐完成的偉大成績看著，連千年後毫無關係的我都能想到的事，她怎麼可能沒注意……想到這裡，我又喪氣到覺得心都涼了。

不過，我還是帶著一種乏味的惰力、在無力的義務心驅使下，並且感覺迄今為止的疲倦彷彿一舉湧現，讓我昏昏欲睡，雙手一口氣拉開約還一丈有餘的空白部分，慢慢捲開來看。好不容易拉到這約莫兩三丈長的繪卷空白最後，意外地發現隱約有些黑漬，我忍不住一驚，睜大了眼睛。

仔細一看，距離最後方深藍色底紙上有金色顏料畫著波紋處約一寸左右，寫著五行纖細、娟秀的女子字跡。看來應該是小野鵝堂流的字吧……。

思子之心多暗影
世間智慧照光明
明治四十年十一月二十六日
正木一郎之母千世子寫於福岡
正木敬之　閣下

……………………………………………………………………………………

……我所有頭髮倒豎。

……慌張地想把繪卷往回捲……

……但是雙手發抖，將繪卷掉在地上……

……那繪卷像是有生命一樣，自己展開來，從大桌子上滾落地板，在亞麻地板上滾呀滾地展開，渾身發麻、忘我失神的我，不記得自己怎麼開門，也不記得怎麼跑過走廊，就這樣一口氣奔下樓梯，從玄關衝出去。

九大校園內的松原突然一聲轟然巨響，像是要趕走我一樣。是午砲。

那只能說是奇蹟了……就像某種眼睛見不到的偉大力量，從空中伸出手來，隨心所欲地拖著我旋轉。就是如此不可思議。

我衝出九大醫學院正門後，完全不記得自己走過什麼地方。也絲毫不知道為什麼自己又回到九州大學精神病科的教授室。

……背後傳來尖銳的汽車喇叭聲。眼前緊急煞車的電車嘎軋聲威脅著我。被腳踏車鈴聲驅趕。又聽到叱罵的人聲和狗吠。我看到不停轉動的太陽，吹往前後左右的風，還有彷彿戰爭般相互追逐的沙塵。看到從雲中垂下的電線桿。見到鮮血滴到屋簷下的圖畫掛牌。眺望地平線那一邊透明山巒綿延而去的寬闊平原。我迷失在不知幾千、幾萬、幾億的大量紅磚堆裡。我看見紫色陰影中伸出手腳蠢動掙扎的嬰兒幻影。我仰望清澈藍色天空中閃動黃色光影而過的飛機……然後，我看見那六個死亡美人裸體畫像的白色輪廓，排列整齊滑行而過。

看似人頭……又像眼睛的形狀……也好比鼻子的輪廓……嘴唇的樣子，拖曳成各種形狀流轉的白雲……黑雲……黃雲……在雲縫之間清澈的藍天，就像藥水般苦澀……我拉扯著、搔亂著頭髮，那底下包覆了清明神經和四散著火花的情感……前額偶爾感到幾乎忍不住想跳起來的痛楚……不停揉著因刺眼光線和沙塵而疼痛的眼睛，連自己也不知道要到哪裡去，只是狼狽蹣跚地往前走。

……河川……橋樑……鐵道……紅色鳥居……在那紅色鳥居左右，站著臉色蒼白的正木博士和若林博士……我抑制著想拔腿狂奔的衝動，繼續往前走。

……一切都是真的……不是虛偽的學術研究，也不是捏造的告白。而且，從頭到尾都是正木博士一個人的自導自演。

……若林博士什麼也不是。

……若林博士從一開始就一無所知，只是被利用來執行正木博士的研究。

……他受到正木博士極其巧妙奇怪的犯罪所迷惑，自己主動進行調查，卻在不知不覺之間接下收集正木博士研究發表材料的工作。他完全落入正木博士設下的圈套當中，被耍得團團轉……。

……但是就結論來說，若林博士卻在繪卷最後發現了千世子留下的筆跡。發現這個在層層疊疊許多疑點中，這最後的唯一一個焦點，他一定和我一樣驚訝。同時，也一定和我一樣瞬間解開了所有謎題。一定明白了，一切都是正木博士的詭計。

……不過，若林博士的態度卻是如此高尚……若林博士識破了事件真相深處的核心，同時也對決定對自己的同鄉同窗、同為學者的正木博士，寄予無限同情和敬意。他唯有將故意未解明重點的正確調查報告交給正木博士，要燒要丟都任憑處置。……又故意派人送茶點進來，不言自明地表示：「我會退到遠處，請放心自在地談話。」。

……他之所以會脫口說出「正木博士已在一個月前自殺」這種謊言，也是出於同樣的好意，讓正在一旁偷聽的正木博士別在那種情況下走出來……避免他陷入痛苦局面……或許也是為了防範我即將恢復的頭腦又陷入無法挽回的混亂……反正就算後來被我知道是謊言也無所謂……

……若林博士的紳士態度，實在太有男子氣概、太高貴了。

……而相反的，正木博士為了這項實驗，犧牲了他所有生涯、所有靈魂。他原本自己對這個傳說產生興趣，不惜欺騙千世子，讓她生下孩子，交出繪卷。然後不顧一切地執行自己的計畫。

……但，正木博士作夢也想不到，千世子拿出繪卷時，竟會在繪卷最後連同那首和歌、年月日，以及孩子的姓名和出生地點，寫上孩子父親的姓名，藏起意義深遠的一張王牌。他萬萬沒想到，千世子本著悽愴深刻的母愛以及天賦才智的結晶，悲哀設想的方法，竟會如此縝密周到。他沒料到，在自己這麼大膽、眩惑、天才般的事業計畫中心，卻出現了這唯一且致命的疏漏。……他自認為了學術、為了人類，不惜冷笑睥睨神佛血淚，卻也無法擺脫作夢或清醒時緊緊追趕的良心苛責和人情無奈……就好比被死人緊緊陷住心臟，四處跳動。

……這就是正木博士的一生。極度污穢，卻也極度潔淨……不知有多麼悲哀，又有多麼痛快……。

……而且正木博士在這受詛咒的研究終於進入最後一場戲，看到若林博士丟過來的調查資料，忍不住嚇得膽戰心寒。他發現對方以驚人的透徹腦髓和極其迂迴的方式……滴水不漏地包圍著自己。而他終究承受不了陷入驚人明察包圍之苦，試圖以極卑劣並且徹底的諷刺巧妙手法，展開反擊。他從手上負責的患者中，挑選了身為第三者的我，要利用我進行極為冒險的發表，在我面前坦白了一切。

……可是……他的告白卻把自始至終都由自己一手策畫、自己一人親自實行的事，切割為兩人。以他獨特的機智，巧妙地描述對方的個性和行動，故事呈現空前的巧妙精緻……這想法同時也極其淺薄幼稚。……這種自導自演、一人分飾二角是如此非凡的創意……分別利用M與W又是多麼大膽、巧妙……而他自己，終究又陷入作繭自縛的難堪……愚蠢……。

「……危險……」

「渾蛋！……」

「啊！……」

背後傳來聲聲怒吼和慘叫。同時……

……喀啦喀啦喀啦喀啦……喀鏘喀鏘……碰……碰鏘……

各種劇烈聲音接連從我腳下傳出。……我一驚，回頭一望，發現所有站在那裡的人全都瞪著我的臉。……我的背後停著一輛面對另一邊的藍色大卡車……一輛彎成く字型的腳踏車和碎得淒慘的空瓶散落在我腳下，淌了一地褐色的醬油。……車上跳下一位身穿淺黃色工作服的壯漢，伸手到輪胎底下，把一個面無血色、蒼白如紙，身穿商家大掛的小夥子，拉到刺眼的陽光下……人群往那邊蜂湧群聚……。

我飛快往前走，繼續思考。

……這太可怕了……可怕到讓人無法想像的秘密。吳青秀死於千年前死亡的惡靈，和正木博士活在現代的科學知識，止鬥得方興未艾。

……而且，從正木博士立志研究的最初那一瞬間，吳青秀的惡靈就已經緊抓住他良心要害。他抹殺了人性中最偉大崇高的親子之情、夫妻之愛。但他自己卻毫無知覺，一心以為無論發生任何事，唯有自己絕對不會受吳青秀惡靈詛咒……而他受詛咒的心理狀態，卻化為各種論文、談話、走唱歌謠現形，一一公開……另一方面，他接二連三地讓千世子、吳一郎、真代子、八代子成為慘痛犧牲品，並且勇敢的一一跨越，堅信科學絕對能獲勝……他專心一意地面對吳青秀的惡靈，揮刀一斬又斬。……啊啊，這是何等悽慘、冷酷、意念執著的爭鬥。……我彷彿嗅到了從靈魂滴落的血汗腥臭……。

……但是……。

……但是……。

想到這裡，我突然停住腳步。……望著熱鬧的街道。……環視用奇妙眼光和表情回頭看我的來往行人。我仰頭看著高高的廣告塔頂端，不斷旋轉的燈光漩渦。凝視著橫過塔頂、有如鮮肉般的晚霞雲朵。

……但是……。

……但是……。

……仔細想想，從這當中我根本還沒想起關於自己過去的丁點記憶——我是誰——我還無法告訴自己這個答案。我還停留在這個可悲的健忘狀態中。我和今天早上在七號房裡睜開眼睛時，一點都沒有變化……我依然只是孤身一人浮游在宇宙間，一粒悲傷、寂寞的無名微塵。

……我是誰？……

……啊……如果能想起來，我一定馬上可以從吳青秀的詛咒中清醒……我一定可以擺脫那繪卷的魔力……但我卻怎麼也想不起來。再怎麼想，都只剩這最後的、唯一的疑問……。

……我是誰……是誰……我的過去和這樁事件之間，又有什麼樣的因果關係……？

……我心中懸著這些問題，再三反覆地反芻今天的記憶，埋著頭時而加快步伐、時而緩慢步行。……遠方飄渺的鐘聲……汽車引擎的吼聲……孩子的哭聲，織布機的聲響……不知哪裡的工廠冒出的汽笛聲……這些聲音在無意識中進入我的耳裡，左彎右轉，突然我在泥土地上蹬了一腳，停住腳步。縮緊脖子呆呆楞在當場，緊張得就快窒息。

……糟了。我竟然就這樣把繪卷丟著。

……繪卷最後那千世子留下的字跡，千萬不能被任何人看到……。

……如果正木博士看到，他不是發瘋……就是真的會自殺……。

……這可糟了……。

我不由自主地跳起來。下一個瞬間我猛然一轉身，沿著不知道究竟在何處的漆黑鄉間小道筆直往前奔跑。

不久，我跑進燈火通明的美麗街道……。

然後又穿過黑暗骯髒的小巷……。

飛奔過能聽見三味線和太鼓聲的亮晃晃大馬路……。
來到三方都是海的死路，只有路燈並排的防波堤，我吃了一驚慌忙折返……。
許多店家的商品、電車、汽車和人潮，都像走馬燈般不停往我身後滑動……。
我拚命揉著因為汗水和眼淚而看不清楚的眼睛，拚命往來時路跑著……。
……一陣暈眩、呼吸急促，四周彷彿忽明忽暗。
……眼前好像有無數灰鳥亂舞飛逝。
……我好像不知不覺跌倒在路上，又被人扶起。接著我又甩開對方，繼續向前跑。
不斷重覆著這些過程，慢慢地，我什麼都弄不清楚了。我幾乎不再去想，到底為什麼而跑？想跑往何處？偶爾的所見所聞，都像是夢境，最後連夢都感覺不到，只能恍惚踉蹌地往前走……感覺似乎是這樣吧。

不知道在那之後經過了幾小時？或者幾天……。

忽然覺得全身發顫，一股寒意竄過，一看，不知何時我已經回到剛剛的九州帝國大學精神病科的教授研究室，坐在剛剛坐的旋轉椅上，像剛剛一樣雙手往前伸、趴在大桌的綠絨桌墊上。

我懷疑自己是否做了個短暫的夢。我懷疑，剛剛……就在正午時刻我衝出這間房間之後，跑過很多地方，所見所聞的一切事件，以及腦中所思考不可思議……還有在這段期間感受到的難忍恐懼和窒息，會不會都只是我昏倒在這裡時，所作的一場夢而已。我怯怯地觀察著自己身上。

我的衣服、襯衫、腳上的鞋子，都沾滿汗水和灰塵，一片霧白。兩邊手肘和膝頭不是磨出大洞就是滿佈泥濘，鈕扣掉了兩顆左右，衣領垂在右肩，這樣子看起來就像酒鬼和乞丐的混合體。左手指甲沾附著硬硬的黑色血污，應該是身上哪裡有傷吧？雖然我覺得不痛不癢……同時我眼裡和嘴裡好像進了不少沙塵，眼瞼刺痛，牙齒之間也有沙沙的不快感……。

我的眼睛和嘴巴再次趴在桌上，靜靜地思前想後，但我怎麼都想不起自己為什麼要回到這裡。我凝視著放在桌邊的嶄新角帽，努力想憶起當時的心情，但很奇怪的，我的聯想力偏偏在這時候變得薄弱……我隱約覺得好像忘了什麼非常重要東西在這房間，又回頭來拿……我慢慢抬起頭，環視前後左右，發現頭頂上有顆亮晃晃的大燈泡。

入口的房門仍然半開著。

但是，大桌上的資料不知道是誰收拾的，已經像原來一樣放得很整齊。和今天早上我與若林博士一起進來時剛見到的狀況分毫不差……完全沒有一點散亂的痕跡。就連置於一旁的紅色達摩造型煙灰缸，也跟今天早上最初看到時朝著同樣方向擺放，打著那永遠的呵欠。

只有其中用繃著帆布面的厚紙上下夾住的《瘋子黑暗時代》走唱歌謠或《胎兒之夢》的論文，仔細一看確實有剛被碰觸過的痕跡，好像稍微呈現交錯的X型被丟在桌上交錯疊放，另外，今天上午正木博士確實當著我面前撣過灰塵的藍色縐綢包袱上，也跟第一次看到時一樣，布滿灰色細塵，證明它已經很久沒人碰觸。除此之外，大桌子上既無喝過茶的樣子，也沒有吃過東西的痕跡。為求慎重，我往煙灰缸內看了看，裡面連一絲雪茄菸灰都沒有，達摩還是張大了嘴打著大哈欠，圓睜著他那金黃和黑色的眼睛瞪著我。

……太不可思議了……難道今天上午發生的事，多半是夢境？……我確實看過這包袱裡的東西……可是才這麼短短時間，怎麼可能積了那樣多灰塵……。

我慢慢站起來。膝頭痠軟就像要脫落一般，只好雙手勉強撐著桌子邊緣，硬是讓自己如棉花般無力的身體站好。我用抖個不停的手指抓住縐綢包袱包，拉往自己，包袱上留有清楚的方形灰塵痕跡。我又仔細看看落在打結處的灰塵痕跡，再怎麼看都不像最近有人觸摸過。而當我正解著包袱，白色灰塵痕跡竟不留痕跡地完全消失了。

我啞然失語。

我凝視著眼前的空間，腦中又反覆了一次從今天早上開始的記憶。但是，看過正木博士從這包袱中拿出的東西，以及聽過那可怕說明的記憶，和眼前這打結處上的白色灰塵，絕對是不可能並存的事實。這是完全矛盾的兩件事。

我咬緊牙根，忍住傳遍全身的冷顫，又繼續用痙攣的雙手手指打開藍色包袱。裡面出現的是之前看過的報紙包和若林博士的調查資料原本，跟剛剛看到時一樣，上下整齊疊著。不僅如此，從包袱布間縫隙掉下的細小塵埃，也薄薄地覆在調查資料原本封面的黑色硬紙板上，打開包裹繪卷的報紙，同樣清楚可見有長方形的摺痕。

我再度啞然。這太過不可思議的狀況讓我整個人糊塗了，我先慢慢拆開繪卷的報紙包，想確認自己精神正不正常。我仔細檢查報紙摺痕、盒蓋吻合狀態、繪卷的捲起的樣子，甚至繩子的繫法，但這似乎是由相當細心的人所收藏，一切都非常整齊，連一點雙重摺疊或是歪斜的摺痕都沒有，而且拉開繪卷後，類似防蟲劑散發出強烈香味的晶亮白粉紛紛灑落桌上。接著打開的調查資料也一樣，雖然沒有使用防蟲劑，可是翻開的時候塵味撲鼻。無論如何，都可以確定最近沒人碰觸過。

為求慎重，我翻開正木博士裝訂西式大頁書寫紙而成的遺書。反覆看著最後兩、三頁，今天早上看起來還墨水未乾的鮮藍筆痕，現在卻已經完全漆黑，行間似乎還沾附著黃色黴菌。怎麼看都不像是兩、三天前所寫的。

我逐漸步入這愈來愈不可思議的現象，於是我像先前正木博士所做的一樣，把調查資料抱出包袱外。出乎意料地，我發現那下面墊著一張泛黃的新聞號外。這在剛剛正木博士拍撣包袱巾時，確實並不存在。

我兩隻眼睛骨碌碌地環顧四周。

我只覺得，這房間某個地方藏著一個透明魔術師，正在玩魔術。要不然就是我的精神又有毛病，陷入某種幻覺，我怯怯地拿起那張號外，看到折成八折的新聞右上角，印著斗大的鉛字標題，一看之下我忍不住大叫一聲「啊！」。撞到背後的旋轉椅，差點踉蹌倒地。……

那是大正十五年十月二十日……正面牆壁上日曆顯示的齋藤博士死亡日期隔日……也就是若林博士表示，正木博士自殺當天由福岡市西海新聞所發行的報導，頁面左上端刊登著正木博士眼鏡反光、露出假牙正在微笑約莫五寸見方的粗糙照片。

九州大學精神病學教授

正木博士跳海自殺

解放治療場內驚爆罕見殘殺事件

今天（二十日）下午五點左右，九州帝國大學精神病學教授、從六位[63]醫學博士正木敬之的溺死屍體，被發現漂流於該大學醫學院後方、馬出濱的水族館附近海岸，該校內部此刻非常混亂。但也由於眼前的混亂，意外暴露了昨日（十九日）正午左右，由該博士獨創特設的「瘋人解放治療場」內，曾發生過瘋狂少年殘殺瘋狂少女，並接連導致場內幾名瘋子當場死亡，或者身負瀕死重傷、輕傷，連企圖制止的看守人也受重傷的事件，不僅大學當局，連司法當局都感到狼狽失措，目前正極秘密地進行嚴密調查。

瘋狂少年揮舞圓鍬
殺傷五位男女
治療場內遍地鮮血！！！

昨天十九日（星期二）正午時分，事件爆發當時該科主任教授正木博士正在該科教室午睡，十名病患和平常一樣，四散在解放治療場內各自表現狂態，當時在場內一角耕作的足立儀作（假名，六十歲）在午砲響起的同時，聽到護士告知吃午餐的聲音，隨即放下使用的圓鍬、走向病房，始終注意著儀作動靜的瘋狂少年、在福岡縣早良郡姪之濱町一五八五番地農家吳八代子之養子及外甥吳一郎（二十歲），突然拾起圓鍬，猛擊在一旁植草的瘋狂少女淺田志乃（假名，一七歲）後腦，該女頓時鮮血飛濺，未及出聲便當場斷氣。該治療場的監視人，有柔道四段身手的甘粕藤太，連忙緊急呼救並趕入場內，

63 從六位：律令制度中的位階之一。正六位之下、正七位之上。明治時代初期的太政官制中，從六位相當於神官的大史、太政官少史，以及大學校大助教等官職之位階。

但為時已晚，場內的某政治狂以及某敬神狂，為了拯救少女不惜與吳一郎近身肉搏，結果前者臉頰、後者的前額分別被吳一郎的圓鍬前端尖處砍中，血流滿地昏倒在砂地上。這時甘粕趁隙從背後抱住吳一郎，打算一舉制伏，但吳一郎的抵抗力卻出乎意料，他丟下圓揪抓住甘粕雙臂，將其體重二十貫[64]的身體如轉動水車般上下縱橫甩開，甘粕努力不被甩開，此時吳一郎不慎單腳踩進瘋狂女人所挖掘的洞穴中，肩頭一閃、身體倒地，甘粕閃避不及，肋骨撞到鋪在本館屋簷下的石板上，當場昏迷不省人事。此時在該治療場入口聽到甘粕叫聲的幾位男性護士及工友、醫務人員等人趕到，其中雖也有學習柔道者，但是看到再次走到治療場中央、拾起圓鍬的吳一郎，濺滿血污的臉上一片蒼白，睥睨四周怒吼：「誰敢阻我大業！」，驚人的氣勢嚇得沒有人敢入場。這期間吳一郎的眼神轉向場內一角，臉色突然恢復原有的樣子，開始微笑，他重新握好沾滿血的圓鍬，走近佇立當場的兩個女人，他首先將舞蹈狂某少女逼到田邊，擊碎眉間，接下來又走近剛才扮成女王、仍舊泰然自若在場內逍遙走動的女人，不料女人突然厲喝，「無禮的東西，你不認識我是誰嗎？」，怒瞪一眼，吳一郎一臉愕然，停下圓鍬叫道，「啊！您是楊貴妃！」，馬上跪在砂地上。這時好不容易恢復意識的甘粕忍著痛站起身，打開治療場的入口，讓不知該往哪逃的瘋子們逃出去，然後又像是安心了下來，再次失去意識倒地。在這之後吳一郎單手拿著圓鍬，單手輕鬆抱起第一位犧牲者淺田志乃的屍體，向扮成女王的瘋女人行過一禮後，離開鮮血淋漓的場內，悠然回到自己的病房，七號房，其他人只能手足無措、渾身戰慄地從遠處旁觀。

瘋狂少年自殺

正木博士無動於衷

此時聞訊趕到的正木博士，以極其平靜的態度指揮醫務人員，並從狂暴的吳一郎手中奪下志乃的屍體和圓鍬，讓一郎穿上控制瘋子專用的無袖襯衫、銬上腳鐐，監禁在七號房，另一方面，也對被害者志乃在內等四名男女病患實施急救，其中兩位男性雖非致命傷，但尚無法判斷有無生命危險，而兩名少女皆已頭蓋骨碎裂，回天乏術，以緊急通知其家屬。同時，正木博士折回單人病房七號房，觀看被監禁的吳一郎狀況，發現他正用頭撞擊病房牆壁，昏迷不醒，趕忙找來醫務人員進行急救，又是一陣慌亂。待所有騷亂告一段落、完成所有處置後不久，正木博士即離開該教室，下午兩點半左右，醫務員山田學士為了向他報告「吳一郎有恢復跡象」時，在精神病科教室和醫院內卻遍尋不著正木博士的蹤影。

正木博士斷言：解放治療獲得意料之中的偉大成功！

在這段時間，事實上正木博士正前往該大學本部，面見松原校長，高聲討論。關於兩人討論的詳細內容雖不清楚，卻聽到他反覆強調，「瘋子解放治療實驗由於這次事件的發生，已經獲得預期的成功結果」，並且表示，「我已經命令該解放治療場在今天之內封閉。很抱歉這段時間給您帶來困擾，但多虧了您的幫忙，實驗總算順利完成，我實在萬分感激。[65]還有，我明天會提出辭呈。以後的事情

[64] 二十貫：約七十七點五公斤。——譯注
[65] 該治療場是正木博士獲得校長允許後，以私費設立，附屬於治療場的雇員等人的薪水，也是直接由正木博士支付。——作者注

都委託給若林博士了。」云云，然後哈哈大笑地推門而出，不知去向。據說，當時在校長室隔壁房間聽到的職員們，都懷疑該教授已經發狂，不禁面面相覷渾身顫抖。

酣聲如雷
醉臥後行蹤不明

正木博士離開校長室後，將死傷病患交由醫務人員照顧，似乎毫無責任感地逕自回家，但途中不知在哪喝得爛醉，當晚回到福岡市湊町寄宿處後，酣聲如雷地熟睡了兩、三小時。到了該晚九點左右，表示要出去吃飯，飄然離開住處，就此行蹤不明，據聞，他曾偷偷回到九州大學精神病科自己的辦公室，徹夜整理資料。

模仿瘋子的可怕屍體

本日下午五點左右，釣完蝦虎魚回家路上，經過大學後面海岸的兩名男子，發現漂流在岸邊一具奇怪的溺死屍體，隨即通報箱崎警署，萬田組長與光川巡警前往現場調查，根據屍體身上的名片確定是正木博士後，又引起一場騷動，福岡地方法院派出熱海判事和松岡書記官，福岡警察局則派出津川警部、長谷川法醫及另外一名員警，大學方面則有包括若林院長和川路、安樂、太田、西久保諸位教授，以及田中書記等人趕抵現場，相驗結果現該博士將帽子和雪茄吸嘴置於海岸水族館後方的石牆上，穿著診斷服，手腳以制伏瘋子專用的鐵製手銬腳鐐緊扣，於滿潮時跳入海中，死後已經過三小時，故已無法急救。然而關於上述事實若林院長及其他相關人士皆三緘其口，一個字也未外洩，似乎企圖連同上述悲劇一同埋葬，所幸在本社機敏的調查下，才得以揭發真相。關於正木博士的自殺原因，並未發現遺書等的東西，住處的書櫃、桌面等也都一如往常整理得非常整齊，沒有絲毫異狀。至於正木博士喝得爛醉回住處、或者托稱要外出散步而徹夜未歸的情形，以往幾乎每個月會有一、兩次，所以寄宿房東也並不覺得奇怪。

奇怪謎團
瘋狂少年的一句話

對於上述事件，該解放治療場的監視人甘粕藤太負傷胸口還綁著繃帶，在市內鳥飼村家中接受記者採訪表示：

事情完全出乎意料，我很後悔，早知如此，當初就不該答應接下這份工作。但是責任當然在我身上，再加上解放治療場昨日就已關閉，所以我本來打算向正木博士提出辭呈的。那大概就是所謂的瘋子蠻力吧？力氣出乎我意料的強大，所以在我使盡全力的時候，沒想到竟然撲了個空，讓對方有機可乘，還兩度失去意識，實在太慚愧了。但是我第二次昏迷時卻很快就轉醒，因此我陪同三位醫務人員跑向七號房制伏一郎，可是發狂中的一郎將手上的圓鍬如同竹片般虎虎揮舞著，一邊大叫，「別過來看，別過來！」，當時非常危險，根本沒辦法靠近。等吳一郎看見隨後趕來的正木醫師，立即恢復鎮靜，很高興地對他行了一禮之後，指著渾身是血、躺在地上的少女志乃半裸屍體，說出一句奇怪的話：「父親，上次在採石場借我的繪卷，能再借我一次嗎？您看，我已經找到這麼好的模特兒了……」。聽到這句話，正木醫師不知為什麼顯得相當激動，現在回想起來還是覺得他當時鐵青的臉色真是嚇人，他望了我們一眼，然後大喝一聲，「你在胡說什麼！」，馬上隻身撲向吳一郎、制伏對方。過了一會兒之後他臉色還是很難看，等到吳一郎頭部撞牆暈厥後，他才恢復氣力，發生了這麼大的事，卻還是俐落地指揮大家。（記者告知吳一郎已經甦醒）喔，是嗎？我看到的時候他整張臉都是鮮血，加上正木博士也說，吳一郎因為嚴重腦震盪而停止呼吸，應該沒救了，可能是因為手腳被銬住而撞牆，所以力道沒那麼大的關係吧。（接下來記者告知正木博士自殺一事，詢問他是否知道死因，甘粕一臉愕然蒼白，流下涕淚，嘴唇不住顫動）你說的是真的嗎？如果是真的，我怎麼能繼續待在這裡？正木醫師對我有大恩大德。我從前在美國流浪，曾經在芝加哥附近感染肺炎病倒，沒有人願意伸出援手，後來被正木博士撿回去讓我住院。當時他對我說，如果想報恩的話，就回國住在福岡等他回來，還給了我好多旅費，我一回國就進入當地英和學院擔任柔道教師，等到正木博士回大學後我馬上辭職，過來這裡負責治療場的監視工作。正木博士一向樂觀，我也很仰慕他，他這麼高尚的人格，責任感一定也很強吧。云云。

姪之濱大火

延燒至名剎如月寺

縱火女性火焚身亡

今日下午六點左右，福岡縣早良郡姪之濱一五八六番地，吳八代子家主屋後廳冒出火舌，眾人大驚，紛紛趕往撲救，可是由於連日晴天再加上強風助勢，火勢瞬時猛烈，吳家包括數棟出租房屋皆包圍於大火中，不久，火勢延燒至距離不遠的如月寺本堂後方，目前仍在猛烈延燒中，由於距離太遠，市內消防隊趕不及支援，只靠附近的消防人員無力控制火勢。疑似縱火者的吳八代子（上述吳一郎姨母，四十歲）在眾人環視下，衝入大殿的烈火中，慘遭燒死，根據研判，該女在今年春天獨生女喪生後，就有些許精神異常症狀，今日又在鄰近地方聽說自己最寵愛的外甥一郎離奇死亡，導致嚴重精神錯亂，在亢奮之下引發這場慘事。

視線離開這張號外，我好像被人按著頭般，怯怯地環顧四周。

這時我馬上又發現，就攤在我眼前的藍色包袱巾正中央，剛剛那份號外底下有一張看似卡片的東西。……咦……怎麼還有這種東西……我忍不住站起來低頭細看，原來是一張郵局發行明信片的背面，上面以曾見過的往右上方斜斜高去的原子筆跡，潦草寫了五、六行。

W兄足下：

面目無光

和S教授喝酒的人是我

投胎轉世後我將洗心革面
請代為照顧犬子和媳婦
二十日下午一點Ｍ筆

號外從我手中無力地滑落。同時，整個房間似乎和我的身體一起，漸漸往地底下沉。

我搖搖晃晃地蹣跚站起。無意識地靠近南側窗邊。

突出於對面屋頂的兩支大煙囪上，掛著清澄明亮的滿月。月光映照的瘋人解放治療場卻一片死寂，沒有人影，今天早上看來是一片白砂的平地，現在卻是高低不平、枯草蔓生的空地，在空地當中，不知何時已枯葉落盡的五、六棵桐樹，正仰望著星空、舞動著詭異的枝椏。

「……太奇怪了……」

我自言自語地說著，伸手摸摸頭……奇怪的事又發生了……今天一早就感到的奇怪頭痛，不管怎麼找、怎麼摸都沒有。彷彿被擦拭得乾乾淨淨，完全消失了。

我就像是在尋找頭痛去向一樣，一手按著頭，一邊環視著充斥黃色光影和黑色沈默陰影的室內。

接著，我又望向窗外白金透亮的月光……………………………………………。

……就在這時候……。

……一切真相忽然像冰塊般，透明清澈地排列在我面前………………………………………………………………。

……沒有什麼奇怪。

……一點都不奇怪。

……我從今天早上開始就陷入了雙重幻覺。也就是正木博士所說的離魂病。

……我在距今一個月前的十月二十日，一定有過和今天一樣的夢遊。

……一個月前的十月二十日清晨，天色還沒亮的時候……我在七號房的床上，以跟今天早上一樣的姿勢躺著，在和今天早上一樣的狀態下睜開眼睛。

我狼狽慌張地試圖要想起自己的姓名。

在那之後……我和若林博士見面，為了恢復我過去的記憶，像今天早上一樣接受各種實驗後，被帶到這間房間，也以和今天早上一樣的順序，看過、聽過許多東西。

……接下來讀過遺書後不久，我就見到書寫遺書的正木博士本人，像今天一樣大吃一驚。之後在正木博士的引領下，望向南側窗外，看到前一天剛被封閉的解放治療場內景象那一瞬間，我受到自己過去記憶中最近的記憶所控制，開始夢遊，在我的幻覺中，看到前一天剛好同一時刻，正在此處觀看老人耕作的自己站在窗外。同時，也無意識的伸手觸摸前一天晚上撞擊牆壁造成的頭部痛處，嚇得跳起來。

……當時，正木博士也像今天一樣，說明離魂病給我聽，他那些說明果然都是真的。

……可是……當時我困於深沉的幻覺，並不相信他，我和正木博士面對面坐著，展開一場辯論，最後給正木博士沈重的打擊。終於讓他沮喪地下定決心要自殺。

……但是，我完全沒有發現這些徵兆，繼續留在這房裡，發現了千世子寫在繪卷最後的和歌。然後像今天一樣衝出房門，茫然走在福岡市街上，又猛然想起拉開之後放置在此的繪卷，又像今天一樣狂奔回來。……說不定，正木博士在那之後又回到這房間，也發現了繪卷最後千世子留下的和歌，更堅定了他的決心…………。

……這一切在一個月後的今天，我只不過是又在相同的暗示下，分毫不差地正確重覆著一樣的夢遊。……不，說不定今天清晨那麼早就被時鐘聲音吵醒，就已經受到一種暗示控制……也或許是我的潛意識牢牢記住若林博士不經意說出的「一個月後」那幾個字，等到剛好一個月後的今天早上，準時喚醒我自己……但……無論如何，今天上午當我投入地閱讀各種資料時，在若林博士悄然離去後，這個房間裡並沒有任何人來過。沒有正木博士、禿頭工友、蜂蜜蛋糕、茶、繪卷、調查資料、雪茄煙霧，這一切都只是一個月前的記憶重現。都只是我獨自一個人重覆著夢遊中的夢遊。

……我的頭腦只恢復到這裡，然後就不斷在同一個地方打轉。

……就算我想說服自己並非如此，但這許多不可思議事實的證據，現在正鮮活地在我眼前展開，步步逼近。眼看並沒有其他解決方法，我又能怎麼辦……。

……若林博士一定是為了對我的頭腦進行實驗，所以重覆著與一個月前相同的步驟，將我帶進這個房間。而且就如同他一個月前可能也做過的一樣，他躲在某處監視著我，一點不漏地記錄下我夢遊中的一舉一動……不……不……如果連若林博士所說，今天是大正十五年十一月二十日這句話都是謊言，那麼說不定我從更久更久以前……真正的「大正十五年十一月二十日」以來，就已經重覆無數次相同的夢遊狀態了……而且這一舉一動，都毫無遺漏地留下記錄……………………………………………………

……啊……若林博士才是世上最可怕的學術權威奴隸。……他同時進行著精神科學實驗和法醫學研究……。

……身兼大惡棍和名偵探……。

……他在神不知鬼不覺，獨自一人控制、玩弄著正木博士、吳家的命運、福岡司法當局、九州大學的名譽……和這事件相關的一切……。

……表面上卻裝做毫不知情的怪魔人…………。

我開始感到一股不知名的戰慄，像暴風般在我全身皮膚上蔓延、飛馳。我無法停止每顆牙齒喀噠喀噠不住互相敲打。……我覺得這整間房間彷彿就是若林博士張大的嘴……而我站在這當中，深深凝視著自己好比電風扇旋轉不停的腦袋。…………。

……可是……。

……可是，如果是這樣，那我肯定就是吳一郎…………。

……啊……這……我……我就是那個吳一郎…………。

……正木博士是我父親……。

……千世子是我母親……。

……而那位發狂的美少女……真代子……真代子就是…………。

……啊……啊啊…………。

……我就是那命中注定要帶給父母、情人詛咒，最後更奪走幾位陌生男女性命的罕見瘋狂青年嗎………。

……我就是要公然揭發死去父親罪惡，冷酷無情的精神病患嗎……。

「啊啊……父親……母親……」

我大叫著，但聲音並沒有傳入自己耳中。只有嘲諷般的回響，從室內各處傳回。

我就這樣僵硬緊縮著下巴，回望著幽微晃動的燈光。我環視著這屋內，彷彿沈浸在深深嘆息之後的靜寂。

……我的意識非常清晰……既無恍惚，也非夢境，我隨著眼前地板傾斜的方向，朝著半開的門口踉蹌邁開腳步。

我在門外回頭望著貼有寫上「嚴禁出入」的白紙。

……我得冷靜……我得發揮理性才行……心裡這麼想著，左搖右晃地走在裝著玻璃窗、有白色月光照耀的走廊上。

玄關兩旁並列著黑暗階梯，我像木棒般僵硬，聽到自己咚……咚……的腳步聲走在左側階梯上，一階一階往下。快到地面時，我以為已經到了盡頭，一腳踩空，全身稍微跌了個跟斗……感覺似乎是這樣吧。

之後我不知道自己是怎麼爬起來的，更不知道自己走在什麼地方。不知不覺中，我很自然地來到七號房門口，像尊石像一樣呆站著不動。

我拚命苦思某件想不起來的事，最後毅然決定開門入內。穿著鞋子爬上跟今天早上一模一樣的床上，仰天躺著。我頭部前方的房門自動緊閉，在房間內外響起一陣沉重陰鬱的迴響。

……也幾乎在同一時間，隔著厚厚的混凝牆，隔壁六號房傳來斷魂的尖銳女人聲音。

「大哥、大哥……請讓我和您見面。您剛剛回來了吧。我聽到門的聲音。請讓我和您見面……不、不……我不是瘋子……我是您的妹妹。我是妹妹啊……大哥。請您回答我……是我啊、是我、是我。」

……

……這就是胎兒之夢吧………………………。

……我雙眼瞪得斗大，仰躺在床上思考。

……一切都是胎兒之夢……那少女的叫聲……眼前黑暗的天花板……窗外的陽光……不……就連今天所發生的一切都是……。

……我還在母親的胎內。做著這場恐怖的「胎兒之夢」，而痛苦掙扎……。

……等到我出生的同時，將一一詛咒、殺害無數人……。

……但是，還沒有任何人知道這件事……只有母親能感覺到我激烈的胎動。

隔著我床邊的牆壁對面，開始響起敲打的聲音。

「……大哥、大哥。一郎大哥。您還沒想起我嗎？是我、是我啊……我是真代子……我是真代子啊。您回答我……請您回答我啊……」

又連續敲了兩、三次後，換成痛哭聲，聲音聽來好像正趴在什麼東西上啜泣。

我攤長了身子仰躺在床上，像死人一樣屏氣凝神。只有眼睛還睜得斗大………………。

……嗡……………嗡嗡嗡……

走廊盡頭傳來時鐘的聲音。

隔壁房間的哭聲驟然靜止。接著又是一聲……

……嗡———嗡……

聲音比之前更悠長的……我更睜大了眼睛。

……嗡——嗡……

……隨著聲音響起，我眼前浮現出正木博士那骸骨般的臉孔，冷汗滴滴淌落，戴著眼鏡出現……一轉眼他又垂下眼睛默默致意，然後露出無力的微笑後，消失無蹤。

……嗡——嗡…………

甩動濃密的頭髮，下唇鮮血淋漓，千世子痛苦的表情出現在我眼前，她的脖子上勒著細繩，充血的眼睛圓睜，定定注視著我，她的嘴唇顫動，彷彿拚了命地想對我說什麼，不久後又悲傷地閉上眼，撲簌簌地流下淚水。她緊咬的下唇很快變得慘白，翻白的眼睛微張，頹然往後仰。

……嗡——嗡……

少女淺田志乃血肉糢糊的後腦，不斷吐出黑色液體，一邊無力垂下……。

……嗡——嗡……

八代子鮮血淋漓的臉上，眼睛往上吊……。

……嗡——嗡——嗡——嗡——……

臉頰裂開的平頭……眉間碎裂的辮子少女……前額皮膚被撕裂的絡腮鬍臉孔……。

我雙手掩面。就這樣從床上跳下來。……直線往前衝。

忽然，我的前額好像撞到某個堅硬的東西，眼前豁然一亮。……但緊接著又是一片漆黑。

在那個瞬間，我眼前的黑暗浮現了和我酷似的另一張臉，蓬亂鬢髮中凹陷的眼睛閃閃發光。一和我對上眼，他馬上張開血盆大口，格格放聲大笑……不過……

「……啊……吳青秀……」

我還來不及叫出聲，那張臉就憑空消失，再也看不見。

……嗡嗡嗡……嗡……嗡嗡嗡……。

《腦髓地獄》全書完結

人間模樣　29

腦髓地獄

日本推理四大奇書之首（全譯精裝版）

作　　者　夢野久作
譯　　者　詹慕如

野人文化股份有限公司
社　　長　張瑩瑩
總 編 輯　蔡麗真
主　　編　鄭淑慧
責任編輯　徐子涵
專業校對　八*
行銷企劃　林麗紅
封面設計　井十二設計研究室
內頁排版　綠貝殼資訊有限公司

讀書共和國出版集團
社　　　　　長　郭重興
發行人兼出版總監　曾大福
業務平臺總經理　李雪麗
業務平臺副總經理　李復民
實體通路協理　林詩富
網路暨海外通路協理　張鑫峰
特販通路協理　陳綺瑩
印　　　　　務　黃禮賢

出　　版　野人文化股份有限公司
發　　行　遠足文化事業股份有限公司
　　　　　地址：231新北市新店區民權路108-2號9樓
　　　　　電話：（02）2218-1417　傳真：（02）8667-1065
　　　　　電子信箱：service@bookrep.com.tw
　　　　　網址：www.bookrep.com.tw
　　　　　郵撥帳號：19504465遠足文化事業股份有限公司
　　　　　客服專線：0800-221-029
法律顧問　華洋法律事務所　蘇文生律師
印　　製　成陽印刷股份有限公司
初版首刷　2014年8月
二版五刷　2020年6月

國家圖書館出版品預行編目（CIP）資料

腦髓地獄 : 日本推理四大奇書之首 / 夢野久作
著 ; 詹慕如譯 . -- 二版 . -- 新北市 : 野人文化出
版 : 遠足文化發行 , 2017.11
　面 ;　公分 . -- (人間模樣 ; 4129)
ISBN 978-986-384-235-4(精裝)

861.57　　　　106016368

野人文化
官方網頁

野人文化
讀者回函

腦髓地獄

線上讀者回函專用 QR CODE，你的
寶貴意見，將是我們進步的最大動力。

野人
野人文化
讀者回函卡

書　名

姓　名　　　　　　　　　　　　□女 □男　年齡

地　址

電　話　　　　　　　　　　　　手機

Email

□同意 □不同意　　收到野人文化新書電子報

學　歷 □國中（含以下）□高中職 □大專 □研究所以上

職　業 □生產/製造 □金融/商業 □傳播/廣告 □軍警/公務員
□教育/文化 □旅遊/運輸 □醫療/保健 □仲介/服務
□學生 □自由/家管 □其他

◆你從何處知道此書？
□書店：名稱 ______________ □網路：名稱 ____________
□量販店：名稱 ____________ □其他 __________________

◆你以何種方式購買本書？
□誠品書店 □誠品網路書店 □金石堂書店 □金石堂網路書店
□博客來網路書店 □其他 __________________

◆你的閱讀習慣：
□親子教養 □文學 □翻譯小說 □日文小說 □華文小說 □藝術設計
□人文社科 □自然科學 □商業理財 □宗教哲學 □心理勵志
□休閒生活（旅遊、瘦身、美容、園藝等） □手工藝／DIY □飲食／食譜
□健康養生 □兩性 □圖文書／漫畫 □其他 _______

◆你對本書的評價：（請填代號，1. 非常滿意 2. 滿意 3. 尚可 4. 待改進）
書名 _____ 封面設計 _____ 版面編排 _____ 印刷 _____ 內容 _____
整體評價 _____

◆你對本書的建議：

野人文化部落格 http://yeren.pixnet.net/blog
野人文化粉絲專頁 http://www.facebook.com/yerenpublish

廣　告　回　函 板橋郵政管理局登記證 板 橋 廣 字 第 143 號

郵資已付　免貼郵票

野人

23141
新北市新店區民權路108-2號9樓
野人文化股份有限公司 收

請沿線撕下對折寄回

野人

書號：0NJP4029

《生鏽的心——桐野夏生極致短篇傑作選》
桐野夏生

社會派寫實小說女王
桐野夏生 首本極致短篇傑作選
這只是人性靜靜的瘋狂，
沒有犯罪，只多了一點執念。

《北斗——殺人少年的懺悔》
石田衣良

「請判我死刑！」
不幸的少年踏上歧路後的真心告白
石田衣良傾注全力的最新力作
衝擊人心的青春長編小說
中央公論文藝賞得獎作品！
石田衣良直指內心，最沉重的作品

《昨日公園》
朱川湊人

最極致的疼痛，來自最深刻的悲哀
文字魔術師，寫出了生命裡的瘋狂與遺憾
直木賞驚悚小說大獎得獎作家
ＡＬＬ讀物推理小說新人獎